치우천왕기 ②

치우천왕기 ②

두 영웅의 첫 대결 —이우혁 장편소설

엘릭시르

붕의 탄생

(전략) 이곳의 어떤 새는 생김새가 닭이나 학 같은데 오색으로 무늬가 있고
이름을 봉황이라 한다. 이 새의 머리 무늬는 덕(德)을,
날개 무늬는 의(義)를, 등 무늬는 예(禮)를, 가슴 무늬는 인(仁)을,
배 무늬는 신(信)을 나타낸다. 이 새는 먹고 마심이 자연의 절도에 맞으며,
절로 노래하고 절로 춤추는데, 이 새가 나타나면 천하가 평안해진다.
—『산해경(山海經)』, 「남차삼경(南次三經)」에서

불덩어리 모양의 새 형상이 하늘에서 떨어져 내리자 무서운 열기가
치우 형제의 주위를 순식간에 태워 버릴 듯이 피어올랐다. 주변의 공기
가 뜨겁게 달아오르자 치우 형제뿐만 아니라 근방에 있던 사울아비와
도깨비 들마저도 버티지 못하고 주춤거리며 물러섰다.

번개범과 맥은 그러한 열기에는 아랑곳하지 않고 맹렬한 기세로 서
로를 향해 달려들었다. 이런 기세대로라면 맥과 번개범은 치우 형제가
있는 곳에서 부딪힐 것 같았다. 그때 하늘에서 불타오르는 거대한 새 그
림자가 쌕 소리를 내며 두 신수의 사이를 무서운 속도로 지나갔다. 깃털
처럼 불꽃이 휘날리자 맥과 번개범마저도 열기와 기세 때문에 흠칫 걸
음을 멈추었다.

치우천은 죽을힘을 다해 아우 비의 몸을 자신의 작은 체구로 안아
가리고 있다가 새가 일으킨 거센 바람에 밀려 비와 함께 데굴데굴 굴러
갔다. 열기 때문에 머리칼이 오그라들고 온몸이 데인 듯이 달아올랐다.

치우비는 여전히 정신을 차리지 못하고 있었다. 두 사람이 맥에게서

조금 떨어진 곳으로 굴러가자 맥의 머리 위에 있던 여자가 뭐라고 소리를 치면서 맥의 머리를 두드렸다. 맥은 쿵, 하며 콧김을 한 번 내뿜고는 왼쪽 앞발을 들어 땅에 내디뎠다. 쿵 소리와 함께 땅이 단번에 열 자 깊이만큼 파였다. 그 반동으로 맥은 몸을 날려 번개범을 향해 달려들었다.

긴장한 듯 몸을 납작하게 엎드리고 있던 번개범도 거대한 이빨로 땅을 두어 번 긁더니 사방이 쩌렁쩌렁 울릴 듯이 커다랗게 포효하며 달려들었다.

그러는 와중에 맥은 달려 나가면서 발치까지 굴러와 있던 치우 형제의 몸을 슬쩍 밀었다. 가볍게 밀었지만 워낙 거대한 동물인지라 치우천은 허리가 끊어지는 줄로만 알았다. 형제는 데굴데굴 구르고 밀려서 맥이 방금 땅을 뚫은 구멍 속으로 빠져들었다. 그 순간 땅속에서 팍! 하는 소리와 함께 물이 솟구쳐 올랐다. 그곳은 지하수가 흐르는 수맥이었다.

치우천과 치우비는 새가 뿜어낸 열기로 온몸에 화기(火氣)가 퍼지고 있었는데 차갑게 솟구치는 지하수에 빠진 탓에 간신히 화기를 가라앉힐 수 있었다. 기절했던 치우비도 차가운 물을 뒤집어쓰자 정신을 차렸다. 치우비는 눈을 뜨자마자 물을 푸 뿜어내고는 형의 몸을 끌어안고 몸을 솟구쳐 물구덩이에서 빠져나왔다.

"비야! 괜찮으냐!"

치우천은 아우의 안위가 걱정되어 소리쳐 물었으나 치우비는 이글거리는 눈빛으로 외쳤다.

"아무렇지도 않아! 저놈을 죽여 버릴 거야!"

치우천은 뛰어나가려는 치우비를 급히 잡았다. 언뜻 보기에도 치우비는 아무렇지 않은 상태가 아니었기 때문이다.

"아서라! 신수들끼리 싸우는 것을 본 뒤에 나가도 늦지 않다!"

그때 뒤쪽에 서 있던 사울아비들과 도깨비들도 슬금슬금 움직이기 시작했다. 부루벼락과 쇠돌이는 치우천과 치우비가 살아 있는 것을 보고 환성을 질렀다.

"와! 살았네!"

저만치에서 불타는 새의 형상이 하늘을 휘감듯 선회하며 달려들 기세를 보였다. 새가 지날 때마다 하늘에 타오르듯 붉고 긴 궤적이 그려졌다. 전보다 더 무서운 열기를 뿜을 것 같았다.

치우천은 뒤를 보고 소리를 질렀다.

"물러서! 지금밖에 때가 없다! 모두 물러서!"

치우우레 역시 다급하게 외쳤다.

"일단 물러나라! 물러나!"

맥과 번개범은 땅을 뒤흔들면서 맹렬하게 싸우기 시작했다. 둘 다 몸을 부딪치기보다는 무시무시한 주술을 써서 싸우는지라 두 신수의 부근은 돌이며 바람이며 번개며 불까지 휘몰아치고 부딪혀 두 신수가 어떻게 격돌하는지 보이지도 않았으며, 근방은 지옥처럼 엉망진창이 되어 가고 있었다.

한 마리의 신수도 감당할 수 없는 판에 신수끼리의 싸움에 말려드는 것은 미친 짓이나 다름없는지라 사울아비들은 그 틈을 타서 일단 다친 사람들과 뒹구는 시신들을 힘이 닿는 데까지 수습하며 물러섰다. 사울아비들은 고된 훈련을 받은 사람들이었고, 한웅을 모시는 자들은 그중에서도 엄정하게 선발된 정예인지라 물러서는 것도 순식간이었다.

쓰러졌던 붉은 머리 도깨비도 일어나 안타까운 듯 발을 몇 번 굴렀다. 하지만 그도 별수 없이 넘어져 있는 울라트를 들쳐 업고 물러났고, 금발 머리 도깨비는 온몸이 그슬린 늙은 도깨비를 끌고 갔다.

치우우레는 연신 물러서라고 소리를 지르면서도 스스로는 치우천과 치우비 형제에게로 달려갔다. 아들들을 구하기 위해서였다. 뒤를 치우벌이 따랐다.

치우우레가 치우 형제가 있는 구덩이 근처에 다다를 즈음, 하늘이 뒤집히는 굉음이 울리면서 사방에 몰아치던 불과 바람과 냉기 등이 일순간에 폭발하듯 사라져 버렸다.

맥의 주술력은 주로 땅에 관련된 것들과 물체를 움직이는 능력이었고 번개범의 능력은 바람이나 번개의 힘이었다. 번개의 힘과 땅의 힘이 서로 부딪히고 바람과 바람을 조종하려는 힘이 충돌하자 엄청난 굉음과 함께 폭발하여 없어진 탓이었다.

맥과 번개범은 정면으로 격돌했다. 번개범이 먼저 왼쪽 앞발을 들어 맥의 머리를 후려갈겼다. 맥은 머리를 맞고도 달려들던 기세를 조금도 늦추지 않고 번개범의 가슴팍을 들이받았다. 번개범의 거대한 몸이 붕 떠오르면서 뒤집히는가 싶었지만 번개범은 공중에서 거대한 몸을 한 바퀴 돌리며 고양이처럼 날렵하게 뒤로 돌아 내려앉았다. 쿵 하는 소리와 함께 번개범이 내려앉은 자리가 연못만큼이나 깊숙이 파였고, 지진이 난 것처럼 땅이 흔들려 보고 있던 사람들이 휘청거렸다.

맥은 하늘로 긴 코를 솟구치며 길고도 맑은 소리를 질렀다. 번개범 주위의 땅이 쩍쩍 갈라지면서 땅거죽이 하늘로 떠오르기 시작했다. 거대한 흙덩이와 바위들이 하늘로 치솟더니 곧바로 번개범을 노리고 쏟아져 내렸다. 번개범은 당황한 듯 이리 뛰고 저리 뛰며 바위와 흙덩이들을 날렵하게 피했지만 돌무더기가 무수히 쏟아지는 탓에 세 개 중 한 개는 몸에 맞을 수밖에 없었다.

번개범은 화가 난 듯 또다시 길게 포효하며 바위와 흙덩이에 맞는 것에도 아랑곳하지 않고 맥을 불타는 눈으로 노려보았다. 맥의 머리 바로 위에서 무시무시한 섬광이 번쩍이며 번갯불이 맥에게 내리꽂히기 시작했다. 맥은 비웃듯 몸을 날리며 번갯불들을 피하다가 맑은 눈을 감았다.

혼자라면 그대로 버틸 수 있겠지만 머리 위에 태운 여자 때문에 번개를 맞을 수는 없는 노릇이었다.

눈을 감은 맥의 몸 주위에서 흰빛이 떠오르며 투명한 둥근 광채가 막을 씌우듯 맥의 전신을 감쌌다. 대여섯 줄기나 되는 번개가 맥을 감싼 막에 내리꽂혔으나 미끄러지듯 옆으로 비껴나가 땅에 떨어졌다. 대단한 보호막이었다. 그러나 맥은 보호막에 모든 힘을 쏟은 듯, 번개범 주변에 솟구쳐 올랐던 바위와 흙덩이들이 일제히 힘없이 땅으로 떨어져 내렸다.

번개범은 그 틈을 노려 여유만만하게 포효하며 몸을 솟구쳐 올랐다. 번개가 막을 찢어 버릴 듯 거세게 내리꽂히고 있어 맥은 꼼짝도 할 수 없었다.

사울아비들은 맥이 불리해지자 걱정스러워서 발을 굴렀으나 거대한 힘들끼리 격돌하는 중이라 사람이 끼어들 틈이 전혀 없었다. 물에서 빠져나와 가쁜 숨을 내쉬고 있던 치우천과 치우비도 안타깝기는 마찬가지였으나 방법이 없었다. 맥의 눈빛은 조금도 두려움을 담고 있지 않았고 장난이라도 치는 것 같았으나 그것을 알아볼 사람은 없었다.

그때 다시 저쪽에서부터 거대한 새가 낮게 날아왔다. 이번에는 아까보다 더 맹렬한 기세인지라 새가 날아가는 뒤편으로 거대한 불덩어리가 솟구쳐 올랐다. 태울 것도 없는 황무지인데도 열기를 이기지 못해 땅이 불타올랐다. 치우비는 그 모습을 보고 기겁을 하여 형을 안고 물구덩이로 뛰어들었다.

번개범이 높이 몸을 솟구쳤다가 백 년 묵은 나무만큼이나 커다란 두 개의 어금니로 맥을 공중에서 내리찍으려 하는 찰나였다. 저 거대한 이빨로 맥을 내리찍는다면 제아무리 맥이 영험한 신수이고 보호막을 치고 있다 해도 영락없이 몸이 꿰뚫릴 것 같았다. 그때 미친 듯 날아든 새의 형상이 허공에 뜬 번개범의 몸을 치고 지나갔다.

엄청나게 빠른 속도로 날아든 새가 단지 스치기만 했을 뿐인데도 번개범은 공중에서 방향을 잃고 몸이 팽그르르 돌았다. 그리고 잇달아 휘몰아친 거대한 불바람이 사방을 순식간에 휩쓸었다. 맥은 보호막 때문에 영향을 받지 않았지만 번개범은 무방비 상태인지라 삽시간에 온몸에 불이 붙어 타오르면서 쿵 소리와 함께 땅에 떨어져 내렸다. 이어서 불바람이 휘몰아쳐 뜨겁게 달궈진 공기의 간극을 메우려는 듯 매서운 바람이 몰려들었다.

"비야! 저걸 봐라. 저건 뭔가……!"

지하수 흙물에 두 눈만 내놓고 있던 치우천이 중얼거렸다. 불타는 새의 날아가는 모습이 왠지 낯이 익었으나 뚜렷하게 떠오르진 않았다. 치우비는 형의 중얼거리는 소리를 들을 마음의 여유조차 없었다.

번개범이 땅에 떨어져 내린 순간 맥이 맑은 눈을 번쩍 치떴다. 동시에 맥의 몸 주위에 쳐졌던 보호막은 이내 사라져 버렸고 맥의 등 뒤에서부터 뾰족한 형상의 거대한 바위 세 개가 허공에 떠오르더니 곧이어 맹렬한 기세로 번개범을 향해 날아들었다.

번개범은 몸에 붙은 불을 끄려는 듯 바람을 일으키며 회오리바람으로 변하는 중이었다. 세 개의 뾰족하고 거대한 바위가 비수처럼 자신을 향해 날아들자 번개범은 크악! 하고 비명 같은 소리를 지르면서 양 앞발로 바위를 떨쳐 냈다.

번개범이 양발로 각각 하나씩의 바위를 후려갈기자 바위들은 공중에서 폭발하듯 박살 나 없어졌지만 나머지 한 개의 바위는 도저히 어쩔 수가 없었다. 바위가 얼굴에 꽂히기 직전 번개범은 얼른 고개를 숙여 피했으나 바위는 번개범의 등을 깊게 찢으며 박히는가 싶더니 이내 튕겨져 땅에 떨어져 부서졌다.

뜻하지 않게 심한 상처를 입은 번개범은 길게 포효하면서 몸을 돌렸다. 다시 회오리처럼 몸의 형체가 흐릿해져 갔으나 피는 사방으로 튀면서 주변을 붉게 물들였다. 거대한 신수인지라 뿌려지는 피의 양도 어마어마했다.

새가 허공을 선회하여 세 번째로 번개범에게 달려들려 했으나 이미 번개범은 회오리바람으로 모습을 바꾼 뒤였다. 때문에 새는 번개범을 치지 못하고 몸을 통과하여 하늘로 떠오르더니 방향을 바꾸고는 산 저편으로 날아갔다. 그사이 번개범은 무서운 바람을 일으키며 달아나기 시작했다.

맥은 그냥 보낼 수 없다는 듯 눈을 빛냈다. 여러 개의 바위가 허공에 떠올라 회오리바람을 향해 날아갔으나 맞힐 수가 없었다. 맥은 무서운 기세로 번개범의 뒤를 따라갔다.

번개범이 달아나자 사울아비들은 환호성을 올렸다. 바위 뒤에 몸을 피했던 치우우레와 치우벌이 구덩이로 달려갔다. 치우우레와 치우벌의 몸은 불새의 열기로 시커멓게 그슬렸고, 머리카락도 타들어 상투가 없어진 추레한 몰골이었다. 치우우레는 불구덩이 속에 치우비와 치우천이 멀쩡히 있는 것을 보고는 반가운 마음에 소리를 질렀다. 치우우레가 급히 손을 아래로 내뻗자 치우비는 손을 덥석 잡은 다음 치우천의 몸을 안고 훌쩍 뛰어올라 밖으로 나왔다.

"이 녀석들이 안 죽었구나! 안 죽었어! 안파견 한님! 감사합니다!"

치우우레는 두 아들이 올라오자마자 끌어안고 목이 메어 컥컥거리며 울었다. 형제는 콧등이 시큰했지만 치우천은 침착하게 말문을 열었다.

"아버님, 지금 이럴 때가 아닙니다."

그러나 치우우레는 신수든 뭐든 안중에도 없었다. 그는 두 아들을 안은 손을 한참이나 풀지 않았다.

옆에 있던 치우벌이 코를 쿨쩍이며 치우우레를 불렀다.

"형님!"

그제야 치우우레는 두 아들을 풀어 주었다. 어느 틈엔가 그들 뒤로 여러 도깨비들이 와 있었다. 그들 또한 치우비가 걱정되어 누가 먼저랄 것도 없이 상처 입은 몸을 이끌고 달려온 것이다. 부루벼락과 쇠돌이, 마파람 등도 달려왔다. 치우우레는 도깨비들이 치우비를 따른다는 얘기를 들어서 알고는 있었으나, 이렇듯 가까이 대하자 은근히 두려워 슬 그머니 도끼를 쥐며 손에 힘을 주었다.

"이놈들은 뭐냐?"

"제 벗들입니다, 아버님."

치우비는 도깨비들이 목숨을 걸고 달려와 준 것이 고마워서 그들을 일일이 껴안았다. 그 모습을 보며 치우우레는 뭐라 말해야 할지 몰라 그 저 혼잣말로 중얼거리기만 했다.

"허 참. 이걸 대체…… 허 참……."

다른 사울아비들도 달려와서 치우천에게 괜찮으냐고 물었다. 치우천 은 고개를 끄덕여 보이며 그들을 둘러보다가, 문득 분명 있어야 할 사람 하나가 없다는 것을 깨달았다. 치우천이 외쳤다.

"치베! 치베는 어디 있지?"

그러고 보니 치베가 보이지 않았다. 그때 저만치 반대쪽에서 누가 비 명을 지르며 달려오는 것이 보였다.

"도와줘!"

치베였다. 치베는 어느 통에 갔는지 골짜기 저쪽에서 정신없이 말을 타고 달려 나오고 있었다. 곧이어 그의 등 뒤에서 무서운 형상이 나타났 다. 아까의 불새가 낮게 날며 치베를 따라오고 있는 것이 아닌가.

치베는 죽을힘을 다해 말을 달리고 있었지만 불새를 따돌릴 수 없었다. 다행히 불새의 몸에서는 열기가 느껴지지 않았다. 불새가 아까처럼 열기를 뿜었다면 치베는 말과 함께 타 죽었을 것이다. 기이한 광경을 보고 치우 형제나 다른 사람들은 움직이지도 못하고 우두커니 서 있었다. 불새는 분명 맥을 도와 번개범을 물리쳤다. 하지만 지금은 치베를 뒤쫓고 있으니, 불새를 공격해야 할지 어떻게 해야 좋을지 알 수 없었다.

치우천이 다급하게 소리쳤다.

"치베! 말에서 뛰어내려라!"

불새는 날아다니는 새이므로 급히 그 자리에서 멈출 수가 없으니까 말에서 뛰어내리는 것이 상책이었다. 치베가 그 소리를 듣고 곧장 말에서 뛰어내렸다. 치베가 탔던 말은 공포에 질려 있었으므로 치베가 내리자마자 방향을 바꾸어 달려갔고 불새는 치베의 몸에 닿을 정도로 낮게 날다가 위로 몸을 솟구쳤다.

불새는 밝은 눈을 들어 치우천을 쳐다보았다. 치우천은 불새가 자신을 쳐다보고 있다는 것을 알았다. 눈빛이 마주친 순간 치우천은 뭐라 표현하기 어려운, 미묘한 느낌을 받았다. 신수인 불새는 눈빛으로 자신의 마음을 말하는 능력이 있는 듯했다. 자신에게 무슨 이야기를 전하고 있었는데, 어찌 보면 원망 같기도 하고 어찌 보면 안타까움 같기도 한, 참으로 복잡한 감정이 실린 눈빛이었다. 그러나 그것이 무엇을 뜻하는지 치우천은 알 수 없었다.

치우비와 몇몇 사울아비들이 달려가서 치베를 구해 냈다. 치베는 치우비의 부축을 받아 숨이 끊어질 듯 헉헉거리며 외쳤다.

"저게…… 저게 나를 따라왔다! 나를……!"

치베는 아까 번개범과 맞서다가 번개범의 바람에 휘말려 골짜기 너머까지 내동댕이쳐졌다. 시간이 잠시 흐른 뒤 정신을 차리고 보니 다른 것도 아닌 거대한 신수가 자신의 뒤를 따라오는 것이 보였다. 치베는 죽을힘을 다해 도망쳤다. 치베가 제아무리 잘 달린다 해도 날아다니는 신수를 어떻게 당해 내겠는가. 불새는 느릿느릿 자신의 뒤를 따라왔으나 치베는 숨이 차서 쓰러질 지경이 되었다. 그러다가 다행히 길 잃은 말 한 마리를 발견하여 간신히 그 등에 올라타 여기까지 달려온 것이었다.

"왜 저 신수가 너를 따라왔지?"

치우비 역시 헐떡거리며 물었다. 치우비도 이미 갈비뼈 몇 대가 부러지거나 어긋나 고통이 상당히 심했으나 워낙 힘이 대단하여 간신히 참고 있었다. 치베는 그 말에 뭐라 대답을 해야 할지 몰랐다.

하늘을 낮게 선회하던 불새가 이번에는 놀랍게도 치우천을 향해 날아들 것처럼 보였다. 치우우레는 안색이 변하더니 힘껏 소리쳤다.

"사울아비들이여! 저 새를 노려라!"

"안 됩니다! 아버지!"

치우천이 외쳤으나 아무도 듣지 않았다. 사울아비들은 치우우레의 명령을 따르지 치우천의 명령을 듣는 것은 아니었다. 그들은 워낙 훈련이 잘되어 있기에 치우우레의 말이 떨어지자마자 남아 있는 무기를 있는 대로 들고 새를 노리기 시작했다.

치우천이 다시 외치며 다급히 막아섰다.

"안 됩니다! 저 새는 우리를 해치려고 하지 않습니다! 해치려 했으면 벌써 불을 뿜었을 거예요. 무기를 거두라 해 주세요."

치우우레가 멈칫하는 순간, 불새는 사람들의 분위기를 눈치챘는지 하늘로 솟구쳐 올랐다. 불새는 "부우웅" 하며 나직하고도 슬픈 소리로 길게 울었다. 별안간 불새는 허공에서 균형을 잃더니 쿵 소리와 함께 땅에 떨어져 내렸다.

"이런!"

모두 깜짝 놀랐다. 커다란 불새가 어째서 갑자기 땅에 떨어지게 된 것일까? 번개범에게 당했단 말인가? 아니면?

땅에 떨어진 불새는 뒤척이다가 힘없이 긴 목을 꺾었다. 불새의 몸은 번개범만큼 크지는 않았지만 그래도 다섯 길이 넘었다. 아까는 불을 뿜으며 날았기에 커 보였던 것 같았다. 불새는 몸을 부르르 떨며 눈을 굴려 치우천을 보았다. 몸에서 뿜어져 나오던 빛나는 광채도 방금 전보다 훨씬 약해진 것 같았다. 죽어 가는 것 같았다.

불새와 눈이 마주치자 치우천은 자신도 모르게 가슴이 뭉클해졌다. 불새가 측은하다는 생각이 들었다. 확실하게는 알 수 없었지만 눈빛은 아까처럼 무엇을 원망하듯 슬픈 빛을 띠고 있었다. 치우천은 자신도 모르게 그쪽으로 걸어가려 했으나 치우우레와 치우비가 치우천을 잡고 놓지 않았다.

"다가가선 안 된다."

"위험해, 형."

"우릴 도운 신수입니다."

치우천의 말에 치우우레가 고개를 저었다.

"우리가 무슨 재주로 신수를 돕는단 말이냐? 다친 사람들부터 돌보자."

치우천은 하는 수 없이 걸음을 멈추었다. 그때 저편에서 두두두 하고 거대한 짐승이 달려오는 소리가 들렸다. 몸이 다친 사람과 죽은 사람들을 수습하던 사람들은 혹여 번개범이 돌아오는 것이 아닌가 싶어 긴장했다.

돌아온 것은 신수 맥이었다. 맥의 머리 위에는 여전히 흰옷을 입고 머리를 길게 기른 여인이 앉아 있었다. 맥은 사람들이나 땅에 떨어진 불새와 거리를 두고 걸음을 멈추어 섰다. 맥이 천천히 무릎을 꿇고 고개를 숙이자 머리 위에 있던 여인이 사뿐히 내려와 이쪽으로 걸어왔다.

여인이 다가오자 사람들은 자신도 모르게 고개를 숙였다. 그 여인을 선인, 그것도 아주 대단한 선인이라 여겼기 때문이다. 어떤 사람은 분명 안파견 한님이 보낸 여인이라 생각했고, 어떤 이는 모습을 바꾼 자부 선인이라고 생각했다.

치우우레나 치우비, 치우천도 마찬가지로 고개를 숙였다. 모두 놀랍고 황송하거나 은근히 두려운 마음을 지니고 있는 데 반해 치우천은 이상하게 가슴이 울렁거렸다. 여인은 고개를 숙이고 있는 수많은 사람들을 보고는 빙긋 웃었다. 그러고는 기품 있는 걸음걸이로 천천히 다가와 사람들을 향해 살짝 고개를 마주 숙이며 절을 해 보였다. 그러자 뭇 사람들은 황송하여 더욱 깊이 고개를 숙였다.

여인 역시 고개를 더 숙였고 마침내 사람들 중 절반 정도가 땅에 엎드려 절을 했다. 그러자 여인은 아! 하고 작은 소리로 한숨을 내쉬었다. 한숨을 내쉬었을 뿐인데도 무척이나 곱고 우아하여 치우천을 비롯한 몇몇 젊은 사울아비들은 소리만으로 넋이 나갈 것만 같았다.

"어이하여 저에게 절을 하십니까. 어서 다친 사람들부터 돌봐 주시지요."

여인의 나직하고도 우아한 목소리가 들려왔다. 사람들은 고개를 들었다. 여인은 용모도 아름다웠거니와 표정 역시 무척이나 온화하고 기품이 있어서 여인의 얼굴을 마주 본 사람들은 자신도 모르게 이유 없는 부끄러움을 느끼고 황급히 눈을 되돌렸다.

치우우레는 정신을 수습하고는 이내 외쳤다. 지금 이 자리에서는 치우우레가 가장 높은 위치에 있었다. 한웅이나 삼사 등 높은 사람들은 아까 번개범을 피해 물러섰기 때문이다.

"선인의 말씀을 따르거라! 사울아비와 단군은 다친 사람을 돌보라!

다른 사람은 흩어진 말과 소를 잡고 망가진 것들을 챙겨라! 치우벌!"

"사울아비 스승 치우벌 여기 있소이다."

치우벌이 대답하자 치우우레가 지시를 내렸다.

"자네는 남은 사울아비들을 헤아려 지휘하라. 부소다솔!"

저만치 뒤로 물러나 있던 부소다솔이 아직도 덜덜 떨며 나타났다. 부소다솔은 사울아비 스승이기는 하나 편하게만 살아온 터라 담력이 부족했다.

"예……."

부소다솔이 간신히 대답하자 치우우레는 남모르게 살짝 한숨을 쉬고 말했다.

"자네는 셈에 밝으니 죽고 다친 사람과 짐승, 망가진 것들을 헤아리도록 하라. 그리고 양역!"

"사울아비 양역 여기 있사옵니다."

몇 군데를 다친 양역이 절뚝이며 달려왔다.

치우우레는 주신에서도 손꼽히는 사울아비 스승이라 이런 난리판에서도 노련하여 빈틈이 없었다. 치우우레가 물었다.

"다쳤느냐?"

"이 정도 아무것도 아니옵니다. 허나…… 허나…… 벗들이……."

양역은 죽은 사람들을 돌아보며 울먹이려 했다. 치우우레가 호통을 쳤다.

"슬퍼하는 건 나중에 해도 늦지 않다. 너는 사울아비 스무 명을 데리고 가서 한웅님의 가마가 간 곳을 찾아 다시 만날 수 있도록 준비하라."

"예!"

"치우천! 치우비!"

"사울아비 치우천 여기 있사옵니다."

"사울아비 치우비 여기 있사옵니다."

형제가 다급하게 대답했다. 정체불명의 여인이 치우 형제 쪽으로 걸어오고 있었지만 사울아비의 규칙이 엄하여 치우천은 명령을 기다리느라 그쪽을 쳐다보지도 못하고 있었다.

"너희 둘은……"

치우우레가 치우천 치우비에게 막 명령을 내리려 하는데 여인이 조용히 입을 열었다.

"이 두 분께 드릴 부탁이 있사오니 명을 잠시 미루어 주시면 어떠하올는지요?"

치우우레는 의아해하며 눈을 크게 떴지만 정중히 대답했다.

"선인의 청을 어찌 받아들이지 않겠습니까! 어떤 일이든 시키시옵소서."

여인은 살짝 웃었다.

"저 같은 것이 어찌 선인이 되겠습니까! 어르신께서 그리 말씀하시면 쉰네 어찌할 바를 모르겠습니다."

치우우레는 기품을 잃지 않은 여인의 말투에 더더욱 황송하여 고개를 숙였다.

"허나……"

치우우레가 말끝을 흐리자 여인은 따라 고개를 숙이며 웃었다.

"저 같은 것에게 고개를 숙이시면 저도 고개를 숙이지 않을 수 없답니다. 여기 모인 수많은 사람에게 일일이 답하려면 목이 아플 것이니, 그러시지 않으면 감사하겠사옵니다."

치우우레는 할 수 없이 고개를 들었다. 여인이 살짝 웃으며 말을 이었다.

"쉰네는 보통 아낙입니다. 맥달이라 불러 주시옵소서."

치우천은 그 이름을 듣는 순간, 뭔가 기억이 날 듯 말 듯하여 고개를 갸웃거렸다. 맥달은 그 모양을 슬쩍 곁눈으로 보고 웃었다. 맥달이 웃는 모습에 치우천은 가슴이 덜컹 내려앉으며 다리에 힘이 쭉 빠져나가 하마터면 주저앉을 뻔했다. 기이한 일이었다.

분명 맥달은 무척이나 우아하고 기품이 있는 여인이었다. 미모도 대단히 뛰어났지만, 세상에서 가장 아름답다고까지 할 정도는 아니었다. 천 명, 아니 수천 명에서 한 명 볼까 말까 한 미모였으나 치우천이 본 가장 아름다운 여자는 아니었다. 분위기는 다르지만 공손발 역시 그녀와 견줄 만했고, 소녀만큼 사람을 사로잡을 정도도 아니었으며, 부루버들만큼 고운 용모도 아니었다. 기품과 지혜로워 보이는 면에서는 아무도 따를 수 없었으나, 많은 남자들은 오히려 그런 여자를 존경하되 여자로서는 은근히 꺼리는 법이다.

치우천은 여자에 대해 거의 목석과 같은 감정을 가지고 있었다. 그런데 왜 이렇듯 몸에서 힘이 빠질 정도로 넋을 잃는지 알 수가 없었다. 존경심이나 경외감과는 다른 감정임이 틀림없었다. 더구나 맥달이라는 평범한 이름일 뿐인데도 듣는 순간 짜릿한 충격이 머리에서 발끝까지 훑고 지나갔다. 이유는 전혀 알 수 없었다.

맥달은 치우천에게 장난스러운 눈길을 슬쩍 보냈다가 바로 치우우레에게 말했다.

"저는 그러면 신수에게 가 보겠사옵니다. 저 새가 안됐습니다. 여기 두 분과 함께 갔으면 합니다."

신수에게 아들들이 간다는 것이 꺼림칙했지만 치우우레는 얼른 대답했다.

"선인…… 아니, 맥달님께서 바라시는 대로 하소서."

"치우천님, 치우비님. 저를 도와주시지요."

"예!"

치우천과 치우비는 서둘러 대답하고는 맥달의 뒤를 따랐다. 두 사람은 내심 여자가 자신들의 이름까지 알고 있어 놀랐으나 내색하지는 않았다.

뒷모습을 보고 치우우레가 소리쳤다. 치우천과 비에게 시킬 일을 대신 할 사람이 필요했던 것이다.

"치우가람, 치우바람, 있느냐?"

한참이 지난 다음에야 치우가람과 치우바람 형제가 대답하며 나타났다. 아무리 이들이 잘난 척하는 자들이라 해도 이런 상황에서는 사울아비 스승의 명령을 듣지 않을 수 없었다.

"너희는 사울아비 백 명을 거느리고 주변을 경계하여……."

치우우레가 말을 하려다 멈추었다. 치우바람의 몸은 치우우레 앞에 와 있으되, 그의 눈은 홀린 듯 맥달의 뒷모습을 좇고 있었다. 정신을 잃을 정도로 홀린 것 같아 보였다.

걸어가던 맥달이 뒤에 눈이 달린 듯 돌아보더니 치우바람에게 한마디 했다.

"치우바람님, 몸조심하십시오."

치우바람은 몸이 두둥실 하늘로 떠오르듯 황홀한 기분이 되어 치우우레의 명령조차 들리지 않았다. 치우가람이 몇 번이나 옆구리를 찌르자 간신히 정신을 차렸다. 치우우레는 속으로 한탄했다.

'저 선인님이 어찌 이런 못된 녀석들에게 관심을 가지신단 말인가? 허 참…….'

치우천도 뭐라 말은 하지 않았으나 묘하게 불쾌한 기분이 들었다. 선인이 치우바람을 걱정해 준 것이 달가울 리 없었다. 치우비도 생각은 비슷했으나 본래 선량한데다 표정을 섣불리 드러내는 성격이 아니었다.

그러나 치우천의 얼굴에는 은연중 불쾌한 빛이 드러났다. 태연한 표정을 지으려 해도 불쾌한 감정이 치밀어 오르는 것을 막을 수가 없었다.

맥달은 그런 치우천을 보며 입가에 미소를 띠면서 넌지시 물었다.

"어디 불편하십니까?"

"아닙니다."

"뭐 궁금한 것이 있습니까?"

치우천이 솔직하게 물었다.

"우리 형제의 이름은 어떻게 아셨습니까? 그리고 치우바람의 이름은 또……?"

맥달이 우아하게 웃으며 대답했다.

"어떻게 알게 되었습니다."

"여기 있는 사람의 이름을 다 아신단 말입니까?"

"알려면 알 수 있지만 그럴 필요가 있을까요?"

"그러면 이유가 있어서 기억하신 겁니까?"

"치우천님, 치우비님 같은 경우는 이름을 알아야 도움을 받을 수 있으니까요."

'그러면 치우바람 같은 놈에게도 도움받으실 생각으로 이름을 알아낸 것입니까?'

치우천은 속으로 외쳤으나 옹졸해 보이기 싫어 차마 묻지는 못했다.

"그렇습니까……."

치우천이 말끝을 흐리자 맥달은 미소를 지으며 천천히 쓰러져 있는 불새 앞으로 나아갔다. 불새는 힘을 쓰지 못하고 눈까지 감고 있다가 맥달이 다가오자 힘겹게 눈을 떴다. 맥달이 입을 열었다.

"불쌍하게도……."

맥달은 두려움 없이 새의 머리를 살짝 쓸어 주며 치우천을 놀리듯 말했다.

"당신은 참 인정머리 없는 사람이군요. 불쌍하지도 않습니까?"

치우천은 난데없이 여자의 질책을 듣자 안색이 변했다.

"왜 저에게 그러십니까?"

"이 신수와 눈이 마주치지 않았습니까?"

치우천은 한숨을 내쉬었다. 이 맥달이라는 여자는 모든 것을 알고 있는 것이 아닐까.

"이 신수가 간절한 눈빛으로 보는 것 같기는 했습니다."

"그런데요?"

아버지와 아우가 막지 않았으면 치우천은 신수에게 다가갔을지도 모른다. 그러나 두려운 마음이 있었던 것도 사실이었다. 참으로 기이한 기분이었다. 왠지 좌절감과 모멸감이 치밀어 자신을 비하하는 말을 내뱉고야 말았다.

"나는 무서워서 다가갈 수 없었소. 난 겁쟁이입니다."

맥달이 얼굴에 웃음기를 지우며 되받았다.

"당신들은 절대 겁쟁이가 아닙니다."

"물론 내 아우는 아닙니다. 하지만 누가 뭐래도 난 겁쟁이입니다. 내가 몹쓸 짓을 했군요."

"어이하여 그런 말씀을 하십니까?"

치우천은 신수를 내려다보며 중얼거리듯 말했다.

"내가 너무 황당한 생각을 하는지도 모릅니다만…… 이 신수를 처음 보는 것 같지 않습니다."

잠시 치우천이 말을 끊자, 맥달이 차분한 목소리로 재촉했다.

"계속하십시오."

"난 남몰래 새 신수의 알을 가지고 있었습니다. 그런데 이 신수는 우리 집이 날아가 부서진 곳에서 튀어나왔습니다."

"그러니까 당신이 키우고 있던 신수였다는 말이군요."

"감히 키운다는 마음을 품은 적은 없습니다. 알이 신기하여 가지고 있던 것뿐이며, 쓸 곳을 찾지 못해 간직하고 있었습니다. 저는 겁쟁이라 알이 깨어날까 봐 항상 걱정했습니다."

맥달은 무표정하게 고개만 끄덕였다. 치우천이 피식 웃었다.

"내가 무슨 이야기를 늘어놓고 있는 거지? 죄송합니다."

"아닙니다. 계속하시어요. 대단히 중요한 일입니다."

"내가 이야기를 늘어놓는 것이 어찌 중요합니까?"

"이 신수를 살리려면 그리하셔야 합니다."

신수를 살리는데 도대체 왜 자기가 이런 이야기를 해야 하는지 이해할 수 없었으나 맥달의 말을 들으니 그래야 할 것 같은 기분이 들었다. 치우천은 하는 수 없다는 생각에 말을 더듬었다.

"그런데 이 신수가 날아다니는 모습이…… 왠지…… 왠지……."

"말씀하셔야 합니다."

맥달이 눈을 빛내며 강조하자 치우천이 말했다.

"내 매 같다는 생각이 들었습니다……."

"매요?"

"예. 저는 몽골족에게 선물받은 마파람이라는 매가 있었습니다. 아, 그 매는 조롱에 넣어 짐에 두었는데 바람에 휘말려 어떻게 되었는지 모르겠군요. 신수가 알에서 났건 아니건 내 매와는 상관없을 텐데, 전 신수의 나는 모습이 그 매와 흡사하다고 생각했습니다……."

치우천은 자기가 생각해도 바보 같은 이야기라고 생각했으나 맥달은 비로소 웃음을 지어 보였다.

"잘 말씀하셨습니다."

그러더니 맥달은 신수에게 마치 사람에게 얘기하듯 말을 건넸다.

"들었니? 기억하고 계신다. 걱정할 것 없단다."

돌연 새가 눈을 크게 뜨더니 천천히 몸을 일으켜 세웠다. 치우천과 치우비는 놀라 몇 발짝씩 뒤로 물러섰고, 저만치 떨어져 있던 사울아비들도 놀라 하던 일을 멈추고 웅성거렸다.

치우비가 놀라서 외쳤다.

"무…… 무슨 일입니까?"

맥달이 웃으며 대답했다.

"이 신수는 아직 어립니다. 갓 태어난 아기 새나 다를 바 없습니다. 그러니 신수라 해도 그렇듯 자유롭게 날아다니고 도력을 쓸 수는 없는 법입니다. 그런데 이 신수는 매처럼 날아다니며 당신들을 도우려 했습니다. 그 이유가 뭐라고 생각하시나요?"

치우비가 얼결에 물었다.

"이…… 신수가 그럼 마파람입니까?"

치우천은 믿을 수 없다는 듯이 고개를 저었다.

"그럴 리가……. 이 신수는 알에서 태어난 것 같은데……."

맥달이 웃으며 두 사람을 번갈아 쳐다보면서 고개를 끄덕였다.

"아우님 말씀이 반은 맞습니다. 형님 말씀도 반은 맞습니다."

치우천, 치우비는 놀라서 신수를 몇 번이나 바라보았다. 그렇게 조그만 알에서 태어났는데도 맥이나 번개범보다는 작지만 사람보다는 몇 갑절 크고 거대한 새로 변해 있었다.

이제 힘을 찾았는지 눈이 부리부리하게 변했고 깃털에도 반짝이는 빛이 다시 돌기 시작했다. 기다란 부리에 작은 이빨이 나 있었으며, 얼굴은 새라기보다는 뱀 같은 느낌을 주었다. 그러나 크고 검은 눈동자는 맑아서 뱀 종류와는 완연히 달랐다. 이 신수가 마파람이었다니?

맥달이 말을 이었다.

"형님 말씀대로 이 신수는 알에서 깨어났습니다. 짐이 날려 부서지면서 알껍데기가 깨져 나온 것입니다. 그런데 그때 옆에 있던 매, 마파람이 있었습니다. 신수가 태어남과 동시에 마파람은 짐에 눌려 숨을 쉴 수가 없었던 거지요. 마파람은 죽어 가면서도 주인인 치우천님 당신을 생각했고, 그 때문에 막 태어난 신수의 몸에 저도 모르게 들어간 것입니다. 그래서 이 신수는 갓 태어났음에도 하늘을 날고 도력을 써서 당신들을 구했는데, 모두 마파람이 당신을 위해 한 일입니다."

맥달의 이야기를 들으면서도 형제는 믿어지지 않아 연신 서로의 얼굴과 맥달의 얼굴, 신수를 번갈아 바라볼 뿐이었다. 신수의 알은 사실 벌써 몇 년 전에 부화되었어야 했는데 약에 의해 계속 잠들어 있어 알을 깨고 나오지 못했을 뿐, 알속에서 성장하고 있었기에 깃털을 제법 갖추고 있었다. 다만 약으로 신수가 잠들어 있는 상태였기 때문에 경황을 잃은 마파람의 혼이 그리로 들어가 신수의 심령을 제압하여 솟구쳐 오르게 된 것이다.

원래 도력이 잠재되어 있는 신수이기는 해도 갓 태어나 힘이 약했기에 다시 땅으로 떨어졌을 때는 기진맥진한 상태였다. 마파람의 혼은 자기 주인에게 눈길을 보냈으나 주인은 자신에게로 오지 않았다. 손을 내밀지도 않았고 쓰다듬어 주거나 먹이를 주지도 않았다. 아까 보낸 슬픔과 원망의 눈길은 바로 그 때문이었다. 신수의 몸이 너무 지쳤고, 마파람의 혼은 슬픔 때문에 신수를 제어할 수 없어서 죽어 갔던 것이다.

치우천은 비로소 사정을 깨닫고는 눈물을 흘렸다.

"마파람아, 너는…… 너는 내가 미웠겠구나."

치우천이 손을 뻗자 신수는 고개를 숙였다. 고개를 숙였다 해도 치우천의 손에는 머리가 닿지 않았고 겨우 부리만 닿았다.

치우천은 신수의 부리를 쓰다듬으며 말을 이었다.

"그래도 나를 용서하는 거냐. 사람보다 낫구나."

치우천은 다른 손으로 눈물을 훔쳤다. 맥달이 입을 열었다.

"이제 어찌하시겠습니까? 택하십시오."

"무슨 말씀입니까?"

맥달은 웃으며 대답했다.

"치우천님은 처음으로 신수를 부하로 둔 영웅이 될 수 있습니다. 마파람은 당신의 말에 무엇이든 따를 것입니다."

치우비는 놀랍기도 하고 한편으로는 은근히 겁이 나서 물었다.

"그게 정말입니까?"

맥달이 웃으며 대답했다.

"당신 형님이 기르던 매인데, 무엇을 겁내십니까?"

약간 어두운 낯빛으로 치우천이 물었다.

"그런데 무엇을 택하라는 것입니까?"

"당신이 마파람을 택하시면 원래 신수의 어린 새는 죽어야겠지요. 신수들은 거만하고 흉포하여, 이대로 두면 모두에게 좋지 않습니다. 신수가 자라면 마파람의 혼이 발붙일 곳이 없게 되니, 그렇게 자라다가 일단 마파람의 혼이 밀려나면 신수는 틀림없이 한을 품고 당신을 해칠 것입니다. 그러니 지금 마파람에게 명하여 신수의 혼을 쫓아 버리셔야 합니다."

"그러면 다른 선택은?"

"마파람더러 나가라고 하면 이 신수는 원래의 신수가 되겠지요. 마파람은 하늘로 오를 것이고, 신수도 제 갈 길로 갈 것입니다. 무엇을 택하시든 제가 도와드리겠습니다."

치우천은 주저하지 않고 대답했다.

"마파람을 나가도록 해 주십시오."

치우비는 어쩌면 좋을지 멀뚱한 상태였는데 치우천이 그렇듯 빨리 대답하리라고는 생각하지 못했다.

맥달도 의외였던 듯 고개를 갸웃하며 물었다.

"신수의 힘이 부담되어서 그러십니까?"

치우천이 고개를 저었다.

"아닙니다."

"그러면 무엇입니까? 신수의 힘이 필요하지 않으십니까? 신수를 부리면 무엇이든 할 수 있을 것입니다……."

치우천은 한숨을 쉬며 말했다.

"마파람은 내가 키우던 녀석이오. 나를 위해 애썼고, 목숨도 아끼지 않았으며 죽어서도 내 생각을 잊지 않았습니다. 그런 녀석을 죽은 후까지 부린다면 어찌 내 속이 편하겠습니까? 편하게 해 주고 싶습니다."

"그것뿐입니까?"

"그것뿐입니다."

"후회하지 않으시겠습니까?"

치우천은 피식 웃었다.

"난 무슨 소리를 하는지도 모르겠습니다. 마파람 녀석에게 잘해 준 것도 없는데, 죽은 뒤까지 녀석을 부려 먹는 것은 너무하다 생각할 뿐입니다. 녀석이 다음번에는 사람으로 태어나 매였을 적만큼 용감한 용사가 되었으면 좋겠습니다."

그 말에 맥달이 밝게 웃었다.

"그렇다면 '마파람아, 이제 가도 된다' 고 세 번 말하십시오."

치우천은 맥달의 말대로 세 번 말했다. 신수는 천천히 앉으며 눈을 감았다.

맥달이 여전히 웃음을 머금으며 덧붙였다.

"이제 마파람의 혼이 나가고 신수가 제정신을 찾으면 화가 나서 당신을 덮칠지도 모르겠군요."

그러자 치우비가 나섰다.

"형님, 내가 있소."

맥달이 웃으며 치우비를 쳐다보았다.

"치우비님은 강하시지만 지금은 심하게 다치지 않았습니까?"

치우비는 갈비뼈 언저리도 몹시 아프고 온몸에 멍이 드는 등 만신창이였지만 전혀 내색하지 않았다. 치우비는 형이 항상 극도의 고통을 느끼고 있다는 것을 알기에 자신도 어떤 경우에도 절대로 아픈 내색을 하지 않았다.

"난 아무렇지 않습니다."

"이 녀석아, 형은 나다."

맥달은 처음으로 소리 내어 호호호 웃었다. 웃음소리가 구슬이 구르는 것처럼 아리따워 치우천 치우비는 자신도 모르게 미소를 지었다.

맥달이 웃으며 눈을 감고 멍하니 앉아 있는 신수를 보다가 치우천에게 말했다.

"이 신수는 이제 버려진 것이나 다름없군요. 어미도 없고, 이름도 없으니 불쌍하지 않습니까?"

치우천이 고개를 끄덕였다.

"불쌍합니다, 불쌍하군요."

그 말을 하는 순간 뭔가 생각이 날 듯 말 듯했는데 무엇인지 알 수가 없어 치우천은 답답해졌다.

'뭔가 생각이 날 듯 말 듯하구나. 도대체 뭐지? 뭔가 기억이 나려는 것도 같고…… 아닌 것 같기도 한데…….'

맥달이 눈을 빛내며 청했다.

"갓난 것에게 이름을 지어 주시지요?"

그 눈빛은 실로 뭐라 말할 수 없을 만큼 따뜻한 정을 담고 있었다.

치우천은 또다시 무엇인가 기억이 날 것만 같았다.

'뭘까? 뭔가…… 뭔가 일이 있었다. 그런데 무슨 일이기에 기억이 나지 않는 것일까?'

조금만 더 집중한다면 생각이 날 듯했으나 별안간 신수의 어린 새가 눈을 뜨고 기지개를 켜며 크게 울었다. "부웅—" 하는 울음소리가 사방에 울려 메아리치자 치우천은 깜짝 놀라 생각의 끈을 놓쳐 버렸다. 안타까운 마음에 치우천은 한숨을 길게 내쉬었다.

맥달은 신수의 울음소리에는 신경도 쓰지 않는 듯 치우천에게 다시 청했다.

"이름을 지어 주시지요?"

치우천은 멍한 생각에 입술이 움직이는 대로 대꾸했다.

"내가 이름을 짓는다고 뭐가 다르겠습니까만…… 지어야 한다면 붕, 하는 울음소리를 내니 붕이라 짓지요."

새 이름을 '밍밍이'라 짓고 고양이 이름을 '야옹이'라 짓는 것이나 다름없이 성의 없는 작명이었으나 맥달은 활짝 웃으며 말했다.

"붕, 붕. 이름이 좋습니다."

맥달이 뒤를 돌아보자 쿵쿵거리며 맥이 다가왔다. 맥은 맑고도 슬퍼 보이는 눈으로 맥달을 내려다보았다. 맥달은 맥과 잠시 서로 말없이 눈을 마주 보았다. 돌연 맥이 고개를 끄덕이며 알았다는 시늉을 했다. 그러더니 놀랍게도 맑고 형형한 두 눈에서 눈물을 주르륵 흘렸다. 맥달 역시 눈물을 주르륵 흘리더니 맥의 다리를 얼싸안았다. 맥은 눈물을 줄줄 흘리며 긴 코로 맥달의 등을 툭툭 다독거렸다.

치우천과 치우비는 무슨 영문인지 알 수 없어 멍하니 바라보고만 있었다. 분위기에 민감한 치우비가 자신도 모르게 코를 훌쩍거리며 입을 열었다.

"맥과 맥달님은 정이 깊은가 봐."

"맥달……. 맥달……. 맥의 딸이라서 맥달이라는 이름일까?"

치우천은 중얼거렸다. 이름이 낯설지 않았지만 잡힐 듯 말 듯한 생각은 아무리 애를 써도 잡히지 않았다.

잠시 후 맥이 길게 슬피 울면서 맥달을 남겨 둔 채 저쪽으로 달려갔고, 붉은 날개를 퍼덕이며 날아오르더니 맥의 뒤를 따라 날아가기 시작했다.

사정을 모르는 사울아비들은 남아 있던 두 마리의 신수가 사라지자 한숨을 쉬기도 하고, 몇몇은 이제야 안심을 하면서 가슴을 쓸어내리기도 했다. 아무 해코지를 하지 않았다 해도 역시 신수는 무서운 존재였기 때문이다.

맥이 사라지자 맥달은 뒤로 돌아 치우 형제에게로 왔다. 맥달의 얼굴이 다소 눈물에 젖어 있었으나 치우천 치우비를 보더니 이내 밝은 표정을 지었다.

"이제 가십시다."

"가다니? 어디로요?"

치우천, 치우비가 묻자 맥달은 생긋 웃었다.

"어디긴요? 신시로 가야지요."

"같이 가시는 것입니까?"

치우천이 묻자 맥달은 고개를 끄덕였다.

"그러면 제가 어디로 가겠습니까? 저도 몸 붙일 곳 없는 사람이니 가엾이 여기셔서 같이 갈 수 있도록 도와주십시오."

치우비는 이유도 없이 마냥 좋았다.

"정말입니까? 아, 이것 참! 기뻐서 이거…… 하하!"

치우비의 이성은 비록 형을 따를 수 없으되 감각만큼은 날카로웠다. 치우비는 이 여인을 여자로 생각하여 기뻐하는 것이 아니었다. 치우비의 머릿속에는 공손발로 꽉 들어차 있었고 성격도 외골수라서 다른 여자는 여인으로도 보이지 않았다. 현명하고 차분하며 신통력이 대단한 이 여인이 이상하게 반갑고 그저 기뻤다. 헤어졌던 가족을 다시 만난 기분이었다.

그와는 달리 치우천은 골똘히 생각에 잠겨 있었다. 두 형제의 모습을 보며 맥달은 속으로 생각했다.

'치우비님도 대단한 분이구나. 힘만 대단한 것이 아니라 느낌도 빠르니……. 아, 나처럼 불행해지지 않았으면 좋겠는데…….'

그러는 사이 치우우레가 달려왔다. 그를 보고 치우비가 맥달님이 우리를 따라 신시로 가신다며 신이 나서 말했다.

맥달은 자신은 선인이 아니라고 했지만 이제 맥달을 선인이라 생각하지 않는 사람이 아무도 없었다. 선인의 행동에는 이유를 붙일 수 없다. 보통 사람으로는 이해가 되지 않아도 선인의 말에는 깊은 뜻이 있다고 여기고 있었기에 한 사람도 이의 없이 맥달의 뜻을 받들었다. 더구나 이 선인은 신수를 부려서 크나큰 위험에서 벗어나게 해 준 은인이 아닌가?

곧 치우우레는 가마를 만들게 했다.

"맥달 선인…… 아니, 맥달님께서 신시로 와 주신다니, 큰 영광이 아닐 수 없다! 가마를 만들어 맥달님을 모실 수 있도록 하라!"

맥달이 살포시 웃으며 말했다.

"급하지 않습니다. 사람부터 구하소서."

치우우레는 공손히 고개를 숙였다. 치우우레는 사람들을 구하는 한

편, 맥달의 가마도 서둘러 만들도록 지시했다.

천 명의 사울아비 중에서 백여 명이 넘는 사람이 죽었고 이백 명이 다쳤다. 사울아비들은 체계가 잡혀 있어 질서 있게 사람들을 돌보았지만 도깨비들에겐 관심을 두지 않았다.

도깨비들도 누구 못지않게 용감하게 싸워 열 명의 도깨비들 중 한 명이 죽고 다섯 명이 크게 다쳤으며 성한 자가 없을 정도로 몰골이 처참했는데, 사울아비들은 그들이 무서워서인지 사람이라 생각지 않아서인지 아무도 가까이 가지 않았다. 치베 혼자 쩔쩔맬 뿐이었다. 그것을 보고 치우천과 치우비는 화가 나서 직접 달려가 치베와 함께 도깨비들을 돌보아 주었다.

다행히 도깨비들은 그동안 온갖 고생을 겪고 험한 일에 단련이 된 탓인지 번개범과 싸우다 즉사한 한 명을 제외하고는 모두 숨은 붙어 있었다. 울라트도 다쳤지만 심하지 않았고, 번개에 그슬린 늙은 도깨비는 충격을 크게 받아 온몸을 덜덜 떨었지만 어떻게든 일어설 수 있었다. 늙은 도깨비는 불편한 몸을 이끌고 신묘한 재간으로 도깨비들의 부러진 팔이며 다리를 맞추며 중얼중얼 주문을 외워 도깨비들의 고통을 덜어 주기도 했다.

그 모습을 멀리서 지켜보던 맥달은 살짝 웃으며 고개를 끄덕였다.

사람들은 뒷일을 수습하느라 정신이 없었지만 그 와중에도 맥달을 한 번이라도 더 보려고 기웃거리기까지 했다. 특히 치우바람은 완전히 맥달에게 넋을 빼앗긴 듯, 맥달이 앉아 있는 부근을 지나갈 때마다 비틀거리기까지 했다. 그것을 보고 맥달이 웃으며 고개를 살래살래 젓자 치우바람은 형에게 다가가 기쁨에 겨워 들뜬 목소리로 속삭이곤 했다.

"날 보고 웃었어! 날 보고!"

어이가 없다는 듯 치우가람은 코웃음을 치며 비아냥거렸다.

"희네 나래 녀석들에겐 너보다 열 배는 더 웃었다."

"그깐 녀석들은 상관없어. 죽은 놈들이나 다름없는걸."

"바람아!"

치우가람이 엄하게 목소리를 바꾸자 치우바람은 누가 들을세라 얼른 입을 굳게 다물었다. 때마침 그들 옆에 질쾌가 있는 것을 그들은 전혀 눈치채지 못했다.

질쾌는 단군이라 다친 사람들을 돌보려고 이리저리 바삐 다니던 중이었다. 질쾌는 치우비가 시합에서 대용사로 뽑혀 잔치를 할 때 가람 바람 형제를 본 적이 있었다. 질쾌는 치우천 치우비 형제를 호의를 가진 터였고, 잔치 자리에서 가람 바람 형제의 행동에 치를 떨었던 터라 다친 이들을 돌보는 척하며 슬쩍 그들 형제 쪽으로 몸을 돌렸다.

바로 그때, 한웅의 가마를 찾으러 갔던 양역이 미친 듯이 말을 몰고 달려오는 것이 보였다. 그뿐만 아니라 그는 고래고래 소리를 질러 댔다. 그 소리를 들은 정찰병이 놀라 치우우레에게 소리쳤다.

"치우우레님! 치우우레님!"

흩어졌던 말 중에서 삼분의 일 정도를 끌어 모은 뒤라 치우우레와 치우벌 능은 말에 올라타고 있었다.

치우우레는 곧장 정찰병 쪽으로 말을 몰고 가며 외쳤다.

"무슨 일이냐?"

"큰일입니다. 한웅님의 가마가……!"

"뭣이라고?"

치우우레는 자기도 모르게 말에서 뛰어내려 정찰병에게 달려가 얼굴을 들이대며 황급히 물었다.

"무슨 일이냐?"

"한웅님의 가마가 습격당했습니다!"

"무엇이!"

말을 몰아 곧장 달려오던 양역이 우당탕 말에서 떨어지듯 내리더니 숨을 헐떡이며 외쳤다.

"한웅님 가마가! 가마가!"

"누구냐! 어떤 놈이 감히!"

"사람이 아닙니다!"

"뭐?"

"뭐라고…… 뭐라고 할 수 없습니다! 짐승 떼가……! 수를 헤아릴 수도 없습니다!"

"어디냐?"

"북서쪽으로 이십 리 정도 떨어진 곳입니다."

치우우레는 양역에게 더 이상 묻지 않고 외쳤다. 서둘러 뛰어간다 해도 시간이 제법 걸리는 거리였다.

"말을 탄 자들은 당장 모여 양역을 따라가라! 나머지 자들은 말을 잡는 대로 무리를 짓고 줄을 맞춰라!"

워낙 일이 다급하기에 양역은 숨도 돌리지 못하고 다시 말에 올라타면서 외쳤다.

"나를 따르시오! 가면서 무리를 지어 줄을 맞추도록 하겠소!"

양역 또한 노련한 사울아비이며, 힘은 그리 강하지 않아도 젊은이들 중에서는 가장 지휘력이 뛰어났다. 양역은 서둘러 말에 올라탄 사울아비들 이백여 명을 몰아 달려가면서도 계속 소리를 지르며 대오를 편성했다.

그때 맥달이 치우비를 불렀다. 도깨비들 치료에 전념한 터라 치우 형제는 말을 잡아탈 겨를이 없어 양역을 따라가지 못하고 있었다.

"치우비님!"

"예?"

치우비가 달려오자 맥달이 서둘러 말했다.

"형님과 함께 어서! 어서 가셔야 합니다!"

"한웅님께로 말입니까?"

"그렇습니다. 벗들도 모아서 가세요!"

"하지만 아직 명령이……. 더구나 형님은……."

맥달이 심각한 표정으로 치우비의 말을 막았다.

"가셔야 삽니다."

치우비는 맥달의 눈빛이 절실한 것을 보고는 곧 대답했다.

"뭔지는 모르겠지만, 말하시는 대로 하겠습니다."

그때야 치우천이 달려왔다. 치우천은 자신도 모르게 다리를 약간 끌고 있었다. 다른 사람은 그 모습에 거의 신경 쓰지 않거나, 신경 쓰더라도 번개범과 싸울 때 다쳤다고만 생각하고 있었다.

"왜 그러십니까?"

치우천이 묻자 맥달은 소리를 낮춰 다짐을 주듯 말했다.

"구하든 잡든, 둘을 노리지 말고 하나만 노리세요. 제가 말했단 이야기는 결코 해서는 안 됩니다. 아셨지요?"

총명한 치우천이라 해도 이 말만 듣고 도대체 일이 어떻게 되어 가는지 짐작할 재간이 없었다. 어안이 벙벙할 따름이었다.

"무슨 말씀이신지?"

맥달은 웃지도 않고 눈만 빛내며 한마디 할 뿐이었다.

"어서 가십시오."

치우비는 입에 손가락을 넣어 날카로운 소리를 냈다. 곧 구름과 높은 뫼가 달려왔다. 신수들이 있을 때는 두려움을 이기지 못해 도망쳤지만 신수가 사라지자 두 말은 금방 달려왔다.

치우비가 구름 위에 펄쩍 올라탔다. 그러자 근처에 있던 도깨비들이 뭐라고 떠들면서 달려왔다. 그나마 움직일 수 있는 도깨비들은 넷뿐이 었는데 그 넷이 치우비를 따라가기를 원하는 듯했다. 부상이 심해서 어 쩔까 하고 치우비가 망설이는 틈을 타서 울라트가 달려오며 커다랗게 외쳤다.

"같이 가요!"

울라트는 중상을 입은 것은 아니지만 얼굴에 아직 핏자국이 남아 있 었다. 걱정스럽게 쳐다보는 치우비에게는 아랑곳하지 않고 울라트는 붉은 머리 애꾸 도깨비에게 손짓을 했다. 도깨비는 재빨리 울라트를 어 깨에 얹었다.

울라트가 제법 의젓한 목소리로 말했다.

"죽어도 같이 죽고, 살아도 같이 산대요. 아까 가까이 있지 않아 오라 버니를 위험하게 했다고 도깨비들이 무척 후회하고 있어요."

그 말에 감격하여 치우비가 커다랗게 외쳤다.

"좋다! 죽어도 같이 죽고, 살아도 같이 산다! 같이 가자!"

곧이어 치베가 말을 몰고 달려왔다.

"비 안다! 천 안다! 치베가 여기 있다!"

쇠돌이와 부루벼락도 먼지를 온통 뒤집어쓴 채 나타났다.

"젠장, 사울아비가 도깨비들에게 뒤질 수야 없지!"

그때 달리기를 잘하는 마파람이 저만치 달려가며 외쳤다.

"말이 없어도 이십 리는 금방이다!"

그 뒤를 질세라 날램이가 따랐다.

"말보다 내가 빠를 거유!"

"잠깐! 멋대로 움직이지 마라!"

치우천이 외쳤다. 치우천은 이렇듯 와르르 제멋대로 몰려가는 것이 아무래도 불안한 듯했다.

그들의 모습을 지켜본 치우우레가 외쳤다.

"어서 한웅님께 가거라! 무리를 짓지 않아도 좋다!"

치우우레는 이 젊은이들이 하나같이 보통 인물들이 아니어서 굳이 편성하지 않고 보내도 알아서 충분히 제 몫을 할 것이라 생각했다.

아버지의 명령이 떨어지자 치우천도 이제는 꺼릴 것이 없다는 생각에 높은뫼의 배를 박찼다.

"가자! 모두…… 윽……."

순간 치우천의 몸이 휘청하더니 말 위에서 미끄러져 떨어지려 했다. 치우비가 놀라 다급하게 구름을 몰고 와 치우천의 몸을 받아서는 말에 앉혔다.

"형님! 괜찮아? 왜 그래?"

치우천은 제정신이 아니었다. 유망이 다리를 좀 돌보긴 했으나 제대로 치료해 준 것은 아니었다. 게다가 그동안 거의 쉬지도 못한 채 극도로 신경을 썼고 하루 종일 남들 눈에 띄지 않으려고 고통을 참으며 걸었다. 결국 지나치게 무리한 탓에 절맥이 도지고야 만 것이다.

막 떠나려던 사람들 모두가 은연중에 치우 형제를 따르는 자들이라 중심 격인 치우천이 휘청거리자 놀라서 모여들었다.

질쾌가 큰 몸을 쿵쿵거리며 달려왔다.

"가만 가만, 물러나!"

질쾌는 서둘러 치우천의 다리를 주무르며 얼굴에 물을 뿌렸다. 질쾌는 부상자들을 돌보느라 물을 담은 나무 병을 메고 있었다. 치우천은 금방 정신을 차렸다.

"아……."

"괜찮아? 형님?"

"괜찮다. 잠깐 현기증이 난 것뿐이다. 왜들 난리냐? 어서 가자!"

다른 사람은 몰라도 치우비는 형이 왜 이러는지 알고 있었다. 참을성이 대단한 형이 이러는 것은 분명 몸속의 고통이 극에 달했다는 뜻이다. 그렇게 생각한 치우비는 안 되겠다는 듯 목소리를 높였다.

"내가 갈 테니 형님은 여기 있어! 질쾌! 형님을 부탁해!"

그때 맥달이 외쳤다.

"가셔야 합니다!"

어느새 맥달도 치우천이 걱정된 듯 다가와서 사람들 사이로 얼굴을 내밀고 있었다. 치우비는 물론 맥달의 말이 틀릴 리는 없다고 생각했지만 형의 안위가 더 걱정되어 자신도 모르게 인상을 찌푸렸다.

"형님이 가야 합니까?"

맥달이 고개를 끄덕였다. 그 순간 치우천은 묘한 불쾌감에 사로잡혔다. 치우천은 그릇도 크고 활달하여 이런 미묘한 불쾌감을 느낀 적은 거의 없었다. 막상 불쾌감이 들자 자신도 모르게 기분이 틀어지고 있었다.

'저 여인은 치우바람에게 관심을 보이더니 나에게 왜 그러는 거지? 우리 일은 우리가 알아서 할 것인데, 꼭 자기 말대로 해야 한다는 것인가? 신수를 부리는 대단한 여자이기는 하지만 나는 나다. 나는 내 마음대로 할 것이다.'

치우천은 한번 기분이 틀어지면 자부 선인에게조차 당당히 대드는 오기가 있었다. 물론 지금은 그때처럼 자기가 옳다고 확신하는 것은 아니다. 스스로도 치졸하기까지 한 자기 감정에 놀랐을 뿐이다. 그러나 마음속으로는 이상하게 거부감이 들고 인정하기 싫은 기분이 되어 갔다.

"나는 못 갈 것 같군. 아우야, 부탁한다."

치우비는 그 말을 듣자 걱정스러운 듯 고개를 끄덕여 보였다.

맥달이 담담한 얼굴로 치우천을 바라보며 물었다.

"진심입니까?"

눈빛과 마주치는 순간 치우천은 고개를 돌려 버리고 싶었다. 그때 치우우레가 버럭 소리를 질렀다.

"이 녀석들, 지금이 어느 때인데 어물쩍거리느냐, 어서들 가서 한웅님을 지켜 드려야 할 것 아니냐?"

치우우레는 경황이 없어 아들이 아픈 것을 미처 보지 못한 모양이었다. 치우우레는 소리만 지른 것이 아니라 달려와서 무작정 치우천이 탄 높은뫼의 엉덩이를 철썩 때렸다.

높은뫼가 달리기 시작했다. 별수 없이 치우비도 구름을 몰고 뒤를 따랐고 치베와 쇠돌이, 부루벼락과 도깨비도 따라나섰다. 특히 검은 피부의 도깨비는 말을 두려워하여 덜덜 떨면서도 놓치지 않으려고 거의 말을 껴안다시피 하여 기를 쓰며 따라가고 있었다. 저만치 멈추어 섰던 마파람과 날램이도 달려갔다. 갑자기 우르르 달려 나간 일행들을 보고 질쾌는 잠시 두리번거리다가 때마침 누가 끌어온 말 한 마리를 잡아타고 뒤를 따랐다.

그들의 모습을 보다가 맥달은 치우우레를 쳐다보며 맑게 웃었다. 치우우레는 영문을 몰라 고개를 갸웃거리며 물었다.

"왜 그러십니까?"

"아닙니다, 아닙니다. 참 어려운 일이었는데……. 호호…… 정말…… 일이 이렇게 되리라고는 저도…… 호호…….."

맥달은 뭐라고 몇 마디 더 했으나 우직하고 약간 단순한 치우우레는 무슨 소리를 하는지 알 수 없어 고개만 갸웃거릴 뿐이었다.

맥달은 치우우레의 얼굴을 보며 속으로 말했다.

'당신이 당신 아드님들을 살린 거예요.'

짐승들과의 사투

무엇이든지 떼를 지으면 무섭지.
자그마한 벌레도 떼를 지으면 겁나는데,
하물며 큰 짐승이 떼를 지으면…….
―미아우 툰툰 부족의 한 사냥꾼

치우천은 말 한마디 없이 억지로 기를 써서 높은뫼를 타고 달렸다. 치우비는 뒤에 바싹 붙어 걱정스러운 듯 형을 지켜보았다.

'형님은 가지 않으려 했는데, 얼결에 가게 되었구나. 괜찮으려나.'

치우비는 근방을 둘러보았다. 따라오는 사람들은 믿을 수 있는 친구들뿐이었다. 치베와 도깨비 네 명, 붉은 머리 애꾸 도깨비 앞에 앉은 울라트는 당연히 믿을 수 있었다. 말을 타지 않고 달려가는 마파람과 날램이, 뒤를 따르는 쇠돌이와 부루벼락도 좋은 친구들이었다. 어느 틈엔가 태산 회의 때 한웅을 같이 모시던 열두 사울아비 중 거서기와 삼도 따라오고 있었는데, 아주 친한 것은 아니지만 과묵한 이들 역시 믿을 만했다.

치우천이 천천히 달린 탓에 다른 사람들도 속도를 그리 내지는 않았지만 마파람과 날램이의 달리는 재주는 놀라워 맨발로 달리는데도 말에 별로 뒤지지 않았다. 마파람은 성큼성큼 발을 넓게 디디며 달렸고 날램이는 몸을 빙글빙글 옆으로 돌리면서 옆으로 구르듯 달렸는데 둘 다

막상막하였다. 둘은 별로 힘이 들지 않는지 달리면서도 잡담까지 나누었다.

"마파람 형, 숲 속이라면 형이 빠르겠지만 이렇게 평평한 곳에서는 내 걸음이 더 빨라! 배우라니깐!"

"우스운 소리 마라. 너같이 돌면 어지러워서 어쩌겠느냐? 내 걸음이 훨씬 낫다. 배울 생각 없다!"

둘이 티격태격하는 모습을 보고 치우비는 형에게 슬쩍 말했다.

"천 형님, 괜찮아? 다 벗들만 있으니 나랑 같이 가자구."

치우천은 흥, 하며 코웃음만 치더니 더욱 오기를 부려 말의 배를 차 속도를 높였다. 그러는 형이 좀 우스워서 치우비는 바싹 따라붙으며 물었다.

"왜 토라진 거야? 형답지 않게."

치우천은 자신의 토라진 모습 때문에 심사가 더 뒤틀려 있었다. 아무것도 아닌 일에 이렇듯 토라지는 자신이 더더욱 미워서 기분이 틀어진 것이라 스스로도 어떻게 할 수가 없었다. 그렇다고 아우에게 신경질을 부리거나 화풀이할 성격도 아닌지라 치우천은 간신히 입을 열었다.

"난 괜찮으니 가만두럼."

대뜸 뒤에서 부루벼락이 킥킥거리며 웃었다.

"아무렴, 때가 됐지, 됐어."

쇠돌이도 맞장구를 쳤다.

"대용사인 아우님도 단번에 멍청이가 되는데, 형님은 삐침이가 되는구나, 허허."

부루벼락과 쇠돌이는 생김새도 영판 다르고 나이 차이도 많았지만 둘 다 우스갯소리하는 재간이 뛰어나 죽이 척척 맞았다. 지난번에는 치우비를 한참 놀리더니 이번에는 치우천이었다.

"삐치지 마시와요. 실망스럽사옵니다."

쇠돌이가 징글맞게 여자 목소리를 흉내 내자 부루벼락이 한껏 점잖은 척 목소리를 꾸몄다.

"허허, 내 너무 콧대가 높으니 삐칠 도리밖에 없구려. 말할 수도 없고 안 할 수도 없고 그저 답답하여 부글부글 끓을 지경이라오."

"말씀하실 것이 있으면 하시지 왜 못하시나요?"

"그대처럼 선인 같고 선녀 같은 여인에게 어찌 함부로 말을 걸겠소? 안 그래도 당신 같은 사람이면 이미 내 마음을 다 보고 엉큼하다 할 텐데 어찌 말까지 건단 말이오?"

"남자가 그리 쩨쩨해서 어디에 쓰겠사와요? 맘에 들면 들고 아니면 아니지, 그렇게 자신이 없사옵니까? 싫어요! 싫어요! 쇤네는 싫사와요!"

쇠돌이가 정말 여자처럼 앙칼진 목소리로 '싫어요'를 몇 번이나 기막히게 흉내 내자 뒤따르던 거서기와 삼은 웃음을 참지 못하여 하마터면 말에서 떨어질 뻔했다. 치우비도 기가 막혀 허허 웃고 말았다.

이윽고 치우천이 뒤를 돌아보더니 '허 참' 하며 한숨을 내쉬었다.

"내가 그리 못난 짓을 했나?"

웃음거리로 삼기는 했지만 부루벼락이나 쇠돌이가 자신에게 나쁜 뜻으로 그러는 것이 아님을 누구보다 잘 아는 치우천이었다. 오히려 농담을 듣고 나자 치우천은 마음이 가벼워져 웃으면서 물었다.

"난 아무 말도 안 했는데 자네들이 뭘 안다고 그래?"

부루벼락 역시 웃으며 되받았다.

"나는 거칠고 못났으며 아는 것이 없지만, 그런 것 하나는 나면서부터 잘 안다네!"

쇠돌이가 흥흥거리며 끼어들었다.

"그러면 뚜쟁이로 나서지, 무엇하러 사울아비가 되셨수?"

"내, 생긴 것이 천 자네 반만 닮았어도 신시의 여자는 전부 내 것이었을 걸세."

부루벼락은 험상궂고 무서워 보이는 얼굴이었다. 속은 좋은 사람이었으되, 남자답게 씩씩함이 넘쳐 험상궂어 보일 뿐 아니라 본시부터 남에게 두려움을 주는 인상이었다.

쇠돌이가 또 깐죽거리며 뒤에서 물었다.

"그래서 벼락 형은 지금은 여자가 몇이우?"

부루벼락은 얼굴을 붉히며 한숨을 쉬었다.

"우리 마누라는 신시에서 가장 무서운 호랑이요, 뱀이라네. 목숨이 여러 개 있다 해도 나는 감히 딴마음을 못 먹는다네."

쇠돌이는 배를 잡고 웃어 댔다.

"딴마음을 먹었겠지! 먹었겠지! 감히 하지는 못하니 마음만 잔뜩 먹었고, 딴마음만 먹다 보니 도가 트인 것 아니겠수! 우하하!"

쇠돌이는 나이도 그리 많지 않고 겉으로는 둥글둥글 둔해 보여도 눈치가 여간 아니었다. 부루벼락도 할 말이 없어 얼굴이 더욱 시뻘게졌지만 덩달아 푸하핫! 웃고 말았다.

치우천도 우스워서 피식 웃었다. 그러다 보니 꼬인 것이 풀리고 마음이 한결 가라앉는 듯했다.

치우천이 웃으며 입을 열었다.

"우리는 지금 한웅님을 도우러 가는 길이니 우스갯소리는 나중에 합시다."

그 말에 부루벼락과 쇠돌이가 입을 다물었다.

치우비는 평안을 되찾은 형의 얼굴을 보고 안심이 되었다. 그때 질쾌가 치우천에게 다가갔다.

"천 형. 치우바람, 가람 형제가 이상한 말을 하던데?"

"무슨 말을 하던가?"

"자네 형제는 죽은 목숨이라고……. 그놈들 꿍꿍이가 있으니 조심하게."

그러나 치우천은 자신이나 치우비가 그들에게 꼬투리를 잡힐 만한 행동을 하지 않았기에 그저 고개만 끄덕였다.

어느덧 치우천 일행은 이십 리 길을 달려갔다. 갈수록 나무가 빽빽했고 말발굽이 질퍽질퍽 땅에 빠져들었다. 이십 리 정도 왔을 때 치우천 일행은 습하고 나무들이 우거진 깊숙한 곳에 들어서게 되었다.

돌연 치우비 일행은 우두둑 하며 땅이 나지막하게 흔들리는 느낌을 받았다. 안색이 어두워진 그들은 입을 굳게 다문 채 급히 말을 몰았다. 조금 더 나아가자 흔들리는 진동이 커지더니 북서쪽 우거진 숲 사이에서 희미하게 사람들의 아우성 소리와 짐승들이 울부짖는 소리 등이 뒤섞여서 들려오기 시작했다.

"서두르자!"

치우비가 급히 앞장서서 달려가다가 말을 멈추고 놀란 표정을 지었다. 다른 사람들도 마찬가지였다.

숲 너머는 가파른 비탈이었고, 너머로는 널따란 평원이었는데 한웅의 가마는 평원 저쪽으로 계속 달려 달아나고 있었다. 수십 명에 이르는 사람들이 가마와 함께 도망치고 있었는데, 그들은 사울아비가 아니라 종과 여자 들이었다. 백 수십 명 정도의 사울아비들은 행렬의 뒤를 지키면서 안간힘을 다해 싸우고 있었다. 그들이 상대하는 적은 소 떼와 늑대 떼였다.

소는 천 마리도 넘어 보였고, 늑대는 그보다도 더 많아서 이천 마리는 되어 보였다. 늑대들은 원래가 사납고 떼를 지어 다니는 짐승들이지만 이렇게 많은 숫자의 늑대 떼는 아무도 본 적이 없었다.

덩치가 크고 힘이 센 소라는 짐승은 보통 때는 온순하지만 일단 화가 나면 무서운 짐승으로 변한다. 언뜻 보니 그 소들은 뿔이 꽤 길고 거친 털이 난 것으로 보아 사람이 기른 것이 아니라 야생에서 자란 소들 같았다.

사울아비들은 무예가 뛰어나고 무장도 하고 있었지만, 수많은 소와 늑대들을 대적하기엔 역부족이어서 계속 밀려나는 형편이었다. 머리를 나란히 하고 거침없이 덤벼드는 소 떼의 뿔에 받히고 짓밟히면 작은 요행도 바랄 수 없을 터였다. 더구나 그 주위를 비교적 몸집이 작은 늑대들이 맴돌면서 신경을 분산시키고 때로는 뛰어오르기도 했기 때문에 더더욱 위험했다.

그나마 한 가지 다행스럽게도, 소가 비록 몸이 크고 힘은 세지만 그렇게까지 걸음이 빠르지 않기 때문에 사람이 뛰는 속도와 비슷했고, 지금은 상당히 지친 듯 빠르지 않았다. 그렇지 않았으면 한웅의 가마는 벌써 결딴이 났을 것이다.

이상했다. 늑대를 보면 소는 당연히 피하게 마련이고, 늑대 역시 소가 있다면 사람을 쫓지 않는데 두 짐승이 함께 사람들을 공격하다니 이는 실로 들어 본 적조차 없는 일이었다.

"소와 늑대가 어떻게 같이 있지?"

치우비가 의아한 듯이 외쳤다. 저편에서 양역이 지휘하는 사울아비들도 열심히 대항하려고는 했다. 몇 명의 사울아비들이 도끼를 던져 소를 맞혔으나 급소는 맞히기 힘들었다. 소들은 덩치가 크고 힘이 좋아서 도끼로 미간을 정통으로 맞히면 즉사할까, 도끼가 빗나가자 자극을 받아 오히려 더 날뛰었다.

어느 사울아비가 말머리를 돌려 창으로 앞장선 소의 미간을 찔러 죽였으나 지체하는 사이 소들이 죽은 소의 몸을 우르르 밀치면서 밀려드는 바람에 사울아비는 말과 함께 소에 받혀 넘어져서는 소 떼들에게 짓밟혀 비명조차 지르지 못하고 온몸이 으깨어져 버렸다.

그뿐만이 아니라 옆구리에서 치고 달려드는 늑대들도 맞서야 했다. 늑대들은 달리다가도 날렵하게 뛰어올라 말 위에 탄 사울아비들을 공격하려 했고 틈만 나면 사울아비들을 앞질러서 맨발로 달리고 있는 가마와 가마를 따르는 비무장의 사람들을 덮치려고 했다.

그 때문에 사울아비들은 둥글게 퍼져 달릴 수밖에 없었고 함부로 활을 쏠 수도 없었다. 소 떼와 마주한 바로 뒷줄의 사울아비들은 화살을 쏘았으나 빗발 같은 화살을 맞고도 소는 몇 마리밖에 죽지 않았다. 화살도 무한정 있는 것이 아니다. 보통 사울아비 한 사람당 스무 대 남짓밖에 없기 때문에 그것으로 소를 다 죽일 수도 없었다. 그나마 화살도 거의 떨어진 듯했다.

한웅의 가마를 멘 사람들이나 뒤를 따르는 사람들은 말도 타지 않고 마냥 달리고 있었다. 이미 달린 지도 꽤 되었는지 더 달리다가는 탈진하여 쓰러질지도 몰랐다. 그나마 소 떼에 따라잡히지 않는 것은 사울아비들이 있는 힘을 다하여 소들을 막아 내며 속도를 늦추었기 때문이다.

쇠약한 노인이나 여자들 몇몇은 사울아비들이 말에 태웠지만 그들이 그런 비전투원을 말에 태울 때마다 전투력은 그만큼 줄어들기 때문에 이대로는 자칫 몰살당할 것 같았다. 사태가 위급한 것을 깨닫자 치우비는 곧 구름의 옆구리를 박차며 달려 내려갔다. 그 뒤를 쇠돌이, 부루벼락, 거서기와 삼 등이 따라가려 하자 치우천이 소리쳤다.

"서라!"

치우비는 깜짝 놀라 말을 황급히 돌려세웠다. 시선이 치우천의 얼굴에 쏠렸다.

"우리는 몇 되지 않으니, 무턱대고 덤벼들어도 도움이 되지 않는다."

치우천은 아무래도 이상하다는 듯 입술을 깨물며 말을 이었다.

"늑대와 소가 같이 움직일 수는 없어! 분명히 그렇게 만든 녀석이 있을 거다!"

듣고 보니 그럴듯했다. 질쾌가 깊은 신음 소리를 내며 말을 더듬거렸다.

"그러면…… 주술사?"

치우천이 고개를 끄덕이며 외쳤다.

"그놈을 잡으면 일은 자연히 풀린다. 늑대가 소들에게 덤빌 테고, 소들은 흩어질 거다!"

치우비가 고개를 갸웃거리며 물었다.

"그런데 그놈은 어디 있지?"

"숨어 있을 거야."

"한웅님 가마는 어떻게 해?"

치우천은 그 순간, 치우비와 치베 두 사람에게 주술사를 찾아 없애게 하고 나머지 사람들로 소 떼를 막아 볼까 생각했다. 그러다가 문득 맥달의 말이 생각났다.

'구하든 잡든, 둘을 노리지 말고 하나만 노리세요.'

치우천은 맥달에게 이유 없는 거부감 같은 것을 느끼던 차라, 이런 위급한 상황이 아니었다면 그 말을 따르지 않았을지도 몰랐다. 허나 지금은 그런 생각을 할 겨를이 없었다. 맥달의 말이 떠오르자 그래서는 안 된다는 생각부터 들었다.

치우천은 생각을 가다듬었다.

"그렇다고 그냥 보고 있으란 말이냐?"

성질 급한 부루벼락이 외쳤다.

마침내 치우천은 결정을 내린 듯 단호하게 말했다.

"일단 급한 것은, 한웅님 가마를 보호하는 것이다."

"맞아!"

치우비가 늠름한 표정으로 맞장구를 치자 치우천의 얼굴빛이 약간 흐려졌다. 전혀 내색을 하지 않고 있지만, 치우천은 치우비가 큰 상처를 입었음을 알고 있었다. 치우천은 냉정하게 사태를 파악했다.

"가장 위험한 것은 소 떼다. 소 떼가 밀어붙이면 당할 재간이 없다. 소 떼를 한꺼번에 다 죽일 수는 없으니, 방향을 틀어야 해!"

치우천은 재빨리 상황을 좀 더 자세히 살폈다.

그 틈에 소와 말을 몰아 본 경험이 많은 거서기가 안타까운 듯이 외쳤다.

"말이라면 몰라도 소 떼는 옆으로 잘 틀지 못해! 벌판에서는 무조건 앞으로만 달린다! 그러니 한웅님 가마를 옆으로 돌리면 될 거야!"

치우천은 고개를 저었다.

"늑대들이 에워싸서 방향을 틀고 싶어도 못 튼다."

"그러면 늑대부터 죽이자!"

치베가 활을 들어 보이며 외치자 부루벼락도 나섰다.

"비! 쇠돌이! 우리가 나뭇가지에 불을 붙여 늑대를 쫓아 버리자!"

"그리고 나면 한웅님 가마를 옆으로 돌릴 수 있을 거다! 우리는 활을 쏴서 자네들을 지켜 주겠다!"

마파람의 제안에 모두가 좋은 방법이라 생각했으나 치우천이 고개를 저었다.

"그러기엔 너무 급하다! 늑대를 쫓아낼 때까지 사람들이 버티기 어려울지도 모른다! 소 떼의 방향을 틀어야 한다."

"그럼 어떻게 하지?"

쇠돌이가 울상을 짓자 치우천은 주변을 둘러보았다. 저 아래 말라 죽은 가시덤불 숲이 눈에 들어왔다. 그중에서 몹시 굵고 커다란 나무 한 그루가 쓰러져 있었는데 주위를 엄청나게 무성한 가시덤불이 휘감고 있었다.

치우천은 이제 되었다는 듯이 손뼉을 치며 외쳤다.

"저 가시덤불을 가지고 가자!"

치우천의 난데없는 말에 모두가 의아해했다.

"무슨 소리야?"

치우천은 더 이상 지체할 수 없어 간단히 설명했다.

"힘으로 소를 멈추게 할 수는 없으니까 조금씩 방향을 바꾸게 하면 된다! 우리가 갑자기 밀어붙이면 밀리지 않으려 할 테지만, 가시덤불은 피하려 할 것이다!"

그 말을 듣고는 거서기가 손뼉을 쳤다.

"그렇다! 소들은 고집이 있어서 화났을 때 밀면 버티고 굽히지 않지! 그러나 따가운 가시는 알아서 피한다! 잘될지도 모른다!"

"비야! 쇠돌이! 덤불로 소 떼를 밀어내라. 부루벼락, 치베, 너희는 앞길을 열어라. 다른 사람들은 늑대를 흩뜨려 비와 쇠놀이가 소 떼를 밀어내게 돕는다!"

치우천의 상황 판단은 기민하고 적절하여 아무로 토를 달지 않았다. 도깨비도 넷이 있었지만 말이 통하지 않으니 치우천의 지시를 들을 수 없었다. 치우천 역시 도깨비들에게는 아무 말도 하지 않았다.

부루벼락은 그 와중에도 농담을 했다.

"가시투성이 꼴보다는 늑대 밥이 낫다. 고생들 해라! 하하! 이럇!"

부루벼락과 치베는 말을 달려가면서 손을 뻗어 마른 잎이 달려 있는 나뭇가지들을 꺾고 말 위에서 부싯돌을 부딪쳐 불을 붙였다. 잠시 연기가 피어오르다가 불꽃을 뿜어내는 나뭇가지를 휘두르며 두 사람은 용감하게 늑대 무리 속으로 파고 들어갔다. 치베의 기마술은 몽골족답게 단연 뛰어났지만 부루벼락도 크게 뒤지지 않았다. 치우천은 마파람과 날램이가 말이 없다는 것을 알고는 외쳤다.

"마파람 형! 내 말에 타시오! 날램이는 질쾌와 같은 말을 타라!"

치우천은 지치고 무척이나 힘들었지만 그래도 마파람을 태워 활을 쏘게 하려는 생각이었다. 마파람은 치우천의 뒤에 껑충 올라타더니 웃으며 말했다.

"내가 몰 테니 염려 말고 지휘나 잘해 줘."

마파람은 눈썰미가 날카로워 치우천이 상당히 상처를 입어 말을 타기 어려운 것을 알고 있었다. 질쾌는 조그마한 날램이를 들어 말에 얹었고 거서기와 삼도 크게 외치며 그 뒤를 따랐다.

그사이 치우비와 쇠돌이는 말 뒤에 실려 있던 가죽 몇 장을 가슴팍에 대고 손에 감았다. 따가운 가시에 찔리는 것을 막기 위해서였다. 달려 나가다 뒤를 힐끗 보는 치우비와 눈이 마주치자 치우천은 안쓰러워 코끝이 시큰했다.

'역시 내 아우다. 하지만 가죽으로는 가시를 막기 어려울지도 몰라. 구리로 아우 몸을 싸 주면 가시에 찔리지 않을 텐데……'

가시덤불은 중간에 굵은 나무가 들어 있는데다 한데 엉켜 있어서 서로 떨어지지 않고 몹시 크고 무거웠다. 중간의 나무를 들어 올리니 덤불을 통째로 옮기는 것 같았다. 치우비는 힘은 모자라지 않았으나 가시덤불의 부피가 커서 쉽게 운반할 수가 없었다.

쇠돌이가 냉큼 달려와 가죽으로 손과 몸을 감싼 다음 반대편을 들었다. 가시덤불이 오래전에 말라 죽은 탓에 가시들은 더욱 삐죽삐죽하고 흉악한 무기가 되어 있었다. 큰 가시들이 가죽을 뚫고 손과 가슴에 박혔지만 두 사람은 내색하지 않고 씩씩하게 손발을 맞췄다.

두 사람은 눈짓으로 하나 둘 신호를 맞춘 뒤 동시에 덤불을 들고 말에 뛰어올랐다. 덤불더미는 상당히 무게가 나갔지만 신력을 지닌 치우비와 쇠돌이에게는 문제가 되지 않았다. 다만 쇠돌이의 말은 구름만큼 크고 좋은 말이 아니라서 힘들어했다.

그때까지 말없이 지켜보고 있던 도깨비들이 서로 눈짓을 하더니 가시덤불을 한 아름씩 뜯어내어 치우비의 뒤를 따랐다. 말을 잘 타지 못하는 검은 도깨비만이 남아 애꾸 도깨비에게 울라트를 받아 들었다. 어차피 말도 잘 타지 못하니 울라트를 보호하려는 것 같았다. 울라트는 자신도 가야 한다고 생각했지만 겁도 났고 가 봐야 별 도움도 안 된다고 생각하여 얌전히 뒤에서 천천히 따라가기로 마음먹었다.

한편, 전력을 다해 사람들을 지휘하여 소 떼를 막던 양역은 부루벼락과 치베, 치우천 등이 달려오는 것을 보고는 안도의 한숨을 돌리며 목청껏 외쳤다.

"조금만 더 참아라! 우리 편이 도우러 왔다!"

사울아비들은 지쳐 있던 터라 가마를 들고 뛰는 자들이나 맨발로 달리는 사람들이 죽거나 말거나 그냥 쓰러져 버리고 싶은 심정이었다. 그러나 양역의 목소리를 듣는 순간 간신히 정신을 차리고 힘을 냈다.

치베는 말 타기에 능한 몽골족답게 실로 신기한 기마술을 발휘했다. 두 다리로 말 배를 조이며 몸을 옆으로 돌려 머리가 땅에 끌릴 듯 낮추었다. 그러면서 불이 붙은 나뭇가지를 잡은 손을 휘두르며 늑대들을 쫓았다. 늑대들은 불을 피해 저쪽으로 몰려갔다. 그러나 몇몇 흉폭한 녀석들은 치베의 머리를 노리며 달려들려고 했다.

치베는 재빨리 불붙은 나뭇가지를 입에 물고 머리를 늘어뜨린 자세

그대로 화살을 연달아 슉슉 쏘았다. 불편한 자세에서 쏜 것임에도 치베의 화살은 늑대를 명중시켰을 뿐만 아니라 신기에 가까운 힘으로 늑대의 몸을 그대로 뚫고 나가 다시 한 마리를 뚫은 다음 세 번째 늑대의 몸에 박혔다. 치베는 두 대의 화살로 여섯 마리의 늑대를 쏴 죽인 것이다.

말 위에서 아래로 화살을 쏘면 안전하기는 해도 화살 한 대로 한 마리의 늑대밖에 잡지 못하기 때문에 치베는 모험을 한 것이다. 늑대들이 겁을 먹고 치베에게서 떨어지자 치베는 기분 좋은 듯 휘파람 소리를 내며 불붙은 가지를 마구 흔들었다.

"오늘 뭐 좀 되는군!"

치베가 기세등등하게 외치자 부루벼락도 이에 질세라 휘파람을 불며 불붙은 나무를 입에 물고는 길게 땋은 단단한 가죽끈을 꺼내 들었다.

"나도 재주를 한번 보여 주마!"

부루벼락은 치베처럼 머리를 낮추고 활을 쏘는 기술은 없었지만 나름대로의 특별한 재주가 있었다. 가죽끈 양쪽 끝에는 단단한 구리 뭉치가 묶여 있었는데 부루벼락은 한쪽에 불붙은 나무를 엮었다. 그리고 불붙은 나무를 빙빙 돌리며 이랏! 하고 말 배를 박차고는 늑대들 무리 사이로 파고들었다.

치베는 부루벼락의 방법이 자신이 쓴 것보다 더 낫다고 여겨 말의 속도를 늦추어 부루벼락의 뒤를 따랐다. 부루벼락은 흥에 겨운 듯 기이한 솜씨로 불붙은 나뭇가지를 빙빙 돌려 불로 만든 원을 사방에 그리며 늑대를 쫓아내기 시작했다. 말들도 있는 힘을 다해 달리고 늑대들도 미친 듯이 달리는 중이라, 불로 만든 원이 다가오자 먼저 피하려고 하던 늑대들이 먼지를 일으키며 나뒹굴어 뒤에 달려오던 늑대에게 짓밟히곤 했다.

별안간 다른 놈들보다 난폭한 늑대 한 마리가 부루벼락에게 뛰어오르자 부루벼락은 가죽끈 반대편을 손으로 쥐고 있다가 늑대에게 던졌다. 구리 뭉치가 늑대의 몸에 명중하자 늑대는 피를 캑 토하며 땅에 떨어져 짓밟혔다. 단지 구리 뭉치만 던져 늑대를 맞힌 것은 대단한 묘기라고 할 수 없었지만, 잠시도 멈추지 않고 불붙은 나뭇가지를 현란하게 돌리면서 동시에 늑대를 맞힌 것은 대단했다.

부루벼락이 뭐라고 입을 막 열려는 순간, 늑대 두 마리가 한꺼번에 뛰어올랐다. 부루벼락이 다급하게 늑대 한 마리를 구리 뭉치로 떨어뜨렸지만, 다른 한 마리는 이빨과 발톱을 드러내며 부루벼락의 얼굴을 물어뜯으려 했다.

"어이쿠!"

늑대의 발톱이 부루벼락을 할퀴려는 순간 치베의 화살이 늑대의 몸에 박혔다. 늑대의 몸이 땅에 나뒹굴자 부루벼락은 식은땀을 흘리며 외쳤다.

"고맙네!"

그러나 인사를 할 경황이 아니었다. 늑대들이 갑자기 눈에서 붉은빛을 쏘아 내며 흉포한 표정으로 변해 갔다. 몇 마리가 이토록 처참하게 당하면 늑대들은 보통 겁을 먹고 슬슬 꽁무니를 빼게 마련이었다. 그러나 이 늑대들은 동료들이 죽었음에도 오히려 더욱 흉포해지면서 살기를 드러내기 시작했다.

"이거…… 보통 일이 아니다!"

치베가 놀란 듯 외치자마자 십여 마리나 되는 늑대가 동시에 부루벼락과 치베에게 뛰어올랐다. 부루벼락은 구리 뭉치를 맹렬한 기세로 돌려 두어 마리를 쳐내고, 다시 덤벼드는 늑대 주둥이를 끈으로 감았다. 그렇게 되자 더 이상 불덩이를 돌릴 수가 없었다. 주둥이에서 끈을 빼내려 했으나 늑대는 부루벼락의 가죽끈을 문 채 땅에 떨어져 결국 무기를 놓치고 말았다.

뛰어오르는 늑대들을 왼팔로 막으며 부루벼락은 구리칼을 꺼내 들었다. 부루벼락의 칼 솜씨도 만만하지 않아서 칼을 뽑아 휘두르자 대뜸 두 마리의 늑대가 허공에서 두 토막이 났지만, 그사이 왼팔을 물려 피가 줄줄 흘러내렸다.

치베 역시 무서운 속도로 활을 쏘다가 급기야는 손이 달려 화살을 뽑지 못하고 활을 휘둘러서 뛰어오르는 늑대들을 쳐내기 시작했다. 활줄이 끊어지고 활이 우지직 소리를 내며 부러지려 했지만 달리 어떻게 할틈이 없었다. 치베는 원래 활을 주로 썼기 때문에 다른 무기라고는 조그마한 단검 하나밖에는 없었다. 이윽고 늑대 한 마리가 치베의 활을 물고 늘어지자 활이 우지끈 쪼개져 나갔다. 이제 치베는 맨손이라 늑대가 다시 뛰어오르면 죽을 수밖에 없었다.

그때 뒤에서 누가 외쳤다.

"치베! 받아라!"

치우천의 목소리였다. 다음 순간 치베에게 뛰어오르던 늑대 두 마리가 동시에 캥, 하며 날아가 떨어졌다. 한 마리는 거서기의 화살에 맞고, 한 마리는 날램이의 돌팔매에 맞은 것이다. 치우천이 쓰던 칼 한 자루가 치베에게 날아와 잡혔다. 카린의 누루마이와 바꾸었던 돌칼이었다. 돌칼이기는 했지만 예리하고 단단하여 구리칼 못지않았다.

치베는 용기를 내어 칼을 휘둘러 늑대 한 마리를 반으로 쪼개 버렸다. 부루벼락은 피를 흘리기는 했지만 구리칼을 휘두르며 어찌어찌 혼자서도 늑대를 잘 막아 내고 있었다. 거서기와 삼, 마파람, 날램이, 질쾌 등이 일제히 가담하자 늑대들은 삽시간에 수십 마리나 죽음을 당했다. 하지만 늑대들의 숫자는 너무도 많았다.

반대편에서 양역이 지휘하는 사울아비들이 치우천 일행을 도와 이쪽으로 뚫고 나오려는 듯했지만 그 사울아비들은 몸을 뒤로 돌려 소 떼를 막느라 행동이 자유롭지 못했다.

지금대로라면 소 떼의 방향을 바꾼다 해도 양역의 사울아비들이 크게 피해를 입는다. 소 떼를 에워싸고 있기 때문이다. 사울아비들이 방향을 틀어 소 떼가 나갈 길을 터 주어야 했다. 그런데 이것을 알릴 방법이 없었다. 소들이 달리는 소리가 커서 아무리 목청을 높여도 말을 전하기 힘들었다.

지금은 소 떼와 늑대들이 달리는 속도가 그렇게까지 빠르지는 않았지만 앞뒤에 늑대들이 우글거렸기 때문에 말을 타고 늑대들을 가로질러 양역에게 다가갈 수 없었다. 늑대들은 앞을 막듯 빽빽하게 몰려 있었기에 말을 타고 지나갈 수 없었다. 발 빠른 사람이라면 뚫고 갈 수 있을지도 모르지만 상황이 위험했다.

치우천은 잠시 망설였으나 뒤를 돌아보니 치우비와 쇠돌이, 도깨비들이 가시덤불을 들고 다가오고 있었다. 치우천은 할 수 없이 결단을 내리고 다급하게 날램이를 불렀다.

"날램이!"

"여기 있다!"

날램이가 외치자 치우천이 외쳤다.

"양역에게 전할 말이 있는데!"

날램이는 치우천의 의도를 깨닫고 조금 놀란 듯했지만 곧 가슴을 치며 용기 있게 말했다.

"젠장! 어차피 이리 죽으나 저리 죽으나 마찬가지다! 내 달리기는 제일이다! 반드시 전하겠다!"

그때 치우천과 같은 말을 타고 가던 마파람이 외쳤다.

"나도 느리지 않다! 날램이 놈에게 질 수야 없지! 천! 나도 가게 해 달라!"

치우천은 고개를 저었다.

"날램이는 몸이 작으니 저기를 뚫고 지나갈 수 있다. 그러나 자네는 너무 커."

치우천은 말은 그렇게 하면서도 날램이에게 미안했다.

'저 수많은 늑대 속을 어찌 헤치고 가겠는가? 날램이는 아무래도 죽을 것 같구나.'

날램이는 얼굴빛이 질렸지만 이내 미친 듯이 웃으며 말에서 뛰어내려 몸을 굴렸다. 날램이가 있는 힘을 다해 몸을 굴리며 달리자 놀랍게도 말이 달리는 속도만큼의 속력이 났다. 날램이는 몸을 옆으로 무섭게 돌리면서도 어지럽지도 않은 듯 치우천에게 외쳤다.

"무슨 말을 전하면 되는 거냐?"

치우천은 날램이의 용기에 감동하여 고개를 끄덕이며 다급하게 말했다.

"소 떼를 오른쪽으로 밀 거다!"

급박한 상황이라 더 이상 말할 시간이 없었다. 그때 활을 쏘아 날램이 주변의 늑대를 쓰러뜨리던 삼이 소리쳤다.

"제길! 그대로 가면 금방 죽어!"

삼이 갑자기 활을 등에 돌려 메고 말을 달려 날램이 곁으로 오더니 뭔가를 날램이에게 휙 던져 주었다. 정신없이 달리던 날램이가 깜짝 놀라 받아들었는데, 그것은 기름을 담은 가죽 주머니였다.

삼은 목이 터져라 소리를 질렀다.

"이봐! 날램이! 날 믿나?"

날램이는 평소 삼과 가장 친하게 지낸 터였다.

"그래!"

"아무리 아파도 참을 수 있겠는가!"

"까짓것 아픈 게 뭐냐!"

"그럼 그걸 등에 부어라!"

날램이가 등에 기름을 붓자 삼은 늑대를 쫓으려고 피웠던 불을 날램이에게 갖다 댔다. 사람들은 그 모습에 기가 질려 할 말을 잊었다.

날램이는 미친 듯이 웃으며 외쳤다.

"고맙다! 삼!"

삼은 늑대들이 날램이를 물어뜯지 못하도록 아예 몸에 불을 붙인 것이다. 실로 무모한 방법이며 자칫하면 날램이가 그대로 타 죽을지도 몰랐다. 그러나 불붙은 자에게는 늑대가 덤벼들지 않는다. 삼은 몸이 타기 전에 날램이가 달려갈 수 있다면 목숨을 건질 확률이 더 많다고 판단한 것이다. 무모한 모험이기는 해도 기름은 날램이의 등에 부었으므로 화상을 입어도 목숨까지는 위험하지 않을지도 몰랐다. 생각만큼 일이 잘 풀린다면 말이다.

날램이는 불이 붙자마자 속도를 내어 앞으로 달려갔다. 더구나 날램이는 몸을 옆으로 굴리며 달려 불이 등에만 붙어 있다고 해도 불길이 빙빙 무섭게 맴돌아 늑대들은 다가오지 못했다. 하지만 불꼬리에 스쳐 날램이의 머리와 눈썹이 다 그슬려 버렸다. 몇 마리 늑대가 그래도 달려들려 했지만 거서기와 마파람, 질쾌가 돌과 화살을 쏘아 일일이 죽여 버렸다.

치우천은 날램이의 몸에 불이 붙자 참혹하기도 하고 안쓰럽기도 하여 몸을 부르르 떨었으나 마음을 가다듬었다.

'날램이가 저렇게까지 희생하는데 실패할 수는 없다!'

날램이가 불을 붙여 달려가는 바람에 마침내 늑대들이 밀려나서 소떼 옆으로 붙을 수 있는 길이 열렸다. 치우천은 목이 쉬도록 외쳤다.

"길을 열어라! 길을 열어!"

늑대들은 정말로 사람이 다스리는 것처럼, 날램이가 지나가면 다시 소 떼와의 간격을 좁히려고 우르르 모여들었다. 그러나 이미 치우천의 재빠른 지시로 모든 사람들이 소 떼와 늑대 사이로 파고든 다음이었다.

날램이는 미친 듯 달려서 양역 무리와 합류했다. 사울아비 중에 힘센 자가 날램이를 재빨리 끌어올려 그의 등에 붙은 불을 껐다. 날램이는 "오른쪽……"이라는 말 한마디만 남기고 의식을 잃고 말았다. 날램이의 희생에 사울아비들은 비명 같은 고함을 지르며 분발했다.

노련한 양역이 서둘러 지시를 내렸다.

"오른쪽 사울아비는 가운데로, 가운데는 왼쪽으로, 왼쪽은 저들을 도와라! 움직여!"

사울아비들의 대형이 꿈틀거리며 위치가 변하자 왼쪽을 막고 있던 수십 명의 사울아비들이 소 떼와 늑대 무리 사이로 합류해 들어갔다. 그리고 그 사울아비들 또한 치우천 일행과 함께 반대편에서 죽을힘을 다해 달려드는 늑대들과 혈전을 벌였다. 늑대들의 숫자는 끝이 없었다. 보통 한 사람당 십여 마리의 늑대와 싸워야 했으며, 이제는 활이나 돌을 던질 겨를도 없이 칼이나 곤봉, 도끼를 휘두르며 늑대의 이빨과 발톱에 맞서 피를 뿌리고 있었다.

늑대들을 죽여도 곧 다른 늑대들이 죽음을 두려워하지 않고 달려들었기 때문에 싸움은 처절했다. 견디지 못하여 말에서 떨어진 사울아비들은 늑대들의 이빨에 갈가리 찢겨졌고, 피 냄새를 맡은 말들조차도 흥분하여 늑대를 밟아 죽이거나 발로 차 버리곤 했다.

"비켜어어!"

처절한 싸움이 벌어지는 와중에 엄청나게 커다란 고함 소리가 들려왔다. 마침내 치우비와 쇠돌이가 거대한 가시덤불을 들고 달려왔다. 쇠돌이의 말이 구름만큼 좋지 못하여 조금 늦어진 것이다. 말을 잘 달리는 세 마리의 도깨비가 먼저 가시덤불들을 들고 와서 치열하게 싸우는 사울아비들 틈으로 끼어들었다.

붉은 머리 애꾸 도깨비와 금발 도깨비, 눈매가 날카로운 갈색 머리 도깨비였다. 그들은 가죽도 두르지 않은 채 가시덤불을 들고 있어서 온몸이 가시에 찔려 피투성이였다. 그러나 극히 용감하고 굳센 그들은 몸을 전혀 사리지 않고 가시덤불을 소 떼에게 들이대었다. 가시에 찔린 소들은 음매 음매 울부짖으며 따가운 가시에서 비켜나려고 발버둥을 쳤다.

치우비는 쇠돌이와 함께 고함을 지르며 말 속도를 조절하고는 애써서 가시덤불을 가로로 펴들었다.

"비키라구!"

정신없이 늑대들과 싸우던 사울아비들은 치우비의 고함 소리에 급히 말을 수습해 앞으로 달려 나아갔다. 늑대들이 달려들어 뒤를 메우려고 했지만 간발의 차이로 거대한 가시덤불이 밀고 들어왔다. 늑대들은 가시덤불에 걸치고 찔려 피를 흘리며 튀어 올랐다. 수를 헤아릴 수도 없었다. 덤불의 가시들은 바싹 말라 단단하고 날카로워서 흉악하기 이를 데 없는 무기가 되어 있었다.

늑대는 사람보다 몸집이 작은 편이라 가시에 찔렸을 때 상처가 사람보다 깊었다. 더구나 세 마리의 늑대가 자기들끼리 밀려 가시에 박혀 피를 줄줄 흘리며 계속 울부짖자 흉악한 늑대들도 섬뜩했는지 저절로 물러서기 시작했다. 치우비와 쇠돌이는 늑대들을 치우고는 방향을 돌렸다. 쇠돌이가 안쪽, 치우비가 바깥쪽에 있었는데 치우비가 구름의 배를 박차서 속도를 올리자 가시덤불이 점점 소 떼 쪽으로 기울기 시작했다.

보기엔 간단한 것 같지만 말을 탄 두 사람이 거대한 가시덤불을 움직이는 것이라 실제로는 방향을 바꾸기란 지극히 어려웠다. 사울아비들은 늑대와 싸우면서도 가시덤불이 모두의 운명을 좌우한다는 생각에 소리 높여 응원하고 격려했다.

치우천은 위험을 무릅쓰고 말 등에서 일어서서 외쳐 댔다. 마파람이 치우천의 다리를 꽉 잡고 말을 달렸으나 여차하면 떨어질 수 있는 위험한 자세였다. 그러나 치우천은 그런 것은 아예 신경도 쓰지 않았다.

"비야 조금 더! 쇠돌이! 조금 더 앞으로 나와! 소 떼의 앞을 막아 밀어붙여야 한다! 조금만! 조금만 더!"

그때 한웅의 가마 쪽에서 비명 소리가 들렸다.

"벼랑이다!"

사울아비들이 비명을 질렀다. 달리다가 벼랑가로 몰린 것이다. 이제 한웅의 가마는 더 이상 물러설 수 없었다. 모두가 당황하고 낙담하여 몇 사람의 사울아비가 멍하니 있다가 늑대에게 죽음을 당했다.

치우천은 물러서지 않고 침착하게 외쳤다.

"양역! 양역! 비를 도와!"

양역은 곧 소리를 쳤다.

"가자!"

치우비와 쇠돌이는 그때 자리를 잡고 가시덤불을 밀어 소 떼의 방향을 바꾸려 하고 있었으나 힘이 모자랐다. 두 사람의 힘은 엄청났지만 말을 타고 있었으므로 힘을 제대로 쓸 수 없었던 탓이다. 그러나 양역이 지휘하는 사울아비들 수십 명이 달려들자 대번에 형세가 바뀌었다.

사울아비들이 몽둥이와 도끼날 등으로 가시덤불을 밀어서 치우비와 쇠돌이를 도왔다. 소 떼들은 가시에 찔리고 밀려서 비명을 지르면서 방향을 틀었고 일단 밀리기 시작하자 비틀거리며 방향을 바꾸기 시작했다. 그러나 뒤에서 밀어닥치는 소들은 앞의 상황을 전혀 알 수 없으므로 밀어붙이는 힘이 엄청났다.

치우비와 쇠돌이가 아무리 힘이 세고 사울아비 수십 명이 합세했다 해도 천 마리의 소가 미는 힘을 당할 수가 없었다. 그들은 천천히 밀리면서 속도를 늦추려고 했으나 조금 밀리고 나자 이제는 한웅의 가마와 얼마 남지 않은 거리까지 밀리게 되었다. 바로 벼랑이라 이대로 더 밀린다면 전부 벼랑으로 떨어져 죽을 판이었다.

치우천이 다급히 소리를 질렀다.

"모두 도와라!"

한웅의 가마 안에서 한 사람이 뛰쳐나왔다. 풍백 비렴이었다. 비렴은 이미 여기저기 상처를 입어 힘겨워 보였지만 있는 힘껏 커다랗게 외쳤다.

"달라붙어라!"

안 그래도 위기일발의 상황인지라 수백 명의 사람들이 가시덤불에 달라붙었다. 그러나 가시덤불이 워낙 날카로워 손으로 직접 밀 수가 없었다. 미처 가죽을 손에 감고 할 겨를도 없었다. 대부분의 사람들은 급한 나머지 치우비와 쇠돌이의 등을 밀었다. 힘이 강한 두 사람은 사람들이 미는 힘을 받고도 눌리지 않고 버텨 냈다. 보통 사람이었다면 가시에 박혀 죽거나 눌려 죽었을 것이나.

치우비를 밀던 사람이 힘이 빠져 중간에 끼어 비명을 질러도 워낙 위급한 상황인지라 사람들은 그냥 열심히 밀어 대기만 했다. 그때 양쪽에서 힘을 받은 가시덤불의 가운데가 부러지려 하자 비렴이 호통을 쳤다. 기운을 돋우는지 비렴의 얼굴이 붉게, 푸르게 두어 번 재빨리 변함과 동시에 비렴은 등으로 가시덤불을 밀어냈다. 사람들이 머뭇거리자 비렴이 외쳤다.

"내 몸을 밀어라!"

비렴은 풍백의 술수를 써서 몸을 강철처럼 만든 상태라 가시가 몸을 뚫지 못했다. 세 군데에서 수백 명이 힘을 합해 밀어내자 마침내 소 떼의 방향이 완전히 틀어지기 시작했다.

한편 치우천과 동료들은 어지러이 달려드는 늑대들과 사투를 벌였다. 그들은 이제 말조차 버리고 땅에 내려서 늑대들과 싸웠다. 치우천마저도 칼을 빼들고 미친 듯 휘두르는 판이었고, 도깨비들은 가시덤불을 무기처럼 휘두르며 필사적으로 싸워 늑대들이 가시덤불을 미는 사람들에게로 다가가지 못하도록 했다.

소 떼들의 방향이 틀어지자 다른 소들도 무의식적으로 앞의 소 떼들에 맞춰 방향을 바꾸었다. 뒤의 소들에게 밀려 줄줄이 절벽으로 떨어져 내렸고 가시덤불에 가해지는 힘도 줄어들었다. 조금 더 버티자 천 마리가 넘던 소 떼는 벼랑으로 떨어져 죽어 버렸다.

사람들은 가쁜 숨을 몰아쉬며 가시덤불 더미를 내려놓았으나 사태가 끝난 것이 아니었다. 아직도 수천 마리의 늑대가 남아 있었다. 오히려 소 떼가 없어지자 늑대들은 소 떼의 뒤를 이어 한웅 일행을 포위하며 다가들었다. 늑대들은 소보다는 영리하고 날렵하여 가시덤불로 막으려 해도 이를 피하거나 뛰어넘을지도 몰랐다.

치우천 등 늑대와 싸우던 이들은 이미 수많은 늑대들과 싸우느라 몸을 뺄 수 없었고, 가시덤불을 밀던 사람들도 너무 힘을 써서 맥이 풀렸을 뿐 아니라 무기마저도 땅에 버린 상태라 눈 깜짝할 사이에 몰살당할 형편이었다.

"물러서라!"

비렴이 몸을 빼어 솟구쳤다. 그러고는 마치 새처럼 허공에서 몇 바퀴를 돌고는 늑대들 앞을 가로막고 내려섰다.

비렴을 비롯한 삼사는 처음 늑대와 소 떼를 만났을 때 어떻게든 그들의 힘으로 제지하려 했다. 그러나 아무리 삼사가 능력이 뛰어나도 그토록 많은 짐승의 무리를 당해 낼 수 없었다.

더구나 운사 신지울태는 번개범과 싸우다가 무리하여 기운이 빠져 의식을 잃었다. 신지울태가 글자 주술만 제대로 썼어도 이런 위기는 없었을 터였다. 병예와 비렴이 있는 힘을 다해 싸워 늑대 백여 마리와 소 수십 마리를 죽였지만 바다에 돌 던지기나 마찬가지였다. 그래서 비렴과 병예는 많은 상처를 입었고 나이 많은 병예는 결국 버티지 못해 기절했다. 비렴도 더는 버틸 수 없어 하는 수 없이 도망치다가 때마침 양역이 이끄는 구원군을 만나 간신히 살아난 것이다. 그 때문에 비렴은 극도로 지쳐 있었다. 그러나 당당한 풍백으로서 이런 짐승들에게 굴복할 수 없다고 여기고 몸을 추슬러 나선 것이다.

치우비와 쇠돌이, 양역 등 십여 명이 뒤를 막아섰다. 어느새 치우천과 부루벼락 등도 한웅의 가마를 막아서듯 물러섰고 수천 마리의 늑대들이 주위를 에워싸기 시작했다.

"너희들, 겁나느냐?"

비렴이 목청을 돋워 묻자 치우비가 가장 먼저 당당하게 외쳤다.

"저따위 짐승들에게 당할 수 없습니다!"

비렴이 썰썰 웃었다.

"그렇다. 말 잘했다."

어느덧 늑대들은 사람들 주위를 빈틈없이 에워싸고 있었다. 사람들은 많이 죽음을 당해 백여 명뿐이었고 늑대는 이천 마리도 넘었다.

치우천은 주위를 둘러보며 생각에 잠겼다.

'단순하게 생각하면 한 사람이 스무 마리를 상대하는 셈이다. 아우나 몇몇 사람에겐 그 정도는 문제도 아니다. 하지만 모든 사람이 그렇게 강한 것은 아니다. 그러니 백 명으로 이천 마리 늑대를 상대하기는 생각보다 훨씬 힘들 수도 있다. 우리가 무리를 잘 짓고 어떻게 싸울지 상의 한다면 더 많은 늑대도 죽일 수 있지만 지금 우리는 막 죽다 살아난 꼴이라 엉망진창이다. 방법이 없다. 오늘 이렇게 죽고 말 것인가.'

치우천은 암담하여 어찌할 바를 모르고 있는데, 비렴이 비장하게 외쳤다.

"나는 지금부터 미얄중중기를 쓴다. 내게 무슨 일이 생기든 절대로 다가오지 마라!"

그때 한웅의 가마가 열리면서 사와라 한웅의 외침 소리가 들렸다.

"풍백! 안 되오! 풍백!"

비렴은 굳건히 대답했다.

"한웅께옵서는 반드시 무사하시옵소서."

치우비나 치우천 등은 미얄중중기가 무엇인지 궁금했지만 그것도 잠시일 뿐이었다. 그럴 여유조차 주지 않고 늑대 무리들이 어지러이 달려들었다. 순간, 비렴의 얼굴이 빛을 내는 것처럼 확 밝아지면서 양손에 일렁거리는 빛 무리가 감돌았다. 그 순간…….

"쏴라!"

뒤에서 커다란 고함 소리가 들리면서 수백 개의 화살이 무서운 기세로 날아들었다. 화살들은 자로 잰 것처럼 비렴의 바로 앞으로 우르르 날아와, 달려들던 늑대 수십 마리를 꿰어 죽였다. 사람들이 환호성을 올렸다.

"치우우레님이다!"

이어서 다시 수백 개의 화살이 날아왔다. 늑대들은 빽빽하게 모여 있었기 때문에 삽시간에 백 마리도 넘게 죽음을 당했고 뒤에서 화살이 날아오자 안절부절못했다. 비렴의 빛나는 얼굴과 손의 빛 무리가 삽시간에 사라지며 기쁜 미소가 떠올랐다.

"무기를 집어라!"

그사이 한 번 더 화살이 날아와 다시 백여 마리의 늑대들이 죽었다. 그리고 와! 하는 고함 소리와 함께 굳건한 대오를 이룬 사울아비들이 창을 들고 돌격해 왔다. 맨 앞에는 텁석부리 치우우레가 무시무시한 도끼를 휘두르고 있었다.

"한 놈도 살려 두지 마라! 오늘 저녁은 늑대 고기다!"

이편의 백여 명의 사울아비들도 대부분 무기를 주워 들고 줄을 지었다. 일단 무기를 들고 대열을 갖추면 늑대 따위는 겁낼 필요가 없다. 사울아비들은 용감하게 소리를 지르며 닥치는 대로 늑대들을 죽였다. 치우우레가 부하들을 지휘하는 솜씨는 실로 대단하여 질서정연하게 늑대들을 포위했다.

번개범을 만나 죽은 백여 명과 양역이 데리고 간 이백여 명, 다치거나 말을 잃은 이백여 명을 제외하더라도 치우우레가 몰고 온 사울아비들은 오백 명에 달했다. 사울아비들은 분하고 원통하던 참이라 추호의 망설임도 없이 늑대들을 죽여 이천 마리가 넘던 늑대들은 삽시간에 거의 죽음을 당했다.

피가 냇물처럼 흘러 역한 피비린내가 코를 찔렀다. 도망친 늑대는 겨우 서른 마리도 채 안 될 정도였고, 이때 다친 사울아비는 쉰 명도 되지 않았다. 죽은 사람은 하나도 없었다. 사울아비들은 죽음에서 살아났고, 비록 상대가 사람이 아닌 늑대였지만 크게 이긴 것을 기뻐하여 환호성을 올리고 소리를 질러 댔다.

비렴은 극한 상황에서 이렇듯 벗어난 것이 기뻐 치우우레의 손을 잡고 마구 흔들었다. 사와라 한웅도 가마에서 나와 친히 치우우레를 치하했다.

그러나 치우우레는 침통한 표정으로 머리를 조아렸다.

"제가 못나서 한웅님을 이토록 위험하게 했으니 백 번 죽어도 마땅하옵니다."

사와라 한웅은 고개를 절레절레 흔들며 인자하게 말했다.

"자네가 나를 구했는데 무슨 말을 하는 것인가!"

그때 피투성이가 된 병예가 비틀거리며 가마에서 내려와 한마디 거들었다.

"정말…… 정말…… 오늘은 위험했사옵니다……. 저 젊은이들이 아니었으면 정말……."

아찔했던 순간을 떠올리자 사와라 한웅도 식은땀을 흘리며 고개를 끄덕였다. 앞서 맞섰던 신수는 어쩔 수 없었다 해도, 양역이 사울아비를 몰고 오지 않았다면 사와라 한웅은 소에 짓밟히거나 늑대 밥이 되었을 것이다. 치우천과 치우비 등의 활약이 아니었으면 역시 소에 밟히거나 벼랑으로 떨어졌을 것이다. 눈 깜짝할 사이에 몇 번이나 죽을 고비를 맞이한 셈이라 사와라 한웅도 침착할 수가 없었다. 싸움터에 나간 것도 아닌데 이런 흉악한 꼴을 당한 것은 역대 한웅 중에서 자신이 처음 같았다.

사와라 한웅이 침울하게 입을 열었다.

"내가 부족하여 하늘이 벌을 내리시는 것인가 보오. 신수에 짐승들까지 나를 보고 덤비는 것을 보니……."

치우천은 늑대들의 피로 범벅이 되어 아예 땅에 누워 가쁜 숨을 몰아쉬고 있었다. 누가 비틀거리며 다가왔다. 치우비였다.

"형님, 괜찮아?"

치우비도 말하기가 무섭게 치우천의 옆에 벌렁 드러누워 버렸다. 천하장사인 치우비도 극도로 지친 것이다. 치우천이 중얼거렸다.

"아우야, 잘했다. 정말 잘했어……."

"날램이는 질쾌가 돌보고 있어. 다행히 죽진 않을 거야……. 벗들 중에 죽은 이는 없어. 도깨비들도 그렇고……. 다행이야."

치우천은 지치고 피곤한 탓에 잠시 날램이에 대해 잊고 있었는데, 인정 많은 치우비는 그 와중에도 날램이를 잊지 않고 있었다. 치우천은 자신이 부끄럽기도 하고 아우가 대견스럽기도 했다.

치우비가 피식 웃었다.

"형님도 잘하던데?"

"뭘 말이냐?"

"열세 마리나 죽였잖아."

늑대들과의 혈전에서 치우천은 칼을 휘둘러 늑대 열세 마리를 죽였다. 그동안 힘이 없다는 핑계로 싸우려 들지 않았지만, 치우천이 배운 사울아비로서의 기예도 약하지는 않았다. 보통 사울아비 정도의 몫은 해낸 것이다. 사실 제정신이 아니었고 다시 하라면 할 자신이 없었지만 나름대로 자부심을 느끼고 있었던지라 치우천이 씩 웃으며 되받았다.

"너 이 녀석…… 그걸 어떻게……."

치우천은 눈물이 핑 돌았다.

'이 녀석은 가시덤불을 들고 싸우는 와중에도 나를 계속 보고 있었구나! 그렇지 않으면 내가 열세 마리를 죽인 것을 어떻게 안단 말인가?'

자신도 그렇게 위급한 처지에 놓였음에도 형을 걱정하여 한시도 눈을 떼지 않았다고 생각하니 치우천의 감격은 헤아릴 수가 없었다.

'나도 아우를 생각하는 마음은 누구 못지않다만 이 녀석이 나보다 마음 씀씀이가 더 깊구나. 정말…… 정말…….'

치우천은 눈을 감고 감정을 감추느라 짐짓 목소리를 높였다.

"아우야! 괜찮으면 나와 같이 가자!"

"어딜?"

"늑대와 소는 분명 사람이 주술로 부린 것이다. 안 그러면 그런 일은 있을 수 없다! 그놈을 잡아야……."

그때 차분하고 감미로운 목소리가 치우천의 귀에 들렸다.

"이미 늦었습니다."

맥달의 목소리였다. 치우천이 몸을 벌떡 일으켰고 치우비도 급히 일어섰다. 맥달은 말을 탄 채 조용히 웃으며 두 사람을 내려다보고 있었다. 치우천은 맥달이 다가와 말을 건네니 반갑기도 했지만, 모든 것을 다 안다는 듯 말하자 이상하게 또 심사가 꼬였다.

치우천은 부러 퉁명스럽게 물었다.

"왜 늦었다는 겁니까?"

맥달이 생긋 웃으며 되받았다.

"늑대와 소가 다 죽었는데, 부리던 사람이 무엇하러 남아 있겠습니까?"

치우천이 대답하지 않자 맥달은 곱게 웃으며 말을 이었다.

"제 말을 잊지 않아 주셔서 기쁩니다."

치우천은 맥달이 구하든 잡든 둘을 쫓지 말고 하나만 노리라고 하던 말을 두고 한 소리란 것을 알았다. 만약 아까 섣불리 우두머리를 쫓았다면 시간이 늦어졌을 것이고, 한웅의 가마는 벼랑으로 떨어질 수밖에 없었을 것이다. 아찔했다.

치우천은 한 줄기 의심이 솟구쳐 날카로운 눈빛으로 물었다.

"늑대와 소를 사람이 부린 것을 어찌 아셨습니까?"

치우천은 맥달에게 의심이 가자 자신도 모르게 말꼬리에 힘을 주었다. 맥달은 개의치 않고 환하게 웃으며 대답했다.

"천님도 아시지 않습니까? 제가 아는 것을 어찌 천님이 모르시겠습니까?"

"맥달님, 그대는 우리 목숨을 구했습니다. 그러나 저는 정말 마음이 놓이지 않는군요. 한웅께서 위험에 빠진 것을 어찌 아셨습니까? 정말 당신은 이번 일에 손을 쓴 것이 없단 말입니까? 직접 손대지 않았다면 어찌 이 모든 것을 안단 말입니까?"

치우천은 단숨에 맥달에게 따지기 시작했다. 치우비는 그러는 형을 보자 당황스러웠다. 선녀 같고 고귀하기 이를 데 없으며 자신들을 이렇듯 친근하게 대하는 여인에게 왜 그러는지 알 수 없었다.

맥달은 당황하지 않고 더욱 여유 있게 웃으며 말했다.

"아는 방법이 있습니다."

치우천은 아무래도 맥달이 수상하다고 생각했다. 안 그러면 어찌 이런 일이 벌어지리란 것을 알 수 있겠는가?

'이 여자를 믿을 수 없다. 신수도 타고 다니는데 그깟 늑대나 소를 못 부리겠는가? 더구나 한웅님이 어찌 쫓길지 보지도 않고 어떻게 알 수 있단 말인가? 맞다. 그러고 보니 둘 중 하나만 택하라 했지만 그것은 분명 한웅님만 구하고 주술사는 찾지 말라는 뜻이나 마찬가지다. 그게 자기 자신이니 찾지 말라고 한 것은 아닐까? 수상하다.'

한편으로는 다른 생각도 떠올랐다.

'그러나 만약 한웅님을 해치려 했다면 왜 우리를 구했을까? 우리를 서둘러 보내지 않고 나에게 귀띔조차 하지 않았다면 한웅님은 그만 안 파견 한님 곁으로 가셨을 것 아닌가? 한웅님을 해치려는 것은 아니지만 꿍꿍이가 있는 것은 틀림없다.'

그러다가 문득 주변을 둘러보니 모든 사람들의 시선이 맥달에게 향해 있었고 그 눈에는 경탄과 존경의 빛이 완연했다. 치우천은 다시 생각했다.

'지금은 섣불리 여자를 건드릴 수 없겠구나. 그러나 내 반드시 꿍꿍

이속을 밝혀내겠다.'

맥달은 치우천을 잠잠히 쳐다보며 웃었다. 맥달의 시선은 치우천의 목에 머물러 있었다. 치우천이 의아하여 무심코 손을 올려 보니 작은 목걸이가 잡혔다. 치우천은 그것이 어디서 났는지는 기억하지 못했지만 항상 목에 걸고 다녔던 것이다.

치우천은 맥달이 목걸이를 쳐다보자 의아하여 물었다.

"왜 그러십니까?"

그러자 맥달이 약간 떨리는 목소리로 다급하게 말했다.

"아…… 아닙니다. 그것은…… 음, 그것은 어디서 나셨습니까?"

치우천은 솔직히 대답했다.

"모르겠습니다."

"자기가 얻은 것을 왜 모르십니까?"

"어디서 얻었는지 기억이 나지 않습니다."

치우천은 맥달이 왜 이런 작고 값어치도 없는 것에 관심을 보이는지 이해가 되지 않았다. 그렇다고 맥달에게 줄 마음도 없어 치우천은 목걸이를 보이지 않게 옷 속으로 집어넣었다.

맥달이 웃으며 물었다.

"소중한 것입니까?"

"제겐 소중한 것입니다."

"무슨 사연이 있는 물건입니까?"

"아뇨. 잘 모릅니다."

"그런데 왜 소중합니까?"

치우천은 평소답지 않게 멍한 표정으로 대답했다.

"나도 모릅니다."

기분이 야릇하고 무엇인가 기억이 날 듯 말 듯했다. 맥달은 다소 초조한 눈빛으로 그런 치우천을 바라보았고 치우비는 맥달과 형이 무슨 이야기를 하는지 몰라서 번갈아 두 사람의 얼굴을 쳐다보았다.

치우천의 아물아물한 기억 속에서 뭔가가 꿈틀거리는 듯했다.

"이건……."

그때 비렴의 목소리가 들리자 치우천은 퍼뜩 정신을 차렸다.

"치우천! 치우비! 한웅님께서 찾으신다!"

치우천 치우비와 함께 있는 맥달을 보고 치우우레가 달려와 맥달에게 고개를 숙여 보이며 말했다.

"맥달님, 한웅님을 뵈시지요."

처음 보는 사람을 한웅과 인사시키는 일은 극히 드물었다. 그러나 맥달은 엄청난 위기에서 자신들을 구해 주었고, 신수를 타고 온 점 등으로 미루어 분명 선인이거나 보통 사람이 아니라고 판단하여 자리를 마련한 것이다.

맥달은 사뿐히 고개를 숙여 보였다.

"한웅님을 뵙게 되다니, 영광이옵니다."

치우우레는 치우천과 치우비, 그리고 맥달과 함께 사와라 한웅을 만나러 갔다. 사와라 한웅은 죽음 직전에 살아나서 희색이 만면했다. 방금 사와라 한웅은 양역을 칭찬하고 양역을 한 계급 올려서 사울아비 작은 스승으로 임명한 바 있다. 양역은 젊은 사울아비 중에서도 통솔력이 뛰어나 서른 명의 사울아비를 지휘하고 있었는데 이제 백 명의 사울아비를 지휘하는 위치가 되었다.

한웅 앞에는 함께 공을 세웠던 쇠돌이, 부루벼락, 거서기, 삼, 질쾌, 마파람이 서 있었다. 날램이는 화상이 심하여 자리에 없었고, 치베는 주신 사람이 아니라 뒷줄에 서 있었다. 치베는 나서지 않으려 했으나 사와라 한웅이 서 있으라 직접 명하였다. 그러나 세 명의 도깨비들은 인간으로 치지 않았기 때문에 산 귀퉁이 그늘에 주저앉아 있었다.

치우천과 치우비가 다가오자 사와라 한웅은 연신 웃으며 수염을 쓸어내렸다.

"아, 혼네하고 나리로구나."

비렴이 속삭였다.

"희네와 나래이옵니다. 지금은 치우천 치우비라 부르시는 것이 옳을 것이옵니다."

"아, 그래. 치우천, 치우비. 그랬지. 너희 공이 몹시 크구나."

치우천과 치우비가 무릎을 꿇었다.

"다 안파견 한님의 덕분입니다."

사와라 한웅은 맥달을 바라보며 웃으면서 말을 건넸다.

"맥달 선인께도 감사드립니다."

그러자 맥달이 웃으며 말했다.

"저는 선인이 아닙니다. 한낱 나이 어린 계집일 뿐이니 한웅께옵서는 말씀을 낮추소서."

사와라 한웅이 호탕하게 웃었다.

"선인이 아니라면 어떻게 신수를 타고 다니시겠소."

맥달이 고개를 저었다.

"이제 앞으로 그런 일은 없을 것이옵니다."

"무슨 말씀이시오?"

"맥과 저는 헤어졌사옵니다. 저는 이제 신시로 가야 하옵니다."

"허, 맥달님이 신시로 오신다면 이보다 기쁜 일이 어디 있겠소. 그런데 신시로 가시는 까닭은 무엇이오?"

"스승님의 명이시옵니다."

"스승님은 뉘시오?"

"스승님께서는⋯⋯."

맥달은 잠시 말을 끊었다가 말했다.

"⋯⋯자부 선인이라 불리십니다."

'자부 선인'이란 말에 모든 사람들이 깜짝 놀랐다. 자부 선인은 주신이 생길 때부터 안파견 한님에게 도움을 주셨던 대선인 중의 대선인이었다. 그런데 이 아리땁고 젊은 여인이 자부 선인의 제자란 말인가? 사람들은 저마다 생각했다.

'자부 선인의 제자라니, 엄청나구나. 거짓말은 아닐 게야. 신수를 부리며 타고 다녔고, 귀신같이 앞일을 알아서 한웅님을 구했으니 그 정도는 되어야 말이 된다. 대단한 여인이로다.'

사와라 한웅은 고개를 끄덕이며 흐뭇한 듯 웃었다.

'자부 선인이 이렇듯 아랫사람을 친히 보내 주시다니. 이제 주신의 앞날은 탁 트일 것이며 아무 일도 생기지 않을 것이다. 경사로구나, 경사!'

그런 생각을 하며 사와라 한웅이 맥달에게 말했다.

"그러하다면 당연히 맥달님을 모시겠소. 우리가 신시에 돌아가는 대로 큰 집을 지어⋯⋯."

맥달은 살짝 웃으며 사와라 한웅의 말을 막았다.

"그러실 필요 없사옵니다. 제가 알아서 있을 곳을 마련하도록 하겠나이다."

"신시에 아는 분이라도 있소?"

그 물음에 맥달은 그저 웃을 뿐 대답하지 않았다.

비렴이 물었다.

"맥달님. 이야기를 듣자 하니 맥달님이 치우천과 치우비 등에게 가라 이르셨다고 하던데, 어떻게 한웅님이 위험에 빠졌는지 아셨소이까?"

비렴도 빈틈없는 사람이라, 비록 맥달이 선인 같고 우아하기 짝이 없어 경탄할 만하지만 그것에만 홀리지 않고 치우천과 비슷한 생각을 가졌던 것이다.

"점을 쳐서 앞날을 조금 볼 줄 아옵니다."

그 말에 비렴, 사와라 한웅, 치우천은 똑같이 오오, 하며 짧게 신음을 내뱉었다. 사실 점을 쳐서 미래를 짚어 내는 일은 어느 부족이나 행하는 일이다. 그러나 대부분 큰비나 가뭄 같은 큰일을 예견했으며, 그나마도 틀리는 경우가 맞는 경우보다 많았다.

허나 맥달은 한웅의 움직임 같은 세세한 일을 한 치의 빈틈도 없이 맞혔으니 실로 믿기 힘들었다.

치우천은 맥달이 의심스러웠다. 비렴은 믿을 수도 안 믿을 수도 없어서 약간 갈팡질팡했으며, 사와라 한웅과 다른 사람들은 맥달의 말을 그대로 믿었다.

사와라 한웅이 한동안 수염을 쓰다듬다가 물었다.

"그렇게 자세한 것을 내다보실 수 있다니, 자부 선인님께 배우신 것이오?"

맥달은 살풋 미소만 지었을 뿐 대답하지는 않았으나 모든 사람은 그런 모양이라고 생각했다.

치우천만은 눈을 가늘게 뜨고 인상을 쓴 채 생각에 잠겨 있었다. 그렇게 자세히 미래를 알아낼 수 있다는 말은 믿을 수 없었다.

맥달은 생각에 잠겨 있는 치우천을 보고 웃으며 말했다.

"한 가지 본보기를 보이겠나이다. 가령 여기 치우천님께서는 내년 이맘때쯤 지금 생각하시는 모든 궁금증이 풀릴 것이옵니다."

치우천은 그 말을 듣고 허, 하며 헛웃음을 지으며 물었다.

"그러면 내년까지는 궁금증이 풀리지 않는단 말입니까?"

사와라 한웅이 물었다.

"치우천, 넌 무엇이 궁금한 게냐?"

맥달이 살짝 웃으며 끼어들었다.

"사람의 속마음이옵니다. 한웅께옵서는 군이 묻지 마소서."

"한 가지만 더 보여 주실 수 있겠소?"

비렴이 청하자 맥달은 빙긋 웃으며 손가락으로 한 사람을 가리켰다. 그 사람은 조금 떨어진 곳에서 맥달을 홀린 듯 바라보는 치우바람이었다. 맥달의 가녀리고 섬세한 손가락이 자신을 향하자 치우바람은 당장이라도 벌떡 일어나 춤이라도 출 것처럼 황홀한 표정이 되었다.

맥달은 살짝 웃으며 작은 소리로 말했다.

"저분은 잠시 뒤에 이 자리에서 칼에 찔려 다칠 것이옵니다."

비렴과 사와라 한웅은 의아했다. 이제 위험한 일은 다 지나갔는데 치우바람이 왜, 그것도 칼에 맞아 다친단 말인가? 더구나 치우바람은 수습하는 일을 하고 있지도 않고 가만히 있을 뿐이었다.

아무 말도 않고 묵묵히 지켜보던 치우비는 고개를 갸웃거리며 생각했다.

'치우바람 녀석은 못되었지만 힘도 세고 재주도 많은데다 요령이 좋은 녀석이라 누가 다치게 하기 힘들 것이다. 더구나 이 자리에서는 아무도 그를 다치게 할 수도 없고 다치게 하지도 않을 텐데……. 한웅님 앞에서 누가 칼을 뽑는단 말이냐? 설마 맥달님이 직접 치우바람을 칼로 쳐서 다치게 만들려는 것은 아니겠지?'

비렴이 다급하게 물었다.

"또 누가 우리를 습격한단 말씀이시오?"

맥달은 고개를 저었다.

"아니옵니다."

"그러면 어찌……."

비렴은 더 말하려다가 그렇게 되면 맥달을 믿지 못한다는 것이 되어 실례가 되므로 입을 다물었다. 맥달은 여전히 미소를 띤 채 말했다.

"쇤네의 재주가 모자라 그리 여러 번 앞일을 보지 못하옵니다. 하루에 세 번, 한 달에 여섯 번을 볼 수 있을 따름입니다. 오늘은 다 하였사오니 한웅님께서는 용서해 주시옵소서."

사와라 한웅이 고개를 끄덕이며 속으로 생각했다.

'하루에 세 번이라니? 음, 아까 나를 구하러 간 것과 치우천에게 말한 것, 치우바람이 다친다는 것, 이 세 가지구나. 그런데 한 달에 여섯 번이라 했으니 이제 이번 달에는 세 번밖에 더 물어볼 수가 없구나. 이런 재주를 가진 여인은 세상에 다시 없을 것이니 신중하게 정해 앞날을 물어야겠다.'

사와라 한웅은 부루버들을 불러 맥달을 대접하라고 일렀다. 부루버들은 작은마누라였지만 그래도 한웅의 안사람이니 이는 맥달을 지극히 중요하게 생각한다는 마음의 표시였다. 원래는 운사 신지울태에게 명해야 맞지만, 신지울태는 주술의 후유증으로 기절한 채 아직도 깨어나지 못하고 있었다.

부루버들이 사와라 한웅의 명을 받고 나오고 그 뒤를 소녀가 따라 나왔다. 이 두 여인도 한웅의 가마 안에서 마음고생을 하던 참이라 아직도 안색이 해쓱했다. 부루버들은 고운 얼굴에 미소를 지으며 친절하게 맥달을 맞이했는데, 평소와는 달리 부루버들의 모질고 거친 성격은 전혀 찾아볼 수가 없었다. 그야말로 꽃과 같이 화사했다.

반면 소녀(素女)는 밖으로 나오자마자 치우천을 발견하고는 멍하니 치우천만 쳐다보았다. 소녀의 시선을 느끼자 치우천은 속으로 생각했다.

'저 여자, 눈치도 없이 왜 저러지? 누가 보고 흉을 보면 어쩌려고 저렇게 티를 낼까……'

사와라 한웅은 치우천을 불러 공이 크다며 치하해 주었다. 그다음은 부루벼락, 이어서 사울아비들을 차례대로 치하했고 계급을 올려 주었다.

치우천은 소녀의 눈빛이 따가워 뒤로 물러서며 시선을 피하려고 두리번거렸다. 저만치에서 울라트를 말에 태운 채 말을 끌고 오는 검은 피부의 도깨비가 보였다. 치우천은 핑곗거리가 생기자 곧장 그리로 갔다. 그늘에 앉아 있던 도깨비들도 반가운지 슬며시 그리로 걸음을 옮겼다.

울라트는 치우천을 보자마자 다짜고짜 말했다.

"웬 나쁜 놈이 있었어요! 마냥이 창을 던져 쫓아 버렸지만요!"

"나쁜 놈이라니?"

"커다란 나뭇잎으로 얼굴을 가린 놈이에요! 늑대들을 데리고 있었어요! 그놈이 늑대들을 부린 게 틀림없어요!"

"자세히 말해 주겠니?"

울라트는 흥분하여 두서없이 이야기를 했다. 울라트는 말을 못 타는 검은 도깨비와 함께 치우천 일행이 늑대들과 싸우는 모습을 손에 땀을 쥐며 지켜보았다. 그러다가 마침내 소 떼와 늑대를 물리치자 환호성을 지르며 그리로 달려가려 하는데, 그때 휙 하고 도망치는 수상한 사람을 발견했나.

그 사람은 늑대 두 마리를 앞뒤에 데리고 있었으며, 커다란 나뭇잎으로 얼굴을 가리고 옷에도 온통 풀잎을 꽂아 눈에 띄지 않았던 것이다. 늑대를 데리고 있는 것이 수상하여 울라트가 소리를 질렀으나 그자는 들킨 것을 알자 도리어 두 마리의 늑대를 시켜 울라트를 해치려 했다.

검은 도깨비가 끌던 말은 혼란 중에 주운 것이지만 사울아비가 타던 말이라 말에는 두 자루의 긴 창이 달려 있었고 곤봉도 한 자루 있었다. 검은 도깨비는 즉시 말에서 두 자루의 창을 꺼내 획획 던졌는데, 창은 한 치의 어긋남이 없이 두 마리의 늑대를 꿰뚫고 땅에 박혔다.

검은 도깨비가 곤봉을 휘두르며 달려들자 그 수상한 자는 급히 숲 속으로 몸을 숨겨 도망쳐 버렸다. 검은 도깨비는 울라트를 혼자 놓아둘 수 없어서 뒤를 쫓지 못했다는 것이다.

치우천은 이 이야기를 듣고 부끄러워졌다.

'맥달이 시킨 것이 아니었구나. 그렇다면 맥달은 놀라운 재주를 지녔구나. 앞일을 알 수 있다니, 원 참. 그나저나 그 이야기를 해야 하나 말아야 하나? 어차피 이제는 멀리 갔을 테니 천천히 알아보는 것이 낫겠구나.'

울라트는 치우천이 부끄러운 표정을 짓자 이상하여 물어보았다.

"천 오빠, 왜 그러나요?"

"아니다. 그런데 마냥이 누구냐? 이 도깨비 이름이냐?"

"맞아요."

"이름을 어떻게 알았니?"

울라트는 으쓱해졌다. 울라트는 여행하던 요 며칠 동안 도깨비들에게 말을 가르쳐서 이제 이름 정도는 알게 되었다. 치우천은 반가워서 검은 도깨비의 어깨를 한 번 치고는 자신을 가리키며 말했다.

"치우천!"

그러자 검은 도깨비 마냥은 검은 얼굴에 하얀 이를 드러내며 씩 웃더니 자신을 가리켰다. 사실은 그리 흰 이가 아니었지만 얼굴이 워낙 새까만 탓에 눈부실 정도로 하얘 보였다.

"마냥!"

치우천은 도깨비들과 말이 통하게 되자 기뻤다.

"그래, 반갑다. 마냥."

"치우천! 치우천!"

마냥은 다른 말은 모르는 듯 치우천의 이름만 부르며 웃었다. 어느새 붉은 머리의 애꾸 도깨비가 다가와 웃으며 자신을 가리켰다.

"레이미!"

혀를 굴리는 듯한 억센 발음이라 치우천은 잘 알아듣지 못하다가 고 개를 갸웃거리며 되물었다.

"리미?"

애꾸 도깨비는 치우천의 발음이 틀렸지만 호탕하게 웃으며 고개를 끄덕였다.

"레이미! 리미! 하하하!"

애꾸 도깨비는 도끼가 달린 오른손을 뻗어 치우천의 등을 가볍게 치 기까지 했다. 금발의 험상궂은 도깨비가 자신을 가리키며 외쳤다.

"게르하르트!"

치우천은 이 발음은 제대로 따라할 수가 없었다. '르' 자를 발음할 때 절묘하게 혀를 굴렸기 때문에 따라하기 힘들었다. 치우천이 고개를 끄 덕이자 이번에는 갈색 머리의 눈매가 날카로운 도깨비가 다가와 자신 을 가리키며 말했다.

"폴리비쿠스!"

이 발음도 역시 어려워서 치우천은 따라할 수 없어 웃음으로 답힐 뿐 이었다.

'도깨비들도 이름이 있었구나. 이름이 괴상하기도 하구나. 더구나 그 개…… 뭐라는 도깨비하고 포…… 뭐라는 도깨비는 이름이 어려워 안 되겠다. 이름을 새로 지어 주자. 마냥과 리미는 부를 만하니 그대로 부 르면 될 게고.'

치우천이 도깨비들과 노닥거리는 동안 치우비는 불안한 자세로 사와 라 한웅 앞에 서 있었다. 몸 여기저기가 욱신거리며 아파 열흘은 누워 있어야 나을 것 같았지만 한웅님의 앞이라 아프단 소리도 할 수 없었다.

'왜 나만 이리 오래 세워 두는 것일까?'

치우비는 은근히 불안했다. 그러나 사와라 한웅의 생각은 따로 있었다. 치우비의 힘이 엄청나서 대용사로 뽑힌데다가 이번 일에도 활약이 컸으므로, 맨 마지막으로 치하하고 높은 자리에 올려서 대장으로 삼아야겠다고 생각하고 있었다. 우선 힘을 당할 자가 없었고, 태산 회의에서 대용사로 이름을 날렸으니 치우비의 이름만 들어도 적들은 기가 꺾일 것이기 때문이다.

마침내 치우비의 차례가 오자 사와라 한웅이 소리 높여 말했다.

"치우비, 네 공이 퍽 크다. 더구나 너는 세상에 이름이 널리 알려진 대용사요, 대영웅이다. 너는 이제부터 하늘 군대의 사울아비 큰스승을 맡는다."

그 말에 모든 사람이 놀랐다. 하늘 군대는 한웅 직속의, 그야말로 고르고 고른 사울아비들만 속해 있는 최고의 정예 부대였다. 더구나 그중에서도 사울아비 큰스승은 사울아비 천 명을 지휘하는, 대단히 높은 자리였다. 주신 전체에서도 사울아비 큰스승은 삼십 명도 채 안 되었다.

치우비의 아버지 치우우레는 사울아비 큰스승이었다. 그러나 치우우레는 하늘 군대가 아니라 보통의 사울아비들을 다스리는 큰스승이니 졸지에 치우비는 주신에서도 이름이 널리 알려진 아버지보다 더 높은 자리에 올라가게 되었다. 누구보다 출세를 빨리 한 치우가람과 치우바람조차 아직 하늘 군대의 작은스승이었다.

치우비는 놀라 입을 벌리고 멍하니 서 있었다. 그 모습을 보고 비렴이 웃으며 말했다.

"자네 무엇 하는가? 어서 한웅님께 감사하다는 말씀 올리게!"

얼결에 치우비는 한웅에게 절을 올리고는 말을 더듬거렸다.

"저…… 저는 재주가 없고 나이 어려서 그런 일을 감당하지 못합니다……. 그러하오니……."

사와라 한웅이 껄껄 웃으며 기다렸다는 듯 말했다.

"자네가 힘들 것 같다면 형과 함께 하게. 비렴, 치우천을 치우비와 함께 큰스승으로 두게나."

사울아비 큰스승은 혼자 모든 군대를 맡는 것이 아니라 직위가 조금 낮거나 비슷한 사람 여럿이서 군대를 맡는 경우도 있었다. 굳이 정하지 않아도 대장끼리 알아서 서열을 정하곤 했다. 치우우레의 경우도 큰스승인 치우벌과 부소다솔과 함께 부하들을 거느리고 있었다. 다만 치우우레가 가장 용맹하고 지휘력이 뛰어나 치우벌과 부소다솔이 치우우레의 명령을 따르고 있었다.

일이 이렇게 되자 비렴이 기분 좋은 듯 크게 웃었고, 치우우레는 몸을 떨 정도로 기뻐했다. 치우천 치우비가 동시에 사울아비 큰스승으로 임명된 것이다. 성인식조차 제대로 끝내지 못한 어린 나이에 이렇듯 높은 자리에 임명된 예는 길고 긴 역사를 지닌 주신에서도 몇 손가락에 꼽힐 정도밖에 없었다.

부루벼락을 비롯한 동료들이 환호성을 올리며 치우천을 거의 들다시피 사와라 한웅에게로 데리고 왔다. 치우천은 도깨비들과 이야기를 하다가 영문도 모른 채 들려와 치우비와 나란히 무릎을 꿇고 앉았다.

감격에 겨웠으나 겸손하게 치우우레가 입을 열었다.

"한웅께옵서 모자란 저희 자식들을 높이 보아 주셔서 감사하옵니다만…… 아직 이 녀석들은 성인식도 끝내지 않았으며……."

사와라 한웅이 사람 좋게 껄껄 웃었다.

"성인식은 내가 한 것으로 보아 준다고 하지 않았는가?"

"그럴 수는 없사옵니다. 한웅님의 뜻은 잘 아옵니다만 시험 없이 자리를 얻을 수는 없는 법. 저는 아비로서 이놈들에게 성인식을 하도록 명하였나이다."

비렴은 답답해 안절부절못했다.

'이 사람은 고집불통이군! 한웅님이 성인식을 한 것으로 치라는데도 받아들이지 않다니. 원 참⋯⋯.'

그러나 한편으로 생각하니 웃음도 났다.

'하긴⋯⋯ 그러니 믿음직한 것이지만⋯⋯.'

사와라 한웅은 기분이 좋은 터라 웃으며 말했다.

"좋다, 좋아. 아비가 치르라는 성인식은 꼭 치러야지. 그러나 나는 한웅이니라. 이미 한 말을 거두어들일 수는 없는 법. 너희가 성인식을 했건 안 했건 이제 하늘 군대의 사울아비 큰스승이다. 알겠느냐!"

마지막 말에 사와라 한웅이 힘을 주자 치우천 치우비는 더 이상 딴소리를 할 수 없었다.

사와라 한웅이 웃으며 비렴을 쳐다보았다.

"비렴, 계속하게나."

비렴은 고개를 숙여 보이고 우렁찬 목소리로 외쳤다.

"자, 이제 이 둘은 하늘 군대의 사울아비 큰스승이 되었느니라. 이 둘은 부끄러움 없는 사울아비로, 다른 사울아비를 이끌 만한 사람들이라 본다. 나이는 비록 어리지만 태산 회의에서 맹활약을 하여 형 치우천은 주신이 지나족을 이기게 하였으며 아우 치우비는 대용사로 뽑혔다. 또 목숨을 돌보지 않고 용감히 싸워 한웅님과 많은 동료들을 구하였다. 이러한 공은 말로 다할 수는 없을 것이다. 그러므로 이 둘은 하늘 군대의 사울아비 큰스승에 어울린다고 나, 풍백 비렴은 생각하는 바이다. 혹여 여기 이 두 사람들이 그에 어울리지 않는다거나, 이들이 지은 죄를 아는 사람은 이제 말하라."

높은 자리에 임명될 때 치러야 하는 의식적인 절차였다. 높은 자리에

오르는 사람은 죄가 없고 떳떳한 것을 으뜸으로 했다. 그러므로 허물 없음을 사람들이 모인 자리에서 밝혀 아무도 반대하지 않아야 비로소 한 웅의 명령도 효력을 갖는 것이다. 물론 이런 자리에서 반대하는 사람은 거의 없었다. 알려진 죄가 있는 사람이라면 그런 위치에 뽑히지도 않았을 것이다.

주변의 동료들과 사울아비들은 환호성을 올리며 축하해 주었다. 치우천 치우비의 이름은 유명해져서 벗들 외에도 다른 주신 사울아비들의 호감을 사고 있었다.

비렴이 흐뭇하게 웃으며 목소리를 높였다.

"그러면 이제······."

그때 누가 날카롭게 외쳤다.

"그자는 죄가 있으니 그 자리에 어울리지 않습니다!"

너무도 뜻밖의 이의인지라 사람들은 소리를 지른 사람을 돌아보았다. 일순 모두의 안색이 변했다. 놀랍게도 그 사람은 바로 맥달과 이야기를 나누고 있던 한웅의 작은마누라, 부루버들이었다.

죽음의 길로

사내들이 가장 참아 넘기기 힘든 일이 있다면, 비교당하는 일이다.
하물며 자기가 속마음으로 모자라고 부끄러워하는 일을 대놓고 비교당하면
정말 참아 넘기기 어려울 것이다.
작은 말 한마디를 실수하여 커다란 원한을 만들 수도 있으니 조심하라!
—신시, 자부 선생의 가르침 중에서

부루버들이 이의를 제기하며 앞으로 다가오는 사이, 사와라 한웅과 비렴을 비롯한 사람들은 의혹에 가득 찬 표정을 지은 채 아무 말도 하지 못했다.

부루버들이 눈짓을 하자 치우가람과 치우바람 형제가 재빨리 움직이더니 소녀에게 다가갔다. 소녀는 무슨 영문인지 모르는 듯 당황해했으나 치우가람과 치우바람은 아무 말도 하지 않고 소녀를 앞뒤로 막아서서 부루버들 옆으로 인도했다.

치우비에게 퍼뜩 스치는 생각이 있었다.

'저 여자를 데리고 오는 것으로 보아 이건…… 이건 내 문제인 것 같은데? 혹시 그날 숫대 아래에서 본 사람이 있었단 말인가?'

치우비는 당황했다. 슬그머니 옆으로 눈을 돌려보니 비렴과 병예도 당황한 기색으로 눈빛을 교환하고 있었다. 그러다가 비렴이 슬쩍 치우비에게 눈짓을 했다. 그 눈빛이 단호하고 따뜻한 뜻을 담고 있음을 알아챈 치우비는 생각을 가다듬었다.

'본 사람이 있으면 어떻고 없으면 어떤가? 나는 잘못된 행동을 한 적이 없다. 형님을 구하려고 소녀님과 만났을 뿐이고 그 일은 비렴님과 병예님도 알고 계신다. 솔직히 밝히면 한웅님께서는 어진 분이니 납득하실 것이다.'

치우비는 당당하게 나가자고 결심했다. 한편으로는 치우바람, 가람에게 꽤씸한 생각이 들었다. 치우비는 정신을 바짝 차렸다. 둔한 것처럼 행동하는 치우비이지만 실은 머리가 잘 돌아가는 편이라 모든 것을 금방 파악할 수 있었다.

'저 나쁜 녀석들이 그때 솟대 부근에서 나와 소녀를 본 게 분명하다. 그래서 부루버들님에게 고자질했겠지. 부루버들님은 시샘이 많으니……이 기회에 예쁜 소녀를 한웅님 곁에서 떼어 놓으려고 일을 꾸민 것이 틀림없다. 내가 거기에 말려들었구나. 하지만 나는 조금도 잘못한 일이 없다! 저 녀석들은 정말이지, 참을 수 없구나.'

치우천은 밝지 않은 안색으로 굳게 입을 다문 채 말없이 서 있을 뿐이었다.

사와라 한웅은 어이가 없는 듯, 부루버들과 소녀를 번갈아 보다가 몇 번 헛기침을 한 다음에야 간신히 말을 꺼냈다.

"이보아라, 버들아. 너는…… 네가 무엇을 안다고 그런 말을 하는 게냐?"

부루버들은 사와라 한웅에게 살짝 고개를 숙인 다음 낭랑한 목소리로 말했다.

"쉰네, 부루버들이 말씀드리옵니다. 미리 말씀드려야 할 일이었사오나 때를 얻지 못했사옵니다. 하지만 하늘 군대의 사울아비 큰스승이라 함은 실로 많은 사울아비를 거느리는 높디높은 자리이고, 그러니만큼 한 치도 떳떳하지 못한 바가 없는 사람이 앉아야 하는 자리인 줄로 생각하옵니다."

사와라 한웅은 인상을 찌푸렸다.

"그야 당연한 일이지. 그런데?"

부루버들이 말을 이었다.

"저기 서 있는 저 사람은 그렇게 떳떳하지 못한 사람이옵니다."

"누구를 말하는 것이냐!"

"저 두 형제 말이옵니다."

"왜 저들이 떳떳치 못하다는 것이냐?"

사와라 한웅의 목소리에 불쾌감이 감돌았다.

"저기 있는 치우비라는 청년은 감히…… 감히……."

부루버들이 말을 잇지 못하는 것을 보고 치우비는 자신도 모르게 냉랭한 표정을 지었다.

'역시 그 이야기를 하는구나. 나는 잘못한 것이 없다. 너희가 나를 함정에 빠뜨리려 하지만 쉽지 않을 것이다.'

부루버들이 말을 머뭇거리자 사와라 한웅이 약간 화를 냈다.

"감히 무어라 하는 게냐! 속 시원하게 말하라!"

부루버들은 망설이는 듯, 조금 더 끌다가 입을 열었다.

"말씀드리기조차 송구하옵니다만, 이 소녀라는 계집은 처음 주신으로 온 날부터 저기 있는 치우비라는 자와 눈이 맞아……."

예상했던 대로의 말이라 치우비는 자신도 모르게 흥, 하고 코웃음을 쳤으나 다행히 사와라 한웅은 그 소리를 듣지 못한 듯했다.

"무엇이!"

사와라 한웅이 버럭 소리를 질렀다. 사와라 한웅의 얼굴은 어느새 붉어져 있었다. 사와라 한웅은 퍽 인자한 성격이었다. 더구나 이제는 나이가 워낙 많아서 여자와 밤을 지새우는 일은 생각하지도 않았다. 오히려 그렇기 때문에 사와라 한웅은 더 자존심이 상했다. 당시 풍속으로는 씩씩하고 힘이 센 남자를 으뜸으로 친 까닭에 아무리 나이가 많다 해도 그런 면에서 열등감이 드는 것은 어쩔 수 없었다.

사와라 한웅은 인자하지만 젊었을 때부터 자부심이 강하던 인물이라 이런 사적인 문제에는 곧잘 흥분하곤 했다. 개인적으로도 자존심이 상하는 일이지만 자신은 대주신의 한웅이었다. 자신에게 속한 여인이 다른 남자와 외도를 한다는 것은 실로 개인적으로나 주신의 체면으로나 있을 수 없는 일이라 생각했다. 때문에 자신도 모르게 얼굴까지 붉히고 말았다.

부루버들은 사와라 한웅을 옆에서 모신 지 꽤 오래되었기 때문에 사와라 한웅이 인자하고 아랫사람들에게 벌을 잘 내리지 않으나, 바로 그런 면에 열등감을 지니고 있어 그쪽을 찌르면 화를 쉽게 낸다는 사실을 파악하고 있었다.

부루버들은 불붙기 시작한 한웅의 마음에 기름을 부으려는 듯 기어이 할 말을 다하고 말았다.

"……그날 밤 깊은 시각에 한웅님의 막사 근처의 솟대 부근에서 남몰래 만났고……."

"그만!"

사와라 한웅이 화난 음성으로 낮게 소리쳤다. 사와라 한웅이 사람들 앞에서 화를 내는 것은 실로 몇 년 만이었다. 수많은 사울아비들 눈앞에서 벌어진 일이었기에 더욱 화가 나고 창피하여 어떻게 해야 할지 알 수 없어 얼굴이 시뻘겋게 일그러뜨렸다. 그래도 사와라 한웅은 침착한 성격이었으며, 사람됨을 직접 지켜본 바로도 치우비가 그럴 사람 같지는 않았다.

사와라 한웅은 숨을 가다듬고는 물었다.

"부루버들, 그것이 틀림없는 사실인가? 직접 보았는가?"

그러자 부루버들은 단번에 대답했다.

"쉰네가 직접 보지 않고 어찌 그런 말씀을 드리오리까."

치우비는 내심 치를 떨며 생각했다.

'말도 안 된다. 부루버들님 같은 여인네가 숨어 있었다면 그것을 눈치 못 챘을 리가 없다. 치우바람, 가람 녀석들이 보고 이른 것을 부루버들님이 직접 보았다고 하는구나. 치우가람, 바람 녀석들은 싸움 기술이 뛰어나니 녀석들이 숨어 있는 것을 못 보았을 수도 있지만……'

치우비에게 섬뜩한 생각이 스쳤다.

'가만, 그날 복면을 하고 소녀를 납치하려던 두 녀석…… 혹시 그 녀석들이 치우바람, 치우가람 아닐까? 그럴 수도 있다! 그놈들 솜씨가 여간 아니었고 사울아비의 기술을 익힌 놈들이었다. 아니, 그렇다면 이놈들이 한웅님을 해치려고 수작을 부리거나 그 일을 도왔다는 것인가?'

생각할수록 일이 복잡하고 믿을 수 없어 치우비는 자신도 모르게 가슴이 마구 뛰었다.

그때 치우천이 옆에 서 있는 치우비에게만 들리도록 아주 작은 소리로 말했다.

"저 녀석들 몸에 네가 입힌 상처가 있는지 봐야 한다."

치우천도 치우비에게 상황을 들어 알고 있었으므로 치우비와 똑같은 생각을 하던 참이었다. 치우천의 얼굴은 이상하게 어두웠고 그리 밝지 못했다.

사와라 한웅은 어쩔 줄 모르는 듯, 몇 번 가쁜 숨을 내쉬다가 치우비에게 물었다.

"치우비! 그것이 틀림없는 사실이냐?"

뛰는 가슴을 진정시키고 치우비가 서슴없이 대답했다.

"사울아비 치우비가 말씀드리옵니다. 그날 밤, 솟대에서 소녀님과 만난 것은 사실이옵니다."

"무엇이?"

사와라 한웅이 화를 내려는 듯 얼굴이 붉어지자 치우비는 급히 말을 이었다.

"그러나 제가 딴생각을 품고 만난 것이 아니옵니다. 어찌 그런 마음을 먹을 수 있겠사옵니까? 그것은 형을 구하기 위해 그리하였사옵니다. 소녀님이 그때 제 형이 유망에게 잡혀 있다는 것을 알려 주었기 때문이옵니다."

사와라 한웅은 의아하여 고개를 갸웃거렸다.

이때다 싶어 비렴이 나섰다.

"풍백 비렴이 말씀드리옵니다. 치우천은 그때 틀림없이 유망의 진중에 있었사옵니다. 이번에 나타난 신수 번개범은 필경 사람을 잡아먹는 부족인 가리족이 불러낸 것 같사온데, 가리족이 유망의 막사에 드나드는 것을 보고 저에게 전한 이가 바로 치우천이옵니다. 지난번 보여 드린, 헌원의 손바닥과 지나 부족들의 손바닥이 찍힌 가죽 두루마리를 얻어 온 이도 치우천이옵니다."

사와라 한웅은 비렴이 이야기하자 한결 눈빛이 부드러워졌다. 비렴은 퍽이나 강직하고 충성스러운 사람이라 거짓을 말할 사람이 아니었기 때문이다.

"그런 일이 있었던가?"

치우천과 치우비는 비렴에게 고맙다는 눈빛을 보냈다. 비렴이 계속 말했다.

"그때 우리는 유망과 좋지 못한 관계에 있었기에 치우천을 보낸 것이옵니다. 치우천은 헌원과 잘 아는 관계이므로 저희가 특별히 부탁을 했고, 치우천은 목숨을 걸고 유망의 막사로 들어갔사옵니다. 치우천이 유망에게 잡혀 있었는데, 그것을 알려 준 사람이 소녀님이옵니다."

"그랬는가?"

사와라 한웅은 고개를 끄덕였다. 순간 부루버들과 치우바람의 얼굴색이 창백해졌다. 그러나 치우가람만은 무슨 꿍꿍이가 있는지 눈 한번 깜빡하지 않았다.

"저희는 유망과의 문제가 복잡하여 직접 손을 쓰지 못하였고 치우천이 감금되어 있는지 아니면 그냥 숨어 있는지 알 도리가 없었사옵니다. 그런데 소녀님이 우리 쪽에 바쳐지면서 치우천이 갇혀 있다는 말을 전할 수 있었사옵니다."

곁에 있던 병예도 상처의 통증 때문에 콜록거리면서 입을 열었다.

"저, 우사 병예가 말씀드리옵니다. 소인은 소녀님이 우리 진중으로 올 때 분명 그런 말을 한 것을 들었고, 바로 소인이 치우비에게 알려 주었사옵니다. 그때 소녀님은 주신의 물정을 몰랐기에 치우천의 아우인 치우비 한 사람에게만 말을 한다고 하여 치우비가 소녀님과 만난 것으로 아옵니다. 그 외에는 방법이 없었사옵니다."

"자네가 소녀와 치우비를 만나게 한 것은 아닌가?"

사와라 한웅이 묻자 병예는 반색하며 대답했다.

"우사 병예가 터놓고 말씀드리옵니다. 저는 치우비에게 소녀님을 만나서는 안 된다고 말했사옵니다. 그러나 치우비는 형을 구하려는 마음에 방법을 강구하여 소녀님을 만난 것 같사옵니다. 외람되이 한웅님의 여인을 만난 죄가 비록 크오나, 소녀님은 주신에 처음 온 터라 누구도 믿을 수 없는 상황이었사옵니다. 그것은 비밀이라 할 수 있는 일이온데, 소녀님의 입장에서는 사람이 많은 곳에서 말할 수 없었을 것이옵니다. 만에 하나라도 우리가 치우천을 보냈다는 것이 유망의 귀에 들어가게 된다면, 곧바로 죽음을 당했을 것이옵니다. 이러한 점을 한웅님께서 밝으신 마음으로 헤아려 주시기를 간절히 바라옵니다."

사와라 한웅은 치우비에게 전후의 문제를 물었고, 소녀에게도 지나 말로 상황을 캐물었다. 소녀도 놀라며 절대 그런 일은 없다고 눈물까지 줄줄 흘리며 말했다.

사와라 한웅은 바보가 아니었다. 상황을 보니 일의 아귀가 맞았다. 더구나 소녀는 주신 말을 간신히 두어 마디 하는 정도라 남과 이야기할 수준이 못 되었고, 치우비는 지나 말을 한마디도 못했다. 그러므로 둘이 짜고 입을 맞출 가능성도 없었으니 둘이 좋아하게 되었다는 것도 말이 되지 않는다고 생각했다.

그래도 화가 풀리지 않았다. 이런 일이 부하들 앞에서 일어났다는 자체가 망신이었다. 사와라 한웅은 화를 부루버들에게 퍼부으려 했다.

"버들! 자네는 직접 보았다 하지 않았는가? 이게 무슨 짓인가?"

부루버들은 기민하게 머리를 굴렸다. 이미 틀렸다고 생각하여 어떻게든 자신은 빠져나가야 한다고 생각했다.

"저는 둘이 만나는 것을 보았을 뿐이옵니다. 쇤네는 오로지 한웅님의 덕이 깎이지 않고 못된 사람을 높은 자리에 올리는 것이 그릇되다 여겨서 감히 나섰을 뿐이오며……."

부루버들의 말이 채 끝나기도 전에 사와라 한웅이 화를 내며 버럭 소리쳤다.

"덕이 깎이지 않게 한다고? 이게 내 덕을 깎는 것이 아니고 무엇이냐? 그리고 함부로 사람에게 죄를 씌우려 했으니……."

그 말을 듣자 치우비는 어깨를 폈다.

'한웅님은 나를 용서해 주실 모양이구나.'

사와라 한웅은 부루버들을 한참이나 야단쳤다. 부루버들은 자존심이 강한 여자라 수많은 사람들 앞에서 야단을 맞자 자신도 모르게 눈물을 뚝뚝 흘렸다.

사와라 한웅은 한참 퍼부어 대다가 목소리를 삭였다.

"부루버들, 자네는 앞으로 조심해야 할 것이다. 더 할 말이 없는가?"

그때 치우가람이 외쳤다.

"사울아비 작은스승 치우가람이 감히 한웅님께 한 말씀드리옵니다. 문제는 그것만이 아니옵니다."

"무슨 소리냐?"

사와라 한웅은 이쯤에서 망신스러운 일을 끝내고 덮으려고 했는데 치우가람이 또 들고 나오자 불쾌한 표정을 지었다.

비렴이나 병예도 의아한 듯 치우가람을 바라보았다.

치우가람은 주위의 분위기에 아랑곳하지 않고 거침없이 말했다.

"대단히 외람된 말씀이오나 치우비의 행동에는 이유가 있었지만 그리 옳은 것은 아니옵니다. 더구나 제 말을 들어 주신다면 더 많은 일이 밝혀질 것이옵니다."

"무엇을 말하려는 것인가?"

사와라 한웅이 묻자 치우가람은 치우천과 소녀를 날카로운 눈빛으로 쏘아보았다.

"저 두 사람과 이야기하게 해 주소서."

"이야기해 보아라. 다만 헛소리는 듣기 싫도다. 정녕 헛소리가 아니겠지?"

사와라 한웅이 화난 목소리로 다그치자 치우가람이 대답했다.

"제 목을 걸겠사옵니다."

도무지 안 되겠다는 생각에 치우비는 화가 나서 외쳤다.

"치우바람! 네놈은 왜 손을 천으로 둘러싸고 있지?"

사와라 한웅이 의아한 표정으로 물었다.

"그것은 또 무슨 소리냐?"

"사울아비 치우비, 감히 함부로 말한 것을 용서해 주시옵소서. 저는 소녀님과 만나던 그날, 두 명의 사울아비가 얼굴을 가리고 소녀님을 잡아가려는 광경을 보았사옵니다. 둘은 분명 사울아비의 칼솜씨를 지녔고, 잘 다듬은 돌을 던졌으며 채찍에 능했사옵니다. 더구나 그들은…… 그들은……."

"무엇이냐?"

사와라 한웅이 재촉하자 치우비는 용기를 내어 외쳤다.

"개 백 마리가 어떻고, 한웅님이…… 한웅님이 잘못되면 어떻고 하는 식으로 실로 입에 담을 수 없는 말을 했사옵니다! 그날 저와 소녀님을 본 이는 그 둘뿐이옵니다! 저는 저들이 그 두 사람이라 생각하옵니다!"

치우바람이 뛰쳐나오면서 으르렁거렸다.

"치우비 이놈, 네놈 형제는 이미 한웅님을 업신여긴 흉악한 놈들이면서 감히 우리에게 죄를 씌우려 하다니! 너 같은 놈은……!"

치우비는 더 이상 화를 참을 수 없어서 자신에게 손가락질을 해 대는 치우바람의 손을 덥석 잡았다. 치우바람은 그날 이후부터 손을 헝겊으로 감고 있으면서도 사람들의 눈에 띄지 않게 꽤 조심해 왔다. 그러나 치우비는 눈썰미가 워낙 날카로웠기 때문에 헝겊 안에 은은하게 번진 핏자국 같은 색을 본 것이다.

치우바람이 깜짝 놀라 외쳤다.

"무슨 짓이냐! 감히 한웅님 앞에서……!"

"나는 네놈 손을 보고 싶을 뿐이다! 너는 왜 이 더운 날씨에 손을 천으로 감아 보이지 않게 했지?"

치우비가 힐난하면서 치우바람의 손을 싼 헝겊을 풀려고 했다. 치우바람은 손을 빼려 했으나 치우비의 힘이 억세어 도저히 손을 뺄 수 없자 재빨리 몸을 틀며 치우비의 얼굴을 향해 네 번이나 발길질을 했다.

치우바람의 걷어차는 기술은 절묘했으나 치우비는 차갑게 웃으며 네 번의 발길질을 오른손으로 막으며 외쳤다.

"너야말로 한웅님 앞에서 발길질을 해?"

그러면서 치우비는 치우바람의 오른손을 싼 헝겊을 꽉 쥐며 몸을 저만치로 던져 버렸다. 손에 감겼던 헝겊이 찢어지며 치우바람은 저만치 날아가 정리해 놓은 짐 더미에 떨어져 뒹굴었다.

어릴 적부터 치우가람, 바람 형제에게 수없이 당해 왔던 치우비의 감정이, 오늘 이 자리에서 폭발한 것이다.

치우비는 치우바람을 불같이 쏘아보며 외쳤다.

"그날, 저는 두 녀석과 겨루면서 녀석들이 던진 돌을 되받아 던져 한 녀석의 손을 뚫어 버렸습니다. 상처가 아직 낫지 않았을 것입니다. 손이 돌로 뚫리는 상처는 보기 드무니 조사해 보시면 아실 수 있을 것입니다!"

비렴이 나서서 호통을 쳤다.

"너희 둘 다 실로 죄가 크구나! 감히 한웅님 앞에서 손을 써서 싸움박질을 하다니!"

치우비는 자신이 심했다 싶어 고개를 숙였다.

"치우바람은 어서 이쪽으로 와서 손을 내밀어라!"

치우바람이 몸을 일으키는 순간 놀랍게도 손에서 피가 줄줄 흐르고 있었다. 사람들이 놀라서 보니 치우바람의 오른손에 칼이 박혀 있었다. 치우비는 깜짝 놀랐다. 치우비가 내던지는 바람에 짐 더미에 쌓였던 칼에 우연히 손이 박혔는지, 아니면 치우바람이 내던져지는 틈을 타서 일부러 박았는지는 알 수 없었다. 그러나 내던져졌을 때 손에 칼이 우연히 박히는 따위의 일이 벌어졌으리라고는 믿을 수 없었다. 아무래도 치우바람이 스스로 칼을 꽂은 것 같았다.

치우비는 속으로 탄식했다.

'내가 성질을 못 이겨서 일을 그르쳤구나. 헝겊만 벗겼으면 꼼짝 못했을 텐데! 저놈은 정말 마음이 독하고 무섭구나. 그 와중에 자기 손에 칼을 꽂아 상처를 내다니!'

치우천도 한숨을 연신 내쉬는 것이, 이제 일이 틀어졌다고 생각하는 듯했다. 치우바람의 손에 난 상처는 상당히 심각했다. 두꺼운 칼이 박힌 터라 이전에 그 자리에 돌이 박혔었는지 아닌지 구별할 수 없게 되고 말았다.

치우천이 나서서 외쳤다.

"내던져졌다고 칼이 손에 박히는 일이 어디 있습니까? 칼을 거꾸로 꽂아 둔 것도 아닌데 왜 칼이 박힌단 말입니까? 치우바람이 자기 손에 스스로 칼을 박은 것입니다!"

비렴이나 병예, 사와라 한웅도 그렇게 생각했다. 그러나 우연히 칼이 박히지 않았다고도 할 수 없는 노릇이었다. 결국 증거가 사라진 셈이라 이 일은 더 따지기 힘들게 되고 말았다. 치우가람과 바람에 대한 치우비의 말은 실로 중대한지라 엄히 조사해야할 것이지만 증거가 하나도 없었다. 더구나 부루버들이 죄를 전가시키려는 치우비의 꾀라고 소리를 지르자 사와라 한웅은 더 듣지 않으려 했다. 사울아비가 한웅을 배신한다는 것은 사와라 한웅으로서는 실로 믿을 수도, 인정할 수도 없는 일이었다. 치우비는 원통하여 가슴을 쳤지만 별수 없었다.

치우가람이 입을 열었다.

"치우천! 자꾸 말재주 피우지 마라!"

그러자 치우천이 아닌, 치우비가 되받아 외쳤다.

"치우가람! 너야말로……!"

그때 사와라 한웅이 더 이상 참지 못하고 매우 호통을 쳤다.

"이게 무슨 짓들이냐! 이제부터 한마디라도 내 허락 없이 떠드는 놈들은 누구라도 목을 베리라!"

사와라 한웅은 자기 앞에서 이런 소란이 일어나자 극도로 기분이 상하고야 말았다. 한웅이 호통을 치자 치우비도 입을 다물고 성질을 죽일 수밖에 없었다.

치우가람이 먼저 말했다.

"치우천! 네가 유망의 막사에서 공을 세운 것은 축하한다. 잘한 일이다. 그런데 너는 유망에게 잡혀 감금되었다던데, 맞느냐?"

"그렇다."

치우가람이 코웃음을 치며 물었다.

"너는 무슨 재주로 소녀님을 통해 그 일을 전달할 수 있었느냐? 소녀님은 유망이 우리에게 보낸, 고르고 골라 뽑은 여인이시다. 그런 여인을 네가 어찌 만나 어찌 부탁을 하여 그런 위험한 일까지 하게 만들었다는 것이냐!"

날카로운 지적이 아닐 수 없었다. 치우비와 비렴, 병예도 뒤통수를 얻어맞은 듯했다. 치우천이 걱정하고 또 걱정하던 일이 바로 이것이었다. 캐다 보면 소녀와 자신이 동굴에서 하룻밤을 같이 지낸 일이 드러날 터였다. 물론 자신은 절대 소녀에게 손을 대지 않았으나 그것을 누가 믿어 줄 것인가? 아니, 하물며 아무 일 없었다 해도 두 남녀가 단둘이 밤을 보낸 것만은 틀림없는 사실이다. 보통 사람 같으면 그냥 넘어갈 수도 있지만 한웅의 입장에서는 이는 부끄러운 일이 아니겠는가?

치우천의 눈앞이 캄캄해졌다. 치우가람이 의기양양한 표정으로 표독스럽게 외쳤다.

"치우천! 숨기지 말고 말하겠다고 안파견 한님께 맹세해라! 네가 잘 못한 것이 없다면 왜 맹세를 못하는가!"

치우천은 씁쓸한 표정으로 되물었다.

"맹세하지 않는다면 내 말을 믿지 못한다는 말이냐?"

"그렇다!"

치우천은 이제 갈 데까지 가는 수밖에 없다고 생각했다.

'나는 깨끗하다. 우리 둘은 일부러 토굴에 같이 들어가지 않았고, 순전히 유망에게 밀려 그렇게 된 것이다. 한웅님께서도 부끄러운 일일 테니 나도 벌을 받기는 하겠지만, 별수 없다.'

치우천은 마음을 독하게 먹고 외쳤다.

"너도 맹세해라! 그날 솟대 밑에서 소녀님을 잡아가려 했던 자가 너와 네 아우가 아니란 말이냐?"

치우가람이 즉시 맹세하고 나섰다.

"나, 사울아비 작은스승 치우가람과 치우바람은 결코 그런 짓을 한 적 없다. 안파견 한님의 이름으로 맹세하며, 내가 거짓말을 한다면 편히 죽지 못할 것이다!"

치우천은 그날 솟대에 있었던 자들이 치우가람과 바람이 틀림없다고 생각했으나 치우가람이 저렇듯 태연히 맹세할 줄은 몰랐다.

'저놈들은 안파견 한님이 부끄럽지도 않은가? 저런 맹세를 함부로 하다니! 사람 같지도 않은 놈들이다. 네놈들, 그 말대로 절대 편히 죽지는 못할 것이다!'

속으로는 분했으나 치우천도 맹세할 수밖에 없었다.

"나 사울아비 치우천은 그날의 일을 조금도 숨기지 않고 말할 것을 안파견 한님의 이름으로 맹세한다. 내가 거짓말을 한다면 온몸이 썩어 들어가 끔찍하게 죽을 것이다."

치우천이 맹세하자 치우가람이 물었다.

"그러면 대답해 보아라. 소녀님과 이전부터 알았느냐?"

"이전에, 헌원의 인도로 유망을 처음 만날 때 마주친 적이 있다. 유망에게 소녀님이 처음 바쳐질 때였다."

"그때 마음이 맞았느냐?"

"무슨 소리를 하는 것이냐? 나는 말 한마디 나눈 적 없다!"

치우가람은 지나 말로 소녀에게도 같은 질문을 했다. 그러나 소녀의 대답도 치우천과 똑같았다.

치우가람이 다시 물었다.

"그렇다면 너는 어째서 유망에게 잡혀 갇혔는가?"

"나도 이유를 모른다. 유망은 나를 치료해 준다고 했다가 마음이 변해서 가둔 것이다. 유망은 내가 그의 비밀을 들었다고 생각한 모양이다."

사실 유망의 비밀을 치우천이 들은 것이 맞지만 치우천은 교묘하게 말을 돌렸다. 그러자 비렴이 끼어들었다. 유망의 체면에 관계되는 문제라 함부로 드러낼 정보가 아니었던 것이다. 유망과 주신은 서로 적이 되었지만 아직 싸움이 벌어진 것은 아니니 신중하게 대처할 필요가 있었다. 이런 문제가 소문이 나면 유망은 당장이라도 주신과 사생결단을 내려 들거나 그가 정말 미쳤다면 주신의 모든 사람을 죽이려 할지도 몰랐다.

"그 일은 정말 큰 비밀이니 더 이야기할 수 없다!"

비렴이 막아서자 치우가람도 더 캐물을 수는 없었다. 치우가람은 생각을 가다듬더니 말했다.

"소녀님은 어떻게 만나 어떻게 부탁을 하게 되었느냐?"

"소녀님도 유망의 비밀을 들었기에 토굴로 들어온 것 같다. 그러나 나중에 유망의 마음이 변해 소녀님을 주신으로 보낸다고 했다. 그래서 나는 소녀님께 부탁을 한 것이다."

치우천이 설명을 하자 치우가람은 음흉하게 웃으며 말했다.

"그렇구나, 그래. 그러면 치우천, 너와 소녀님은 하룻밤 동안 아무도 없는 토굴에서 있었구나. 그렇지?"

그 말을 듣고 주변 사람들은 긴장한 얼굴로 사와라 한웅의 얼굴을 바라보았다. 사와라 한웅은 애쓰는 듯했으나 얼굴은 이미 붉으락푸르락해지고 있었다.

치우천은 눈을 감고 조용히 말했다.

"나 사울아비 치우천, 절대 거짓을 말하지 않는다. 그날 밤, 소녀님과 같이 있었으나 절대로 소녀님에게 별다른 짓을 한 적 없다."

"정말인가? 소녀님같이 아리따운 분과 단둘이 밤을 지새우는데 참았단 말인가? 너는 병신이냐?"

치우천은 병신이라는 소리에 귀가 거슬려 자신도 모르게 소리쳤다.

"입 닥쳐라!"

치우가람도 지지 않고 맞고함을 쳤다.

"나는 믿을 수 없다. 아무도 믿지 못할 것이다!"

치우천은 사와라 한웅의 표정이 붉으락푸르락하다가 마침내는 하얗게 변하는 모습을 보았다. 치우천은 생각했다.

'일이 글렀구나. 이제는 내가 소녀를 건드리고 안 건드린 것이 문제가 아니다. 한웅님은 내가 그녀와 하룻밤을 같이 있었다는 것도 받아들이시지 못한다. 일이 틀어졌어. 그런데 이상하다. 이놈들이 어찌하여 우리가 토굴에 있었다는 것을 알까? 이놈들은 유망의 막사로 들어올 수 없었을 텐데? 말하는 것을 보니 아무렇게나 짐작하는 것은 아닌 듯하고, 알고 있었음이 분명하다. 누가 알려 주었단 말인가?'

치우천은 탄식하듯 말했다.

"나는 절대 그런 마음을 먹은 바 없다. 소녀님께도 분명히 말했다. 나는 사울아비이고 한웅님을 모시는 사람이니, 절대 한웅님께 갈 분에게 무례하게 대할 수 없다고 했다. 나는 결코 딴마음을 먹지 않았으며 이는 거짓이 아니다."

치우천이 떳떳하게 이야기했으나 사와라 한웅의 얼굴은 밝아지지 않았다. 주변의 다른 사람들은 치우천의 음성이 당당하고 떳떳한 것을 듣고 감탄하고 있었으며, 치우천이 소녀처럼 아찔할 정도로 고운 여자에도 홀림을 당하지 않으니 큰 인물이라 여겼다.

그러나 사와라 한웅은 입장이 달랐다. 치우천의 인물을 좋게 여기던 사와라 한웅이었지만 이제 치우천의 젊고 잘생긴 얼굴을 보니 질투심이 마음속에 피어올랐다.

이번엔 치우가람이 지나 말로 소녀에게 물었다.

"소녀님. 비록 한웅님을 모시는 분이시니 제가 말할 수 없지만 이번 일만은 반드시 짚고 넘어가야 할 것입니다. 소녀님, 소녀님은 어찌하여 치우천의 부탁을 들어주셨습니까?"

소녀는 슬프게 울면서 대답했다.

"저는…… 저는 유망님이 미웠습니다. 저는 지나족이 아니라 카린산 쑤앙마이의 여자입니다. 유망님은 저를 받고도 바로 저를 주신 한웅님께 보냈습니다……. 여기저기 밀려다니는 처지이니 유망님을 좋게 생각할 수 없지 않겠습니까……."

소녀는 그들의 대화 내용을 알아들을 수 없었지만 눈치는 빨랐다. 그러므로 치우천을 어떻게든 변명해 주려고 애쓰고 있었다. 하지만 소녀는 주신 말을 하지 못해 자초지종을 다 알 수는 없었고, 그저 눈치로 이제는 다 끝났다고 생각하고 있었다. 이제 일이 터져 문제가 되어 버렸으니, 유망도 알게 될 것이라 생각했다.

자신은 유망이 먹인 독에 중독되어 해독약을 먹지 않으면 살 수 없는 처지였다. 헌데 치우천을 구해 유망을 배신한 행위까지 알려져 버렸으니, 유망이 앞으로 자신에게 약을 줄 리 없고 자신은 얼마 후면 죽을 수밖에 없다는 생각에 눈물이 나고 말았다.

그런 사실마저 밝히면 소녀는 자신이 첩자로 왔다고 말하게 되는 셈이라 차마 입 밖으로 내지는 못해 포기한 상태였다. 주위의 분위기로 볼 때 자신과 치우천은 틀림없이 죽게 될 것 같았다. 소녀는 생각했다.

'이제 나는 죽는구나. 유망에게 복수도 못하고 죽는구나. 기왕 이렇게 된 것, 무엇을 숨기겠는가?'

소녀는 치우천을 연모하고 있었다. 자신이 죽는다고 생각하니, 과거에 치우천과 있었던 일이 자꾸 떠올랐다. 소녀는 쑤앙마이에게서 남자를 황홀하게 만들고 홀리는 재주를 배워 음탕한 성격이 배었지만 한 번도 써먹은 적이 없어서 아직도 순결한 상태였고 애정에 있어서는 치우천 이외에 마음을 준 사람도 없었다.

그날 밤 비록 별일은 없었다지만 어두운 토굴 속에서 치우천이 자신을 달래 주려고 재미있는 이야기를 들려주었고, 치우천에게 꼭 안겨서 꿈같이 밤을 새운 기억이 떠올랐다. 소녀는 감상에 젖어 정신이 몽롱해졌다. 그러는 사이 치우가람이 자꾸 질문을 해 대자 자신도 모르게 그날의 일을 이야기하기 시작했다. 죽는다고 생각하고는 독한 마음을 품었다.

'기왕 죽는 것, 아름다운 기억을 간직하고 죽는 것이 좋지 않겠는가? 치우천, 같이 죽자. 당신을 다른 여자에게 보낼 수는 없다. 나와 같이 죽자.'

여기까지 생각한 소녀는 마음을 굳혔다. 겉으로는 눈물을 흘리고 처연한 표정을 지었지만 소녀의 마음은 활활 타오르고 있었다.

"······저는 치우천님이 좋았습니다."

소녀는 결국 내뱉고야 말았다. 치우천의 얼굴이 새파랗게 질렸다. 치우가람은 여기서 그치지 않고 계속 캐물었고 소녀는 조금도 주저함 없이 그날의 일을 있는 대로 말해 버리고 말았다. 치우천도 자신과 같이 죽게 만들어 같이 죽고 싶다는 욕망의 발로였다.

"······이제 와서 무엇을 숨기겠습니까. 사실이옵니다. 이 천한 년을 죽여 주시옵소서. 치우천님, 미안합니다. 미안합니다. 하지만 저는 숨길 수 없습니다. 치우천님은 결코 한웅님을 배신할 수 없다 하였사옵니다만 저는 한사코 저를 치우천님의 여자로 만들어 달라고 했사옵니다. 그러나 저분은 응낙하지 않으셨습니다. 그러나 치우천님, 치우천님. 저는 잊지 않습니다. 치우천님은 그날 내가 고집을 부리자 맹세하셨습니다. 저를 한웅님에게서 빼내어 당신의 여자로 만들어 주신다고요. 그러니 기다려 달라고요. 치우천님, 우리가 같이 죽게 되더라도 저를 버리지는 말아 주십시오······. 저를······."

치우비는 소녀의 말을 전해 듣자마자 주저앉아 버렸고 치우우레는 금방이라도 쓰러질 듯 몸이 휘청거렸다.

치우천은 소녀가 어느 정도 자기 생각을 한다는 것은 알았지만 이토록 처절한 집념을 가졌을 줄은 몰랐다. 게다가 일부러 자기와 같이 죽자고 그런 소리를 할 줄은 꿈에도 생각지 못했다. 뿐만 아니라 마지막 맹세에 대해서는 치우천 자신은 전혀 다르게 생각하고 있었다.

'나는 그날 그런 맹세를 했지만, 맹세를 하기 전에 분명 내가 당신을 얻지 못한다 해도 다른 좋은 분께 보내 주겠다고 했다. 그런데 저 여자는 앞의 말만 기억하는구나. 저 여자가 모든 게 끝났다고 여기고 저렇게 말을 하니 이제 정말 끝장이구나. 아, 저 여자도 불쌍하다. 일은 글렀는데 여자를 탓하여 무엇하겠느냐? 나, 치우천이 여자의 말을 놓고 추하

게 싸울 것이 무엇 있는가? 그냥 죽자.'

치우천은 남자답게 깨끗이 체념하기로 마음먹고 입을 다물었다. 치우가람은 득의만만하게 웃으며 외쳤다.

"치우천! 네가 소녀님을 건드리지 않았다 치자. 그러나 소녀님을 한웅님에게서 빼내어 네 것으로 만든다고 했다고? 너는…… 너는 어찌 그런 말을……."

그때 분노한 고함 소리가 사방에 울려 퍼졌다.

"그만!"

사와라 한웅의 외침이었다. 사와라 한웅은 분노와 창피함을 이기지 못해 몸까지 부들부들 떨고 있었다. 주변에 있던 사람들은 사와라 한웅의 표정을 보고 모든 것이 끝났다고 생각했다.

치우천은 눈을 감고 망연히 생각했다.

'끝이구나. 아, 하늘이 나를 버리시는구나. 안파견 한님이시여, 저는 아무 죄도 짓지 않았사옵니다…….'

무서운 살기를 띤 사와라 한웅의 눈빛이 치우천과 소녀를 번갈아 오갔다.

치우우레가 사와라 한웅에게 엎드리며 소리쳤다.

"치우우레가 말씀드리옵니다. 제 자식들이 죽을죄를 졌사오나 실제 범한 죄는 없사오니 저를 대신 죽여 주시옵고……."

"그만하라 했다!"

사와라 한웅이 소리를 쳤다.

이번에는 비렴이 나서서 엎드리며 청했다.

"치우천은 당시 할 수 없이 그런 약속을 했던 것으로 생각되옵고, 그러지 않고서는……."

비렴까지 나서자 사와라 한웅은 노기에 가득 찬 음성으로 외쳤다.

"비렴! 내가 그대에게까지 벌을 내려야겠는가?"

무서운 말에 비렴도 입을 다물 수밖에 없었다. 병예가 비렴을 보고 짐짓 근엄하게 외쳤다.

"치우우레! 비렴! 자네들이 왜 끼어드는가? 한웅께옵서 결정하실 일이네!"

그 말에는 한웅에게 감정에 치우치지 말라는 뜻이 깊이 내포되어 있었다.

병예의 말대로 사와라 한웅은 번민하고 있었다. 사와라 한웅은 늙었지만 사리 분별은 뚜렷했다. 그의 생각으로도 치우천은 죄가 없었고 충성스러운 인물이었다. 허나 이성은 그리 말해도 감정적으로는 그리 생각하고 넘어갈 수가 없었다.

'나는 대주신의 한웅이다. 나는 늙었고, 지나족이 바친 카린족 여자 따위 아무 상관없다. 그러나 참을 수 없다. 나에게 온 여자가 다른 녀석에게 정을 품고 있다니. 내가 앞으로 어찌 사람들 앞에 얼굴을 들고 다닐 수 있단 말인가? 늙고 힘이 없어서 지나족이 바친 여자 따위에도 외면당하는 놈이 어찌 대주신의 한웅이라고 고개를 들 수 있는가? 부끄럽다! 부끄럽다! 차라리 죽고 싶구나! 치우천! 내 명예를 위해서 네가 죽어 줘야겠구나. 미안하지만 별수 없다!'

사와라 한웅의 얼굴이 일그러졌다. 당장이라도 치우천의 목을 베라는 말이 떨어질 것 같았다.

치우천은 체념한 듯 눈을 감고 침착하게 앉아 있었다. 조용하고 담담한 모습에 사람들은 애석한 마음을 금할 길이 없었다.

치우비는 눈을 부릅뜨고 주먹을 꽉 쥐었다.

'형님이…… 형님이…… 형님이 무슨 일을 당하게 할 수는 없다! 나는…… 나는……'

생각 같아서는 한웅을 잡아 협박이라도 해서 형과 같이 도망치고 싶었다. 그러나 치우비도 날 적부터 주신을 사랑했고, 한웅님을 하늘처럼 생각했다. 아무리 일이 잘못되어도 한웅님에게 손을 댈 수는 없었다.

'형이 벌을 받으면 나도 죽자. 형님 없이 내가 세상에 살아 무엇한단 말인가? 아아…… 형님! 형님!'

치우우레도 눈물을 흘리며 치우천이 벌을 받으면 목을 찔러 자결하겠다고 생각하고 있었다.

비렴이나 병예는 치우우레와 치우비의 울분 어린 표정을 보고 치우천이 잘못되면 세 부자가 동시에 죽게 된다는 것을 알았으나 더는 어떻게 말할 수가 없었다.

그때 눈가에 그렁그렁 눈물이 맺힌 맥달이 다가왔다. 맥달의 표정은 고통과 슬픔으로 가득 차 있었는데 맥달이 왜 고통스러워하며 눈물을 흘리는지 아무도 알지 못했다.

맥달은 표정과는 달리 차분하게 입을 열었다.

"치우바람님, 결국 다치셨군요."

그 말에 사람들은 깜짝 놀랐다. 아까 맥달은 치우바람이 크게 다친다고 말했는데, 설마 그런 일이 있으랴 생각했다. 그러나 정말 치우바람은 칼에 찔려 피를 줄줄 흘리고 있었다. 사람들은 맥달의 말을 듣는 순간, 예언이 놀라울 정도로 정확하다는 것을 깨달았다.

사와라 한웅은 더 이상 참지 못하고 감정에 휩쓸려 치우천을 베라고 말할 참이었는데 맥달이 다가오자 약간 정신을 수습했다. 맥달이 다시 말했다.

"모든 것은 한웅께옵서 정하소서. 은혜와 원수는 한웅님이 정하실 문제이옵니다."

맥달이 조용한 눈매로 사와라 한웅을 바라보자 사와라 한웅은 생각했다.

'저 맥달이란 여자는 아무래도 치우천 때문에 온 것 같다. 그리고 저 여자는 자부 선인이 보냈다. 그런데 왜 나를 자꾸 바라보는가? 치우바람의 이야기를 보니 저 여자의 신통력은 대단하다. 설마 치우천을 죽여서는 안 된다는 뜻으로 하는 말은 아니겠지? 흠, 은혜와 원수를 내가 정하라고? 이번에 내가 살아난 데는 치우천의 공로가 크다. 저 여자도 은근히 은혜를 잊지 말라고 하는 것 같구나. 저 여자는 신수를 부릴 수도 있고, 자부 선인과도 닿아 있다니 말을 거스르면 좋지 않을 것이다.'

반면 다른 생각도 들었다.

'아무리 자부 선인이 보냈다 해도 나는 대주신의 한웅이다. 자부 선인이 직접 온다 해도 그의 말을 무조건 따를 수는 없는 일. 치우천을 그냥 둘 수 없다.'

이런 생각도 스쳤다.

'비렴이나 병예나 치우우레나 모든 사람들이 치우천을 아끼는 것 같다. 내가 보기에도 크게 될 녀석이다. 아깝기는 하구나. 허나 나는 한웅이다. 놈을 용서해 주면 한웅의 권위가 떨어질 것이니 용서할 수는 없지. 그렇다고 당장 죽이면 다른 부하들이 나를 속으로 욕하고 원망할 것이니 살려 둘 수도 없는 일이다. 어떻게 해야 이놈을 조용히 없애 버릴 수 있을까?'

문득 사와라 한웅에게 좋은 생각이 떠올랐다.

"사울아비 치우천은 듣거라."

사와라 한웅의 말에 치우천은 차분히 사와라 한웅 앞에 엎드렸다.

죽음을 당할 것이 자명한데도 차분하고 단정한 태도에 뭇 사람들은 물론 사와라 한웅마저도 남몰래 감탄했다. 그러나 이미 마음을 굳힌 터였다.

"너는 계속 죄가 없다고 주장하니, 네 처분은 하늘의 뜻에 맡기기로 한다. 너와 소녀는 둘 다 먼 곳에 있는 사막에 버려질 것이다. 너희 말대로 죄가 없어서 안파견 한님께서 너희를 돌보아 주신다면 살아날 것이요, 안 그러면 독수리 밥이 될 것이다."

죄인을 꽁꽁 묶어 하루치의 양식만 준 채 사막 한가운데다 버리는 형벌은 주신보다 다른 유목 민족이 자주 내리는 처형법이었다.

사막 부근에 사는 몽골족이나 타타르족이 그런 방법을 많이 썼는데, 주신은 사막과 먼 거리에 있어서 실제로 그런 형벌을 자주 내리지는 않았다.

사람들의 얼굴빛이 어두워졌다. 사막 가운데다 묶어서 버린다는 말은 목을 벤다는 말과 다를 바 없었다. 오히려 더 고통스럽고 잔인한 형벌이었다. 굶주림과 목마름의 고통에 지쳐 처절하게 죽어 가는 것이 당연한 수순이었다.

치우비가 참지 못하고 외쳤다.

"한웅이시여! 어떻게……."

치우비가 나서자 사와라 한웅은 화가 나서 호통을 쳤다.

"치우비! 네가 나서는 것이냐!"

치우비는 아, 하고 크게 탄식한 뒤 울면서 다시 외쳤다.

"저도…… 저도 보내 주소서. 형님만 사지에 보낼 수 없습니다! 저도 같이 보내 주소서!"

"치우비! 이것은 벌이다! 감히 네가……!"

"비야! 무슨 소리냐!"

화를 이기지 못한 한웅의 외침에 이어서 치우천과 치우우레가 동시에 소리쳤으나 치우비는 들은 척도 하지 않았다.

"죽을죄를 지었사옵니다. 죽을죄를 지었습니다. 그러니 저도 같이 죽여 주소서! 저도 같이 죽여 주소서! 죄가 모자라다면 지금이라도 죄를 짓겠습니다. 제발……! 제발 형님 뒤를 따르게 해 주소서!"

치우비가 애통하게 울면서 간절하게 외치자 많은 사람들은 눈물을 지었다. 사와라 한웅 역시 잠시 마음이 흔들렸다. 그러나 모질게 마음을 다잡았다.

'이 녀석은 나에 대한 충성보다 형에 대한 마음이 더 강하구나! 그냥 두면 원한을 품을 게다. 힘이 세어 당할 자가 없으니 나중에 나에게 복수하려 한다면 큰일이지! 대용사이니 아깝기는 하지만 이런 놈을 살려 두면 화근이 된다. 내친김에 같이 없애 버리자!'

독하게 마음먹기로 한 터라 사와라 한웅은 결단을 내렸다.

"치우바람! 치우가람! 너희가 꺼낸 이야기이니 너희가 수습하라! 이 셋을 모조리 먼 사막에 내던지고 오도록 하라! 이들을 돕는 자는 누구라도 용서하지 않겠다!"

일을 처리할 당사자로 치우가람과 치우바람을 지명한 것은 치우천을 살려 두지 않겠다는 뜻이나 다름없었다. 사와라 한웅은 바보가 아니었다. 치우비는 치우가람, 바람을 이번 한웅 습격과 관련 있다고 고발했다. 증거가 없어 묻어 두기는 했지만 사와라 한웅에게는 치우가람 바람 형제도 껄끄러웠다. 일을 처리하라고 그들을 이렇게 떼어 놓는다면 한참이 지나야 신시로 돌아올 수 있을 것이다. 설령 그들에게 꿍꿍이가 있다 해도 자신이 주신으로 돌아가는 도중 그놈들이 일을 꾸미거나 돕지는 못할 것 아니겠는가? 그렇게 두 마리 토끼를 잡으려는 생각으로 사와라 한웅은 가람 바람 형제에게 일을 맡긴 것이다.

그때였다. 아무도 예상치 못했던 치베가 뛰어나오며 외쳤다.

"나, 치베! 비록 몽골족이나 이들 형제와 같이 죽고 같이 살기로 마음먹었소! 나도 같이 가겠소!"

울라트와 도깨비들도 소리를 지르며 와르르 달려 나왔다. 치우비와 치우천은 감격했지만 한편으론 안타깝기도 했다.

사와라 한웅은 도깨비들까지 우르르 몰려나오자 두렵기도 하고 화도 나서 씩씩거리며 소리쳤다.

"가고 싶다는 놈들을 싹 버리고 와라! 치우바람! 가람! 너희가 알아서 죽고 싶다는 놈들은 모조리 끌고 가라, 지금부터 나서는 놈은 즉시 목을 베고 가족 역시 땅에 파묻어 버려라!"

사와라 한웅은 크게 소리치고는 몸을 돌려 가마 안으로 들어가 버렸다.

치우우레는 두 아들을 붙잡고 대성통곡했다. 비렴과 병예도 연달아 탄식을 하며 아쉬워했다. 치우바람과 가람만이 음산하게 웃을 뿐이었다.

비렴이 치우가람을 보고 준엄하게 말했다.

"한웅님의 명을 그대로 행하라. 중간에 설마 다른 일은 일어나지 않겠지?"

치우가람은 눈엣가시인 치우 형제들을 끌고 가다가 적당한 곳에서 죽여 버릴 생각이었는데 비렴이 자신의 마음을 들여다보는 듯하자 얼버무리며 말했다.

"한웅님의 뜻을 어찌 어기겠사옵니까?"

병예는 상처 입은 몸을 비틀거리며 달려가서 한웅의 가마로 들어갔다.

그사이 소녀가 슬피 울면서 치우천에게 다가와 기댔다.

"치우천님, 치우천님. 저 때문에 이리 된 것입니까? 저 때문에?"

치우천은 이제 생사를 초월하여 담담한 마음이 되었던 터라 조용히 말했다.

"아니오. 오히려 내가 미안하구려."

소녀는 치우천을 끌어안고 대성통곡을 했다.

"저는……. 저는……!"

울라트는 화가 나서 날카롭게 외쳤다.

"다 저 여자 때문이에요!"

치우천이 고개를 저으며 울라트를 쳐다보았다.

"그러지 마라, 울라트. 이 여자도 불쌍한 사람이다."

울라트가 흑흑거리며 울음을 터뜨렸다. 치베가 다가와 나지막이 속삭였다.

"천 안다. 너무 실망하지 마라. 보돈차르님께 알리기만 하면, 사막을 다 뒤져서라도 구해 주실 것이다. 그러니……."

그때 입가에 비열한 웃음을 흘리며 치우바람이 외쳤다.

"당장 떠나자! 저놈들 일당이 혹 중간에 수작을 부리거나 누구에게 연락을 할지도 모르니, 굵은 줄로 꽁꽁 묶고 눈을 가리고 입을 막아 끌고 간다! 당장 묶어라!"

명령이 떨어지기가 무섭게 치우바람과 가람의 부하인 사울아비 수십 명이 달려왔다. 그들이 울라트까지 묶으려 하자 치우비가 두 눈을 부릅떴다.

"이 아이는 관계없다! 아직 꼬마인데……!"

치우가람이 음산하게 웃으며 고개를 저었다.

"꼬마라도 안 된다. 한웅께서 이 일을 우리에게 맡기셨지 않느냐!"

"망할 놈들!"

사울아비들의 칼과 창이 치우비의 몸을 겨누었다. 치우비들은 이제 더 말할 겨를도 없이 눈이 가려지고 입에 재갈이 물려졌다. 천하장사인 치우비는 질긴 소 힘줄과 구리 사슬로 온몸이 꽁꽁 묶였다. 구리 사슬은 가마를 메는 데 쓰던 것이라 강하기가 이를 데 없었다. 아무리 치우비가 천하장사라지만 이렇게 묶이자 꼼짝할 수 없었다.

치우가람은 한술 더 떠서, 치우비가 거느린 도깨비들도 묶게 했다.

지금 한자리에 있는 네 명뿐만 아니라 다쳐서 신음하던 다섯 명의 도깨비까지도 묶어 버렸다. 결국 치우천, 소녀, 치우비, 치베, 아홉 도깨비와 울라트, 모두 열네 명이 사막으로 끌려가게 되었다.

치우우레는 그때 마지막 결심을 하고 있었다. 자신이 죽고 패가망신을 하더라도 아들들이 죽는 꼴을 더 이상 지켜볼 수 없었다.

'내가 죽더라도 구해 낸다. 한웅님! 한웅님! 죄송하오이다! 그러나 저는 더 이상……!'

치우우레는 눈에서 살기를 뿜으며 사방을 둘러보았다. 치우천과 친했던 양역, 부루벼락, 쇠돌이 같은 젊은 사울아비들은 어느 틈엔가 말없이 눈에 독기를 품은 채 치우우레 주변으로 모여들었다. 그러자 치우가람과 바람을 따르는 자들도 슬금슬금 그들 앞을 막아섰다. 방금 전까지 다 같이 생사를 걸고 싸웠지만 이제 자칫하면 한바탕 피 흘리는 싸움이 벌어질지도 몰랐다.

그때 맥달이 치우우레에게 다가와 말했다.

"아드님과 이야기를 나눠 보시지요."

치우우레는 맥달의 목소리를 듣는 순간, 도끼를 빼들어 치우가람, 바람을 쳐 죽이려던 마음이 조금 가라앉았다. 맥달이 권하는 디라 치우우레는 무심코 아들 곁으로 갔다.

꽁꽁 묶여 눈이 가려지고 재갈이 물린 아들들의 모습은 보기만 해도 비참했다. 치우우레는 엉엉 소리를 내며 울었고, 양역과 친한 사울아비들은 치우가람 바람에게 욕을 퍼부었다.

"너희 개자식들아! 어떻게 이럴 수가 있느냐!"

"나는 한웅님 명을 따를 뿐이다!"

양역은 화가 나서 괴성을 질러 댔다.

"이…… 이…… 빌어먹을 자식들! 결코 오늘 일을 잊지 않겠다!"

"네깟 게 뭘 어쩔 거냐? 한웅님 명을 어길 셈이냐?"

양역은 치미는 분노를 참지 못해 발을 구르며 몸을 떨다가 까무러쳐 버렸다. 부루벼락은 연신 욕을 해 댔고 쇠돌이는 울기만 했다. 마파람과 거서기, 삼, 부달 등은 아무 말이 없었지만 얼굴빛이 해쓱해져 있었다. 어쨌든 그들은 사울아비였고, 치우천과의 우정도 중요하지만 한웅의 명을 따르지 않을 수 없었다.

사울아비들끼리 아옹다옹하는 사이, 맥달은 재빨리 치우천과 치우우레만 들리도록 말했다.

"치우천님께 아까 제가 뭐라고 했지요?"

치우천이 입이 막혀 아무 말도 못했으나 치우우레가 무심결에 대답했다.

"아까……? 아까 다음 해가 되어야 궁금증이 풀린다고……."

맥달은 살짝 웃으며 속삭였다. 눈물이 계속 그렁그렁 맺혀 있으면서도 웃는 모습이 퍽 신비해 보였다.

"죽은 사람은 궁금증을 풀 수 없지요. 부디 신중히 생각하십시오."

치우우레의 머릿속이 환하게 트이는 것 같았다. 분명 맥달은 일 년 후면 치우천의 궁금증이 풀린다고 했다. 그렇다면 치우천은 최소한 일 년 후까지 죽지 않는다는 의미였다.

치우우레의 얼굴에 금세 화색이 돌았다.

'아들은 죽지 않는다! 선인의 말씀이니 틀림없을 것이다! 그렇다! 그래서 아까 맥달님이 그런 이야기를 하신 것이다! 이분은 이런 일이 벌어질 것을 아셨구나! 그러면 이 녀석들이 죽지 않는 것도 분명 아신 것이다! 내 아들이 죽지 않는다면 오히려 잘된 일이다! 경솔히 난리를 피워서는 안 되겠구나!'

그러나 한편으로는 미심쩍은 생각도 들어서 치우우레는 맥달에게 작은 소리로 물었다.

"틀림없습니까?"

맥달은 조용히 하라는 듯 가늘고 고운 손가락을 세워 입술에 대며 고개를 끄덕였다. 다른 사람들이 알지 못하게 하라는 뜻이리라. 치우우레는 대번 마음이 밝아졌다. 맥달 같은 선인이 틀림없다고 하면 틀림없으리라고 생각했다.

'그래! 내 아들들이 이렇게 죽을 리 없다! 맥달님의 말씀이니 틀림없다. 다른 사람이 알면 좋지 않으니 입을 다물어야지. 치우가람, 바람 놈들이 알면 내 아들들을 도중에 죽일지도 모른다. 그러니 그것을 막아야겠구나.'

치우우레는 서둘러 자리에서 벗어나 사울아비가 모여 있는 쪽으로 달려갔다. 마침 병예가 한웅의 가마에서 나오고 있었다. 병예가 치우우레에게 말했다.

"버릴 사람 수가 많으니 치우가람 바람 형제만으로는 힘들 것이오. 치우우레님이 사울아비를 스무 명 정도 뽑아 주시오. 같이 호송하라는 허락을 받았소."

호송할 자들을 아버지인 치우우레에게 뽑으라는 것은 그들을 사막까지 잘 경호하라는 병예의 마지막 호의나 다를 바 없었다. 병예는 치우우레가 아무리 아들들 일이라 해도 한웅에 대한 충성심이 대단하여 감히 한웅님의 말을 어기지 않는다는 것을 알고 있었으며, 바로 이러한 점을 한웅에게 알려 치우우레에게 화가 돌아가지 않도록 하려는 배려도 해준 셈이었다.

치우우레는 양역과 다른 젊은 사울아비 스무 명을 불렀다. 화가 나서 기절했다가 정신을 차린 양역 등이 달려왔는데, 그들 중에는 부루벼락과 쇠돌이, 부달과 마파람이 끼어 있었다. 이들이 함께 가면 치우가람

바람 형제가 중간에 딴마음을 먹지 못하리라는 생각에 치우우레의 얼굴이 조금 펴졌다.

그러자 치우가람이 불공정하다고 외쳤다. 치우천과 친한 사람들만 데리고 갈 수는 없다는 것이다. 그 주장도 맞는지라 치우우레도 반박할 수 없었다. 결국 양역, 부루벼락, 쇠돌이, 부달, 마파람의 다섯 사람만 치우가람을 따라가고, 나머지 열다섯 명은 치우가람이 부리는 사울아비들로 채워지게 되었다. 치우우레는 착잡했지만 비렴이 다가오며 신중하게 말을 건넸다.

"치우우레님의 마음은 압니다만 한웅님의 명은 받들지 않으면 안 되오. 부디 잊지 마시오. 안파견 한님이 저들을 돌보아 주기를 바랄 뿐이오."

비렴의 강직하고 씩씩한 눈에도 눈물이 홍건했다. 그 모습에 치우우레 역시 다시 애통해져 눈물을 흘리며 가슴을 쳤다.

"내 자식들이 죽게 되었지만 한웅님의 명은 받들지 않을 수 없습니다. 너희도 행여 딴마음을 먹거나 한웅님의 말을 받들지 않아서는 안 될 것이다!"

아버지인 치우우레가 그토록 엄하게 말하니 양역 등도 대답하지 않을 수 없었다. 사실 양역 일행은 가면서 기회를 보아 다른 부족에게 전갈을 하거나 직접 치우 형제를 구할 생각까지 하고 있었는데, 이렇듯 비렴과 치우우레가 단단히 못을 박자 다른 생각을 품을 수 없게 되었다. 그저 원통하고 애달플 뿐이었다.

한편, 맥달은 그사이 치우천을 보면서 눈물을 흘리며 남몰래 속삭였다.

"참아 내십시오. 참는다면 나쁜 일이 좋은 일이 될 것입니다."

치우천은 모든 것을 포기하고 조용히 죽으리라 마음을 비우던 참이었다. 머릿속이 텅 빈 것 같았다. 그러나 맥달의 목소리를 듣는 순간 갑자기 한 줄기 희망이 머릿속에 비치는 듯했다. 이제 치우천도 맥달의 예언을 믿을 수밖에 없었던지라 어느 정도 안심도 되었다. 더구나 맥달의 목소리는 너무도 따뜻하고 자신을 무척이나 걱정해 주지 않는가. 눈이 가려지니 목소리의 느낌이 더욱 생생했다.

치우천은 감격에 겨우면서도 한편으로는 의구심을 떨칠 수 없었다.

'이상하구나. 이 여자가 왜 이리 나를 걱정해 줄까?'

그러나 맥달이 왜 슬퍼하고 고통을 받는지는 맥달 자신 말고는 아무도 알 수 없었다. 맥달은 속으로 울면서 외쳤다.

'치우천님, 치우천님. 저를 용서해 주십시오. 당신이 힘들게 되는 줄 알면서도, 그것을 그냥 두어야 하는 내 마음은 더욱 슬프답니다……'

지키거나 쫓거나 둘 중 하나를 선택하라는 것도 그런 의미였다. 치우 형제는 한웅을 지키는 것이 가장 큰일이라 여겼겠지만, 만약 치우 형제가 흉수를 쫓았다면 그들의 능력으로 그자를 잡을 수 있었다. 그렇게 되면 한웅은 죽고 말았을 것이다. 그래서 모든 일은 훨씬 급하고, 빠르게 흘러 큰 전쟁이 터질지도 몰랐다. 그러나 치우 형제는 한웅을 지키는 쪽을 선택했다. 그렇기에 앞으로의 고난도 받아들여야만 했다. 하지만 그 고통들은…….

맥달은 말을 더 잇지 못한 채 어느새 저쪽으로 사라져 버렸고 곧이어 사울아비들이 치우 형제를 거칠게 말 등에 태웠다. 이어서 치베와 도깨비 등을 줄줄이 말 등에 얹자 치우가람은 즉시 출발했다. 한웅이 갈 동쪽이 아니라 사막이 있는 서쪽을 향해서였다.

치우가람, 바람이 앞장섰고, 양역도 한탄하고 탄식하며 뒤를 따랐다. 그렇게 치우 형제 일행은 순식간에 영광의 길에서 떨어져 죽음의 길로 향하게 되었다.

사막

무더위와 목마름만이 사막의 무서움이라 생각해서는 안 된다.
불처럼 살을 태우는 한낮의 볕과 얼음처럼 온몸을 얼리는 밤의 추위,
모든 것을 휩쓸어 버리는 용권풍(회오리바람),
사람을 홀려 헷갈리게 하는 헛것(신기루)들.
그러나 가장 두려운 것은 탁 트인 사방에서 어디를 보아도 똑같이 보이는,
어디로 가야 할지조차 알 수 없고 아무리 가도 나아간 것처럼 느껴지지도 않아
마침내 모든 것을 포기하게 만드는 막막함이다.
— 타타르족의 사막에 대한 이야기

치우천과 치우비, 소녀, 치베, 울라트의 다섯 사람과 아홉 명의 도깨
비는 손이 뒤로 묶인 채 말 등에 얹혀 서쪽으로 향했다. 치우가람은 조
심성이 많아 치우천, 치우비 등 다섯 사람들의 입을 막았을 뿐 아니라
얼굴까지도 완벽하게 가려서 누가 누구인지조차 알 수 없게 만들었다.

양역과 부루벼락, 쇠돌이, 마파람, 부달은 그런 상태로 먼 길을 가는
것은 너무하다고 항의했지만 치우가람은 끄떡도 하지 않았다.

"저 녀석들은 아는 부족도 많고 태산 회의 때문에 얼굴이 알려졌잖은
가? 그들과 친한 부족 사람들을 만나 놈들이 습격이라도 해 오면 어떻
게 할 것이냐? 이것은 한웅님이 직접 내리신 명령이니 지켜야 한다. 너
희도 모르지는 않겠지?"

양역은 얼굴을 붉히며 분노에 떨었지만 치우가람의 말은 사실이었
다. 아무리 치우 형제와의 정이 깊어도 한웅님이 직접 내린 명령은 듣지
않을 수가 없었다.

생각이 자못 깊은 마파람이 양역을 달랬다.

"할 수 없는 일일세. 한웅님의 말씀을 어길 수야 없지 않겠는가?"

"하지만 불쌍하고 안되어서 차마 볼 수가 없네. 내, 저런 꼴을 어떻게 본단 말인가?"

부달이 작은 목소리로 끼어들었다.

"우리가 정신을 바짝 차리고 따라가지 않으면 저놈들이 비와 천을 도중에 죽일지도 몰라. 사막에 버려져서 살아난 사람은 아무도 없다고 들었지만 아무리 사막이라도 다 죽으리란 법은 없지. 천, 비는 대단한 형제이고 하늘이 낸 사람들이니 안파견 한님께옵서 반드시 구해 주실 것이야."

그때 치우가람이 한껏 거드름을 피우며 양역 등 다섯 사람을 둘러보며 말했다.

"너희들이 따라오는 것을 나는 간섭하지 않겠다. 하지만 나는 분명 한웅님께서 직접 이번 일을 맡기신 사람이니 내가 대장이다. 그렇지?"

그것은 분명 사실인지라 다섯 사람은 대답하지 않았다.

치우가람이 껄껄 웃으며 말을 이었다.

"그러니 내 명령을 들어야지. 사울아비는 대장의 말에 따라야 하지?"

"그래서?"

양역이 괴로운 듯이 되묻자 치우가람이 근엄한 목소리로 말했다.

"너희는 무기를 지니고 갈 필요가 없다. 무기를 다른 자들에게 맡겨라."

"뭐?"

다섯 사람은 울화가 치밀었다. 치우가람은 거들먹대며 채찍을 까닥거렸다.

"싸우러 가는 것도 아닌데 무기가 왜 필요하냐? 무기를 놓기 싫다면, 붙잡지 않을 테니 당장 돌아가라!"

"굳이 무기를 빼앗으려는 이유가 뭐냐? 가다가 위험한 일이 생기면 어쩌려고 그러느냐?"

치우가람이 하하하 웃더니 이내 비아냥거렸다.

"너희는 귀하신 몸들이니 싸우지 않아도 돼. 우리가 지켜 줄 것이다."

"가다가 우리를 해치려고?"

부루벼락이 으르렁거리면서 소리치자 치우가람은 혀를 찼다.

"밥통들."

"뭐라고?"

"밥통들이라고 했다. 그렇게 하는 것이 우리 모두를 위해 좋은 일인 것을."

"뭐가 모두를 위해 좋은 일이냐?"

"너희는 한웅님의 명에 따라야 한다. 하지만 언제 마음이 약해져 이 죄인들을 풀어 주고 싶다는 생각을 하게 될지 모르지. 그건 큰 죄란 말이다. 무기가 없으면 감히 그런 마음을 먹지 못할 것이니 모두에게 좋은 일 아니겠느냐?"

"너는…… 너는……!"

양역이 이를 갈며 말을 잇지 못하자 치우가람이 제법 진지한 목소리로 말했다.

"이보게, 양역. 너는 지금 내가 너희를 건드릴 거라고 생각하는 모양이지? 내가 그리 바보 같아 보이나? 절대 그렇지 않아. 나는 너희를 잘 모실 것이고, 손끝 하나 건드리지 않을 것이다. 비렴님과 다른 분들이 너희가 따라간 것을 아는데, 너희가 죽으면 내가 곤란해지지. 다른 사람들은 내가 너희를 죽이고 이 죄인들도 내 맘대로 한 줄 알 거 아닌가? 그러니 절대로 다치지 않고 깍듯이 모실 거야. 나는 너희를 손끝 하나 다치지 않게 모시고 함께 돌아가야 산단 말이다. 내 말이 맞나, 틀리나?"

양역은 말문이 막혀 대답할 수 없었다. 치우가람이 말을 이었다.

"사막까지 가는 길은 멀고도 멀다. 위험한 일도 있을지 모르지. 하지만 너희 말고도 많은 사울아비들이 있으니 걱정 말고 무기를 우리에게 줘. 그게 모두를 위해서 좋다. 나도 너희들이 희네 나래 녀석들과 친한 것을 안다. 그 마음, 나도 안다. 당장이라도 구하고 싶을 것 아닌가? 하지만 한웅님 말씀은 어길 수 없잖아. 그러니 섣불리 나서지 않도록, 아니 나설 생각이 아예 들지 않게 무기를 우리에게 주는 것이 좋아. 이봐. 내 말이 맞나, 틀리나?"

양역은 꼼짝할 수 없었다. 부루벼락 등 다른 사울아비들도 할 말이 없었다. 마파람과 부달은 속으로 이런 생각을 했다.

'저 치우가람이라는 녀석, 뺀질거리는 개망나니인 줄로만 알았는데…… 무서운 녀석이구나…….'

결국 다섯 사울아비는 꼼짝없이 무기를 맡길 수밖에 없었다. 무기가 없어지자 다섯 명은 기가 꺾여서 치우 형제를 구할 생각을 그만두게 되었다. 쇠돌이나 부루벼락 등은 힘센 장사였지만 상대방도 만만치 않았으며, 더구나 무장한 사울아비들이고 숫자도 많은데다 자기들은 무기도 없는 상황이니 더더욱 이길 수 없었다.

그러나 양역은 무기를 맡긴 후에도 괴로운 마음을 금할 길 없어서 줄곧 탄식을 내뱉었다. 간혹 길을 가다가 양역이 천천히 말을 몰아 뒤로 처지는 경우가 있었는데, 괴로움을 참지 못하고 눈물을 흘리거나 소리 내어 한바탕 울려는 것이었다.

부루벼락과 쇠돌이는 성격이 급한 편이라 몇 번이나 치우바람, 치우가람에게 시비를 걸고 싸움도 걸려고 했다. 그러나 치우가람과 바람을 따르는 사울아비들의 수가 더 많았기 때문에 어찌할 도리가 없었다. 치우가람과 바람은 비웃는 듯 그들을 쳐다보며 싸늘하게 웃을 뿐 철저하게 무관심으로 일관했다.

그들은 치우천 치우비를 아는 사람이 나타날까 봐 다른 부족이 있는 마을에는 들어가지도 않았고 묵지도 않았다. 근처에 부락이 있으면 부하들을 보내 음식이나 술을 바꿔 오게 했으며 잠시도 죄인들에게서 눈을 떼지 않았다. 마을과 멀리 떨어져 지나는 사람도 없는 외딴곳에서만 불을 피우고 야영을 했다.

그때가 되어서야 치우천 치우비 일행은 비로소 얼굴을 가린 천과 재갈을 풀 수 있었다. 그러지 않으면 음식조차 먹을 수 없기 때문이다. 그러나 손발은 절대로 풀어 주지 않았다. 결국 다른 사람이 일일이 음식을 먹여 주어야 했는데, 양역 등의 벗들이 그 일을 도맡아 했다. 치우가람은 거기에도 신중을 기하여 식사를 할 때에도 한 사람씩만 얼굴과 입을 가린 것을 풀고 음식을 먹도록 만들었다. 죄인들이 서로 이야기를 나누지 못하게 하려는 치밀한 의도였다. 그뿐만이 아니었다. 양역 등이 음식을 먹이려 할 때에도 반드시 한 사람씩만 나와서 음식을 주어야 하며, 치우 형제와 이야기를 나누어서는 안 된다고 단단히 못을 박았다. 다만 선심을 쓰듯 음식이나 물은 좋은 것으로 충분히 주었고 다친 상처도 보살펴 줄 수 있게 했다.

가장 가엾은 사람은 꼬마인 울라트였다. 울라트는 답답하고 지치고 힘이 들어 하루하루가 다르게 쇠약해졌다. 그러면서도 울라트는 자신보다 치우 형제나 도깨비들에게 먹을 것은 주었는지 물은 주었는지 항상 헤아려 물어보곤 했다.

도깨비들은 주인이 죽으러 간다는 것을 깨달은 듯 반항 없이 입도 열지 않은 채 얌전히 따라갔다. 치우가람은 도깨비들을 아예 무시한 듯, 손만 뒤로 묶었을 뿐 얼굴은 가리지 않았으니 도깨비들이 주인보다 그나마 나은 편이었다.

소녀는 의외로 침착했다. 그녀는 더 이상 입을 열지 않았으며 싸늘한 표정만 지을 뿐 감정 변화를 보이지 않았다. 얼굴 가려진 것이 풀어지면 소녀는 착잡한 눈초리로 얼굴이 가려진 치우천의 모습을 바라보곤 했다. 치베만큼은 이런 분위기와는 전혀 어울리지 않게 쾌활한 모습으로 사울아비들과 이야기를 나누었으며 즐겁게 웃고 떠들기도 했다. 죽으러 끌려가는 사람 같지 않았다.

치우비는 말은 하지 않았고 말을 하게 두지도 않았지만 눈과 입이 열릴 때는 언제나 형의 안위를 살폈다. 그다음은 배가 고픈 듯 주는 대로 음식을 우적우적 씹으면서 매서운 눈초리로 치우가람과 치우바람만을 노려보았다. 치우천은 얼굴 가린 천이 풀린 다음에도 눈을 감고 대부분 생각에 잠겨 있었는데, 그의 얼굴은 차분하고 표정이 없어서 평화스러워 보이기까지 했다.

그러나 치우천 치우비 형제는 사람들과 이야기 한마디 나눌 수 없었다. 치우가람과 바람은 다른 사람들이 떠드는 것은 못 들은 척했지만, 치우천과 치우비에게 누가 말을 거는 기미만 보여도 화를 내며 막아섰다. 그 때문에 양역 측과 치우가람 측은 처음 야영할 때부터 닷새가 되던 날까지 하루도 빠지지 않고 크고 작은 말다툼을 벌였다. 항상 이기는 건 치우가람 쪽이었다. 그러다가 닷새째 다시 싸움이 벌어지자 치우가람이 외쳤다.

"너희가 자꾸 명령을 어기고 저놈들에게 말을 걸려는 것은 수작을 부리려는 것 아니냐? 그렇다면 너희도 죄인이 된다! 자꾸 그러면 너희를 아예 죄인들과 멀리 떼어 놓겠다!"

그 말에 다섯 사울아비는 더 이상 반항하지 못했다. 다섯 사울아비는 은연중 치우가람을 두려운 마음으로 바라보았다. 치우가람이 빈틈없고 꼼꼼하여 도무지 꼬투리를 주지 않았기 때문이다.

여느 때라면, 언제나 맞수였고 적수였던 치우 형제를 이렇게 잡아 직접 호송할 기회를 얻은 치우가람 치우바람은 기분이 좋아져 우쭐거리며 치우 형제를 학대하고 구박하는 것이 정상이었다. 그러면 다섯 사울아비는 그것을 빌미로 어떻게든 치우 형제에게 좋은 대접을 해 주라고 당당하게 요구하기라도 했을 터였다.

그러나 치우 형제를 엄격히 다룰 뿐 한마디도 모욕을 주지 않았을뿐더러 괴롭히지도 않았다. 음식도 충분히 주고 치료약도 주며 묵묵히 호송하는 일에만 열중할 뿐이었다. 너무도 엄격히 제 할 일만 하면서 트집 잡힐 행동을 하지 않으니 다섯 사울아비들은 치우가람의 명령에 복종하지 않을 수 없었다.

그들은 벌판과 고원, 숲을 지나 한 달 반 동안이나 서쪽으로 나아갔다. 그동안 변한 것이라고는 아무것도 없었다. 열흘가량 가다가 중간에 울라트와 소녀가 몹시 쇠약해지자, 양역이 치우가람에게 청하여 두 사람의 다리를 풀어 주고 음식을 먹을 때만이라도 손을 자유롭게 해 준 정도가 변화라면 변화랄까. 양역은 이 상태로 가면 가다가 죄인들이 죽을지도 모른다고 하자 치우가람은 그제야 여자들의 줄을 풀어 주도록 허락했다. 그러나 입에 물린 재갈은 풀지 않았다.

울라트와 소녀는 조금이나마 몸을 움직일 수 있게 되자 서서히 건강을 되찾아 갔다. 소녀는 며칠에 한 번씩 품 안에 간직한 약을 꺼내 먹여 달라고 울라트에게 부탁했다. 울라트는 그게 무엇이냐고 물었지만 소녀는 별것 아니라고 얼버무렸다.

치우천 치우비와 치베도 눈에 띌 정도로 몸이 약해졌지만 그들의 결박은 절대 풀어 주지 않았다. 운동을 전혀 하지 못하니 온몸의 근육이 서서히 굳어지고 있었다. 한 달 반이 지나자 어느덧 한여름으로 접어들어 더운 날씨가 계속되었다. 그런 더운 날씨에 얼굴까지 가리고 묶인 채 말 등에 얹혀서 가는 것은 고통스럽기 짝이 없는 일이었다.

치우천과 치베는 물론이고 힘센 치우비마저도 간혹 가다가 어지러워서 말에서 떨어져 내리곤 했다. 그때마다 사울아비들이 물을 먹여 구했지만, 그런 모습을 지켜보아야 하는 벗들은 안타까운 마음에 눈물을 흘렸다. 그들은 하늘을 올려다보며 비를 내려 달라고 안파견 한님께 빌었다. 비가 내리면 더위가 가셔 정신이 들기 때문이다. 그러나 불행히도 비는 몇 번 내리지 않았다.

도중에 도둑 떼를 두 번 정도 만났는데, 양역 등이 낄 것도 없이 치우바람과 나머지 사울아비들이 물리쳐 버렸다. 양역이나 부루벼락 등은 그 틈을 타서 어떻게 해 볼까 생각을 가졌지만, 어떤 상황이라도 무기를 놓지 않는 치우가람이 죄인들 옆에 바짝 붙어 있어 손쓸 틈도 없었다. 쇠돌이나 부루벼락 등은 속으로 도둑들에게 이겨라, 힘내라고 응원까지 했으나 주신 사울아비들이 강하여 도둑들은 죽거나 도망칠 뿐이었다.

어느 날, 도깨비들 중 두 명이 밥을 먹을 때 사울아비들을 밀치고 치우 형제를 구하려 했다. 그러나 도깨비들은 치우비 근처도 가지 못해 사울아비들에게 제압당해 쓰러졌다. 그래도 치우가람은 도깨비들을 해치지 않고 도로 묶어 두게 했을 뿐 아무런 행동도 하지 않았다. 그것을 보고 다섯 사울아비들은 더 이상 트집 잡을 수도 없다 생각하여 치우 형제를 구할 생각을 포기하기에 이르렀다.

며칠 더 길을 가니 드디어 황폐하기 이를 데 없는 벌판이 나타났다. 그 너머에 사막이 있었다. 부근에는 타타르족과 몽골족이 산다는 이야기도 들려왔다. 치우가람은 사람 눈에 잘 띄지 않는 호젓한 곳에 자리를 잡은 뒤, 치우바람에게 사울아비 몇 사람과 함께 말에 실은 모든 짐을 내리고 그 말들을 끌고 어딘가를 다녀오라고 지시를 내렸다. 그리고 말은 파는 것이 아니라 돌아갈 때 다시 찾아가겠다는 말을 덧붙였다. 치우천의 말 높은뫼와 치우비의 말 구름도 함께 끌려갔다.

며칠이 지난 후 치우바람이 커다란 짐승을 수십 마리 끌고 왔는데, 바로 낙타였다. 주신 사람으로서는 신기한 동물이지만 여기 있는 사람들 모두가 태산 회의 때 낙타를 본 적 있는 터라 그리 신기해하지는 않았다.

"이 짐승을 왜 끌고 왔지? 말은 어디 있어?"

양역이 묻자 치우가람이 대답했다.

"이제부터는 물이 나오는 곳이 없으니 이 짐승을 타고 가야 할 것이다. 말은 물을 너무 먹어."

"이놈들은 말보다 덩치가 큰데 물을 더 먹지 않을까?"

치우가람은 비웃을 뿐 대답하지 않았다.

사람들은 낙타로 갈아탔다. 낙타는 몸에서 냄새가 많이 났고 성질이 고약해서 타기가 힘들었다. 그러나 말보다 힘이 세서 짐을 더 많이 실을 수 있었다. 치우가람이 낙타는 스무 날 이상이나 아무것도 먹지 않고 물도 마시지 않고도 끄떡없이 길을 간다고 이야기했는데, 그때는 아무도 그 말을 믿지 않았다.

말에서 낙타로 바뀐 행렬은 어느덧 서서히 사막으로 접어들었다. 유독 부루벼락의 얼굴이 갈수록 침울해졌다.

그러던 어느 날 치우가람은 밤에 사울아비들을 모아 놓고 말했다.

"이제 조금 더 가면 깊은 사막이다. 거기 들어가면 정신을 바짝 차려야 한다. 사막은 위험한 곳이지만 내 말만 잘 들으면 문제없다. 일단 술을 버린다. 술이 있는 사람은 모조리 꺼내라. 사막 안으로 가면 절대 술을 마셔서는 안 된다."

사울아비들은 대부분 술을 좋아하기 때문에 상당히 많은 술을 여기저기 지니고 있었는데, 치우가람이 근엄하게 말하자 꺼내 놓지 않을 수 없었다. 치우가람은 술을 모두 버리라고 했으나 사울아비들은 아까운 마음에, 버릴 것이라면 차라리 마시고 가자고 했다. 치우가람은 망설였지만 앞으로 더 많은 고생을 해야 하는데 그 정도는 봐줄 만하다고 여겼는지 그날 술을 전부 마셔야 하며, 그래도 술이 남으면 버린다고 했다.

그날 떠들썩한 잔치가 벌어졌다. 부루벼락이 치우가람에게 치우천 치우비에게도 술을 주자고 제안했다. 치우가람은 취했는지 치우 형제에게 술을 먹여도 좋다고 선심을 썼다.

치우가람이 약간 꼬부라진 소리로 말했다.

"자네들은 나를 나쁜 놈으로 생각하지? 제기랄. 하지만 별수 없잖아. 그래, 난 저 녀석들이 밉다. 어릴 적부터 아버님은 우리 형제가 아무리 잘해도 저 녀석들 이야기만 했어. 희네, 나래만 닮아라. 닮아라. 더구나 저놈들은 있는 힘도 다 쓰지 않았어! 그냥 적당히 얼버무려도 다들 놀라고 대단하다고 했지! 제길! 열다섯 해 동안 그런 소리만 듣고 살아봐. 너희라면 미워하지 않을 수 있느냐? 응?"

"형, 형. 쓸데없는 소리하지 마."

치우바람이 말렸으나 치우가람은 더 크게 떠들어 댔다.

"저놈들도 지우 집안사람이냐! 그래! 내 영웅이고 좋은 놈들이지! 큰 일을 할 놈들이야! 그러나…… 그러나 이제는 어떻지? 응? 우리 형제는 뭐가 그리 못났지? 우리가 저놈들을 괴롭힌다고 생각하지만, 저놈들이 우리를 괴롭게 한 일이 얼마나 많은지는 생각 못하나? 응? 우리라고 좋아서 같은 집안사람을 해코지하는 줄 알아? 엉?"

치우가람은 길을 떠나온 동안 언제나 엄숙하고 단정했는데 술이 들어가자 긴장이 풀렸는지 주정을 부렸다.

사람들은 그제야 치우가람 치우바람이 왜 치우천, 비 형제를 미워하는지 짐작하게 되었다. 하지만 대부분의 사울아비들은 치우가람과 바람의 마음을 이해는 할 수 있을지언정 너무 속이 좁고 질투심이 강하다고 생각했다. 그러나 한편으로, 잘난 사람을 보면 질투심이 일어나는 것도 인지상정인지라 치우가람 치우바람도 나름대로는 가엾으며 이유 없이 그러는 것은 아니라는 생각을 갖게 되었다.

양역은 분통이 치밀어 폭음을 하다가 쓰러져 잠이 들었다. 그러는 동안 부루벼락과 쇠돌이는 치우천에게로 가서 술을 먹여 주었다. 거의 두 달 만에 처음으로 이야기를 나눌 기회를 잡은 것이다.

부루벼락은 치우천의 입에 술과 고기를 넣어 주며 누가 들을세라 재빨리 속삭였다.

"천 형! 천 형! 우리 같이 도망치자. 이대로 죽을 수는 없잖아!"

그러나 치우천은 조용히 고개만 저었다.

"천 형이 억울하다는 것은 누구나 다 알아! 도망쳐도 아무도 욕하지 않아! 오늘이 마지막 기회다!"

애가 타는 쇠돌이의 말에 치우천은 눈을 번쩍 뜨더니 쇠돌이를 쳐다보았다.

"자네들은 한웅님 명을 따라야 한다. 나는 결코 그 명을 어길 생각은 없다."

"천 형! 고집부리지 마! 형은 사막을 몰라서 그래. 사막에서는 아무리 힘이 세고 머리가 좋아도 살아 나갈 수 없어! 물도 없고 먹을 것도 없고 너무 더워서 온몸이 타들어 가는데 어떻게 산단 말야!"

쇠돌이의 말에 부루벼락이 덧붙였다.

"자네…… 자네는 정말 그냥 죽을 셈인가? 응? 죽고 싶은 건가?"

치우천은 힘없이 미소를 지었다.

"죽고 싶은 사람이 어디 있겠소?"

부루벼락은 설득하듯 사막에 대해 자세히 말했다.

"자네는 사막을 모르네. 나는 가 본 적이 있어. 거기에 버려진다는 건 죽는 것과 마찬가지야. 사막은 온통 모래밭이라 발이 푹푹 빠지고, 사방이 똑같아서 방향도 알 수 없어. 뜨거워서 온몸이 타들어 가고 물도 사람도 동물도 찾을 수 없다고! 낮에는 지독하게 뜨겁고 밤에는 한없이 추워서 얼어 죽을 정도이니 사람이 배겨 낼 수가 없어. 아무리 강한 사람도 물이나 먹을 것 없이는 사흘을 버티기가 어려워. 더구나 무서운 귀신들이 있어 사람을 홀린다구!"

"귀신?"

쇠돌이가 겁나는 듯 묻자 부루벼락이 고개를 끄덕였다.

"사막을 가다 보면 물이 가득 찬 호수나 사람 많은 마을이 보이지. 그러면 그리로 달려가는 게 당연하겠지. 그런데 그것들은 다 허깨비야. 홀리는 거라구. 그것을 쫓아가면 방향을 잃고 죽는 거야. 더구나 흐르는 모래가 있어서 거기에 휩쓸리면 물에 빠지는 것처럼 순식간에 빠져 죽어. 사막은 무서운 곳이라네."

부루벼락이 침통한 표정으로 말하자 치우천보다도 쇠돌이가 더 겁을 먹은 듯했다.

"그렇게 무서운 곳이우?"

부루벼락은 침통한 표정으로 대답했다.

"나는 지금보다 훨씬 젊었을 때, 다른 부족 젊은이들 마흔 명과 함께 말 쉰 마리와 낙타 스무 마리를 끌고 사막 너머로 가려 한 적이 있었다네. 다들 용감하고 힘센 사람들이었고 물과 식량도 충분했어. 그런데……."

"그런데 뭐유?"

쇠돌이가 재촉하자 부루벼락은 괴로운 듯 말을 이었다.

"건너편으로 간 것은 나를 비롯한 열한 명과 낙타 아홉 마리밖에 없었다네. 그것도 우리가 건넌 것이 아니고 사막 부족이 쓰러진 우리를 구해 줬지. 그렇지 않았으면 우리는 모두 죽었을 거야. 사막은…… 생각보다 훨씬 무서운 곳이야……."

잠시 부루벼락의 말이 끊어지자 치우천이 희미하게 웃어 보였다. 쇠돌이는 부루벼락의 말에 일말의 희망을 느끼며 물었다.

"사막에도 사람이 산단 말유? 그러면……."

부루벼락은 고개를 저었다.

"사막 언저리가 전부 모래로 된 땅은 아니야. 모래로 된 땅을 황무지가 둘러싸고 있어. 그곳을 사막 부족이 지나가기도 하네. 하지만 깊은 사막 한가운데는 누구도 함부로 들어갈 수가 없어. 지금도 우리는 사막 깊숙한 곳에 있는 게 아니고 언저리에 있는 거야."

쇠돌이는 눈을 빛내며 물었다.

"그러면 우리가 어떻게든 방향을 잡아 사막 부족이 다니는 곳에 천형을 버리게 만들면 되지 않겠수?"

그러자 부루벼락은 슬픈 목소리로 되받았다.

"내 말하지. 그때 같이 살아난 사람 중 하나가 바로 치우가람 놈이네. 그땐 어렸지. 그놈은 그 후로 몇 번인가 사막에서 일을 했다고 들었어. 그놈은 사막을 잘 안단 말야."

그 말에 쇠돌이는 인상을 잔뜩 구기며 큰일 났다는 표정을 지었다. 부루벼락은 한 번 더 강조해서 말했다.

"그놈은 나보다 사막을 더 잘 알 거야. 그리고 절대 자네를 살려 두려 하지 않을 걸세. 그저 사막 언저리 정도에 자네를 버린다면 자네들은 재주가 뛰어나니 나도 이렇게 걱정하진 않을 걸세. 하지만 저놈은 사막을 잘 알기 때문에 자네들이 절대 빠져나을 수 없는 곳에다가 버릴 거란 말일세! 이봐, 천! 이건 정말이야. 자네는 요행을 바라는 모양인데, 저놈은 그리 만만치 않아. 절대 운을 바랄 수 없다구! 사막 언저리에다가 사람을 버려도 아직까지 살아난 사람이 없어. 그런데 저놈은 아주 깊고 깊은 대사막 한가운데에다 자네를 버릴 거야! 그곳은…… 그곳은 사막 부족도 가지 않는 죽음의 땅이야! 절대 살아날 수 없다구!"

그 말을 듣자 치우천의 얼굴에도 암울한 빛이 떠올랐다. 그래도 치우천은 조용히 입을 열 뿐이었다.

"한웅님의 명을 어길 수는 없소. 명을 어기면 주신 사람이 아니게 됩니다."

부루벼락과 쇠돌이는 다시 치우천을 설득하려 했으나 그때 치우바람이 칼을 들고 소리를 지르며 달려와서 그들은 더 이상 치우천과 이야기를 할 수 없었다.

그 모습을 보며 치우가람이 꼬부라진 목소리로 말했다.

"됐다, 바람아. 너무 그러지 마라."

"하지만 저놈들이 죄인들과 이야기를 했어."

치우가람은 의외로 시비도 걸지 않고 나무라지도 않았으며 아무 말도 하지 않았다. 치우가람이 되레 그렇게 나오자 부루벼락과 쇠돌이는 더 할 말이 없어서 잠자코 돌아갔다.

다음 날, 취한 줄 알았던 치우가람이 언제 일어났는지 피곤한 기색도 없이 태연히 앉아 있는 것을 보고 부루벼락과 쇠돌이는 놀랐다. 치우가람은 실제로는 취하지 않았으며 감시를 조금도 게을리 하지 않은 것 같았다. 부루벼락과 쇠돌이가 치우 형제를 구하려 했어도 분명 실패했을 것이다.

다음 날과 그다음 날도 치우가람은 사막으로 들어서지 않고 그곳에 머물렀다. 누구를 기다리는 듯했다. 사흘째 기다리자 타타르 사람 몇 명이 치우가람을 찾아왔다. 그 사람들은 키가 작고 차림새가 더러운 노인들로 전사들 같지는 않았다.

양역은 이상하게 여겨 그들이 누구인지를 물었다. 그러자 치우가람이 덤덤하게 대꾸했다.

"이 사람들은 길잡이다. 사막 깊숙이 들어갔다 되돌아오는 것은 위험한 일이니 길잡이가 있어야 한다."

양역은 소용없는 줄 알면서도 물었다.

"꼭 그렇게 사막 깊이 들어가야 하는가?"

치우가람이 웃었다.

"치우천 치우비는 보통내기가 아니니, 적당히 할 수 없어. 일을 적당히 하는 것은 한웅님의 뜻에 어긋나는 거야."

양역은 분통이 터졌으나 뭐라고 할 말이 없었다. 타타르인 길잡이가 입을 열었다. 그 사람은 주신 말을 꽤 잘했다.

"지금 사울아비께서 가실 길은 몹시 위험한 길입니다요. 물과 식량을 서른 날 치 이상 준비해야 합니다요. 말은 절대 끌고 가서는 안 되지요. 그러면 큰일 납니다요."

치우가람은 양역이 옆에 있어도 상관 않고 물었다.

"말은 이미 전부 맡겨 두었다. 그런데 왜 말을 끌고 가면 안 되지?"

"사막 깊숙한 곳에는 도깨비들이 많이 나옵니다요. 이건…… 이건 비밀인데……."

길잡이는 행여 누가 들을세라 주위를 둘러보고는 타타르족 특유의 풍습대로 침을 뱉고 발을 굴러 부정 타지 않게 한 다음 치우가람에게 말했다.

"사막의 깊숙한 곳은 도깨비 왕이 있는 곳입니다요. 도깨비들은 말을 싫어하여 보기만 하면 잡아먹습니다. 아주 무섭지요."

"그런 것이 있나?"

"아이구, 틀림없이 있습니다요! 도깨비 왕에게 당한 사람이 많습니다. 이 근처에서는 도깨비 왕의 이름도 꺼내지 않습니다요. 더구나 왜 하필 이런 위험한 때에 사막에 들어가려 하시는지는……."

치우가람은 양역이 듣고 있는 것을 눈치채고는 길잡이에게 눈짓을 했다. 길잡이는 입을 다물었다. 길잡이는 태산 회의에 참석할 정도의 위치에 있는 사람이 아니라서 대용사 치우비의 이름을 모르고 있었다.

다음 날 치우가람은 길잡이를 앞장서게 하고 대열을 출발시켰다. 조금씩 나아가니 끝없이 펼쳐진 모래밭이 나타났다. 풍경은 신비롭기 짝이 없었지만 사막을 지나가기는 괴로웠다. 치우가람은 사막에 들어선 다음부터는 무척 긴장하여 부하들에게 무장을 하도록 지시했고, 길잡이와 함께 끊임없이 이야기를 주고받았다.

사막은 뜨거워서 낙타 등에 편히 앉아 가는데도 사울아비들은 계속 물을 마셔 대야만 간신히 버틸 수 있었다. 양역과 마파람은 치우가람에게 묻지도 않고 치우천 등에게도 틈나는 대로 물을 먹여 주었다. 치우가람은 그때마다 비웃기만 할 뿐 특별히 말리지는 않았다. 사실 치우가람은 이번만은 퍽 공정하게 일을 처리하여 특별히 치우천 등을 괴롭히거나 억압하지 않았고, 양역 등이 어느 정도 편의를 보아주어도 토를 달지 않았다.

오히려 그 때문에 양역과 부루벼락 등은 다른 짓을 할 수 없었다. 깊은 사막으로 하루하루 들어갈 때마다 치우천 일행이 살아날 확률이 점차 줄어드는 셈이니, 얼굴빛은 점점 어두워졌다.

다른 사울아비들도 하루하루 사막으로 들어감에 따라 불안해졌다. 물을 많이 준비했으나 사막을 처음 겪어 본 사울아비들은 예사로 사막을 겪어 본 타타르 사람이 마시는 물보다 훨씬 많은 양을 마셨다. 그 때문에 물은 나날이 눈에 띄게 줄어들어 이대로 가다가는 되돌아가는 데

먹을 물이 모자랄 것 같았다.

치우바람이 그 점을 지적하자 치우가람이 웃으며 말했다.

"다 생각하고 있다. 되돌아갈 때는 열네 사람이 줄어드니까 물이 부족하지는 않을 것이다."

결국 깊은 사막에 들어온 지 열흘하고도 나흘이 더 지나서야 치우가람은 대열을 멈춰 세웠다. 그곳에 치우천 치우비를 비롯해 치베, 소녀, 울라트, 도깨비들을 내려놓게 했다. 그리고 그들의 얼굴을 가린 천을 벗겨 준 다음 재갈과 손을 묶은 줄은 그대로 두라고 하며 입을 열었다.

"이제 다 왔다."

양역과 부루벼락, 쇠돌이, 마파람, 부달 등 다섯 사람은 때가 왔음을 알고 눈물을 흘렸다. 다른 사울아비들은 비록 그리 슬퍼하지는 않았으나 안쓰럽고 안되었다는 생각이 들었다.

치우가람이 다섯 사람을 둘러보며 말했다.

"나는 이제껏 먼 길을 오면서 한 번도 저들을 괴롭히거나 시비 건 적이 없다. 나는 한웅님의 명을 그대로 따라 움직였을 뿐이다. 도리어 너희가 저들 죄인에게 잘해 주려고 꾀를 부렸지만 나는 되도록 못 본 척 봐주었다. 그렇지?"

다섯 사람은 할 말이 없었다. 치우가람의 말이 계속되었다.

"작별 인사를 해라. 그런 것까지 못하게 할 만큼 나 치우가람, 속이 좁지는 않다. 다만 치우비 등의 녀석들은 대단히 무서우니 입이나 줄을 풀어 줄 수는 없다."

어처구니가 없단 표정으로 양역이 외쳤다.

"그럼 묶어 둔단 말이냐?"

"그렇지는 않다. 떠나면서 저만치에 작은 돌칼 한 자루를 꽂아 두고 갈 것이다. 그러면 저들이 알아서 줄을 풀 수 있을 것이다."

"왜 그렇게 해야 하느냐?"

"줄을 풀어 주었다가 치우비 저 녀석이 우리에게 덤비면 어쩔 것이냐? 나는 저 녀석을 막을 자신이 없다."

치우가람이 워낙 빈틈이 없는지라 다섯 사람은 그의 입심을 도저히 당해 낼 수 없었다. 하는 수 없이 다섯 사람은 치우 형제 및 치배 등과 슬픈 작별의 말을 나누었다. 그러나 치우 형제 등은 여전히 입이 막힌 상태여서 길게 이야기할 수도 없었다.

치우바람이 재촉했다.

"다 이야기했으면 서둘러 가자. 모래 회오리가 불어올지 모른다."

"모래 회오리?"

마파람이 고개를 갸웃거리며 묻자 부루벼락이 소리쳤다.

"이런! 모래 회오리라고?"

치우가람은 말에 올라타며 음흉한 미소를 지었다.

"그래. 모래 회오리가 곧 불어올 거다."

부루벼락은 머리끝까지 화가 치밀어 악을 썼다.

"그러고 보니…… 네…… 네놈들은 바로 회오리가 불어올 때를 기다렸다가 이들을 버린 것이구나! 정말 지독하구나!"

다른 사람은 몰랐지만 사막을 겪은 부루벼락은 모래 회오리가 얼마나 무서운지 알고 있었다. 회오리에 휘말리면 사람이든 낙타든 뭐든 하늘로 떠올라서 갈기갈기 찢어지기 십상이다. 용케 몸을 피해도 모래에 파묻혀 죽는 경우가 많았다. 가장 무서운 것은 회오리가 한번 휩쓸고 지나가면 모래 언덕의 위치들이 바뀌기 때문에 절대로 길을 찾을 수가 없다는 데 있었다.

치우가람은 대꾸하지 않고 비웃듯 웃기만 했다. 그리고 치우천 일행의 옆으로 짐 더미 몇 개를 던졌다. 그것은 치우천과 치우비의 말에 얹혀 있던 짐이었는데 무기나 물통, 식량은 빼놓은 상태였다.

"너희 것은 돌려준다. 이걸 가지고 잘해 봐라. 버티다 보면 혹 안파견 한님이 하늘에서 내려와 너희를 구해 주실지 아느냐?"

치우가람 치우바람이 껄껄껄 웃었다. 부루벼락은 그들의 하는 양을 보며 몸을 부들부들 떨었다. 치우가람, 바람은 치우천 형제에게 오래오 래 고통을 주어 온갖 고생을 하게 한 다음 죽게 하려는 악의가 분명했 다. 짐 더미 속의 물건 중에 실제로 사막에서 살아남는 데 필요한 것들 은 하나도 없었다.

치우가람은 작은 물병 두 개를 들어 던졌다. 너무도 적은 양이라 열 네 사람이라면 목을 축이기에는 턱없이 모자랐고, 혼자 마셔도 사흘을 버티지 못할 적은 양이었다.

"물이 너무 적다!"

양역이 이건 아니라는 듯이 커다랗게 외치자 치우가람은 태연하게 말했다.

"물론 적다. 원래는 하루치 물을 주어야겠지. 그러나 열네 사람이 하 루 마실 물을 준다면 누구 한 사람이 그 물을 모두 가지고 사막을 빠져 나갈 수도 있다. 그러니 많은 물은 줄 수 없지!"

치베의 눈에서 눈물이 왈칵 쏟아졌다. 원래 치베 등은 바로 그것을 노리고 어떻게든 치우천이나 치우비만이라도 살려 보자고 생각하여 스 스로 사막에 뛰어든 것이다. 그러나 치우가람은 음흉하여 그런 것까지 계산하고 있었다.

더 뭐라 할 것도 없이 치우가람은 웃음소리를 길게 남기며 낙타를 몰고 달려갔다. 다른 사울아비들은 떠나지 않으려는 양역과 벗들을 협 박하다시피 하며 데리고 갔다. 가면서 양역과 벗들은 목이 쉬어라 계속 치우천 일행에게 살아나라고 외치기도 하고 용기를 내라고 외치기도 했다.

마지막으로 치우바람이 날카로운 작은 돌칼 하나를 먼발치에 놓더니 나무로 깎은 물병 하나를 꺼냈다. 그리고 병 안에 든 것을 치우천, 치우비 형제에게 뿌리고 도망치듯 떠나갔다. 남은 열네 사람은 눈이 가려져 있어서 치우바람이 무엇을 뿌렸는지 볼 수 없었다. 비릿한 냄새가 나는 액체인 것으로 보아 무슨 피 같았다. 왜 그런 짓을 했는지는 아무도 몰랐다.

제일 먼저 치베가 몸을 움직여서 돌칼 쪽으로 갔다. 그리고 뒤로 결박 진 손으로 힘겹게 돌칼을 잡아 돌아왔다. 치베는 제일 먼저 치우비의 손을 묶은 가죽끈을 돌칼로 썰어 댔다. 돌칼은 예리했지만 바싹 마른 가죽끈을 끊기는 쉽지 않았다. 더구나 하도 단단히 묶여 있어서 시간이 꽤 걸렸다. 약 여덟 개의 가죽 끈을 끊고 나자 치우비가 비키라는 손짓을 했다.

치우비가 온몸에 힘을 주자 나머지 끈과 구리 사슬이 끊어지며 손이 풀렸다. 그러나 두 달 동안이나 묶여 있던 터라 팔이 굳어서 마음대로 움직일 수가 없었다.

치베는 묶여 있는 동안에도 항상 손을 쥐었다 폈다 하며 몸이 굳지 않도록 연습을 했던 터라 나름대로 움직일 수 있었지만 다른 사람은 전혀 그렇지 못했다. 결국 모든 사람들과 도깨비들을 묶은 끈을 풀고 나자 해가 뉘엿뉘엿 넘어갈 지경이 되었다.

울라트는 끈을 풀자마자 치우비에게 안겨 하염없이 울기만 했고, 소녀는 창백한 표정으로 멍하니 모래 언덕을 쳐다보며 앉아 있는 모습이, 거의 정신이 나간 것 같았다. 도깨비들은 행동이 그렇게까지 구속되지 않았던 터라 어느 정도는 움직일 수 있었다.

가장 문제가 되는 것이 치우비와 치우천이었는데, 둘은 두 달 동안 묶인 것을 푼 적이 없어 몸이 거의 돌처럼 굳어 있었다. 다리도 굳어서 걸음조차 걸을 수 없었다. 쇠약해진 몰골이 말이 아니었다. 치우천의 모습을 보고 치우비가 울었고, 치우비의 모습을 보고 치우천도 눈물을 흘렸다.

"천 안다! 비 안다! 지금 울 때가 아니다. 어떻게든 우리는 사막을 벗어나야 한다. 정신을 차려야 한다."

치베의 말에 치우천도 말했다.

"그렇다. 하는 데까지는 해 봐야 한다. 치베, 나는 사막을 모른다. 어떻게 하면 좋겠는가?"

치베는 일단 남은 물을 살피더니 얼굴빛이 어두워졌다.

"물이 부족하다. 물을 찾을 수만 있다면 좋을 텐데……."

"여기서 빠져나가려면 며칠이나 걸리겠는가?"

치우비의 물음에 치베는 안색이 더 어두워졌다.

"우리는 열나흘 동안 낙타를 타고 왔다. 그런데 지금은 낙타도 없고, 몸에 기운도 없다. 온 길을 되돌아가려면 아무리 서둘러도 스무 날은 걸릴 것이다. 물도 없고 낮에는 더우니 어떻게든 그늘을 만들어 잠을 자고 아침과 저녁 무렵에만 걸어야 한다. 안 그러면 순식간에 말라 죽는다."

"밤에 길을 가면 안 되는가?"

"밤에는 무척 춥지 않은가? 밤에 길을 가면 더 빨리 지친다."

"혹시 비가 오지 않을까?"

"비가 온다면 정말 다행이다. 하지만…… 꼭 비가 온다고 볼 수는 없다. 사막에 비가 한번 오면 엄청나게 오지만, 자주 오지는 않는다. 더구나 비가 와도 물이 전부 모래 속으로 스며들기 때문에 쉽게 모을 수가 없다."

치베의 말을 듣자 치우비는 침통해졌다.

'설령 물이 있다 해도 짐승 한 마리 없는 사막인데 무엇을 먹고 스무 날을 버틸까?'

치우천이 다부지게 말했다.

"포기해서는 안 된다. 어떻게든 빠져나가야 해."

치우비가 안타까운 듯 입을 열었다.

"아, 형님. 차라리 도망쳐야 했어."

치우천이 치우비를 보며 고개를 저었다.

"비야. 우리는 주신 사람이고, 주신의 그릇에 있어야 한다. 한웅님의 명령을 어기고 도망치면 우리는 영원히 주신에 돌아갈 수 없게 된다. 그러면 우리의 뜻을 펴지 못할 테니 그렇게 살아서 무엇하겠느냐?"

치우비도 형의 말을 이해할 수 있었다. 치우천이 바라는 것은 크나큰 일이었다. 온 세상을 평화롭게 만들겠다는 꿈이었다. 그러나 그것은 주신이라는 틀을 유지하고 그 안에서나 가능한 일이었다. 그래서 주신을 버릴 수 없었다. 거기에 맥달의 예언, 내년까지는 죽지 않는다는 말도 어느 정도 치우천의 마음을 굳히는 데 도움을 주었다. 예언이 아니었다면 치우천이라도 이렇게 담담하게 벌을 받아들이지 않았을지도 몰랐다.

치우비는 용기를 다지며 고개를 끄덕였다.

"알았어. 맥달님도 말씀하셨잖아. 우리는 죽지 않을 거야."

순간 치우천의 안색이 흐려졌다.

"이 자리에선 그 여자 이야기는 하지 말자."

그때 울라트가 소리쳤다.

"이건 피 아니에요? 비 오라버니, 다치셨나요?"

그러고 보니 치우천과 치우비는 피투성이가 되어 있었는데 썩은 냄새가 진동했다.

치우비는 울라트에게 고개를 저어 보였다.

"다친 게 아냐. 아까 어떤 녀석이 뿌린 것 같아."

"썩은 피를 왜 뿌리지? 무슨 주술을 건 것은 아닐까요?"

"글쎄…… 무슨 탈은 없는데……."

도대체 왜 썩은 피를 뿌리고 떠났는지는 알 수 없었다. 도깨비들은 주인을 다시 만나자 눈빛이 밝아졌지만 사막 한가운데 버려진 것을 보고 암담해하는 눈치였다. 사실 도깨비들은 치우비가 사막으로 끌려온다는 것을 알아듣지도 못하고 무작정 온 것이다.

도깨비들 중 온몸이 새까만 도깨비인 마냥이 몸을 일으키더니 사방을 주의 깊게 둘러보았다. 그러고는 땅에 엎드려 개처럼 킁킁 냄새를 맡고는 모래를 뒤적이다가 다시 다른 곳을 파고 난 뒤 또 킁킁거리며 냄새를 맡곤 했다.

울라트는 그것을 보고 눈을 반짝이더니 다가가서 도깨비와 손짓 발짓을 했다. 그러다가 울라트가 웃으며 말했다.

"마냥이 물길을 찾고 있어요!"

사람들이 깜짝 놀라 물었다.

"물을 찾는다구?"

울라트는 마냥과 손짓 발짓으로 대화를 나누었다. 주신 말을 몇 마디 하기도 했다. 다른 사람은 뭐라고 하는지 전혀 알 수 없었지만 울라트는 미흡하나마 도깨비들과도 의사소통이 가능했다. 울라트는 남의 마음을 읽을 수 있는 독심술의 재간을 타고난 아이였다. 다만 자유자재로 남의 마음을 정확히 읽는 것은 아니라 어느 정도 감을 잡을 수 있는 정도였으나, 약간의 손짓 발짓을 더하면 거의 틀림없이 의사소통이 가능했다.

울라트는 마냥과 대화를 하다가 활짝 웃으며 외쳤다.

"마냥이 살던 곳이 사막이었대요! 여기는 자기가 살던 사막보다 좁고 그리 덥지도 않아* 틀림없이 물을 찾을 수 있을 거래요!"

다들 그 말을 듣고 환호성을 올리며 기뻐했다. 치우천도 기쁨을 감추지 못했다. 이 새까만 도깨비가 그런 재주를 갖고 있을 줄은 아무도 생각하지 못했던 것이다.

마냥은 사람들이 기뻐하자 흰 이빨을 드러내며 웃다가 갑자기 머리를 긁적긁적하더니 짐을 뒤졌다. 그리고 짐을 쌌던 바구니에서 조심스럽게 기다란 나뭇가지를 두 개 뽑더니 조금씩 구부렸다. 그리고 그렇게 구부러진 막대기를 한 손에 하나씩 들고 여기저기를 걸어 다니기 시작했다. 울라트가 묻자 마냥은 이것은 물을 찾는 방법**이라고 했다.

그것을 보고 치우천이 일행에게 말했다.

"마냥의 뒤를 따르자. 헤어지면 안 된다."

두 달 전에 많이 다쳤던 도깨비들은, 그동안 여행하면서 대부분 상처가 나아 있었다. 도깨비들 가운데 둘은 치우비를 부축하고, 한 명은 치우천을 업었으며, 다른 두 사람은 울라트를 업고 호위했다. 소녀도 업어 주려 했으나 소녀는 비틀거리면서도 도깨비들에게 업히는 것을 거절했다.

그날은 물을 찾지 못했다. 해가 저물자 마냥은 멋쩍은 듯 머리를 긁적였지만 울라트는 내일은 꼭 물을 찾을 수 있을 거라며 용기를 주었다.

치우천은 남은 물을 고루 나눠 마시자고 했다. 치베가 반대했으나 치우천은 고개를 저었다.

---

* 마냥은 아프리카 사하라 사막 남쪽, 누비아 지방의 흑인으로 설정되어 있다. 누비아에서 이집트, 다시 이집트에서 메소포타미아, 스키타이를 거쳐 동북아까지 온 기구한 인물이다. 아프리카의 사막 주변에 사는 원주민들은 근래까지도 물을 찾는 데 대단한 감각을 가지고 있었다고 한다.
** 구부러진 막대기를 들고 물을 찾는 것을 다우징(dowsing)이라고 하는데, 고대부터 수맥을 찾는 방법 중 하나로 알려진 방법이다. 근래 우리나라에서는 건강을 위해 수맥을 찾아 피한다는 것 때문에 알려졌는데, 원래는 물을 찾는 방법이었다. 그 역사는 아주 오래되고 범위도 넓어서 아프리카, 유럽, 중남미 등에서 자주 사용되었다.

"물을 찾으면 모두 사는 것이고, 못 찾으면 죽는 거다. 그까짓 물을 아껴서 무엇하는가?"

치우천이 물을 나눠 마시게 하자 물은 거의 바닥이 났다. 그러다가 저녁때가 되자 모두들 지쳐서 주저앉고 말았다. 사막에서는 체력 소모가 극심하여 허기가 지고 목이 말랐지만 아무도 내색하지 않았다.

쉬는 동안 치베가 몸 안에 감추어 두었던 작은 주머니를 꺼내 치우천에게 내밀었다. 소금이었다.

"침이 나오게 조금씩, 천천히 핥아라. 빨리 핥으면 목이 더 마른다."

치우천은 치베의 지혜에 감탄했다.

"소금이 없었으면 죽었을 것이다. 어느 틈에 챙겼나?"

치베가 슬쩍 웃어 보였다.

"너희가 사막에 버려진다는 말을 들었을 때, 나는 소금 주머니부터 몸에 감추었다. 이것밖에는 감출 게 없었다. 물을 백 통 정도 감추고 싶었지만 그럴 재주는 없지 않은가?"

치베는 사람들이 소금을 핥고 난 다음 치우천에게 다시 말을 건넸다.

"내일은 사냥을 해 봐야겠다. 이대로는 버틸 수 없다."

치우천이 의아해서 물었다.

"어떻게 사냥을 하지? 여기는 짐승 한 마리도 없지 않은가?"

"짐승은 없지만, 새는 있다. 독수리가 가끔 날아온다."

"독수리를 무슨 재주로 잡는가? 우리는 활도 없지 않은가?"

"어렵겠지만 해 봐야 한다."

그날 밤은 모두가 쓰러져 금세 잠이 들었다.

다음 날 몇 시간 길을 가다가 모래바람이 불어 닥쳤다. 치베가 재빨리 옷을 찢어 입을 막으라고 했다. 모래바람이 별안간 거세져서 마치 누가 그들을 들어 모래바람 속으로 던져 넣은 기분이었다. 입을 막지 않았다면 목구멍으로 모래가 들어가서 숨이 막혀 죽었을지도 몰랐다.

치베와 마냥은 계속 움직이라고 손짓했다. 움직이지 않고 있으면 모래에 파묻혀서 산 채로 죽는다는 것이다. 미친바람 속에서 움직이기란 상상을 초월할 만큼 힘이 들었다. 소녀가 버티지 못하고 쓰러지자 치우비가 얼른 들쳐 업었다.

미친 모래바람을 뚫고 움직이느라 방향을 잃어버려 몇 번이나 흩어질 뻔했다. 다행히 치베와 마냥이 사막에 익숙하여 위기를 무사히 벗어날 수 있었다. 그러나 모래바람이 그친 후에 살펴보니 금발 머리 도깨비들 중 하나가 없어졌다. 모래바람 속에서 쓰러져 산 채로 파묻힌 것 같다며 치베는 한숨을 쉬었고, 정이 많은 치우비는 눈시울을 붉히며 연신 탄식을 했다.

그날은 모래바람을 뚫느라 지쳐서 해가 지자마자 다들 쓰러지듯 누워 버렸다. 겨우 이틀이 지났을 뿐인데 이렇게 지치고 힘들 줄은 전혀 생각도 하지 못했던 터였다. 그날 저녁, 치베는 지친 몸으로 저만치 걸어가면서 아무도 가까이 오지 말라고 당부했다. 치베는 땅에 드러누운 채 꼼짝도 하지 않고 기다렸다.

하늘에서 독수리 몇 마리가 나타나더니 치베 주위를 빙빙 돌았다. 그리고 마침내는 독수리 몇 마리가 내려와 치베를 쪼려 했다. 치우비 등은 놀라서 치베가 죽은 것은 아닌가 하고 다가가려 했으나, 그 순간 치베가 벼락같이 손을 움직여 독수리 한 마리를 잡아챘다. 독수리는 꽤 크고 사나워서 치베를 쪼고 할퀴었으나 치베는 죽어라고 독수리를 잡고 놓지 않았다.

치우비가 얼른 달려가서 독수리를 죽였다. 치베는 껄껄 웃으며 죽은 독수리를 서둘러 끌고 가서 사람들에게 피를 빨아 마시라고 했다. 독수리 피는 냄새도 고약하고 비려서 소녀와 울라트는 구역질을 하며 마시지 못했다.

치우비와 치우천 등은 억지로 참고 독수리 피를 겨우 한 모금 마셨고 도깨비들도 독수리 피를 마셨다. 그리고 독수리를 구울 참으로 털을 뽑았다. 커다란 독수리도 털을 뽑고 나니 비쩍 말라서 먹을 것이 거의 없었다. 그것을 열세 사람이 나눠 먹으니 먹은 것 같지도 않았다. 게다가 치베는 독수리에 쪼여서 많이 다쳤으니 도리어 잃은 것이 더 많은 듯했다.

그런 식으로 이틀이 더 지났다. 마냥은 아직도 물을 찾지 못했고 길도 얼마 가지 못했다. 치베와 치우비, 다른 도깨비들까지 합세하여 독수리들을 잡으려 했으나 겨우 세 마리의 독수리를 잡았을 뿐이다. 무기도 없고 활을 만들 재료조차 없기에 독수리를 제대로 잡을 수가 없었다. 하다못해 집어 던질 돌조차 없었다. 소녀와 울라트도 갈증에 지쳐 두말없이 독수리 피를 빨아 마셨다.

처음에는 옷이나 잡동사니를 태워 독수리를 구웠지만 이제는 그마저도 귀찮아서 비리고 역겨운 고기를 산 채로 씹었다. 턱없이 부족한 피 몇 방울과 고기 몇 점으로는 여러 사람이 버틸 수 없는 탓에 점점 쇠약해져 갔다. 특히 체구가 큰 치우비는 허기를 이기지 못하여 다른 사람들보다 더 빨리 쇠약해져 갔다. 오히려 참을성이 대단한 치우천이 멀쩡한 편이어서 동생을 보살폈다.

길을 가다가 또다시 도깨비 한 명이 죽음을 당했다. 유사(流砂)에 휩쓸린 것이다. 다른 이들이 비명 소리를 듣고 달려갔을 때 도깨비는 벌써 팔만 남기고 모래 속으로 빨려 들어가고 있었다. 다른 도깨비와 치우비 등이 놀라서 구하려 했으나 치베가 그들을 결사적으로 막아섰다. 유사에 한 발만 디디면 누구도 빠져나올 수 없었다. 결국 도깨비는 유사 속으로 파묻혀 사라졌고 모든 이들은 비통하고 무서운 생각에 잠을 이루지 못했다. 생각보다 사막은 무섭고 힘든 곳이었다.

낮에는 찌는 더위가 덮쳤고 밤에는 살을 에는 추위가 거듭되었다. 그들은 변변히 바람을 막을 것조차 없어서 밤이면 한데 모여앉아 얼싸안고 간신히 추위를 막았다.

다시 이틀이 지나자 이제 소녀와 울라트, 치우비는 움직이기도 힘든 지경이 되어 버렸다. 소녀는 몸에 열이 솟아 헛소리까지 했다. 치베는 포기한 듯 텅 빈 물통을 목에 걸고 멍하니 주저앉아 장난처럼 모래를 내던지고 있었다. 치우천마저도 이제 끝인가 생각했다.

엿새나 길을 갔지만 대강 보기에도 낙타를 타고 지나온 사흘 거리만큼도 가지 못한 것 같았다. 이런 상태라면 앞으로 수십 일을 더 버틸 수가 없었다. 모두가 포기하려 할 때 마냥이 외치는 소리가 들려왔다. 도깨비들은 늘어져 미처 그 소리를 듣지 못한 듯했다.

유일하게 그 소리를 들은 치우천과 치베가 간신히 몸을 일으켜 넘어지고 엎어지며 모래 언덕 하나를 기어 올라가 보니, 저만치에서 춤을 추며 소리를 지르는 마냥이 보였다. 마냥은 두 개의 높은 모래언덕 사이에 깊이 파인 골짜기에 있었는데, 그가 서 있는 앞쪽의 모래의 색깔이 달랐다. 물이 있었던 것이다!

치우천과 치베는 힘이 솟아 미친 듯이 그리로 달려갔다. 마냥은 모래를 파헤치고 있었다. 잠시 후 모래 밑에서 꼴꼴, 소리와 함께 물이 솟구쳤다. 그 물은 모래투성이라 탁했지만 세 사람에게는 무엇보다도 달콤했다. 정신이 번쩍 들고 온몸에 활기가 넘쳤다.

어느 정도 목을 축인 뒤, 마냥은 계속 그곳을 파고 치우천과 치베는 물통에 물을 담아 일행이 있는 곳으로 달려갔다.

먼저 치우비와 소녀, 울라트에게 물을 먹이며 치베가 말했다.

"천 안다! 저 물은 오래 안 간다. 금방 말라 버릴 테니 물을 담아야 한다!"

치우비도 물을 조금 마시자 금세 기운을 차렸다. 치우천이 도깨비들에게 물을 먹이는 동안, 치우비와 치베는 얼마 되지 않은 짐을 뒤져 닥치는 대로 물건들을 헤집었다.

"가죽은 모조리 꺼내야 한다. 가죽 주머니를 만들면 물을 담을 수 있다!"

치베의 말을 듣고 치우비는 열심히 짐을 뒤져 짐 안에서 가루 같은 것이 담긴 소 오줌통 하나를 발견했다. 그것은 전에 앗수라트 부족장 키타야가 선물로 주었던 것 중 하나였다. 도대체 무엇인지 알 수 없어 그저 짐에 넣어 둔 채 그동안 까맣게 잊고 있었다. 치우비는 그것을 보고 치베에게 말했다.

"이 가루를 버리면 여기도 물을 담을 수 있을 거다!"

치베가 그것을 보자마자 눈이 휘둥그레지면서 외쳤다.

"아! 이…… 이것은! 이게 어디서 났는가!"

치우비는 치베가 왜 그러는지 알 수 없어 가루를 쏟아 버리려 하다가 멈칫했다.

"나는 모른다. 무슨 약 같은데 지금 약이 있어서 무엇하느냐?"

치베는 얼른 그것을 빼앗아 품에 안고는 갑자기 미친 사람처럼 큰 소리로 우하핫! 웃으며 기분을 이기지 못해 몸을 마구 굴렸다. 치우비는 치베가 왜 그러는지 몰라 멍하니 바라보고만 있었다.

치베는 모래에 뒹굴면서 웃다가 울다가 마침내 치우비에게 외쳤다.

"우린 살았다!"

"무슨 소리냐?"

치우비가 멍한 표정으로 물어보자 치베는 연신 웃음을 터뜨렸다.

"우린 살았단 말이다! 이 바보! 멍청이! 왜 이 보물이 있다고 말하지 않았느냐! 그랬으면 이 고생은 안 했다! 배고플 일이 없었단 말이다!"

치우비는 도무지 영문을 알 수 없어 또다시 물었다.

"그게 먹을 것이냐?"

"맞다! 맞아! 이것은 보르챠*라는 것이다! 우리 몽골족만이 아는 물건이니 모르는 게 당연하지! 하하핫! 하핫!"

치우비는 치베가 이상하다고 생각했다. 먹을 것이라고 해도 기껏해야 소 오줌통 하나에 담긴 적은 분량이지 않은가. 나누어 먹어도 한 끼도 안 될 텐데 어떻게 살아났다고 하는 것일까?

치베가 들뜬 목소리로 말했다.

"다들 이리로 와라! 내가 신기한 것을 보여 주겠다!"

치베의 말을 듣고 치우천 치우비와 도깨비들까지 우르르 뒤를 따랐다. 치베는 계속 웃으며 마냥이 파 둔 물구덩이로 갔다. 마냥이 열심히 모래를 파헤쳐서 물구덩이에는 이제 꽤 많은 물이 드러나 있었다.

치베는 목에 걸고 있던 나무 물병에 가루를 조심스럽게 약간 집어넣고 물을 담았다. 그리고 뚜껑을 닫고 흔들었다.

"조금만 기다려라. 배불리 먹게 해 준다."

치우비는 물론 치우천마저도 영문을 알 수 없어 얼굴을 마주 보았다. 방금 치베는 기껏 손가락 마디 하나 정도의 가루를 넣었는데 어떻게 배불리 먹게 한다는 것일까?

잠시 후 치베가 물병 뚜껑을 열었다. 그러자 놀랍게도 물병에 하나

---

* 보르챠는 몽골족의 건조 식량으로 건조율이 근래의 우주 비행사의 식량 건조율을 훨씬 능가한다고 한다. 후에 칭기즈 칸이 엄청난 기동력으로 천하를 쟁패한 데에는 이 보르챠의 공이 크다. 소 한 마리를 오줌통 하나에 넣을 수 있기 때문에 작은 주머니 하나가 한 사람의 여섯 달 이상의 식량이 되는데, 이는 보급의 양을 극도로 줄여 주어 몽골군의 기동력에 큰 보탬이 되었다. 보르챠는 한 번에 그리 많은 양을 만들 수 없기 때문에 몽골 사람들은 보물처럼 아꼈고, 근래에 이르러서는 만병통치약 같은 것으로 잘못 인식되고 있으나 아주 발전된 형태의 건조 식량일 뿐이다.

가득 다진 고기가 죽처럼 되어 들어 있지 않은가! 고기는 신선하고 맛도 좋았다. 사람들은 허겁지겁 고기 죽을 집어 먹었다. 치베는 가루를 조금씩 떠서 연달아 여섯 번 물에 타 주었는데 그것을 나누어 먹자 어느 정도 배가 찼다.

치우비는 신기하여 들뜬 목소리로 물었다.

"신기하다! 치베! 주술을 부린 것이냐?"

"그건 아니다. 이 보르챠는 우리 몽골족의 보물이다. 다른 부족 사람은 알지도 못하고 상상도 못하지! 하하핫. 이것을 가지고도 굶어 죽을 뻔하다니! 이건 소 한 마리가 넘는다!"

그 말에 모두가 깜짝 놀랐다. 기껏해야 오줌통 하나에 들어갈 분량인데 소 한 마리라니!

명석한 치우천은 감이 잡히는지 조심스럽게 말문을 열었다.

"말린 고기 같은 것이냐? 그러나…… 믿어지지 않는다. 아무리 고기를 말려도 그렇게 작게 줄어들지는 않는다. 그런데 어떻게…….'

"몽골족의 비법이다. 여기서 먼 몽골족의 땅에는 텡그리의 힘이 깃든 깊은 동굴이 있다. 그곳에서 신성한 제사를 지내고 우리 몽골 주술사가 고기를 말리면 보르챠가 된다. 세상 어디에서도 보르챠를 만들 수 없고 오직 그 동굴에서만 만들 수 있으며, 우리 주술사만이 만들 수 있다. 이것은 그중에서도 아주 좋은 보르챠라서 이 정도라면 소 한 마리가 넘는다. 다만 미리 물을 부어야 하는데 우리는 이제 물도 있다! 더 이상 굶을 걱정을 하지 않아도 된다!"

그 말을 듣고 사람들은 기뻐 껑충껑충 뛰었다. 방금 열 명 이상이 배불리 먹었는데도 보르챠는 한 줌 정도밖에 줄어들지 않았다. 정말 소 한 마리 이상의 양이 되는 듯했다. 이 보르챠로 적어도 열닷새, 아껴 먹으면 스무 날 정도는 버틸 것 같았다. 고기라서 몸에 힘이 났고 영양도 충분했다. 물도 찾았으니 충분히 사막을 빠져나갈 수 있을 것도 같았다. 치베와 마냥은 사막에 익숙하고 노련하여 길을 잃지 않을 수 있었으니 살아났다고 보아도 좋았다.

치우비는 기쁜 나머지 울라트의 이마에 입을 맞추며 외쳤다.

"네 아버님이 우리를 살려 주셨구나! 하하핫!"

치우천도, 소녀도 기쁜 표정을 감출 수가 없었다. 뭐가 어떻게 되는지 잘 모르는 도깨비들은 머쓱해 있었는데, 그중 나이가 가장 많고 흰 천을 머리에 두른 현명해 보이는 늙은 도깨비가 도깨비들에게 뭐라고 대신 설명하는 듯했다.

치우천이 언뜻 보니 그 도깨비는 꽤 많은 말을 할 줄 아는 듯했다. 치우천이 다가가자 정중히 웃으며 고개를 숙여 보였는데 놀랍게도 서툴지만 주신 말을 하는 것이 아닌가?

"도깨비 싱카, 주인님의 형님께 절합니다."

"싱카?"

치우천이 되묻자 그가 웃으며 고개를 끄덕였다.

"싱카입니다. 그렇게 불러 주도록 하세요."

말하는 것이 어색해서 아직 자유롭게 대화하지는 못했으나 그나마 싱카가 그동안 애를 써서 익힌 것 같았다. 치우천은 웃으며 치우비와 함께 도깨비들의 이름을 다시 확인했다.

리미, 마냥, 싱카는 이름이 쉬웠으나 게르하르트나 폴리비쿠스 등의 기이한 이름은 외우기도 부르기도 어려웠다. 사막에서 두 명이 죽어 이제 도깨비들은 일곱이 남았을 뿐인데, 나머지 둘의 이름은 주르케닉스와 코탈팔리니우아라는 듣기조차 어려운 복잡한 이름이었다. 치우비는 혀가 뱅뱅 돌 지경이었다. 치우천이 웃으며 말했다.

"그런 어려운 이름을 어찌 부르겠니? 너 편한 대로 부르렴. 네가 주인 아니냐?"

천의 말에 치우비는 고개를 끄덕이며 그들의 이름을 간단하게 정해 주었다.

"앞으로 너희는 개르, 포리, 주루, 코타라고 부르겠다."

도깨비들은 치우비가 뭐라 부르건 개의치 않은 듯 웃기만 했다. 이름도 불러 보지 못하고 죽은 도깨비들을 생각하니 치우비는 가슴이 아팠지만 도깨비들이 비로소 이름을 갖게 되자 기분이 풀어졌다.

치베가 심각한 목소리로 말했다.

"물은 금방 말라 버린다. 조금이라도 넉넉하게 받아 놔야 한다."

모두 깜짝 놀라 급히 가죽과 가죽옷을 벗어 주머니를 만들고, 한편으로는 계속 물을 퍼 담았다. 처음에는 물이 꽤 고여 있었으나 조금씩 퍼 담자 말라 가기 시작했다. 물을 또 찾는다는 보장을 할 수 없으므로 최후의 한 방울까지 받아야 했다.

꼬박 하루 동안 물을 받자 여덟 개의 물주머니와 다섯 개의 병에 물을 담을 수 있었다. 그러고 나자 모래 웅덩이에는 더 이상 물이 고이지 않고 서서히 말라 들었다. 울라트가 마냥의 말을 전해 주었는데, 사막의 물줄기는 살아 있어서, 항상 움직이기 때문에 이렇게 금방 물이 말라 버린다는 것이다.

치베가 대강 따져 보니, 아껴 마시면 그럭저럭 스무 날 정도는 버틸 수 있었다. 치베는 물주머니들을 꼼꼼히 점검하여 물이 새지 않나 살펴보았다. 가죽으로 된 물주머니들은 옷까지 벗어 급히 만들었어도 제법 잘 만들어져 물이 새는 것은 두 개밖에 되지 않았다. 치베는 그 두 개의 물주머니도 꼼꼼히 고쳤다.

가죽옷을 걸친 자들은 옷을 벗은 채였는데 치베는 그래서는 안 된다고 하며 무엇이라도 몸에 둘러서 가급적 맨 살갗을 내놓지 말라고 주의를 주었다. 결국 짐에 들어 있던 천과 주머니, 빈 화살통까지 꺼내고 싱카의 머리에 둘렀던 흰 천마저도 절반으로 잘라 나누어 이은 뒤에야 몸을 가릴 수 있었다. 그러느라 다시 하루가 지났다.

이제 물과 보르챠를 먹을 수 있었기 때문에 하루를 쉬고 나자 대부분 사람들이 기운을 차렸다. 치우천도 다리가 많이 풀려서 걸을 수 있을 정도가 되었고, 소녀도 제대로 걸을 만하게 되었다. 소녀는 원래 험한 카린산에서 나고 자라서 보기보다는 훨씬 강인하고 튼튼했다. 울라트와 도깨비들도 원기를 되찾았고 원래 기운 센 치우비는 완전히 회복이 되었다. 치우비는 배가 고파서 기운을 못 썼던 것이다.

다만 울라트는 아직 어렸으므로 리미(레이미)가 항상 어깨 위에 얹고 다녔다. 리미는 생김새는 흉악했지만 보기와 다르게 아이들을 참 좋아하는 듯 울라트를 아껴 주었고 울라트가 장난을 쳐도 껄껄 웃으며 싫은 표정 한번 짓지 않았다.

여유가 생기자 치우천 치우비는 몸에 끼얹어져서 썩은 냄새를 풍기던 피를 모래에 문질러 씻어 냈다. 마냥과 치베는 모래로 세수를 하기도 했는데 물보다 오히려 좋다고 했다. 그러나 다른 사람들은 이상해서 모래로 세수를 하지 못했다.

식량이 생기자 고생스럽기는 해도 사막을 가는 것은 여행을 하는 기분이 되었다. 특히 치베와 마냥은 사막 건너는 법에 밝았다. 유사에 휩쓸려 동료를 잃은 적이 있으므로 다시 유사를 만날까 두려워 치베와 마냥은 언제나 앞장서 달려 나가 길을 확인하곤 했다. 물과 식량이 없었다면 치베나 마냥도 그렇게 기운을 낼 수는 없었을 것이다.

치우천이 치우비에게 말했다.

"사막은 대단하다. 치베와 마냥이 따라오지 않았거나 보르챠가 없었다면 꼼짝없이 죽었을 거야."

치우비가 웃으며 되받았다.

"그런데 치우가람 놈이 어째서 우리에게 귀한 보르챠를 남겨 주었을까?"

"그 녀석도 뭔지 몰랐을 거다. 그냥 무슨 가루 같은 것으로 생각했겠지. 우리도 그걸 먹는 것이라고는 생각하지 못했잖니?"

"그놈이 왜 우리에게 짐을 남겨 줬지? 비록 음식과 무기는 다 빼냈지만……."

치우천의 얼굴에 미소가 떠올랐다.

"우릴 더 괴롭히려고 그런 거지."

"왜?"

"아무것도 없다면 우리는 포기하고 죽기만 기다리다가 벌써 죽었을 거야. 하지만 붙잡을 게 있다면 기를 쓰고 살려고 할 것 아니겠니? 마냥 이 물을 찾고 치베가 보르챠를 가르쳐 주기 전에는 꼭 그런 꼴이었다. 간신히 독수리를 몇 마리 잡아 버티면서 점점 괴로워하고 말라 가다가 죽었겠지……. 그놈은 그런 우리 꼬락서니를 생각하며 좋아할 거야."

치우비는 울화통이 치밀었다.

"그놈들을 다시 만나면 그때는……!"

치우비가 자기도 모르게 주먹을 쥐자 몸에서 우두둑우두둑 뼈 부딪는 소리가 났다.

치우천이 웃으며 말했다.

"우리가 빠져나간다 해도 당장은 조심해야 한다. 한참 동안 나가 있다가 기회를 보아 조심스레 돌아가야 해. 잘못하면 치우가람 녀석들의 손아귀에 다시 잡힌다."

"우리가 살아난 건 우리가 그르지 않았다는 걸 안파견 한님이 밝혀 준 게 되잖아. 우린 이제 죄인이 아냐."

"그러나 그걸 알리려면 신시까지 가야 한다. 그 길이 쉽지만은 않을 거야."

"사막만 넘어가면 문제될 게 뭐 있겠어?"

치우천이 쓸쓸하게 웃었다.

"너는 치우가람 놈이 그리 만만하다고 보니?"

"무슨 소리야?"

"글쎄. 그놈이 그냥 돌아갔을까? 혹시라도 우리가 살아날까 봐 여러 가지 대비를 해 왔을 거다."

"그놈이 뭐하러?"

"우리가 살아나는 일은 그놈에게는 절대로 일어나서는 안 될 일이 거든."

"그놈이 아무리 우리를 미워해도…… 왜 그렇게까지……."

"너는 잊었니? 우리 생각이 맞다면 그놈은 번개범을 시켜서 한웅님을 덮치게 한 짓을 거들었던 게 틀림없어. 그걸 밝히려 했던 게 우리야. 만약 우리가 살아나면 우리가 옳았음이 밝혀지고, 그놈들은 의심을 받게 돼."

"아……."

치우비는 놀라며 고개를 끄덕였다. 치우천이 계속 말했다.

"그놈들은 맹세까지 했지. 그러니 더더욱 겁나는 것이고, 의심을 받아서는 안 되는 거야. 빈틈없이 일을 꾸미겠지. 너는 치우가람 놈이 길을 가면서 왜 우리를 일부러 괴롭히지 않았는지 이상하지 않니?"

"그렇군……."

치우비는 다시 한번 형의 추리에 탄복하며 고개를 끄덕였다. 치우천은 마지막으로 덧붙였다.

"길을 가면서 그놈이 우리를 때리고 굶기거나 괴롭혔다면 도리어 지금 걱정이 없었을 거다. 하지만 조금도 건드리지 않았으니 되레 걱정이 되는구나. 그놈은 분명 우리가 살아날 것에 대비하여 무슨 준비를 해 놓았을 거야. 거기에 말려들어서는 안 된다, 비야. 우리는 살아났다는 소문을 내지 말고, 그놈이 안심할 때까지 숨어 지내야 한다. 그놈은 대단한 놈이고 따르는 부하도 많아. 결코 마음을 놓아선 안 돼."

이야기를 하다가 치우천은 문득 자신의 뒤를 따라오는 소녀의 눈과 마주쳤다. 소녀는 고생스러워 보였지만, 치우천과 눈이 마주치자 가볍게 눈웃음을 지어 보였다. 모래 먼지로 더러워진 얼굴이지만 소녀의 눈웃음을 받자 치우천은 정신이 아찔해졌다.

치우천은 생각했다.

'이제 나는 저 여자에게 한 맹세를 지킨 셈이군. 어찌 되었건 한웅님에게서 저 여자가 놓여나지 않았는가? 어떻게 해야 할까? 저 여자는 내게 마음이 있는 것 같은데.'

그 생각을 하자 치우천은 갑자기 가슴이 뛰었다. 치우천은 애써 그런 생각을 몰아내려고 애썼다.

'아직 사막에서 빠져나가지도 않았는데 쓸데없는 생각을 하면 안 된다. 사막에서 빠져나간 다음에 생각해도 된다.'

한편으로는 이런 생각도 들었다.

'내가 왜 저 여자를 멀리하려는 거지? 저 여자만큼 아름답고 사람을 홀리는 여자는 처음 보았다. 맥달도 아름답고 누구와도 비할 수 없는 기품이 있지만 저처럼 사람을 빨려들게 만들지는 않는다. 더구나 그녀는 맥달처럼 말도 걸기 힘들 만큼 고고하지도 않고, 혼자 모든 것을 안다는 듯 이래라저래라 하지도 않는다. 나는 그런 게 싫단 말야. 소녀는 죽음도 두려워 않고 나 때문에 여기까지 와서 이 고생을 하게 되었다. 그런데 왜 저 여자를 보면 두려운 생각이 들지?'

치우천은 머리가 좋은 탓에 생각도 그만큼 많았다. 그런 생각을 하는 동시에 이런 생각도 들었다.

'누루마이가 나를 보고 나는 여자를 멀리하는 주술에 걸렸다고 했다. 혹시 소녀에게 두려운 마음이 생기는 것도 주술 때문이 아닐까? 나, 치우천은 큰 뜻을 품은 남자인데 그깟 주술에 걸려서 내 마음먹은 바를 못하고 허우적거린다면 무엇에 쓰겠는가? 세상에 저렇게 아름답고 나를 좋아해 주는 여자를 어디에서 다시 보겠는가? 그런데 그 빌어먹을 주술은 누가 건 것인가?'

그런 생각을 하니 화가 나기도 했다. 한편으로는 또 이런 생각도 들었다. 생각할수록 일은 복잡하기만 했다.

'소녀는 불쌍하게도 유망의 독에 중독되어 있다. 소녀는 내가 그 사실을 모른다고 생각할 테니 나도 아는 척해서는 안 되지. 그러나 어디보자……. 아이쿠, 그때부터 벌써 아흔 날 가까이 지났구나. 그때 해독약 열 알을 주었고 한 알이 열흘 정도 간다고 했으니 앞으로 소녀의 목숨은 열흘 정도뿐이겠구나. 아니다. 독은 약을 먹은 뒤로 열흘 뒤에야 발작하니 열흘마다 한 알씩 열 알을 먹는다면 도합 백 열흘 정도는 버티겠지. 그래 봐야 스무 날 정도 남았다. 사막을 벗어나는 것도 큰일인데 소녀의 독을 어떻게 고쳐 준단 말인가?'

치우천은 머리가 좋아 한 번에 수십 가지의 생각을 할 수가 있었다. 그렇게 많은 생각을 동시에 하자 치우천의 표정은 밝아졌다 우울해졌다가를 순식간에 반복하여, 다른 사람이 볼 때 무엇을 생각하는지 알 수 없을 정도였다.

치우비는 형이 생각에 잠기자 할 수 없다는 듯 실없이 웃고는 조금 뒤로 물러섰다. 형을 방해하지 않기 위해서였다.

그날 밤, 치우천이 잠을 이루지 못하고 이 생각 저 생각에 뒤척이고 있는데 소녀가 다가왔다. 다른 사람들은 낮 동안 사막의 강행군 때문에 코를 골며 잠들어 있었다.

소녀는 생긋 웃으면서 다가와 치우천에게 지나 말로 속삭였다.

"잠이 오지 않으시나요?"

"생각할 게 있었소."

치우천이 담담히 대답했다. 그러자 소녀는 슬그머니 치우천 곁에 앉았다. 소녀는 한숨을 내쉬었다. 소녀는 카린족 말과 지나 말밖에는 할 줄 몰랐는데 이 일행 중 지나 말을 할 줄 아는 사람은 치우천뿐이었다. 그동안 소녀는 아무 말도 하지 않았는데 사실 그럴 겨를이 없기도 했지만 소녀 스스로도 남의 눈을 꺼리는 바가 있었기 때문이다. 그러다가 오늘 치우천이 혼자 깨어 있자 소녀는 자신도 모르게 다가왔다.

소녀는 치우천 옆에 앉자마자 눈물을 주르르 흘렸다. 꽃보다 예쁜 소녀가 한숨을 쉬며 눈물을 흘리자 치우천은 자신도 모르게 마음이 움직였다.

"왜 우시오?"

"치우천님이 이 고생을 하신 것도 다 저 때문이 아닙니까……."

어둠 속에서 치우천이 씩 웃으며 말했다.

"내 운명이 그래서 그렇지, 왜 당신 때문이겠소? 되레 당신에게 미안합니다."

"저에게 미안할 것이 무엇 있나요?"

"당신같이 예쁜 여인이 나같이 복 없는 놈을 만나게 되어 이런 세상 끝 사막에까지 와서 고생을 하게 되었는데 나야말로 미안하지요."

치우천은 그냥 미안하다는 뜻으로 이야기하려 했는데, 자신도 모르게 상대를 칭찬하는 이야기가 나오자 겸연쩍었다.

치우천이 몇 번 헛기침을 하자 소녀는 어느새 볼이 불그레해져서 고개를 숙이고 있었다.

"오히려 저는 감사드리고 있습니다……."

소녀의 말에 치우천은 정신이 번쩍 들었다.

"내게 무엇을 감사한단 것입니까?"

소녀는 부끄러운 듯 간신히 말했다.

"천님…… 천님이…… 잊지 않고 맹세를 지켜 주셔서……."

"나는…… 나는 사실은……."

"더는 말씀 마소서."

소녀는 비록 쑤앙마이 밑에서 남자를 홀리는 법을 배운 여자이기는 했지만, 아직 앳되고 감성이 풍부한 소녀(少女)였으며 연애 경험도 없었다. 하물며 유망과 잠시 접해 본 것 말고는 남자를 가까이한 일도 없었다. 소녀와 같은 미녀가 바로 옆에서 부끄러워 얼굴을 붉히자 치우천의 가슴은 쿵쿵 뛰었다.

문득 전에 접했던 소녀의 매끄럽고 옥 같은 살결이 떠올랐고 부드럽고 촉촉한 입술의 느낌도 되살아나는 듯했다. 아무것도 없는 황량한 사막의 밤하늘에는 별이 가득했고 한줄기 날빛이 환하게 그늘을 비춰 주고 있었다. 치우천은 분위기에 취해 정신마저 아득해지는 것 같았다. 그래도 간신히 정신을 차려 자기 맹세는 사실 그런 것이 아니었다고 말하려 했다.

"소녀님, 그 맹세는……."

"쉿!"

소녀는 치우천의 입술에 손가락을 갖다 대며 몸을 치우천 쪽으로 기울였다.

"……아무 말 마십시오."

소녀는 고개를 들어 반짝이는 눈빛으로 치우천의 눈을 바라보았다. 치우천의 머리에 떠돌던 온갖 생각이 없어져 버렸다. 온 세상에 소녀의 눈빛만이 가득 차 몸이 허공으로 떠오르는 것 같았다.

소녀는 조심스럽게 치우천의 머리칼을 쓰다듬었다.

"처음 뵈었을 때부터 저는…… 저는……."

수줍은 듯 말을 더듬던 소녀의 입술이 치우천의 입술에 와 닿으려는 순간 갑자기 둘의 머리 위에서 목이 쉰 듯한 괴이한 웃음소리가 들려왔다.

"우하하핫! 이게 뭐냐! 보기 좋구먼! 보기 좋다!"

놀랍게도 그것은 주신 말이었다. 소녀와 치우천은 깜짝 놀랐다. 소녀는 놀라기도 하고 부끄럽기도 해서 치우천에게서 황급히 떨어져 나오려 했으나 치우천은 되레 소녀의 몸을 잡고 자기 뒤로 돌려 소녀 앞을 막아서며 외쳤다.

"누구냐!"

도깨비의 왕

『삼국유사』에 따르면, 신라 진평왕 때 비형랑이라는 기인이 있어,
도깨비를 부려 하루아침에 다리를 놓고 홍륜사에 문루를 지으며,
말을 듣지 않는 도깨비를 잡아 죽이는 등 신통력이 대단했다 전해진다.
비형랑은 진평왕과 도화녀 사이에 난 사생아라는 설이 지배적이지만,
이런 도깨비를 부리는 신통력의 피는 태곳적부터 내려왔을지도 모른다.

치우천의 힘은 강한 편이 아니었으나 목소리는 몹시도 크고 힘 있는 울림이 있었다. 치우천이 버럭 소리를 지르자 광활한 사막에 목소리가 메아리치면서 울려 치베와 치우비 등이 벌떡벌떡 잠에서 깨어 일어났다.

치우천은 무기가 없었지만 주먹을 힘껏 쥐고 용기를 내어 위를 바라보았다. 목소리는 바로 위에서 들려왔는데, 그렇다면 목소리를 낸 자는 그들의 머리 위에 떠 있단 말인가?

그러나 머리 위에는 아무것도 없었다. 이번에는 돌연 왼쪽에서 소리가 들려왔다.

"어이쿠! 놀래라. 목소리 한번 요란하구나!"

치우천이 급히 그쪽을 돌아보았으나 그쪽에도 역시 아무도 없었다.

소녀는 겁에 질려 덜덜 떨며 치우천의 옷자락을 잡았다.

"귀신인가 봐요! 귀신!"

분명 소리가 들려온 곳에는 온통 모래 언덕뿐, 아무것도 없었고 숨을 장소도 없었다. 그런데 이번에는 무엇이 왼쪽으로 고개를 돌린 치우천

의 오른쪽 귀를 살짝 건드렸다.

"냄새가 나는구나! 냄새가 나!"

치우천은 등골이 서늘해져서 재빨리 옆을 돌아보았으나 이번에도 아무것도 없었다. 대담한 치우천이었지만 뜻밖의 상황에 닥치고 보니 몸이 부르르 떨렸다. 소녀는 거의 까무러칠 듯했다.

"귀신이에요! 귀신!"

치우천은 이를 갈며 소녀에게 물었다.

"당신은 뭐라 하는지 들었소?"

"주신 말이라 몰라요!"

소녀가 무서움을 이기지 못해 엉엉 울자 치우천이 외쳤다.

"이런 낯선 땅의 귀신이 어찌 주신 말을 하겠소? 이놈! 썩 나서라!"

치우비와 치베가 달려왔다. 도깨비들도 우르르 달려왔다. 울라트는 리미의 어깨 위에 올라타 덜덜 떨고 있었다. 도깨비들과 치우비, 치베 등은 소녀와 치우천을 가운데 두고 보호하듯 몸을 에워쌌다. 그들이 아무리 둘러보아도 아무것도 보이지 않았다.

다시 뭔가가 치우비 근처에서 소리를 질렀다.

"냄새가 나! 이건 분명……!"

치우비는 조용히 힘을 모으고 있다가 소리가 들리는 허공을 향해 있는 힘을 다해 주먹을 내뻗었다. 분명 아무것도 없는 허공을 친 것인데 퍽! 소리가 나며 손에 느낌이 왔다. 치우비의 주먹에 맞은 것이 뭔지는 몰랐으나 여전히 보이지 않았다. 다만 저편의 모래 위에 또다시 퍽, 소리가 나면서 뭔가가 떨어진 듯 움푹 파여 들어갔다.

모두들 소스라치게 놀랐다. 분명 사람은 아니었다.

"이놈!"

치우비가 담담한 얼굴로 달려들며 주먹을 다시 한 방 날렸다. 치우비는 싸움에 임하여 긴장하면 절대 얼굴을 찡그리거나 인상을 쓰지 않고 담담한 표정이 되는데, 그것은 속으로는 극도로 긴장하고 있다는 뜻이었다. 치우비가 있는 힘을 다해 주먹으로 모래땅을 치려 하자 모래가 휙 하고 흩어졌다. 곧이어 치우비의 주먹이 쿵 하면서 모래를 뚫고 팔꿈치까지 박혔으나 맞는 감각은 없었다.

치베가 외쳤다.

"오른쪽!"

달이 밝다고는 하나 사막 한가운데라 그들은 불조차 피우지 못하고 있었다. 사방은 상당히 어두웠지만 치베는 원래 어둠을 뚫고도 볼 수 있는 특수한 능력이 있었다. 치베의 눈에는 희미하나마 일렁이는 그림자가 보였다. 그 말을 들은 치우비는 지체 없이 왼손을 갈고리처럼 굽혀 오른쪽의 허공을 움켜쥐었다. 그러나 아무것도 잡을 수 없었다.

치우비는 번개같이 빠른 속도로 연달아 아홉 번이나 허공을 움켜쥐었다. 그때마다 손가락은 강철처럼 콱콱 소리를 냈는데 움켜잡는 속도가 하도 빨라 아홉 번의 소리가 끊어지지 않고 마치 쏴— 하는 것처럼 들렸다. 마침내 아홉 번째 움켜잡았을 때 뭔가가 손에 쥐어지는 느낌이 왔다.

치우비는 혹시라도 그것이 빠져나갈까 봐 있는 힘을 다해 쥐었다.

"끼이이익!"

엄청난 비명 소리가 들려오면서 치우비의 손에 쥐어진 것이 탁 터졌다. 거무스레한 액체가 치우비의 몸에 튀었다. 치우비는 싸움에 임할 때는 바로 옆에 벼락이 떨어져도 눈 한번 깜빡하지 않는지라 검은 물이 튀건 말건 전혀 신경도 쓰지 않고 손에 쥔 것을 냅다 땅에 태질을 쳤다. 퍽 소리가 나면서 모래가 깊숙이 파이고 먼지가 일자 치우비는 재빨리 발을 뻗어 그것을 짓눌렀다. 그러자 검은 물이 스르르 퍼져 나가면서 투명했던 물체가 서서히 모습을 드러내기 시작했다.

"으아악!"

울라트와 소녀의 비명 소리가 사막에 울려 퍼졌다. 모래땅에 박힌 그것은 기이하고 추악하기 짝이 없는 생김새였다. 커다란 눈알 같은 것이 머리처럼 덜렁거리며 달려 있고 가느다란 몸뚱이에 가느다란 두 개의 다리가 달려 있을 뿐, 코도 입도 날개도 손도 없었다.

그 추악한 물체는 치우비의 손에 잡혀 터지고 땅에 태질이 쳐져서 만신창이로 박살 난 고깃덩어리가 되어 있었다. 몸에서 흐르는 것은 피 같았는데, 붉은 피가 아닌 시커먼 피였다.

치우비는 그제야 담담했던 표정을 풀고 놀란 모습으로 그것을 바라보았다.

"이게 뭐지?"

치베나 마냥도 무엇인지는 알 수 없었다. 울라트가 놀라서 엉엉 울면서 외쳤을 뿐이다.

"도깨비야! 도깨비!"

허공에서 붕붕거리는 소리가 나면서 아까의 목쉰 소리가 다시 울려 퍼졌다.

"이런 흉악한 놈이 있나?"

치우비가 외쳤다.

"아직 죽지 않았느냐?"

그 목소리도 성난 듯이 외쳤다.

"너야말로 죽을 것이다!"

갑자기 치우비의 뒤통수를 무엇인가가 철썩 후려쳤다. 아주 센 힘은 아니었으나 상당히 아팠다. 치우비는 화가 나서 손을 뒤로 뻗었으나 이번에는 치우비의 오른쪽 뺨에 무언가가 와서 철썩 때렸다. 그러자 치베가 뛰어나가며 소리쳤다.

"비 안다! 여러 마리가 있다!"

안 그래도 치우비는 몇 대를 얻어맞자 화가 머리끝까지 치밀어 단번에 담담한 표정이 되었다. 치우비는 아예 눈을 감아 버렸다. 어차피 보이지 않는 적이니 눈을 감는 것이 나았다. 눈을 감자 주변에 일렁거리는 무엇이 느껴졌다.

'둘…… 셋…… 넷…… 네 마리구나!'

치우비는 벼락같이 고함을 지르면서 왼발을 축으로 몸을 돌렸다. 치우비의 몸이 팽이처럼 팽그르르 돌아갔다. 돌아가면서도 눈에 보이지 않을 정도의 속도로 양손을 휘둘러 허공을 잡아채고 오른발 역시 엄청난 속도로 허공을 쓸어 갔다.

순식간에 탁탁, 소리와 함께 발에 맞아 허공에서 검은 핏방울 하나가 터졌고 양손에서도 퍼퍽 하는 소리와 함께 세 번의 검은 핏방울이 터져 나왔다. 대강 어디쯤 있다는 것을 느낌으로 알아내자 치우비는 눈 깜짝할 사이에 서른여섯 번의 주먹질과 열네 번 발길질로 네 마리의 보이지 않는 것들을 잡아 터뜨려 버렸다.

치우비가 흥, 하고 코웃음 소리를 내며 몸을 멈추었을 때, 치우비의 양손에는 세 마리의 괴이한 눈알 괴물이 잡혀 있었고 발에 맞은 놈은 두 토막이 나 저만치에서 서서히 죽은 모습을 드러내고 있었다.

치우비는 검은 피를 뿌리는 눈알 괴물들을 던져 버리고 허공에 대고 외쳤다.

"사람을 놀라게 하다니! 가만두지 않겠다!"

허공에서 목쉰 소리가 들렸다.

"네놈이 한가락하는구나! 너는 왜 함부로 내 부하들을 죽이는 거냐?"

"너희가 먼저……!"

치우비가 외치려 하는데 갑자기 산이 무너지는 소리가 사방에 울려 퍼졌다.

"나는 너희를 손톱만큼도 건드리지 않았는데 너희가 먼저 내 부하를 죽였어!"

그 소리는 너무도 크고 괴기스러워 소녀와 울라트는 귀를 막고 비명을 질렀다. 치우천과 도깨비들 몇몇도 휘청했지만 치우비는 눈 한번 깜빡거리지 않았다. 치우천이 외쳤다.

"우리는 놀라서 그랬을 뿐이다! 너는 누구냐?"

목소리가 일순 음산하게 작아졌다.

"네깟 것들이 나를 알 수 있느냐?"

"왜 우리를 놀라게 한 거냐?"

이내 그 목소리는 화난 듯이 외쳤다.

"왜 너희는 내 땅에서 고약한 냄새를 풍기는 것이냐!"

치우천은 의아했다.

"네 땅이라고? 이 사막이 네 땅이냐?"

"그렇다!"

"그런데 우리가 언제 고약한 냄새를 풍겼단 말이냐?"

"빌어먹을 놈들아! 네놈들 때문에 내 부하들이 난리다! 네놈들이 그런 냄새를 풍겼으니 부하들이 화가 날 수밖에!"

치우천은 무슨 말인지 이해하지도 못하고 상대가 누구인지도 몰랐지만, 상대방이 그렇게까지 적의를 품은 것 같지는 않아 이내 공손하게 말투를 고쳤다.

"주신 사울아비 치우천이 말한다. 우리는 당신이 누구인지도 모르고, 여기가 당신 땅인지도 몰랐으며, 무슨 냄새를 풍겼는지도 모른다. 만약 우리가 당신을 화나게 했다면 모르고 그런 것이니 이해해라."

"사울아비냐?"

"그렇다."

"사울아비가 왜 더러운 썩은 말 피 냄새를 풍긴단 말이냐? 도깨비들이 말을 싫어하고, 그중에서도 썩은 말 피 냄새를 가장 싫어한다는 것을 모르느냐?"

울라트가 비명을 질렀다.

"도깨비 왕이다!"

소리를 지르고 울라트는 그만 리미의 어깨 위에서 쓰러졌다. 치베와 치우비, 리미가 깜짝 놀라 울라트를 살펴보았으나 울라트는 얼굴이 하얗게 질린 채 까무러쳐 있었다.

마냥이 질린 얼굴로 치우천의 어깨를 살짝 건드렸다. 치우천은 물론 치우비마저도 주위를 둘러보고 깜짝 놀랐다. 언제 나타났는지 그들의 사방에는 수를 헤아릴 수 없는 뿌연 불빛이 넘실거리며 그들을 완전히 에워싸고 있었다.

"도깨비불이다!"

치우비가 놀란 듯이 외쳤다.

도깨비불이 춤을 추듯 여기저기 움직이기 시작했다. 수가 몇백, 몇천인지 알 수 없었다. 그러더니 곧이어 웅성거리는 소리가 도깨비불에서 웅웅 들려왔다. 급기야 소리는 점점 커져서 통곡하고 깔깔거리며 웃고 비명을 지르는 등 귀가 떨어져 나갈 정도로 정신없이 울려 퍼졌다. 도깨비불의 아래쪽부터 서서히 추악하고 흉악하기 이를 데 없는 각양각색의 도깨비들이 나타나기 시작했다.

꾀 많은 치우천으로서도 이런 상황을 어떻게 뚫고 나가야 할지 알 수 없었다. 다만 치우천의 뇌리에 도깨비 왕의 이야기를 들었던 것이 스쳤다. 도깨비의 왕이 먼 사막 접경에 있다는 앗수라트 부족장의 말을 치우비에게 들었는데, 기이하게도 바로 그 도깨비 왕을 만난 것이 틀림없었다. 도깨비들은 언뜻 보기에도 수를 헤아릴 수 없이 많았으며, 도깨비들은 손에 검은 피를 묻힌 치우비를 보고 분노하여 으르렁거렸다. 아무리 치우비가 천하장사라고 해도 이 수많은 도깨비들을 상대로 싸울 수는 없었다.

치우천은 마음을 독하게 먹고 외쳤다.

"당신이 도깨비 왕이오?"

목소리가 곧바로 대답했다.

"그렇다. 내가 바로 도깨비들의 왕이다."

치우천은 마냥과 싱카의 모습을 보고 떠오르는 생각이 있어서 얼른 외쳤다.

"나도 도깨비들을 데리고 있소! 도깨비들에게 잘 대해 주었고 결코 그들을 괴롭히지 않았으니 화를 내지 마시오!"

별안간 목소리가 마구 웃어 댔다.

"우하하핫!"

"왜 웃소?"

목소리는 대답하지 않고 한참을 웃었다. 그러다가 다시 말했다.

"너 정말 웃기는 녀석이구나. 네가 도깨비들을 데리고 있다고? 잘 대해 주었다고? 어디 보여 봐라!"

"리미! 마냥! 싱카! 내 옆으로 와라!"

차분한 싱카를 제외한 나머지는 겁에 질려 덜덜 떨고 있었으나 치우천이 손짓을 하자 얼른 달려와 옆에 섰다. 치우천이 말했다.

"이들은 내 아우가 타타르족 앙가마이 부족에게서 얻은 도깨비들이오! 사람들에게 잡혀서 고생하는 그들을 내 아우가 풀어 주었소! 당신은 도깨비의 왕인데, 도깨비들을 잘 대해 준 우리에게 어떻게 이리할 수 있소?"

목소리는 다시 한번 배를 잡고 웃었다. 오만가지 소리를 내며 참을 수 없다는 듯 마구 웃더니 간신히 말했다.

"정말 웃긴다. 정말 웃겨! 이게 정말 얼마 만에 웃어 보는 것인가? 이 녀석아! 도깨비? 우하핫!"

목소리는 또다시 한참 웃었다. 치우천 치우비 일행은 어떻게 돌아가는 일인가 하고 멍하니 서 있을 수밖에 없었다. 그때 목소리가 이상한 주문 같은 것을 중얼중얼 외우더니 다시 말했다.

"이 멍청한 녀석들아, 도깨비란 이런 것이다!"

그들 눈앞에 험상궂고 이빨을 드러낸 덩치 큰 괴물 네 마리가 나타났다. 갑자기 땅에서 솟아오른 것이다. 그들은 흉악하고 눈빛이 번쩍거렸으며 손이 세 개에 발이 네 개 달린 기이한 놈들도 있었다.

치우비가 놀라서 형의 앞을 막아서는데 도깨비들이 휙 재주를 넘더니 돌연 아리따운 여자들의 모습으로 변하는 것이 아닌가?

"이…… 이게 뭐야?"

치우비마저도 놀라 더듬거리는데, 그 여자들은 호호호 깔깔깔 웃으면서 사뿐사뿐 그들에게 다가오다가 다시 재주를 넘었다. 그들 앞에는 거대한 곰 네 마리가 으르렁거리며 포효했다. 도대체 믿어지지 않는 일이라 리미와 마냥은 버티지 못하고 다리에 힘이 빠져 털썩 주저앉고 말았다. 다음 순간, 곰들이 재주를 넘더니 이번에는 거대한 뱀으로 변하여 무시무시한 비명을 지르면서 하늘을 향해 무서운 불길을 내뿜었다.

치우비가 더 견디지 못하고 주먹에 힘을 주며 달려 나가려는 순간, 뱀이 펑! 하고 사라지고 네 마리의 눈알 괴물이 낄낄거리며 허공에서 깡충거리다가 사라져 버렸다. 치우비는 주먹을 쥔 채 멍하니 홀린 듯 눈앞만 바라볼 수밖에 없었고, 마냥이나 리미는 아예 기절한 듯했다. 치우천마저도 길게 한숨을 내쉬었다.

목쉰 소리가 껄껄 웃으며 외쳤다.

"이 녀석아! 이런 것이 도깨비다! 어디서 희한하게 생긴 사람들을 데려다 놓고 도깨비라고? 저놈들보고 재주를 부려 보라고 해 봐라! 할 수 있냐? 도깨비도 아닌 저놈들을 도깨비 왕인 나더러 거둬 가라고? 이 얼마나 웃기는 일이냐? 우하하핫!"

목쉰 소리가 웃어 대자 그들의 주변을 둘러싼 수많은 도깨비들도 각자 생긴 것과 비슷한 기괴한 소리를 내며 크게 웃어 대서 잠시 동안 귀가 떨어져 나갈 것만 같았다.

치우천은 그들이 잠잠해지기를 기다렸다가 외쳤다.

"그러면 이들은 도깨비가 아니라 사람이란 말이오? 세상에 이렇게 생긴 사람도 있단 말이오?"

"나도 모른다. 그놈들은 도깨비가 아냐. 사람에 가깝다."

"사람과 가깝다고 해서 도깨비가 아니란 법은 없지 않소?"

그러자 목소리는 답답한 듯 외쳤다. 치우비는 목소리의 주인공이 도깨비 왕인 것을 알자 속으로 그자를 잡아야 빠져나갈 수 있겠다고 생각하고 있었다. 그러나 그자의 목소리는 사방에서 울려 도대체 어디에 있는지 짐작조차 할 수 없었다.

"제길! 좌우간 저놈들은 도깨비는 아냐! 생긴 것이 다를 뿐이지, 사람하고 똑같이 먹고 자고 붉은 피를 흘리지 않느냐? 도깨비는 애초부터 사람과 다르다!"

"어떻게 다릅니까?"

"모든 게 다르다! 생각하는 것도 먹고사는 것도, 도깨비와 사람은 애당초 달라!"

"당신은 주신 말을 쓰는데, 혹시 당신은 사람이 아니오?"

"흥! 도깨비의 왕이 어찌 사람이겠느냐?"

치우천이 목소리의 말을 집요하게 되받았다.

"나는 당신 말을 듣고 보니 당신이 사람이라는 생각이 듭니다."

"어째서냐?"

목소리가 화난 듯 물었으나 치우천은 눈도 깜빡 않고 대꾸했다.

"도깨비가 당신 말대로 사람과 아예 다르고 당신도 도깨비라면, 당신은 왜 사람인 우리를 보고 보기 좋다고 놀리며 비웃었습니까? 나는 당신이 분명 사람이라 생각합니다."

이번에는 목소리가 곧바로 대답하지 않아 잠시 잠잠해졌다. 치우천은 내친김에 계속 말했다.

"당신은 사람이며, 대단한 재주를 가졌을 것입니다. 당신의 뜻은 내가 헤아릴 수 없이 높겠지만 굳이 도깨비들을 데리고 다니며 사람을 해칠 이유는 없지 않습니까? 그러니 이만 용서해 주십시오."

목소리는 갑자기 음산하게 변하여 나직하게 흐흐흐 웃었다.

"내, 너같이 건방진 놈은 처음 보는구나. 거참, 잡아먹으면 맛이 좋겠군그래."

치우비와 소녀가 그 말에 움찔하고 놀랐으나 치우천은 웃으며 태연하게 되물었다.

"잡아먹는다고요?"

"내 말이 우습냐?"

치우천은 웃을 뿐 대답하지 않았다. 목소리는 사방이 떠나갈 듯 큰 소리로 외쳤다.

"너희는 도깨비 넷을 죽였다! 원래대로라면 너희를 전부 죽여야 하지만 모르고 그랬다고 하니 나도 똑같이 넷만 죽이도록 하겠다!"

치우천은 웃음을 거두지 않고 침착하게 되받았다.

"고맙군요. 그런데 조금 더 베풀어 주셨으면 합니다. 아까 나 덕분에 재미있게 웃지 않았습니까?"

치우비와 치베는 치우천의 말을 듣고 깜짝 놀랐다. 도깨비 왕이 화를 내면 아무도 살아날 수 없을 것 같은데, 치우천은 도깨비 왕을 상대로 장난을 치고 있었다. 치우비와 치베는 연신 눈짓을 했지만 치우천은 눈도 깜빡하지 않았다.

목쉰 소리는 조금 생각하더니 외쳤다.

"좋다! 나를 웃겨 주었으니 셋만 죽이도록 하겠다!"

"당신은 아까 아주 보기 좋다, 보기 좋다고 했는데, 보기 좋은 구경을 했으니 조금 더 베푸시죠?"

목소리가 화를 냈다.

"이놈이 지금 나랑 장난을 치자는 것이냐?"

그래도 치우천은 웃기만 했다. 치우천은 속으로 이렇게 생각하고 있었다.

'아우가 죽인 도깨비는 다섯이지 넷이 아니오. 당신이 정말 화가 났다면 그걸 틀릴 리 없잖소. 당신은 나와 장난을 치려는 거지, 해칠 뜻도 없으면서 왜 그러시오?'

물론 치우천은 그런 생각을 입 밖에 내지는 않았다. 그러나 치우비와 치베 등은 안색이 변하여 치우천이 도깨비 왕의 비위를 거스를까 마음이 조마조마했다.

목소리가 잠시 후 다시 말했다.

"좋다! 네놈이 어디까지 억지를 쓰나 보자. 나도 아까 도깨비 구경을 시켜 줬으니 비겼다 할 수 있지만, 네놈이 하도 억지를 쓰니 내 특별히 한 번 더 봐준다. 너희 중 둘만 죽이겠다."

"고맙습니다. 그런데 당신은 주신 말로 오랜만에 이야기하는 것 같군요. 아주 즐거워 보입니다. 그러니 그것을 보아서 조금만 더 베풀어 주십시오."

"이놈이 무슨 헛소리냐!"

그때 대뜸 치우천이 정중히 미아우족의 말로 뭐라고 말했다. 무슨 말인지 모르는지 목소리가 호통을 쳤다.

"무슨 소리를 하는 것이냐!"

치우천이 다시 주신 말로 말했다.

"이건 미아우 말입니다. 도깨비 왕이신데 미아우 말을 못하시면 당신은 주신 도깨비였나 보군요?"

목소리는 잠시 말이 없다가 기운이 빠진 듯 대꾸했다.

"으음, 그래. 난 주신에서 태어난 도깨비라 주신 말밖에 모른다."

"도깨비도 어머니 도깨비한테서 태어납니까? 그리고 주신 말을 배우나요?"

치우천이 묻자 목소리는 화가 나서 뭐라고 했지만 잘 들리지 않았다.

치우천은 정중히 말했다.

"도깨비의 왕께서는 한 번만 더 베푸셔서 저 한 사람만 죽여 잡아먹도록 하십시오. 더는 부탁하지 않겠습니다. 제가 남도록 할 테니 제발 제 벗들을 풀어 주십시오."

"허? 너무 깎는데?"

"더는 깎지 않겠습니다. 저는 이들 중에 가장 약하고, 제일 쓸모가 없답니다. 내가 잘하는 것이라고는 입 놀리는 것뿐이니, 살아서 무엇하겠습니까?"

그 말에 목소리가 갑자기 정색을 하며 말했다.

"정말 쓸모없는 놈이로구나. 네놈은 입 놀리는 재주밖에 없을 줄 알았다."

치우천은 슬쩍 치우비에게 눈짓을 하며 하나밖에 없는 돌칼을 치베에게서 받아 들었다. 그러더니 대뜸 돌칼을 목으로 가져갔다.

"그러니 도깨비 왕께서는 제발 다른 벗들은 살려 주십시오. 저는 스스로 죽겠습니다."

목소리는 깜짝 놀라는 듯했다.

"이봐라! 이봐! 그럴 것까지는…… 그러면 안 된다."

"왜 안 됩니까? 어차피 저를 잡아먹는다 말하지 않으셨습니까?"

소녀와 치베는 치우천이 자살하는 줄 알고 놀라 달려 나가려 하는 순간 치우비가 얼른 잡았다. 치우비는 치우천이 자살하지 않으리란 것을 직감으로 알고 있었다.

치우천은 돌칼을 목에 더욱 가까이 가져가며 말했다.

"비야, 비야. 어릴 적부터 네게 들려주던 이야기는 결국 절반도 들려주지 못하게 되었구나. 하지만 열두 해 동안 매일 들었으니 이제 잊거라."

치우비는 치우천이 무슨 소리를 하는지 알 수 없었으나, 그 말을 들은 목소리가 의아한 듯 물었다.

"열두 해나 들었는데도 반도 못 들었다고? 너는 그렇게 긴 이야기를 아느냐?"

"내가 아는 것 중 네 번째로 긴 이야기일 뿐입니다. 하여튼 저는 이만……."

순간 끼어든 그 목소리는 이상하게 초조해하는 기색이 역력했다.

"가만 가만! 네가 스스로 죽으면…… 그 뭐냐…… 그래, 맛이 없어져서 안 된다. 시금털털하고 써진단 말이다. 반드시 내가 직접 잡아먹어야 맛이 있느니라. 너는 절대, 절대 지금 죽으면 안 된다."

치우천은 간신히 웃음을 참으며 말했다.

"내 아우와 벗들을 보내 주지 않으면 죽어 버리겠습니다. 사막 밖으로 보내 주시오. 자기가 한 말도 안 지키는 왕은 시금털털하고 쓴 고기를 먹어도 싸지요."

치우천이 돌칼을 목에 대자 목소리가 허둥댔다.

"보내 주겠다. 보내 줄 테니 서두르지 마라."

다음 순간 기이한 주문이 사방에 울려 퍼지면서 수를 헤아릴 수 없었던 도깨비불과 도깨비가 썰물같이 땅으로 꺼져 들었다.

그 틈을 타서 대뜸 치우천이 말했다.

"너희는 먼저 가라."

"형님은!"

치우비가 외치자 치우천은 싱긋 웃었다.

"나는 걱정하지 마라. 음…… 그런데 어디서 만날까? 방법이 없구나. 할 수 없구나. 내가 나중에 헌원님이 있는 곳으로 찾아갈 테니 그리로 가서 나를 기다려라."

"형님!"

치우비는 울 듯한 표정이었으나 치우천은 재빨리 치우비의 귀에 대고 말했다.

"이 녀석! 나는 아무 일 없다. 오히려 너희가 걱정이다. 비야, 난 절대 안 다치고 그리로 갈 테니 먼저 가서 기다려라. 저 도깨비 왕은 절대 사람을 먹지 않을 뿐 아니라, 선량한 것 같단 말야. 난 절대 아무 일 없다! 내가 너에게 거짓말하는 것 보았니?"

그제야 치우비는 표정을 풀었다.

"반드시…… 무사히 와야 해. 알았지?"

"그래, 비야. 네가 해야 할 중요한 일이 있어."

"일……이라니……?"

치우천이 치우비에게 속삭였다.

"너는 서둘러 헌원을 찾아가서 상망을 만나라. 소녀님의 몸에는 지독한 독이 있는데, 상망이라면 독을 풀 수 있을 거다. 안 그러면 소녀님은 스무 날 안에 죽는다."

"저…… 정말이야?"

치우천은 엄숙하게 귓속말을 했다.

"허나 내가 소녀님 몸에 독이 있었다는 걸 알고 있었다고 말하면 절대 안 된다. 아주 곤란해져. 알았니?"

치우비는 무슨 영문인지 알 수 없었지만 고개를 끄덕였다. 별안간 치우천의 몸이 허공에 떠올랐다. 치우비는 깜짝 놀라 형의 다리를 잡아 끌어내리려 했으나 아까의 목쉰 소리가 울려 퍼졌다.

"이 아이는 나와 함께 가야 해. 이건 약속한 일이다. 너희는 내가 사막 밖으로 보내 주마……."

치우천은 아래를 향해 외쳤다.

"내 염려 마라! 그리고 서둘러 가야 해! 비야! 비야! 서둘러서 가라!"

치우천은 순식간에 다가온 검은 안개에 휘말려 보이지 않게 되었다. 갑자기 어디에서 몰려왔는지 무시무시한 모래 소용돌이가 일어나 치우비와 소녀, 치베 등의 몸을 말아 올렸다. 치우비는 천하장사였지만 몸이 허공에 떠오르자 어떻게 할 수가 없었다. 순식간에 치우비, 치베, 소녀, 울라트와 일곱 명의 도깨비들은 모래 소용돌이에 휘말려 정신을 잃었다.

화산(華山)으로 향하다

춘추시대 진(晉)의 평공은 음악을 좋아했다. 한번은 그를 방문한 위(魏) 영공을 접대하려고 잔치를 베풀었는데, 영공을 수행한 사연(師涓)이라는 악사가 청상(淸商)이라는 슬픈 음악을 연주했다. 이에 그리 만족하지 못한 평공은 자신의 악사인 사광(師曠)에게 더 좋은 음악을 물었더니 그가 대답했다.

"그보다는 청징(淸徵)이라는 음악이 더 좋습니다."

평공이 사광에게 금으로 청징을 연주하게 하자, 열 마리의 검은 학이 성문 누각 위에서 날개를 펴어 춤을 추었다. 평공은 크게 기뻐하며 더 좋은 음악이 있나 물었더니 사광이 답했다.

"청징이 훌륭하지만 청각(淸角)만은 못하지요. 그러나 이 음악은 황제가 서태산에서 귀신을 모이게 했던 때 썼던 것이라 함부로 연주하면 화가 미칠지 모릅니다."

평공은 듣지 않고 고집을 부렸는데, 청각이 연주되자 하늘이 검어지고 먹구름이 일며 폭우가 쏟아지고 큰바람이 일어나 성을 뒤덮었다. 진나라는 삼 년이나 큰 가뭄에 시달렸고 평공도 큰 병을 얻어 자리에 누웠다.

　　　　　　　　　　　　　　　　　　　—『한비자(韓非子)』,「십과(十過)」편 중에서

　

사방 모든 것이 캄캄한 속에서 치우비는 형이 도깨비들에게 희롱당하는 것을 보았다. 자신은 꽁꽁 묶여 움직일 수 없었다. 형은 도망치려 했으나 도깨비들이 가로막아 도망칠 수가 없었다. 이윽고 무시무시한 얼굴을 지닌 도깨비 왕이 형에게 다가와 형을 산 채로 집어삼켰다. 도깨비 왕은 점차 형의 모습으로 변하다가 마침내는 도깨비 왕의 모습은 없어지고 치우천의 모습만이 남았다.

거대한 치우천의 눈에서 불길이 이글거리며 타올랐다. 거대한 치우천의 손이 자신을 향해 뻗어 왔다. 손에는 피가 철철 흘러넘쳤고 손 전체에서 시뻘건 불길이 활활 타오르고 있었다. 치우비는 비명을 질렀다.

"형님! 형님!"

치우비는 비명을 지르다가 눈을 번쩍 뜨며 몸을 일으켰다. 온몸이 땀으로 흠뻑 젖어 있었다. 옆에 있던 세 사람의 수염을 기른 노인들이 깜짝 놀라다가 이내 반가워했다. 생긴 것을 보니 주신 사람 같지 않고 타타르 사람들 같았는데, 그중 한 노인이 다른 사람에게 알리려는지 밖으로 달려 나갔다.

치우비가 둘러보니 자신은 가죽으로 세운 커다란 막사 안에 있었다. 옆을 보니 치베가 누워 있었다. 아직 깨어나지 못한 것 같았지만, 얼굴빛이나 숨 쉬는 것이 고르고 정상적이었다. 깊이 잠이 든 것 같았다.

자신이 왜 여기 있는지는 알 수 없었다. 다만 두 명의 노인은 기쁜 표정으로 자기들끼리 뭐라고 말하며 껄껄 웃고 있었다. 치우비는 앞의 노인에게 물었다.

"어르신께서 우리를 구해 주셨습니까?"

노인들은 치우비의 말을 알아듣지 못한 듯 계속 껄껄 웃기만 했다. 그때 막사의 휘장이 획 젖혀지며 몇 사람이 웃으며 들어왔다. 치우비는 그들을 보고 어, 소리를 내며 놀랐다. 그들은 바로 타타르 앗수라트 부족장 키타야와 앙가마이 부족장 구르, 그들의 부하로 보이는 몇 사람의 노인들이었다. 그들 틈에 울라트가 끼어 있다가 한달음에 치우비에게로 뛰어왔다.

"비 오빠 정신이 드셨나요?"

치우비는 이들이 자신을 구했다는 것을 눈치챌 수 있었다. 치우비는 반가워서 즉시 일어났다.

"부족장들께서 저를 구해 주셨군요 정말……."

절을 하려는 치우비를 키타야와 구르가 재빨리 말렸다.

"우리가 아닙니다. 아닙니다."

구르의 말에 이어 키타야도 말했다.

"대용사께서 절을 하시다니! 안 되지요! 안 돼!"

"말씀을 낮추시기로 하지 않았습니까!"

치우비의 말에 키타야와 구르가 웃으면서 고개를 끄덕였다.

치우비가 물었다.

"도대체 어떻게 된 겁니까? 형님은?"

울라트가 고개를 갸웃거리며 말했다.

"천 오빠는 도깨비 왕과 함께 갔잖아요."

치우비의 안색이 어두워졌다. 한참 지난 후에야 치우비가 입을 열었다.

"도깨비들은?"

울라트가 생글거리며 쾌활하게 대답했다.

"아무 일 없어요. 도깨비들은 벌써 일어나 자기들끼리 놀고 있는걸요."

"그럼 소녀님은?"

"그분도 아무 일 없어요. 저희 어머니께서 돌봐 주시고 있어요."

겸연쩍은지 괜스레 치우비는 머리를 긁적였다.

"왜 내가 이리 늦게 정신을 차렸지?"

키타야가 허허 웃으며 말했다. 그 사이 키타야는 주신 말이 쇄 는 것 같았다.

"대용사께서 쉬시라고 푹 잠잘 수 있는 약을 썼다네. 그래야 금방 기운을 차릴 것 같아서……."

키타야는 호탕한 성격이라 연신 너털웃음을 터뜨렸고 구르는 차분한 사람이라 빙긋이 미소만 머금고 있었다.

"여기는 어디입니까?"

그 말에 구르가 미소를 지으며 대답했다.

"어디겠는가? 부족장이 있는 곳이니 당연히 앗수라트 부족이 있는 땅이 아니겠나?"

"우리는 사막에 있었는데…… 어떻게……."

무척이나 궁금한 치우비를 위해 구르와 키타야는 번갈아 자초지종을 설명해 주었다. 두 사람의 주신 말은 꽤 능숙했지만 모든 이야기를 술술 할 만큼 숙달되지는 않았기 때문에 번갈아 이야기를 했다.

키타야와 구르가 이끄는 앗수라트와 앙가마이 부족은 태산 회의를 끝내고 한 달 만에 각각 자신들의 땅으로 돌아왔다. 그때는 치우 형제가 어떤 위험에 처해 있으리라고는 아무도 생각하지 못했다. 태산 회의 이후로 앗수라트와 앙가마이는 친하게 되어서 다투지 않고 사이좋게 지냈다.

다시 한 달가량이 지난 어느 날, 구르는 지나가던 말 장수가 세상에서 제일가는 좋은 말을 가지고 있다는 이야기를 들었다. 타타르족은 몽골족과 가까이 있었기 때문에 그들의 영향을 받아 다른 부족보다는 말 탈 줄 아는 사람도 많았고, 말을 중요한 가축으로 여겼다.

구르 역시 그중의 한 사람이라 세상 제일의 좋은 말이 있다는 소리를 듣고 재빨리 달려갔다. 그런데 구르는 말들을 보고 소스라치게 놀랐다. 그 말들은 바로 치우천, 치우비의 애마인 구름과 높은뫼였기 때문이다.

치우비가 구르에게 물었다.

"우리 말을 어떻게 알아보셨나요?"

미소를 지으며 구르가 대답했다.

"태산 회의가 끝나고 우리가 형제분을 마중 나가지 않았는가? 그때 본 거야. 그렇게 좋은 말들은 보기 어렵잖은가."

구르는 놀라서 그 말들을 달라는 대로 많은 값을 주고 사들였다. 그러고는 앗수라트의 키타야에게 달려가 상의했다.

치우천 치우비는 용감한 사울아비이니 말을 함부로 내돌릴 사람들이 아니다. 두 부족장은 말들이 이렇게 떠돌이 장사꾼에게 팔렸으니, 치우천 치우비에게도 분명 무슨 일이 생겼으리라 짐작하고 걱정했다. 즉시 두 부족장은 말 장사꾼을 찾아내어 이 말들을 어떻게 얻었냐고 물었다.

이번에는 키타야가 말을 이었다.

"말 장사꾼은 이 말들을 판 것은 주신 사울아비인데, 말을 마흔 마리 넘게 끌고 와서 다른 말은 맡기고 이 두 마리만 팔았다고 말했네."

그러자 구르가 말했다.

"그 사울아비는 수십 마리의 낙타를 바꾸어 갔다고 하더군. 그렇다면 분명 사막으로 가려는 것 아니겠는가?"

키타야가 이어서 말했다.

"우리는 두 부족의 현명한 노인들과 오래 상의해 보았네. 마흔 마리가 넘는 말을 가진 사울아비들이 말을 맡기고 낙타를 사서 사막으로 들어가는데, 그중 말 두 마리만 판다는 것은 무슨 뜻일까 하고 말야. 분명 그 말의 주인이 사막에 버려지는 벌을 받는다는 뜻이라고 판단했네. 그것 말고는 달리 설명할 길이 없었다네. 그래서 우리는 큰일 났다고 생각했지."

치밀하게 상황을 파헤치는 두 사람의 이야기를 듣고는 치우비가 손뼉을 쳤다.

"두 분은 정말 현명하십니다."

구르는 고개를 저으며 치우비의 말을 막았다.

"말 장사꾼은 그 말을 산 지 벌써 스무 날 가까이 되었고, 자기는 말을 산 뒤 동쪽으로 계속 왔다고 했네. 우리가 아무리 서둘러서 사막으로 간다 해도 열흘은 더 걸릴 수밖에 없었네. 사실 그때쯤이면 늦을 것 같았지만 별수 없었지."

그 뒤를 키타야가 이어나갔다.

"우리는 전사들만 아니라 두 부족의 모든 남자들을 풀어서 사막을 뒤지라고 했네. 그런데 우리 두 부족은 고작 몇천 명밖에 안 되고 사막에 나갈 만큼 힘 있는 남자들은 천 명밖에 안 되었네. 사막은 너무나 넓고 험해서 아무도 자네들을 찾을 수 없었어."

치우비가 속으로 생각했다.

'키타야 부족장은 겸손하게 말하지만 천 명이나 되는 사람들이 우리 때문에 목숨을 걸고 사막을 뒤졌다니! 이분들께도 큰 은혜를 입었구나.'

구르가 덧붙였다.

"그들 중 한 무리가 일을 마치고 돌아가는 스무 명의 주신 사울아비들을 발견했다네. 그들이 말을 도로 찾으러 왔기에 발견할 수 있었지. 그리고 그들이 타타르족의 길잡이와 헤어지는 것을 보았네. 생각 같아서는 주신 사울아비들에게 물어보고 싶었지만 그렇게 되면 이야기가 곱게 오갈 것 같지 않고, 그들 무리의 숫자도 사울아비들보다 적고 해서 겁이 났다네. 그래서 다음 날 타타르족 길잡이를 붙잡아 어디를 갔으며, 무슨 짓을 했는지 물어보았네. 그들은 주신 사울아비와 약속을 해서 결코 말할 수 없다고 했지. 그들은 매를 수없이 맞고 손가락이 다 부러진 다음에야 사실대로 말했다네."

치우비는 죄 없는 타타르족 길잡이가 자신들 때문에 고통을 당했다는 말을 듣고 침울한 표정을 지었다.

키타야가 말했다.

"그들을 죽인 것은 아니니 그런 표정 짓지 말게. 자네들이 위험에 빠졌는데 그들뿐만 아니라 몇 부족을 몰살시키는 한이 있더라도 우리는 실토를 받아 내서 자네를 구했을 거야. 아무튼 우리는 자네들이 사막 어디쯤에 버려졌다는 것을 알고 녀석들을 앞세워 사막으로 들어섰네. 그곳은 도깨비 왕이 사는 곳이라 우리는 백 명 넘게 무리를 지어 무장을 단단히 하고 들어설 수밖에 없었지. 그런데 사막으로 들어간 지 하루만에 우리는 이상한 것을 만났네."

치우비는 감을 잡고 물었다.

"혹시 도깨비를 만난 것 아닙니까?"

구르가 무릎을 탁 쳤다.

"그래! 우리는 도깨비를 만났는데, 그 도깨비는 우리를 따라오도록 해 놓고는 어느 순간에 사라져 버렸네."

그다음을 잇는 키타야의 목소리가 약간 떨렸다.

"그런데 그곳에는 바로 자네와 내 딸, 그리고 다른 사람들이 쓰러져 있었단 말일세!"

"그렇게 우리를 구하셨군요. 뭐라고 감사해야 할지 모르겠습니다."

"천만의 말씀이네."

치우비는 그 밖에도 몇몇 이야기를 나누었다. 영리한 울라트가 그간의 사정을 아버지에게 설명해 준 다음이라 키타야와 구르는 모든 것을 알고 있었다.

"자네들은 금방 주신으로 돌아가서는 안 되네. 이 주변에는 아직도 사울아비들이 여기저기 돌아다니고 있는데, 아무래도 자네들을 찾는 모양일세."

구르의 말에 이어 키타야가 말했다.

"자네들의 목에는 엄청난 상금이 걸려 있다네. 아마 근방 도둑들이나 강도들은 전부 자네들만 찾아다니고 있을 걸세."

치우비는 치우가람이 그냥 돌아가지 않았을 것이라던 치우천의 말을 기억하고는 한숨을 쉬었다.

"상금까지 걸다니, 얼마나 걸렸죠?"

"소 삼천 마리에 구리솥 다섯 개, 구리칼 백 자루를 준다더군."

막대한 상금에 치우비는 헛웃음을 지었다. 태산 회의 때 대용사가 받은 상보다 몇 배나 후한 상이었다.

"누가 우리 목을 베어 가면 그놈들은 거지가 되겠군. 아깝지도 않은가?"

현명한 구르가 너털웃음을 치며 말을 이었다.

"자네들이 사막에서 죽었다면 아무도 상금을 못 타갈 테니 아무리 높이 걸어도 아까울 것이 없지. 그놈들도 자네들이 사막에서 살아났다고는 믿지 않을 걸세. 다만 만에 하나를 생각하여 그렇게 말도 안 되는 상금을 걸었겠지."

키타야도 한마디 거들었다.

"그놈들이 그렇게 꼼꼼하고 준비성이 많으니, 아무래도 자네들은 주신으로 가지 않는 편이 낫겠네. 소문은 금방 퍼질 것이니 주신까지 가는 먼 길에 온갖 도둑 떼와 흉악한 놈들이 자네들을 노릴 걸세. 자네는 도둑 따위가 겁나지 않겠지만 사람 일은 모르는 것일세. 더구나 도둑들을 물리쳐도 자네들이 살아 있다는 소문이 날 것 아니겠는가? 살아 있다는 것이 알려지면 그놈들이 또 무슨 수를 쓸지 모르니 자네는 잠잠해질 때까지 우리와 같이 있는 게 좋겠네."

구르가 덧붙였다.

"우리 두 부족은 자네들을 위해 모든 것을 바칠 수 있지만, 다른 부족 녀석들은 자네들을 팔아 버릴 수 있다네. 우리는 자네가 있는 동안 다른 부족은 누구도 들어오거나 나가지 못하게 할 것이니 염려하지 말게나."

치우비는 고개를 끄덕이다가 문득 날짜를 헤아려 보았다.

"사막에 들어선 지 하루 만에 우리를 발견하셨다고요?"

"그렇다네."

"우리는 사막 한가운데에서 도깨비들을 만났는데요? 그때까지 우리는 얼마 길을 가지 못했는데……."

키타야가 고개를 끄덕였다.

"그 이야기는 울라트에게 이미 들었다네. 틀림없이 도깨비 왕이 도깨비들을 시켜 자네들을 사막 밖으로 옮긴 것 같네. 도깨비 왕의 재주가 대단하니 자네들을 기절시킨 다음 재주를 부려 사막 밖으로 보내려 했을 테지. 자네들은 며칠 동안 먹지도 마시지도 못했지만 정신을 잃고 있어서 별탈이 없었던 것 같네. 그러다가 거의 사막 바깥까지 도착했을 때 도깨비들이 우리를 발견하고 자네들을 넘겼던 거야. 우리는 자네들을 구해 이리 데리고 온 것인데, 그게 사흘 전일세."

잠시 사이를 두고 구르가 덧붙였다.

"자네 형님이 도깨비 왕과 같이 갔다면서? 너무 걱정하지 말게. 도깨비 왕은 사람들을 용서하는 법이 드문데, 도깨비들을 시켜 사막 밖으로 보내 준 것을 보니 자네들을 나쁘게 생각하지 않는 모양일세. 도깨비 왕은 괴팍하여 많은 사람들을 해쳤지만 자기가 한 말은 지킨다네. 더구나 자네 형은 보통 인물이 아니니 도깨비 왕이라도 그를 어떻게 하진 않을 걸세."

치우비는 도깨비 왕에게 붙잡혀 있는 형을 생각하자 마음이 무거워졌다.

치우비의 얼굴에 언뜻 침울한 표정이 스치자 구르가 물었다.

"자네들을 데리고 간 놈들이 전에 우리가 본 적이 있는 그 건방진 젊은 놈들이 맞는가?"

"그렇습니다. 그놈들은 치우가람, 치우바람이라 합니다."

"그놈들은 똑똑하긴 하지만, 제 꾀에 제가 빠졌다네. 그놈들은 필경 도깨비 왕의 소문을 주워듣고 사막에서 고통을 받도록 말 피를 뒤집어 씌운 것 같네. 도깨비들이 말 피를 제일 싫어한다는 것은 타타르족이라면 누구나 아는 일이니 말일세. 하지만 도깨비 왕이 나타나고도 자네 형을 모셔 갔으니 그놈들이야말로 꼴좋게 되었지! 하하핫!"

"형님이 정말 괜찮을까요?"

전혀 걱정하지 말라는 듯 구르가 잘라 말했다.

"도깨비 왕은 사람을 먹지 않네. 홀려서 스스로 죽게 하거나 미치게 만들 뿐일세. 내 울라트에게 이야기를 들었네만 도깨비 왕은 자네 형을 손님으로 데려간 것 같으니 염려 말게!"

"손님이라구요?"

"나도 자세한 것은 모르니 나중에 형님을 만나면 물어보도록 하게! 하여간 도깨비 왕이 자네 형님을 해칠 거였으면 번거롭게 데리고 가지도 않았을 것이고, 자네들 역시 사막 밖으로 번거롭게 옮겨 놓았을 리 없다네. 우리 타타르족 그 누구도 도깨비 왕이 사람을 순순히 놓아주었다거나 사막에서 나가게 도와주었다는 이야기는 들어 본 적이 없다네!"

구르가 장담을 하자 치우비는 마음이 놓였다. 그러다가 치우비는 문득 형이 자신에게 당부했던 일을 떠올렸다. 헌원에게 가서 다시 만나자고 한 것과, 소녀의 독을 고쳐 주어야 한다는 것을. 소녀는 스무 날밖에 못 산다고 하지 않았던가?

"가만 가만. 우리가 거기서 정신을 잃은 지 며칠이나 되었습니까?"

"그걸 우리가 어떻게 알 수 있겠는가?"

마침 때는 달이 뜬 밤이었다. 치우비는 급히 막사의 휘장을 들추고 하늘을 바라보았다. 저번에 도깨비들을 만난 날, 달은 분명 한쪽이 이지러지는 중이었다. 그런데 지금은 달이 거의 다 기울어져 있지 않은가? 열흘은 아니어도 여드레쯤은 지난 것 같았다.

"이거 큰일 났구나!"

치우비가 부르짖자 키타야와 구르는 의아한 표정을 지었다.

"왜 그러는가?"

"부족장님. 여기서 헌원이 있는 지나족…… 화산족에게로 가려면 며칠이나 걸릴까요?"

키타야가 잠시 헤아려보더니 말했다.

"헌원은 지나족 중에서도 남쪽 부족에 가깝다네. 헌원은 화산 아래쪽에 자리 잡고 있다고 들었네. 아마 태산 회의를 마치고 그리로 갔을 테니…… 어디 보자, 꽤 멀리 떨어져 있어서 걸어가려면 석 달은 걸릴 걸세."

"말을 타고 가면요?"

"말을 타고 가면 훨씬 빠르지. 한 달이면 갈 수 있네."

치우비는 소녀에게 남은 시간이 얼마 없다는 이야기를 들었기에 고개를 저었다.

"안 됩니다, 안 됩니다. 꼭 열흘 내로 가야 합니다."

구르가 물었다.

"그렇게 급하게 가야 하는 까닭이 있는가?"

"그렇습니다."

구르는 수염을 쓰다듬으며 속으로 뭔가 계산해 보더니 이윽고 말문을 열었다.

"아주 좋은 말을 타고 계속 달려서, 산맥 사이로 난 지름길로 간다면 열흘 만에 갈 수도 있을 걸세. 하지만 그 길은 도둑들이 많이 나와 위험하다네. 자네들은 열 명이나 되는데, 그렇게 좋은 말을 많이 구할 수 없어. 길이 험해서 급하게 말을 몰면 말이 지쳐 죽을 거야."

"구르님은 제 말 구름과 형의 말 높은뫼를 사셨다고 하지 않았습니까? 그 말들을 빌려 주실 수 있습니까?"

구르는 아하, 하며 무릎을 치며 웃었다.

"그렇군! 그 말들이라면 문제없지. 내가 샀지만 자네들 것일세. 처음부터 자네들에게 돌려줄 생각이었다네. 그러나 일행이 많은데 좋은 말은 두 마리뿐이니 어떻게 하려는가?"

"일이 몹시 급합니다. 몇 명만이라도 어서 가야 합니다."

"자네와 저 몽골 청년은 말을 잘 타니 둘이 가면 되겠군. 우리도 자네를 보호하고 싶지만 정말 급하다면 할 수 없겠지."

돌아보니 치베는 언제 잠에서 깨어났는지 조용히 앉아 있다가 치우비가 바라보자 가만히 고개를 끄덕였다. 한참 전에 깨어나 이야기도 대부분 다 들은 것 같았다.

치베에게 시선을 거두고 치우비가 말했다.

"아닙니다. 소녀님이 같이 가야 합니다."

"소녀님이라면…… 같이 있던 아가씨 말인가?"

"그렇습니다."

"그 아가씨는 몸이 약해서 그리 먼 길을 말로 달리기 힘들 텐데?"

"제가 데리고 가면 됩니다. 구름은 힘이 세서 두 사람을 태워도 끄떡없습니다."

사실 구름은 치우비가 쇠약한 형을 같이 태우기 위해 특별히 구한 말이다. 그 말을 하다가 치우비는 형 생각에 다시 마음이 뭉클해졌다.

키타야 옆에 있던 앗수라트족 노인이 뭐라고 중얼중얼거렸다.

"여자의 독을 고치려는 것인가?"

느닷없는 키타야의 물음에 치우비는 흠칫 놀랐다.

"아? 예. 어떻게 아셨습니까?"

키타야가 옆에 있는 앗수라트 노인을 가리켰다.

"벵구시님은 우리 앗수라트족의 원로이며, 약초에 대해 많은 것을 알고 계신다네. 그 여자는 이상한 독을 먹은 것 같은데, 무섭기 짝이 없어서 얼른 해독하지 않는다면 머지않아 끔찍한 고통을 당하면서 죽을 것이라 하시더군."

치우비는 쪼글쪼글한 노인 벵구시를 감탄의 눈으로 바라보았다.

"굉장하십니다."

키타야가 다시 말을 받았다.

"뭐, 알았네. 생각 같아서는 몇 달이고, 아니 몇 년이고 우리와 같이 있자고 하고 싶네만 그런 일이 있다면 할 수 없지. 그런데 그 아가씨는 자네 색시인가?"

치우비가 얼굴을 붉혔다.

"무슨 말씀을! 놀리지 마십시오. 저는 그 여자와 아무런 상관도 없습니다."

키타야가 실없이 히히 웃었다.

"내 농담을 했네. 그 여자 덕분에 이 일이 터졌다면서? 하지만 그럴 가치가 있다네. 남자라면 그런 면도 있어야지. 내 생전 그렇듯 대단한 여자는 처음일세. 어흠, 이거 실례했구먼. 형수님이 되실 분 같은데."

치우비는 얼굴만 붉힐 뿐 대답하지 않았다. 구르가 먼저 일어서며 말했다.

"음, 그 지름길로 가려면 조심해야 하네. 특히 산에는 도둑 떼가 많은데 지독한 놈들이야. 그중에서도 조심해야 할 놈들은 바로 단 두 명뿐인 도둑 떼인데……."

구르가 채 말을 끝내기도 전에 치우비가 문제없다는 듯이 말했다.

"도둑 떼가 둘뿐이면 무서울 게 없잖습니까?"

"아닐세. 비록 둘이지만, 쉰 명, 백 명도 이기지 못하네. 그들은 언제나 느닷없이 나타나서 기이한 방법으로 힘을 겨루자고 하는데, 그들에게 지면 모든 물건을 내놓아야 하고 조금이라도 거슬리면 갖은 방법을 써서 사람을 죽여 버리는 잔인한……."

묵묵히 대화를 듣고 있던 치베가 물었다.

"형요(刑妖) 형제 말입니까?"

"그렇네. 자네는 그 녀석들을 아는가?"

치베는 쓴웃음을 지으며 고개를 끄덕였다.

"잘 압니다. 제가 보돈차르님과 함께 놈들과 세 번이나 싸웠지만, 세 번 다 승부를 내지 못했죠. 그 녀석들은 기괴해서……."

치우비는 깜짝 놀랐다. 치베도 대단한 용사였고 보돈차르 역시 대용사인데, 형요 형제라는 놈들을 이기지 못했다면 틀림없이 보통 놈이 아니라는 생각이 들었다.

그러나 치베는 여유 있게 웃어 보였다.

"이번은 다를 것입니다. 저는 보돈차르님을 제일 존경하지만, 싸움에 있어서만은 치우비 안다가 보돈차르님보다 강하죠. 세상 제일 아닙니까? 형요 형제가 다시 덤빈다면, 이번에야말로 그놈들은 저세상으로 갈 것입니다!"

키타야가 웃으며 고개를 끄덕였다.

"하긴, 대용사 치우비님이 가시는 길을 누가 막을 수 있겠는가?"

꼬마 울라트가 끼어들었다.

"비 오빠, 나도 가는 거죠?"

치우비는 난처한 표정을 지었다. 눈치를 채고 키타야가 얼른 나섰다.

"울라트! 치우비님은 지금 몹시 급해서 빨리 가셔야 한다. 너는 이제 충분히 세상 구경을 했으니, 이제는 치우비님을 따라다니며 귀찮게 할 필요가 없다."

그 말을 듣자 울라트는 마구 울며 졸랐다.

"안 돼요. 안 돼! 나도 같이 가야 한다구요!"

"아니? 어디서 배운 버르장머리냐?"

화를 내려는 키타야를 치우비가 말렸다.

"그러지 마세요. 울라트, 이번은 일이 급하니 같이 갈 수 없구나."

그래도 아랑곳하지 않고 울라트는 계속 떼를 썼다. 울라트는 본래 겁도 많고 수줍음이 많은 아이였는데, 이번에 온갖 고생을 겪으면서 성격이 많이 달라진 것 같았다.

"안 돼요, 안 된다구요! 비 오빠는 나를 동생 삼아 준다 하고는 이제 떼어 놓으려는 건가요? 어떻게 그럴 수가 있나요? 나는 아직 주신 신시 구경도 못했단 말이에요. 내가 없으면 도깨비들은 어떻게 할 거죠? 안 돼요! 같이 가야 한다구요!"

치우비는 막막해졌다. 마침내 키타야가 화를 참지 못하고 소리를 버럭 질렀다.

"저런 버르장머리 없는 것! 네가 떼를 써?"

"난 떼를 쓸 거예요. 더 떼를 쓸 거라구요!"

키타야가 계속 소리를 질렀다.

"네가 감히 떼를 쓰고 매달리다니!"

"같이 못 가게 하면 죽어 버릴 거예요! 날 버리면 절벽 아래로 뛰어내려서 죽어 버릴 거라구요……!"

그 말을 듣자 치우비는 지난날의 악몽(?)이 떠올랐다. 치우비는 당황하여 울라트를 타일렀다.

"울라트야, 난 널 버리는 게 아냐. 너무 급해서 그래. 이렇게 하자. 네가 나중에 도깨비들을 데리고 화산족 헌원님을 찾아오렴. 그러면 되잖니? 어이쿠, 네가 혼자 길을 가기는 힘들 텐데."

그 말을 기다렸다는 듯이 키타야가 얼른 말했다.

"그렇다면 내가 데리고 가겠네. 내 딸 아닌가? 솔직히 말해 도깨비들이 부족에 있으면 부족 사람들이 수군대니까 내가 직접 데리고 헌원을 찾아감세. 나는 험한 길을 갈 자신이 없으니 편한 길로 돌아서 느리게 갈 수밖에 없다네. 그러면 우리가 스무 날 이상 늦게 갈 것인데, 괜찮겠나?"

"일단 저와 소녀님이 빨리 가는 것이 중요합니다. 스무 날 정도 기다리는 건 문제없습니다."

울라트는 그래도 떼를 쓰며 고집을 피웠다.

"그럼 아버지가 도깨비를 데리고 가고, 나는 비 오빠를 따라갈래요. 싫거나 귀찮아서 그러는 거면 나는 그냥 목을 매달고……."

치우비는 마음이 약해져 울라트를 달래느라 땀을 뻘뻘 흘렸다.

"누가 언제 네가 싫다고 귀찮다고 했니? 말에 사람을 더 태울 수가 없어서 안 된단 말야. 도깨비들은 말도 못 타는데 네가 아니면 누가 돌보겠니? 울라트가 없으면 나는 아주 난처하단 말야. 너는 내게 아주 중요하다구."

치우비가 땀까지 흘리며 울라트의 비위를 맞추자 울라트는 비로소 눈물을 닦으며 훌쩍거렸다.

"정말이죠? 거짓말 아니죠?"

"그래, 그래. 내가 왜 거짓말을 하겠니? 난 네 오라비잖아?"

치우비가 웃으며 사람 좋게 달래자 울라트는 눈물을 닦고 씩 웃었다. 치베는 그저 허허하고 몇 번 웃다가 곧바로 치우비와 함께 떠날 준비를 했다.

구르가 마지막으로 당부했다.

"길을 가면서 누가 이름을 물어도 치우비라고 하지 말게나. 상금을 노리는 놈들이 많으니 조심해야 하네."

키타야 역시 당부의 말을 잊지 않았다.

"우리 부족은 거짓말을 안 하지만, 그래도 혹시나 몰라서 그 사실을 부족에 알리지 않았네. 그래서 우리 부족들도 자네를 찾았다는 걸 아는 사람은 몇 안 된다네. 혹시라도 소문이 날까 봐 우리는 천 명의 사람들을 남겨 자네를 계속 찾도록 했다네. 자네 형도 아직 도깨비 왕에게 풀려나지 않았으니 말야. 아마 우리 부족 사람들은 거의 다 사막 부근에 있을 테니 자네가 만날 일은 없겠지만 만났다고 굳이 아는 척할 필요도 없네. 어쨌든 그래서 잔치를 베풀지 못한 것이니 이해해 주게."

치우비는 구르와 키타야의 생각이 깊고, 하는 일 또한 치밀하여 감탄했으며, 부족 전체가 그토록 힘을 써서 자기를 돕는 것이 고마워서 진심으로 정중하게 고마움을 전했다.

"주신 사울아비 치우비가 말합니다. 두 분의 은혜, 절대 잊지 않겠습니다. 앗수라트, 앙가마이족은 내 형제입니다. 무슨 일이 생기면 언제든 저를 불러 주십시오. 이 치우비, 절대 잊지 않겠습니다."

"별말을 다 하는군. 우리야말로 이미 자네에게 큰 빚을 졌는걸."

말은 그렇게 하면서도 구르와 키타야의 얼굴이 환해졌다. 부족에 무슨 일이 있을 때 치우비 한 사람의 도움만 얻어도 잘 훈련된 전사 천 명보다 나으니, 세상에 무서울 것이 없어 기쁘기 그지없었다.

다시 찡얼거리기 시작한 울라트를 피해 치우비는 얼른 도망치듯 밖으로 나가자 울라트도 기어이 따라갔다. 뒤를 치베가 껄껄 웃으며 따라갔다.

"비 오빠! 비 오빠! 가기 전에……!"

구르는 치우비와 울라트가 나가자 키타야에게 웃으며 말했다.

"거참, 대단한 따님을 두셨소."

"부끄러울 뿐이오."

구르가 껄껄 웃으며 놀리듯 말했다.

"저런 대용사님을 사위로 둔다면 바랄 것이 없겠죠. 그러나 따님이 너무 어리지 않소?"

키타야는 솔직히 울라트를 계속 치우비 곁에 머물러 있게 하고 싶었다. 그래서 괜히 울라트를 혼낸 것인데, 구르도 빤히 알고 있었다. 키타야는 치우비를 우러러보게 된 터인지라, 울라트가 비록 어렸지만 은근히 울라트와 치우비가 정이 들지 않을까 하는 생각도 하고 있었다. 허나 구르에게 속셈을 들키자 얼굴을 붉히며 헛웃음을 지었다.

"용사님은 내 딸의 오라비라오. 더 바라지 않소이다."

"그러면 키타야님은 대용사의 아버님이 아니겠소?"

"놀리시는 거요?"

키타야의 얼굴이 더욱 붉어지자 구르는 너털웃음을 터뜨렸다.

"아닙니다. 이거 미안하구려. 하지만 치우 형제는 아직 젊고 세상을 더 알아야 합니다. 많은 일을 겪어야 점점 강해지는 법입니다. 그때까지는 가만히 지켜볼 수밖에요."

키타야가 심각한 표정으로 물었다.

"용사님의 형도 무사할까요?"

"치우천님도 대단한 사람이오. 무서운 도깨비 왕에게 제 발로 들어갔다니 무슨 생각이 있었겠지요."

"도깨비 왕까지 움직일 수 있다면 세상에 못할 일이 없을 것입니다. 치우 형제가 무슨 일을 하든 우리는 따라야 할 겁니다. 구르님, 제가 떠나 있는 동안 부족들을 부탁합니다."

"염려 마십시오."

그동안 친해진 구르와 키타야는 격의 없이 웃으며 함께 막사 밖으로 나갔다.

형요와 요요

여기서 서쪽은 훈족의 땅이오.
그 너머에는 아무도 살지 않는 얼음덩어리 황무지가 있는데 아주 넓고 아득하지요.
그 서쪽 너머에 과보족이라는 도깨비들의 땅이 있는데,
그 도깨비들은 키가 크고 털북숭이에 코가 높고 눈두덩이 쑥 들어간 무서운 모습인데다
머리가 노랗거나 눈이 파랗기도 하죠. 무섭기 짝이 없어요.
그곳은 아주 추워 도깨비들은 햇빛을 쐬지 못해서 살갗이 시퍼렇다고 합니다.
— 몽골족 노인의 과보족에 대한 이야기

치우비는 먼저 소녀를 찾아갔다. 소녀는 울라트의 어머니, 즉 키타야의 부인인 츄이가 돌보아 주고 있었는데 이미 정신을 차린 상태였다. 츄이는 무척 뚱뚱하고 강건했으며 똑똑하고 활기찬 여자라서 주신 말과 지나 말, 몽골 말 등 대여섯 가지 부족의 말을 할 줄 알았다.

치우비는 울라트의 어머니를 통역 삼아 소녀에게 자초지종을 설명하면서, 고생스럽겠지만 사신과 함께 급히 헌원에 가야 한다는 말을 했다. 소녀는 의아한 듯 왜 그래야 하느냐고 물었는데, 치우비는 앗수라트의 노인 의사 벵구시에게서 소녀가 중독되었다는 것을 들었는지라 태연히 대답했다.

"소녀님은 독에 걸리셨다면서요? 그것을 빨리 풀지 않으면 위험합니다."

소녀는 이상하기도 하고 놀랍기도 하여 물었다.

"내가 독에 걸린 것을 어떻게 알았나요?"

치우비는 형에게서, 자신이 소녀가 독에 걸려 있다는 것을 알고 있었

다는 말을 절대 하지 말라고 당부를 들은 터라 짐짓 아무렇지도 않게 말했다.

"여기 타타르족 의사 노인께서 그러시더군요. 하지만 그분도 고칠 수 없다니 헌원님을 찾아가 봐야 합니다."

그래도 소녀는 의아한 듯 안색이 흐려졌다. 치우비는 소녀의 태도가 약간 이해가 되지 않았지만 웃으며 덧붙였다.

"그런 힘든 일이 있으면 진작 말씀하시지 그랬나요? 헌원님 밑의 십육기인은 대단한 사람들인데, 특히 적송자나 상망은 사람을 고치는 솜씨가 대단합니다."

이상하게도 소녀는 쌀쌀맞게 대꾸했다.

"그렇게 애쓰시지 않아도 됩니다. 헌원님이 반드시 고쳐 준다는 보장도 없고, 못 고칠 수도 있고요……."

치우비는 그러는 소녀가 더욱 이해가 되지 않았다.

"저와 형님이 부탁한다면 헌원님은 분명 도와줄 것입니다. 더구나 형님과는 거기서 만나기로 했기 때문에……."

소녀는 흠칫 놀라며 눈을 빛냈다.

"치우천님과 거기서 만나기로 했나요? 허나 치우천님은…… 도깨비 왕에게……."

소녀의 목소리는 떨리고 있었다. 치우비 자신도 사실은 형이 걱정되어 죽을 지경이었지만 일부러 태연히 소녀에게 말했다. 소녀의 목소리가 떨리는 이유가 치우천을 걱정해서라고 생각한 것이다.

"형님이 도깨비 왕에게 잡혀가기 바로 전에 저와 거기서 만나기로 약속했죠. 걱정 마십시오. 천 형님은 꾀가 많으니 괜찮을 겁니다."

그 말을 듣더니 소녀의 태도가 갑자기 변했다.

"그래 주신다면 고맙지요. 저로서는 정말……."

치우비는 사람 좋게 웃으며 말했다.

"아닙니다, 아닙니다. 사람을 구하는 일인데 당연히 해야죠. 진작 말씀하셨으면 비렴님께 말해서 훨씬 쉽게 고쳤을 것이지만……."

소녀는 뭔가 깊이 생각하다가 돌연 눈물을 쏟았다. 치우비는 소녀가 왜 우는지 몰라서 아리송했는데, 이윽고 소녀가 입을 열었다.

"어떻게 삼사께 말할 수 있었겠습니까? 저는…… 저는 죄 많은 몸입니다."

"죄 많은 몸이라뇨?"

소녀는 흐느끼면서 말했다.

"제 몸의 독은 바로 유망이 쓴 것입니다."

"어? 유망이?"

"이제 사실대로 말씀드립니다. 유망은 독을 쓰면서, 자신의 말을 듣지 않으면 독을 푸는 약을 주지 않겠다고 했습니다. 한웅님께 가서 염탐을 시키려고 했죠."

치우비에게는 놀라운 사실이었다.

"어, 그런 일이 있었습니까?"

흐느낌을 멈추지 않고 소녀는 계속 말했다.

"그러나…… 그러나 저는 조금도 그러고 싶은 마음이 없었습니다. 제가 어떻게 그런 짓을 할 수 있겠습니까? 저는…… 저는 천님을 생각하고 있는데 어찌 그런 몹쓸 짓을……."

흐느끼는 소녀를 보자 치우비는 소녀가 무척 가련하게 여겨졌다.

치우비는 연약한 여자에게 그런 흉악한 짓을 한 유망에게 분통이 치밀었다.

"유망은 나쁜 놈이군요. 그런 놈이 무슨 염제 신농입니까? 나중에 놈을 혼내 주어야겠습니다."

"저는 죄인입니다. 허나 주신의 비밀을 염탐하지도 않았고, 주신의 이야기를 유망에게 한 번도 전하지 않았습니다. 저는 어차피 지나족도 아니고 지나족의 유망은 저를 이 꼴로 만든 사람이니 죽으면 죽었지, 유망의 말을 따르지 않으려 했습니다. 정말입니다······."

치우비는 웃으며 고개를 끄덕여 보였다.

"소녀님은 주신에 죄를 짓지 않았습니다. 설령 죄가 있어도 별일 없을 것입니다. 하하하, 어차피 우리는 지금 둘 다 주신의 죄인이 아닙니까? 아무 걱정 마시고 떠날 준비를 어서 서둘러 주세요. 며칠 남지 않았습니다."

치우비가 떠날 준비를 하러 돌아서는 순간 소녀의 눈빛에 독기가 떠올랐다. 치우비가 보았으면 깜짝 놀랐을 테지만, 미처 그것을 보지 못했다.

치우비는 치베와 함께 다시 키타야를 만나 지나족의 땅인 화산까지 가는 길을 자세히 알아 두었다. 그리고 키타야에게 말했다.

"우리에게 무기를 빌려 주실 수 있겠습니까?"

타타르족은 부유한 부족은 아니었지만 다행히 키타야와 구르는 몇 가지 쓸 만한 무기를 가지고 있었다. 치우비는 커다란 돌도끼 하나와 구리곤봉 한 자루, 강한 활과 화살 스무 대를 얻었고 치베는 돌칼 두 자루와 구리날이 달린 창 한 자루, 큰 활과 작은 활 두 자루와 화살 쉰 대를 챙겼다. 구리칼은 아주 작은 것 하나만 있어서 소녀에게 주려고 따로 챙겼다. 많은 무장이었지만 먼 길을 가자면 그 정도는 있어야 했다. 다른 짐들은 치베가 알아서 싣겠다고 했다.

말을 매어 둔 곳으로 치우비가 가자 구름은 주인을 알아보고 앞발을 들어 올리고 울음소리를 내며 반겼다. 치우비도 반가워서 말을 쓰다듬어 주었다.

"구름아, 구름아. 다시 같이 있게 되었구나. 또 한 번 먼 길을 가자꾸나."

치베가 몇 가지 물건을 높은뫼에 실으며 자못 흥분된 목소리로 말했다.

"천 안다의 말을 내가 타게 되다니, 영광이다. 사실 전부터 한번 타 보고 싶었다."

몽골 사람들이 말을 좋아하는 것은 세상이 다 아는지라 치우비는 싱긋 웃었다. 잠시 후 소녀가 나와 말에 올랐다.

키타야와 구르, 츄이와 도깨비가 나와서 치우비에게 손을 흔들었다. 치우비는 소녀의 뒤에 껑충 올라탄 다음 사람들에게 손을 흔들며 출발했고 치베가 그 뒤를 따랐다.

치우비가 출발한 앗수라트 부족이 있는 곳은 지금의 내몽골 자치구 북서쪽이다. 거기에서 지금의 섬서성 쪽으로 내려가다가 후대의 만리 장성 위치를 지난 뒤 황하의 지류를 따라 남남서쪽으로 내려가 황하를 건너면 바로 화산이다. 화산의 위치는 후대의 장안성의 동쪽으로, 중국의 중앙부라 할 수 있는 곳이었다.

아직 교통로가 뚫리기 전의 시대라 상당히 길이 험했으며 그 길을 열흘 만에 간다는 것은 엄청난 강행군을 해야 한다는 것을 의미했다. 하지만 치우비와 치베는 겁내지 않고 날듯이 달려갔다. 치우비는 주신 말밖에 몰랐고 치베도 주신 말과 몽골 말, 타타르 말밖에는 할 줄 몰랐으므로 더 이상 소녀와는 말이 통하지 않았다.

소녀 역시 주신 말을 아주 기본적인 몇 단어밖에 할 줄 몰라서 치우비는 더 이상 소녀와 이야기를 나눌 수가 없었다. 소녀와 같은 미녀를 앞에 앉히고 간다는 사실에 가슴 두근거렸지만, 다른 사람도 아니고 가장 존경하는 형님의 여자이니 형수님이나 마찬가지라고 치우비는 생각했다. 성실한 치우비는 한순간도 딴마음을 먹지 않았다.

말을 달려 먼 길을 간다고 항상 달리기만 하는 것은 아니다. 한 시간 정도 말을 빠르게 몰고 나면 한두 시간 정도는 천천히 걸어서 말을 쉬게 했다. 이렇게 해야 말도 단련이 되어 더 잘 달리게 되며 먼 길을 가면서도 말을 상하게 하지 않고 오히려 더 튼튼하게 만든다는 것을 치베는 잘 알고 있었다. 말을 빨리 달릴 때에는 얘기를 나눌 수가 없었으나 천천히 갈 때는 이야기할 시간이 많았다.

치우비는 형요 형제에 대해 치베에게 물어보았다.

"형요 형제라는 도둑은 어떤 녀석들이지?"

치베가 웃으며 되물었다.

"그놈들을 잡아 이름을 떨치고 싶은가?"

치우비는 가볍게 웃으며 대답했다.

"지금 그놈들을 만나고 싶지는 않아. 다른 때라면 일부러라도 찾아가 보겠지만 우리는 길을 가는 게 급하잖아. 제발 그놈들이 귀찮게 굴지 않도록 안파견 한님께 빌고 싶다구."

"우스갯소리였다, 비 안다. 미리 알아 둔다고 나쁠 건 없지. 형요 형제는 기이한 놈들이다. 놈들은 키가 크고 항상 온갖 가죽과 새털로 화려하게 꾸미고 다니는데, 가면을 쓰기 때문에 어떻게 생겼는지 아는 사람은 아무도 없다. 항상 두 놈이 다니는데, 놈들은 꼭 밤에만 나타난다. 형요가 형이고 아우는 요요라고 한다. 길을 가다가 불을 피우고 쉬고 있을 때 갑자기 나타나지. 그래서 꼭 힘겨루기를 하자고 한다."

"힘겨루기?"

"뭐, 싸움을 거는 것이지. 그놈들이 둘이니, 제일 힘센 사람 둘을 나오라고 해서 싸우는데, 자신들이 이기지 못하면 순순히 물러나서 사라져 버린다. 하지만 자기들이 이기면 값나가는 물건을 빼앗아가지."

"날강도군. 그런데 그놈들이 그렇게 무서운가? 만약 내놓지 않으면?"

"모두 죽지. 무리가 쉰 명, 백 명이라도 다 죽는다."

"그놈들 둘이 다 죽이는 건가?"

"그건 알 수 없다. 하지만 분명 그놈들이 다 죽이는 모양이야. 많은 사람들이 죽은 채로 발견되곤 하는데, 그게 바로 형요와 요요 짓이라고 하지."

"사람들이 어떻게 죽는데?"

"대부분 몸에 상처도 없고 독을 쓴 흔적도 없어서 어떻게 죽었는지는 잘 모른다. 보통 죽은 후 한참 있다가 발견되기 때문에 썩어 있거든. 어쨌든 사람들은 형요 형제의 짓이라고 믿지. 그들 말고는 그렇게 무서운 도둑 떼는 없거든. 그리고 한번 습격당한 무리는 한 사람도 살아남은 적이 없기 때문에 정말 그들이 그랬는지 아닌지는 아무도 모른다. 그 때문에 장사를 하러 지나가는 몽골족이나 타타르족은 이쪽 길로는 잘 다니지 않는다."

"그놈들이 그렇게 무서운가? 치베 안다, 너는 싸워 봤댔잖아."

치베는 고개를 설레설레 흔들었다.

"그래. 그놈들의 재주는 대단하다. 하지만 놈들은 날쌔고 칼을 잘 쓴다고 해도 그렇게까지 대단한 것은 아니다. 다만 형요는 힘이 세다. 놈들은 비쩍 말라서 장작개비 같은데 힘은 대단하더군. 예전에 보돈차르님과 함께 길을 가다가 그놈들과 마주친 적이 있다. 우리도 둘이 나서서 겨루기로 했는데 보돈차르님이 혼자 둘과 싸우고 나는 활을 쏘아 놈들을 없애려 했다. 그런데 그놈들은 정말 기이한 재주가 있어."

"무슨 재주?"

"싸우다 보면 갑자기 없어졌다가 다른 곳에서 나타나는 재주가 있다. 처음 싸울 때 보돈차르님은 두 놈과 싸우면서도 조금도 밀리지 않았다. 보돈차르님은 칼도 잘 쓰고 채찍도 잘 쓰시거든. 그때 내가 화살을 세

발 쏘아 형요의 칼을 꺾어 버렸는데, 그놈은 무기가 부러지자 뒤로 물러서서 그늘로 숨어들어 갔다."

"그래서?"

"보돈차르님이 그놈을 쫓아가려는데, 형요 놈이 갑자기 내 뒤에서 나타나 덤벼들었다. 나는 기습을 당해 활이 부러졌고 놈의 칼이 나를 겨누었다. 그러나 보돈차르님도 아우 요요를 잡아 목에 칼을 겨누셨지. 보돈차르님은 이렇게 말하셨다. '비겼군.' 그러자 형요가 '우리가 이기지 못했으니 그냥 가도 좋다'고 말했지. 보돈차르님도 놈을 풀어 주셨고, 놈들이 말없이 사라져서 우리는 놈에게 물건을 빼앗기지 않고 무사했다."

치우비는 알 수 없다는 듯 고개를 갸웃하며 물었다.

"사람이 어떻게 없어졌다가 다른 데서 나타날 수 있지? 재빨리 숨어서 움직인 것 아니야?"

"나는 눈이 날카로운 편이다. 그렇게 움직였다면 내가 알아챘을 것이다. 아무래도 형요 형제는 주술을 부리는 것 같았다."

치우비는 재미있어서 계속 물었다.

"그래서? 세 번 싸워 봤다면서?"

치베가 겸연쩍게 웃으며 고개를 끄덕였다.

"그때 나는 놈에게 잡힌 것이 분해서, 나중에 보돈차르님을 졸라 다시 놈들에게 가 보자고 했다. 하지만 보돈차르님은 부족장이시라 그렇게 한가하지 않으셨지. 그다음 해, 우리가 말을 팔려고 보돈차르님이 길을 떠날 때 나는 일부러 같이 데려가 달라고 청했다. 보돈차르님은 이렇게 말하셨지. '그런 도둑들은 안 만나는 게 좋다만. 굳이 싸울 것도 없이 나타나면 바로 잡아 버리자.' 그래서 우리는 길을 가면서 항상 보초를 두고 주변을 잘 살폈다. 이번에도 어느 날 밤 형요 형제가 나타났다. 보돈차르님과 내가 보초들을 세운 다음 모닥불을 쪼이며 쉬고 있는데 갑자기 누가 내 어깨를 살짝 치는 거야. 그래서 돌아보니 바로 형요 요요 형제가 있었다. 나는 놀랐지."

치우비가 자신도 모르게 중얼거렸다.

"거참 이상하군!"

치베는 쩝 입맛을 다시며 말을 이었다.

"나도 이상했어. 그때 우리는 몽골족만 아니라 다른 부족 사람들도 만나서 사람 수도 많았고 주변을 아주 잘 지키고 있었는데, 그놈들이 어떻게 그렇듯 별안간 나타났는지 알 수 없었다. 형요가 말하더군. '지난번에 승부를 못 냈으니, 다시 겨루자'라고. 할 수 없이 보돈차르님과 나는 형요 형제와 싸웠지. 다른 사람들은 모두 덤벼서 둘을 그냥 잡아 버리자고 했지만 보돈차르님은 안 된다고 하셨다. 놈들이 우리를 기습할 수 있는데도 하지 않고 겨루기만 하자고 했는데 용사로서 어떻게 당당히 겨루지 않을 수 있겠나?"

치우비가 맞장구를 쳤다.

"맞다. 그놈들은 나쁜 도둑들이지만 그래도 용사들이니."

"바로 그렇다. 이번에는 나도 활을 꺼내지 않고 칼을 들고 싸웠는데 놀랍게도 형요 놈들은 작년보다 훨씬 솜씨가 는 것 같았다. 하지만 보돈차르님도 강해지셨지. 우리는 한참이나 싸웠지만 승부가 나지 않았다. 형요의 솜씨는 대단했지만, 요요는 그보다는 약해서 나도 간신히 버틸 수 있었다. 그렇게 한참을 싸우자, 넷은 모두 지쳤지. 그러자 형요가 말했다. '너흰 우릴 이길 수 없다.' 그러자 보돈차르님도 말하셨지. '너희도 우릴 이기진 못한다.' 그러자 형요는 요요와 함께 뒤로 쓰윽 물러서며 말했다. '오늘은 지쳤으니, 다음에 다시 만나자. 꼭 승부를 내고 말겠다.' 다른 사람들이 형요 형제를 잡으려 했지만 보돈차르님은 그러지 말라 하면서 당당하게 말하셨지. '나는 몽골 보돈차르족의 족장 보돈차르고, 이 사람은 우리 부족의 용사 치베다. 언제든 승부를 내고 싶으면 찾아와라! 손님으로 맞이하겠다'고 말야. 형요 형제는 곧 사라져 버렸어."

치우비는 고개를 연신 끄덕였다.

"멋지다. 보돈차르님은 정말 멋지군. 그래서?"

"그다음 봄에, 형요 형제가 우리 부족을 찾아왔다. 그놈들이 그리 간크게 우리 부족을 찾아올 줄은 미처 몰랐지. 보돈차르님이 크게 웃으시며 술을 권했지만, 그놈들은 가면도 벗으려 하지 않고 술도 마시려 하지 않았지. 그저 빨리 승부를 내자고 하는 거야. 좀 떨어진 숲에서 싸우자고 하더군. 보돈차르님과 나는 좋다고 하고 그리로 갔지. 그때 나는 두 번이나 형요 형제를 이기지 못한 게 화가 나서, 이번에는 꼭 이기겠다고 마음먹었지. 나는 형요에게 말했어. '각자 잘하는 재주로 싸우는데, 꼭 칼을 쓸 필요는 없지 않은가? 나는 활로 너희들과 겨루겠다.' 그러자 형요는 마음대로 하라고 하더군. 나는 말했어. '너희도 용사고 보돈차르님은 너희를 손님으로 맞이한다 했으니 촉 있는 화살은 쓰지 않겠다. 내 화살에 맞으면 진 것으로 인정해라.' 그놈들도 좋다고 하더군. 나는 즉시 숲을 달리면서 계속 화살을 쏘기 시작했어."

치우비는 치베의 활 솜씨가 대단하다는 것을 알고 있었기에 은근히 흥미가 일었다.

"이번에는 그놈들이 분명 졌겠군."

"왜 그렇게 생각하지?"

"치베, 네 활이 빗나가겠는가?"

치베는 씁쓸하게 웃었다.

"나도 그럴 줄 알았지. 달리기는 자신이 있어서 달리거나 몸을 뒹굴더라도 틀림없이 화살을 맞힐 자신이 있었지. 보돈차르님은 요요와 싸

웠고 나는 형요를 노렸지. 형요도 대단했어. 내가 세 발의 화살을 날리
자 그 녀석은 칼로 화살 하나를 쳐내고 한 손으로 화살 하나를 잡더니
재빨리 옆 수풀에 뛰어들어 세 번째 화살마저 피하더군."

"형요란 녀석도 대단하군."

치우비는 한마디 내뱉고는 고개를 저었다. 치베의 활 솜씨가 대단하
다지만, 만약 치베가 치우비에게 화살을 쏜다면 치우비 또한 세 개의 화
살을 쳐낼 수 있을 것이다. 하지만 형요가 힘들게나마 세 개의 화살을
피한 것은 대단한 일이었다. 치베가 쏘는 화살은 강하고 빠르기가 이를
데 없었기 때문이다.

"나도 놀랐지만, 놈이 몸을 일으키면 이번에는 다섯 대의 화살을 쏠
생각이었어. 놈은 칼밖에 들고 있지 않으니 나에게 다가와야만 했다. 그
리고 다가오려면 어떻게든 몸을 일으켜야 했다. 아까 화살을 피한 솜씨
로 보아 그때 다섯 대의 화살을 쏘면 틀림없이 놈을 맞힐 수 있을 것 같
았거든. 그런데……."

"그런데?"

치우비가 궁금하다는 듯 되묻자 치베가 말을 이었다.

"갑자기 뒤에서 버스럭거리는 소리가 들리는 거야. 놀라서 돌아보니
형요였어. 놈은 분명 내 앞쪽의 숲으로 뛰어들었는데 뒤에서 다가오고
있었던 거야. 나는 놀라 급히 몸을 돌려 놈에게 화살 두 대를 쏘았지. 놈
은 화살 하나는 쳐냈지만, 두 번째 화살에 얼굴을 맞을 뻔했지. 정말 아
깝더군. 놀라지 않았으면 틀림없이 맞았을 거야. 그런데 그놈도 놀랐는
지 숲으로 쑥 들어가 버리더군. 내가 화가 나서 활을 세게 당겨 숨든 말
든 꿰뚫어 맞히려 하는데, 난데없이 뒤에서 놈이 다시 나타나는 거야."

치우비는 기가 막혀서 한마디 끼웠다.

"괴물이군!"

"놈이 자꾸 여기저기로 옮겨 다니며 나타나니까 나도 어쩔 도리가 없었어. 미칠 것 같았지. 보돈차르님은 요요와 한참 싸우고 있었는데, 요요 놈은 보돈차르님과 막상막하의 실력이더군. 놀랍게도 그놈들은 실력이 많이 늘어 있었지. 그런 판에 화살이 떨어져 버리면 나는 형요를 칼로 이길 자신이 없었어. 나는 생각다 못해 남은 화살 열다섯 대를 모두 빼들고 사방으로 빠르게 화살을 무조건 쏘아 댔지. 운에 맡긴 거야."

치베는 운에 맡겼다고 하지만 치우비도 그것이 최선의 방법이었다고 생각했다. 상대가 여기저기 마구 옮겨 다닌다면 주변을 휩쓸어 버리는 것이 가장 좋을 것 같았다. 치우비는 치베의 무서운 활 솜씨를 잘 알고 있었다. 열다섯 대를 눈 깜짝할 사이에 쏠 수 있는 실력이었다.

치우비는 고개를 끄덕이며 맞장구를 쳤다.

"잘했군. 형요 놈이 아무리 빨라도 몸을 굽혀 숨어 있었을 테니 피하기 힘들었을 거야."

치베는 씨익 미소를 지으며 말했다.

"본 것같이 말하는군. 나는 화살을 쏘아 대면서 아! 하는 비명 소리를 들었다네. 그러고 나서 조금 있더니, 형요 놈이 다른 곳에서 부스럭거리며 일어나 말하더군. '내가 화살에 맞았다. 네 솜씨는 정말 대단하다. 치베, 우리가 졌다. 앞으로 너희 부족은 건드리지 않겠다. 하지만 너는 활로 이긴 것이고, 우리는 활 솜씨가 필요 없다.' 그러더니 형요는 요요를 불러 결국 둘이 같이 가 버리더군. 보돈차르님은 나를 칭찬해 주었고, 나는 간신히 명예 회복을 한 셈이지. 나는 놈들이 무슨 생각으로 그런 말을 했는지 아직도 모르겠어. 비 안다, 너는 알겠는가?"

치베가 묻자 치우비는 중얼거리듯 대답했다.

"네가 모르는데 내가 어떻게 알겠어?"

"좌우간 형요, 요요를 조심해야 한다. 비 안다, 자네의 실력이라면 그들을 겁내지 않아도 되겠지만, 문제는 그들이 지닌 이상한 재주다. 될 수 있으면 만나지 않는 편이 좋겠지만 만나게 된다면……."

치우비는 대꾸하지 않고 고개만 끄덕거렸다.

치우비와 치베는 서둘러 말을 몰았지만 그래도 밤에는 쉬지 않을 수 없었다. 소녀가 피곤해했기 때문이다. 다행히 구름과 높은뫼는 둘 다 좋은 말들이라서, 치우비는 시간 내로 화산에 도착할 수 있을 것 같았다.

애석하게도 소녀와는 이야기를 나눌 수 없었다. 소녀는 항상 골똘히 생각에 잠겨 있었고 때로는 남몰래 울기도 했으며 때로는 무서운 눈빛을 하기도 했다. 치우비는 소녀가 왜 그러는지 알 수 없었다.

길을 떠난 지 나흘째 되는 날, 그들은 험준한 산맥을 넘게 되었다. 산맥은 아주 가파른 등성이들로 이루어져서, 깎아지른 벼랑으로 에워싸인 골짜기가 유일한 통로였는데, 치베는 그곳에 들어서자 곧 치우비에게 다가와 여기가 형요 형제가 자주 나타나는 길이라고 일러 주었다. 치우비는 형요 형제를 별로 겁내지 않았고, 오히려 한번 만나 보았으면 좋겠다는 마음까지 생겼다. 다만 소녀가 같이 있었기 때문에 귀찮은 일은 일어나지 않는 게 좋다고 생각했다.

치우비가 치베에게 말했다.

"말을 달려서 골짜기를 빨리 벗어나자. 그러면 귀찮은 일이 없을 것 아닌가?"

치우비와 치베는 더욱 말을 빠르게 달려 골짜기를 벗어나려고 했다. 그들이 골짜기 중간쯤 들어섰을 때, 갑자기 요란하게 무너지는 소리가 들려왔다. 깜짝 놀라 바라보니 골짜기 저편에서 나뭇등걸과 돌 들이 수없이 굴러 떨어지고 있었다. 치우비와 치베는 서둘러 말을 세울 수밖에 없었다. 쏟아진 나뭇등걸과 돌이 작은 산사태를 일으키며 골짜기 길을 막자 치우비는 쓴웃음을 지었다.

"그냥 가려고 했는데 보내 주지 않을 모양이군."

옆에서 누가 서툰 주신 말로 말했다.

"너 같으면 소 삼천 마리, 구리솥 다섯 개, 구리칼 백 자루를 그냥 보내 주겠느냐?"

그 사람의 목소리는 앙칼졌지만 힘이 넘치는 듯했다. 치우비는 깜짝 놀라 그쪽을 바라보자 거기에는 화려한 새털로 몸을 감싸고 머리부터 새털로 만든 가면을 뒤집어쓴 한 사람이 있었다. 새털은 거의 다 푸른색과 붉은색이었고 망토처럼 짜여 있었는데, 영락없이 큰 새가 털을 부풀린 모습이었다. 갑자기 그런 모습을 한 자가 옆에서 나타나자 치우비도 놀랄 수밖에 없었다.

"네가 형요냐?"

"그렇다. 보아하니 너는 치우비로구나."

형요 역시 주신 말로 대답했는데, 말은 잘하는 편이었지만 말투가 이상하고 처음 듣는 억센 발음이 섞여 있었다. 어느 부족 출신인지 알 수 없었다.

"형요! 너희 형제는 지난번 나에게 져 놓고 또 나서는 것이냐?"

치베가 나서자 형요는 코웃음을 흥, 치며 대꾸했다.

"지난번에 내가 진 것은 틀림없지만, 나는 너희 부족을 건드리지 않는다고 했다. 이 덩치는 네 부족이 아니잖느냐?"

치베가 웃으며 위협하는 투로 말했다.

"저분을 건드리면 후회하게 될 거다."

형요는 코웃음을 쳤다.

"태산 회의의 대용사 치우비! 얼마나 대단한지 내가 겨뤄 보아야겠다."

"요요는 같이 오지 않았느냐? 요요는 내가 맡겠다."

치베가 대뜸 말에서 내리려 하자 형요가 막아섰다.

"잠깐!"

"뭐냐?"

"너는 전에 이미 나와 겨뤄 보았으니, 또 겨룰 필요 없다. 이번만은 나 혼자 치우비와 겨뤄 보겠다."

"내가 두려우냐?"

치베가 느물거리며 묻자 형요가 얼른 말했다.

"네 활 솜씨는 대단하다. 하지만 난 활 재주를 겨루고 싶지는 않다. 네 활 재주는 내가 따를 수 없지만, 다른 실력은 나를 이기지 못할 거다. 그러니 굳이 우리가 겨룰 필요가 있는가?"

치베는 치우비의 얼굴을 쳐다보았다. 치우비가 담담히 형요에게 물었다.

"우리가 겨루어서 너희가 이기면 뭘 가져가려는가? 우리는 값진 물건도 가지고 있지 않다."

"치우비, 네 머리에 소 삼천 마리, 구리솥 다섯 개, 구리칼 백 자루가 걸렸는데 그게 왜 값지지 않단 말인가?"

"우리가 이기면?"

"너희는 무사히 시나가도 된다."

치우비가 껄껄 웃으며 짐짓 여유 있게 물었다.

"지면 나는 머리를 내놓아야 하는데 이겨 봐야 얻을 게 없다면, 이런 엉터리 내기가 어디 있느냐?"

"네 목을 노리는 자들은 많고도 많다. 만약 네가 이긴다면 나는 너희가 도착할 때까지 어떤 놈들도 귀찮게 굴지 않도록 만들어 줄 수 있다."

치우비는 그 말에 약간 솔깃해졌다. 한 번 싸워 귀찮은 일을 막을 수 있다면 나쁜 조건은 아니었다. 치우비는 형요에게 진다는 생각은 하지도 않았다. 치우비가 부담을 느끼는 상대는 단 두 사람, 형천과 끽구뿐이었으니까.

"네가 그럴 수 있느냐?"

"이 근방에서 내 말을 듣지 않을 놈들은 하나도 없다. 뭐, 간단하게 말하자면 이 근방 놈들은 무식해서, 대용사 치우비를 자기들이 어쩔 수 있다고 생각할 것이다. 하지만 네가 나를 이긴다면, 감히 덤빌 놈이 없을 것이다."

형요의 말투가 당당하고 제법 멋지다고 치우비는 생각했다. 도둑으로 있기에는 아깝다는 생각도 들었다. 허나 그들이 수많은 사람을 죽였다는 소문이 생각나자 치우비는 화가 났다.

"너희는 그동안 사람을 얼마나 죽였는가?"

"그걸 꼭 알아야 하나?"

"알아야겠다, 형요. 중요하다."

"그까짓 것이 왜 중요한가?"

치우비가 굳은 표정으로 형요를 쏘아보며 대꾸했다.

"사람을 많이 죽였다면 나는 너희를 봐주지 않겠다. 허나 사람을 많이 해치지 않았다면 너희를 받아 주겠다."

형요가 갑자기 킥킥 웃더니 되물었다.

"받아 줘?"

"도둑으로 지내는 것은 그리 좋은 일이 못되지 않은가? 재주를 좋은 곳에 써야지, 도둑질에 쓰면 안 된다."

형요가 비웃듯이 말했다.

"대단하시군. 네가 반드시 이긴다고 생각하는 건가?"

"어서 대답이나 해라. 너희는 사내대장부이니 거짓말을 하지는 않을 테지."

형요는 흥, 하며 이죽거렸다.

"너무 많이 죽여서 얼마나 죽였는지도 모르겠는걸?"

말이 끝나자마자 형요가 갑자기 번쩍하고 움직였다. 순식간에 칼을 뽑아 치우비를 찔러 들었는데 하도 빨라서 번쩍하는 것밖에는 보이지 않았다. 그러나 치우비도 경계하던 터라 소녀를 안은 채 말 등에서 몸을 날렸다. 샥샥 소리를 내며 형요의 무기는 치우비를 따라 계속 번득였지만 치우비는 교묘하게 몸을 놀려 세 번의 칼질을 피해 치베가 탄 말 등에 소녀를 앉혔다.

"여기서 기다리세요."

미소를 띠며 소녀를 앉힌 후 치우비는 형요에게 몸을 날렸다. 형요의 칼이 찔러 들어왔지만 치우비의 겨드랑 밑을 지나갔다. 그 순간, 형요의 부푼 털옷 속에서 또 한 자루의 칼이 번득였다. 치우비는 몸을 움직일 겨를이 없어서 재빨리 구름의 등에 얹어 놓았던 커다란 돌도끼를 뽑아 칼을 막았다. 그런데 이번에는 형요가 슛, 하는 소리를 내며 입 안에 물고 있던 뭔가를 쏘아 내는 게 아닌가?

치우비가 목을 뒤로 젖혀서 그것을 피하자 아슬아슬하게 치우비의 이마 위를 스치듯 지나갔다. 고개를 젖히지 않았으면 치우비의 미간에 박힐 뻔했다. 치우비는 형요를 얕보던 마음이 사라져서 구름의 등 위로 몸을 굴리면서 구리곤봉까지 꺼내 들었다. 그러는 사이 형요는 다섯 번의 칼질을 했는데 전부 찌르는 공격이었다.

치우비는 돌도끼와 구리곤봉으로 공격을 막았는데 챙챙 소리가 나면서 돌도끼의 귀퉁이가 세 조각이나 떨어져 나갔다.

'저 녀석의 칼은 아주 좋구나.'

치우비는 방어만 해서는 안 되겠다고 생각했다. 치우비가 돌도끼와 구리곤봉을 몸 주위로 붕붕 돌리기 시작했다. 무시무시한 속도인지라 바람 소리가 울려 퍼질 정도였고 힘도 어마어마해서 형요는 감히 칼을 찔러 들어갈 수 없었다.

형요는 치우비의 기세가 생각보다 무섭자 미꾸라지처럼 교묘하게 움직이며 치우비의 공격을 피해 연신 뒤로 물러섰다. 형요는 골짜기 언저리까지 계속 밀려났지만 치우비는 기세를 늦추지 않았다. 이 도끼 쓰는 법은 아버지 치우우레의 장기이기도 했으며 이렇게 도끼와 곤봉을 돌리면 화살도 막을 수 있었다. 형요가 칼을 찔러 들어와도 도끼와 곤봉의 힘에 밀려 부러지게 마련이었다.

형요는 계속 물러나서 나무와 바위 들이 듬성듬성 있는 장소에 이르자 홀쩍 몸을 돌려 나무 뒤에 숨었다. 치우비는 사정을 봐주지 않고 그대로 도끼와 곤봉을 돌리며 형요를 밀어붙였다. 형요가 숨은 나무는 상당히 굵었는데 치우비의 무지무지한 도끼와 곤봉에 휘말리자 순식간에 와지끈 소리를 내며 대여섯 조각으로 부러져 쓰러졌다. 형요는 급했는지 몇 바퀴 재주를 넘어 치우비를 피하며 욕을 했다.

"무작스러운 놈! 힘자랑이냐?"

그러더니 형요는 재빨리 커다란 바위 하나를 집어 올렸다. 커다란 바위는 이백 근은 되어 보였는데 형요는 마치 공깃돌처럼 치우비에게 내던졌다.

"먹어라!"

돌도끼로 막으면 부서질 것 같아서 치우비는 재빨리 도끼를 버리면서 힘을 주먹에 모아 바위를 후려갈겼다. 그러자 쾅 하는 소리와 함께 큰 바위가 허공에서 산산조각 났다. 치우비가 덤덤하게 외쳤다.

"돌싸움을 하자는 거냐?"

치우비는 형요가 던진 것과 비슷한 크기의 바위 하나에 손을 얹었다. 그 바위는 땅에 반쯤 박혀 있었는데 치우비는 그저 손바닥을 위에 얹기만 했을 뿐이다. 그런데 치우비가 힘을 쓰자 치우비의 손바닥에 달라붙은 듯 쑥 하고 바위가 뽑혔다. 형요뿐만 아니라 그 광경을 바라보던 치베와 소녀도 깜짝 놀랐다.

치우비는 싱글거리면서 형요에게 말했다.

"너도 먹어 봐라!"

치우비가 가볍게 바위를 내던졌는데도 날아가는 기세는 형요가 양손으로 바위를 던졌을 때보다 훨씬 세찼다. 형요는 감히 바위를 막지 못하고 재빨리 몸을 날려 바윗덩이를 피했다. 바위는 뒤에 있던 더 큰 바위와 부딪혀 폭발하듯 부서지며 돌조각과 먼지를 사방에 날렸다. 형요는 바위는 간신히 피했지만 수없이 날아오는 돌조각과 먼지를 피할 수가 없어서 화려하던 새털 장식은 엉망이 되었다. 형요는 놀라서 먼지와 돌조각들을 신경질적으로 털어 냈다.

치우비는 으르렁거리듯 말했다.

"힘으로는 내 상대가 못돼. 요요라는 놈은 어디 있느냐? 그놈도 나오라고 해서 같이 덤벼라."

치우비는 형요 형제가 사람을 많이 해쳤다는 말을 듣고 화가 나 있었다. 허나 형요와 요요를 같이 잡아야 한다고 생각했기에 형요를 봐주고 있었던 것이다. 화를 놓우어 같이 싸우게 한 다음 둘 다 잡을 생각이었다.

형요는 그에 대꾸하지 않고 날카롭게 외쳤다.

"치우비! 과연 대단하구나! 하지만 내 주술을 당할 수 있겠느냐?"

형요는 재빨리 커다란 바위 뒤로 몸을 획 날렸다. 치우비가 형요를 쫓아가려 하는데 갑자기 뒤에서 치베가 외쳤다.

"뒤!"

치우비는 순간 뒤에서 뭔가 날아오는 기척을 느끼고 손에 들고 있던 구리곤봉을 재빨리 어깨 뒤로 넘겼다. 챙! 하는 소리와 함께 구리곤봉이 뭔가와 부딪혔다. 치우비는 재빨리 몸을 빙글 돌렸는데, 놀랍게도 어느새 형요가 자신의 등 뒤에 나타나 있는 것 아닌가?

치우비가 주먹을 내뻗자 형요는 재빨리 주먹 앞에 칼끝을 갖다 대려 했다. 이대로 때리면 주먹이 형요의 칼에 찔릴 판이라 치우비는 주먹을 거두면서 몸을 숙여 형요의 발을 걸려고 했다. 그러나 형요는 몸을 훌쩍 날리며 연신 뒤로 재주를 넘어 반대편의 덤불 속으로 들어가 버렸다. 말은 들었지만 형요의 기이한 재주를 직접 겪어 보니 치우비의 등에서도 식은땀이 났다. 한번 당하고 나니 덤불 쪽으로 쫓아갈 생각이 들지 않았다.

그때 다른 바위 뒤편에서 형요가 얼굴을 내밀며 입으로 가시를 휙휙 내쏘았다. 이번에도 형요는 생각도 못한 곳에서 나타났다. 허나 치우비는 구리곤봉으로 가시를 일일이 받아 내며 외쳤다.

"흥! 그런 수작에 넘어가지 않는다!"

치우비는 숲이건 바위건 형요가 아무 데로나 옮겨 나타날 수 있으니, 주변에 아무것도 없는 트인 곳에 있어야 형요에게 당하지 않을 것이라 생각하고 경솔하게 움직이지 않았다.

형요가 처음 몸을 숨겼던 바위 뒤에서 나타나 비아냥거렸다.

"꼬리를 빼기냐?"

치우비는 침을 퉤, 뱉으며 말했다.

"얼마든지 덤벼 봐라."

치우비가 태산같이 움직이지 않으려 하자 형요가 외쳤다.

"좋다! 과연 치우비답군. 그렇다면 있는 밑천을 다 보여야겠군!"

"있다면 전부 꺼내 봐라. 네 아우 요요는 어디 있느냐?"

형요는 코웃음만 칠 뿐 대답하지 않고 딴소리를 했다.

"너는 몸을 여러 개로 불리는 주술에 대해 들어 본 적이 있느냐?"

처음 듣는 말이라 신기한지 치우비가 물었다.

"그런 재주도 있는가?"

"보여 주겠다!"

형요는 몸을 날려 솟구치면서 크게 외쳤다.

"요리요리 하!"

치우비는 구리곤봉을 쥔 손에 힘을 주었으나 형요는 자신에게 덤빈 것이 아니라 다른 덤불 뒤로 들어갔다. 치우비가 그쪽으로 눈을 돌리자 다시 외치는 소리가 들렸다.

"요리요리 하!"

놀랍게도 그곳에서는 두 명의 형요가 일어서며 자신에게 일제히 가시를 불어 쏘아 댔다. 치우비는 구리곤봉을 휘둘러서 가시를 막아 냈으나 형요가 갑자기 둘로 불어나니 놀라지 않을 수 없었다. 그런데 두 명의 형요가 몸을 날려 허공에서 뱅글뱅글 두어 바퀴 돌면서 옆의 바위 뒤로 들어갔다.

"요리요리 하!"

다시 외치는 소리가 들리며 이번에는 세 명의 형요가 번개처럼 뛰어나와 가시를 쏘아 댔다. 치우비는 놀라움을 감출 수가 없었다. 가시들을 쳐내기는 했지만 치우비는 당황하여 손이 상당히 어지러워졌다.

세 명의 형요가 주문을 외치면서 여섯 개의 칼을 일제히 치우비에게 겨눴다. 여섯 개의 칼이 몸의 여섯 부위를 노리고 일제히 찔러 들어오자 치우비도 그것을 막을 방법이 떠오르지 않았다.

치우비는 급히 몸을 회전시키며 옆으로 몇 발짝 정도 획 움직여서 칼날들을 모조리 피해 버렸다. 무라에게 배운 재주였다. 세 명의 형요는 치우비를 찌르지 못했지만 방향을 바꾸지 않고 그대로 반대편 나뭇등걸 뒤로 몸을 굴렸다.

치베가 참지 못하고 외쳤다.

"비 안다! 놈들이 괴상한 술수를 부린다! 내가 돕겠다!"

그러자 치우비가 다급하게 막아섰다.

"안 된다! 너는 소녀님을 지켜라!"

그때 다시 '요리요리 하' 하는 주문 소리가 들리면서 네 명의 형요가 일제히 뛰어나왔다. 그리고 칼을 눈부시게 휘두르며 동시에 덤벼들자 치우비는 눈앞이 캄캄해졌다.

'세상에 이런 기막힌 술수가 있다니! 이놈들은 얼마나 더 불어날 셈인가?'

네 명의 형요는 칼을 휘두르며 사방으로 조이고 들어왔는데 칼 솜씨가 보통이 아니었다. 한 명이나 두 명이라면 막아 내기 어렵지 않았을 테지만 네 명의 형요는 치우비로서도 부담스러웠다. 더구나 형요의 주술이 두렵게 여겨져서 반쯤 기가 꺾일 수밖에 없었다.

'네 명도 막아 내기 힘든데, 이놈들이 더 늘어나면 죽는 수밖에 없다!'

치우비는 다급해졌다. 형요가 "요리요리 하"라고 주문을 외우면 숫자가 늘어나니 어떻게 해서든 주문을 외우지 못하게 해야 한다고 생각했다. 형요들 중 한 명이 주문을 외우려 하자 치우비는 급히 그 형요에게 곤봉을 휘둘러 댔다. 그러자 형요는 치우비의 무서운 기세에 눌려 입을 다물며 뒤로 물러섰으나 나머지 세 형요가 치우비의 양옆과 등 뒤를 찔러 들어왔다.

치우비는 몸을 움츠렸으나 찍 소리가 나며 두 자루의 칼이 치우비의 옷을 찢고 몸에 상처를 냈다. 치베와 소녀가 놀라 외치는 소리가 들렸다. 치우비는 불안정한 자세였지만 힘을 주어 몸을 위로 띄우며 빙그르르 돌았다. 그리고 연달아 양발로 두 명의 형요를 발로 차 물러서게 만들었는데 다시 형요 한 명이 주문을 외우려 했다.

"제기랄!"

치우비는 형요가 주문을 외우지 못하게 하려고 무리를 해서 급히 손을 휘둘러 땅에 떨어진 돌 하나를 튕겨 냈다. 돌이 핑, 소리를 내며 날아들자 형요는 간신히 돌을 피했으나 돌이 새 가면을 스치고 지나가 가면이 하마터면 벗겨질 뻔했다.

치우비는 몸이 허공에 뜬 상태였기 때문에 이내 밑으로 떨어져 내렸다. 그 기회를 놓치지 않고 두 명의 형요가 네 자루의 칼로 치우비의 몸을 내리쳐 왔다. 치우비의 입에서도 이번만은 커다랗게 "아이쿠" 하는 소리가 나왔다. 치우비는 구리곤봉을 땅에 꽂으며 그 힘으로 몸을 거꾸로 차올려서 세 명의 형요가 에워싼 곳에서 벗어났다. 저만치에서 가면이 비뚤어진 형요가 칼까지 땅에 놓고 가면을 바로잡는 것이 보였다. 치우비는 그 모습이 약간 의문스러워졌다.

'이렇게 급한 마당에 왜 가면 따위를 바로 쓰려고 애쓰는 걸까?'

치우비가 땅에 내려서기도 전에 여섯 자루의 칼이 일제히 찔러 들어왔다. 치우비는 곤봉을 휘둘러 두 자루의 칼을 쳐냈고 급한 나머지 한 손으로 한 형요의 칼날을 쥐었다. 손이 베어 피가 솟았지만 치우비는 그 칼을 휘둘러서 나머지 세 자루의 칼을 튕겨 냈다.

그 틈에 두 명의 형요가 일제히 치우비의 배에 발길질을 했다. 이것만은 막을 방법이 없어서 치우비는 윽, 소리를 내며 뒤로 넘어졌다. 눈앞이 아찔해져서 하마터면 정신을 잃을 뻔했으나 치우비는 몸을 데구르르 굴렸다. 아니나 다를까 칼 세 자루가 치우비가 방금 몸을 날린 자리에 퍼퍼퍽 박혔다.

치우비가 몸을 피하지 않았다면 머리를 잘렸을 것이다. 치우비는 할 수 없이 몸을 계속 굴렸는데 두 명의 형요가 끈질기게 쫓아오며 칼로 찔러 댔다. 간신히 피하기는 했지만 또다시 칼이 두 번이나 치우비의 몸을 스쳐서 치우비는 먼지투성이에 피투성이가 되었다.

치우비의 몸이 덜컥 멈춰 섰다. 정신없이 굴러가다가 나뭇등걸에 부딪힌 것이다. 순간 세 명의 형요가 달려들며 칼을 내리치려 했는데 이번만큼은 피할 방법이 없었다. 양손을 뻗어 두 자루의 칼 정도는 막을 수 있었지만 나머지 한 자루의 칼은 막을 방법이 없었다. 치우비는 속으로 생각했다.

'내가 오늘, 여기서 죽는구나.'

그때 무엇이 쉿쉿쉿 하고 무서운 소리를 내며 날아들었다. 세 명의 형요가 급히 몸을 피했는데 바로 화살이었다. 치베가 급한 나머지 활을 쏘기 시작한 것이다. 치우비는 정신을 차려 몸을 일으켰다. 그러자 저만치 물러서 있던 형요가 다시 주문을 외웠다.

"요리요리 하! 요리요리 하!"

저편에서 두 명의 형요가 몸을 날려 뛰어올랐다. 치베의 뒤편이었다. 치우비는 기가 막혀서 외쳤다.

"치베! 조심해!"

두 명의 형요가 나타나자 치베도 놀란 듯했다. 미처 활을 쏠 틈도 없이 두 명의 형요는 치베에게 바싹 다가와 있었다. 치베는 속으로, 한 명의 형요도 당하기 힘든데 두 명의 형요가 덤비니 큰일이라고 생각했다.

그러나 치베는 말을 타고 있었다. 몽골족의 기마술은 세상에서 제일 뛰어났고, 치베는 그중에서도 손꼽히는 사람이었다. 치베는 구리창을 뽑아 높은뫼를 몰고는 교묘하게 두 명의 형요 사이를 오가며 싸우기 시작했다. 형요의 칼 솜씨는 대단했지만 낮은 곳에서 높은 곳에 있는 치베를 건드리기는 힘들었다.

치베는 기마술이 대단히 뛰어났고 손에 잡은 무기가 긴 창이어서 재빨리 움직이며 창을 휘둘러 두 사람의 형요를 막아 냈다. 치베가 능수능

란하게 말과 혼연일체가 되어 공격하자 형요들은 다급해했다. 그러나 치베도 등 뒤에 소녀가 매달려 있어서 마음껏 기술을 발휘할 수 없는데다 창 재간도 활만큼은 뛰어나지 못했기에 그렇게 유리한 것만도 아니었다. 치우비는 치베까지 위기에 몰리자 화가 머리끝까지 나서 벌떡 일어섰다. 이제 가면을 고쳐 쓴 다른 형요까지 합세하여 네 명의 형요가 여덟 개의 칼을 번득이며 치우비를 에워싸고 서서히 다가들었다.

치우비는 구리곤봉마저 놓친 상태라 무기가 없었다. 치베가 긴 창으로 형요를 막아 내는 모습을 보고 치우비는 못내 아쉬워했다.

'긴 무기가 있으면 좋을 텐데!'

네 명의 형요가 일제히 덮쳐들자 치우비는 왼손을 나무에 짚고 몸을 나무 뒤로 돌렸다. 치우비는 번개같이 떠오르는 생각이 있어서 나무를 팔로 안고 힘을 주었다. 그 나무는 아주 굵지는 않았지만 그래도 둘레가 두 뼘이 넘었다.

치우비가 무서운 힘으로 나무를 눕히자 순식간에 나무가 뒤로 꺾이며 나무뿌리가 뽑혀 흙을 튕기면서 솟구쳐 올라왔다. 네 사람의 형요는 칼을 찔러 오다가 난데없이 나무뿌리가 흙과 함께 솟구쳐 올라오자 놀라서 먼지를 털어 내며 뒤로 물러섰다.

치우비는 나무를 뽑아 올려 주먹으로 세 번을 쳐서 나무의 윗부분을 꺾어 버렸다. 나뭇가지가 무성해서 그대로는 휘두르기 힘들었기 때문이다. 나무가 큰 편이라 가지 부분을 꺾은 후에도 한 길(약 삼 미터)이 넘었다. 치우비는 아직도 흙이 뭉쳐 있는 거대한 나무뿌리 부분을 창끝처럼 치켜들고 외쳤다.

"형요! 재주가 있으면 더 나눠 봐라! 백 명이면 백 명! 천 명이면 천명! 모조리 뭉개 주마!"

치우비는 무서운 기세로 거대한 나무를 창처럼 휘두르며 달려들었다. 네 사람의 형요는 치우비가 그렇게 무지막지한 힘을 발휘할 줄은 미처 몰랐던 듯 당황한 기색이 역력했다. 나무뿌리는 어마어마하게 큰데다가 휘두를 때마다 흙먼지가 날려서 형요는 치우비에게 가까이 갈 수조차 없었다.

치우비는 그렇게 큰 나무를 휘두르는데도 가벼운 창을 휘두르는 것처럼 솜씨가 날렵하기 이를 데 없어서, 때로는 찔러 오고 때로는 밀어치고 때로는 빙빙 돌리기까지 했다. 무지막지한 나무뿌리가 달려들 때마다 형요들은 속수무책으로 물러서기에 바빴다. 게다가 흙과 잔 돌멩이, 나무뿌리에 붙어살던 벌레들까지도 마구 날아왔으므로 형요는 쩔쩔매었다.

치우비도 조마조마하기는 마찬가지였다. 아무리 치우비가 힘이 좋고 통나무의 위력이 크긴 해도, 이 전법에는 커다란 위험성이 있었다. 뒤에서 공격을 당하면 막기 힘들었다. 형요가 언제 또 주문을 외워 자신의 뒤에 분신을 만들지 몰랐으므로 치우비는 섣불리 공격해 들어갈 수 없었다. 짐승을 몰듯 여러 명의 형요를 계속 몰아붙여 자신의 뒤로 돌아가거나 주문을 외울 수 없게 만들어야만 했다.

그렇게 한참을 싸우다 보니 천하장사 치우비라도 점점 기운이 빠졌다. 치우비는 속으로 생각했다.

'이놈들이 주술만 외우지 않으면 금방 이길 수 있을 텐데! 뒤가 두려워서 더 이상 공격할 수가 없구나! 이대로 가면 지쳐서 지게 될지도 모른다!'

치우비는 네 사람의 형요를 한데 몰아붙이다가 이상한 점을 발견했다.

'가만! 왜 하나가 달라 보이지?'

넷 중 한 사람의 형요는 다른 사람들과 약간 색이 달랐다. 가만 보니 먼지를 뒤집어써서 그런 것이었다. 맨 처음 형요에게 바위를 던졌을 때

박살 난 바위는 다른 것들과 색깔이 달라서 허연 먼지를 뿜었기 때문에 먼지를 뒤집어쓴 형요의 털색이 허옇게 변해 있었던 것이다.

이상한 점을 발견한 치우비는 생각을 가다듬었다.

'맨 처음 형요가 몸을 나누었다면 다른 형요들도 똑같이 허연색이어야 하는데, 왜 다른 놈들은 멀쩡하지?'

그때 다른 형요 두 명이 치우비를 에워싸고 포위하려 하자 치우비는 나무를 휘둘러서 놈들의 앞을 막았다. 그런데 한 명의 형요가 뒤로 비틀거리며 물러서자 다른 형요가 재빨리 칼을 휘둘러 몇 개의 나무뿌리를 잘라 내기까지 했다. 그것은 맨 처음 허연 먼지를 뒤집어 쓴 형요였다. 그리고 보니 네 명의 형요와 싸울 때, 넷의 실력이 똑같지 않고 어느 정도 차이가 있었다는 것을 치우비는 비로소 알아차렸다.

'주술로 몸을 나누었다면 실력도 똑같아야 하는데, 왜 저 형요의 솜씨가 제일 나은가? 왜 어느 놈은 세고 어느 놈은 약하지?'

생각을 거듭하다가 치우비는 문득 표정이 밝아졌다. 치우비가 소리 내어 하하하 웃었다.

형요는 치우비가 느닷없이 웃음을 터뜨리자 소리를 질렀다.

"미친놈!"

치우비는 나무를 휘둘러 한 사람의 형요를 집중 공격하기 시작했다. 그러자 반대편에 있던 형요가 급히 주문을 외웠다.

"요리요리……."

치우비는 주문을 외우든 말든 아랑곳하지 않고 처음에 노린 형요에게 계속 나무뿌리를 찔렀다. 뒤에 있던 세 명의 형요는 놀라서 치우비의 등을 노리려 했지만 치우비는 나무뿌리를 쿵 땅에 찧으며 나무를 잡고 허공을 붕 돌아 처음 노린 형요의 등 뒤로 내려섰다. 형요는 칼을 휘둘렀지만 치우비는 재빨리 몸을 숙이면서 발을 휘둘러서 형요의 다리를 걸었다.

"어이쿠!"

형요가 넘어지자 치우비는 즉시 그 형요를 발로 걷어차 나가떨어지게 만들었다. 옆구리를 차인 형요는 기절해 버렸다. 그러자 두 명의 형요가 치우비에게 덤벼들었고 한 명의 형요는 급히 주문을 외우려 했다.

"요리……."

치우비가 껄껄 웃으며 말했다.

"이제 안 속는다! 얼마든지 주문을 외워 보시지?"

치우비가 땅에 넘어진 나무를 걷어차자 나무는 당장 세 사람의 형요에게로 날아갔다. 거대한 통나무가 날아들자 형요들은 몸을 굽혀 통나무를 피할 수밖에 없었다. 그 틈을 타서 치우비는 무라에게 배운, 순식간에 몸을 번득이는 기술을 써서 치베와 싸우는 두 사람의 형요에게 달려갔다. 치베는 슬슬 기운이 달려서 창 쓰는 손이 어지러워졌고 헐떡이며 구석으로 몰리고 있었다.

치베와 싸우던 형요들은 이제 곧 치베를 잡을 수 있다고 생각하던 터라 뒤는 신경도 쓰지 않고 있었는데 갑자기 치우비가 나타나자 미처 대항할 수가 없었다. 치우비는 두 형요의 뒷덜미를 잡아 땅에 태질을 했고 그들은 동시에 머리를 땅에 찧어 기절하고 말았다. 치베가 헐떡이며 간신히 말했다.

"비 안다!"

"이제 괜찮다, 치베!"

그때 저쪽 세 명의 형요가 일제히 주문을 외우려 하고 있었다. 치베가 다급하게 치우비에게 말했다.

"주문을 외우게 하면 안 된다!"

치우비는 웃으며 말했다.

"얼마든지 외워 보라고 해. 이제 알았다."

"뭘 말인가?"

치베가 놀라서 묻자 치우비는 웃으며 말했다.

"이건 속임수다!"

그러면서 치우비는 땅에 쓰러진 두 명의 형요를 잡아 번쩍 들어 등을 마주 대었다. 그런데 두 형요의 키가 약간 다른 것 아닌가?

치베가 놀라서 말을 더듬었다.

"키가…… 다르다?"

고개를 끄덕이며 치우비가 말했다.

"그래, 주술은 가짜다. 속임수란 말야!"

그 말을 들은 세 명의 형요는 주춤거리며 뒤로 물러섰다. 치우비는 이제 주술을 염려하지 않게 되자 꺼릴 것이 없어졌다. 세 명의 형요는 속임수가 탄로 나자 기운이 빠져 힘을 내지 못했다. 한참을 더 싸우기는 했지만 결국 세 명의 형요도 치우비에게 배를 얻어맞고 기절하여 쓰러져 버렸다. 맨 처음 먼지를 뒤집어썼던 형요만이 기절하지 않고 얻어맞은 배를 움켜잡고 헐떡였다.

치베와 소녀는 치우비가 마침내 형요를 물리치자 기뻐 박수를 쳤다.

"비 안다! 대단하다!"

치우비는 웃으며 여섯 명의 형요를 한데 끌어모았다. 그리고 형요들이 쓰고 있던 가면을 벗기기 시작했다. 처음 치베와 싸우던 키 작은 형요의 가면을 벗기자 나타난 것은 놀랍게도 코가 높고 생김새가 기이한 여자의 얼굴이었다.

"어? 여자였나?"

치우비가 놀라 말하자 치베도 놀라며 말을 더듬거렸다.

"이 여자는 북쪽…… 과보족*이다."

"과보족?"

치베는 다른 형요의 가면을 벗겼다. 가면을 벗기자 나타난 얼굴은 다른 여자였는데 역시 코가 높고 눈두덩이 쑥 들어간 얼굴이었다. 다만 눈과 머리색은 다 같이 검었다.

"과보족이 틀림없다."

다음 형요의 가면을 벗기면서 치우비와 치베는 깜짝 놀랐다. 치우비와 싸우던 네 명의 형요 역시 여자였는데 모두 얼굴 생김이 똑같았다. 코가 높고 눈두덩이 깊었으며 이목구비가 뚜렷한데다 살빛이 창백할 정도로 흰 여자들이었다.

치베가 놀라움에 겨워 물었다.

"이 넷은 정말 주술로 만들어진 것 아닐까?"

치우비는 고개를 저었다.

"네쌍둥이다. 틀림없다."

치베는 놀라 부르짖었다. 두 사람은 쌍둥이, 세쌍둥이까지는 이야기로나마 들어 보았지만 네쌍둥이는 들어 본 적이 없었다.

"네쌍둥이? 그것 신기하구나!"

정신을 잃지 않고 있던 맨 처음의 형요가 탄식하며 말했다.

"치우비, 네가 이겼다. 죽이든 살리든 마음대로 해라."

포기했는지 치우비가 묻는 말에 숨기지 않고 대답했고 치우비는 모든 것을 알 수 있었다.

형요 형제는 형요와 요요 두 사람으로 알려져 있었으나 실제로는 여섯이었으며 남자 형제가 아니라 자매였다. 재주를 피우느라 항상 가면

---

* 중국 북방, 즉 지금의 러시아 지방에 산다고 믿어지던 거인족. 해를 따라 잡으려고 달리다 죽은 거인 과보의 전설이 유명하다. 본 소설에서는, 러시아 및 시베리아 지방에서 살며 키가 크고 서양인의 특성을 지닌 민족으로 설정되어 있다.

과 부푼 털옷을 입어 얼굴과 몸을 가리고 있었으며, 싸움을 잘했으므로 다들 남자로 생각한 것이다. 그중 형요 네 명은 처음부터 네쌍둥이였고 이름도 같아서 자신들도 다른 자매를 잘 구별하지 못했다. 그래서 이름도 똑같이 형요였고, 편의상 첫째 형요, 둘째 형요, 셋째 형요, 넷째 형요라고 불렀다.

나머지 두 자매는 쌍둥이는 아니었는데 다섯째가 미요, 막내가 요요이며 미요와 요요는 한 살 차이였지만 키가 비슷했다. 사람들에게 나타날 때면 형요 중 한 명과 요요가 먼저 모습을 나타내고 그때 나머지 세 명의 형요와 미요는 여기저기 숨어 있다가 만약 형요나 요요가 몰리면 주술을 쓰는 척하고 대신 나타나 싸웠던 것이다. 보돈차르와 치베를 기습할 때는 땅을 파고 숨어 있기도 했다. 형요와 요요는 싸움을 잘하는 편이라 대부분의 상대는 물리칠 수 있었으며, 상대방이 강하면 숨어 있는 다른 형요나 미요가 번갈아 나타나 상대를 혼란시키는 수법을 썼다. 말은 쉽지만 오랫동안 훈련을 하지 않고서는 지금까지 사람을 속이기 어려웠을 것이다.

치베가 감탄하며 말했다.

"그랬군! 너희는 쇠도 대단하고 숨는 재주도 대단하나. 나는 스스로 눈과 귀가 밝다고 생각했는데, 너희가 숨은 것은 정말 알아차리지 못했다."

치베의 말을 이어나가듯 형요가 말했다.

"치우비는 더 대단하더군. 우리는 주술로 몸을 나눈 척하고 한 번에 덤비고 주문을 외워 정신을 헷갈리게까지 했는데 그래도 이기지 못했다. 부끄러울 뿐이다."

사실 치우비도 맨 처음 형요가 먼지를 뒤집어쓰지 않았다면 주문에 신경 쓰여 제 실력을 발휘하지 못하고 패했을지도 모른다. 그 순간을 생각하면 오싹해졌지만, 이상하게 생긴 이 여자들이 그렇게 꾀도 잘 쓰고 싸우는 실력도 웬만한 용사 못지않은 것에 적잖이 감탄했다.

형요 자매는 스물셋, 스물넷밖에 안 돼 보였고 미요와 요요는 더 어려서 스물도 안 된 듯했다. 그렇게 젊은 나이에 이만한 재주를 가지기란 쉽지 않은 일이다. 그러나 이들이 수많은 사람을 죽였다고 생각하니 용서해 줄 수 없다고 생각했다.

치우비가 얼굴을 굳히며 말문을 열었다.

"너희는 수많은 사람을 죽였으니 용서해 줄 수는 없다. 고통 없이 단칼에 죽여 주겠다."

형요는 그 말을 듣고 태연히 눈을 감았다. 비록 여자이지만 형요의 기개가 대단하자 치우비는 문득 아깝다는 생각이 들었다.

갑자기 요요가 울면서 외쳤다.

"우리는…… 우리는 사람을 많이 죽인 일이 없어요. 겨루다가 죽인 일은 있지만 사람을 마구 죽인 적이 없다구요."

"요요야!"

형요가 요요를 나무랐지만 요요는 계속 외쳤다.

"우리는 짐을 뺏었지만 괜히 약한 사람을 죽이지 않아요. 우리는…… 우리는 원수도 갚아야 하는데……!"

요요가 떠들자 치우비는 칼을 거두며 물었다.

"정말이냐?"

"형요, 요요는 거짓말을 한 적이 없어요!"

치우비가 웃으며 되받았다.

"요리요리 하! 그건 거짓말이 아니냐?"

의외로 요요는 딱 부러지게 말했다.

"싸울 때 쓰는 재주는 거짓말이 아니에요! 그건 우리가 오래 연습한 재주라구요! 재주는 부리지만 거짓말은 안 해요!"

형요가 한숨을 깊이 쉬더니 끼어들었다.

"믿어 달라고는 안 하겠지만, 요요의 말은 거짓이 아닙니다."

치우비는 칼을 한 번 바라보고 또 형요의 얼굴을 바라보다가 물었다.

"그러면 아까는 왜 사람들을 다 죽였다고 말했나?"

형요는 두려운 기색 없이 당당하게 대답했다.

"우리가 안 그랬다 해도 누가 믿어 주나요? 아무도 믿어 주지 않는데 뭐하러 발뺌을 하겠습니까?"

"그렇다 해도 어찌 거짓말을……."

형요는 훗, 하고 웃었다.

"겨루는 도중에 몇몇 사람을 죽인 것은 사실이며, 몇 사람을 죽였는지 정확히 세지 못했으니 거짓말을 한 것은 아닙니다."

치우비는 형요가 비록 괴이하게 생긴 여자이지만 당당하고 기개가 대단하여 죽이기 아깝다는 생각이 강해져서 자신도 모르게 칼을 내렸다. 그러자 치베가 나섰다.

"비 안다, 전에 보돈차르께서도 말씀하셨다. 형요 형제…… 아니, 자매지. 아무튼 형요는 그리 비겁한 사람은 아닐 거라고 했다. 그래서 세 번이나 형요와 겨루시면서도 굳이 그들을 잡으려 하지 않으셨다. 나도 형요가 죄 없는 사람들을 마구잡이로 죽일 사람은 아니라고 믿는다."

"그러면 여기를 지나가다 죽은 많은 사람들은 누가 죽인 것인가?"

요요가 외쳤다.

"우리도 몰라요 하지만 아마…… 괴물일 거예요!"

"괴물?"

요요가 고개를 끄덕이며 또 소리치듯 말했다.

"이 산에는 괴물이 나와요! 우리 부모님도, 마을 사람도 전부 괴물이 죽였다구요!"

치우비는 아직도 마음의 결정을 완전히 내리지 못하고 계속 집요하게 물었다.

"그런데 도둑질은 왜 했지?"

"그러면 이 깊은 산에서 무엇을 하고 사나요?"

"여기를 떠나면 될 것 아니냐?"

"그럴 수 없어요! 그럴 수 없어요! 우리는 괴물을 잡아 원수를 갚아야 해요! 그때까지는 떠날 수 없다구요!"

치우비는 잠시 생각해 보다가 말했다.

"좀 더 자세히 이야기해 봐라. 치베, 날이 늦었으니 불을 피우자."

어느덧 해가 떨어지고 있었고 싸움을 하느라 지쳐 있어 치우비와 치베는 불을 피우고 음식을 꺼냈다. 치우비는 형요 자매가 도망칠까 봐 일단 줄로 묶어 놓았지만, 그들에게도 음식을 나눠 주며 이야기를 나눴다.

이야기를 들어 보니, 형요 자매는 원래 먼 북쪽, 과보족 사람이었다. 그런데 형요 자매가 네쌍둥이로 태어나자, 과보족의 푸닥*이 이것은 부족에게 흉한 징조라고 형요 일가를 내쫓았다. 결국 형요의 부모는 몇몇 일가친척과 함께 고향을 떠나 동쪽으로 길을 떠났다.

그러나 과보족은 코가 높고 키가 크며 생김새가 달라서, 동쪽의 몽골족이나 타타르족은 도깨비라고 부르면서 그들을 배척했다. 결국 그들

---

* 바이칼 호 부근에서 시베리아 전역에 퍼져 살고 있던 러시아의 토착 부족은 그들의 주술사를 푸닥이라고 부른다. 우리가 무당의 굿을 일명 '푸닥거리'라고 부르는 것과 일치할뿐더러, 푸닥의 강신 및 제의 절차 등도 우리의 것과 놀랄 만큼 유사하다. 이는 바이칼 호 부근 부족과 우리 민족뿐만 아니라 동북아 북방 부족 전체의 공통적 특성이다(다른 부족들은 주술사를 우타간, 푸타간 등으로 부른다). 이러한 사실은 우리 민족이 바이칼 호 부근에서 시작하여 동으로 향하여 중간에 많은 부족들로 갈라지면서 한반도까지 이르렀다는 몇몇 서적(재야에서만 인정하고 정식 사학에서는 아직 인정하지 않는)의 내용을 증명하는 자료이기도 하며, 재야 사학자들과 민속학자 등 사이에서 근래 활발히 연구되고 있는 주제이기도 하다.

은 하는 수 없이 산에 숨어 도둑질을 해서 살아갈 수밖에 없었다.

　형요 자매의 아버지는 과보족에서 꽤 유명한 용사였는데, 도둑질로 살아가야 하기에 더 열심히 무술을 닦아 실력이 대단해졌다. 나중에는 부하들도 거느리게 되어 형요의 아버지는 대도둑이 되었고 형요 자매도 도둑들 사이에서 공주처럼 떠받들어지며 키워졌다. 그러는 중에 미요와 요요가 태어나 네 자매는 여섯 자매로 늘어났다.

　형요의 아버지는 비록 도둑 두목이었지만 스스로 용사라고 생각하던 사람이라 괜스레 사람을 죽이거나 하지는 않았고, 유명해지자 함부로 약탈하지도 않았다. 나중에는 길을 지나는 장사꾼들이 으레 주기적으로 물건을 알아서 바쳐 왔고, 진상품이 점차 늘어나자 그것만으로도 충분히 생활이 가능했기에 굳이 약탈을 하지 않았던 것이다. 오히려 형요의 아버지는 다른 잔도둑들을 쳐 없애서 사람들이 안심하고 지나갈 수 있도록 만들어 주기까지 했다.

　형요 자매와 미요, 요요는 무럭무럭 잘 자랐고 칼을 쓰는 법도 배웠다. 여자였지만 나중에 두목이 되어야 했기에 칼 솜씨를 익혀야 했다. 요요는 이야기하다가 말꼬리를 흐렸다.

　"그런데……."

　요요가 뚝뚝 눈물을 흘리기 시작했다. 미요가 대신 이야기를 했다. 첫째 형요와 미요, 요요는 주신 말을 할 줄 알았지만 다른 세 형요는 주신 말을 몰랐다. 그리고 첫째 형요는 입을 다물고 말하려 하지 않았기에 미요가 말할 수밖에 없었다.

　"네 해 전, 우리는 여느 때와 똑같이 밖에 나가 칼을 연습하고 왔지요. 그때 형요 언니들은 스무 살이 넘었기 때문에 우리를 가르쳐 주었지요. 그런데 돌아와 보니…… 모두…… 모두가 죽어 있었어요."

　"어떻게 죽었지?"

치우비가 묻자 미요는 떨면서 대답했다.

"아무데도 다친 데는 없었는데도 죽어 있었어요. 정말 무서운 것은 우리 부모님과 백 명에 가까운 마을 사람들이 한 번에 죽은 것 같았다는 거예요."

치우비는 놀랐다. 세상에 어떻게 백 명의 사람을 한 번에 죽일 수 있단 말인가?

"한 번에?"

"그러니 무서웠지요. 어떤 사람들은 칼을 뽑다가 그 자리에서 쓰러진 듯했고, 어떤 여자는 놀라서 얼굴을 가리며 비명을 지르다가 쓰러진 것 같았어요. 어떤 사람은 막사를 나서다가 넘어져 죽었고, 도망치려다가 죽은 사람도 있었어요. 한꺼번에 죽지 않았다면 어떻게 그런 모습으로 죽을 수 있겠어요? 더구나 누구의 몸에도 상처가 없었어요."

치우비도 믿을 수 없어서 다시 물었다.

"상처가 없었다고?"

"없었어요. 다친 상처라곤 전혀 없었어요. 넘어지다가 생긴 것 같은 작은 상처는 몇 사람 있었지만요."

치베가 치우비에게 말했다.

"근처를 지나다가 몰살당한 사람들도 그렇게 죽었다고 들었다. 아무래도 형요가 한 짓이 아닌 것 같다."

치우비가 고개를 끄덕였다. 거짓말 같지는 않았다. 만약 형요 자매가 사람들을 몰살시키는 재주가 있었다면 치우비도 당해 낼 수 없었을 테니까.

치우비는 한참 생각하다가 물었다.

"독을 쓴 것이 아니었나? 독 연기 같은?"

"독을 쓴 흔적은 전혀 없었어요. 독에 걸려 죽었다면 붓거나 색이 변하거나 피를 쏟거나 했을 거예요. 그러나 아무도 그런 흔적이 보이지 않았다구요. 정말…… 그날을 생각하면 무섭기 그지없어요……."

미요와 요요는 생각만 해도 끔찍한 듯 온몸을 덜덜 떨었다. 치우비마저도 등골이 오싹해졌다. 하지만 어떻게 그런 일이 있을 수 있는지 아무리 생각해도 알 수가 없었다. 그래서 치우비는 물었다.

"그것 외에 이상했던 점은 없었나?"

첫째 형요가 조심스럽게 입을 열었다.

"한 가지…… 있었습니다."

"뭐였지?"

"사람들의 몸이 이상하게 흐늘흐늘해져 있었어요. 부러지거나 다친 것은 아닌데…… 뭐랄까, 흐늘거렸죠. 우리는 부모님을 먼저 묻고 차례대로 사람들을 묻었는데 하루가 채 지나지 않아 시체들이 썩기 시작했어요."

하루 만에 시체가 썩었다면 빠르기는 해도 괴이한 일이라고까지 볼 수는 없었다. 다만 몸이 흐늘거렸다는 것만으로는 어떻게 생각해도 연결이 되지 않았다. 그래서 치우비는 끔찍한 생각을 떨치고 다시 물었다.

"그런데 왜 괴물이라고 했지?"

"발자국이 있었어요."

"발자국?"

"커다란 발자국이었어요. 마을 어귀에 선명하게 찍혀 있었어요."

그러면서 첫째 형요는 모닥불에서 나뭇조각 하나를 빼서 땅에 발자국 모양을 그렸다. 큰 도마뱀 발자국 같았다. 치베는 안색을 굳히며 치우비를 바라보았다.

"신수?"

"그럴지도 모르겠군."

첫째 형요는 둘의 이야기를 듣고 물었다.

"당신들은 그 괴물을 아나요?"

"아니, 우리도 모른다. 다만 우리는 그런 괴물을 신수라고 부른다. 그런데 그런 괴물이 있다는 것을 뻔히 알면서도 왜 여기를 떠나지 않았지?"

부르르 떨던 요요가 얼굴색을 붉히며 외쳤다.

"부모님 원수를 갚아야 해요!"

미요도 외쳤다.

"괴물을 죽일 거예요!"

"그래서 여기서 네 해나 살았단 말인가?"

"그래요!"

"살아가기 위해 남의 물건을 빼앗을 수밖에 없었고?"

"맞아요. 그리고 우리 실력이 얼마나 늘었는지 알아보기 위해 계속 사람들과 겨루었죠."

요요의 말에 미요도 거들었다.

"부모님과 마을 사람들이 죽은 것을 본 다음부터는 사람을 죽이는 게 얼마나 다른 사람을 슬프게 하는지 알았어요. 그래서 우리는 물건은 빼앗되 사람을 해치지 않으려 했어요. 우리 실력이 자기들보다 센 것을 알면 사람들은 순순히 물건을 바치곤 했어요."

미요는 여섯 자매 중에서 가장 온순하고 착한 인상이었는데 그녀의 얘기도 그녀의 모습과 흡사한 듯했다. 치우비는 미요가 거짓말을 하고 있지 않다는 느낌을 받았다. 치우비는 허, 하고 한숨을 쉬었다. 치베가 의아하다는 듯 물었다.

"아무래도 이상하다. 괴물이 여기를 여전히 돌아다닌다면 왜 너희를 건드리지 않았을까?"

"그건 우리도 몰라요."

미요가 고개를 젓자 요요가 화를 내며 외쳤다.

"우리가 무서운가 보죠!"

치베는 피식 웃었다.

"백 명을 단숨에 죽이는 무서운 신수가 너희 여섯을 무서워할 리가 있느냐? 너희 말을 믿을 수 없다."

첫째 형요가 노기를 띠며 대들 듯이 물었다.

"그럼 뭐죠? 우리가 괴물을 부린단 말인가요? 아니면 거짓말을 한다는 소린가요?"

요요도 외쳤다.

"우리가 괴물을 부린다면 당신들을 그냥 둘 리 없잖아요!"

그러나 치베는 끄떡도 하지 않고 되받았다.

"하지만 괴물이 왜 너희는 놓아두고, 사람들 무리를 죽이는 것이지? 더구나 이 골짜기에서 죽은 사람들은 값있는 물건이 하나도 없었다. 괴물이 일일이 물건을 챙겨 갔단 말인가?"

치우비는 형요 자매가 거짓말을 하는 것 같지는 않아 도와주려는 마음에 물었다.

"너희는 죽은 사람들에게서 물건을 가져간 적이 있니?"

요요가 벌컥 화를 냈다.

"우리는 도둑이지만 죽은 사람 몸을 뒤지는 짓은 하지 않아요! 그런 짓은 하늘을 모독하는 나쁜 짓이라구요!"

"그렇다면 너희 말고 다른 도둑 떼가 골짜기에 많은가?"

"없어요. 우리 아버지가 벌써 오래전에 쫓아 버렸죠."

"그러면 왜 우리를 다른 도둑 떼들에게서 지켜 준다고 했지?"

"도둑 떼는 없으니 우리가 밑질 것이 없어서 그랬을 뿐이라구요!"

치베가 날카롭게 지적했다.

"그러면 뭐지? 그럼 죽은 사람들은 너희가 물건을 다 빼앗고 놓아 준 사람들이란 말이냐? 그러고 나면 괴물이 나타나 그 사람들을 다 죽여 준다는 말이로군! 더구나 너희는 네 해나 여기에 살면서 괴물을 만나지도 못했다고? 이게 수상하지 않다면 뭐가 수상한 거지?"

치베의 추궁이 날카로웠기 때문에 요요나 미요 자매도 일순 대답하지 못하고 머뭇거렸다.

화가 난 치베가 추궁했다.

"여기서 죽은 사람은 우리 몽골족만 해도 수백 명이다! 너희가 무슨 수작을 부렸는지 어서 털어놓아라! 안 그러면 절대 너희를 용서하지 않겠다!"

별안간 요요가 앙, 하고 울음을 터뜨렸다.

"우리도 몰라요! 모른다구요!"

치우비가 치베를 말렸다.

"치베, 그러지 말게. 보돈차르도 형요가 그리 못된 자는 아닐 것 같다고 하지 않았나?"

치베는 화가 치미는지 씩씩거렸다.

"나도 그 말을 믿었네. 그러나 순순히 털어놓지 않고 괴물입네 뭐네 거짓말을 하는 수작을 나는 도저히 볼 수가 없어! 이 계집들이 어떤 수작을 부려 그리 많은 사람을 죽였는지 알아내야겠네! 이런 것들을 용사라고 생각하고 있었으니 부끄러워 죽을 지경일세!"

순간 첫째 형요가 벌떡 일어나 무섭게 눈을 흘기며 치베를 보면서 외쳤다.

"우리는 이미 너희에게 잡혔다. 살아 도망갈 것은 생각도 하지 않았어! 그런데 우리가 왜 거짓말을 하지? 시끄럽게 떠들지 말고 죽이려면 어서 죽이라구! 눈썹 하나 까딱하지 않을 테니까!"

형요가 기세등등하게 나서자 치베는 약간 풀이 죽었으나 여전히 화를 풀지 않았다.

분위기가 험악해지자 치우비는 난감해졌다.

"자자, 나는 형요가 거짓말하리라고는 생각하지 않아. 화내지 마."

"그렇다면 형요의 말을 믿는단 말인가?"

"그렇지는 않아."

치우비의 말에 치베는 답답하다는 듯이 소리를 쳤다.

"형요의 말은 믿고 싶어도 믿을 수가 없다! 거짓말이 분명한데, 어떻게 화를 내지 않느냐 말이다!"

"거짓말이라고 생각할 수만도 없잖냔 말야."

치베는 한참 생각하더니 "에잇" 하며 칼을 내던졌다. 치우비가 치베에게 물었다.

"그나저나 저들을 어떻게 하지? 놓아줄까?"

치베는 형요를 손가락질하며 말했다.

"저것들을 그냥 두어서는 안 된다. 그대로 두면 계속해서 도둑질을 할 것 아닌가?"

"그러면 죽인다고? 도둑질을 했긴 해도 항상 겨루어 빼앗았지, 억지로 빼앗거나 함부로 사람을 해치지 않았다잖아. 그러니 죽인다는 건 너무하잖아?"

"저것들 말을 어떻게 믿지?"

"그렇다고 안 믿을 수도 없지 않나? 형요가 거짓말을 하는 것이 밝혀진다면 나라도 당장 목을 치겠지만, 형요의 말이 정말이면 어쩌지? 그러면 우리는 괜한 사람을 죽이는 게 되잖는가? 그러니 그냥 놔두고 가자. 응?"

치베도 고민하는 듯했다. 형요의 말이 사실이라면, 형요는 죽을죄를 지은 것은 아니며 오히려 괴물을 잡으려 위험을 무릅쓰고 산에 숨어 살았으니 용기 있다 할 수 있었다. 하지만 형요의 말을 곧이곧대로 믿을 수도 없는 처지였다.

마침내 치베가 결정을 내렸다.

"좋다. 그러면 내, 치우비 안다의 말을 듣겠다. 너희는 내일 당장 여기를 떠나 다시는 여기서 도둑질을 하지 마라! 알았어?"

뜻밖에도 형요, 미요, 요요가 일제히 외쳤다.

"그럴 수는 없어!"

치베는 놀라서 눈을 부라렸다.

"뭐…… 뭐?"

"도둑질은 하지 않겠지만 이 산을 떠날 수는 없다. 우리는 괴물을 찾아서 반드시 우리 아버지의 칼로 죽여 원수를 갚아야겠다! 그러지 못할 바엔 죽는 게 낫다!"

형요가 외치자 요요도 외쳤다.

"차라리 그럴 바엔 우리를 죽여라!"

치베는 형요가 되레 당당하게 나서자 화도 나고 기가 막혀서 얼굴이 붉게 변했지만 뭐라 말을 하지 못했다.

치우비는 직감으로 형요 자매를 믿었기 때문에 형요 자매를 놓아주고 싶은 생각이 들었다.

"도둑질을 이제 안 한다고 하니 믿어 보자구."

치우비가 은근하게 말하자 치베가 버럭 소리쳤다.

"그걸 어떻게 믿어? 비 안다, 저들이 약속을 어기고 도둑질을 하면 또 많은 사람들이 죽게 된다. 그러면 그 사람들은 우리가 죽이는 것이나 마찬가지야! 그걸 생각해 봐!"

치우비도 그 말에는 뭐라 할 말이 없었다. 형요 자매의 문제는 자기로서는 도저히 풀 수 없는 수수께끼 같았다. 마음 같아서는 괴물이 정말 있나 산을 뒤져 보고 싶은 생각까지 들었지만 그럴 여유도 없었다. 그때 형요가 외쳤다.

"믿지 못하겠다면 죽여라!"

"안 죽이겠다, 안 죽이겠어. 믿지도 못하지만, 안 믿겠다고 한 것도 아니다. 우리도 어떻게 해야 옳은지 모르겠구나."

그러면서 치우비는 치베에게 말했다.

"이럴 수도 없고 저럴 수도 없으니 차라리 풀어 주고 상관하지 말자. 저들이 죄를 지으면 나중에 따져도 된다."

그 말에 형요가 또다시 외쳤다.

"우리도 억울해서 미칠 지경이다! 나 형요, 억울한 것은 도저히 못 참는다! 좋다! 너희가 우릴 못 믿겠다면 너희가 믿도록 만들어 주겠다!"

그때 아무 대꾸도 하지 않고 치베가 형요에게 불쑥 다가가 말없이 묶었던 줄을 툭툭 끊어주고 칼을 땅에 내동댕이쳤다. 형요를 풀어 준다는 뜻이었다.

치베는 단호한 목소리로 형요에게 말했다.

"만약 이 골짜기에서 또 사람들이 죽으면 그땐 무슨 일이 있어도 너희를 찾아 발기발기 찢어 버리겠다!"

어이없다는 듯이 형요가 소리쳤다.

"너 치베! 보기보다 치사한 녀석이구나! 우리를 믿지 못하겠으면 죽여라! 제기랄! 괴물이 사람을 죽이는 것인데 사람이 죽으면 무조건 우리를 찾는다니! 우리는 괴물을 찾고 싶어도 못 찾는데, 괴물이 죽인 사람을 우리 앞으로 달아 놓는다고? 이런 억울할 데가 어디 있느냐!"

치우비가 듣고 보니 그 말에도 일리가 있었다. 그러나 치베는 냉소를 띠며 되받았다.

"너희만 사라지면 그런 일은 생기지 않을 것이다."

그 말에 형요는 약이 바짝 오른 듯 발까지 구르면서 화를 냈다.

"치베! 이놈! 우리가 그런 것이 아니란 말이다! 우린 졌을 때 죽음을 각오했다! 하지만 사람을 수없이 죽였다는 죄를 뒤집어쓰고 죽기는 싫단 말이다!"

그래도 치베는 여전히 냉랭히 말했다.

"그건 네 사정이다!"

형요는 너무도 화가 난 듯 창백한 얼굴이 새빨갛게 되어 발을 구르며 성질을 냈다. 치우비는 아무래도 일이 꼬일 것 같아서 치베에게 말했다.

"치베, 늦었지만 오늘은 길을 더 가는 게 좋겠다. 소녀님, 힘들겠지만 오늘은 더 길을 갑시다."

소녀는 묵묵히 앉아 있다가 치우비가 가자고 하자 두말하지 않고 조용히 일어섰다.

치우비는 속으로 생각했다.

'정말 뭐 이런 경우가 있나? 우리가 이겨서 잡아 놓고도 무서워서 도망치는 셈이 되네? 어느 말이 옳고 그른지 모르니 상관하지 말자.'

치우비와 소녀, 치베가 말을 타고 달려 멀어지는 동안, 형요는 계속 억울한 듯 욕을 하고 소리도 지르고 울기까지 했다. 그러나 치베는 계속 코웃음만 쳤고 치우비는 행여 치베와 형요가 싸움이라도 할까 봐 서둘러 말을 달려서 골짜기를 빠져나갔다.

그날 밤 치우비와 치베는 골짜기를 한참 벗어날 때까지 멀리 길을 간 다음, 해가 뜰 무렵이 되어서야 간신히 외진 곳에 자리를 잡고 불을 피우고는 잠을 청했다. 형요와 겨루느라 치우비와 치베 모두 지친 상태여서 이내 곯아떨어졌다.

치우비는 잠시 후 말발굽 소리와 부산하게 움직이는 소리를 희미하게 듣고는 벌떡 자리에서 일어났다. 주위를 둘러보니 놀랍게도 형요의 여섯 자매가 모두 옆에 있는 것 아닌가? 치우비는 깜짝 놀랐다.

형요는 치우비가 일어나자 공손하게 고개를 숙이며 말했다.

"피곤하면 더 주무십시오. 우리가 음식을 준비하겠습니다."

형요 자매 중 둘은 벌써 음식을 준비하고 있었고, 둘은 말을 돌보고, 하나는 주변을 지키고 있었다.

치우비가 의아해하며 물었다.

"너희는 왜……."

형요가 웃으며 대답했다.

"싫다고 해도 우리는 무조건 따라갈 겁니다. 조금도 치우비님에게 나쁜 마음이 없어요. 음식을 준비했으니……."

그때 치베가 눈을 번쩍 뜨며 형요를 보더니 손을 뻗어 무기를 잡으려 했다. 그러나 형요가 재빨리 치베의 무기를 차 버렸다.

"……많이 드십시오. 하지만 치베 인마, 네 건 없어!"

형요 자매 여섯은 모여서 소녀를 돌보아 주고 치우비에게 정성껏 음식을 권했다.

치베는 그것을 보고 놀라서 소리쳤다.

"비 안다! 먹으면 안 된다!"

"저 치사한 놈 말은 듣지 마십시오. 치우비님은 우리를 잡고도 죽이지 않고 구해 주셨으니, 우리가 치우비님을 따르지 않으면 어찌하겠습니까?"

형요의 말에 치우비가 고개를 저으며 물었다.

"도대체 왜들 이러는 건가? 아무 일 없이 놓아주었으면 되었지, 또 뭘 바라는 거야?"

"달리 바라는 것은 없습니다. 다만 우리가 치우비님을 호위하고 모시게 해 주시기만 하면······."

"도대체 왜 그러지?"

요요가 생글생글 웃으며 끼어들었다.

"우리가 살길은 이것뿐이거든요."

"무슨 소리야?"

"우리가 아무리 말해도 속 좁고 치사한 가짜 용사 치베는 안 믿을 거예요. 골짜기에 괴물이 나와 사람을 죽여도 우리가 한 짓이라고 할 거라구요. 그러면 억울하잖아요."

미요가 조심스럽게 나와 수줍은 듯 말문을 열었다.

"우리가 내내 치우비님 옆에 있다면 괜찮죠. 골짜기에서 누가 죽더라도 우리가 죽인 게 아니라 괴물이 죽였다는 게 밝혀지잖아요."

달뜬 목소리로 요요가 덧붙였다.

"우리가 더 이상 도둑질을 하지 않았다는 확실한 증거도 되구요. 그 다음에 골짜기로 돌아가 괴물을 잡자고 의논했어요."

치우비는 얼떨떨해졌다. 생각해 보니 그럴 법도 했다. 사실 형요 자매로서는 생각에 생각을 거듭하여 그런 결정을 내리게 된 것이다.

만약 자신들이 골짜기에 있는 동안 또 사람이 죽으면 치베와 치우비가 찾아와 따질 것이다. 치우비의 힘이 엄청나고, 속임수마저 들통 났으니 잡히는 것은 뻔했다. 그리 되면 변명도 못하고 억울하게 죽을 것이니 차라리 치우비를 졸졸 따라다니자는 생각이었다. 그러면 그들이 결코 사람을 해칠 틈이 없었다는 것을 증명할 수 있으니 치우비나 치베도 딴소리를 못하지 않겠는가?

치우비는 말을 듣고는 한숨을 쉬었다.

"허, 그것 참."

"속지 마라! 비 안다! 저들은 우리만 해치면 더 이상 겁낼 사람이 없다고 생각할 거다! 속아 넘어가면 안 된다!"

치베가 소리치자 형요도 지지 않고 되받아 소리쳤다.

"쩨쩨한 치베야! 우리가 그럴 생각이었으면 벌써 그랬을 거다! 하지만 우리는 아무 짓도 하지 않았잖은가? 우리가 정말 그런 생각을 품었으면 치우비님은 몰라도 네놈은 벌써 목이 떨어졌을 거다!"

요요가 깔깔 웃으며 말했다.

"치사한 치베야! 목덜미를 만져 보려무나!"

치베가 놀라 목덜미를 만져 보니 검은 것이 묻어났다. 근처 샘으로 가서 목을 비추니, 목에 누가 숯으로 금을 길게 그어 놓았다. 치베는 부르르 몸서리를 쳤다.

형요 자매는 치베가 잠든 틈을 타서 치베를 놀리려고 살짝 목에 금을 그어 놓았는데 그는 아직도 모르고 있었다. 숯이 아니라 칼로 그었다면 치베는 아무것도 모르는 사이 목이 달아났을 터였다. 형요 자매는 도둑 출신이라 움직임이 귀신같아서 치베나 치우비조차 그런 줄도 모르고 잠들어 있다가 형요 자매가 음식 준비를 하는 소리를 듣고서야 깨어난 것이나.

치베는 아무 말도 못했다.

형요는 그런 치베를 살짝 쳐다보다가 치우비에게 말했다.

"치우비님, 나는 조금도 숨기지 않습니다. 우리가 이러는 것은 억울하기 때문이기도 하지만, 다른 이유도 있지요."

"뭐지?"

치우비는 형요 자매가 결코 자신에게 악의를 갖지 않았다는 것을 알고 있기에 웃으며 물었다.

"첫째, 이제 우리는 위험해졌습니다. 치우비님이 우리를 해치지 않는다 해도 저 쩨쩨한 치베는 분명 우리가 그동안 쓴 속임수를 여기저기 떠들고 다닐 겁니다. 우리도 그리 약하지는 않지만 그리 되면 더 이상 골짜기의 대장 노릇은 못하죠. 그러면 원수도 못 갚을 게 아닙니까? 더구나 우리가 속임수를 쓴 것을 알게 되면 우리에게 물건을 빼앗겼던 놈들이나 죽은 사람의 친구들이…… 아, 물론 우리가 죽이지 않았지만 그놈들은 모를 거 아닙니까? 그놈들이 우르르 몰려오면 우리는 목이 떨어질 수밖에 없어요. 그러니 차라리 당분간 치우비님을 모시고 가는 게 우리로서도 좋단 말이죠."

그 얘기에 치우비는 사람 좋게 웃었다.

"그럴듯한데? 하지만 내 머리는 소 삼천 마리에 구리솥 다섯 개, 구리칼 백 개짜리이니 골치 아픈 일이 더 많이 생기지 않을까?"

형요는 여자이면서도 호탕하게 웃으며 말했다.

"그게 두 번째 이유입니다. 우리의 억울함을 풀려면 치우비님이 당하면 안 되죠. 우린 반드시 치우비님과 좀스러운 치베 놈에게 우리가 거짓말을 하지 않았다는 것을 보여 줘야 합니다. 그런데 두 분…… 아, 그러니까 치우비님과 저 아름다운 아가씨 두 분입니다. 두 분하고 한 마리의 벌레는 너무 세상을 몰라요.

쩨쩨한 치베는 활은 좀 쏠 줄 알지만 형편없는 놈이고, 치우비님은 대용사라 떳떳하게 싸운다면 세상 아무도 못 당하겠지만 숨어서 다가오는 도둑들은 막지 못할 겁니다. 우리가 오는 것도 몰랐잖습니까? 누가 독을 풀거나 속임수를 쓰거나 밤에 숨어들어서 목을 따면 어쩔 건가요? 그러니 힘을 합해서 안전한 곳으로 가는 겁니다. 그게 모두에게 좋다구요. 안 그래요?"

듣고 보니 그럴듯해 치우비는 고개를 끄덕일 수밖에 없었다. 자신은 사울아비로서 힘을 기르고 남과 싸우는 데는 익숙했지만 밤에 숨어든

다거나 독을 푼다거나 등의 술수를 부리는 데에는 형요 자매만큼 자신이 없었다. 지난밤에 형요 자매가 따라오고 있다는 것도 몰랐지 않은가?

형요가 의기양양하게 말을 이었다.

"그래서 우리는 치우비님을 보호하기로 했습니다. 아, 저기 아가씨도 보호해야죠. 쩨쩨한 벌레에겐 관심도 없어요. 치우비님은 우리를 이기셨으니 종처럼 부리셔도 됩니다. 떼어 놓지만 마세요. 안 그러면 골짜기에서 누가 죽었을 때 우리 탓을 할 거 아닙니까?"

형요는 자신들의 말을 믿어 주지 않는 치베가 얼마나 미웠는지 말끝마다 꼬아서 시비를 걸고 있었다. 치베도 얼굴이 붉으락푸르락했지만 뭐라고 따지지는 않았다. 치우비는 형요 자매가 재미있다고 생각하여, 일부러 치베를 약 올리려고 웃으며 물었다.

"치베는 보호해 주지 않을 건가?"

"쩨쩨하고 좀스러운 치베는 자기가 알아서 하라고 하죠, 뭐."

드디어 치베가 버럭 화를 냈다.

"귀신 같은 계집들의 보호는 필요 없다!"

껄껄 웃으며 치우비가 치베를 달랬다.

"치베. 형요가 이렇게까지 나오는데 화를 낼 필요는 없지 않나? 응?"

치베는 화가 단단히 났는지 으르렁거리듯 말했다.

"비 안다가 귀신들과 사귀고 싶다면 굳이 말리진 않겠다. 하지만 나는 저런 귀신들은 싫다!"

치우비는 난감해졌다. 그러나 가만 주변을 보니 요요와 미요가 곰살궂게 웃으며 소녀를 돌보아 주는데, 소녀도 여자들이 자신을 돌보아 주자 기분이 좋은 듯했다.

'그러고 보니 소녀님을 무조건 짐짝처럼 들고 가는 것도 안된 일이다. 나나 치베는 무뚝뚝한 남자라 길을 가면서도 소녀님을 살필 생각은 못했구나. 우리가 그냥 땅에 굴러서 자니 소녀님도 그냥 땅에 굴리고, 우리가 아무것이나 막 뜯어 먹으니 소녀님에게도 아무것이나 던져 주고 했구나.

아이구. 일부러 그런 것은 아니지만, 저분은 아픈 사람이고 연약한 여자인데다 형수님이 될지도 모르는데 아무래도 잘못했다. 고생이 많았겠구나. 형요 자매가 함께 가 준다면 같은 여자들이니 소녀님을 잘 모실 수 있겠다.'

치우비가 보기에 형요 역시 두말을 할 여자 같지는 않았고, 도둑으로 잔뼈가 굵은 여자들이라 몸이 날래고 재주가 있으니 쫓기는 입장인 자신에게 큰 도움이 되겠구나 싶었다. 그리고 쫓아내고 싶어도 죽어도 따라온다고까지 하지 않던가.

생각을 거두고 치우비가 웃으며 물었다.

"형요님 자매는 말을 잘 탈 줄 아시나요?"

치우비는 이제 더 이상 형요에게 반말을 하지 않고 높여 말했다. 이것은 형요 자매를 손님이나 벗으로 대한다는 뜻이었다. 형요는 눈치가 빨라 그 말을 듣고는 크게 웃었다. 형요는 본래 모질고 독한 성격이라 이렇게 활짝 웃는 일이 드물었다.

형요가 활짝 웃자 치우비는 생각했다.

'도깨비족인 과보족이라 기이하게 생겼어도 저렇게 웃으니 보기 좋고 예쁘구나.'

형요는 미소 띤 얼굴로 대답했다.

"저에게 말을 높이실 것 없습니다. 저는 치우비님이 잡았으니 종이라 할 수 있고 하물며 도깨비 계집인데 어찌 말을 높이십니까?"

치우비가 고개를 가로저었다.

"나는 이미 도깨비들과 만난 적이 있소. 하지만 그들을 종으로 생각한 적이 없습니다. 타타르족의 도깨비 왕이 그들은 도깨비가 아니라 사람이라 말해 주었습니다. 우리는 생김새는 다르지만 말도 통하고 사는 게 똑같은 사람인데 내가 어떻게 당신을 업신여기겠습니까? 당신은 나를 이기지 못했지만 내가 당신을 잡은 것도 아닌데 어찌 종이라 하겠습니까? 정 그렇다면 우리 친구로 지냅시다. 형요님도 말을 높이지 마십시오. 그러면 나도 편하게 말하겠습니다."

치우비가 선량한 미소를 띠며 말하자 형요는 갑자기 흑, 하고 울음을 삼켰다. 형요는 한 줄기 눈물이 흐르자 얼른 닦아 내고는 다시 방긋 웃으며 말했다.

"치우비님, 당신 같은 분을 예전에 만났다면……."

"계속 말 높일 겁니까?"

치우비가 부드럽게 나무라자 형요는 눈물을 머금은 눈으로 씩 웃고는 치우비에게 말했다.

"알았어! 치우비! 우리는 과보족 중에 코사크 사람들에게 말 타는 법을 배웠지. 코사크족의 말 타는 재주는 몽골족에 비해도 절대 뒤떨어지지 않아!"

그러고 보니 형요 자매가 끌고 온 말들도 아주 좋은 말들이라 구름이나 높은뫼에 그리 뒤질 것 같지 않았다.

마침내 치우비는 형요 자매를 불러서 같이 가자고 말했고, 형요 자매는 좋아라했다. 치베만이 마음에 들지 않는 듯 혼자 꿍얼거리며 한동안 치우비에게조차 말 한마디 걸지 않았다. 치우비는, 치베가 마음이 넓은 용사이니 곧 풀어지리라 생각하고 내버려 두었다.

공손발과의 재회

공손발의 이름은 원래 발(發)이었다.
중국인은 이 글자를 아주 좋아하며, 재물이나 행운의 상징처럼 여긴다.
그러나 이후 공손발의 이름은 그녀의 슬픈 운명 때문에
가뭄이나 마귀를 뜻하는 발(魃)로 바뀌어 불리게 된다.

형요 자매와 함께 길을 가자 편해졌다. 형요 자매는 말을 잘 타서 길을 가는 것이 늦어지지 않았고, 형요는 길을 잘 알아 보통 사람들이 잘 모르는 지름길로 일행을 안내하곤 했다. 미요는 음식을 잘 만들고 부지런해서 온갖 뒤치다꺼리를 도맡았다. 더구나 온순하고 선량해서 그런 궂은일을 도맡아 하면서도 힘든 내색을 하지 않았다.

요요는 말괄량이에다 까부는 성격이었지만 하는 짓이 귀엽고 익살맞았다. 지나 말도 할 줄 알아서 소녀와 항상 떠들며 소녀를 지루하지 않게 해 주었다. 소녀는 여자들과 함께 말을 타게 되자 비로소 긴장을 풀고 몸을 편하게 가질 수 있어 먼 길을 가는 데에 불편함이 없어졌다.

사실 치우비가 치우천의 동생이라고 해도 같은 말에 안기다시피 타고 가는 일은 여자로서 부끄러워 몸을 굳히게 마련이었고, 치우비도 껄끄러워 말을 달리기가 쉽지 않았다. 이제 형요 자매가 번갈아 소녀를 말에 태우니 안고 가든 업고 가든 소녀로서도 꺼릴 것이 없어 한결 편했던 것이다.

형요 네 자매는 무뚝뚝하고 말수가 적었지만, 말을 돌보고 도둑이나 짐승이 나타나지 않나 빈틈없이 주위를 경계하고 땔나무를 하고 물을 길어 오는 등 모든 일을 척척 해냈다.

이틀 정도 지나자 치베도 마음이 풀렸는지 치우비와 말을 주고받았지만 여전히 형요 자매를 경계하라고 일렀다. 치우비는 마음이 좋아서 그냥 그러겠다고 말만 했을 뿐 실제로는 형요 자매를 전적으로 믿었다.

간혹 첫째 형요는 치우비와 이야기를 나누기도 했다. 나머지 세 형요는 주신 말을 몰라서 이야기를 나누기가 힘들었다. 길 가는 도중에 두어 번 도둑들을 만났는데 습격을 받기도 전에 형요 자매가 단박에 도둑들이 숨은 곳을 알아보고 기습하여 치우비나 치베는 손 하나 까딱하지 않아도 되었다.

그러나 형요 자매는 도둑들 틈에서 자라서 그런지 잔인한 면이 있어서 자신들의 실력이 훨씬 위인데도 봐주지 않고 도둑들을 서슴없이 죽이기도 했다. 치우비가 그것을 보고 형요를 꾸짖자 형요는 다음부터는 그러지 않겠다고 약속했다.

치베는 감정이 풀리지 않았는지 계속 형요와 아옹다옹하며 여러 번 싸움으로 번질 뻔했다. 그럴 때마다 치우비가 중간에 끼어들어 말려 간신히 둘은 다투기를 멈추었다. 하지만 이렇게 여럿이 같이 길을 가니 지루하지 않았고, 형요 자매가 치우비와 소녀를 극진하게 모셔서 편하게 길을 갈 수가 있었다.

나중에는 요요, 미요, 첫째 형요와 퍽 친해졌고 소녀는 요요와 아주 친해졌다. 소녀는 요요에게 치우비와 치우천 등에 대한 이야기를 해 주었고 요요가 자매들에게 이야기를 전해 주어서 형요 자매는 치우 형제에 대해서도 잘 알게 되었다.

형요는 치우천이 비록 힘은 세지 않아도 아주 잘생기고 그릇이 큰 영웅이란 것을 알고 얼굴이라도 보고 싶다고 했다. 치우 형제가 사귄 다른 벗들 이야기를 듣고는 대단한 영웅들이니 전부 사귀어 봤으면 좋겠다고 꿈꾸듯 말하기도 했다. 다만 치베에게만은 쩨쩨하고 좀스럽다고 욕을 했는데 치베도 결국에는 지쳤는지 형요가 뭐라고 하든 눈 한번 깜빡하지 않고 못 들은 척하게 되었다.

치우비 일행은 원래 예정인 열흘보다 이틀이나 빨리 황하를 건너서 화산 어귀에 도달했다. 말들이 좋았기 때문에 앞당겨 도착할 수 있었던 것이다. 화산 어귀에 도달하여 지나족 부락을 찾을 즈음, 지나 말을 잘하는 요요가 길을 물었다. 하루를 꼬박 더 헤매고 나서야 일행은 헌원이 있는 화산족 부족장의 마을을 찾아낼 수 있었다.

지나족 영토 중에서도 서쪽으로 많이 치우친 곳이라 주신과는 꽤 멀리 떨어진 지역이었다. 지금의 장안성 약간 동쪽으로 감숙, 청해, 서량 등과 가까운 지역이라 할 수 있었다. 때문에 대부분의 사람들은 타타르 말이나 몽골, 서역의 말은 할 줄 알아도 주신 말을 아는 사람은 드물었다.

여러 정황을 겪어 본 치우비가 생각했다.

'형요 자매에게 감사해야겠구나. 덕분에 이틀을 빨리 와서 다행이다. 나나 치베는 지나 말을 못하니 여기서 헌원님 있는 곳을 찾아가기 힘들었을 거다. 주신 말을 하는 사람이 몇 안 되니 그런 사람을 찾는 데만도 시간이 더 걸렸을 것이다. 그렇게 늦어졌다가는 소녀님을 구하지 못했을지도 몰라.'

지나족의 부락들은 생각보다 대단히 크고 사람이 많았다. 원래 화산은 황하의 아래에 있고 양자강의 약간 위쪽에 있는데, 그 일대는 여름에 물이 넘치기 때문에 땅이 비옥하여 농사가 잘되었다. 그래서 헌원의 화산 부족은 상당히 인구가 많았고 많은 인구를 감당할 만큼 땅이 기름지고 넓어 대부족으로 쉽게 올라설 수 있었다. 그렇다고 해도 신시와는 비교할 수 없었으나 주신도 신시 말고는 많은 사람이 모여 있는 곳이 드문데, 지나족의 부락들에는 사람들이 셀 수 없이 많았다.

'정말 지나족은 사람 수가 많구나. 전에 비렴님은 주신 사울아비가 스무천(이만) 정도밖에 안 된다고 하셨지. 그런데 지나족은 수가 많아 감히 싸우고 싶지 않다 하셨는데 정말이구나. 이 화산족만 해도 사람 수가 수백천(수십만)은 넘겠다. 이런 대부족이 수도 없이 많다니 정말 지나족은 가장 큰 부족이로구나.'

그런 생각을 하며 치우비 일행은 헌원이 살고 있다는 부족장의 성으로 향했다. 지나족의 땅에 들어서자 치우비는 한 사람이 떠올라 밤에도 잠을 잘 이룰 수 없었다. 물론 치우비의 머릿속에 꽉 들어찬 사람은 바로 공손발이었다. 하지만 아무에게도 그런 말을 할 수가 없었다. 부끄러움이 많았기 때문이다.

헌원이 살고 있는 성은 흙을 다져서 높이 언덕을 만들어 나무 울타리를 에워싼 뒤 지은 집이었다. 울창한 나무들을 심고 지붕도 짚이 아닌 잘 다듬은 나무로 덮여 있을 뿐 아니라 크고 위엄이 있어 보였다.

치우비가 왔다고 전하자 문을 지키는 전사가 황급히 안으로 들어갔다. 부하들에 이르기까지 모든 사람들이 헌원을 존경하면서도 지극히 두려워하는 것 같아 보였다.

치우비는 속으로 생각했다.

'비록 집이 좋기는 하나, 이런 좋은 집에서 살아서 무엇하겠는가? 이런 집을 지으려면 많은 사람이 고생했을 텐데. 차라리 넓은 막사를 치고 많은 벗들과 어울려 사는 게 훨씬 나을 것이다. 부하들에게도 너무 무섭게 대하는 것 같다. 중요한 일은 엄하게 해야겠지만 평소 사는 집을 지키는 사람들에게까지 그럴 필요가 있는가? 헌원님은 마음이 넓고 좋은 분이지만 사람을 부하로 생각하지 말고 벗으로 사귀었다면 더 좋았을 텐데 아쉽다.'

잠시 기다리자 안에서 누가 뛰어나왔다. 이주와 끽구였다. 이주는 미소를 지으며 어서 안으로 들어오라고 했다. 끽구는 치우비를 보자마자 껄껄거리며 흉악한 얼굴에 가득 웃음을 머금고 다가오더니 치우비의 어깨를 쳤다.

"자네가 왔군! 나랑 다시 겨루려고 온 거냐? 하하핫! 하여간 반갑구나! 나래! 아니, 치우비!"

끽구는 태산 회의 때의 적수였지만 호탕한 호걸이라 반갑게 치우비를 맞이했다. 치우비도 역시 반가워했다. 그런데 헌원의 부하들은 형요 자매의 생김새가 괴상한 것을 보고 안으로 들이지 않으려 했다. 그러자 이주가 호통을 쳤다.

"치우비님이 어떤 분인데, 너희가 그분과 같이 온 사람을 막는다는 거냐? 당장 물러서라."

전사들은 굽실굽실하면서 길을 비켜 주었다. 형요 자매는 막 기분이 나빠지려다가 전사들이 굽실거리자 의기양양해서 안으로 들어섰다. 치우비는 기분이 묘했으나 부탁을 하러 온 입장이므로 뭐라 말은 하지 않고 안으로 들어섰다.

성안에는 건물도 많고 넓어서, 연못도 있고 보기 좋은 나무들도 많았으며 사슴까지 두어 마리 놓고 있었다. 일하는 사람들까지도 화려한 색의 물을 들인 비단옷을 입고 있었다. 비단은 지나족의 특산물로 아주 귀했는데, 일하는 종들까지 비단옷을 입고 있는 것을 보고 형요 자매와 치베는 놀라 눈이 휘둥그레졌다.

한참을 걸어 몇 개의 문을 지난 다음에야 헌원을 만날 수 있었다. 이주가 헌원이 있는 방문 앞에서 치우비가 왔다는 말을 길게 소리치자 문 너머에서는 한참 지난 뒤에서야 들어오라는 목소리가 들렸다.

치우비는 생각했다.

'부족장이니 위엄을 갖추기는 해야 하지만 너무 복잡하구나. 그렇지만 내가 상관할 일은 아니지.'

안으로 들어서자 비로소 헌원의 모습이 보였다. 헌원은 방 한쪽의 높은 단 위에 화려한 옷을 입고 화려한 의자에 앉아 있었는데, 방 안은 으리으리해서 눈이 부실 지경이었다. 화려한 그림이 사방 벽에 그려져 있고 기둥까지 화려하게 칠해져 있었으며 정교한 장식품과 빛나는 구리 무기, 화려한 가죽 들이 빈틈없이 들어차 있었다. 화려한 옷을 입은 많은 부하들이 헌원의 양옆으로 줄을 지어 서 있었다.

치우비는 물론이고 형요 자매나 치베마저도 입을 딱 벌렸다. 그 화려한 모습에 치우비는 또 생각했다.

'대주신의 한웅님도 이렇게 꾸미고 계시지는 않는다. 사와라 한웅님의 막사는 오히려 아무 장식도 없다. 헌원이 대부족장이지만 지나치구나. 나라면 이렇게 지내지는 않겠다. 이렇게 값진 물건을 쌓아 둬서 뭐 하겠는가? 그냥 걸어 둘 것이면 차라리 벗들에게 나눠 주지.'

"어서 오게나. 반갑군그래. 자네 형은 어디 있는가?"

헌원은 몸을 일으키며 인자한 미소를 띠며 치우비를 맞았다. 여전히 헌원은 차분하고 조용하면서도 위엄이 있어, 형요 자매는 저절로 몸이 움츠러들었다.

치우비는 웃지도 않고 그렇다고 찡그리지도 않고 덤덤히 대답했다.

"형님과는 헤어져 있습니다. 이곳에서 만나기로 했는데, 아직 도착하지 않았습니까?"

"그랬는가? 좌우간 어서 오게나. 이렇게 다시 보니 반가우이. 이쪽은 소녀님이 아니신지?"

"그렇습니다."

소녀가 대답했다. 헌원은 고개를 끄덕이며 말했다.

"저쪽은 몽골족의 치베였지? 태산 회의 때 자네의 활약은 잘 보았다네."

치베는 대답하지 않고 고개만 살짝 숙여 답했다. 헌원이 웃으며 이번에는 형요를 보고 물었다.

"이분들은 뉘신가? 처음 뵙는군."

치우비가 웃으며 대답했다.

"형요 자매라고 합니다. 이번 길을 떠나다가 새로 사귄 벗들입니다. 넷이 쌍둥이로 첫째 형요, 둘째 형요, 셋째 형요, 넷째 형요라고 부르고 나머지 둘은 미요와 요요라고 합니다."

여섯 자매가 일제히 헌원에게 인사를 했다. 형요 자매는 이제 재주를 피울 일이 없었으므로 깃털 옷과 가면을 벗어 버리고 보통 옷을 입고 있었는데, 네 자매는 똑같은 옷이지만 소맷자락의 색깔만 달라 그것으로 서로를 구분했다.

헌원도 특이하게 생긴 네쌍둥이가 신기한 듯 미소를 지으며 한참 바라보다가 물었다.

"이분들은 과보족 출신인가?"

치우비는 헌원의 견문이 넓어 단번에 형요 자매의 내력을 알아보자 속으로 감탄하며 대답했다.

"그렇습니다."

갑자기 우당탕 소리가 문 밖에서 들려왔다. 하도 발걸음 소리가 커서 다들 문 쪽으로 시선을 돌렸다. 문이 천천히 열리고 아가씨 한 명이 거들먹거리며 뒷짐을 쥔 채 천천히 걸어 들어왔다. 공손발이었다. 볼은 살짝 붉어져 있었으나 얼굴은 오만하고 건방진 표정을 짓고 있었다.

공손발은 치우비를 본척만척하며 말을 걸었다.

"어라? 이게 누구더라? 우리 어디서 봤었나요?"

치우비는 하마터면 웃음을 터뜨릴 뻔했다. 치우비는 타고난 장사인 데다 아홉구비까지 먹어서 모든 맥이 트여 있었기 때문에 귀도 밝았다. 다른 사람은 우당탕 하는 발소리만 들을 수 있었으나 치우비는 어떤 사람이 황급하게 달려오다가 문 앞에서 숨을 가다듬고 억지로 마음을 가라앉힌 후 태연한 척 들어왔다는 것까지 눈으로 직접 본 것처럼 알 수 있었다. 그 사람이 바로 공손발이었다. 치우비는 속으로 웃지 않을 수 없었다.

'저 말썽꾸러기는 내가 왔다고 하니까 숨이 턱에 닿도록 달려와 놓고 막상 마주하니 나를 놀리려고 일부러 모른 척하는구나. 나도 한번 놀려 줘야겠다.'

치우비는 속으로 웃으며 공손발의 물음에 느긋하게 대답했다.

"그러게 말입니다. 아가씨는 누구십니까? 저를 본 적이 있습니까?"

치우비가 태연하게 받아치자 공손발이 갑자기 칫, 하고 화를 내더니 울 듯한 표정이 되어 치우비의 뺨을 철썩 때렸다. 헌원을 비롯해 사람들이 깜짝 놀란 표정을 지었다.

"이 녀석아! 무슨 짓이냐?"

헌원이 노한 소리를 내자 부하들은 찔끔하며 목을 움츠렸다.

치우비는 껄껄 웃으며 말했다.

"아닙니다. 괜찮습니다! 괜찮아요!"

헌원은 엄하게 외쳤다.

"저분은 귀한 손님인데 너는 어찌 다짜고짜……. 이런 망신이 어디 있는가!"

오히려 치우비가 당황스러웠다.

"아닙니다. 장난을 한번 한 것 가지고 그러지 마십시오. 정말 괜찮습니다!"

발이 코맹맹이 소리로 샐쭉거렸다.

"아버지! 이 멍청이가 나를 놀렸으니……."

말이 끝나기도 전에 헌원이 버럭 소리를 질렀다.

"저 말버르장머리 보게! 멍청이라고? 너야말로 멍청이구나!"

분위기가 이상해지자 치우비가 웃으며 끼어들었다.

"발 아가씨에게 제가 직접 말한 적이 있답니다. 언제든 저를 멍청이라 불러도 좋다고요. 제가 직접 한 말이니 헌원님은 따님을 탓하지 마십시오!"

헌원의 부하들은 웅성거리며 의아해했다. 치우비는 태산 회의 이래로 지나족뿐만 아니라 세상에 이름이 널리 퍼진 대용사이다. 그런 대용사에게 감히 멍청이라는 소리를 한다는 것은 죽음을 자초하는 것과 같았다. 그런데 치우비는 도리어 발에게 자기를 멍청이라고 불러 달라고 했다니? 사람들은 어이가 없어 차마 웃지는 못했지만 기이하고도 망신스러운 일이라고 생각했다.

치우비는 명성에 연연해하지도 않았고 남이 뭐라든 개의치 않는 성격이라 그런 말을 하고도 눈썹 하나 까딱하지 않았다. 오히려 발의 얼굴이 붉어졌다. 헌원은 그런 모습을 보다가 휴, 하고 한숨을 내쉬었다.

"나가 있거라."

헌원의 부하들이 밖으로 썰물처럼 빠져나갔다. 그 틈을 비집고 두 사람이 안으로 들어왔다. 상망과 비휴였다.

상망은 치우비를 보고 낄낄 웃으며 물었다.

"자네 왔군그래! 잘 지냈는가?"

"상망, 나는 자네를 믿고 딸자식 버릇을 고쳐 달라고 했는데, 저 녀석은 갈수록 못난 짓만 하니 어쩌면 좋겠는가?"

헌원이 탄식하듯 말하자 상망은 무슨 일이 있었는지 몰라서 눈만 크게 떴다.

"네? 왜요? 무슨 일이 있었습니까?"

치우비가 웃으며 끼어들었다.

"아무 일도 아닙니다."

헌원은 깊이 한숨을 쉬며 말했다.

"상망, 자네는 저 버르장머리 없는 녀석을 잡아다가 가둬 버리게."

"예? 아가씨를요? 아가씨가 또 말썽을 피웠습니까요?"

발이 성질을 부리며 재빨리 쏘아붙였다.

"빨리 가둬요! 내가 무서워할 줄 아나요?"

헌원은 눈을 조금 크게 떴다. 작은 동작이었으나 대단히 위엄이 있어 보였다.

그때 요요가 참지 못하고 소리쳤다.

"빨리 가두지 않으면, 내가 가만있지 않을 거예요!"

형요, 요요 등은 치우비의 사람됨이 착해 퍽 좋게 여기고 있었는데, 발에게 얻어맞고 욕을 먹는 모습을 보고는 화가 나지 않을 수 없었다. 형요는 자리가 자리인지라 참고 넘어가려 했는데 요요는 화를 참지 못한 것이다.

헌원의 안색이 변했다.

"빨리 행하지 않으면 자네를 가두겠네."

그러자 치우비가 웃으며 막았다.

"다 제 잘못입니다. 제 잘못이에요. 제가 발 아가씨를 놀려서 화를 낸 것입니다. 가두시겠다면 저도 함께 가둬 주십시오."

그러고는 되레 발에게 꾸벅 고개를 숙여 보였다.

"이봐, 발. 미안해. 하도 반가워서 장난을 쳤으니 탓하지 마."

발은 치우비가 자신을 위해 이렇게까지 하자 속으로는 고맙기 이를 데 없었지만 성질이 성질인지라 오만하게 말했다.

"흥! 그렇게까지 나온다면 한번 봐줄게. 또다시 날 놀리기만 해 봐. 그땐……."

도저히 참을 수 없었던지 헌원이 버럭 호통을 쳤다.

"발, 이 녀석!"

헌원이 호통을 치는 일은 몇 년에 한 번 있을까 말까 했다. 발은 자신도 모르게 겁이 나서 뒤로 주춤 물러섰다. 그러나 치우비는 여전히 히죽 웃으며 헌원을 빤히 바라보았다. 그런 치우비를 보며 헌원은 결국 허허 웃고 말았다.

"자네의 뜻이 그렇다니 내 어쩌겠는가? 자네에게 그저 고마울 따름이네."

그러면서 헌원이 발에게 말했다.

"이 녀석! 너는 오늘 목숨을 건진 줄 알아라!"

발은 들은 척도 안 하고 치우비에게 물었다.

"너 왜 온 거야?"

"전에 나한테 뭘 보여 준다고 하지 않았나?"

발은 얼굴을 붉혔다.

"정말이야?"

치우비가 웃으며 말꼬리를 흐렸다.

"꼭 그것만은 아니지만……."

"뭐야! 이 멍……."

말하려다가 발은 헌원이 자신을 바라보고 있는 눈길이 예사롭지 않음을 깨닫고 입을 다물었다.

"물러가거라."

헌원이 근엄하게 말하자 발도 더 이상 떼를 쓸 수 없어서 물러섰다. 상망과 비휴가 발의 뒤를 따르려고 했다.

그때 치우비가 상망을 불러 세웠다.

"잠깐만요! 상망님! 잠시만 제 이야기를 들어 주십시오."

"뭔데 그러나?"

상망은 헌원의 눈치를 보았다. 헌원이 고개를 끄덕이자 상망은 그 자리에 남고 비휴 혼자 발을 데리고 밖으로 나갔다.

비휴가 나가자 헌원은 한숨을 쉬며 치우비에게 말했다.

"저 버르장머리 없는 것 때문에 내가 죽을 지경일세. 자네 얼굴을 볼 낯이 없군그래. 내 자식은 백 명이 넘지만 다들 나이가 들어 각자 부족들을 맡아 다스리는데, 저 녀석은 늦게 낳아서 막내인데다 아직 어리기에 항상 데리고 다니며 역성을 들어주었더니 버릇이 없어졌다네."

치우비가 웃으며 손사래를 쳤다.

"천만의 말씀입니다. 그런데 부탁을 한 가지 드리고 싶어서 왔습니다."

"무슨 부탁인지 말만 하세나. 내, 되는 일이라면 다 들어주겠네."

치우비는 소녀가 유망이 쓴 독에 중독되어 이제 살날이 얼마 남지 않았다는 사정을 이야기했다. 그러자 헌원과 놀라면서 상망에게 독을 풀 수 있나 알아보라 일렀다.

상망은 소녀의 낯빛을 살피고 혀를 내밀어 보라고 하는 등 한참을 살펴보다가 머리를 긁적였다.

"쉽지는 않겠습니다만…… 할 수 있습니다."

치우비는 얼굴이 환해져서 소녀를 쳐다보며 미소를 지었다. 그러나 상망은 딴소리를 했다.

"그런데 유망님이 쓰신 독을 제가 푼다는 것은…… 허 참, 치우비 자네에게는 미안한 일이네만……."

상망의 말을 듣는 순간 치우비는 아차 싶었다.

'그렇다. 상망이나 헌원 또한 지나족이 아닌가? 유망은 이제 지나족 우두머리가 아니라 해도 얼마 전까지 헌원이 섬기던 사람이었다. 그런데 유망이 쓴 독을 함부로 풀어 주면 유망이 화를 낼지 모른다. 어쨌거나 그들은 같은 지나족이 아닌가? 그러니 주신 사람인 내 부탁을 들어 주기가 난감할 텐데……. 이거 난처하구나.'

헌원이 단호하게 말했다.

"유망님이 힘없는 여자에게 해서는 안 될 짓을 했다는 것은 믿을 수 없네. 하지만 그런 일이 벌어졌으면, 설령 유망님이 아니라 누가 했더라도 올바르게 되잡아야 하는 걸세. 유망님이 나중에 아시고 뭐라 해도 내가 책임을 지겠으니 자네는 소녀님의 독을 풀어 드리게."

치우비는 감탄하여 고개를 끄덕였다. 치우비만 아니라 치베나 형요 자매까지도 헌원이 실로 훌륭한 사람이라고 생각했다.

재빨리 요요가 고개를 숙이며 말했다.

"헌원님은 훌륭하시군요. 아까 제가 건방지게 떠들었던 것, 용서해 주시기 바랍니다."

제법 의젓한 요요를 쳐다보며 헌원이 웃었다.

"내 딸이 못나서 그런 것인데 왜 나에게 용서를 구하나? 나는 조금도 마음에 두고 있지 않다네."

그러고는 덧붙였다.

"요요님은 아직 어린 여자의 몸인데도 그렇듯 몸가짐이 올바르니 감탄하지 않을 수 없네."

그 말에 요요는 감격하여 어쩔 줄을 몰라 했고 형요 자매도 저절로 미소를 지었다. 헌원이 위엄을 세우고 사치를 하기는 하나 작은 인물이 아니라고 생각했다.

이번에는 헌원이 치우비에게 물었다.

"이거 쑥스러운 이야기지만, 하나 묻겠네. 자네는 대영웅인데 왜 저런 조그만 계집에게 놀림을 당하고도 참는 것인가? 내 딸이 한 짓이니 말하기조차 부끄럽지만, 자네를 위해서 하는 말일세."

치우비가 짐짓 태연하게 대답했다.

"저는 참은 적이 없습니다. 놀림을 당한 적도 없구요."

뜻밖의 말에 헌원은 의아한 듯이 다시 물었다.

"내 딸이 자네만 보면 멍청이, 멍청이 하고 사람들 앞에서 손을 휘둘러 때리기까지 하는데, 대체 자네 체면이 뭐가 되겠는가?"

치우비가 껄껄 웃었다.

"발 아가씨는 저보고 멍청이라 부르지만, 그건 제가 발 아가씨만 보면 정말 멍청이 같은 짓만 하게 되어 그런 것이니 뭐라 할 수 없습니다. 저를 때렸다 하시지만, 발 아가씨는 저를 해친 것도 아니고 망신을 주려고 한 것도 아니란 사실을 잘 압니다. 나쁜 마음 없이 장난으로 때린 것인데 그게 뭐 어떻습니까? 아가씨가 장난을 친 것 가지고 제년이 어떠니 따질 일이 뭐가 있겠습니까?"

"정말 아무렇지 않은가? 누가 뭐라 해도? 다른 사람이 놀리면?"

"누가 나쁜 마음이나 해코지하는 마음으로 저를 욕하거나 친다면 저는 결코 그 사람을 가만두지 않을 것입니다. 하지만 그런 마음이 없이 장난한 것을 가지고 제가 얼굴을 굳힌다면 오히려 그거야말로 체면 없는 일이 되지 않겠습니까? 다른 사람이 놀리라면 놀리라죠. 놀릴 것도 아닌 일로 놀리는 거야말로 그 사람의 체면을 깎는 일 아니겠습니까? 하하하."

치우비가 거리낌 없이 말하고 호탕하게 웃자 헌원도 웃었다.

"자네는 정말 시원시원하군. 대단하네."

치베와 형요도 치우비의 말을 듣기 전까지는 불만을 느끼고 있었다. 요요는 여자에게 홀려서 꼼짝도 못하는 바보라고까지 생각했다. 그러나 치우비의 말을 듣고 보니 이해가 갔다. 치우비는 고개를 숙인 게 아니라 성격이 호탕해서 작은 일에 연연해하지 않을 뿐, 못난이가 아니라고 생각했다.

"자자, 이제 소녀님도 걱정할 것 없으니 나와 술이라도 하면서 이야기나 나눔세."

치우비는 술이라는 말을 듣자마자 입에 군침이 고였다.

"그거 좋죠."

잔치가 벌어지고 치우비와 치베, 형요 자매는 헌원과 그 부하들과 마주 앉아 잔을 기울였다. 형요 자매는 여자이고 나이도 별로 많지 않은데도 술을 아주 잘 마셔서 모두를 놀라게 했다.

형요는 자신들이 추운 땅에서 와서 술을 잘 마신다고 말했다. 어릴 때 와서 잘은 모르지만, 자신들이 태어난 땅은 여름에도 한 달 이상 해가 지지 않고 사방이 얼음으로 둘러싸여 춥기가 이루 말할 수 없는 고장이라고 했다.

말문이 터지자 형요 자매는 술술 말도 잘했고 성격도 시원시원해서 남자들에게 꿀리지 않았다. 치베도 몽골족의 재미있는 이야기를 해서 분위기가 흥겹게 무르익었다. 시간이 제법 흐르자 헌원이 취한 모습을 보이지 않으려는지 피곤하다며 물러갔고, 치베나 다른 부하들도 물러나서 치우비와 끽구와 형요 자매만이 떠들썩하게 웃으며 밤새 술을 퍼마시다가 정신없이 잠이 들었다.

다음 날 치우비는 헌원과 이야기를 나누었다. 자신과 형 치우천은 소녀 때문에 한웅님의 오해를 사서 사막에 버려지게 되었으며, 치우가람 형제가 악독한 수법으로 그들 형제를 없애려고 한다는 이야기까지 숨김없이 들려주었다. 유망에게도 죄를 지은 셈이니 자신들을 애써 감쌀 필요 없이 떠나라면 언제든지 떠나겠다고 말했다.

헌원이 넉넉하게 웃으며 말했다.

"자네들은 내 손님인데, 벼락이 떨어지더라도 그리 대할 수 없다네. 염려 말고 얼마든지 있게나."

"하지만……."

치우비는 유망이 아무래도 헌원의 윗사람 노릇을 했으니 껄끄럽지 않을까 걱정했다.

"물론 나는 유망님을 잊지 않는다네. 그러나 유망님은 이미 자신을 따르는 지나족을 이끌고 전쟁을 시작했다네."

"네?"

치우비가 깜짝 놀라자 헌원이 말을 이었다.

"걱정 말게. 주신과 싸우는 것은 아니네. 유망님은 지금 태산 동쪽의 미아우족과 싸우고 있다네. 걱정스럽기는 하지. 금천이 내 편을 들기는 했지만 유망님을 따르는 부족이 아직은 많아. 특히 동쪽 지나속은 거의 유망님을 따른다네."

"저는 미아우족과도 친한 사람이 많습니다. 아무튼 그렇게 큰 전쟁이 벌어진다니, 어떻게 해야 할지 모르겠습니다. 그런데 주신은 어떻게 하고 있나요? 주신과 지나족의 싸움은 결코 있어서는 안 될 것인데요."

"나도 그게 걱정일세. 주신으로서도 당장 시비를 걸 수는 없지. 주신은 원래 다른 부족들끼리의 싸움에는 가급적 참견하지 않았기 때문일세. 그 때문에 유망님도 북쪽의 미아우족이 아니라 동쪽의 미아우족을 치고 있는 걸세. 듣기로는 이미 형천이 이끄는 대인족 전사들이 태산 주변의 미아우족을 무릎 꿇게 했다고 하네. 축융은 남쪽의 검은 부족과 싸우며 그들의 힘을 끌어내려 한다 들었다네."

"남쪽 검은 부족이오?"

"그래. 장강의 남쪽 숲이 우거진 밀림에는 키가 작고 검은 살갗을 한 부족들이 산다네. 그들을 쳐서 항복을 받아내 힘을 키우려는 것 같네. 유망님은 창힐을 시켜서 태산 아래에 새로 신시와 흡사한 도읍을 꾸민다고 들었네."

"창힐은 누구입니까?"

"창힐도 유망을 따르는 부족장일세. 이 사람은 싸움을 싫어하는, 조용하고 생각이 깊은 사람일세. 싸움에 말려들고 싶지 않을 테지만 부족이 유망님의 부족들 한가운데 있으니 따르지 않을 수 없을 것일세."

헌원은 치우비에게 정세를 자세히 설명해 주었다.

당시 지나족은 중국의 중부, 즉 황하 유역부터 양자강 북쪽을 따라가는 긴 지역에 거주하고 있었다. 지금의 만리장성 부근은 당시에 지나족이 없었으며, 만리장성 아래쪽이 지나족과 다른 부족들과의 접경이었다. 지나족의 동쪽은 태산을 경계로 하여 발해만 일대의 미아우족과 나누어져 있었고 동북쪽은 지금의 북경 및 탁록, 판천부터 발해만 언저리를 경계로 하여 미아우 및 마갸르와 나누어져 있었다. 지금의 동북삼성은 주신 땅이었고 하북성은 지나족과 미아우, 마갸르 등이 반반 정도로 나누어 지닌 정세였다.

후대의 낙양 북쪽 장성 너머 지방은 주로 키탄족과 투르크족이 있었고 장성 서쪽, 즉 장안성 북쪽의 서량 등 지금의 내몽골 지역에는 몽골족과 타타르족이 많았다. 서쪽의 청해, 즉 지금의 감숙성 지방은 훈족처럼 코가 높은 서방 종족이 많았고, 촉 지방은 지나족과는 다른, 촉의 원주민들이 살고 있었다.

지나족은 어느 쪽으로도 바다를 면하여 살지 못했다. 바닷가는 거의 주신의 땅이거나 주신에 속한 부족들이 많이 살았다. 지금의 압록강에서 산동반도에 이르기까지 해안 지역은 주신족이나 마갸르족, 미아우족이 살았고 산동반도 바로 아래에 있는 태산이 그들과의 접경지였다. 거기에서 다시 장강과 후대의 오나라 땅에 이르기까지도 거의 미아우족이 거주하고 있었다.

유망은 동쪽, 헌원은 서쪽에서 세력을 키우고 있었는데 유망은 헌원과의 사이가 나빠지자 서쪽 지나족의 도움을 받을 생각을 버렸다. 일이 이렇게 되자 주신과 맞서기에는 자신의 세력이 부족하다는 것을 알고 일단 형천을 시켜 동쪽의 미아우족을 먼저 치게 했다. 태산을 중심으로 한 유망의 군대는 형천의 무서운 힘에 힘입어 태산 아래의 공상을 점령했다. 이곳은 미아우족의 가장 큰 부족이 있던 곳이며, 사방이 트이고 물이 솟으며 땅이 좋아서 수도로 삼을 만한 곳이었다.

그곳으로 창힐의 부족을 이주시켜서 도읍을 건설하게 한 유망은 그곳을 기반 삼아, 형천으로 하여금 동쪽을 정벌하고 축융으로 하여금 남쪽 검은 부족들을 이끌어 내고 있었다.

"축융은 불을 다루는 주술과 재주가 기막힌 사람일세. 그러니 남쪽의 미개한 검은 부족은 축융에게 조만간 무릎 꿇고 유망의 군대에 흡수될 것 같네. 동쪽으로 밀려나는 미아우족은 아직까지 거세게 저항하고 있지만 형천을 당할 수 없을 걸세. 밀리다가 바다에 닿으면 역시 무릎 꿇을 수밖에 없고, 결국 유망의 군대에 흡수될 걸세.

그사이 창힐이 공상에 도읍을 세우고 식량을 쌓아 무기를 만들 테지. 그러려면 세 해는 걸릴 것일세. 그다음에 아마도 유망님은 북으로 올라갈 걸세. 주신과의 접경에 있는 미아우족과 마갸르족을 칠 것 같네."

치우비는 몸을 부르르 떨었다. 헌원의 식견은 실로 대단해서, 유망의 움직임을 잘 알고 있을 뿐 아니라 앞으로 나아갈 길까지 내다보고 있었다. 치우비는 어떤 싸움도 자신 있었지만 이렇게 큰 규모의 전략은 처음 접하는지라 온몸에 전율이 돌았다.

그때 헌원이 치우비를 보며 물었다.

"유망님이 북으로 올라가면 어떻게 될 것 같나?"

치우비는 탄식하듯 대답했다.

"주신은 싸우고 싶어 하지 않습니다. 분명 동쪽의 미아우족이나 남쪽의 검은 부족이 어떻게 되든 간섭하지 않을 것입니다. 그러나…… 그러나 북쪽의 미아우족과 마갸르족은 주신의 좋은 벗들입니다. 그들이 공격당하면 주신으로서도 나서지 않을 수 없을 것입니다."

헌원이 고개를 끄덕이며 천천히 한숨을 쉬었다.

"그래……. 나도 그게 걱정스럽네. 우리 지나족은 사람이 많지만, 주신은 구리 무기가 있고 말을 잘 타며 용감한 사울아비가 있네. 지나족에도 용사는 꽤 많지만, 주신 사울아비들은 실력이 대단하여 한 사람이 지나 전사 열 명을 당할 수 있네. 더구나 주신도 넓고 따르는 부족이 수도 없이 많네. 미아우, 마갸르, 키탄은 물론이고 투르크, 훈, 타타르, 몽골족도 지나보다는 주신족 편일세. 치우비, 나는 유망님의 편을 들지 않기로 마음먹었다네."

치우비는 기쁘기도 하고 한편으론 놀랍기도 하여 물었다.

"왜 그러시는 것입니까?"

"유망님이 이끄는 지나족은 우리와 같은 족속이네. 하지만 우리는 모험을 할 수가 없네. 만약 우리가 유망님의 편을 들면, 주신과 전쟁이 벌어지는 순간 몽골족과 타타르족이 우리를 향해 내려올 것이네. 그곳은 바로 나, 헌원의 땅일세. 그뿐만이 아니네. 몽골과 타타르가 내려오면 서쪽의 훈이나 서역 부족들도 기회를 놓치지 않을 걸세. 결국 이렇네.

우리가 유망님 편에 나선다 해도, 유망님을 도울 기회가 없네. 오히려 더 많은 적을 만들어서 지나족 전체가 위험하게 만드는 것밖에 안 되네. 주신과 유망님이 싸우게 되더라도 우리가 움직이지 않으면 당연히 몽골이나 타타르도 움직이지 않을 걸세. 구태여 그들과 전쟁을 해서 무엇 하는가?"

치우비가 고개를 끄덕였다.

"그렇습니다. 전쟁이 벌어지면 수많은 사람들이 죽습니다. 다들 그럭저럭 잘살고 있는데 남의 땅을 빼앗아 무엇하며, 서로 죽고 죽여 무엇합니까? 옳으신 결정입니다."

"그렇네. 그래서 나는 주신 사람인 자네에게 이런 이야기를 해 주는 것일세. 우리는 싸우고 싶지 않네. 평화롭게 물건을 바꾸고 서로 기술을 배우며 잘살고 싶은 것뿐일세. 그래서 나는 이미 가장 아끼는 부하인 풍후와 상백을 유망님께 보냈네. 이번 싸움에 우리는 끼지 않겠다고 말일세."

치우비는 헌원에게 거듭 감탄하며 말했다.

"잘하신 일입니다. 주신은 싸움을 싫어합니다. 다 같이 사이좋게 살면 되지 않겠습니까? 전쟁은 좋지 않습니다. 지면 말할 것도 없지만 설령 전쟁에서 이기더라도 다치고 죽는 사람이 수도 없을 것입니다. 멀쩡한 사람들을 죽이고 다치게 만들면서까지 땅을 빼앗고 부족을 망하게 해서 무엇하겠습니까?"

치우비가 열렬히 반전(反戰)을 주장하자 헌원은 오히려 기이하다는 눈빛으로 치우비를 바라보았다. 그러다가 너털웃음을 쳤다.

"나는 지나족이기는 하나 결코 자네와 적이 아니네. 그러니 자네들은 안심하게나."

"저는 헌원님을 적이라 생각한 적이 없습니다. 오히려 헌원님은 저희를 너무 잘 돌봐 주셔서……."

치우비가 감사해하자 헌원이 말을 막았다.

"천만의 말씀이네. 흠, 어차피 자네들은 갈 곳도 없지 않은가? 주신으로 지금 돌아가서는 안 될 것일세."

"예. 앗수라트 부족장이나 앙가마이 부족장도 같은 생각이었습니다. 잠잠해질 때까지는 숨어 지내야 합니다. 형님도 이리로 찾아오기로 했구요."

"자네가 무엇을 잘못했다고 숨어 지내는가? 얼마든지 여기 머물게. 언제까지나 손님으로 대할 것일세. 설령 주신에서 사람을 보내 자네를 찾아도, 나는 두렵지 않네. 옳은 사람을 벌주는 것은 두고 볼 수 없으니 자네는 안심하게나."

치우비는 헌원의 환대에 감격했다. 특히 자신들을 받아 주고 주신에서 따져도 상관없다는 헌원의 태도는 대단히 감격스러운 일이었다.

"하지만 저로 인해 무슨 문제가 생기면……."

헌원이 껄껄 웃었다.

"아무리 그래도 자네 때문에 전쟁까지야 나겠는가? 그런 염려는 하지 말게. 설혹 주신에서 노여워해도 내가 좋은 물건들을 보내 별일 생기지 않도록 잘 처리하겠네. 나를 믿어 주게나. 이 헌원이 꺼낸 말을 지키지 않을 성싶은가?"

치우비의 마음이 한결 가벼워졌다. 안심할 수 있었다. 헌원은 사람됨이 크고 현명했으며 부하들도 하나같이 대단하기 때문에 헌원이 유망에게 붙어 주신과 싸우면 주신이 곤란해질 것이 분명했다. 그러나 헌원이 나서지 않으면 유망의 반쪽 지나족으로는 안간힘을 써도 주신을 이기지 못하리라 생각되었다. 헌원과 함께 있으면 자신도 안전하고, 숨어 지내는 답답한 처지가 되지 않을 테니 그것으로도 좋았다.

무엇보다 좋은 것은 공손발과 같이 있을 수 있다는 점이었다. 물론 도깨비 왕과 함께 떠난 형이 걱정되지 않는 바는 아니었지만 형은 괜찮을 것이라는 믿음이랄까, 예감 같은 것이 치우비에게는 있었다.

그다음 날, 치우비는 우연히 발과 마주쳤다. 발은 심술을 부리며 치우비를 발로 차려 했지만 치우비는 여느 때와 똑같이 그저 웃기만 할 뿐 발이 하자는 대로 기분 좋게 받아 주기만 했다. 발은 자기가 만들었던 뱀을 보러 가자고 했다.

그로부터 시작하여 발은 매일같이 치우비를 따라다니기 시작했다. 물론 발 옆에는 항상 비휴와 상망이 있었다. 그 외의 시간에 상망은 소녀를 치료하고 있었다. 염제 신농이라는 이름이 무색하지 않게 소녀의 몸에 들어간 독은 지독했다. 그 때문에 상망도 일시에 독을 풀 수가 없어, 약 두 달 이상 약을 써야 독을 풀 수 있고 다시 석 달은 쉬어야 완전히 낫는다고 말했다.

그 말을 듣고 치우비는 놀랐다.

'유망의 독은 무섭구나. 다섯 달이나 치료해야 낫는다니.'

그렇게 시간이 흘러갔다. 간혹 유망이 보낸 사람들이 와서 헌원을 꾸짖으며 군대를 보내라고 협박을 했지만, 헌원은 나서지 않고 중립을 지키겠다고 말했다. 치우비까지도 그런 소문을 듣고 있던 터였다.

스무 날 정도가 지나자 키타야가 울라트와 도깨비 리미, 싱카, 마냥을 데리고 헌원을 찾아왔다. 헌원은 신기해하면서도 반갑게 그들을 맞이했다. 리미와 싱카, 마냥은 그동안 울라트에게 열심히 말을 배워서 주신 말로 어느 정도 간단한 의사소통을 할 수 있게 되었다.

울라트는 또 다른 도깨비족이라 할 수 있는 형요 자매를 만나 보더니 신기해하며 반가워했다. 키타야는 치우비가 무사하고 형요 자매라는 기이한 사람들과 사귄 것을 보고 연신 대단하다며 자기 부족으로 돌아갔다.

치베는 매일같이 형요와 말다툼을 벌였고, 도깨비들과 사냥을 하고 말을 달리며 지냈다. 도깨비들 중 몇몇, 특히 마냥 같은 녀석은 말을 무서워하여 말 등에 거의 엎드리다시피 붙어서 말을 탔는데, 치베가 열심히 가르치자 차차 겁을 먹지 않고 말을 타게 되었다. 물론 말을 타고 싸울 재주는 없었고 목을 얼싸안고 달릴 수 있게 된 정도였다.

형요 자매는 호탕한 성격이라 항상 자기들끼리 칼싸움을 하고 말을 달리고 사냥을 하며 놀았다. 원래 그들끼리만 잘 지내던 사이라 다른 사람이 끼어들 여지가 없었다. 간혹 치우비가 같이 사냥을 가기는 했는데, 형요 자매는 치우비의 실력이 대단하다고 칭찬만 해 대자 부끄러워서는 그다음부터 아예 사냥을 가지 않았다.

키타야가 왔을 때는 여름이 거의 지나갈 무렵이었다. 그리고 한 달 정도 더 지나자 누가 찾아왔다. 앙가마이 부족의 전사였다. 그는 헐떡이며 치우비를 만나게 해 달라고 말한 뒤 치우비가 달려오자 급히 이야기를 전했다.

"대용사님, 기뻐하십시오. 용사님의 형님, 치우천님이 돌아오셨습니다."

"뭐? 형님이?"

치우비는 뛸 듯이 기뻐하며 소리쳤다. 그러자 그 전사가 웃으며 말을 이었다.·

"같이 오시지는 못했습니다. 그분은 부족장이신 구르님을 만나 보고 바로 떠나시면서 급히 가실 곳이 있다고 했다더군요. 구르님이 치우천님께 치우비님이 무사히 도착했다고 전했답니다. 치우천님도 기뻐하시며 일을 처리하고 몇 달 내로 헌원님 계신 곳으로 간다 하셨습니다. 구르님은 치우비님께 저를 보내 걱정 말고 기다리시라고 전하라 했습니다. 그래서 왔습니다."

"형은 어떻게 도깨비 왕에게서 빠져나왔지요? 다친 데는 없고요? 무슨 일을 보고 온다는 거지요?"

치우비는 궁금하여 정신없이 물어보았으나 전사는 대답하지 못했다.

"저는…… 저는 모릅니다. 구르님에게 이야기를 들었을 뿐이에요. 하지만 치우천님은 건강하고 다치신 데도 없으니, 걱정 말고 그분이 오실 때까지 기다리고 계시라 하셨습니다."

치우비는 기뻐서 벗들을 불러 그 말을 전했다. 헌원도 기뻐하며 소식을 전한 전사에게 많은 상을 내렸다. 큰 횡재를 한 전사는 좋아하며 돌아갔다.

치우천이 무사하다는 이야기를 듣고 모든 이가 뛸 듯이 기뻐했다. 치우비는 형이 보고 싶어서 당장 앙가마이 부족으로 갈까도 했으나 치베가 웃으며 말렸다.

"비 안다. 길이 엇갈린다. 천 안다가 이리 오기로 했으니 여기서 기다리는 게 천 안다를 만나는 가장 좋은 방법이다."

치우비는 속이 탔지만 형이 무사하다는 소식에 마음이 놓여서 느긋해졌다.

몇 달이 지나자 날씨가 쌀쌀해졌다. 소녀는 이제 독을 다 빼고 몸을 회복하는 중이었다. 요요가 소녀와 자주 놀아 주어 그리 심심해하는 것 같지는 않았다. 소녀도 치우천이 돌아오기를 애타게 기다리는 듯했는데, 치우비는 소녀와는 할 이야기가 별로 없고 말도 잘 안 통해서 간혹 안부만 물을 뿐이었다.

걱정거리가 없어지자 치우비는 매일같이 발과 만나 신경질이나 장난을 받아 주며 시간을 보냈다. 발은 시간이 지날수록 치우비에게 정을 느끼게 되었는지 차츰 장난질이 적어지고 언제부터인가 자신도 모르게 멍청이라고 부르지 않고 비라고 부르기 시작했다. 때리거나 머리칼을 뽑거나 가시로 찌르는 등의 장난도 적어지면서 치우비에게 마음을 열기 시작했다.

어느 날 해질 무렵, 발은 치우비와 함께 연못가를 거닐었다. 사람이 많은 성안이었지만 그날만큼은 이상하게 사람이 지나다니지 않았다.

"난 우리 아버지가 싫어. 비는 어때?"

그때는 상망이 소녀를 돌보러 가고, 비휴도 다른 일을 보러 가서 곁에 없었다.

느닷없는 발의 물음에 치우비가 웃으며 대답했다.

"난 너희 아버님을 존경한다. 대단한 분이지."

발은 코웃음을 쳤다.

"다들 그렇게 말하지. 헌원님은 대단한 분, 아주아주 크신 분, 훌륭하신 분······!"

별안간 발이 손에 들고 있던 꽃을 내팽개치고 발로 짓이겼다. 그 모습을 보며 치우비는 고개를 젓다가 이내 미소를 지으며 대꾸했다.

"맞는 말이잖아."

"모두 속는 거야. 하지만 난 안 속아."

"뭐가 속고 뭐가 안 속는단 말야?"

치우비가 묻자 발이 싸늘하게 말했다.

"나는······ 나는 결코 잊지 않아. 결코!"

"뭘 잊지 않는단 거야?"

발은 뭔가 이야기하려는 듯 잠시 망설이다가 입을 열었다.

"우리 엄마 얘기, 내가 해 준 적 없지?"

"없어."

발이 또다시 코웃음을 쳤다.

"그럼 됐어. 그 이야기는 해 줄 수 없으니까."

치우비는 발이 자꾸 아버지를 욕하자 난처하기도 해서 물었다.

"발, 왜 그리 아버지를 미워해? 아버지는 네게 그렇게 잘해 주시잖아. 다른 사람에게는 엄하셔도 네가 아무리 장난을 치고 난리를 피워도 결국 웃으며 용서해 주시는데, 그렇게 좋은 아버님이 어디 있겠어?"

마치 남의 이야기를 듣는 것처럼 발이 갑자기 허공을 보며 멍하니 웃었다.

"우리 아버지는 절대 날 못 건드리지, 헤헤."

발의 눈에서 눈물이 주르륵 흘러내렸다. 치우비는 도대체 무슨 연유인지 알 수 없었다.

"아버지는 나에게 빚이 있어. 그래서 나를 못 건드리는 것뿐이야. 내가 딸이라서? 웃기지 마. 우리 아버지한텐 딸 같은 건 아무 상관도, 쓸모도 없어."

"그런 말이 어디 있니?"

치우비가 드물게 질책했지만 발은 못 들은 척 쏘아붙였다.

"나는 아버지가 싫어. 나는 어려서부터 아버지가 어떤 사람인지 알았지. 그래서 아버지가 착하게 굴라면 나쁘게 굴었고, 이리 가라면 저리 가고, 저리 가라면 이리 갔어. 그러다 보니 이젠 습관이 됐어. 내 맘대로 안 되고 자꾸 손이 나가고 못된 말만 하게 돼! 아버지가 날 버렸어! 날 버렸다구!"

발이 털썩 주저앉더니 갑자기 엉엉 울기 시작했다. 치우비는 발을 부축하여 일으켰다. 발이 치우비의 품으로 뛰어들었다.

"비야, 너도 날 미워할 거야? 언젠간 날 버릴 거야?"

치우비는 처음으로 발이 안기자 정신이 몽롱해졌다. 발과 많이 친해졌지만 아직 손 한번 잡은 적이 없었다. 치우비는 덩치도 크고 키도 커서 조그마한 발의 머리가 가슴팍밖에 오지 않았고, 발의 팔은 치우비의 등 뒤에 간신히 닿을락 말락 했지만 치우비는 꼼짝도 할 수 없었다.

치우비는 황홀하기보다 발이 애처롭다고 느꼈다. 이렇게 작고 아무 힘도 없는 여자가 아버지를 미워하게 되었다면 세상에 누구를 믿고 살 수 있겠는가?

"나는 절대 그러지 않을 거야. 너만 좋으면 나는 결코 너를 버리지 않아."

"정말?"

"물론이야."

"내가 좋아?"

"그럼."

"거짓말 아니지?"

"거짓말 아니야."

"내가 이렇게 못되고 삐뚤어진 애인데도?"

치우비는 웃으며 용기를 내어 발의 등을 다독거렸다.

"난 있는 그대로 네가 좋은 거야. 네가 착해서 좋은 것도 아니고, 다른 이유가 있어서 좋은 것도 아냐. 그냥 좋으니 좋은 거야."

발이 말을 끊고 잠시 조용해졌다가 이내 코맹맹이 소리를 약간 내며 물었다.

"내가 예뻐?"

"그럼."

"내가 예뻐서 좋은 거야? 내가 못생겨지면 싫어할 거지?"

치우비가 웃으며 솔직하게 말했다.

"네가 예쁘기 때문에 좋아지기 시작한 건 맞는 것 같아. 그건 맞아.

하지만 네가 좋은 건 예뻐서 그런 것만은 아냐. 그건…… 음, 나도 모르겠어. 솔직히 너같이 멋대로인데다 건방지고 말썽만 부리는 애를 왜 좋아하는지는 나도 모르지만……."

그 말에 발은 벌컥 성질을 부리며 치우비의 품에서 떨어져 나가려 했다. 치우비는 웃으며 발의 등에 두른 손에 살짝 힘을 주어 빠져나가지 못하게 한 다음 말을 이었다.

"나는 말재주가 없어서…… 말하기 힘들지만 해 볼게. 널 처음 볼 때 내가 했던 말 있지? 그건 모두 사실이야. 처음 너를 보자마자 나는 정신이 없었어. 너는 예뻤지만, 그래서 정신이 없었던 건 아냐. 너보다 예쁜 애들도 여러 번 봤지만 한 번도 그런 일은……."

발이 왈칵 화를 내며 다그쳤다.

"그게 어떤 년이야."

치우비는 말을 잘못한 것을 깨닫고 어이쿠, 하다가 곧 허허 웃으며 말했다.

"미안, 미안. 화낼 것 없다니깐. 내 이야기나 들어."

발이 빠져나오려고 몸부림치며 신경질을 부렸다.

"싫어! 나보다 예쁘다는 계집애한테나 가 버리라구!"

"난 원래 말재주가 없잖아. 그래서 너한테 맞기도 많이 맞고 욕도 많이 먹었잖니. 발아, 한 번만 용서해 줘. 그리고 내 말 좀 들어 줘."

치우비가 사람 좋게 애원하자 발은 멍청이라고 몇 번 욕하다가 잠잠해졌다.

"아이구, 이거. 정말 설명하기 힘들군. 아무튼 말야, 이런 거 비슷했어. 널 보자마자 말야, 이런 생각이 드는 거야. 난 이 애가 없으면 안 된다고. 왜 그런지는 몰라. 정말 모르겠어. 멍청이라서 말야. 하하."

치우비는 쑥스러워서 헛웃음을 지었지만 발은 아무런 대꾸를 하지 않았다. 치우비는 헛기침을 몇 번 하고 나서 계속 말했다.

"네가 아무리 말썽을 부리고 나를 때려도 좋기만 했어. 참은 게 아냐. 우리 형님은 뭐든 잘 참지만, 난 잘 참지 못하거든. 네가 예뻐서 참은 것도 아니고, 다른 걸 생각해서 그런 것도 아니라구. 그냥 네가 뭐를 하든 좋았고……"

치우비는 갑자기 자신도 모르게 마음이 꿈틀거리며 가슴이 메는 기분이 되었다. 슬픈 것도 아닌데 가슴이 벅차 견딜 수 없었다. 치우비는 자기도 모르게 눈물을 한 방울 흘렸다. 눈물이 하필 발의 얼굴로 떨어지자 발이 힐끗 위를 올려다보았다.

치우비는 당황해서 말을 더듬었다.

"어어어…… 이런, 내가 왜 이러지? 하하. 이런, 이…… 이거 뭐야?"

"뭐야? 바보같이."

발이 구시렁거렸지만 치우비는 허허 웃었다.

"창피해 죽겠네. 하지만 발아, 난 할 말은 꼭 해야겠어. 허허, 참. 창피해 죽겠지만 할 말은 해야겠다구. 내겐 네가 있어야 해. 하늘이 두 쪽이 나도 네가 있어야 해. 너도 내가 있어야 한다고 믿어. 정말이야. 안파견 한님에게 맹세를……"

"멍청아! 맹세 같은 건 왜 하려구 해?"

발이 투덜거리듯 쏘아붙였으나 발의 목소리도 어느새 떨리고 있었다.

"하려는 게 아니라 속으로 벌써 했어. 너한테 말하기 전에."

"뭐?"

발이 놀라 물었지만 치우비는 조용히 말했다.

"나는 이미 속으로 맹세했어. 나, 치우비는 너, 공손발을 절대 버리지 않아. 절대로 그럴 수가 없거든. 네가 못나지든, 늙어 버리든……"

"그래, 난 지금도 못났고 할망구 같아!"

"아이구, 그게 아니야. 네가 어떻게 되든 너는 너일 뿐, 나는 네가 좋다. 맹세했어. 그리고 네 말이라면 뭐든지 들어준다고 맹세했어."

"내가 널 버리면 어쩔 거야?"

치우비는 고개를 저으며 웃었다.

"너는 날 버리지 않아."

"네가 어떻게 알아?"

"몰랐다면 나도 맹세하지 않았을 거야. 어떻게 아는지는 몰라도 난 알아. 알 수 있어."

치우비가 발의 등에서 손을 떼자 발이 휙 치우비의 품에서 벗어나며 외쳤다.

"네가 알긴 뭘 알아? 당장 버려야지!"

치우비는 웃기만 했다. 별안간 발이 울음을 터뜨리며 치우비의 가슴을 주먹으로 마구 두들겼다.

"이 바보! 멍청이! 너 때문에 내가 미쳐!"

그러다가 돌연 발이 치우비를 보고 물었다.

"넌 내 말은 다 듣는다고 했지? 만약 내가 너더러 나를 잊고 떠나라고 하면 어쩔 거야?"

느닷없는 질문에 치우비는 말문이 막혔다. 그것을 보고 발이 깔깔 웃었다.

"그러게 맹세는 함부로 하는 게 아냐. 알았어, 멍청이?"

발은 치우비를 꽉 끌어안고 발돋움을 하더니 입을 맞춘 다음 재빨리 반대쪽으로 달려가 사라져 버렸다.

치우비는 잠시 동안 정신이 나간 것처럼 멍하니 서 있었다. 그러다가 돌연 우하하하! 웃으며 크게 소리를 질렀다. 치우비의 웃음소리가 너무도 커서, 헌원의 커다란 성에 있는 사람들은 놀라서 밖을 내다보았다.

치우비는 신경 쓰지 않고 계속 웃으며 덩실덩실 춤을 추다가 흥이 겨워 연못 옆에 있던 큰 바위 두 개를 집어 올려 두 개를 나란히 붙여 놓고는 호탕하게 웃으면서 안으로 들어가 버렸다.

사람들은 치우비가 왜 그러는지 알 수 없었지만 후에 이야기를 듣고 그 자리에 나타난 헌원은 그 돌 두 개를 보고는 쓴웃음을 지었다. 기쁜지 슬픈지 알 수 없는 표정이었다.

치우비는 그날 밤 앓아누웠다. 어디가 아픈지 상망도 알 수 없었지만 치우비는 열이 펄펄 끓어올랐음에도 계속 하하하 웃기만 했다. 누가 물어도 말도 하지 않고 웃기만 하여 치베와 형요 자매, 울라트마저 치우비가 미쳤나 보다 생각하여 걱정이 태산 같았다.

그러나 다음 날이 되자 치우비는 열도 내리고 미친 듯 웃지도 않았다. 전과 똑같이, 별말 없이 담담할 뿐이었다. 발이 놀러 와 부르자 치우비는 함박웃음을 지으며 밖으로 달려 나갔다.

치베와 형요는 항상 아옹다옹했지만, 그런 치우비의 모습을 보고 마주 보다가 동시에 피식 웃어 버렸다. 치우비와 발이 좋아한다는 것을 모르는 사람은 한 명도 없었다. 울라트는 비 오라비가 여우 같은 여자한테 홀렸다고 몇 번 투덜거렸으나 치우비가 진심으로 발을 좋아한다는 것을 알고 나중에는 웃기만 했다.

내심 딸의 일이 잘되기를 빌었던 키타야에게는 안된 일이지만 울라트는 치우비를 좋아하기는 했으되 친오빠처럼 좋아했다. 그리고 울라트는 형요 자매를 퍽 좋아해서 언니, 언니 하며 따랐는데 심심하면 도깨비들을 시켜서 형요 자매와 칼싸움을 하며 놀기까지 했다.

울라트는 태산 회의 때만 해도 겁 많고 수줍음을 타서 누가 말만 걸려 해도 숨는 아이였는데, 어느새 활달한 성격으로 바뀌어 있었다.

치우천이 오지 않아 답답하기는 했어도 그렇게 세월은 자꾸만 흘러 갔다.

돌아온 치우천

어느덧 세월이 지나 해가 바뀌었다. 치우비 일행이 헌원의 집에 머문 지도 여섯 달이 넘어섰고 겨울도 지나 봄이 오고 있었다. 시간이 너무 지나자 치우비 일행은 답답해하는 한편으로 치우천에게 무슨 일이 생겼나 걱정하기도 했다.

그러던 어느 날 헌원의 성문 앞이 왁자지껄했다. 치우비는 발과 만나 가위바위보를 하며 노닥거리고 있었는데 상망이 달려왔다.

"이봐! 비! 왔네! 왔어!"

상망이 헐떡거리며 외쳤다. 그 말을 듣자마자 치우비는 발을 내버려 두고 쏜살같이 몸을 날려 달려 나갔다. 치우비는 누가 왔는지 상망의 표정만으로 금방 알아차린 것이다.

"형님! 형님! 형!"

치우비는 어린아이처럼 소리를 지르며 달려 나갔다. 저만치에서 활짝 웃으며 천천히 걸어오는 사람이 보였다. 치우천이었다.

옆에는 헌원과 이주, 끽구가 환하게 웃으며 걸어오고 있었다.

"형!"

치우비가 달려오자 치우천이 활짝 웃었다.

"이 녀석! 달려들지 마라. 날 죽일 셈이냐?"

치우비는 껄껄 웃으며 형 앞에 제꺽 멈춰 서서는 형을 끌어안고 빙글빙글 돌리며 울었다. 치우천도 눈물을 흘렸지만 그래도 계속 웃었다.

"아이구! 이 녀석! 비야! 나 죽는다. 좀 놓아 줘!"

그때 갑자기 처음 보는 노인 한 사람이 입을 열었다.

"저놈이 네 동생이냐?"

치우천이 웃으며 고개를 끄덕였다.

"맞소! 내 아우, 치우비요."

노인이 중얼거리듯 말했다.

"힘센 동생 두어서 좋을 것도 없구나. 잘못하면 허리나 부러지지."

그 말을 들은 치우비는 형을 내려놓았다.

치우천이 웃으며 노인을 치우비에게 소개했다.

"비야, 내 새로 사귄 분이다. 이름은 비울걸이라 한다."

비울걸이라 불린 노인은 검은 옷을 걸치고 있었는데, 몸에서는 퀴퀴한 냄새가 코를 찌르고 아무렇게나 묶은 허옇게 센 머리가 뒤로 휘날리고 있었다. 안색은 침침하고 눈은 가느다랗게 찍 찢어진데다가 눈자위가 시커메서 눈알이 없이 구멍만 두 개 뚫린 것 같아 보였다. 게다가 코는 우뚝하고 온 얼굴이 주름투성이에 입술이 가늘고 푸른색을 띠어 마치 시체 같았다.

치우비는 이제껏 수많은 사람을 보았지만 이 노인처럼 무섭고 기분 나쁘게 생긴 사람은 처음이었다. 그는 손가락이 길고 독수리 발처럼 우글쭈글했으며 손가락에는 끔찍한 형상으로 길게 자란 손톱이 비죽이 튀어나와 있었다. 이 사람에 비하면 치우비를 따르는 도깨비들이 백배는 더 사람 같아 보였으니, 그야말로 귀신보다 무서운 생김새의 노인이었다.

달려 나오던 울라트와 공손발, 소녀와 형요 자매까지도 노인을 보자마자 으윽, 악, 하면서 비명에 가까운 소리를 냈다. 벌건 대낮이었고 치우천이 곁에 있었기에 망정이지 어두운 데서 노인을 갑자기 만났다면 여자들은 까무러쳐 버렸을 것이다.

치우비는 그래도 형이 새로 사귄 사람이라 하자 두말없이 웃으며 인사를 건넸다.

"어르신 안녕하십니까?"

별안간 노인이 욕을 했다.

"제기랄. 이 빌어먹을 놈아, 어르신은 무슨 어르신이냐?"

치우비는 난데없이 욕을 먹자 어리둥절했으나 웃고 말았다.

"그러면 젊으신가 보군요."

그 말에 노인은 눈살을 찌푸리며 입을 열었다. 안 그래도 무서운 얼굴이었는데 눈살까지 찌푸리자 식은땀이 날 만큼 무서운 얼굴이 되었다.

"너, 내가 무서워 보이냐?"

치우비는 망설이지 않고 대답했다.

"네, 정말 무서워 보이는군요."

치우비가 그런 말을 하자 주변 사람들은 아찔했다.

'아이구, 이제 저 괴물이 트집을 잡겠구나. 괴물이 자기 생김새를 무섭다고 하면 좋아할 리가 있겠냔 말이다.'

주위가 술렁거렸으나 치우비는 당당하게 덧붙였다.

"하지만 저희 형님과 같이 오셨으니 좋은 분이실 겁니다. 생긴 것은 타고나는 것이니 어쩌겠습니까?"

노인이 흥, 하더니 비아냥거렸다.

"허, 노인을 가르치는구나. 생긴 것은 타고났으니 어쩔 수 없다?"

치우비가 고개를 끄덕였다.

"어르신은 무섭게 생겼습니다. 저는 거짓말을 못합니다. 하지만 생긴 게 사람됨과 무슨 상관있겠습니까? 어르신을 뵙게 되어 반갑습니다."

진심으로 치우비가 반가워하는 미소를 지었다.

잠시 노인이 무표정하게 눈만 흘기다가 말했다.

"덩치야, 너 나랑 술 한잔하련?"

사람들은 노인이 아무런 표정 없이 다짜고짜 말하자 노인의 말이 무슨 뜻인지 몰라 전전긍긍했다.

"어르신이 주신다면 한잔 받겠습니다."

치우천이 하하 웃으며 노인에게 말했다.

"비울걸! 내가 이겼다? 그렇지?"

노인은 무뚝뚝하게 대꾸했다.

"그래, 내가 졌구나. 젠장. 기왕 졌으니 술이나 마셔 보자."

비울걸이라 불린 노인은 거리낌 없이 자기 집처럼 기세등등하게 안으로 걸어갔다. 이주나 끽구 같은 헌원의 부하들도 노인의 방자한 태도에 아연해질 지경이었는데, 헌원은 미소를 머금고 말문을 열었다.

"치우천, 반갑군. 안 그래도 자네를 많이 기다렸네. 어서 들어가세. 나도 저 노인과 사귀고 싶구먼. 재미있는 분 같은데?"

치우천이 고개를 숙여 보이며 싱긋 웃었다.

"아우를 잘 보살펴 주셔서 감사합니다. 저도 또 한 번 신세를 져야 할 것 같네요."

"신세랄 것이 뭐 있는가?"

치우천은 저만치에 소녀가 서 있는 것을 보고 반갑게 말을 건넸다.

"소녀님, 소녀님도 나으셨군요."

"치우천님……."

소녀는 자기도 모르게 울음을 터뜨렸다. 치우천은 괜스레 민망하여 피식 웃었다. 형요 자매는 치우천이 피식 웃는 모습을 보고 반쯤 넋이 나간 듯했다. 그들은 여태까지 그토록 잘생긴 사람을 본 적이 없어서였다. 치베와 울라트가 도깨비들을 주르르 달고 다가왔다. 다들 반가워서 어쩔 줄을 몰랐고 서로의 안부를 물으며 즐거워했다.

헌원은 큰 잔치를 열라고 명령을 내렸다. 일행이 들어가 보니 비울걸은 벌써 가장 큰 방 한가운데 자리를 차지하고 앉아 구시렁거리고 있었다.

"술이 왜 없냐? 술! 술!"

비울걸의 태도가 방자했지만 헌원은 호탕하게 웃으며 술만이라도 먼저 내오도록 했다.

두 시녀가 큰 술 항아리 하나를 같이 안고 오자 비울걸이 소리쳤다.

"두 개!"

그쯤 되자 이주와 끽구는 더 이상 못 참겠다는 듯이 화가 나서 안색이 변했다. 그러나 헌원은 여전히 웃음을 거두지 않고 그들을 눈짓으로 말리며 말했다.

"어서 가져와라."

다른 두 시녀가 큰 술 항아리를 하나 더 안고 왔다. 그러고는 잔과 안주를 가져오려고 다급하게 자리를 떴다.

비울걸이 쩌렁쩌렁한 목소리로 외쳤다.

"야, 덩치야. 얼른 와라."

치우비는 놀라고 당황하여 주춤거리며 비울걸 앞으로 갔다.

"하나씩 마시자. 난 네놈이 맘에 든다."

비울걸의 말에 치우비는 씨익 웃으며 술 항아리 하나를 들었다. 비울걸도 손을 뻗어 술 항아리를 들었는데, 보기보다 힘이 대단한 듯 무거워하는 기색이 보이지 않았다. 두 사람은 곧장 한 항아리의 술을 통째로 들이마시기 시작했다.

주위 사람들이 놀라 눈이 휘둥그레졌고 울라트는 거의 숨이 막힐 지경이었다.

치우비는 오기가 솟아 술을 마시며 속으로 생각했다.

'다른 건 몰라도 술 마시는 건 내가 제일이다. 비쩍 마른 노인이 나를 당할 리 없지!'

치우비는 술을 벌컥벌컥 들이켰다. 아무리 치우비가 술고래라 해도 이렇듯 한꺼번에 마시는 것은 힘에 부치는 일이었다. 치우비가 간신히 술을 다 마시고 술 항아리를 내려놓는데, 비울걸은 이미 술 한 항아리를 비우고 옆에 거꾸로 엎어 놓은 채 태연히 앉아 있지 않은가?

치우비는 깜짝 놀랐다. 이 노인은 보통 사람이 아니라는 생각이 들었다.

비울걸은 무표정하게 목소리를 높였다.

"치우천! 이번에는 내가 이겼다!"

곁에 있던 치우천이 웃으며 박수를 짝짝 쳐 주었다. 사람들은 도대체 이 무슨 도깨비놀음인지 알 수 없어서 어리둥절했다.

대뜸 비울걸이 자리에서 벌떡 일어나더니 헌원을 쳐다보았다.

"헌원, 잘 마셨고 대접 잘 받았소이다. 당신도 대단하더군. 언젠가 내가 갚지."

그러고는 냄새나는 옷자락을 휘젓자 퀴퀴한 냄새가 진동했다. 순간 비울걸이 어디로 사라졌는지 보이지 않았다. 사람들은 얼떨한 표정으로 주변을 둘러보았지만 비울걸의 모습은 어디에도 보이지 않았다.

치우비가 놀라서 치우천에게 물었다.

"저 사람…… 도대체 뭐지? 선인이야?"

치우천이 웃으며 대답했다.

"아니."

"그럼 뭐야? 어쩌면 저럴 수 있지?"

형요가 외쳤다.

"저건 진짜다! 세상에! 어떻게 저럴 수가!"

형요 자매도 비울걸처럼 사라지고 나타나는 재주를 부렸다지만 교묘한 속임수일 뿐이었다. 그만큼 형요는 그런 종류의 속임수에 통달했던 것인데, 방금 비울걸이 사라진 것은 속임수가 아니라 진짜 사라져 버렸음을 알아차렸다.

치우천이 미소를 지으며 주위 사람들을 둘러보면서 말했다.

"저 사람은 그럴 수 있답니다."

"어떻게 그렇죠?"

치우천은 여전히 웃었다.

"도깨비 왕이거든요."

그 말에 모두 기겁을 하고 놀랐다. 사람들은 이미 도깨비 왕의 이야기를 들은 바 있었다. 치우천이 도깨비 왕에게 잡혀갔다는 말은 들었지만 그 도깨비 왕이 치우천과 여기까지 같이 올 줄은 아무도 상상하지 못했던 것이다.

치우비는 도대체 어떻게 된 일이냐고 묻고 싶었으나 치우천이 치우비의 입을 막듯이 말했다.

"이야기는 천천히 하자. 오늘 잔치가 끝나면 우리는 내일 떠나야 하니, 나중에 이야기해도 늦지 않다."

"떠나? 오자마자 간단 말야?"

치우비가 공허한 목소리로 물었다. 치우비는 언제까지나 여기에 남아 있고 싶은 마음이었다. 발이 이곳에 있기 때문이다.

그런 치우비의 마음을 아는지 모르는지 치우천이 딱 잘라 말했다.

"헌원님께도 죄송한 일이지만, 시간이 없다. 가야 할 곳이 있어. 내일 떠나야 한다."

헌원도 아쉬운 표정으로 물었다.

"도대체 그렇게 급하게 어딜 간다는 건가?"

모든 사람의 시선이 치우천의 얼굴로 향했다. 무슨 일이 벌어지고 있는지 일말의 감이라도 잡은 사람은 아무도 없었다.

치우천이 미소를 지으며 말했다.

"카린산으로 가야 합니다."

갈등

카린(곤륜)산은 만년설의 위풍 때문에 고대부터 신성하게 받들어졌다.
카린산에는 수많은 기이한 동물과 신령한 생물이 살며,
신비한 풍습을 지닌 사람들이 있다고 믿었다.
물론 그에 비견될 만큼 많은 괴물이나 요괴도 있다고 믿어졌다.

"카린산?"

치우천의 말을 듣고 치우비가 외쳤다. 치우천은 고개를 끄덕이며 대답했다.

"그래, 카린산으로 가야 한다. 전에 무라와 약속했던 것이 있어. 그것을 지켜야 할 때가 되었다."

그러고 보니 치우비도 지난번 치우천이 무라와 누루마이를 만나 그들을 도와 괴물을 물리치겠다고 한 약속이 떠올랐다. 공손발이 휙 돌아서서 말도 없이 나가 버렸다. 그 뒷모습을 힐끗 본 치우천은 무심한 척 말을 이었다.

"여기서 카린산까지는 두 달도 더 걸릴 것이니, 바로 출발해야 늦지 않는다. 안 그러면 무라가 곤란해진다."

두 사람의 이야기를 듣던 헌원이 끼어들었다.

"허, 그런 일이 있었던가? 오자마자 떠나야 한다니 섭섭하군."

치우천이 공손한 목소리로 말했다.

"저도 섭섭합니다. 되는 대로 빨리 오려고 했으나 준비할 것이 많아 이렇게 늦어졌습니다."

"무엇을 준비하기에 그랬는가?"

"괴물을 상대할 방법을 찾느라 오래 걸렸습니다."

"허, 무슨 괴물인가?"

"나중에 말씀드리겠습니다. 이야기가 깁니다."

치우비는 형의 말이 제대로 들리지 않았다. 형이 무사히 와서 기뻤지만 이렇게 갑자기 떠난다고 생각하니 마음이 무거웠다. 발 때문이었다.

치우천이 치우비의 등을 툭 치며 물었다.

"왜 그러니?"

치우비는 흠칫 정신을 차리며 어색하게 억지웃음을 지었다.

"아…… 아무것도…… "

총명한 치우천은 치우비가 왜 그러는지 눈치챘지만 내색하지는 않았다.

"너는 그사이 벗들을 또 사귀었나 보구나. 그런데 저 멋진 아가씨들은?"

치우천이 형요 자매들에게 시선을 두자 형요 자매들은 고개 숙여 인사했고, 요요와 미요가 동시에 입을 열었다.

"저희는 형요 자매라 합니다. 비의 형님이시죠?"

치우천이 미소를 띠며 고개를 숙여 답했다.

"주신의 치우천이라 합니다."

형요 자매들은 성격이 호방하고 거친 편이었는데 막상 치우천이 '멋진 아가씨들'이라 칭하자 누가 먼저랄 것도 없이 얼굴이 은은하게 붉어졌다. 그중 미요의 얼굴이 가장 붉어졌고 요요는 치우천의 눈을 피해 살짝 휴, 하며 한숨을 쉬었다. 형요는 안색만 붉혔을 뿐 별다른 내색은 보이지 않았다.

치우천은 울라트와 도깨비들과 재회의 기쁨을 나누고, 헌원의 부하들과도 돌아가며 인사를 나눴다. 소녀는 내내 조용히 서 있을 뿐 치우천에게 뭐라고 말을 걸지는 않았으나 눈은 계속 치우천을 향하고 있었다.

치우천이 소녀에게로 몸을 돌렸다.

"소녀님, 그동안……."

치우천이 소녀에게 말을 건네는 순간 치베가 다가와 어깨를 툭툭 쳤다.

"천 안다! 돌아왔구나! 돌아왔어!"

치베는 호탕하게 웃으면서 반가워 어쩔 줄 몰라 했다. 그 바람에 치우천은 소녀에게서 떨어질 수밖에 없었다.

헌원이 손뼉을 쳐서 빈 술동이를 치우고 잔치를 준비하라 이르자 즉시 상이 차려지고 자리가 준비되었다. 소녀는 술도 못했고 이런 자리는 끼고 싶지 않았는지 조용히 나갔다.

헌원은 격식을 따지는 성격인지라 상과 의자들을 사람 수대로 마련하여 앉게 했다. 주신이나 다른 부족은 그냥 바닥에 앉은 채 편한 대로 먹고 마시는 경우가 많았지만, 헌원이 이끄는 지나족은 그런 면에서도 격식을 차리는 편이었다. 십육기인 중 치우천과 안면이 있는 사람들도 거의 잔치에 참여했다. 상망, 비휴, 이주, 끽구, 신도, 울루가 참석했으며, 적송자, 지는 이 자리에 오지 않았다.

분주하게 음식이 날라지는 동안 헌원은 치우천에게 많은 것을 물었다. 카린산에 왜 가는지 누구를 상대하는지 하는 질문이었다. 치우천은 태산 회의 때 무라와 누루마이와의 약속에 얽힌 이야기를 헌원에게 들려주었다. 자신이 주술에 걸려 있다는 말은 하지 않았다.

치베가 도깨비 왕으로 화제를 돌리자, 헌원이나 다른 사람들도 그에 대해 묻고 왜 도깨비 왕을 따라갔는지 물었다.

치우천이 웃으며 또박또박 말했다.

"도깨비 왕 비울걸은 대단한 사람이고, 무서워 보이지만 나쁜 사람은 아니었습니다. 매우 쓸쓸해 보이기에 그를 사귀어 볼 생각에 따라가기로 한 것입니다."

상망이 물었다.

"왜 도깨비 왕이 사람이라고 생각했느냐?"

치우천은 웃으며 자신 있게 대꾸했다.

"여러 가지를 보아 틀림없다고 생각했습니다."

"도깨비 왕은 타타르족에게는 무서운 존재 아닌가? 많은 사람을 해쳤다던데?"

헌원이 고개를 갸웃하며 묻자 치우천이 말했다.

"많은 사람들이 도깨비를 만나서 죽은 것은 사실입니다. 그러나 도깨비들이 해친 사람은 거의 없다고 합니다. 사람들이 도깨비들을 만나면 무섭고 두려워서 아무 데로나 마구 도망치려 하는데, 그러다가 사막에서 길을 잃고 헤매어 죽게 되죠. 두려움을 이기지 못해 미쳐 버리는 사람도 있구요. 그 와중에 살아남은 사람들이 없어진 동료들을 도깨비들이 해쳤다고 말하는 건 당연하죠. 그래서 도깨비들과 노깨비 왕을 무서운 존재로 여기게 된 것입니다. 그러나 제가 만나 보니 도깨비 왕 비울걸은 좋은 사람이었습니다. 훌륭한 사람입니다."

"도깨비들을 몰고 다니는 게 좋은 일은 아니지 않는가?"

십육기인 중 신도와 울루가 인상을 찌푸리고 동시에 물었다. 두 사람은 형제도 아닌데 항상 동시에 같은 생각을 하고 같은 말을 하여 마치 한 사람 같았다.

"비울걸은 도깨비들이 사람을 해치거나 놀라게 하는 것을 막으려 스스로 몸을 던져 도깨비 왕이 된 것입니다."

"그게 무슨 소리인가?"

신도 울루가 물었다.

"비울걸은 원래 주신 사람이었습니다. 주신의 풍백이신 비씨 집안 출신이죠. 그런데 나면서부터 생김이 괴이하여 사람들이 따돌렸다는 군요."

상망이 촐싹거리듯 나섰다.

"괴이하긴 하더구먼."

치우천은 웃으며 주위 사람들에게 질문을 던졌다.

"비울걸이 지금 몇 살인지 짐작하시겠습니까?"

치베가 무심코 대꾸했다.

"백 살은 되어 보인다."

치베의 말에 사람들은 고개를 끄덕거렸으나 상망은 고개를 저으며 말했다.

"겉보기에는 백 살도 넘어 보이지만, 실제는 그렇게 안 된 듯하더군. 그래도 한…… 여든 살은 넘었을 건데?"

신도와 울루는 상망의 말에 고개를 저었다.

"그 사람은 겉늙어 보인다. 일흔 살 정도밖에 안 되었을 것이다."

치우천이 미소를 지으며 말했다.

"이제 마흔여섯 살이랍니다."

그 말에 모두는 깜짝 놀랐다. 머리가 백발인데다가 얼굴이 주름살로 가득 찬 비울걸의 나이가 마흔여섯밖에 안 되었다는 것은 뜻밖이었다. 상망이나 신도 울루는 각각 특이한 재주가 있는 사람들이라 비울걸의 나이가 생각보다 젊을 것이라 꿰뚫어 보았지만 그래도 그렇게까지 젊을 줄은 몰랐던 터라 역시 놀랐다.

조용한 목소리로 치우천이 말을 이었다.

"비울걸은 열 살 때부터 주름살이 생기기 시작했답니다. 병인지 뭔지는 알 수 없었지만 보기 흉해진 건 사실이죠. 그래서 사람들도 모두 놀리고 피했으며, 부모님도 속을 썩다가 일찍 돌아가셨죠. 그 뒤로 사람들이 비울걸을 따돌리며 놀리고 흉보았다고 합니다."

"그건 가엾은 일이군."

헌원이 안되었다는 듯이 탄식하자 형요 자매도 서로를 마주 보며 고개를 끄덕였다. 도깨비 같은 용모라고 따돌림을 받았던 형요 자매인지라 기분을 짐작할 수 있었다.

"그런데 비울걸은 희한한 재주를 타고나서, 도깨비들과 말을 할 수 있었다고 합니다. 사람들이 비울걸을 피하니 비울걸은 도깨비들과 놀기 시작했죠. 그렇게 되자 사람들은 비울걸을 더 두려워하고 싫어하게 되어, 마침내 고향에서 쫓겨났다고 합니다."

그러자 이번에도 신도 울루가 동시에 말했다.

"사람은 귀신, 도깨비 들과 어울려서는 안 된다. 비울걸이 가엾기는 하지만 도깨비와 어울린다면 사람들과 함께 살 수는 없다. 어쩔 수 없는 일이다."

치우천은 그 말이 마음에 들지 않는 듯 신도 울루를 바라보았다.

"그러면 어떻게 했어야 한단 겁니까?"

신도 울루가 대꾸했다.

"도깨비들을 다스려 물리쳐야지. 비울걸이 재주를 타고난 것은 하늘이 그런 일을 하라고 주신 것이다."

신도 울루의 대꾸가 더욱 마음에 들지 않아 치우천은 다시 물었다.

"도깨비들을 왜 물리쳐야 합니까?"

"도깨비는 사람과 달라. 도깨비와 사람이 같이 살 수는 없어. 도깨비는 사람들에게 장난을 치며 홀리는 것들이다. 사람이 살려면 그런 것들은 물리쳐야 하는 거야."

치우천은 무엇을 말하려다가 생각을 바꾼 듯 입을 다물었다. 표정으로 볼 때 신도 울루의 말에 동의하는 것 같지 않았다. 그러자 헌원이 분위기를 바꾸려는 듯이 다음의 이야기를 물었다.

"그래서 어떻게 되었는가?"

치우천은 차분하게 말을 이어 갔다.

"도깨비들은 그때 비울걸과 가까워졌고, 비울걸은 똑똑해서 도깨비들의 많은 문제를 해결해 주었습니다. 도깨비들은 비울걸을 우두머리로 떠받들었죠. 그러나 사람들은 도깨비들을 무서워하여 쫓아내려고 애썼습니다. 도깨비들은 사람들보다 훨씬 전부터 살아온 자신들의 터전을 떠나지 않으려 했기에 사람들과 자주 부딪혔던 모양입니다. 그것을 본 비울걸은 결심을 했습니다.

비울걸은 사람들에게서 쫓겨났지만 사람들을 미워하지는 않았습니다. 도깨비들이 사람들을 위협하는 것도, 사람들이 도깨비를 무서워하는 것도 싫었죠. 그래서 도깨비들을 몰고 사람들이 없는 외진 곳으로 들어가 살기로 했습니다. 원래 도깨비들은 자기들끼리 그렇게 많이 모여 다니지 않는데, 비울걸이 도깨비들을 설득하여 큰 무리를 이루어 떠난 것입니다. 그렇게 해서 비울걸은 사람이 살지 않는 사막 깊숙한 곳에 도깨비들을 거느리고 혼자 살아가게 된 거죠."

신도 울루는 여전히 못마땅하다는 듯이 물었다.

"도깨비들을 그렇게 모았다면, 왜 도깨비 왕 노릇을 하고 타타르 사람들에게 무서움을 주었단 말인가?"

치우천이 약간 화난 투로 대답했다.

"비울걸은 사람들과 도깨비들, 둘 다를 위해 그런 것입니다."

"비울걸은 도깨비 편이지 사람 편 같지는 않은데? 그게 아니면 사람을 왜 놀라게 만들고 무서운 소문을 퍼뜨리느냔 말야."

신도 울루가 집요하게 말꼬리를 잡고 늘어지자 치우천은 목소리에 힘을 주어 말했다.

"그렇지 않으면 도깨비들은 수도 없이 흩어져서 더 많은 부족의 더 많은 사람들을 놀라게 했을 겁니다. 비울걸이 그 길을 지나는 사람들을 놀라게 하지 않았다면 도리어 사람들이 더 많이 다쳤을지도 모릅니다. 비록 외지고 깊숙한 곳이라고는 해도 근처에 사는 부족이나 장사하는 사람들은 사막을 자주 넘어 다닙니다. 차라리 도깨비 왕의 땅이라고 해놓고 도깨비를 그리로 가두면, 사람들이 알아서 피할 것이니 아무도 다치지 않을 것 아닙니까?

비울걸 자신도 사람들과 어울리지 못하고 도깨비들하고 사는 것이 즐거울 리만은 없었을 겁니다. 더구나 사람인 비울걸이 외진 사막 한가운데 살기는 더 힘들었겠죠. 비울걸은 서로를 위해 자신을 희생했습니다."

"그러니 도깨비들을 없앴어야지! 도깨비를 다스리는 재주가 있으면 도깨비를 죽여 없앨 수도 있지 않겠나?"

다그치듯 나서는 신도 울루의 말에 치우천은 마음 한 켠에서 뭔가 울컥 치밀었지만 숨을 길게 고르며 되받았다.

"도깨비들은 사람도 아니고 사람처럼 생각할 줄 모르니 짐승과 비슷합니다. 더구나 산 것도 아니고 죽은 것도 아닌 이상한 존재들이죠. 그러나 도깨비들이 무조건 나쁘다고 할 수는 없습니다. 사람을 해치거나 일부러 괴롭히는 일은 잘하지 않으며, 도리어 사람들과 장난치듯 어울리고 싶어 합니다. 하지만 생김새가 이상하고 하는 짓이 사람들로서는 이해하기 어렵기 때문에 사람들이 무서워하고 피하는 것뿐입니다. 도깨비도 산 존재인데 어찌 그리 함부로 죽인단 말입니까?"

"하지만 도깨비에 놀라 죽는 사람도 많다네!"

"그렇게 말하면, 개를 화나게 하여 개에 물려 죽는 사람도 있고 소를 놀라게 하여 쇠뿔에 받혀 죽는 사람도 있는데, 그렇다면 개도 소도 하나 남기지 않고 죽여 없애야 한다는 말씀이십니까?"

치우천과 신도 울루의 언쟁이 길어질 것 같자 헌원이 나서서 말렸다.

"자자, 그 이야기는 그만하기로 하세. 내가 보기에 비울걸은 대단한 사람임이 틀림없네. 자네는 어떻게 그와 가까워지게 되었나?"

치우천은 마음을 가라앉히고 말했다.

"저도 처음에는 비울걸을 보고 놀랐습니다만, 이야기를 해 보니 우리를 해칠 것 같지는 않았습니다. 해치려 했다면 그런 장난을 하지 않고 그냥 공격했겠죠. 아마도 겁주어 쫓아내려고 그런 장난을 한 것 같은데, 조금 더 이야기를 나누다 보니 비울걸이 우리와 이야기하기를 즐긴다고 생각했습니다. 비울걸이 도깨비가 아니고 사람이라 생각하니 그가 외로울 것 같았죠. 비울걸은 주신 사람인데, 타타르족과 몽골족만 가끔 지나가는 사막에서 누구와 말이 통했겠습니까? 사람 사는 세상의 이야기가 많이 궁금했을 법도 한데, 지나가는 사람들의 이야기는 알아들을 수도 없고 말할 상대도 없으니 답답했을 거라 생각했습니다. 그래서 저는 그를 좀 더 알고 싶어서 스스로 재미있는 이야기를 아주 많이 아는 사람인 척했고, 비울걸은 그 말을 듣고 저를 데려간 것입니다."

치우천은 차분히 이야기했지만 자리에 있던 사람들은 내심 놀라고 있었다. 그런 생각을 했더라도 위기를 모면하면 그만이지 굳이 위험을 무릅쓰고 도깨비 왕에게 다가가지는 않았을 것이다. 그만한 용기는 실로 대단하다고 하지 않을 수 없었다. 치우비나 치베도 저절로 흥미가 일어 귀를 기울이고 있었다.

그동안의 일이 떠오르는지 치우천은 입가에 미소를 머금으며 말을 이었다.

"처음 열흘 동안 저는 계속 비울걸에게 온갖 이야기를 들려주어야 했습니다. 처음에는 비울걸도 위세를 세우려고 몸을 드러내지 않고 많은 도깨비들 사이에 저를 던져 겁을 주었죠. 무섭기는 했습니다."

모두 그럴 것이라 생각했다.

'누가 무섭지 않겠는가? 태연한 듯 이야기하지만 담력이 대단하구나.'

치우천은 자신이 생각해도 우스운지 피식피식 웃으면서 말을 이어 갔다.

"그러다 열흘이 지나고 나니…… 하하, 할 이야기가 떨어졌습니다. 이야기를 지어내려고 해도, 머리가 아프고 더 지어낼 이야기도 없었죠. 솔직히 그 정도 이야기를 하면 비울걸이 지칠 줄 알았는데, 비울걸 그 사람은 열흘 동안 꼬박 이야기를 듣고서도 더! 더! 소리만 하더군요. 저는 안 되겠다 싶어 배짱을 부렸습니다."

"어떻게?"

허리를 곧추세우며 치우비가 묻자 치우천이 웃었다.

"'나는 열흘 동안이나 이야기해서 힘들고 피곤해서 안 되겠소! 먹을 것도 제대로 못 먹고 쉬지도 못하니 입이 돌아가겠소? 그냥 나를 죽이시구려.' 그러면서 드러누웠단다."

"그랬더니?"

냉정한 이주도 얘기가 재미있는지 눈을 빛내며 물었다.

"그랬더니 비울걸은 다그치기도 하고 욕도 하더군요. 그러나 결국 도깨비들을 시켜서 좋은 음식을 가져오게 하고 술도 구해 주면서 극진히 대접하더군요. 도깨비들도 예쁜 여자와 잘생긴 사람으로 모습을 바꾸어 나를 주인처럼 떠받들더군요. 덕분에 잘 쉬었습니다."

"그래서?"

"며칠이 지나자 비울걸은 다시 이야기를 들려 달라고 했습니다. 저는 솔직히 이제 이야기할 만한 것이 더는 없다고 말했죠. 그러자 비울걸은 화를 내며 처음으로 자신의 본 모습을 드러내 말하더군요. '너는 거짓 말쟁이냐? 네 아우에게 열두 해 동안이나 이야기를 해 주었다지 않았느 냐? 그 이야기는 왜 안 하느냐?' 라고요."

치우비가 껄껄 웃었다.

"형은 그런 이야긴 해 준 적이 없잖아. 그건 거짓말이지."

치우천은 고개를 저었다.

"그렇지 않아. 그래서 나는 비울걸에게 말했지. '그것은 단지 열두 해 짜리 이야기가 아니오. 평생 계속해야 되는 긴 이야기요.' 비울걸이 물 었지. '정말이냐?' 나는 대답했지. '물론이오. 허나 그 이야기는 당신에 게는 해 줄 수 없소.' 그러자 비울걸이 화를 내더군. '왜 안 되느냐?' 나 는 짐짓 진지한 표정으로 대답했지. '그 이야기는 말로 해 주는 것이 아 니라, 내가 직접 아우에게 보여 준 것이오. 아우와 내가 겪은 모든 일들, 내가 벌인 일, 내가 한 말 모두가 내 이야기가 되는 것이오. 그 때문에 그 이야기는 아직 끝나지 않았고, 내가 평생 살 동안 계속 해 주는 이야 기가 되는 것이오.'

처음에 비울걸은 이러더군. '그게 무슨 이야기냐? 그냥 네가 살아가 는 동안의 일들 아니냐?' 그래 나는 말했지. '내가 사는 것이 나에게는 다만 살아가는 것뿐이지만, 당신에게는 무엇인가요? 당신이나 다른 사 람에게는 그것도 그냥 하나의 이야기가 될 수도 있지 않겠소? 내가 해 준 옛날의 훌륭한 사람들과 선인들의 이야기 역시 그 사람들에게는 자 신의 일생일 뿐이었지만, 당신에게는 아주 재미있는 이야기가 되지 않 았소?' 그러자 비울걸은 주춤하며 뭔가 생각하더군. 그래서 내가 말했 지. '당신도 이야기를 찾아다닐 필요가 없소. 당신 자신이 이야기를 만들면 되는 것이오. 그게 아니라 내 이야기를 듣고 싶다면, 당신도 나와 같이 다니면서 나를 보면 됩니다. 그러면 내가 살아가는 모든 일들이 당신에게는 재미있는 이야기가 될 것이오'라고."

사람들은 저마다 놀라기도 하고 수군대기도 했는데 헌원만은 깊이 생각하는 듯 고개를 끄덕이며 눈을 빛냈다. 치우천은 사람들의 반응에 개의치 않고 계속 말했다.

"그러자 비울걸이 말했습니다. '네 이야기가 재미있겠느냐? 재미없고 지루한 이야기는 싫다. 매일매일 똑같은 것은 이제 신물이 난다. 네가 살아가는 것이 그만큼 재미있는 이야기가 될 수 있겠느냐?' 그래서 내가 이렇게 대꾸했지요. '재미있을 것입니다.' 못 믿겠다는 듯 비울걸이 으름장을 놓더군요. '만약 이야기가 재미없다면 도깨비들을 시켜 너를 죽이겠다.' 그래서 나는 자신 있게 말했어요. '내기를 해도 좋소. 당신이 항상 놀랍고 재미있는 이야기를 찾게 해 주겠소. 당신이 일부러 이야기를 끊지만 않는다면 말이오.' 뭐, 그렇게 해서 그와 가까워졌죠."

"대단하군. 치우천! 그래서 자네는 도깨비 왕을 거느리게 되었군!"

헌원이 감탄하며 말하자 치우천은 황급히 손사래를 쳤다.

"저는 그를 거느린 것이 아닙니다. 벗이 되었죠. 비울걸이 제가 재미없다 여기면 언제든 저는 죽게 되니, 그리 좋아할 일도 아닙니다. 저와 같이 길을 가는 중간에도 비울걸은 조금만 지루해지면 '재미없어지려고 한다. 재미없어지려고 해, 너 죽고 싶으냐?'라면서 저를 겁주었답니다. 하하."

헌원은 수염을 쓰다듬으며 고개를 끄덕였다.

"비울걸도 보통 사람은 아니군."

"그렇다고 볼 수 있죠."

형요가 한마디 끼어들었다.

"그런데 비울걸 그 사람은 어디로 간 거지요?"

치우천은 어깨를 으쓱해 보였다.

"나도 모르지요. 언제나 제멋대로니까. 멀리 가진 않았을 겁니다. 항상 나를 바라본다고 했으니 또 불쑥 나타나겠지요. 항상 그래 왔거든요."

"마음대로 사라졌다가 나타나고 그러나요?"

"달리 도깨비 왕이겠어요?"

다른 사람들이 보기에도 비울걸의 하는 짓은 기괴하기 짝이 없으니 그렇게 행동하는 게 오히려 당연한 것 같았다.

헌원은 빛나는 눈동자로 치우천을 바라보면서 물었다.

"비울걸에게 열흘 동안 해 준 이야기는 자네 이야기였겠지?"

치우천은 헌원의 은근한 눈빛과 물음을 웃음으로 얼버무렸다.

"생각나는 대로 아무 이야기나 막 했습니다."

겉으로는 태연한 척했지만 치우천은 속이 뜨끔했다.

헌원을 제외하고는 치우천과 비울걸이 나눈 이야기의 깊은 뜻을 눈치채지 못하고 있었다. 헌원의 지적대로 비울걸과 열흘 동안 나눈 이야기는 단순한 옛날이야기가 아니었다. 처음에는 옛날이야기로 시작했으나 마지막 열흘째 되던 날 치우천은 자신의 포부와 꿈과 야망을 이야기했다. 이야깃거리가 떨어져서 그런 것이 아니라 비울걸의 고독과 슬픔을 느꼈기 때문이다.

이야기를 들은 비울걸은 며칠 동안 생각하다가 치우천에게 자신의 실제 모습을 드러내 보였다. 모습을 보며 치우천은 비울걸에게 자신을 따라 같이 나가자는 뜻을 간접적으로 돌려 이야기했고, 비울걸이 마침내 제의를 받아들인 것이다.

비울걸은 총명하고 속마음이 착한 사람이었으나 오랜 세월 도깨비들만 벗 삼아 지내다 보니 겉으로는 괴팍한 행동만 일삼았다. 그래서 비울걸은 치우천을 따르겠다고 곧바로 말하지 않고 계속 두고 보겠다느니, 재미없어지면 죽인다느니 했지만 그것은 장난삼아 하는 소리에 지나지 않았다. 하지만 치우천이 기대에 미치지 못하면 정말 가만두지 않을 수도 있었다. 치우천은 자신의 목숨을 담보로 비울걸을 끌어들인 셈이다.

치우천은 지나족 앞에서 자신의 포부를 이야기할 수는 없었기 때문에 우스개처럼 돌려서 이야기했다. 그러나 헌원은 치우천의 말속을 읽어 낸 듯했다. 치우비는 아직 그런 것까지는 눈치채지 못한 터라 고개를 갸웃거리며 물었다.

"그런데 비울걸이…… 도깨비들은 어쩌고?"

치우천은 치우비의 말을 핑계 삼아 헌원의 날카로운 눈을 피하려고 웃으며 말을 돌렸다.

"그 사막은 어차피 도깨비 왕이 있다는 소문이 떠돌기 때문에, 내버려 둬도 별일 없을 거라고 했지."

"그다음엔 뭘 했지?"

"비울걸과 나는 길을 떠나 여행을 하며 더 친해졌지. 사막을 나서서 돌아보니 타타르족이 살더군. 그래서 나는 일단 앗수라트 부족을 찾아갔고, 네가 화산에 잘 도착했다는 이야기를 들었어. 그런데 문득 무라와 한 약속이 생각나더군. 네가 무라와 혼인할 수는 없는 것 아니냐? 뭐, 지금이라도 무라와 혼인한다면 귀찮지 않아 좋긴 한데……"

치우천이 웃으며 슬쩍 한마디 떠보자 치우비는 얼굴을 붉히며 말꼬리를 흐렸다.

"놀리지 마. 내가 어떻게 그래……"

치우천은 짐짓 크게 웃으며 말했다.

"그래서 나는 비울걸을 데리고 무라를 구할 방법을 찾아서 돌아다녔다. 그 괴물을 상대할 방법을 찾아서 말야."

"비울걸하고 둘만?"

"그래."

"그래서 찾았어?"

"음…… 뭐, 특별히 찾은 것은 없어. 다만 전에 누루마이가 달의 정기가 아니면 괴물을 물리칠 수 없다고 하지 않았니?"

"그랬지."

"그러면서 누루마이는 달의 정기를 받은 보석 이야기를 했잖아. 그런데 돌아다니다 보니 그런 보석 이야기가 들리더군. 그건 먼 바닷가까지 가야 구할 수 있다고 해서 멀리 여행을 할 수밖에 없었지."

"어떤 보석?"

"조개가 만드는 보석이야."

"조개가 보석을 만든다구? 그거 원……."

치우비가 믿어지지 않는다는 표정을 짓자 치우천이 웃었다.

"보여 주랴?"

치우천은 품에서 작은 가죽 주머니를 꺼냈다. 주머니를 풀자 안에는 정말 달빛처럼 온화한 광채를 발하는 둥근 구슬들이 들어 있었다. 진주였다. 사람들은 놀라운 눈으로 진주를 들여다보았다. 깎은 것 같지도 않은데 둥글둥글한 것도 희한했지만 특히 진주의 광채는 다른 옥이나 금, 보석과는 달라 은은하고 아롱거리는 모양이 달빛을 닮아 있었다. 이 자리에 있는 대부분의 사람들은 내륙 깊숙한 곳에 살고 있었고 한 번도 바다를 본 적이 없었던지라 진주를 처음 보는 사람이 많았다.

뜻밖에도 헌원이 회의적인 표정으로 입을 열었다.

"흠, 귀한 것이군. 이것은 먼 바다에서 얻는 것인데, 비록 색깔은 비슷하나 물속에서 나는 것이니 달의 정기와 비슷하다고 볼 수 있을는지……."

헌원은 견문이 넓어 진주에 대해서도 알고 있는 것 같았다. 치우천이 얼버무리듯 말했다.

"이것 외에는 방법이 없습니다. 통하는지 안 통하는지는 써 보면 알겠지요. 저는 통할 것이라 믿습니다. 이제는 더 미룰 수도 없구요."

헌원은 고개를 끄덕이며 치우천에게 말했다.

"자네는 먼 바닷가까지 가서 그것을 구해 오느라 몇 달이나 걸린 게로군."

"그렇습니다. 이것을 구하느라 힘들었지요."

"어느 쪽으로 갔었나?"

"태산 동쪽으로 갔었습니다. 저는 아직 주신 사람들을 피해야 하므로 북으로는 갈 수 없었죠."

"그럼 전쟁이 벌어지는 곳을 지나갔겠군. 유망님은 자네를 좋지 않게 보고 계시니 위험했을 텐데."

"두 사람뿐이라 얼마든지 숨어 다닐 수 있었습니다. 더구나 유망님은 전쟁에 여념이 없는데 어찌 저 같은 것을 찾겠습니까? 오히려 주신은 평온하지만 저를 찾는 사람이 많으니 그쪽이 더 위험했습니다. 저는 미아우족의 바닷가 마을에서 보석을 얻은 다음에 바로 이리로 달려왔습니다."

헌원은 눈을 빛내며 뭔가를 물어보려는 순간, 치우비가 무심코 말을 꺼내 헌원의 입을 막아 버렸다.

"그럼 형님은 바다를 보았겠네. 어때?"

치우천은 헌원이 자꾸 캐물으려 해서 부담스러웠는데, 때마침 비가 말을 건네 헌원의 말문을 막자 기뻐하며 곧바로 대답했다.

"보았다. 바다에는 정말…… 그렇게 넓고 많은 물이 있을 줄 몰랐어. 저 멀리 끝없이 물만 가득 차 있고 흐르지는 않았지만 물이 넘실거리며 큰 파도가 치고 있었다. 대단한 광경이더구나. 주신 부근에도 하늘과 땅이 닿은 큰 벌판이 있지만 하늘과 물이 맞닿은 바다는 그 벌판보다 훨씬 넓은 것 같았어. 가슴이 탁 트이더군. 물은 짜기가 이를 데 없었어. 헌데 짠물에서도 고기가 살지 않겠어? 그렇게 많은 소금이 어디서 나왔는지 신기하더군."

치베나 형요, 다른 십육기인도 치우천이 본 바다에 대해 흥미를 보이며 이것저것을 물어보아 헌원은 더 이상 말을 꺼내지 못했다. 헌원은 점 잖은 성격이라 남의 말을 가로막으면서 자기의 질문을 할 사람은 아니었다.

치우천은 헌원에게 기회를 주지 않으려는 듯 그들의 질문에 소상하게 대답해 주면서 계속 웃고 떠들며 술을 꽤 많이 마셨다. 마침내 치우천이 취한 목소리로 헌원에게 말을 건넸다.

"아…… 이거, 제가 취한 것 같습니다. 이만 가서 쉬었으면 합니다만……."

헌원은 미소를 지으며 고개를 끄덕였다. 치우천이 자리에서 일어서려는데 헌원이 웃으며 말했다.

"그런데 내, 한 가지 의논할 것이 남아 있다네. 의논은 나중에 해도 되겠지만 일단 말은 해 두어야 할 것 같네."

"무슨 일입니까?"

치우천의 물음에 대꾸하지 않고 헌원은 여전히 입가에 웃음을 머금으며 치우비를 향해 힘 있는 목소리로 말했다.

"자네는 내 딸을 어찌 생각하는가?"

그 말을 듣는 순간 치우비가 손에 들고 있던 술잔을 툭 떨어뜨렸다. 치우비의 얼굴은 붉어졌지만 눈에는 기쁨의 빛이 가득했다. 치우비는 형을 돌아보았으나 치우천은 담담한 표정만 지을 뿐이었다. 형이 공손발을 좋아하지는 않더라도 치우비의 처지에서 본다면 헌원의 이야기

자체는 기쁘기 한량없는 일이었다. 그러나 자칫 경솔하거나 실수라도 하는 게 아닐까 싶어 자신도 모르게 말을 더듬었다.

"아…… 물론 발은…… 아니, 발님은 정말…… 제가 뭐라고 할 수 없을 정도로 아름답고 착하고 마음씨 고운……."

헌원이 껄껄 웃었다.

"그 아이 얼굴은 괜찮지만 착하고 마음씨 곱다는 말은 아무리 아비인 내 앞이라도 지나친 것 아닌가?"

"아닙니다! 사실 장난이 좀 심하지만 발…… 아니 발님의 마음씨는 정말 착하고 곱죠."

치우비가 얼굴을 붉히며 말하자 사람들이 껄껄 웃었다.

"내 딸아이를 그렇게 봐 주는 사람은 세상에서 자네 하나뿐일세. 더구나 요즘은 그 녀석 버릇이 많이 좋아졌지. 그 말썽꾸러기를 잡을 수 있는 사람이 자네밖에 더 있겠는가? 그래서 나도 마음을 굳혔다네. 물론 자네 아버님의 허락을 받아야 하겠으나 그럴 형편은 못되니, 여기 자네 형님이 있는 앞에서 이야기를 하고 싶네만……."

그것은 분명 발을 자신에게 시집보내겠다는 이야기가 아닌가. 치우비는 기뻐서 단박에 웃는 얼굴이 되었다.

그때 치우천이 딱 자르듯 말했다.

"제가 비록 이 녀석 형이기는 합니다만, 이 일은 아버님께 먼저 아뢰어야 합니다."

그 말에 사람들은 치우천의 얼굴을 바라보았다. 치우비도 간청하는 눈빛으로 치우천을 바라보았으나 치우천은 치우비의 눈을 똑바로 보지 못하고 약간 눈을 돌린 채 말을 이었다.

"저희 아버님은 몹시도 엄하신 분입니다. 한웅님이 성인식을 면하게 해 주셨는데도 고집을 부리셔서 카린산까지 갔다 오라고 명하신 분입니다. 저도 물론 기쁩니다. 헌원님의 따님을 제 아우에게 주신다는 것은 뭐라 말할 수 없는 일입니다. 그러나 주신에서의 혼인은 부모님의 허락을 받아야만 하는 것이라⋯⋯."

옳은 말이었지만 핑계에 지나지 않았다. 치우 형제는 지금 주신에서 죄를 받아 추방되어 주신으로 돌아갈 수 없는 처지인데 어떻게 아버지의 허락을 받을 수 있겠는가?

헌원이 차분한 목소리로 되받았다.

"잘 생각해 보게. 아버님도 자네 형제가 주신에서 밀려난 것을 탐탁해하시지는 않을 걸세. 그러나 비가 내 사위가 된다면 나는 당당히 주신에 자네들이 죄가 없음을 밝히고 허물을 풀어 달라고 요청할 수 있네. 자네들은 하늘의 시험에서 벗어나 험한 사막에서 살아난 사람들이지만, 주신에는 자네들의 적이 많으니 자네들은 아직도 위험하네."

치우비나 치베, 형요마저도 헌원의 말에 고개를 끄덕였다. 사실 사막에서 빠져나온 지금, 하늘의 심판은 분명 치우 형제가 옳다고 한 셈이니 치우가람의 함정만 피하면 주신으로 돌아갈 수도 있었다. 그러나 돌아간다 해도 치우가람이나 부루버들, 고시울률은 호시탐탐 치우 형제를 해코지하려 할 것이며, 사와라 한웅도 그들을 탐탁지 않게 여기고 있는 판이니 든든한 뒤가 없는 치우 형제는 언제 또 위험에 빠질지 몰랐다.

헌원이 계속 말했다.

"비록 주신의 위세가 크지만 나 헌원도 지나족의 대족장이며, 죄를 지은 사람을 사위 삼지는 않는다는 걸 모두가 알 걸세. 그리고 어느 정도는 내 체면도 세워 주어야 할 테니, 비가 내 사위가 되면 자네들은 분명 주신에서 당당하게 처신할 수 있을 걸세."

사람들은 그 말에도 고개를 끄덕였다. 주신과 유망은 태산 회의 이래로 물과 불처럼 갈라진 상태였다. 그러나 주신과 유망 사이에는 헌원이 있으며, 헌원의 행동에 따라 양측의 입장은 크게 달라질 수 있었다. 지나족의 절반을 차지한 헌원이 어느 편을 드느냐에 따라 세상의 앞날이 달라질 수 있다는 뜻이다.

헌원이 주신 사람인 치우비를 사위로 맞는다면 헌원이 주신 편을 든다는 공식 선언이나 다름없었다. 주신 측에서도 헌원의 큰 힘을 알고 있으니 헌원의 비위를 건드릴 일은 하지 않을 것이다. 설령 치우 형제가 이전에 주신에서 더 엄청난 죄를 지었어도 헌원의 얼굴을 보아 따지거나 배척하지 못할 것이며 앞으로도 함부로 건드릴 생각을 하지 않을 것이다.

거기까지 생각이 미치자 치베나 형요마저도 치우천에게 빨리 말을 바꾸라는 눈짓을 은근히 보냈다. 허나 치우천은 담담한 표정으로 머리를 긁적였다.

"아, 술이 과했나 봅니다."

치우천이 딴전을 피우자 치우비는 형이 원망스럽다는 생각까지 들었다. 다른 사람들도 치우비와 발이 서로 얼마나 좋아하는지 잘 알고 있는 터였다. 치베마저 '천 안다는 비 안다와 발이 얼마나 좋아하는지 모르는 걸까?' 라는 생각을 했다.

그러자 헌원은 조용히 고개를 끄덕이다가 치우비를 보며 말했다.

"취했다니 가서 쉬어야겠군. 치우비, 자네에게는 미안하네. 자네를 앞에 두고 이런 말을 했으니 자네가 부끄럽겠군. 자네는 나가 있어도 좋네."

치우비는 그렇지 않아도 어찌해야 좋을지 모르던 차에 그런 말이 나오자 인사를 올리고 밖으로 나가 버렸다.

치우비의 뒷모습을 바라보다가 헌원이 치우천에게 눈길을 돌렸다.

"하나만 더 말함세. 만약 자네 아우가 내 사위가 된다면, 나는 유망님과의 관계를 영영 끊어 버릴 수도 있네. 지금 나는 유망님께 전사들을 보내지는 않지만 먹을 것과 물건들은 많이 보내고 있네. 그것도 끊어 버릴 수 있네."

실로 파격적인 제안이라 십육기인마저도 웅성거리며 당황해했다. 치우천도 크게 놀란 빛을 띠었다. 아직 헌원이 드러내 놓고 유망의 편을 들고 있지는 않지만, 같은 지나족인 유망과 갈라서지는 않고 있었다. 개인적으로야 원수가 되었다고 보아도 되지만, 같은 지나족이라 하도 얽힌 것이 많아 부족으로서의 관계는 유지하는 것이다. 그런데 공식적으로 관계를 단절한다면 유망의 세력은 크게 약해질 것이며 감히 주신과는 대적하지 못할지도 모른다.

그러나 치우천은 여전히 말이 없었고 도리어 헌원의 측근인 이주가 입을 열었다.

"헌원님, 그것은 너무도……."

헌원은 딱 잘라 말했다.

"내가 주신 사람 사위를 보면, 결국 나보다도 유망님이 먼저 나를 내치실 것일세."

그때였다. 언제나 말이 없던 비휴가 냉랭한 음성으로 끼어들었다.

"그래서 유망님이 우리를 치면?"

짧은 말이었으나 의미심장했다. 더구나 거의 말이 없는 비휴의 입에서 나온 말이라 더더욱 사람들에게 커다란 반향을 불러일으켰다. 뒤를 이어 상망이 외쳤다.

"그렇습니다! 유망님과 관계를 끊는다면 유망님은 당장 우리를 의심하고 쳐들어올 것입니다. 우리는 아직 유망님의 군대를 당할 힘이 없습니다!"

상망은 겁이 나 온몸이 떨렸다. 그것은 최악의 상황이다.

이주도 급히 한마디 끼웠다.

"헌원님, 지나치십니다. 유망님의 심사는 아무도 모릅니다. 유망님과의 관계를 끊는다면, 유망님은 우리부터 쳐서 지나족의 힘을 모으려 할지도 모릅니다."

헌원은 오히려 담담히 말했다.

"나는 유망님을 오랫동안 모셨네. 유망님은 요 몇 년 사이 너무도 많은 일을 저지르셨네. 자네들도 듣고 보았을 것이네. 그분은 소녀님에게 독을 먹여 협박하는 방법으로 주신 한웅님의 비밀을 캐내려 했고, 신수까지 끌어들여 한웅님을 죽이려고 했네. 주신과 전쟁이 벌어지기도 전에 말일세. 그것은 아무리 적일지라도 실로 해서는 안 될 짓이며, 용사답지 못한 일일세. 허나…… 허나 나는 그분의 아랫사람이며 같은 지나족 동포일세. 나로서도 결단을 내릴 수가 없는 일이야."

유망으로서는 지탄을 받아도 할 말이 없는 짓이었다. 당시는 모략과 술수가 판치는 험악한 세상이 아니었다. 명분과 떳떳함을 중요시했다. 전쟁을 하거나 결투를 한다 해도 어느 정도의 기본적인 윤리관이 있었고 전쟁의 승패도 중요하지만 명예가 더 중요했다.

아직 법이 없던 시대였지만 사람들이 모여 살았기 때문에 그러한 기본적인 윤리관은 후대보다 오히려 강했다고 볼 수 있다. 가령 손님을 해치지 않는다는 불문율이 그러한 예인데, 그런 보장이 없으면 누구도 부족 간에 물건을 바꾸거나 혼인을 할 수 없을 것이다. 그렇기 때문에 손님으로 온 사람은 특별한 경우가 아니면 해치거나 다투지 않는다는 법칙은 더욱 잘 지켜질 수밖에 없었는데, 그것이 바로 생존의 방법이었기 때문이다. 그런 것이 윤리 또는 관습으로 굳어져서 그것을 지키지 않으면 얼굴을 들 수 없을 정도의 수치스러운 일로 삼게 되었다.

하물며 유망은 대부족장이라는 명예를 지닌 사람이었다. 그런 사람이 힘없는 여자에게 독까지 써 가면서 한웅 옆에 사람을 심으려 한 행위나, 누구나 꺼리는 신수의 힘까지 빌려서 귀빈인 한웅을 죽이려 한 일은 대부족장답지 않은 치졸한 짓이었다. 전쟁을 하다가 다른 방법이 없어서 발악적으로 한 짓이라 해도 부끄러울 판인데, 하물며 적대국도 아닌 상황에서 그런 짓을 했으니 말이다.

헌원이 차분한 목소리로 말을 이었다.

"나도 충분히 생각하고 하는 일일세. 내 솔직히 말하겠네. 내 딸이 자네 아우에게 마음이 있다는 것을 나도 안다네. 내 딸자식을 자네 아우가 거두지 않으면 누가 거두겠는가? 자네 아우가 아니면 억지로 다른 곳으로 시집보내도 내 딸은 아마도 병이 날 것일세. 부모로서 어찌 그런 꼴을 보겠는가……."

치우천은 입을 다물고 있었으나 그 말에는 약간 고개를 끄덕여 동감을 표했다.

헌원은 안쓰러운 듯 한숨을 한 번 쉬고 다시 말했다.

"그러나 나는 많은 부족을 책임진 사람이니 딸의 일만 가지고 부족의 앞날을 마음대로 정할 수가 없다네. 그러나 내 딸을 자네 아우에게 준다는 것은…… 아무리 상관없는 일이라 말해도 사람들이, 특히 유망님이 믿어 줄 리가 없어. 나와 유망님 사이의 골은 이미 깊어지고 있네. 이대로는 정말 좋지 않아. 그러니 나는…… 나는 결단을 내릴 수밖에 없네. 유망님의 편에 서든 주신의 편에 서든 말일세. 이해하겠는가?"

치우천은 고개를 끄덕이며 짧게 대답했다.

"이해합니다."

헌원이 다시 한숨을 쉬며 말했다.

"나는 유망님을 따르려야 따를 수가 없네. 유망님의 행동은 내 생각과 너무도 다르고, 여러 가지 일들이 계속 유망님과 나를 멀어지게 만들고 있네. 태산 회의 때도 그러했고 이후에 벌어진 일들도……. 아마 유망님은 이제 나를 예전만큼 믿고 있진 않을 것일세. 지금 비휴, 이주의 말대로 내가 자네 아우를 사위로 둔다면 아마 제일 먼저 나를 칠지도 모르겠네. 허나 나는 싸움을 잘 모르네. 내가 지나족의 반을 차지하고 있지만, 유망님이 길러 낸 전사들이 일곱이라면 내가 데리고 있는 전사는 셋밖에 안 되네. 나는 전사들을 기르는 데 힘을 쏟지 않았기 때문이지……."

이주가 간곡하게 말했다.

"헌원님, 그렇기에 유망님을 거슬러서는 안 됩니다."

헌원이 고개를 저으며 되받았다.

"나도 생각이 있네. 나에게는 끽구가 있고 금천이 있지만 형천이나 축융의 적수가 되기 힘드네. 십육기인이 있지만 방금 말했듯이 나는 부하들을 거느리고 전쟁을 하는 재주는 그리 뛰어나지 않아. 더구나 형천의 대인족 전사들을 감당할 전사들이 나에게는 없으며, 축융의 술수를 감당할 힘도 없다네. 그러나 자네 아우 같은 사위를 둔다면, 그리고 자네의 꾀와 용기를 얻을 수 있다면, 자네를 따르고 사귄 많은 용감한 벗들과 부족들을 한편에 둘 수 있다면, 나는 감히 한번 맞서 볼 생각일세."

헌원의 말에 사람들은 놀라고 감탄했다. 그러나 이주는 치우천을 쳐다보며 말했다.

"치우천 자네에게는 미안한 말이지만 고깝게 듣진 말게. 헌원님께 아룁니다. 치우 형제가 비록 세상에서 찾아볼 수 없는 귀인이며 많은 용사들과 사귀기는 했으나, 아직 어리고 한 부족의 힘을 전부 지닌 부족장도 아닙니다. 위험합니다."

치우천도 고개를 끄덕이며 한마디 거들었다.

"헌원님께서는 우리를 너무 높이 보시는 것 같습니다. 제 벗이 몇 사람 있지만, 한 사람 한 사람에 불과합니다. 앗수라트, 앙가마이 부족이나 억지로 권하면 몽골의 보돈차르족을 끌어들일 수 있겠지만, 셋 다 대부족이 아닌 작은 부족일 뿐입니다. 치베, 야율쿠리, 초초룬 등은 모두 용사들이며 약간의 재주가 있다고 해도 내 일에 부족 전체를 끌어들일 수 있는 힘이 있는 것도 아니고, 한 사람일 뿐입니다. 더구나 지금의 저로선 주신에 갈 수도 없으니 주신 사울아비 벗들은 한 명도 끌어올 수 없습니다."

헌원이 고개를 저었다.

"중요한 것이 있네. 그들은 지나족을 싫어하고 피하는 부족들일세. 각각 한 사람일 뿐이라고 해도, 그들이 시작일세. 치우천, 나는 꿈이 있네. 지나족은 다른 부족과 힘을 합해야 하네. 다른 부족 사람들을 받아들여서 더더욱 크고 강한 지나족의 나라를 세워야 하네.

많은 다른 부족들은 지나족을 미워하고 가까이하지 않으려 하네. 아니, 우리와 같이 무엇인가를 해 볼 생각조차 없다네. 나는 처음이 어려울 뿐이라 생각하네. 다른 부족이 지나족을 믿게 되고, 지나족과 같이 싸울 수 있다는 것을 보여 주어야 하네. 그러면 점차 다른 부족도 지나족을 따를 것이며, 싸우지 않고 같이 살게 될 것일세. 모든 부족이 싸우지 않고 하나가 되어 같이 사는 것일세. 어떤가?"

치베가 멍하니 혼잣말로 중얼거렸다.

"모든 부족이 싸우지 않고 같이 산다……."

심각한 표정으로 치우천이 입을 열었다.

"헌원님의 뜻은 한없이 크십니다. 저로서는 감히 짐작할 수 없군요."

헌원이 날카롭게 되받았다.

"자네는 다 알고 있을 걸세."

"천만의 말씀입니다. 저는…… 저는 짐작조차 할 수 없군요. 좀 더 생각해 보아야겠습니다. 너무나…… 너무나 큰일이라 저로서는 감히…… 제 아우 한 사람의 일이 그렇게 큰 것이라고 생각하기도 힘들……."

치우천이 말꼬리를 흐리며 이야기를 마무리 지으려 했지만 전혀 아랑곳하지 않고 목소리에 힘을 주었다.

"자네들은 충분히 그럴 수 있네. 내 이제껏 많은 사람들을 보았네만 자네 형제만큼 대단한 사람들은 보지 못했네. 자네들은 세상 전부를 흔들 수 있는 사람들이란 말일세."

헌원은 잠시 말을 끊었다가 빛을 쏘기라도 하듯 형형한 눈빛으로 치우천을 바라보았다.

"자네는 비울걸에게, 자네의 이야기를 들려주려고 했네. 자네는 내 이야기를 들어 보고 싶은 생각이 없는가?"

치우천은 흥분하여 안색이 붉게 변했으나 안정을 되찾고는 말했다.

"저는 지금 술이 지나쳤고, 저로서는 너무도 큰 이야기여서 감당할 수 없습니다. 좀 더 생각을 정리할 수 있는 시간을 주소서. 단순히 제 아우의 혼사 문제라 여겼는데 세상을 아우르는 큰일이라 당황스럽습니다. 수많은 부족의 생사가 걸려 있을지도 모를 일에 제가 어찌 쉽게 답할 수 있겠습니까?"

헌원은 치우천이 간절하게 말하자 할 수 없다는 듯 고개를 끄덕였다. 치우천은 마무리를 지으려는 듯이 또박또박 말했다.

"일단 카린으로 향해야 하니 카린에 다녀와 답을 드리겠습니다. 그때까지는 마음을 정할 것을 약속드립니다. 그동안 잘 생각해 보렵니다. 용서해 주십시오. 용서해 주시기 바랍니다."

그러면서 치우천은 자리에서 일어섰는데, 흥분한 듯 술잔을 뒤엎고 몸을 비틀거리기까지 했다. 술에 취했을 뿐 아니라 몸이 떨리는 것을 보아 극도로 흥분했음을 알 수 있었다.

그 모습을 물끄러미 쳐다보며 헌원이 물었다.

"카린산의 괴물은 대단한 자 같은데 상대할 자신이 있는가? 그 보석으로 정말 괴물을 물리칠 수 있겠는가?"

"글쎄요……."

치우천이 말꼬리를 흐리자 헌원이 부하들을 둘러보며 말을 건넸다.

"신도, 울루, 상망, 비휴, 끽구! 자네들 다섯은 내일 천과 비가 떠날 때 따라가서 그들을 돕게. 전사, 말, 물건도 필요한 만큼 가져가게."

예기치 않은 헌원의 말에 치우천은 다급히 말했다.

"그렇게까지 해 주실 것은……."

헌원이 웃으며 손사래를 쳤다.

"집안사람이 될지도 모르는 사람들을 위험한 곳에 보내는데, 어찌 보고만 있을 수 있는가?"

헌원의 명령은 십육기인으로서도 지나치다는 생각이 들었다. 여태껏 십육기인 중의 다섯 명이 한꺼번에 파견된 일은 드물었던 것이다. 이주는 놀라움을 감추지 못하고 말을 더듬거렸다.

"다섯…… 모두 보내시면 이곳의 일은……."

헌원이 말했다.

"적송자 스승이 계시고 자네도 있지 않나! 다섯 모두, 치우 형제를 무사히 모시지 못하면 목을 내놓을 생각하게."

헌원은 항상 조용하고 온화했는데 마지막 말만은 엄하고 날카롭기 이를 데 없어서 다섯 사람의 기인은 자신도 모르게 목을 움츠렸다. 한번 말이 떨어지자 누구도 토를 달 수 없을 정도의 위엄이 어렸다.

치우천도 더 이상 말을 하지 못하고 나가다가 갑자기 껄껄 웃더니 문가에 웩 하고 마신 술을 토했다. 치베와 형요 자매가 당황해하며 달려가서 등을 두드려 주고 부축해 사라지자 다른 사람들도 자리를 떴다.

헌원은 일어나지 않고 혼자 남아 있었다. 침착하고 온화했던 얼굴에 고민하는 표정이 가득 떠올라 있었다. 그때 등 뒤의 장막이 열리면서 한 사람이 걸어 나왔다. 모습을 보이지 않고 있던 적송자였다.

헌원은 눈을 돌리지 않았으나 적송자라는 것을 알고 있는 듯, 한숨을 내쉬며 말을 건넸다.

"스승님, 정말 모르겠군요."

적송자도 말했다.

"나도 모르겠네."

헌원은 놀랍게도 손을 떨며 스스로 술 한 잔을 따라 단숨에 들이켰다. 그러고 나서 눈을 감고 뭔가 생각하다가 고개를 절레절레 저었다.

"정말…… 그 녀석은 다 알고 있는 것일까요?"

"나도 모르겠네. 내 생각에는 아닌 것 같네. 그 어린 나이에 어떻게……."

"저는…… 저는 두렵습니다. 정말 두려워요. 저는 몇십 년 동안 이 길을 걸었고, 모든 일이 잘될 것이라 여겼습니다. 그러나 치우천 그 녀석은 내 생각보다 뛰어난 것 같습니다. 나에게 오지 않을지도 모른다는 생각이 듭니다. 아직 어린 나이인데도……."

헌원이 말끝을 흐리자 적송자는 눈을 감고 말했다.

"그 형제는 별의 기운을 타고난 아이들이야. 선인의 깨우침이 하늘을 뚫는다 해도, 하늘이 스스로 내려 보낸 사람보다는 못하네. 대선인일지라도 그들을 거스르기는 쉽지 않다네. 그들이 스스로 그런 길을 택한다면 나도 더는 방법이 없다네."

헌원은 괴로운 듯 다시 술을 따라서 들이켰다.

"애당초 저 두 사람이 없었으면 차라리 좋았겠다는 생각이 듭니다."

적송자는 뜻밖의 말에 놀라움을 감추지 못했다.

"그런 생각을 해서는 안 되네. 하늘의 뜻에 맡겨야 하네."

헌원은 대답하지 않고 괴로운 듯 계속 술만 마셨다. 적송자는 그런 헌원을 보다가 탄식하며 도로 장막 너머로 들어가 사라졌다. 이윽고 헌원은 갑자기 눈을 무섭게 빛내며 몸에 힘을 불끈 쥐었다. 그리고 술 주전자를 낚아채듯 들었다가 조용히 탁자 위에 내려놓았다.

그리고는 차분해진 몸가짐으로 천천히 걸어 문으로 나섰다. 문으로 나설 때까지 헌원의 눈빛은 격렬하게 빛나고 있었으나, 문 밖으로 나서 문 앞을 지키는 두 사람의 전사가 인사를 할 때 헌원의 눈은 평온하고 조용한 눈매가 되어 있었다.

헌원은 전사 중 한 명에게 말했다.

"지(知)를 불러라."

한편 치우비는 취한 치우천을 데리고 숙소로 들어섰다. 치베나 형요 등도 걱정하며 따라왔고, 울라트와 도깨비들은 숙소 앞에서 기다리고 있었다. 특히 울라트는 어려서, 도깨비들은 도깨비이기 때문에 헌원의 잔치에 참석하지 못했으므로, 치우천이 인사불성이 되어 돌아오자 걱정스러워했다.

치우천을 보고 도깨비들 중 싱카가 말문을 열었다.

"주인님, 형님은 어떠십니까?"

술에 취한 치우천은 싱카가 주신 말을 유창하게 하자 속으로 깜짝 놀랐다. 싱카는 영리하여 여섯 달 동안 주신 말을 익숙해질 정도로 배운 것이다.

치우비가 걱정하지 말라는 듯 눈을 찡긋거렸다.

"좀 취한 거야. 괜찮을 거야."

"취했다고? 난 취하지 않았다."

치우천이 혀 꼬부라진 소리로 중얼거렸다.

"울라트, 우리는 내일 떠난다. 도깨비들도 준비하도록 시켜."

치베의 말에 울라트는 곧바로 뒤도 돌아보지 않고 말했다.

"리미, 내일 길 떠날 준비를 해."

애꾸눈의 붉은 머리 도깨비인 리미가 고개를 끄덕이며 도깨비들을 데리고 자리를 떠났다. 첫째 형요도 자매들에게 떠날 준비를 하라고 일렀다. 울라트는 치우비와 함께 치우천을 부축하여 방 안으로 들어갔다.

그때 치베가 주위를 둘러보는데 언제부터였는지 문 뒤에 서 있는 상망이 보였다.

"상망님, 무슨 일입니까?"

"치우천이 괜찮은가 보러 왔다네."

"천 안다는 술이 그리 세지 못한데, 많이 마신 것뿐입니다. 걱정하실 것 없습니다. 토했으니 내일은 멀쩡해질 겁니다."

치베가 웃으면서 자리를 떠나지 않고 상망을 쳐다보자 상망은 헛웃음을 몇 번 웃더니 몸을 돌렸다.

"그런가? 알았네."

상망이 사라지자 치베는 아직 남아 있던 형요를 손짓으로 불렀다. 형요는 치베가 부르자 흥, 하며 코웃음을 쳤지만 치베의 표정이 심상치 않아 곧 가까이 왔다.

"누가 숨어 엿듣지 않나 잘 살펴라. 중요한 일이다."

치베가 심각한 목소리로 말하자 형요도 비웃는 듯한 장난기를 거두고 고개를 끄덕였다. 형요가 양손 집게손가락을 입술에 대고 나지막이 휘파람을 불자 사라졌던 나머지 다섯 자매들이 어둠 속에서 귀신같이 나타났다. 잠시 후 여섯 자매는 흩어져 모습을 감추고 사방을 감시했다. 치베는 그 모습을 확인한 후에야 방 안으로 들어섰다.

치우천은 코를 골며 누워 있었고, 치우비와 울라트가 그 옆을 지키고 앉아 있었다.

치베가 목소리를 낮춰 치우천에게 말했다.

"천 안다, 밖은 형요가 잘 지키고 있다."

그러자 누워 있던 치우천이 눈을 뜨더니 벌떡 일어나 앉았다. 그것을 보고 치우비와 울라트는 의아해했다.

치우비가 고개를 갸웃하며 물었다.

"왜 취한 척했어?"

"창피한 일이지만 그럴 수밖에 없었단다."

"뭣 때문에?"

"상의할 게 있어서 그랬다. 치베, 누가 따라왔었지?"

"상망이 왔는데 내가 돌려보냈다. 밖은 형요 자매가 지키고 있으니 틀림없을 것이다."

치우비와 울라트는 무슨 일인지 알 수 없어 치베를 바라보자 치베가 짧게 말했다.

"천 안다가 아까 토하면서 나에게 부탁한 대로 한 것뿐이다."

치우비도 감이 잡히는 것이 있었다. 치우비는 이내 한숨을 쉬며 입을 열었다.

"나는…… 나는 잘 모르겠어."

"뭘 말야?"

울라트가 물었지만 치우비는 대답하지 않았다. 치우천은 치우비의 얼굴을 바라보며 말했다.

"네가 헌원의 말을 잘 끊어 준 덕분에 빠져나올 수 있었단다. 고맙다, 아우야."

"고마울 것은 없어. 하지만……."

치우비는 말꼬리를 흐리다가 결심한 듯 덧붙였다.

"형님은 밝이 마음에 안 들어?"

"내가 마음에 들고 안 드는 건 문제가 아니다. 네가 마음에 드는지가 중요하지."

치우비는 얼굴을 붉히며 물었다.

"그러면 왜 반대하는…… 거야?"

치우천이 가볍게 웃으며 대답했다.

"난 반대하지 않았다. 다만 그 자리에서는 뭐라 말할 수 없었어."

치우천은 잠시 생각하다 말을 이었다.

"네가 나간 다음 헌원은 엄청난 말을 했지. 너를 사위 삼아서 유망과 완전히 갈라서겠다고 말야."

"정말?"

치우비가 믿을 수 없다는 표정을 짓자 치우천은 미소를 지으며 계속 말을 이어 갔다.

"그뿐만이 아니지. 만약 유망이 화를 내서 헌원에게 쳐들어오더라도 너와 우리 도움을 받아 싸울 수도 있다고 했어."

"그거 참……."

"그뿐인가? 사위가 될지 모르는 사람을 알뜰하게 보살피려고 십육기 인 중 다섯 명이나 우리와 함께 카린산으로 보내 도와주겠다고 했어. 전 사들도 수백 명은 따라올 거다. 대단하지?"

치베나 치우비도 헌원이 다섯 기인과 많은 부하를 딸려 보내는 것이 반드시 호의로만 그러는 것은 아님을 눈치채고 있었다. 치우비의 얼굴 이 흐려졌다. 치베 역시 눈을 조금 치켜떴다. 어린 울라트만이 상황을 깨닫지 못하고 물었다.

"그건 좋은 일이잖아. 오라버니들 왜들 그래?"

치베가 약간 화난 듯, 답답한 듯 자신을 바라보자 울라트는 칫! 하며 일어섰다.

"그래, 그래. 난 어려서 아무것도 몰라. 나중에 나이 든 다음에 어디 두고 보자구."

치우천이 껄껄 웃으며 울라트를 달랬다.

"그럴 것 없다, 울라트야. 너도 알아야지. 조용히 듣기만 해라."

"대체 뭔데?"

치우천은 미소를 머금으며 대답했다.

"헌원님께서는 치우비를 사위로 삼고 싶으신 거야. 무슨 일이 있어도 사위로 삼고 싶은 거지. 내가 카린산에 다녀온 후 대답하겠다고 했어. 그랬더니 우리가 도망치지 못하도록, 감시하고 꼼짝 못하게 다섯 기인을 붙여 두기로 했단다."

"어? 왜?"

울라트가 이해가 되지 않는 듯이 묻자 치우천이 말했다.

"헌원님은 지나족이거든. 하지만 꿈이 너무나 크다. 헌원님은 세상 제일 대용사 치우비를 사위로 삼고, 몽골, 앗수라트, 앙가마이, 키탄, 미아우, 과보족까지 자기 밑으로 끌어들이고 싶은 거야, 허허. 도깨비 왕 비울걸도 끌어들이고 싶은 모양이고."

"거절한다면?"

치베가 눈을 빛내며 치우천에게 물었다.

"모르겠어. 그때 가 봐야 알겠지."

"언제 가 봐야 안다는 거야?"

"나는 카린산에서 일을 마치고 헌원의 말에 대답해 주겠다고 했어. 그때 우리가 거절하면 그들은 어떻게 할까? 순순히 잘 가라고 보내 줄까, 아니면 못 가게 우리를 붙잡아 둘까?"

누구도 그에 대해서는 딱 부러지게 말할 수 없었다. 치우비는 발 때문이라도 헌원이 순전히 호의를 가지고 있으리라 믿고 싶었다. 그러나 차오르는 불안한 느낌은 떨칠 수 없었다.

치우천이 웃으며 치우비를 쳐다보았다.

"비야, 내가 한 가지 부탁할 테니 들어 봐."

"뭐든 말해, 형."

"나는 아직 생각이 정리되지 않았다. 더 생각해 봐야 결정을 내릴 수 있겠어. 너는…… 분명 발과 맺어지고 싶지?"

치우비는 얼굴을 붉혔으나 확실하게 고개를 끄덕여 보였다.

치우천이 목소리에 힘을 주며 말을 이었다.

"그러면 기다려 다오. 아직 뭐라고 말하지 말고 나를 믿어 줘. 카린산의 일이 끝날 때까지 나도 생각을 정리하마. 그래서 너에게도 모든 것을 또렷하게 이야기해 줄게. 결정은 그때까지 미루고 내 말을 들어 다오. 그럴 수 있겠니?"

"뭣 때문에?"

치우비가 묻자 치우천은 한숨을 쉬었다.

"헌원과 나는 생각하는 게 다르다. 달라도 너무 달라. 신도 울루와 내가 한 이야기 들었지?"

치우비는 묵묵히 고개만 끄덕였다.

"신도 울루는 헌원의 부하이지, 헌원은 아냐. 하지만 신도 울루의 뜻은 헌원의 뜻을 따를 뿐만 아니라 헌원의 뜻에서 배운 것이 분명해. 도깨비들을 보자. 지나족은 그것을 물리쳐 없애려 해. 다른 부족들도 거의 다 그럴 테지. 자기와 다른 것이 있으면 싸워서 물리치려고 하겠지. 비야, 그래서 세상은 이렇게 어지러운 거야. 헌원도 말했어. 세상이 어지럽지 않으려면 하나가 되어야 한다고. 거기까진 내 뜻과 같아. 하지만 헌원이 말하는 것은 지나족만의 세상일지도 몰라. 생각해 보렴. 세상에 모든 부족이 없어지고 지나족만 남는 거야."

"모든 부족이 없어진다고?"

흠칫하며 치베가 묻자 치우천이 고개를 끄덕이며 말했다.

"한 가지 물어보자. 지나족은 어떻게 그렇게 수가 불어났을까? 오래 전 신시의 한 스승님께 이야기를 들은 적이 있는데, 백 년, 이백 년 전만 해도 지나족은 그렇게 많지 않았대. 그런데 어떻게 그렇게 많이 늘어났을까?"

"지나족은 밤만 되면 바쁘게 일하나 보지, 하하."

치베는 자기가 말해 놓고도 우스운지 실없이 웃었다. 그러나 치우천은 웃지 않았다.

"한 부족이 아이를 많이 낳으면 물론 수는 늘겠지만, 이렇게 넓은 땅을 차지하는 부족은 못 돼. 나는 그동안 지나족의 땅을 오래 지나다녔어. 지나족의 땅은 무척이나 넓어서, 주신보다 더 커. 주신은 여러 천 년 동안 조금씩 땅을 넓혀 나갔지만, 지나족은 단 백 년 만에 이렇게 넓은 땅을 차지했어. 그것도 대부분 강가의 살기 좋은 땅이야. 어떻게 그랬을까?"

고개를 갸웃거리며 치우비가 되물었다.

"다른 부족들과 싸워 빼앗았나?"

"싸워서 빼앗기도 했지. 그러나 그다음이 중요해. 나는 비울걸과 함께 동쪽으로 가면서 지나족의 여러 노인들로부터 이야기를 들었어. 원래 그들도 다른 부족이었지만 다들 지나족에 합쳐졌다고 해. 싸워서 진 부족도 있지만 많은 수는 스스로 지나족이 되었다고 했어. 흉년이 들어 굶어 죽게 되었을 때 지나족에 합쳐진 부족이 정말 많았다고 해.

옛날 신농씨는 약초와 농사를 깊이 생각하여 농사짓는 법을 크게 발전시켰지. 그것을 배운 지나족은 기름진 땅을 갈고 많은 농사를 지어서 먹을 것을 많이 만들었다. 그 때문에 굶주림에 시달리던 주변의 작은 부족들이 합쳐져서 강하고 큰 부족이 된 것이다. 아이를 낳는 것도 다른 부족을 합친 것도, 먹을 것이 많아야 되는 일이다. 먹을 것이 많지 않으면 사람이 늘지 못한다. 다른 부족을 합치지 않으면 그렇게 넓은 땅으로 퍼져 나가지 못했을 것이다."

이번에는 치베가 되받았다.

"그게 뭐가 문제인가? 새 부족이 사람을 늘리고 땅을 넓혀 더 강한 부족이 되려는 것은 당연한 일이다."

"놀라운 것은, 그 부족들은 모두 지나족이라는 새 부족이 되었다는 것만 생각했지, 자기가 옛날에 어떤 부족이었는지 잊고 있었어. 옛날의 습관을 버리고 지나족이 되면 아무 문제도 없어. 하지만 옛날의 습관을 그대로 지키려고 하면 쫓겨나게 돼. 그래서 지나족이라는 하나의 부족이 점점 커지고 점점 강해질 수 있었던 것 같아."

치우비가 고개를 갸웃했다.

"그건 어느 부족이라도 마찬가지 아니겠어?"

치우천은 고개를 저었다.

"물론 큰 부족이 되려는 것은 누구나 마찬가지다. 하지만 말야, 모든 부족의 지난 일을 지워 버리고 새로 시작하는 것이 마음에 들지 않는 거야."

"그게 대체 뭐가 다르다는 거야? 우리도 새 부족을 세우자는 생각까지 했잖아."

"만약 우리가 새 부족을 세웠다고 치자. 그래서 앗수라트나 앙가마이나 보돈차르족까지도 새 부족이 되어 함께 살기로 했다 하자. 그러면 너는 보돈차르 안다와 키타야 부족장, 구르 부족장의 이름까지 새 부족식으로 바꾸고, 그들 모두에게 몽골족이나 타타르족이었던 지난 일을 모두 잊으라고, 새 부족이라고만 생각하라고 말할 수 있겠니? 비, 치베, 울라트 너희 말해 봐."

세 사람은 질문을 받자 나름대로 한참 생각에 잠겼다.

울라트가 먼저 입을 열었다.

"난 잘 모르겠어요. 새 부족으로 사는 게 더 편하고 좋다면 바꿀 수도 있겠지만, 이름을 바꾸는 것은 너무한데요? 이름은 안 바꾸어도 좋지 않을까요?"

치베도 이윽고 말했다.

"나나 보돈차르님은 그렇게 하지는 않을 것이다. 우리는 몽골 사람이고 푸른늑대의 자손이다. 그런 생각을 하고 살았기에 우리 몽골족은 거친 초원에서 살아남을 수 있었다. 그것을 잊고 사는 것은 우리 아버지 어머니를 팔아 버리는 것과 마찬가지이다. 네가 말하는 새 부족은 그런 게 아니잖은가?"

치우비는 치우천을 바라보다가 말했다.

"형, 형이 지난번 보돈차르 안다와 이야기한 그거야? 지나족은 지나족만의 그릇이고, 형이 생각하는 그릇은 모두를 함께 담는 그릇이라는?"

치우천은 치우비에게 고개를 끄덕여 보였다.

"맞다, 비야. 그리고 치베, 잘 대답해 주었다. 울라트, 너도 고맙다. 나, 치우천이 말한다. 지나족은 다른 부족들을 빨아들여 지금의 큰 지나족을 만들었다. 흡수된 부족들은 옛날의 일을 잊고 지금은 지나족이라고만 생각하고 있다. 헌원의 뜻이 이루어진다면 지나족이라는 하나의 큰 그릇에 전부 들어가게 되는 거야. 주신족도 몽골족도 타타르족도, 나아가서는 키탄족도 마갸르족도 투르크족도 훈족도 없어지고 지나족 하나만 남는 거지. 내 묻겠다. 그것이 과연 좋을까?"

치베는 홀린 듯이 입을 열었다.

"모르겠다, 천 안다. 정말 모르겠다. 같은 부족으로 하나로 뭉치면, 아무도 싸우지 않고 걱정 없이 편하게 지내지 않을까?"

"그건 멋지긴 해. 대단해."

울라트는 그렇다고 맞장구쳤고 치우비도 고개를 끄덕였다.

그러자 치우천이 말을 이었다.

"치베, 너나 보돈차르 안다는 푸른늑대의 자손 아닌가? 그것은 어떻게 하지? 아니, 일단 그렇게 되면 안다라는 말도 쓰지 못하겠군."

"그렇게는 할 수 없지. 음, 힘들군그래. 분명 그렇게 살면 멋지겠지만, 걸리는 게 많군."

"걸리는 게 많다. 아주 많아. 치베, 울라트. 나는 주신 사람이다. 어려서부터 안파견 한님의 가르침을 듣고 생각하며 지냈다. 안파견 한님은 널리 사람을 이롭게 하라 말씀하셨지. 사람을 이롭게 하라는 것은 무슨 뜻일까? 물론 부족들이 합쳐져서 큰 부족을 세우는 것은 멋진 일이다. 한번 해 보고 싶은 마음이 근질근질해지는 대단한 일임은 틀림없지. 그러나…… 그러나 실제로는 아주 힘들어. 가령 그렇게 된다면, 푸른늑대의 자손임을 잊지 않으려는 치베 너나 보돈차르 안다는 밀려나게 될 것이다. 이름을 지키려는 울라트 너도 환영받지 못할 것이다. 우리 주신 사람도 마찬가지다. 그런 사람들에게 새 부족은 이롭지 않겠지. 그런 사람이 과연 적을까? 아마도 많을 것이다. 결국, 새 부족이 커지면 커질수록, 세상 땅을 차지하면 차지할수록 부족의 본 모습을 지키려는 사람들은 밀려나고 쫓겨나서 점점 살기 어려워질 것이다."

치우천이 열변을 토하자 치베는 한참 생각하다가 말했다.

"그건 그렇다. 하지만…… 하지만…… 나는 잘 모르겠다. 내가 따르지 않는다고 해서 항상 틀렸다고는 볼 수 없다. 옳아도 따르지 못하는 경우 역시 많지 않은가?"

"맞는 말이다."

"난 모르겠어요. 한 부족이 되면 좋기는 좋겠지만 싸워야 한다는 건 무서워요. 더구나 한 번에 싸워서 이기면 좋지만, 못 이기고 질질 끌면 중간에 수없는 사람들만 죽어 갈 것 아니겠어요? 난 싸우는 건 싫다구요."

울라트의 말에 치우천이 웃으며 맞장구를 쳤다.

"그것도 맞는 말이야."

치우비가 심각한 표정으로 입을 열었다.

"나는 싸우는 게 싫지만 두렵지는 않아. 그런 큰 뜻을 가지고 싸우는 것이라면 나는 목숨을 아까워하지 않을 거야. 그게 정말 옳은 길이라면 나는 주신 사람이라는 것도 버릴 수 있어. 만약 모두 하나의 큰 부족이 될 수 있고, 앞으로 계속 평화롭게 지낼 수 있다면 나는 힘을 다해 싸울 수 있어. 어차피 부족끼리는 싸움도 나고 죽는 사람도 나올 거야. 그러니 힘을 다해 설득해 봐야겠지.

하나의 부족이 되는 게 옳은 일이라면, 따르지 않는 사람들이 죽어도 할 수 없지 않을까? 따르지 않는 사람들이 큰 싸움에서 다 죽고 새로 태어나는 사람이 새 생각을 가지고 살아간다면…… 그게 더 좋을 수도 있지 않나."

치우비는 늘 착하고 온건했는데 그의 입에서 나온 말이 뜻밖에도 과격하여 울라트와 치베는 놀라는 표정을 지었다.

"비 오라버니, 그렇게 말하니 무섭네. 그럼 내가 안 따르면 나도 죽일 거야?"

"너를 어찌 그러겠니?"

"내가 죽어도 오라버니를 따를 수 없다고 하면?"

"네가 어찌 그러겠어? 너는 착한 동생이잖아."

울라트는 눈을 빤히 뜨고 씩 웃는 치우비를 바라보며 다시 물었다.

"그래도 정말 안 된다고 하면?"

치우비는 멋쩍은 듯 머리를 긁적이며 말했다.

"그럼 내가 포기해야겠네."

"그게 정말 옳은 길이라며?"

"그러면 네가 따르지 않을 리 없잖아. 옳은 게 아닐지도 모르지. 아휴, 모르겠다."

치우천이 말꼬리를 이어 가는 두 사람 사이에 끼어들었다.

"그만, 그만. 둘 다 됐다. 어려운 문제야. 그게 바로 생각만 하는 것과 직접 움직이는 것의 다른 점이다. 생각만으로는 모든 부족이 하나가 되어야 한다는 말이 옳을지도 몰라. 하지만 문제도 많아. 세상에는 많은 부족들이 있고, 저마다 받드는 것도 다르고, 생각도 다르며, 조상도 다 달라. 사는 것도, 말하는 것도, 풍습도 다르지. 그러니 하나의 부족이 되는 데에는 문제가 많은 거야."

치우비가 물었다.

"헌원의 뜻이 그렇게 문제가 많다면 형의 뜻은 뭐지? 헌원의 뜻과는 어떻게 다르지? 그리고 헌원의 뜻은 옳은 거야, 그른 거야? 힘들고 안 힘들고가 중요한 게 아니라, 정말 그게 옳은지 그른지가 중요하잖아."

짧게 숨을 내쉬며 치우천이 대답했다.

"나도 잘 모르겠구나. 조금만 더 생각하면 답을 찾을 수 있을지도 몰라. 그래서 시간을 벌려는 것이다. 이제 그 이야기는 그만하고, 너도 그때까지 기다려 주었으면 좋겠구나."

치우비는 괴로웠지만 그때까지 참는 것이야 뭐 어떨까 싶어서 고개를 끄덕였다.

"나는 궁금하다. 천 안다, 무슨 생각을 하고 있지?"

치베의 물음에 치우천이 대답했다.

"아주 많은 생각. 아주 복잡한 생각. 아직 잘 모르겠어. 꽤 오래 생각해 왔는데 아직도 잘 알 수 없어. 좀 더 생각해 보기 전에는 이야기하기 어렵다. 카린에 갈 때까지 기다려 다오, 치베."

"알았다. 그런데 카린으로 가는 길은 아는가?"

"소녀님과 같이 갈 생각이야. 소녀님도 카린 밖에는 갈 곳이 없잖아, 소녀님과 함께 가면서 길을 묻든지 해야지. 우리와 같이 갈 지나족 중에서 길을 아는 사람도 있겠지."

"소녀님을 돌려보내고 무라의 일을 도와주면 카린에서 머물 수도 있겠지? 만약 천 안다가 헌원을 택하지 않아도 말야."

치우천이 고개를 끄덕였다.

"그런 생각도 있어. 헌원과도 헤어진다면 갈 곳이 없잖아."

"보돈차르님에게 가도 되고, 타타르족이나 키탄족에게 가도 될 것 아닌가?"

"북쪽 부족들에게 가면 폐를 끼치게 돼. 주신에서 해코지할지도 모르잖아. 다른 사람에게 피해를 입히고 싶지는 않아. 카린은 주신의 입김이 안 닿는 곳이니 거기가 낫지."

치베가 다시 물었다.

"카린에 가면 어쩔 건가?"

"무라와 누루마이와 나는 약속을 했고, 아버님과도 성인식을 치르겠노라고 했으니 약속은 지켜야지. 가서 괴물을 물리쳐야 해……."

"그 보석이 정말 괴물에게 들을까?"

치베가 묻자 치우천은 피식 맥없이 웃었다.

"아닐 거야. 누루마이가 전에 유망에게서 얻은 것이 그 보석이었다는 소리를 들었는데, 누루마이 자신이 보석은 소용없다고 했어. 진주도 헌원에게 변명을 하기 위한 것이지, 이것에 기댈 수는 없어."

그 말을 듣고 치우비와 치베는 의아해했다. 치우비가 물었다.

"그렇다면 그런 쓸모도 없는 보석을 얻으려고 거기까지 갔던 거야?

왜 그랬어?"

치우천은 한숨을 내쉬었다.

"생각할 시간이 필요했어. 하지만 아직도 시간이 부족해……."

"천 안다, 그럼 카린산의 괴물을 어떻게 이기려 하는가? 칼도 화살도 통하지 않는다고 하던데?"

"지금부터 생각해 봐야지. 방법이 있을 것 같은데, 무라와 이야기를 해 봐야 분명해지겠어."

치우비와 치베는 걱정이 되었으나 치우천이 피곤해하는 것 같아 입을 다물었다.

울라트가 뜬금없이 물었다.

"무서운 도깨비 왕 할아버지는 어디 갔어? 안 왔으면 좋겠다."

치우천이 웃으면서 대답했다.

"비울걸 말이냐? 할아버지라고 하면 안 돼. 그렇게 부르는 걸 알면 화낼 거야. 그 사람은 번잡한 곳을 싫어하니 어디선가 또 불쑥 나타날 거야."

"불쑥?"

울라트는 비울걸의 무시무시한 모습이 아무래도 싫은 듯 겁먹은 표정이 되었다.

"그 도깨비 왕이 천 오빠를 잡아먹는다고 했잖아. 난 그 할…… 아니, 아저씨 무서워."

"무서워할 것 없단다."

밖에서 휙 하고 새 울음소리 같은 것이 들렸다. 형요의 휘파람 소리 같았다. 밖에 누가 온 기색이 보이자 치우천이 다급하게 말했다.

"난 취한 척했으니 끝까지 취한 척해야지. 부탁한다."

치우천은 자리에 누워 언제 이야기를 했었냐는 듯 코를 골기 시작했고 울라트는 눈치 빠르게 중얼거렸다.

"천 오라버니! 천 오라버니! 세상에 무슨 술을 이리 마셨담? 일어나 봐요! 일어나 보라니깐! 나랑 이야기 좀 하자니깐!"

치우비와 치베는 멍하니 앉아 있다가 울라트의 모습을 보고 자신도 모르게 피식 웃었다. 사실 이 두 명의 거친 사나이들은 싸움이라면 몰라도 다른 일은 이렇듯 눈치가 빠르지 않았다. 치베는 울라트만큼 말을 잘 지어낼 자신이 없어 그냥 누워서 자는 척해 버렸다.

치우비는 발과 헤어질 것을 생각하니 마음이 아파 멍하니 앉아 있었다. 치우비의 날카로운 귀에, 문 밖에서 몸이 날랜 두어 사람이 지나다니는 기척이 들렸다가 이윽고 조용해졌다. 형요 자매가 몸을 숨기는 소리 같았다. 잠시 후 누가 다가오는 소리가 들리더니 문 밖에서 속삭이는 소리가 들려왔다.

"비야, 비야! 자?"

발의 목소리였다. 치우비는 반가운 마음에 자신도 모르게 어, 하는 소리를 냈다. 치우비가 멋쩍은 표정으로 누워 있는 치우천을 바라보자 치우천은 싱긋 웃으며 괜찮다는 듯 눈짓을 했다. 치우비는 조심스레 밖으로 나갔다. 나가 보니 문 밖에는 발과 두 명의 여자 종이 서 있었다. 발이 치우비를 보자마자 물었다.

"비야! 내일 떠난다는 게 정말이야?"

주변은 어두웠지만 치우비는 발의 눈에 감도는 슬픈 빛을 보고 마음이 아팠다. 그리고 말없이 고개를 끄덕였다. 발은 안타까운 듯 다시 물었다.

"정말 가야 돼?"

치우비는 다시 고개를 끄덕였다. 발은 깊이 한숨을 쉬고는 여자 종들을 돌아보며 지나 말로 뭐라고 말했다. 아마 자신을 놔두고 물러가라는 이야기 같았다. 여자 종들은 그럴 수 없다는 듯 중얼거렸지만 발이 화난 듯 소리를 높이자 굽실거리며 물러갔다. 느닷없이 발이 치우비의 손을 획 잡아채더니 끌고 가며 말했다.

"멍청이! 나랑 이야기 좀 해."

치우비는 발에게 끌려 저만치 떨어진 연못 옆으로 갔다. 그곳은 처음으로 치우비가 발에게 마음을 고백했던 곳이기도 했다. 치우비가 붙여 두었던 두 바위도 여전히 그대로 있었다. 발은 그리로 가더니 누가 없는지 주변을 살폈다. 아무도 보이지 않자 발은 치우비의 멱살을 덥석 잡고 다그치듯 물었다.

"야! 너 정말 갈 거야?"

치우비가 약간 멍한 표정으로 대답했다.

"가야 되는 일이야. 전에 약속한 게 있단 말야. 아주 가는 것도 아니잖아."

"나랑 헤어지지 않겠다고 했잖아. 약속했으면서……."

치우비는 따지고 드는 발을 어쩌지도 못하고 쩔쩔맸다.

"누가 너랑 헤어진단 말야? 나는 사울아비고, 약속한 일은 꼭 지켜야만 해."

"나보다 약속이 더 중요하단 거야? 나하곤 맹세까지 했잖아!"

발이 떼를 쓰자 치우비는 타이르듯 말했다.

"발아, 주신 사울아비는 성인식을 하기 전에는 장가도 갈 수 없어. 카린산에 가서 일을 치르는 게 내 성인식이란 말야. 그러니 그걸 해야만 너랑 혼…… 어흠, 흠…… 혼인도 할 수 있……."

치우비의 말이 끝나기도 전에 발은 치우비의 멱살을 놓고 휙 등을 돌리며 소리쳤다.

"멍청이! 누가 너한테 시집간대? 부끄러운 줄도 모르고!"

그러나 정작 그런 소리를 하는 발의 얼굴도 새빨갛게 변해 있었고 입가에는 미소가 떠올라 있었다. 치우비가 싱글거리며 물었다.

"그럼 나한테 시집 안 올 거야?"

"멍청이가 뻔뻔스럽기는!"

발은 치우비의 입 언저리를 손으로 때리는 시늉을 하며 발을 동동 굴렀다.

"그만해! 부끄럽지도 않아? 창피해 죽겠단 말야!"

"아무도 없는데 뭐……."

"달도 있고 별도 있고 연못도 바위도 있는데 뭐가 아무도 없어! 또 그딴 소리 하기만 해 봐. 상대도 안 할 거야!"

그러다가 발이 목소리를 낮춰 치우비에게 넌지시 물었다.

"카린산에 가면 무라 만날 거지?"

치우비는 무심코 "응" 하고 대답했다. 그러자 발이 갑자기 뿌로통해지며 톡 쏘아붙였다.

"쳇! 보고 싶은 모양이지?"

치우비는 우습기도 하고 질투하는 발이 귀엽기도 하여 부드럽게 말했다.

"무라의 일을 도와주러 가는데 안 만날 수 없지. 만나면 반가울 거야. 하지만……."

발은 반가울 거라는 말이 나오는 순간 치우비의 가슴팍을 주먹으로 퍽 때렸다. 치우비는 그냥 맞아 주며 계속 말을 이었다.

"……무라는 그냥 친구야. 치베나 야율쿠리나 초초룬 같은 친구일 뿐이라구. 발아, 나에겐 너밖에 없어. 너 말고 다른 사람을 여자로 보거나 생각해 본 적조차 없단 말야."

발은 다시 한번 코웃음을 치며 분한 듯 발을 구르다가 이내 조용해졌다. 잠시 후 발이 조용한 목소리로 입을 열었다.

"비야, 네가 차라리 아무 힘도 없는 진짜 멍청이였으면 좋겠어. 그럼 여기저기 싸워 주러 다니지도 않을 텐데."

치우비가 아무 대꾸도 하지 않자 발은 조그맣게 물었다.

"비야, 정말 나랑 헤어지지 않을 거지?"

"그럼."

"정말이지?"

"그래."

"카린산만 갔다가 돌아올 거지?"

그 말을 듣는 순간 치우비는 마음이 아팠다.

"그건……."

치우비가 얼버무리자 발이 깜짝 놀라며 치우비를 째려보았다.

"비야, 그럼 안 오겠단 말야?"

"지금은 뭐라고 말할 수 없어."

"무슨 소리야?"

치우비가 간곡하게 말했다.

"발아, 나는 형님을 따라야 해. 형님의 뜻에 따르고, 항상 같이 일을 하기로 수도 없이 맹세해 왔어. 카린에 갔다가 만약 주신으로 되돌아가게 될 수도 있고, 주신에 계신 아버님께도 허락을 받아야 하고, 그리고……."

치우비가 주섬주섬 변명을 늘어놓자 발이 단번에 외쳤다.

"듣기 싫어! 형이 허락하지 않으면? 아버님이 허락하지 않으면? 그러면 헤어지겠다는 거 아냐? 응? 대답해 봐!"

"그렇지 않아, 절대……."

"헛소리!"

"헛소리가 아냐! 발아. 그다음에는 반드시 널 찾아올 거라구. 난 맹세도 했는데 어떻게 헤어질 수 있겠어, 응?"

치우비가 간곡하게 말하며 설득하자 발은 그제야 조금 마음이 놓이는 듯했다. 치우비의 말이 구구절절 진심에서 우러나왔다는 것을 발은 알 수 있었다.

"그럼 좋아."

마침내 발이 차분하게 말하자 치우비는 자신의 말을 믿는 것 같아 무심결에 흘린 땀을 닦았다.

"나도 너랑 같이 갈래. 같이 다니면서 약속을 지키는지 봐야겠어!"

이어지는 발의 말을 듣고는 치우비는 깜짝 놀랐다.

"어…… 난 카린산에 놀러가는 게 아냐. 길이 험할 텐데……."

"이봐! 상망 할아범하고 비휴 아저씨가 없으면 나도 불편하단 말야! 집에 혼자 있느니 아저씨들을 따라가는 게 낫다구."

"위험할지도 모르고……."

발이 호호 웃었다.

"이봐, 너 태산 회의의 대용사 맞아? 거기다가 끽구 아저씨, 상망 할아범, 비휴 아저씨에 머리 잘 도는 너희 형도 있는데 뭐가 위험해?"

"너희 아버님이 허락하실지도……."

아버지 이야기가 나오자 발은 화를 벌컥 냈다.

"군소리 말고 이것만 대답해! 나랑 같이 가는 게 좋아, 싫어?"

치우비는 멍청한 표정으로 대꾸했다.

"그거야…… 좋긴 하지만……."

"그럼 됐어!"

발이 재빠르게 뒤로 돌아서서 치우비가 뭐라고 하기도 전에 쪼르르 달려가 버렸다. 치우비는 멍하니 발의 뒷모습을 보며 머리를 긁적였다.

'정말 발이 따라올까? 허, 이것 참.'

카린으로 가는 길

다른 부족과 사귀려면 말부터 배워야 한다.
말이 통하고 나면 아무리 다르고 이상해 보이던 부족도
비슷비슷한 사람들이라는 것을 깨닫게 되고,
그래야 비로소 가까워질 수 있다.
—신시, 자부 선생의 가르침 중에서

다음 날 아침 일찍 상망과 함께 칭이라는 지나족의 늙은 전사가 찾아
와 치우 형제와 길을 상의했다. 칭은 서북 방면을 여러 번 오간 적이 있
어서 길을 잘 안다고 했다.

화산에서 카린산까지는 오천 리가량이나 되는 먼 길을 가야 했다. 카
린산은 지금의 쿤룬(곤륜) 산맥 중에 있으며, 쿤룬 산맥은 신강성과 티
베트와의 접경을 긋는 산맥이다. 그리로 가려면 두 갈래 길이 있었는데
일단 현재의 난주 지방으로 가서, 곧바로 서쪽으로 큰 사막을 넘어가는
길과, 약간 북서로 돌아서 지금의 청해성과 내몽골과의 접경을 따라 둔
황으로 갔다가 그곳에서 약간 남서로 꺾어 드는 길이 있었다. 물론 지도
따위는 없는 시대였으므로 칭은 막연하게 이 길은 얼마나 험하고 얼마
나 걸리고, 다른 길은 어떻다는 등만 설명했을 뿐이다.

치우 형제는 안 그래도 사막은 지긋지긋한지라 둔황 쪽으로 돌아가
는 길을 택했다. 치우천은 무라와 약속했던 날짜가 거의 다 되어 가기
때문에 서둘러야 한다고 말했다. 그러자 지나족 전사는 시간이 많지는

않지만 부지런히 간다면 늦지는 않을 것이라고 했다.

치우 형제가 떠날 때 헌원과 다른 신하들은 전송을 해 주었지만 발의
모습은 보이지 않았다. 치우비가 궁금해하는 표정을 짓자 헌원이 씁쓸
한 표정을 지으며 말했다.

"발 녀석은 나에게 혼이 나서 방에 틀어박혀 있다네. 그래서 인사를
못하니 이해해 주기를 바라네."

아마도 아버지에게 자신도 보내 달라고 조르다가 맘대로 안 되자 심
사가 틀어져 방에 틀어박힌 모양이었다. 안쓰럽기도 하고 섭섭하기도
했지만 치우비는 고개만 끄덕일 뿐 내색하지 않았다.

카린산으로 떠나는 길이 다른 사람들에게는 그저 그럴 뿐이었지만,
소녀는 고향으로 돌아가게 되어 기쁜 모양이었다. 유망에게서 사와라
한웅에게로, 다시 치우 형제를 따라 사막까지 갔다가 헌원에게 오기까
지 수많은 고생을 했으니, 소녀로서는 그럴 만했다.

헌원은 다섯 기인에게 많은 선물을 주어 쑤앙마이에게 전하라 했으
며, 치우 형제에게도 지나 땅에서 나는 귀한 선물을 많이 주었다. 특히
귀한 비단을 아낌없이 주었다.

치우 일행은 치우 형제에 치베와 소녀, 형요 자매와 울라트, 그리고
도깨비들을 합쳐 열여덟 명뿐이었으나 행렬은 몹시 길었다. 십육기인
중 상망, 비휴, 끽구, 신도, 울루 다섯 명과 오백 명은 넘어 보이는 지나
족 전사들과 함께 가기 때문이다. 치베와 형요는 지나족이 사방을 에워
싸고 떠나는 길이 불만스러웠다. 하지만 치우천은 가볍게 웃어넘겼다.

"같이 안 갈 수도 없는데 굳이 내색해서 무엇하겠어?"

긴 행렬이라 움직임이 더뎌 시간이 많이 걸렸지만 할 수 없었다. 게
다가 길을 떠난 지 이틀이 지나자 치우천은 몸에서 열이 나고 아프기 시
작했다. 상망이 응급조치를 취했지만 열은 내리지 않았다. 상망은 치우

천의 절맥 증상이 도지는 것 같다고 염려했고, 다른 사람들 역시 걱정이
대단했다.

그날 저녁, 일행이 불을 피우고 식사를 하고 있었는데 미요가 갑자기
달려왔다. 형요 자매는 누가 시키지 않는데도 알아서 주위를 경계하
고 있었는데 오늘은 미요와 셋째 형요가 주위를 살필 차례였다.

"저만치서 누가 말을 달려서 우리를 따라오고 있어요."

"누가?"

"공손발님 같아요."

미요의 말에 다들 깜짝 놀랐으며, 특히 치우비와 상망의 놀라움은 더
했다.

"발이?"

"아가씨가?"

아니나 다를까, 잠시 후 거리를 두고 떨어져 있던 지나족 전사들이
우, 하고 몰려왔는데 발이 그 가운데 있었다. 놀라서 아무 말도 하지 못
하는 치우비와 상망을 번갈아 쳐다보며 발이 헤헤 웃으며 말했다.

"아, 배고파 죽겠네. 먹을 것 좀 가져와, 할아범."

"아니, 아가씨! 여기는 어떻게 오셨어요? 네?"

상망이 기겁을 하며 묻자 발이 태연스레 대답했다.

"올 만하니까 왔지."

"아가씨! 아버님이 허락해 주셨나요?"

"그러니까 왔지!"

상망은 아무래도 의심스러운 듯 물었다.

"아가씨 혼자 오시게 했어요? 누가 모시고 왔어야 하는데……."

발이 생글거리며 대답했다.

"란란만큼 잘 달리는 말이 없잖아. 그래서 못 따라잡을까 봐 혼자 왔

어. 생각보다 얼마 못 갔네? 하루는 더 달려야 따라잡을 줄 알았는데."

상망은 아무래도 이상하다는 듯 다시 물었다.

"아버님이 정말 허락해 주신 거예요?"

그러자 발은 갑자기 휙 상망의 수염을 몇 터럭 잡아 뽑으며 빽 소리를 질렀다.

"내가 거짓말하는 것 같아?"

상망은 "앗 따가워라" 하며 더는 묻지 못하고 입을 다물었다.

그때 비휴가 다가와 발에게 반대쪽으로 손가락질하며 말했다.

"가라."

발은 의아한 표정을 지으며 물었다.

"어디로 가라구?"

비휴는 무뚝뚝하게 말했다.

"도로 가라."

비휴는 원래 말이 없고 냉정했기 때문에 발도 비휴에겐 상망만큼 막대하지 못했다. 그래서 수염을 뽑거나 하지는 못했지만 발에게는 비휴에게 쓰는 방법이 따로 있었다. 무관심이었다.

발은 비휴의 말을 무시하고 치우비에게 말을 건넸다.

"비! 내가 왔는데 넌 말도 없냐?"

치우비는 약간 멍하게 웃으며 말했다. 어찌 됐든 발을 보게 되니 기분이 좋은 것은 사실이었다.

"아…… 어서 와. 반갑구나. 이틀 만에 보는데도 한두 해만에 보는 것 같구나."

발이 호호거리며 웃었다.

"멍청이!"

비휴는 발이 자신을 무시하는데도 소리 없이 다가와서 발의 앞을 막아서며 말했다.

"가라."

발이 웃으며 되받았다.

"알았어요, 비휴 아저씨. 배고프니 밥 먹으러 갈래."

그러면서 발은 슬쩍 치우비 옆으로 와서 말했다.

"나 배고파 죽겠단 말야. 맛있는 거 없어?"

치우비가 얼결에 발을 데리고 가려는데 비휴가 귀신처럼 앞을 막아서며 발에게 말했다. 무라처럼 휙휙 보이지 않을 만큼 빠르게 움직이지는 않았지만 비휴는 무릎도 굽히지 않은 상태에서 그냥 이동하는 것이 마치 귀신 같았다.

"가!"

비휴가 끈질기게 달라붙자 발이 화를 내며 발을 굴렀다.

"뭐야, 비휴 아저씨! 왜 돌아가야 하는데? 난 허락받고 왔단 말야!"

비휴는 아무 말 없이 손을 뻗어 발의 뒤춤을 잡고 들어 올려서는 전사 한 명에게 손짓을 했다.

"왜 그러는 거야! 이럴 거야? 날 보내서 어쩌겠단 건데!"

발이 앙칼지게 소리쳤으나 비휴는 눈 하나 깜빡하지 않았다. 그러자 발은 더욱 악을 썼다.

"할아범! 상망 할아범!"

상망이 멋쩍은 듯 슬며시 돌아서려 했지만 발이 악을 쓰자 하는 수 없다는 듯 고개를 돌렸다.

"왜요, 아가씨?"

"날 봐 주라고 해!"

"뭐라구요? 아이구, 이 할아범이 요즘 귀가 어두워져서 잘 안 들리네요."

"할아범, 정말 이럴 거야? 응? 내가 허락받지 않고 그냥 나온 것 같아? 응?"

"잘 안 들리네요. 하지만 아버님이 절대 아가씨를 혼자 보내시지는 않았을 것 같네요. 적어도 말 잘 타는 여자 전사들이라도 몇 명 딸려 보냈겠습죠. 안 그렇습니까요?"

"내가 하루를 꼬박 먹지도 자지도 않고 울었더니, 아버지가 화가 나서 보내 주신 거야! 내 눈 부은 거 안 보여?"

"아버님은 그렇게 떼쓴다고 들어주실 분이 아니에요. 내가 모를 줄 아십니까요?"

"그럼 다 같이 가 보자구!"

"안 그래도 길이 급한데 어떻게 되돌아갔다 온단 말입니까요?"

"그러니 무조건 내 말은 안 믿겠다? 내 말이 정말이면 어쩔 거야, 응? 그땐 수염이고 머리칼이고 다 뽑아 버리겠어!"

상망은 짐짓 겁이 난다는 듯 수염과 머리칼을 만졌다. 그때 비휴의 손짓을 받아 달려갔던 전사가 란란으로 불리는, 온몸이 새하얀 말을 끌고 왔다. 비휴가 발을 들어 올린 그대로 뚜벅뚜벅 걸어가서 말에 태우려고 하자 발이 엉엉 울면서 외쳤다.

"할아범! 이럴 수가 있어? 내 말은 말 같지도 않다 이거지? 알았어! 할아범한테까지 무시받으며 이렇게 살아서 무엇해? 가다가 벼랑에서 확 뛰어내려야지!"

상망은 그제야 놀란 듯 펄쩍 뛰며 발을 바라보며 말했다.

"아니, 아가씨를 걱정해서 그러는 것인데 왜 벼랑에서 뛰어내리십니까요?"

어느새 비휴는 발을 말 위에 얹어놓고 있었다. 그러자 발은 성질을 부리며 외쳤다.

"날보고 거짓말했다고? 누가 뛰어내리면 혼자 뛰어내릴 줄 알아? 산산이도 같이 안고 뛰어내려야지!"

상망의 얼굴이 대번에 잿빛으로 변했다.

"아니, 아가씨! 산산이는 왜요!"

"할아범이 날 거짓말쟁이로 만든 게 억울해서 뛰어내리는데, 할아범한테도 벌을 줘야지!"

"아이고! 죄 없는 산산이를 왜……."

"억울해서 그런다, 왜!"

발이 앙칼지게 소리치자 상망은 정말로 놀라 안절부절못하다가 마침내 한숨을 푹 내쉬었다.

"아가씨, 정말 아버님 허락을 받고 온 겁니까?"

"그래!"

"정말입니까요?"

"아, 정말 짜증나네! 나 도로 갈 거야. 산산이랑 같이 벼랑에……."

상망은 산산 이야기가 또 나오자 주저앉을 듯 한숨을 쉬고는 비휴에게 말했다.

"비휴, 아가씨 내려 드리게나."

비휴는 눈을 부릅뜨며 상망을 바라보았으나 상망이 눈짓을 하자 할 수 없다는 듯 발을 툭 내려놓고 돌아서서 가 버렸다.

말에서 내린 발이 의기양양하게 발을 구르며 말했다.

"도대체가 말야, 사람을 뭘로 보고 말야. 그럴 수가 있어, 정말? 위아래가 없어도 이렇게 없을 수 있냐구? 응?"

상망은 계속 한숨만 쉬며 대꾸했다.

"아가씨, 아버님 허락을 받았다면 다행이고, 아니더라도 책임은 아가씨가 지셔야 합니다. 아셨습니까요?"

"허락받았다는데 왜 자꾸 딴소리야."

발은 소리를 지르면서 다시 상망의 수염을 뽑으려 했지만 이번에는 슬쩍 피했다.

"산산이 이야기는 하지 마세요. 자꾸 그러시면 이 할아범도 화납니다요."

발이 히죽 웃었다.

"알았어, 알았어. 날 거짓말쟁이 취급하니까 그러잖아. 할아범, 내가 심했지? 화내지 마. 앞으로 산산이 이야기는 안 할게. 응?"

발이 언제 화를 냈냐는 듯 생글거리며 애교를 떨자 상망은 연신 한숨만 쉬었다. 소란이 벌어졌지만 끽구와 신도 울루는 이쪽으로는 오지도 않았다. 덩치만 크지 둔한 세 명은 입심으로 발을 당할 수도 없고 발만 보면 골치가 아픈지라 아예 얼굴도 내밀지 않았다.

그 가운데 치우비만 멍하니 이쪽을 바라보고 있었다. 발과 상망이 지나 말로 빠르게 이야기하자 뭐라 하는지 알아들을 수도 없었다. 발이 다가오자 치우비가 입을 열었다.

"뭐가 뭔지 모르겠지만 결국 오긴 왔구나."

"난 한다면 한다구. 알았어?"

한숨만 내쉬던 상망이 무슨 이야기를 하려는데 모닥불에 둘러앉았던 치우천이 약간 절룩거리며 다가오더니 발을 보고 웃으면서 말했다.

"공손발님 오셨군요."

"그래요, 왔어요."

"배고프시다던데, 뭘 좀 드시죠? 주신 음식을 하는 중입니다만."

"좋죠."

발은 이때다 싶어 재빨리 상망을 따돌리고 치우천이 가리키는 쪽으로 걸어가 버렸다. 치우비도 뒤를 따랐다.

치우천이 넌지시 발에게 지나 말로 물었다.

"산산이 누군데 상망님이 쩔쩔매시죠?"

발이 생긋 웃으며 대답했다.

"상망 할아범의 하나뿐인 손녀딸이죠. 겨우 여섯 살이에요. 할아범의 피붙이는 그 애 하나뿐이거든요."

"그런 애를 가지고 뭐라고 하는 건 그렇지 않나요?"

발이 깔깔 웃으며 손을 휘저으며 말했다.

"말로만 그런 거예요. 내가 그 애를 얼마나 예뻐하는데 정말 그럴 리 있겠어요? 할아범 닮아서 못생겼지만 하는 짓은 귀여워요."

"뭔데 그래?"

치우비가 묻자 발은 웃기만 했다.

"멍청이는 몰라도 돼. 답답하면 너도 지나 말을 배우는 게 어때?"

치우비는 답답했던 터라 무심코 말했다.

"답답해 못 살겠다. 네가 가르쳐 주면 안 될까?"

그날 밤이 지나자 치우천의 통증이 한결 나아졌다. 발은 치우비와 함께 여행을 하게 되어 즐거운 듯했다. 치우비는 발에게서 지나 말을 배우기 시작했다. 발은 성질이 급하고 토라지기를 잘해서 때리기도 하고 구박도 하는 등 결코 좋은 스승은 못 되었지만 치우비는 즐겁기만 했다.

길잡이인 칭은 사람이 많아 길이 느려진다면서 서둘러야겠다고 했다. 일행은 매일 일찍 일어나고 밤에도 완전히 어두워질 때까지는 될 수 있는 대로 길을 재촉하느라 애썼다. 소녀는 틈만 나면 치우천과 이야기를 하려 했지만 치우천은 치베와 형요 자매, 그리고 도깨비들에게 둘러싸여 있어서 자주 이야기를 나누지는 못했다.

여자가 여럿이 되다 보니 밤에는 여자들끼리만 따로 잠을 잤다. 소녀와 발, 형요 자매는 무리에서 떨어져 한데 잠을 자곤 했다. 지나족 중 상망과 비휴는 낮에는 항상 발의 뒤를 그림자처럼 따랐지만 밤에는 지나족이 모여 자는 곳에서 잤다. 그 두 사람을 빼고는 수많은 지나족은 한 번도 치우 일행 가까이 다가오지도 않아 마치 따로 여행을 하는 기분이었다.

조금씩 시간이 지나자 리미, 마냥, 싱카 같은 도깨비들은 주신 말에 익숙해져서 서툴게나마 치우 일행과 이야기를 나누게 되어 덜 지루했다. 일곱 명의 도깨비들은 온 곳이 제각각이라 사는 법도 다르고 특색이 있어서 그 이야기만 들어도 지루하지 않았다.

치우 형제는 비울걸이 데리고 있는 도깨비가 진짜 도깨비지, 그들은 도깨비가 아니라는 것을 알고 있었다. 생김새가 다를 뿐 같은 사람이므로 치우 형제는 더 이상 그들을 도깨비라 부르지 않으려 했다. 그러나 그들은 주신 말을 처음 배울 때부터 자신들이 도깨비라고 불리는 것만 들어 왔던 터라 스스로를 도깨비라 불렀다. 다들 '도깨비 리미가 말합니다' 라거나 '도깨비 싱카가 말합니다' 라는 식으로 말하는 것이 입에 배었다. 치우천과 치우비는 그것을 안쓰러워했다.

싱카가 가장 머리가 좋고 생각이 깊은 편이라 치우비는 싱카와 이야기하기를 즐겼다.

"우리는 생긴 것이 달라 너희를 도깨비라고 불렀지만, 우리와 같은 사람이라는 걸 알았으니 앞으로는 도깨비라 부르지 말자."

싱카가 미소를 지으며 말했다.

"도깨비 싱카가 감사드립니다. 하지만 그대로 부르는 것이 더 나을 것 같습니다."

"왜? 도깨비라고 부르면 기분 나쁘지 않아?"

"생긴 모양이 다르니 이곳 사람들은 우리를 도깨비라 부를 겁니다.

주인님과 주인님 일행이 우리를 사람으로 알아주시니 고마울 뿐입니다. 마음만으로 충분합니다."

"그래도……."

"아닙니다. 주인님이 만약 우리를 사람이라고 부르면, 가는 곳마다 만나는 사람들에게 설명을 해야 할 것이고, 잘 알아듣지 못하는 사람들은 기분 나쁘게 여길 것입니다. 번거롭고 골치 아플 겁니다. 사람들은 자기 눈만 믿고 싶어 해서 눈에 어긋나는 것을 받아들이려 하지 않습니다."

치우비는 싱카의 말에 일리가 있다고 생각했지만 여전히 대답은 하지 않았다. 싱카는 미소를 지으며 말을 이었다.

"급하게 생각하실 것 없습니다. 앞으로 세월이 지나면 다 같은 사람들이라는 것을 알게 될 날도 오겠지요. 하지만 지금은 서로 모르고, 알기도 쉽지 않습니다. 주인님도 도깨비 왕을 만나기 전에는 우리가 도깨비인 것으로 알았잖습니까?"

치우비가 그렇다고 하자 싱카는 껄껄 웃으며 말을 이었다.

"저희도 처음에 잡혀서 이곳까지 팔려 오게 되었을 때 도깨비 나라로 잡혀간다고 슬퍼하고 무서워했습니다. 만약 우리가 사는 나라에 주인님이 오셨다면, 역시 도깨비 취급을 받았을 겁니다. 주인님, 저희는 어차피 몇 년 동안이나 도깨비로 살아와서 그게 더 낫습니다. 주인님도 도깨비를 부리는 신통한 사람이 되는 게 낫습니다."

"난 널 부리고 싶지는 않다. 너희는 내 벗이야."

"그 마음, 고맙습니다. 저희도 잘 압니다. 그러나 주인님, 주인님께서는 도깨비의 주인인 편이, 도깨비의 벗보다는 나을 겁니다. 사람들 때문에 그렇습니다. 도깨비의 벗은 똑같이 도깨비 취급을 받을지 모르지만, 도깨비의 주인은 보통 사람이 아니란 증거가 되잖습니까? 저희는 괜찮으니 앞으로도 도깨비라 불러 주십시오. 오히려 그 말을 안 들으면 어색하고 움직이기가 힘들어진답니다. 모두를 위해서 그래야 합니다. 이 도깨비 싱카의 말을 잊지 말아 주세요."

다른 도깨비들도 비슷한 생각이라 치우비는 하는 수 없이 지금처럼 지내기로 했다. 도깨비들 중 싱카가 가장 나이도 많고 생각이 깊어서 말은 주로 싱카가 했고, 행동할 때는 성격이 시원시원하고 호탕한 리미가 앞장서게 마련이었다. 일곱 명의 도깨비들 중 그들 둘이 지도자인 셈이었다.

붉은 머리 애꾸눈 도깨비인 리미는 먼 서쪽, 검은색 바다와 눈이 쌓인 험한 산, 울창한 숲이 있는 나라에서 왔다고 했다. 금발의 험악하게 생긴 개르는 바다는 본 적 없으며, 울창하여 낮에도 컴컴하고 한없이 가도 빠져나갈 수 없는 거대한 숲에서 살았다고 말했다. 리미와 개르가 사는 곳의 남자들은 험한 전사들이라 했다. 리미와 개르는 싸움에 져서 포로로 잡힌 다음 여기까지 노예로 팔려 오는데 약 여덟 개 부족을 거쳐 각각 사 년과 오 년 정도 걸렸다고 했다.

갈색 머리의 포리는 덥지도 않고 춥지도 않은 따뜻한 바닷가의 섬에서 살았으며, 그곳 사람들은 배를 만들어 바다를 여행하기를 몽골족이 말을 타듯 쉽게 한다고 했다. 남자들 가운데는 전사도 있지만, 생각을 많이 하고 물건을 만들고 다듬어 깎고 그릇을 굽는 일도 존경받는다고 말했다. 자신은 배를 타고 가다가 도둑의 습격을 받아 잡혔다가 몸값을 못 내 노예로 팔렸는데 여기 오기까지는 팔 년이라는 긴 세월이 걸렸다고 말했다. 아마 리미와 개르가 살던 곳보다 더 먼 곳에서 온 것 같았다.

주루와 코타는 자신들의 고향도 여기와 비슷하다고 말하며 웃을 뿐이었다. 주루는 농사를 짓던 사람이었는데 나쁜 사람에게 땅을 빼앗겨 홧김에 그 사람을 죽인 다음 고향을 버리고 떠돌다가 산적에게 붙들려 팔리게 되었다고 했다. 코타는 부족장을 지키던 전사였다. 적들이 쳐들어와서 부족장의 목을 베어 해골로 술잔을 만들고는 자신은 온몸을 불로 지진 다음 팔아 버렸다고 말했다. 그들은 육 년 동안 여기저기 팔려서 결국 여기까지 오게 되었다고 말했다.

마냥은 사막 부근에 살다가 부족장의 명령을 받고 전사로 뽑혀 더 큰 부족장을 위해 싸우러 먼 길을 가게 되었는데, 그 부족은 얼굴이 그다지 검지 않은 사람들이었다. 그들을 위해 아주 먼 길을 가서 동쪽으로 나가 싸우며 여러 번 이겨서 적의 땅 동쪽 깊숙이 들어갔다. 그러다가 마지막 싸움에서 마냥의 군대가 패하고 마냥과 검은 얼굴의 동료들은 포로로 잡혔다. 잡힌 동료들은 대부분 점치는 도구로 쓰여 산 제물이 되고 말았는데 마냥은 운 좋게 거기에 끼지 않고 이웃 부족에게 선물로 주어졌다. 다시 몇 번인가 팔리기를 거듭하여 십 년이 넘게 노예로 여기저기를 떠돌다가 이곳까지 흘러온 것이다.

싱카가 가장 특이했다. 그는 자기 나라에서는 상당히 높은 전사였다고 했다. 싱카의 나라에서는 현자가 가장 높고 그다음이 전사인지라 싱카는 현자가 되고 싶어 했다. 현자들은 때로는 요기라고 불렸는데, 싱카는 요기가 되기 위해 많은 노력을 했다. 그러나 전사로 태어난 사람은 죽을 때까지 전사의 길을 걸어야 했다. 그래서 싱카는 아주 친한 벗과 함께 자신의 신을 모시는 신관에게 현자가 되는 방법을 물었고, 신관은 먼 동쪽 땅으로 가서 아무도 해내지 못한 거대한 과업을 해내야 한다고 말했다. 싱카보다 힘도 세고 용감했던 벗이 먼저 떠났으나 돌아오지 않았다.

싱카는 벗을 찾으러 나갔다가 남쪽의 작은 부족들에게 잡혔고 북쪽의 스키타이 부족에게 선물로 보내졌다. 그다음 타타르족에게 팔려 오게 된 것이다. 싱카는 지금도 요기의 길을 걷기 위해 노력하고 있으며, 자신은 이미 어느 정도 고행을 해서 요기의 능력을 약간 지니게 되었다고 말했다. 칼을 부리는 재주도 요기가 지닌 주술의 하나였다. 자신이 동쪽에 와서 도깨비가 된 것도 신의 뜻이며 고행의 일부라고 말했다.

일곱 명의 도깨비는 각자 태어난 곳이 다르고 살아가는 풍습 또한 다양했다. 마냥은 수많은 기이한 동물들 이야기를 해 주었는데, 목이 하늘에 닿을 만큼 기다란 동물이나 코에 뿔이 솟은 거대한 동물도 있다고 말했다. 몸이 집채보다 크고 사람 키만큼 긴 이빨이 비죽 나와 있으며 길게 난 코를 손처럼 쓰는 동물도 있다고 했다. 코끼리를 말한 것이다. 그러자 싱카가 웃으면서, 그 동물은 자신의 나라에도 있는데 길들여서 싸움에 타고 나가기도 한다고 했다.

그렇게 도깨비들 사이에도 공통되는 점이 보이자 도깨비들은 더욱 친해졌다. 매일매일 신기한 이야기를 들을 수 있어 치우 일행은 지루하지 않았다.

그러던 어느 날 치우천이 뭔가 생각을 하다가 뒤로 약간 처지게 되었다. 치우천은 헌원의 꿈인, '모든 부족이 하나가 되는 것'에 대해 깊이 생각하고 있었다.

그런 치우천에게 누가 다가와 말을 걸자 생각에서 깨어났다. 소녀였다.

"치우천님?"

"아, 소녀님이셨습니까?"

치우천이 웃으며 말하자 소녀가 미소 지으며 고개를 끄덕였다.

"깊이 생각하시는 것 같은데, 제가 방해되지 않았는지요?"

"아닙니다."

소녀는 치우천과 나란히 말머리를 맞추며 물었다.

"아픈 것은 어떠신지요?"

"나아졌다가 심해졌다가 되풀이하고 있습니다."

"고생이 많으시군요."

치우천은 피식 웃었다.

"뭐, 오래전부터 앓고 있는 고질병이니 별수 없죠."

소녀는 고개를 들어 하늘을 보며 말했다.

"참, 많은 사람들이 여행을 하니 치우천님과 함께 이야기할 기회도 별로 없네요."

"그러게요. 더구나 제가 몸이 안 좋아서……."

그 말에 소녀는 대꾸하지 않고 미소만 지은 채 조용히 걸었다. 치우천은 머쓱해졌으나 역시 말없이 걸었다. 이제 소녀와 치우천 사이에 껄끄러운 문제는 없었다. 단 한 가지, 자신에게 걸려 있다는 주술만 빼고는 말이다. 소녀가 입을 열었다.

"한 가지 꼭 물어보고 싶은 것이 있었어요."

"뭡니까?"

"제가 독에 걸린 것은 언제부터 아셨나요?"

예기치 못한 질문이라 치우천은 약간 섬뜩해졌지만 이내 태연히 대꾸했다.

"제가 무슨 재주로 그것을 알겠습니까? 제 아우가 앗수라트 부속의 벵구시님이라는 어르신에게서 들었다고 합니다만."

"천님이 말씀하신 게 아닌가요?"

"허허, 제가 그만한 재주가 있다고 보십니까?"

치우천이 얼버무리려 하자 소녀가 미소를 지으며 물었다.

"치우천님, 사실대로 말씀해 주세요. 제가 보기 싫으신가요?"

"그럴 리가 있습니까?"

"그러면 왜 저를 피하시죠?"

치우천은 순간 소녀가 이미 모든 것을 알고 있다는 생각이 들어 안색이 조금 변했다. 그러자 소녀는 부끄러운 듯 얼굴을 붉히며 말을 이었다.

"저는 천님을 원망하지 않아요. 천님은 아프신 분이니 그럴 수 있겠지요. 저는 기다릴 수 있어요. 허나…… 제가 싫은 것은 아니지요?"

"그럴 리가 있습니까……."

치우천도 전에 유망의 막사에서 소녀와 알몸이 맞닿은 일을 생각하고는 얼굴이 붉어졌다.

"저는 다 알게 되었어요."

"소녀님, 무슨 말인지 설명을 부탁해도 될까요?"

치우천이 묻자 소녀가 웃으며 대답했다.

"천님은 치밀하신 분이지만 아우님은 그렇지 못하셨어요."

"무슨 말이죠?"

"아우님이 앗수라트 부족장에게 화산까지 열흘 내로 서둘러 가야한다고 말하는 걸 들었어요."

"그런데요?"

"만약 아우님이 그때 앗수라트 노인에게서 제 몸에 독이 있다는 것을 알았다면, 남은 날짜가 열흘이라는 사실을 정확히 알지는 못했을 거예요. 사실 제 몸의 독은 열흘이 아니라 당장 도져도 이상할 것이 없는 독이었으니까요. 저에게 독을 늦추는 약이 있었죠. 유망에게서 열 알을 받았어요. 한 알에 열흘이 가는 약이죠. 그러니 그때부터 따져서 백 하고 열흘이 지나면, 저는 독이 퍼져서 죽게 되었을 거예요.

앗수라트 벵구시님이 아무리 사람을 잘 본다 해도, 독의 증상만 가지고 제게 남은 날짜를 알 수는 없었을 테니까요. 그것을 알 수 있는 사람은 유망과 그때 같이 있었던 치우천님, 두 사람뿐이죠. 결국 천님이 저를 구하시려고 아우님께 말하신 게 분명해요. 도깨비 왕과 같이 사라질 때, 저는 천님이 아우님에게 뭐라고 말하시는 것을 보았죠. 그때죠?"

치우천은 속으로 소녀에게 감탄했다. 사실 소녀는 그때 의심스러움을 느끼고 나서부터 밤낮으로 그 생각만 했던 터라 모든 것을 되짚어 알아낼 수 있었다. 소녀에게 그것은 중요한 문제였다. 소녀는 마음이 모질어서 자존심에 상처를 입으면 용서하지 못했다. 제아무리 치우천일지라도 용서할 수 없었다. 이미 소녀는 유망을 용서하지 않겠다는 독한 마음을 품은 바 있다. 그러나 치우천을 좋아하게 되었던 터라 가급적 마음을 이해하기 위해 최대한 머리를 쓴 것이다.

소녀는 수줍은 듯 고개를 숙인 채 계속 말했다.

"저는 분명히 알고 싶어요. 그때…… 그때 치우천님은 정신을 잃은 척하셨지만 정신을 잃은 것이 아니었어요. 그때 치우천님은……."

치우천은 창피함을 무릅쓰고 말했다.

"나는 그때 죽을 뻔했습니다. 만약 내가 그때 정신을 잃지 않은 낌새를 보였다면 아마 유망에게 들켰을 것이고, 유망은 그런 나를 절대 살려두지 않았을 겁니다."

"우리 카린 부족은 남자 여자가 서로 좋아하는 감정을 아무렇지 않게 생각해요. 하지만 역시 내 입으로 말하기는 부끄럽네요. 그때…… 참기 힘들었나요?"

치우천은 속으로 생각했다.

'이 여자의 자존심이 대단하구나. 혼자 힘으로 참았다고 한다면 모욕당한 기분이 들 것이다.'

치우천은 짐짓 경쾌한 목소리로 대답했다.

"나는 그때 잘못하면 죽을지도 모른다는 생각에 필사적으로 참았습니다. 그러나…… 그러나 사실 몸이 엉망이 되어서 내 몸 같지 않았습니다. 만약 몸이 정상이었다면……."

치우천은 말꼬리를 흐리면서 슬쩍 소녀의 눈치를 살폈다. 소녀의 눈빛에 안심하는 기색이 흐르자 속으로 한숨을 쉬었다.

'여자의 마음을 맞추기는 정말 까다롭구나.'

"천님의 병은 언제나 나을까요? 유망이 고칠 수 있다면 쑤앙마이께서도 고치실 수 있을 거예요."

치우천은 미소를 지으며 고개를 끄덕였다.

"저도 기대를 걸고 있습니다. 무라를 도우러 가는 것이 카린에 가는 첫 번째 이유이기는 하지만, 두 번째 이유는 소녀님을 고향에 보내 드리는 것이며, 세 번째로는 제 병을 고쳐 볼까 하는 생각도 있답니다."

소녀는 기뻐하며 달뜬 목소리로 말했다.

"쑤앙마이는 저를 귀여워하셨어요. 반드시 고쳐 주실 거예요. 카린으로 돌아가서 기쁘지만, 꼭 갈 필요가 있는 것은 아니에요. 단지 천님과 같이 있고 싶을 뿐이랍니다……."

치우천은 그 말을 듣자 기쁘지 않을 수 없었다. 소녀와 같은 여자가 자신에게 마음을 열어 주는데 마다할 사람이 누가 있겠는가. 치우천은 얼굴이 붉힌 채 웃으며 말했다.

"그래 주신다면 저도 기쁘기 짝이 없겠습니다."

둘은 서로 장래를 약속한 것이나 다를 바 없다는 생각에 소녀는 마음이 편해졌다. 소녀는 수줍은 듯 들릴락 말락 한 목소리로 자신의 이야기를 했다.

"애당초 남자를 위해 키워진 몸이지만 유망 같은 사람에게 가고 싶지는 않았어요. 그렇다고 아무에게나 가도 좋다는 뜻은 아니랍니다."

치우천은 고개를 끄덕여 보였다.

"사람들은 유망을 대족장이며 대영웅이라 했지만, 형편없는 사람이었어요."

"그렇죠."

치우천은 유망이 여자에게 비열하게 독을 썼다는 의미로 말했지만, 소녀는 자신을 보고도 남자 구실을 못했던 머저리라는 의미로 말한 것이었다.

소녀가 말을 이었다.

"유망은 나를 건드리려 했지만 그러지 못했어요. 나는 아직 깨끗한……."

"잘 압니다, 소녀님. 나는 그대에게 한 맹세를 잊지 않고 있습니다. 앞으로도 잊지 않을 것입니다."

"우선은 아무 걱정 마시고 낫는 데에만 신경을 쓰세요."

말은 그렇게 하면서도 소녀는 속으로 다부진 생각을 하고 있었다.

'천, 당신은 아픈 사람이었으니 내가 이해해. 당신은 그런 머저리는 아닐 거야. 반드시 낫게 해 줄게. 아니, 나아야만 해.'

치우천은 기뻤다. 자신은 저주에 걸린 몸이었다. 정말인지 아닌지는 몰라도 마음에 걸려 견딜 수가 없다. 그렇다고 누구에게든 터놓고 이야기할 성질의 것도 아니었다. 만약 소녀가 적극적으로 나온다면 어떻게 하나, 정말 그때가 되어서도 안 되면 어쩌나 하는 근심이 있던 참이다. 만약 정 안 되면 소녀에게 그 사실을 털어놓아야 하나 어쩌나 근심도 했다. 그러던 차에 소녀가 순순히 기다려 주겠다고 하자 기쁠 수밖에 없었다.

쑥스러운 화제에서 벗어나야겠다는 생각에 치우천은 웃으며 이야기를 바꿨다.

"그런데 소녀님의 물건 소리는 듣기 좋더군요. 한번 들려주시겠습니까?"

"정말 듣기 좋은가요?"

치우천도 음악을 좋아했던지라 활달하게 되받았다.

"물론입니다. 소녀님같이 훌륭한 솜씨는 처음 들었습니다. 오늘 저녁에 들려주시면 어떻겠습니까?"

소녀는 기분 좋게 싱긋 웃어 보이는 것으로 대답을 대신했다.

"소녀님, 저도 솜씨는 형편없지만 그래도 좋아하는 노래가 있답니다. 잠시만 기다려 보세요."

치우천은 말을 옆으로 몰고 가서 저만치에 있던 버들잎을 몇 잎 훑어 따가지고 왔다. 그러고는 풀피리로 주신 노래를 불기 시작했다. 치우천의 풀피리 솜씨는 훌륭했다.

소녀는 취한 듯 황홀한 기분으로 그 소리를 감상했다. 한 곡을 불고 나자 치우천이 웃으며 물었다.

"형편없죠?"

"무슨 말씀을! 훌륭해요!"

"칭찬해 주시니 고맙군요. 그러나 소녀님의 소리가 더 좋답니다. 오늘 저녁을 기다리겠습니다."

그때 앞에서 치베가 "여" 하며 뒤로 말을 돌려 달려왔다.

"천 안다! 그게 무슨 소리냐? 듣기 좋구나!"

치우천이 웃으며 버들잎을 치베에게 보여 주었다. 치베는 놀라 목소리를 높였다.

"이런 잎사귀에서 그런 좋은 소리가 난단 말이냐? 재주도 좋구나!"

"가르쳐 줄까?"

"정말이냐?"

치베가 다가오자 소녀는 웃으며 조용히 뒤로 물러섰다. 소녀는 치베와 격의 없이 웃으며 이야기하는 치우천의 옆얼굴을 가만히 바라보며 속으로 생각했다.

'당신은 내 것이야. 꼭 그렇게 되어야 해.'

여행 도중에 별다른 일은 없었다. 치우비는 서툴게나마 지나 말을 배워 갔고 발과도 점점 더 친해져 갔다. 치우천의 몸은 그리 좋지 않아 통증이 도지고 가라앉기를 반복했지만 치우천은 참을성이 많은지라 내색하지 않았다. 소녀도 저녁에 쉴 때면 간혹 악기를 꺼내 연주하곤 했다. 소녀는 현을 뜯는 악기로 연주했는데, 사람들은 그 소리에 감탄해 마지않았다. 요요는 피곤이 풀린다고까지 말했다.

그러나 치우천만큼 소리에 대해 깊이 이해하는 사람은 없었다. 치우천과 소녀는 음률에 대해 많은 이야기를 나누었다. 소녀는 치우천에게 아직 악기가 만족할 만한 소리를 내지 않으니 잘 살펴보아 악기를 고쳐보겠다는 말도 했다. 또 소녀는 차분하고 조용하지만 알뜰하게 치우천을 보살펴 주었다. 치베나 형요 자매 등은 치우비가 발과 함께 누구도 건드리지 못 할 한 쌍이 된 것처럼, 치우천은 소녀와 한 쌍이 되었다고 생각했다.

다만 울라트만이 비 오빠에 이어 천 오빠까지 짝을 찾은 듯하자 알게 모르게 허탈함에 한숨을 지을 뿐이었다. 한번은 울라트가 리미에게 살짝 이런 말을 하기도 했다. 울라트는, 비록 리미가 험악하게 생겼다고 하나 전혀 무서워하지 않고 가장 가깝게, 마음까지 터놓고 지냈다. 리미도 울라트를 대장이나 공주처럼 깍듯이 모셨지만 마음으로는 친딸이나 친손녀 이상으로 예뻐했다.

"리미, 만약 말야, 내가 천 오빠, 비 오빠와 다섯 해만 늦게 만났으면 좋았을 텐데. 그러면 오빠들은 스물세 살이고 나는 열여섯이니 딱 좋지 않아? 그런데 지금은 오빠들은 열여덟이고 나는 열한 살이니……."

리미는 그 말을 듣고는 껄껄 웃었다.

"울라트님, 도깨비 리미가 말합니다. 울라트님은 똑똑해서 탈이군요.

그런 건 어쩔 수 없는 겁니다. 오히려 울라트님은 저렇게 좋은 오라버니를 둘이나 두셨으니, 그걸로 만족해야지요."

"그건 나도 알지만, 그래도 울적해서."

리미는 울라트의 기분을 풀어 주려고 농담을 건넸다.

"나는 이런 생각을 한답니다. 차라리 울라트님하고 내가 백 년 뒤에 만났다면 나는 백마흔다섯 살이고 울라트님도 백열한 살이니 둘 다 어울리는 꼬부랑 할머니 할아버지가 아니겠습니까? 나는 그랬으면 좋았을 것 같습니다만."

그 말에 울라트는 울적한 기분을 풀고 깔깔 웃어 버렸다.

"그런 엉터리가 어디 있어?"

"그러니 그런 것을 생각할 필요는 없단 거죠."

"알았어, 알았어. 고마워, 리미."

울라트는 조숙한 편이지만 아직 어렸으므로 리미와 이야기한 후로는 울적한 생각을 곧 잊게 되었다.

일행이 가는 길은 순조로웠다. 수백 명이나 되는 전사들이 가는 길이라 도둑들도 나타나지 않았다. 지나는 길목에 사는 부족들에게 미리 가서 많은 전사들이 지나간다고 알려 주어야 하는 번잡함만 있을 뿐이었다. 그렇지 않으면 전쟁을 하러 오는 것으로 착각할 수 있기 때문이다. 부족을 만나면 선물을 주고 먹을 것을 바꾸는 정도의 일뿐이었다. 대부분이 지나족이고 워낙 수가 많은지라 북방 종족들에게는 그리 환대받지 못해 잔치도 없었다.

그밖에는 별다른 일이 없이 단조로운 여행이었다. 작은 사막을 하나 건너기는 했지만 사막 중간을 가로지르지 않고 주변을 돌아갔으므로 힘든 것은 없었다. 사막에서 치우 형제가 멀리 물로 가득 찬 호수를 보앉는데, 사막에 익숙한 칭이 웃으며 그것은 허깨비라서 가까이 가면 길을 잃는다고 했다. 신기루였다. 물이 부족하지 않았기에 가지 않았지만, 물이 모자랐다면 그쪽으로 걸음을 옮겼을지도 몰랐다. 치우 형제나 발등은 신기루를 처음 본 터라 신기해했다.

카린산에서

눈은 희고 고와서 여자나 아이들이 좋아한다.
그러나 그런 눈도 계속 쌓여 눈사태가 되면, 무엇이든 부수고 휩쓸어 버린다.
산의 신이 일으키는 눈사태는 산신의 분노이다.
— 카린족의 가르침 중에서

화산을 떠난 지 두 달 남짓 되었을 때 일행은 마침내 카린 산맥이 보이는 곳에 이르렀다. 파란 하늘 밑으로 거대하게 줄을 지어 솟은 봉우리들이 온통 하얗게 장관을 이루고 서 있었다. 카린 산맥은 만주나 중원에서는 볼 수 없는 아주 높은 산들로 이어져 있었다. 높기 때문에 눈이 녹지 않아 희게 보였다.

치베와 형요는 본 적이 있다고 했지만 치우 형제를 비롯한 대부분의 사람들은 이만큼 거대한 산맥을 처음 보았기 때문에 한동안 장관에서 눈을 떼지 못했다. 리미와 싱카는 예전에도 그런 눈 덮인 높은 산을 본 적이 있다고 했다.

치우천은 감탄하며 말했다.

"세상은 정말 넓고, 신기한 곳도 많구나. 바다와 같은 큰물도 있는데 이렇게 하늘을 찌를 만큼 높은 산도 있다니. 멋지군."

소녀가 살짝 미소 지으며 되받았다.

"보기는 좋지만 지나가려면 힘들 거예요. 단단히 각오하시는 게 좋을 겁니다. 아직도 보름은 더 가야 할 거예요."

거기서부터는 칭도 길을 잘 알지 못했기에 현지의 주민들에게 길을 물어 가야 했다. 소녀는 그동안 조용히 지냈지만 자기가 살던 부근에 오자 활발하게 움직이기 시작했다. 카린 말을 아는 사람은 소녀뿐이었기에 소녀가 주변의 마을을 찾아가서 사람들과 이야기를 나누었다.

그곳 부족들은 외부 사람에 대해 폐쇄적이었지만, 소녀가 말을 건넨 다음에는 한결같이 소녀에게 굽실굽실하며 존경하는 태도를 보이면서 협조적이 되곤 했다. 길을 알려 주는 것은 물론, 많은 식량과 추위를 감쌀 새틸 옷 등을 선물로 바칠 뿐만 아니라 한술 더 떠서 길 안내를 자청하고 나서는 사람이 많아 싸움까지 벌어질 정도였다.

치우천이 고개를 갸웃거리며 소녀에게 물었다.

"도대체 무슨 말을 했기에 저 사람들이 저렇게 잘해 주지 못해 안달입니까?"

"이 근방에서 쑤앙마이를 무시할 사람은 아무도 없어요. 저는 쑤앙마이의 열세 작은자매 중 하나였거든요."

"열세 작은자매?"

"으음…… 지나 말로 하려니 그렇게밖에 표현을 못하겠시만 아무튼 그런 뜻이에요. 쑤앙마이께서는 열세 명의 작은자매를 직접 가르치고 길러서 옆에 데리고 계시거든요. 저도 그중의 하나였죠. 저를 지나족에게 보냈으니 지금은 다른 자매가 열셋을 채웠겠지만 그래도 여기 사람들은 높이 쳐준답니다."

옆에서 호기심으로 가득 찬 눈으로 지켜보던 요요가 물었다.

"그럼 큰자매도 있나요?"

"큰자매는 부족장이고 쑤앙마이가 직접 기른 자매들은 아니야. 큰자매는 일곱이 있어. 누루마이도 그중 한 분이지."

발도 한마디 거들었다.

"그럼 무라는요?"

"무라도 열세 자매 중 하나예요. 나이는 비슷하지만 하는 일이 다른데, 쑤앙마이께서는 아주 오래 사셔서 많은 것을 아시기에 한 사람에게 자신이 아는 것을 다 가르칠 수 없어서 나누어 가르치신 거예요."

발은 재미있는 듯 물었다.

"무라는 뭘 배웠죠?"

"싸움 기술하고 몸 놀리는 기술이죠."

"소녀님은요?"

"저는 소리하고…… 또 배운 게 있어요."

"뭔데요?"

발이 끈질기게 묻자 소녀는 얼굴을 붉히며 말했다.

"별것 아니에요."

소녀는 잠자리 기술을 배운 바 있었는데 카린에서는 그런 것을 별로 꺼리지 않지만 지나족이나 주신족은 예의나 격식을 따지는지라 소녀는 말하기가 껄끄러웠다. 치우천이 화제를 돌려 말했다.

"누루마이를 먼저 만나고 나면 쑤앙마이도 뵈어야 할 것 같은데요, 소녀님?"

"당연히 그래야 할 거예요. 하지만 쑤앙마이를 만나 뵙기는 힘들어요. 누루마이께서 나중에 말해 주실 거예요."

치우비가 치우천에게 물었다.

"괴물을 상대할 방법은 생각해 뒀어?"

치우천은 웃으며 말했다.

"생각이 있기는 하지만 나중에 무라마이와 누루마이를 만나면 더 좋은 방법이 생길지도 모르니 아직 말할 필요는 없겠구나. 너무 걱정 말거라."

치우비는 형의 말을 듣고 고개를 끄덕였다.

카린산에 이르려면 눈 덮인 높은 산을 몇 굽이 넘어야 했다. 산등성이 옆을 따르거나 거대한 골짜기 사이를 지나 점점 높은 곳으로 올라가야 했기에 공기가 희박해졌다. 소녀만 제외한 사람들은 숨 쉬기 힘들다고 하소연을 했고, 약한 사람들은 조금이라도 심하게 몸을 움직이면 어지럼증을 느끼거나 헐떡거리다 쓰러지기도 했다.

그런 일행을 둘러보며 소녀가 침착하게 주의 사항을 일러 주었다.

"천천히, 조심스레 길을 가야 합니다. 높은 산의 기운 때문에 그런 것이니까, 산을 경배하는 마음을 가지고 천천히 움직여야 해요. 산에서 시끄럽게 굴면 산이 화를 내어 눈사태를 일으키니까 조심해야 합니다."

사실 공기가 희박하기 때문이지만, 당시 사람들은 산의 기운이 신령스러워서 그렇다고 생각했다. 길도 쉽지는 않았다. 만년설이 쌓인 길은 미끄럽기 그지없었기 때문에 상망은 행여 공손발 같은 중요한 사람들이 다칠까 봐 먼저 전사들을 시켜 길을 살피고, 험한 길을 고르면서 나아가도록 했다. 선발대는 눈에 미끄러져 설벽으로 떨어지기도 하고, 눈으로 살짝 덮여 감쪽같이 가려진 빙하에 빠지기도 했다.

여름인데도 높은 산에서 바람이 불면 견딜 수 없으리만큼 추웠다. 사람들은 산 아래 부족에게서 얻은 새털 옷을 껴입고서야 버틸 수 있었는데, 그나마 수가 많은 지나 전사들에게는 돌아가지 않아 몇몇은 몸살과 동상에 걸리거나 얼어 죽기까지 했다. 한번은 큰 산비탈을 돌아가는데 눈사태를 만났다. 거대한 산에 아슬아슬하게 걸려 있던 눈 더미가 쏟아져 내리기 시작한 것을 누가 발견했다.

소녀는 안색이 변해 다급하게 외쳤다.

"서둘러 말을 달려 비탈을 빠져나가야 해요."

"저 멀리서 쏟아지는데 뭘 그래요?"

발이 멍하니 말하자 소녀가 다시 외쳤다.

"여기까지 금방 와요."

울라트도 이해할 수 없다는 듯이 물었다.

"그래 봐야 눈이잖아요?"

치우천은 위험을 예감하고 급히 외쳤다.

"모두 달려야 한다!"

경험 많은 상망도 외쳤다.

"짐을 버려도 좋으니 무조건 달려라! 달려!"

처음에는 물이 쏟아져 내리는 듯한 눈 더미가 잠시 후 거대한 눈사태로 바뀌어 밀물처럼 다가오자 굉음과 함께 지축이 흔들리기 시작했다. 땅이 우르르 울리자 모두가 이건 정말 보통 일이 아니라는 생각이 들어 몸이 떨리고 식은땀이 솟아났다. 그때부터 짐까지 버리며 죽을힘을 다해 달렸는데, 치우 일행은 앞장서서 길을 갔기에 괜찮았지만 말미에 따라오던 지나 전사들은 달리다가 눈사태에 휩쓸리기도 했다. 거대한 눈 더미가 굉음을 내며 급류처럼 떠밀려 내려가는 광경은 무시무시했다. 길에 있던 모든 것이 삽시간에 휩쓸렸고 눈에 파묻혀 사라져 버렸다.

치우 형제나 상망, 비휴 등 다섯 기인도 눈사태의 무시무시한 위력 앞에서는 자신도 모르게 몸을 떨었다. 울라트와 발은 눈사태를 벗어난 다음에도 공포를 이기지 못해 손을 후들후들 떨기까지 했다. 한꺼번에 스무 명 이상이 말과 짐과 함께 눈사태에 휩쓸려 가 버렸는데 흔적조차 남지 않아서 그들을 찾을 수도, 아니 찾아볼 시도조차 할 수 없었다.

마침내 누루마이가 사는 산 너머 비탈에 도달했을 때에는 서른세 명의 지나 전사들이 죽거나 실종되었고 쉰아홉 명이 심하게 앓고 있었다.

이제 산 하나만 넘으면 누루마이가 사는 마을이라고 소녀가 말하자 상망이 치우천에게 제안했다.

"많은 사람들이 몰려가면 마을 사람들이 놀랄지도 모르니 몇몇만 먼저 가 보세. 아픈 사람도 많고 하니."

"그러는 게 좋겠습니다."

치우 일행 중 치베와 형요 자매가 도깨비들과 함께 남아 있기로 했고 지나족에서는 신도 울루가 전사들과 함께 기다리기로 했다. 전사들 중에서는 쉰 명만을 뽑았다. 요요와 미요는 소녀와 친해진 터라 가고 싶다고 졸라서 따라가게 되었다.

누루마이의 마을은 건너편 산비탈에 있었는데, 마을 사람들 중 밖으로 돌아다니는 사람들은 거의가 여자였다. 남자들은 대부분 집 안에 있었다. 무장을 한 여전사들은 태산 회의 때 보았던 여전사들과 비슷한 차림이었으나 자기 마을에 있어서인지 표범 가면은 쓰고 있지 않았다. 마을 여전사들은 소녀를 알아보고 기뻐하며 반겨 맞이했다.

곧이어 누루마이의 부족 사람들이 몰려나와 일행을 환영했다. 이때도 역시 남자들은 집의 문틈이나 창으로 기웃거렸을 뿐 밖으로 나오지는 않았다. 곧 사람들에 둘러싸인 일행은 산비탈 위에 높이 자리 잡은 누루마이의 거처로 향했다.

누가 소식을 전했는지 누루마이는 서둘러 나와 일행을 맞았다.

"와 주었군! 와 주었어! 정말 기쁘네, 기뻐!"

누루마이도 흰표범 가면을 쓰고 있지 않아 얼굴을 볼 수 있었는데 풍성한 몸매에 비해 의외로 용모는 수수한 편이었다. 그러나 태산 회의 때보다 옷차림은 화려했다. 누루마이는 사람들을 반갑게 맞아 자리에 앉게 하고, 일단 음식과 술을 들도록 해 주었다. 그사이 누루마이는 소녀와 한참 이야기를 나누었는데, 처음에는 발을 힐끗 보고는 얼굴빛이 어두워졌다가 다시 얼굴이 밝아졌다. 치우천은 생각했다.

'아우와 발이 같이 있으니 일이 틀렸구나 싶었나 보군. 하지만 사람들이 많이 온 것을 보고 용기가 생겼나 보다. 아차! 혹시 누루마이가 소녀님에게 내가 걸린 주술에 대해 말하는 것은 아닐까?'

잠시 후 누루마이는 소녀와 이야기를 마치고 미소를 지으며 주위를 둘러보며 입을 열었다.

"카린의 누루마이가 말하오. 치우천 치우비 형제뿐만이 아닌 지나족의 많은 영웅들까지 도우러 와 주시니, 기쁘기 짝이 없습니다."

치우천과 상망이 동시에 대답했다.

"주신 사울아비 치우천이 말합니다. 천만의 말씀입니다. 약속을 지키러 왔을 뿐입니다."

"지나 화산족의 상망이 말합니다. 도움이 된다면 기쁘겠습니다."

소녀는 기쁜 듯, 함께 온 사람들을 누루마이에게 일일이 소개해 주었다. 특히 누루마이는 치우비와 자웅을 가리기 어려운 역사(力士) 끽구를 보자 기쁨을 감추지 못했다. 누루마이의 얼굴에 어느덧 근심하던 빛이 사라져 있었다. 치우 형제와 끽구, 비휴 등등이 다 왔는데 괴물을 이기지 못할 리 없다 여기는 듯했다.

"안 그래도 괴물과 약속한 날짜가 며칠 남지 않아서, 내 전사들을 데리고 내일쯤 무라의 마을로 출발하려던 참이었습니다. 약속한 날짜는 이레쯤 남았고, 무라의 마을은 사흘 걸립니다. 그러니 좀 쉬다가 가셔도 좋을 것입니다."

치우천이 대답했다.

"무라마이의 마을로 가서 쉬는 것이 좋겠습니다."

그 말을 듣고 상망이 낄낄 웃으며 말했다.

"오늘은 쉬고 가자구. 아이구, 이젠 허리가 뻐근해서 말야."

언제나 말이 없던 비휴가 오랜만에 말문을 열었다.

"쑤앙마이는?"

누루마이가 짧게 고개를 끄덕이며 비휴에게 대답했다.

"오늘은 일단 쉬십시오. 그런 뒤 무라의 마을로 가서 괴물을 잡고 나서 쑤앙마이를 만나 뵙는 것이 좋겠습니다."

그때 밖에서 소란스러운 소리가 들리더니 한 명의 여전사가 달려와 엎드렸다. 누루마이가 인상을 쓰며 물었다.

"무슨 일이기에 이리 시끄러운가?"

"누루마이! 밖에 괴이한 사람이 나타나서, 방금 오신 손님들을 만나겠다고 합니다. 머리는 헝클어지고 썩는 냄새가 나며 나이가 얼마나 되었는지 짐작할 수도 없이 늙고, 괴물 같아 보이는 사람인데……."

"괴물 같은 사람?"

누루마이가 의아해하자 치우천이 무슨 일인가 물었다. 누루마이가 대답해 주자 치우천이 웃었다.

"비울걸이 왔나 보군요."

"비울걸이 누구인가?"

"도깨비 왕이라 불리는 사람입니다. 나를 찾아왔으니 나가 봐야겠습니다."

비울걸이 나타났다는 소리를 듣자 발과 소녀는 얼굴을 마주 보며 일어나지 않았다. 미요는 픽 웃었고 요요는 비울걸이 싫은지 몸서리를 쳤다. 치우천은 개의치 않고 웃으며 치우비와 함께 일어섰다. 상망과 비휴, 끽구는 그림자처럼 치우 형제의 뒤를 따랐다.

밖으로 나가자 누루마이의 여전사들이 마흔 명가량이나 모여서 한 노인을 포위하듯 에워싸고 있었는데, 그 사람이 비울걸이었다. 비울걸은 여전사들이 에워싸거나 말거나 관심도 없다는 듯 태연히 서 있다가 치우천이 나타나자 껄껄 웃었다.

"요 녀석! 카린으로 오면 내 손아귀에서 벗어날 성싶었느냐?"

치우천도 미소로 인사를 대신했다.

"내가 도망친 것이 아니라 비울걸 당신이 내 옆에서 떠나갔던 것 아니겠소?"

"그건 그렇지만, 하여튼 날 떼 놓을 생각은 버리거라."

치우천이 웃으며 말했다.

"같이 들어갑시다. 그동안 고생깨나 한 모양이구려. 몸 냄새가 심해졌으니 말이오."

비울걸은 고개를 갸우뚱거리며 몸 여기저기를 킁킁거리고는 심드렁하게 물었다.

"냄새? 무슨 냄새 말이냐? 아무 냄새도 안 나는데?"

치우천이 껄껄 웃으며 손사래를 쳤다.

"됐습니다, 됐어요. 들어갑시다. 누루마이께서 좋은 음식을 잔뜩 내셨다요."

"암, 그래야지. 먹을 게 없으면 네놈을 잡아먹어야 하지 않겠느냐?"

"그럴 줄 알고 두 달 동안 몸을 안 씻었소. 날 먹으려면 비위가 좀 상할 거요."

"바보 같은 놈. 누가 생으로 먹는대냐? 잡아서 잘 씻어 먹으면 아무 일 없느니라."

치우비와 상망은 치우천과 비울걸이 주고받는 이야기를 들으면서도 둘의 사이가 어떤지 도대체 알 수가 없어 의아하기만 했다.

비울걸은 들어오자마자 누루마이에게 인사도 하지 않고 가장 좋은 자리에 털썩 주저앉아 기다랗고 지저분한 손톱으로 음식을 쿡쿡 찔러서 먹기 시작했다. 소녀와 발, 누루마이까지도 안하무인인 비울걸의 모습과 몸에서 풍기는 말할 수 없는 악취 때문에 얼굴빛이 하얗게 변했다. 누루마이는 괴물 같은 늙은이가 들어와 설치는 꼴을 보자 속이 부글부글 끓었지만 간신히 눌러 참고 있었다. 치우 형제의 도움이 절실한 때에 치우천의 친구를 나무랄 수도 없었기 때문이다. 보다 못해 치우비가 넌지시 말을 건넸다.

"비울걸님, 나랑 다시 한잔 안 하시겠수?"

비울걸은 통째로 구운 향기로운 새고기를 손톱에 꽂아들고 하필이면 대가리를 덥석 물어 우걱우걱 씹으면서 고개를 끄덕였다.

"술! 좋지!"

"그런데 이 술과 음식은 누루마이가 내셨으니, 인사라도 하고 듭시다. 어떻습니까?"

딴에는 머리를 굴려 말한 것인데 별안간 비울걸이 웃음을 푸하하 터뜨렸다. 그 바람에 입에 있던 고기 조각들이 튀어나와 우박처럼 사방으로 쏟아졌다. 소녀는 뒤로 물러섰고 공손발은 참지 못하고 벌떡 일어나 소리쳤다.

"야! 괴물 같⋯⋯."

그때 상망이 재빨리 달려들어 공손발의 입을 틀어막아 더 이상의 험상궂은 욕은 나오지 않았다. 비울걸은 신경도 쓰지 않고 말했다.

"그렇구먼! 그래! 누루마이란 분, 어디 계시오? 잘 먹겠소이다."

비울걸은 누루마이를 바라보지도 않고 말로만 떠든 것이다. 누루마이는 속이 부글부글 끓어 뭐라 한마디 하려 했으나 치우천이 살짝 눈짓을 하자 억지로 눌러 참고는 손을 들어 술을 가져오게 했다. 몇 명의 여전사가 커다란 술동이를 여러 개 가져오자 비울걸은 치우비를 보며 말했다.

"이 녀석! 덩치야! 한잔하자더니 뭐 하느냐?"

그러다가 비울걸은 끽구를 보고는 웃으며 덧붙였다.

"어? 더 큰 덩치가 있네그려. 자네도 한잔하겠는가?"

끽구는 비울걸이 설치는 모습을 보고는 인상을 쓰면서 다가갔다.

"좋소. 나도 같이 듭시다!"

비울걸은 큰 술동이 하나를 가리켰다.

"하나씩 마시자."

치우비는 전에도 비울걸과 술을 마셔 봤던지라 곧 술동이 하나를 들었고 끽구도 하나를 들어 올렸다. 비울걸은 연신 히히히 웃으며 손가락을 까닥거렸다. 그러자 커다란 술동이가 저절로 허공에 떠오르더니 비울걸의 머리 위로 뒤뚱거리며 다가오는 것이 아닌가?

사람들은 놀라서 입을 딱 벌렸다. 비울걸은 다시 히히 웃었다.

"난 요새 더 게을러져서 말야."

비울걸이 하늘을 바라보며 입을 쩍 벌리자 술동이가 허공에서 기울어졌고 곧이어 술이 콸콸 쏟아져 내렸다. 그렇게 쏟아져 내린 술은 비울걸의 입안으로 정확하게 들어갔다.

치우비와 끽구는 놀라서 술동이를 든 채 입만 벌리고 있었다. 잠깐 사이 비울걸은 한 동이의 술을 다 마셔 버렸다. 술이 떨어지자 술동이는 팍! 소리를 내며 허공에서 깨져 조각들이 와르르 흩어졌다. 누루마이와 소녀, 발 등은 놀라서 사방으로 튀는 조각들을 피하느라 정신이 없었다. 비울걸이 더러운 옷소매로 입가를 쓱 닦고 물었다.

"너흰 왜 안 마셔?"

누루마이는 그제야 이 기괴하기 짝이 없는 생김새의 노인이 헤아릴 수 없을 만큼 신통한 재주를 가졌다는 것을 깨달았다. 치밀었던 울화도 어느 틈에 가셨다. 놀란 것은 소녀나 발도 마찬가지였다. 요요만은 전에 비울걸의 기이한 재주를 본 적이 있는지라 손뼉을 치며 재미있다고 웃어 댔다.

어느 틈에 비울걸이 뒤뚱거리며 누루마이에게 가더니, 등 뒤에 걸린 표범 가죽을 가리켰다.

"이거 써도 되겠소?"

누루마이가 고개를 끄덕이자 비울걸은 표범 가죽의 머리를 쓱 손톱으로 긁었다. 손톱은 날카롭기 이를 데 없어서, 한 번 그었을 뿐인데 표범의 머리 부분이 툭 떨어져 나갔다. 비울걸은 그것을 얼굴에 붙이며 말했다.

"내 낯짝을 이렇게 겁들 내니, 가리고 다녀야 쓰겠구먼."

비울걸이 표범 가죽을 얼굴에 대자 마치 풀로 붙인 것처럼 딱 붙어서 떨어지지를 않았다. 비울걸의 기이한 얼굴은 보이지 않지만, 표범 가면을 쓴 비울걸의 모습은 그야말로 괴물 같았다.

별안간 비울걸이 고개를 푹 숙이더니 엉엉 울기 시작했다. 사람들은 비울걸이 왜 그러는지 의아하여 서로 얼굴을 마주 보았다.

오직 한 사람, 치우천만이 웃으며 비울걸에게 물었다.

"이봐요, 비울걸. 취했소?"

"누가 취했다는 거냐? 흐엉엉……."

"취하지도 않았는데 왜 갑자기 울고 그러시오?"

"사람은 많은데 겉모습만 보고 무섭다거나 우습게 보고, 잔재주 몇 가지를 부렸다고 또 놀라고, 나중에는 존경하는 시늉을 보이는 자잘한 사람만 가득하니 어찌 울지 않을 수 있느냐? 흐엉엉……. 이런 좁쌀 같은 사람들을 위해 내가 수천 리 길을 바쁘게 오고 갔으니 억울해서 운다. 허엉엉……."

치우천은 허허 웃고 말았으나 누루마이나 다른 사람들은 비울걸의 말 몇 마디에 자잘한 좁쌀 인간이 되어 버린 터라 화가 났다.

"세상에, 사람 같은 사람은 다섯도 안 되는구나. 흐엉엉……."

보다 못한 상망이 툭 내뱉듯 빈정거렸다.

"사람 같은 사람은 다섯도 안 될지 모르지만, 사람 같지 않은 사람으로 말하면 당신이 제일이구려."

비울걸은 그 말을 듣고 갑자기 울음을 그치고 벌떡 고개를 들더니 가면 눈구멍으로 오싹한 눈빛을 보내며 상망을 쩌려보았다. 상망은 아무렇지 않은 듯이 쥐 수염을 배배 꼬며 눈썹을 찡긋거렸다.

"말 잘했구려, 말 잘했어. 나는 도깨비 왕이니 사람 같지 않소이다. 그러면 댁은 쥐새끼의 왕이시오? 나보다 더 사람 같지 않으니 말이오."

비울걸이 이죽거리자 상망은 화내지 않고 커다랗게 외쳤다.

"개 짖는 소리가 들리는구나! 짖는 소리가 들려! 어디서 개새끼가 짖나?"

상망이 욕을 하자 갑자기 비울걸이 상망에게 넙죽 절을 했다.

"인사드립니다, 아버님."

대답 한마디에 상망은 졸지에 개가 되어 버리고 말았다. 절을 받은 상망이 대꾸할 말도 잊고 멍하니 있었고, 여러 사람들은 나이도 많은 두 사람이 아옹다옹하자 웃음을 참기 어려워 웃음을 터뜨렸다. 특히 공손발은 배를 움켜잡고 바닥을 굴렀다. 전혀 웃지 않은 사람은 언제나 냉랭한 비휴뿐이었다. 사람들이 와르르 웃자 비울걸도 히히 웃으며 일어섰다.

"재미있었소?"

비울걸은 휘적휘적 문을 나서려다가 돌아서서 기다란 손톱으로 구운 새 몇 마리를 꿰어 들었다.

"하나, 둘, 셋…… 아이쿠, 네 번째는 못 꿰겠구나."

그 말에 치우천이 빙그레 미소를 짓자 비울걸은 치우천을 보며 으름장을 놓았다.

"이 빌어먹을 놈아. 나중에 만나자. 다음번에는 잡아먹기 좋게 몸을 깨끗이 씻고 있어라."

그러고는 새고기를 들고 문을 나서서 눈 깜짝할 새에 사라져 버렸다. 사람들은 정말 도깨비에 홀린 듯했다. 그때까지도 계속 킥킥 웃는 공손발을 보며 상망이 씩씩거리며 말했다.

"아니, 아가씨! 그만 웃으십쇼! 이 영감이 당하는 게 그리도 고소합니까요?"

"고소하지! 고소해! 전에 나를 돌려보내려고 구박한 게 누구였는데 안 고소하겠어? 호호호!"

공손발이 일부러 더 웃자 상망은 흥, 하고 코웃음을 치며 치우천에게 말했다.

"도대체 저 미친 녀석은 왜 그러는 건가? 뭔 소리를 하는 거야?"

치우천은 어깨를 으쓱했다.

"나도 모르겠습니다. 저 사람이 하는 일은 짐작할 수 없답니다."

"자네는 뭔가 알고 있는 것 같은데?"

"항상 날 잡아먹겠나고 하는 것만 압니다."

"자네가 저놈이 다시 세상에 나올 마음을 먹게 했다면서?"

"워낙 변덕이 심한 사람이라 아무도 모릅니다."

상망은 치우천과 비울걸 사이에 무엇인가 있을 것 같다고 생각했으나 치우천이 잡아떼자 더는 추궁하지 못했다.

덕분에 잔치는 흐지부지되어 버렸고 사람들은 각자 방으로 안내받았다.

누루마이는 사람을 시켜 밖에 진을 치고 있는 지나 전사들에게도 좋은 음식과 술을 보내 주었다. 치우천은 치우비와 함께 같은 방에 묵었는데, 형제는 누루마이가 직접 안내했다.

누루마이가 치우천에게 나지막이 지나 말로 물었다.

"이보게, 자네. 괴물을 물리칠 수 있는 방법은 생각해 보았나?"

치우천은 곧바로 대답했다.

"생각했습니다."

"무슨 방법인지 알아도 되겠나?"

"무라마이를 만난 다음 말씀드리겠습니다."

누루마이는 잠시 망설이다가 치우비의 얼굴을 보고 다시 물었다.

"자네 아우와 무라가 같이 잠을 자지 않아도 되는 방법이 있단 말인가?"

치우천이 웃자 지나 말을 이제 좀 알아듣게 된 치우비도 멋쩍게 웃었다.

"제 아우의 입장이 난처해지니 그 이야기는 사람들 앞에서는 하지 않도록 해 주십시오, 누루마이."

누루마이는 고개를 끄덕였다.

"공손발님 때문에라도 그런 소리는 할 수 없겠지. 염려 말게. 자네 형제에게 조금이라도 누가 될 말은 입에 올리지 않겠네."

'형제'라는 말에 누루마이는 약간 힘을 주었다. 치우천은 말의 뜻을 알아채고 고개를 끄덕여 보였다. 자신의 몸에 걸린 주술에 대해서도 말하지 않겠다는 누루마이의 의도를 눈치챘기 때문이다.

"지나족은 제가 달의 기운을 지닌 보석으로 괴물을 물리치려 한다고 생각하고 있습니다. 그러나 그것은 실제로는 소용이 없지요. 그렇지요?"

누루마이는 반색하며 대꾸했다.

"그렇네. 아주 큰 물 속에 사는 조개가 만든 보석을 말하는 것인가?"

"맞습니다."

"그것은 빛깔만 달빛과 비슷할 뿐이지 소용이 없다네. 유망에게 소녀를 바치고 얻은 것이 그 보석인데, 우리는 공연히 헛수고만 했다네."

"아무튼 그 이야기도 하지 마십시오. 보석을 저에게 보내 무기 끝에 바르게 해 주십시오. 겉으로라도 그렇게 해야 합니다."

"왜 그래야 하는가?"

치우천은 그 말에는 대답하지 않고 조용히 웃었다.

"그래야 괴물을 물리치는 데 도움이 됩니다."

누루마이가 궁금해했으나 치우천은 더 이상 이야기하지 않았다. 누루마이가 돌아간 다음 치우비가 물었다.

"형, 무슨 방법인지 알 수 없을까? 아무래도 궁금해. 그리고 이제 카린에 도착했으니 헌원님께도 대답을 해 줘야 하는데, 마음은 정했어?"

"하긴, 이제 이야기할 때가 된 것 같구나."

치우천은 아무도 없는 밖을 보고 외쳤다.

"미요! 요요! 혹시 밖에 있니?"

곧 대답하는 소리가 들리고 요요와 미요가 창 밖에서 얼굴을 내밀었다. 치우비는 의아해하며 고개를 갸웃거렸다.

"어? 둘이 왜 밖에 있지?"

치우천이 웃으며 미요와 요요에게 말했다.

"역시 내 생각대로구나. 네 언니가 우리 주위를 항상 지키라고 했니?"

미요가 부끄러운 듯 웃으며 고개를 끄덕였다.

"맞아요."

"고맙구나. 잘 부탁한다."

"염려 마세요."

미요는 역시 빈틈없이 주위를 경계하고 있었다. 그제야 치우천은 심각한 표정으로 입을 열었다.

"사실 치베나 형요 자매, 울라트와는 전에 이야기한 바 있다. 나는 생각을 정했단다."

치우비는 형의 얼굴을 조용히 바라보았다. 가슴이 두근거렸다. 치우천은 조금 망설이다가 잘라 말했다.

"나는 우리가 헌원님을 따를 수 없다고 생각해. 아니, 따라서는 안 된다."

치우비는 낙심한 표정이 되었다. 하늘이라도 무너진 얼굴이었다. 치우천은 재빨리 말을 이었다.

"비야, 발하고의 일은 안됐다만 다른 방법을 찾아야 할 것 같다. 나도 너를 보니 마음이 괴롭구나. 하지만 별수 없어."

치우비는 한참이나 고개를 숙이고 있다가 이윽고 물었다.

"왜……? 대체 왜 그런 거지? 말해 봐, 응?"

치우천이 차근차근 설명했다.

"이유는 한두 가지가 아니다. 작은 이유부터 이야기해 볼까? 헌원은 위험한 사람이다. 전에 한웅님 가마가 습격당했던 일 기억나지?"

"그렇지. 그건 유망이 한 짓이잖아."

"물론 유망이 가리족을 시켜 번개범을 끌어냈을 테지. 하지만 신수 말고 소 떼도 있었잖아."

"그렇지."

"누가 늑대를 부려서 소 떼와 함께 한웅님을 습격하게 만든 거다. 그런데 늑대를 누가 부렸을까?"

"그건 모르잖아."

"아니다. 세상이 넓고 사람도 많지만 그렇게 많은 늑대를 마음대로 부릴 수 있는 사람은 딱 한 명뿐이다."

"그게 누구지?"

치우천은 단호하게 대답했다.

"비휴."

치우비는 깜짝 놀랐다. 비휴가 늑대 선인이었다는 말은 들었지만 설마 비휴가 한웅의 가마를 습격한 장본인이라고는 생각지도 못했다. 문득 치우비의 뇌리에 헌원을 처음 만나 비휴를 소개받았을 때 들었던 말이 떠올랐다.

'이 눈이 날카로운 이는 비휴라고 하네. 천랑대의 대장일세.'

'천랑대란 무엇인가요?'

'늑대로 이루어진 군대를 말하네.'

'늑대 군대라고요?'

'그렇다네. 비휴는 기인이네. 늑대를 마음대로 다룰 수 있는 사람이라네. 원래 선인이었지.'

"설마…… 설마……."

치우비는 믿기지 않는다는 듯 중얼거렸다. 치우천도 고개를 끄덕이며 말했다.

"나도 설마 했다."

"하지만…… 비휴라는 증거는 없잖아."

"물론 증거는 없다. 그러니 대놓고 따질 수가 없지. 하지만 그렇게 수많은 늑대를 손발처럼 부릴 수 있는 사람도 세상에 다시 있기도 어렵고, 그런 기인이 작정하고 하필 한웅님의 가마를 습격했을 리도 없다. 늑대만이 아니라 천 마리가 넘는 소 떼를 버리면서까지 굳이 한웅님을 습격할 이유가 있는 사람이 누가 있겠느냐?"

"믿기질 않아."

"이유는 또 있다. 한웅님의 가마가 소 떼에게 쫓긴 것은 번개범을 만난 바로 다음의 일이다. 번개범을 만나 무리가 헝클어지지 않았다면 그 정도 소 떼로는 한웅님을 어찌할 수 없었을 테지. 소 떼를 부린 사람은 번개범이 한웅님을 덮친다는 사실을 알고 있었고, 한웅님의 가마가 따로 빠져나오리란 것까지 알고 있었다는 얘기가 된다. 번개범은 유망이 불러냈으니, 그때 유망의 부하였던 헌원 말고 그 사실을 알고 있을 사람이 없다. 헌원이 별도로 계획을 세워 비휴를 보내 한웅님을 해치려 한 것이 분명하다."

치우비는 머리가 갑자기 복잡해졌다.

"헌원이 왜 한웅님을…… 한웅님을 해치려 했단 말야?"

"그건 나도 아직 모르겠어. 하지만 의심스러운 일이 또 있다."

"그게 뭔데?"

치우천은 슬픈 듯이 웃어 보였다.

"비야, 우리가 왜 이런 꼴이 되었는지 기억하겠지? 왜 죄를 뒤집어 쓸 수밖에 없었는지."

"그거야 당연히 치우가람 형제 놈 때문에……."

"맞아. 내가 궁금한 것은 바로 그거였어. 내가 소녀님과 함께 토굴에 갇혀 있을 때, 치우가람 놈은 분명 유망의 막사에는 얼씬도 하지 않았다. 치우가람만이 아니라 주신 사람은 하나도 없었고, 아무도 들어올 수 없었어. 맞지?"

"그렇지."

"유망의 부하들도 전혀 몰라. 나와 소녀님이 토굴에 갇힌 것은 유망과 형천밖에 모른다. 유망은 그 일이 창피해서 막사를 지키던 자기 부하까지 모조리 죽였으니까. 토굴을 지키던 놈들은 있지만 그놈들도 내가 누군지는 몰랐겠지. 단 한 사람, 형천만 아는데 형천은 유망을 배신할 사람이 아니지. 그런데 치우가람 놈은 나와 소녀님이 토굴에 갇힌 것을 잘 알고 있었어. 그것을 트집 잡아 우리를 이 꼴로 만들었지. 치우가람

놈이 어떻게 알았을까? 그 사실을 누가 가르쳐 주었을까?"

치우비도 그 점은 도저히 감을 잡을 수 없었다. 치우비가 어눌한 목소리로 말을 받았다.

"그놈이 넘겨짚은 것은 아닐까? 형님이 소녀님에게 부탁할 방법이 달리 없었다고 보고……."

치우천이 고개를 저으며 웃었다.

"절대 아니지. 소녀님은 카린에서 바쳐진 사람이고, 바로 한웅님께 바쳐졌다. 그런 여자가 토굴에 갇혀서 죄인을 만났다고 누가 넘겨짚을 수 있을까?"

"그러면……?"

"따지고 보면 간단해. 나와 소녀님이 갇히는 걸 누가 본 거야. 그리고 치우가람 놈에게 그걸 알려 주었지."

"그게 누굴까?"

치우비는 생각하다 보니 울컥 화가 나서 자신도 모르게 주먹을 쥐었다. 우드득 하고 손마디가 꺾이는 소리가 들리자 치우천이 말했다.

"너도 알고 있을걸?"

"나는 정말 모르겠어."

"내가 무슨 엄청난 재주를 부린 것이 아냐. 우리 모두 그 사람을 보았어."

"누군데?"

"토굴에서 빠져나오던 날, 우리는 두 사람을 만났지? 그 사람들 말고는 나와 소녀님의 일을 아는 사람이 없어."

치우비는 깜짝 놀라 안색이 변했다. 확실히, 토굴에서 빠져나을 때 치우 형제와 일행은 두 사람을 만났다. 치우천은 눈을 빛내며 말을 이었다.

"상망과 지. 그들이 알려 주었어."

치우비의 얼굴빛이 하얗게 변했다.

"그럴 리가 없어! 그들은 우리가 도망치도록 유망의 부하들 눈을 돌려 주었잖아."

치우천이 냉랭한 목소리로 말했다.

"나는 기억한다. 그때 분명히 들었어. 그들은 내가 갇힐 때부터 숨어서 동정을 살피고 있었다고 했어. 그러면서 상망은 생색까지 냈지. 헌원님이 나를 무사히 나가게 해 준다고 했는데, 어찌 그 약속을 어기겠느냐고 말야."

"믿을 수가…… 믿을 수가 없어."

치우비가 고개를 젓자 치우천은 못을 박듯이 힘주어 말했다.

"우리가 헌원을 처음 만났을 때, 내가 한 말 있지? 헌원이 우리를 작게 보기를 바란다고. 헌원이 우리를 구하지만 언젠가는 궁지에 몰아넣을 거라고 말야. 예상이 틀리지 않더군. 헌원은 주신의 사정을 손바닥처럼 잘 알고 있었어. 우리와 가장 사이가 나쁜 치우가람 형제에게 그 사실을 알려 주면 알아서 일을 벌일 것이라고 생각했을 거야."

치우비는 멍해졌다. 머릿속이 헝클어졌다. 치우천은 조용하지만 울림 있는 목소리로 똑똑하게 말을 계속했다.

"헌원은 분명 우리를 좋게 보았을 거야. 그러나 네가 태산 회의 시합 때 대용사로 뽑히고 두각을 드러내자 이대로라면 바람직하지 않다고 여겼을 테지. 우리는 유명해졌고, 그대로 주신으로 돌아갔으면 아마 큰 자리에 올랐겠지. 그러면 헌원과는 영영 이별이나 마찬가지였을 거야. 헌원은 우리에게 욕심을 냈으니 어떻게든 우리로 하여금 죄를 짓게 하여 발붙일 곳이 없게 만들어야 했겠지. 그래서 술수를 부렸어."

"그건…… 그건 아냐……."

입안이 타들어 가는지 치우비는 간신히 말했다.

"우리를 죽이려 했다면 왜 나중에 우리가 찾아갔을 때 죽이지 않았어? 응?"

여전히 못 믿겠다는 듯이 고개를 젓는 치우비를 보며 치우천은 쓸쓸하게 웃었다.

"그때 우리는 주신과는 끊어진 상태였는데 왜 죽이겠니? 태산 회의의 대용사 치우비가 주신에 있다면 없애 버리고 싶을 정도로 무서운 상대겠지만, 자기 품으로 날아들었는데 얼씨구나 하지 않았을까? 하하하, 게다가 자기 딸까지 준다고 했는데?"

치우비는 몸을 부르르 떨었다.

"비야, 발은 헌원이 귀여워하는 막내딸이라 지나족이 귀히 여기고 받드는 사람이다. 십육기인 같은 사람들도 공주님처럼 받들어 모실 정도로 귀한 사람이야. 더구나 지나족은 원래 여자들을 그렇게 마구 나다니게 하지 않는다. 그런데 헌원은 그런 막내딸이 다른 부족 남자를 좋아하게 되었는데도 말리거나 간섭하려 들지 않았다. 너는 한웅님의 따님이 허락도 없이 지나족 남자와 좋아하게 되었다면, 한웅님이 가만히 계실 것 같다고 생각하니? 그것과 마찬가지다."

치우비가 몸만 떨고 아무 말도 하지 않자 치우천은 잠시 기다렸다가 말을 이었다.

"비야, 그것만이 아니다. 발은 네가 보고 싶어서 아버지 곁을 도망 나와 지금 여기 있지? 상망과 비휴도 처음에는 발을 돌려보내려 했어. 하지만 나중에는 그러지 않았지. 왜 그랬겠니?"

치우비는 간신히 대답했다.

"그건…… 그건 발이 우기고…… 상망을 협박했으니까 그랬지."

치우천이 살짝 웃었다.

"상망은 비록 우스꽝스럽게 굴지만 재주가 대단한 사람이다. 상망이

나 비휴가 어떤 사람인데 그런 유치한 협박에 넘어가겠느냐? 상망은 헌원이 발을 잡지 않고 놓아준 뜻을 알기 때문에 그냥 넘어간 것이다."

"놓아줘?"

"헌원은 이렇게 생각했을 거다. 내가 카린에 간 이후에 헌원을 따를 것인지 그렇지 않을 것인지 정한다고 했으니, 자기 딸이 가서 아우와 친한 모습을 보이면 결정을 내리는 데 도움이 되면 되었지 손해 보지는 않을 것이라고 말야. 여자가 안 보고는 못 견디겠다면서 아버지에게서 도망쳐서 쫓아왔는데, 마음이 흔들리지 않을 사내가 어디 있겠니? 그래서 도망쳐도 못 본 척 놔둔 것이 분명하다. 상망도 그런 생각을 했기에 못 이기는 척 놔두었고."

치우비는 암담한 표정으로 한참 생각을 하다가 오락가락하는 듯 중얼거렸다.

"그렇구나……. 정말 그런 건가?"

"물론 내가 결정을 내린 것은 그런 이유도 있지만, 가장 큰 이유는 헌원의 뜻이 옳지 않기 때문이다. 모든 부족이 하나로 합쳐진다는 것은…… 한마디로 꿈에 지나지 않는다. 사람들은 꿈이 이루어진 다음의 달콤한 생각만 하지, 과정이 얼마나 쓰고 험난한지는 생각하지 않지. 더구나 꿈이 이루어진다 해도, 과연 사람들의 상상만큼 보기 좋고 멋진 모습 그대로일까?"

"그만! 그것으로 충분해. 사실…… 사실…… 나도 그렇게 생각해. 모든 부족이 합쳐지는 것은…… 있을 수 없어."

"그래? 네 얘기를 들어 보고 싶구나."

치우천은 믿음직하다는 표정으로 고개를 끄덕였다. 치우비도 그동안 놀고만 있지는 않았다. 치우천이 꼼꼼히 생각하여 자신들이 당한 일의 시작과 끝을 짚어서 풀어낸 반면, 치우비는 골똘히 자신에게 주어진

'모든 부족이 하나로 합쳐지는 것이 옳은가?'라는 물음에만 매달렸던 것이 달랐다. 치우비도 나름대로의 답을 찾고 있었다.

치우비는 간단히 말했다.

"모든 부족이 평화롭게 지내면 그만이지, 모든 부족이 합쳐질 필요는 없다고 생각해."

치우천은 아우의 생각이 자신과 일치하자 자신도 모르게 흐뭇해졌지만 계속 물어보았다.

"그러면 부족끼리 싸움이 계속 날 것 아니냐?"

"부족들이 하나로 합쳐졌다고 싸움이 안 나? 더구나 그 많은 부족을 무슨 수로 하나로 합친단 말야? 그대로라면 주신도 망해서 지나족이 되어야 한단 건데, 헌원에게 지나족이 망해서 주신이 되어도 그렇게 할 거냐고 물어보면 되지 않겠어?"

치우비의 말은 간단했지만 실로 치우천의 뜻과 똑같았다. 치우천은 활짝 웃으며 치우비의 어깨를 툭툭 쳤다.

"비 녀석! 자질구레하게 길게 이야기해야 했는데 네가 꼭 찔러 말해 줬구나. 네 말 그대로다!"

두 사람은 이미 뜻이 통한 것이나 마찬가지였다. 그러자 치우비는 갑자기 서글픈 표정이 되어 눈가가 붉어졌다. 발을 생각하는 모양이었다. 그것을 보고 치우천이 웃으며 물었다.

"비야, 너 발 생각하지? 그렇지?"

치우비는 고개를 끄덕였다. 치우천은 치우비의 등을 두드리며 웃어 보였다.

"일이 힘들기도 하구나. 그러나 염려 마라. 헌원을 따를 수 없다고 딸까지 버릴 수는 없지 않겠니? 내가 그동안 발을 지켜보았는데, 겉보기는 사나워도 속마음은 착하고 좋은 사람 같더구나."

치우천은 심호흡을 하여 숨을 가다듬고는 말을 이었다.

"할 일이 아주 많아. 지금 지나족의 다섯 기인과 오백 명의 전사들은 딴마음을 먹고 헌원을 떠날까 봐 우리를 감시하고 있다. 너도 알지?"

치우비가 고개를 끄덕였다. 치우천도 고개를 끄덕여 보이고 계속 말했다.

"그 사람들을 따돌려야 한다. 거기다가 괴물도 물리쳐야 하고, 내 다리도 고쳐야 하며, 발까지 데리고 가야 한다."

"데리고 간다고?"

치우천이 싱긋 웃었다.

"애당초 네가 좋아 아버지 곁을 떠나온 여자 아니냐? 그 여자를 어찌 버리고 가겠니? 데리고 가야지. 아니, 잡아서라도 갈 거다, 하하. 발이 만약 원망하거나 헌원이 이를 갈아도 내 탓으로 돌리거라. 이 치우천, 여자를 막 다룬 적은 없지만 이번만은 실례해야겠구나. 내 아우가 시름시름 앓으며 말라 가는 꼴은 볼 수 없으니까."

치우비는 일시에 마음이 풀리는 것 같았다. 발을 잡아간다는 것은 안 된 일이기는 했지만, 헤어지기보다는 나았다. 발도 그동안 아버지를 원망하는 소리를 여러 번 해 오지 않았던가. 치우비는 형의 마음이 고마워서 눈물이 핑 돌았다. 구태여 고맙다는 말은 입 밖에 내지 않았다. 둘 다 말은 하지 않아도 서로의 마음을 잘 알았기 때문이다. 치우천은 웃으면서 슬쩍 한마디 보탰다.

"헌원을 떠나면 당장 갈 곳도 없으니 주신으로 돌아갈 방법까지 찾아야겠지?"

치우비의 눈이 빛났다.

"주신으로 돌아갈 수 있겠어?"

"생각해 둔 게 있다. 뭐, 당장 돌아갈 수는 없지만, 한두 해 안에는 돌아갈 수 있다."

치우비는 속으로 몹시 기뻤으나 일이 복잡하고 힘들 것 같아 걱정이 되었다.

"괴물을 물리치는 것만도 큰일이야. 거기다가 다섯 기인도 보통 사람이 아닌데다, 그들에겐 오백 명이라는 전사들까지 있어. 우리가 아무리 애써도 그들을 이길 수는 없는데…… 그게 되겠어?"

치우천은 그냥 웃고만 있었다. 치우비는 답답한 마음에 다시 물었다.

"거기다 발까지 빼낼 방법이라면…… 괴물을 물리친 다음에 발을 빼내서 도망치자는 거야? 아이쿠, 자칫하면 형님 다리를 못 고치잖아. 흠, 그렇다면 괴물을 물리치고 쑤앙마이를 만나 형님 다리를 고친 다음에 발을 빼내 도망치자는 거지? 그렇지?"

"상망이 어떤 사람인데 그럴 틈을 주겠니? 괴물을 물리치면, 먼저 확실히 대답하라고 다그칠 거다. 우리가 응낙하지 않으면 꽁꽁 묶어서라도 데리고 가겠지. 뭐, 발이 보고 있으니 죽이지는 않겠지만 말이다."

"그럼 어떻게 해? 한꺼번에 두 토끼를 쫓으면 다 놓친다고 했는데, 우리는 한 번에 네 토끼를 쫓아야 하잖아."

"주신으로 돌아갈 길을 만드는 것까지 다섯 토끼다."

치우천이 씩 웃으며 말하자 치우비는 한숨을 쉬었다.

"할 수 있을까?"

"해 봐야지. 하나도 버릴 수 없으니 말야."

다음 날 일행은 준비를 갖추어 무라의 마을로 출발했다. 누루마이는 용감한 이백 명의 여전사를 뽑아 앞장세웠다. 치우 형제와 상망 일행은 물론, 밖에서 야영을 한 다른 일행도 합류했는데 아픈 지나 전사들은 누루마이의 마을에 머물게 했다. 수십 명의 전사들이 빠졌으나 누루마이의 여전사들 때문에 사람 수는 오히려 많아졌다.

사흘 정도 산길을 가자 무라의 마을이 나타났다. 무라의 마을에는 누루마이가 보낸 사람이 전갈을 했기 때문에 요란한 환영이 기다리고 있었다. 그러나 자세히 보면 무라 마을 사람들은 대부분 무장을 하고 있었으며, 며칠 동안 잠을 제대로 자지 못했는지 얼굴색들이 좋지 못했다. 누루마이가 그들과 무슨 이야기를 나눈 다음에야 다들 얼굴에 화색이 돌며 기뻐했다.

치우천은 생각했다.

'사람들이 우리가 괴물을 물리쳐 줄 것으로 생각하고 기뻐하나 보다. 성공해야 할 텐데 걱정이다.'

무라도 진작부터 나와 기다리고 있었다. 가면을 벗은 무라의 얼굴은 대단히 희고 아름다웠으나 돌처럼 표정이 없고 냉랭했다. 그러나 그런 무라도 기쁜 빛을 감출 수는 없었다. 무라는 치우 형제를 맞아 고맙다고 환대를 했으나, 나머지 사람들에게는 말 한마디 하지 않고 고개만 까닥하고는 돌아서서 안내했을 뿐이다. 그것을 보고 상망은 발의 곁에서 중얼거렸다.

"아깝구나, 아까워! 예쁘기는 하되 너무도 무뚝뚝하구나."

발은 코웃음을 치며 이죽거렸다.

"무뚝뚝하고 표정 없기로는 비휴 아저씨 뺨치네. 난 비휴 아저씨가 여자가 된 줄 알았네."

상망이 맞장구를 쳤다.

"둘이 잘 어울리겠는뎁쇼?"

"어울리기는 뭐가! 둘이 앉아 있으면 돌 두 개가 앉아 있는 거랑 뭐가 다르겠어? 둘 다 얼굴 하나 안 변하고 말 한마디 안 할 테니 그야말로 보는 사람이 답답해 죽을걸?"

상망과 발뿐만 아니라 끽구와 신도, 울루도 킥킥 웃었으나 곁에 있던 비휴는 그 말을 들었는지 못 들었는지 여전히 무표정했다.

무라의 집은 누루마이의 것보다는 작고 소박했으나 안은 아늑하고 보기 좋게 장식되어 있었다. 집 안이 먼지 하나 없을 정도로 깔끔하게 정돈되어 무라의 얼굴을 연상하게 했다. 그러나 그런 중에도 보기 좋은 꽃들과 가죽과 장식들이 아기자기하게 꾸며져 있어서 살풍경하지는 않았다.

조촐한 대접을 받은 후에 비로소 치우천은 괴물을 대적할 방법이 있으니 함께 의논하자고 했다. 전부 싸움에 나서지는 않을 것인지라 치우 형제와 치베, 첫째 형요, 지나족의 다섯 기인만이 무라, 누루마이와 함께 둘러앉았다.

사람들이 앉자 치우천이 먼저 무라에게 말을 건넸다.

"주신 사울아비 치우천이 말합니다. 무라마이, 먼저 내 생각을 듣기 전에 괴물에 대해 좀 더 자세히 알려 주십시오."

무라는 고개를 끄덕이고 설명했다.

"카린의 무라가 말합니다. 괴물에 대해서 잘 알려진 것은 별로 없습니다만, 예전에 선인이었다고 합니다. 도를 닦은 선인인데 무슨 이유인지 모르게 타락하여 사나워졌다고 합니다."

"생김새는 어떻습니까?"

이번에도 치우천이 묻자 무라가 말했다.

"이곳 카린산에는 오래전부터 예티*라고 불리는 괴물들이 간혹 나타

---

* 쿤룬 산맥이나 티베트 히말라야 지방 등에서 존재했다고 믿어지고 있는 설인. 사람보다 키가 크고 온몸이 털로 뒤덮인 원인(猿人) 모습으로 알려져 있으며, 외모와는 달리 신령스러운 힘을 지닌 온화한 성격이라 한다. 근래에 이르기까지 예티의 존재는 논란이 되고 있으며, 『산해경』에도 예티라 생각되는 상상 동물 유형이 여럿 보인다.

나곤 했습니다. 괴물은 예티와 비슷한 모습입니다. 긴 털이 온몸을 뒤덮고 있어서 마치 원숭이 같지만, 몸집이 크고 힘도 셉니다. 예티는 흰색 털이나 회색 털이고 성격도 보기보다 점잖아 온순하지만, 괴물 놈은 사납습니다. 예티는 말을 못하지만 그놈은 사람 말도 하고요. 키는 아주 커서 끽구님만큼 됩니다."

그 말을 듣고 끽구가 말했다.

"지나 화산족 끽구가 말하오. 나 정도라면 그리 큰 놈도 아니군. 나쁜 놈이라니 내가 허리를 분질러 버리겠소."

무라는 고개를 저었다.

"괴물은 선인이었기 때문에 주술을 부릴 줄 아는데, 당할 방법이 없습니다."

"무슨 주술을 쓰기에 그러오?"

"주술을 외우면 안개같이 희미한 존재가 되어 버립니다. 칼이건 도끼건 화살이건 헛치고 말지요. 손에 잡히지도 않습니다. 달의 정기를 받은 자가 아니면 건드릴 수조차 없습니다."

생각에 잠겨 있던 치우천이 물었다.

"그렇게 바람 같다면 그놈도 우리 편을 치지 못할 것 아닙니까?"

"그게 그렇지 않습니다. 분명 바람처럼 형체도 없는데 그놈에게 맞으면 똑같이 맞고 상처를 입습니다. 이상한 일이지만 사실입니다."

"때리는 동안에라도 몸이 단단해지는 것은 아닌가요?"

"그렇지는 않은 것 같습니다."

치우천이 입을 다물고 생각에 잠기자 상망이 물었다.

"지나 화산족의 상망이 말하오. 달의 정기라는 것은 무엇이오?"

이번에는 누루마이가 예전 태산 회의 때 치우천에게 했던 설명을 상망에게 해 주었다. 그러면서 덧붙였다.

"괴물은 몸이 바람 같아지는 힘만 있는 게 아니라, 힘도 대단하고 몸도 믿어지지 않을 만큼 날쌥니다. 상대하기 어렵습니다. 지난번에도 카린족의 날쌘 전사 열세 명이 손도 못 써 보고 맞아 죽었습니다."

신도 울루가 동시에 물었다.

"불은 어떻소? 불에 타지는 않을까?"

무라가 고개를 저으며 대답했다.

"제가 괴물과 두 번째 싸울 때, 기름을 끼얹어 불을 질러 보려고 했지만 기름이 몸에 묻지 않고 그놈을 통과해 버려서 실패했습니다. 쉽지 않을 것입니다. 불 위를 다니면서도 움츠리지 않는 것으로 보아 불도 통하지 않을지 모릅니다."

"그놈이 사는 곳에 불을 지르면 어떻겠소?"

"괴물이 사는 곳은 얼음으로 둘러싸인 동굴입니다. 불을 지르려면 많은 나무나 기름을 가지고 가야 하는데 곧바로 들킬 것입니다. 더구나 동굴이 좁고 복잡하여 뚫린 곳도 많습니다. 여러 구멍에다 동시에 불을 지를 수도 없는 일 아닙니까?"

신도 울루는 말문이 막혔다. 치우비가 나섰다.

"수신 사울아비 치우비가 말합니다. 달의 정기를 받은 보석을 쓰면 되지 않을까요? 형님이 그것을 구해 오셨다던데."

무라는 얼굴빛을 흐렸다.

"일단 써 보기는 하겠습니다만, 물속 물건이라 정말 달의 정기를 받았다고 하기엔……."

이번엔 치우천이 말을 받았다.

"보석도 사용할 수 있는 데까지는 사용해 봐야겠죠. 세상에 아무것도 통하지 않는 것은 없을 테니까요."

"그것이 무엇인지 모르니 탈이지요."

누루마이가 한탄하듯 말하자 치우천은 무라를 보며 물었다.

"무라마이, 당신은 괴물을 때릴 수 있지요?"

무라는 고개를 끄덕이며 덧붙였다.

"그러나 혼자 상대하기엔 너무도 빠르고 힘이 셉니다. 그놈은 바위도 주먹으로 부수고 나무도 단숨에 꺾어 버릴 수 있는 힘이 있습니다. 그놈의 손에 잡히면 나는 당해 낼 재간이 없을 것입니다. 치우비님이나 끽구님이라면 모르겠지만 다른 사람들은 건드릴 수조차 없습니다."

치우천이 다시 물었다.

"무라님이 칠 때는 괴물이 주술을 써도 보통 사람이나 다를 바 없지요?"

"그런 것 같습니다. 제 손에는 확실히 느낌이 오니까요."

"그놈은 무기를 씁니까?"

"아무 무기도 쓰지 않을뿐더러 옷도 입지 않습니다. 털로 몸을 가리는 거죠. 주술이 옷이나 무기에까지는 안 미치기에 하는 것 같습니다."

"그놈은 혼자 삽니까?"

"혼자 지냅니다. 아무것도 무서워하지 않으니까요."

그때 오랫동안 침묵을 지키고 있던 첫째 형요가 입을 열었다.

"과보족의 형요가 말합니다. 그놈도 사람이라면 잠을 잘 텐데, 잠들어서 주술을 쓰기 전에 목을 따 버리면 되지 않을까요?"

누루마이가 고개를 저으며 말했다.

"이미 우리의 많은 전사들이 그런 시도를 해 보려고 떠났지만 아무도 돌아오지 못했다네. 놈은 잠도 안 자는 모양이야."

상망이 한숨을 쉬었다.

"대책 없는 놈이로군. 차라리 신수를 상대하는 게 낫겠다."

치우천이 짚이는 게 있다는 듯이 고개를 끄덕였다.

"성질이 포악하다니 화도 잘 내겠군요."

"그렇습니다. 누가 조금만 말을 잘못해도 길길이 날뛰며 그 사람을 죽여 버린답니다."

그제야 비로소 치우천의 입가에 웃음이 감돌았다.

"할 수 없군요. 그럼 제가 생각한 방법을 말하겠습니다. 방법이라고 할 것도 없이 간단합니다."

사람들이 치우천을 바라보자 정색을 하며 말했다.

"무라마이께서 그놈을 때릴 수 있으니, 무라마이께서 잡으면 됩니다."

"말처럼 쉽습니까? 괴물이 가만히 맞아 달라고 하는 것도 아닌데요."

치우천은 별것 아니라는 듯 이제 되었다는 표정으로 웃어 보였다.

"될 것 같습니다. 제게 한 가지 생각이 있답니다. 잘될지는 모르겠습니다만……."

누루마이가 다급한 목소리로 끼어들었다.

"잘되고 안 되고는 하기 나름이겠지. 어디 들어 봅시다."

곧이어 치우천은 무적의 괴물을 잡기 위한 기발한 계획을 이야기하기 시작했다.

괴물 사냥

지금도 간혹 괴물들이 돌아다니지만,
옛날 옛적에는 지금과는 비교도 할 수 없는 커다란 괴물과 신수들이 돌아다녔다고 한다.
그러나 그것들은 하늘의 분노를 산 뒤 모두 죽어 없어져서
지금은 작은 괴물들만 남아 있다.
그나마도 영웅들에 의해 퇴치되니,
언젠가는 괴물이 사라진 세상이 올 것이다.
— 신시에서 전해지는 이야기

다음 날 해가 중천을 넘어갈 무렵, 마을에서 한참 떨어진 가파른 산길을 힘겹게 오르고 있는 한 무리의 사람들이 있었다. 치우 형제와 끽구, 비휴, 신도, 울루의 여섯 사람과 지나족 전사 이백 명, 그리고 무라, 누루마이와 카린족 전사 사백 명이었다. 말을 타고 오를 수 없는 험한 길이라 말을 탄 사람은 하나도 없었다. 상망은 공손발과 소녀 등을 지키고 아픈 전사들을 돌본다는 명목으로 지나 전사 이백오십 명과 함께 남기로 했다.

치우 형제 뒤에는 치베와 형요 자매, 울라트와 일곱 명의 도깨비들도 따르고 있었다. 다섯 기인은 잠시도 치우 형제 일행을 따로 두지 않으려 했으며, 발 역시 혼자 두지 않았다. 치우비는 발을 데리고 달아날까 했던 생각을 떠올리고 쓴웃음을 지었다. 상망은 모든 일에 치밀하게 대비하고 있어서 그런 수가 통할 리 없었다. 그렇게 눈에 띄게는 아니었지만 어디서 어떻게 움직이더라도 지나족은 여차하면 치우 형제를 제압할 수 있을 정도의 사람 수로 함께 무리지어 다녔다.

치우비는 속으로 생각했다.

'형님 생각대로 잘될는지 모르겠구나.'

그들이 오르는 산은 오래전부터 온통 눈과 얼음으로 뒤덮여 풀포기, 나무뿌리 하나 보이지 않았다. 무라는 환한 낮에 눈에 뒤덮인 산을 가면 눈[眼]이 너무 부시고 아파 잘 볼 수 없게 된다고 치우천에게 일러 주었다.

허나 치우천은 어두워질 때 싸우면 우리 쪽이 괴물에게 화살을 쏘거나 찾아낼 수 없어 더 곤란하니 환할 때 싸워야 한다고 강력하게 주장했다. 그런 사실을 치우천은 지나족에게는 말해 주지 않고 치우비와 형요 자매, 도깨비 등에게만 일러 주었다.

모든 전사들은 카린족에게서 옷을 빌려 입고 무장을 단단히 갖추었다. 도깨비들도 나름대로 손에 익은 무기를 빌려 무장했는데, 몇몇 도깨비는 무장하는 방법이 상당히 독특했다.

예를 들면 보통 지나 전사는 칼이나 도끼 한 자루에 창이나 활 한 자루를 갖추었는데, 리미는 큰 도끼를 손에 들고 무엇에 쓰려는지 일할 때 쓰는 작은 도끼를 열 자루나 허리에 찼다. 마냥은 다른 무기는 건드리지도 않고 기다란 창을 열두 자루나 짊어졌으며, 싱카는 네 자루의 기다란 칼을 허리에 차고 또 활을 든 특이한 무장을 했다. 개르와 다른 도깨비들은 평범하게 다른 사람들과 비슷한 무장을 했다.

한참을 가다가 눈 덮인 산등성이에 오르자 무라가 조심스럽게 꼭대기에 올라가서 보더니 치우천과 끽구를 손짓해 불렀다.

"저기예요."

무라가 가리킨 곳은 거대한 얼음덩이가 폭포처럼 쏟아져 내리는 듯한 모습의 험준한 계곡이었다. 얼음 계곡의 기이하고 웅장한 모습은 뭐라 표현하기 힘들 만큼 장관이었다. 자세히 살펴보니 아래에 얼음 굴이 뚫려 있었다. 굴은 입구가 그다지 넓지 않아 많은 수의 사람들이 한꺼번에 들어갈 수 없어 보였다.

끽구는 고개를 절레절레 저으며 탄식했다.

"사방이 얼음덩어리이니 불을 지를 수도 없겠군. 굴이 좁고 깊어 보여 밖에서 연기를 피우고 불을 질러 봐야 소용도 없겠다."

신도 울루도 한마디 거들었다.

"안으로 들어가는 수밖에 없다. 많은 수가 들어갈 수 없으니 몇몇만 들어가는 수밖에. 치우천의 작전대로 하자."

치우천이 무라에게 물었다.

"굴은 저 한 곳으로만 뚫려 있습니까?"

무라가 적어도 서너 개의 굴이 통해 있을 것이라고 대답하자 치우천은 고개를 끄덕이며 제안했다.

"누루마이께서 나머지 굴을 지켜 주시면 어떨까요?"

치우천이 작전을 짜기는 했으나 지휘권이 있는 것은 아니었다. 원래는 상망이 지휘해야 옳았지만, 상망이 공손발 옆을 지키고 있어 함께 오지 못한 터라 지금은 끽구가 대장 격이었고 비휴와 신도 울루가 부장인 셈이었다. 물론 카린족은 누루마이와 무라의 지휘하에 있었다.

치우천의 제안에 누루마이가 대답했다.

"나도 전사일세. 먼 곳에서 오신 분들이 싸우는데 내가 어찌 지키고만 있겠는가? 같이 들어가겠네."

무라도 고개를 끄덕이며 말했다.

"우리 일이니 굴 입구도 함께 지키고 같이 들어가겠습니다."

사백 명 중에서 누루마이가 데리고 온 여전사들은 이백 명이었다. 누루마이가 부하를 네 무리로 나누어 네 명의 믿음직하고 나이도 지긋한 여전사에게 한 무리씩 맡겨 각각 굴 입구를 지키라고 명령하자 그들은 각자의 위치로 떠났다.

끽구는 전사들을 두 무리로 나누었다. 백 명씩 두 무리로 나누어 동굴 좌우를 지키게 하고 지휘는 비휴가 하도록 했다. 그리고 잘 싸우는 전사 스무 명을 골라 뒤를 따르게 했다. 무라는 이백 명의 여전사로 하여금 동굴 정면을 지키게 했다.

치우천은 몸이 빠른 형요 자매에게 각 무리들 사이의 연락책을 당부했고, 치베는 울라트와 도깨비들과 더불어 정면을 지키도록 했다. 치우 형제와 끽구, 신도 울루, 비휴와 누루마이, 무라는 스무 명 정도의 전사들과 함께 동굴 안으로 들어가기로 했다. 여전사들도 동굴로 들어가고 싶어 했으나 끽구가 그럴 필요는 없다고 했다.

그때 도깨비들 중 싱카가 입을 열었다.

"주인님, 도깨비 싱카가 말합니다. 저희도 주인님과 같이 가고 싶습니다. 주인님을 지켜 드리고 싶습니다."

치우비는 어떻게 해야 할지 몰라 치우천을 쳐다보았다. 치우천은 싱카의 재주가 대단한 것을 알았기에 싱카에게 좋다고 고개를 끄덕여 보였다.

"좋다. 하지만 모두 가기에는 수가 많으니, 리미, 마냥, 싱카 이 셋만 따라오고 나머지는 울라트와 함께 치베의 명령을 들어라."

치우천은 그들 셋의 특이한 무장이 흥미롭기도 했고, 특별한 재주가 있다면 괴물을 상대할 때 뭔가 도움이 될지도 모르겠다 싶어 그들만 따라오게 했다.

비휴가 부하들에게 명령했다.

"들어가면, 굴을 파라."

치우천은 괴물을 습격하여 제압할 수 있으면 제압하고, 그렇지 못할 때는 동굴 입구로 괴물을 유인하여 구덩이에 빠뜨린 후 불을 질러 공격한다는 계획을 세워 두고 있었다. 동굴 안으로 들어가는 사람들은 무기에 진주를 빻아 만든 가루를 발랐으며 동굴 안에서 싸울 계획도 세운 상태였다.

무라와 누루마이는 그것만으로 괴물을 쉽게 제압할 수 있을까 하는 의문을 갖고 있었다. 하지만 치우천은 잘될 것이라고 무라를 안심시켰다. 무라나 누루마이로서도 끽구, 치우비의 힘과 치우천의 머리를 믿는 것밖에는 다른 방법이 없었으며, 더 좋은 수도 떠오르지 않아 따를 수밖에 없었다.

동굴 안은 스산하고 깊었으며 온통 얼음뿐이었다. 신기하게도 불을 켜지 않았는데 동굴 전체에 은은한 빛이 감돌고 있어서 그리 어둡지 않았다. 동굴 어귀에서 준비를 갖춘 이후에는 말 한마디 없이 긴장하여 발소리도 크게 내지 않았다.

끽구와 치우비가 앞장서고 누루마이, 치우천과 도깨비 셋이 중간에, 신도 울루가 맨 뒤를 지켰다. 무라의 모습은 보이지 않았다. 조금 들어가자 굴은 덩치가 큰 치우비와 끽구가 나란히 지나갈 수 없을 정도로 좁아졌다. 신도 울루는 지나 전사들에게 손짓을 해 열 명의 전사들은 그곳에 남아 대기하라 일렀고, 열 명의 전사는 신도 울루의 뒤를 따랐다. 굴이 좁고 길어서 한꺼번에 많은 사람이 들어가기 힘들어서였다.

그렇게 구불구불한 얼음 동굴을 한참 걸어가다가 탁 트인 곳을 만났다. 치우비와 끽구는 긴장하며 뒤를 향해 손짓했다. 그때였다. 요란하게 외치는 괴이한 소리가 안에서 들려왔다. 카린 말 같았다.

사람들이 흠칫하는 사이 누루마이가 놀란 목소리로 말했다.

"놈은 우리가 온 것을 알고 있어! 누구냐고 묻고 있다!"

끽구가 기세를 꺾이지 않으려는 듯 먼저 지나 말로 외쳤다.

"괴물 놈아! 네놈이 행패를 부린다는 말을 듣고 나, 지나 화산족 끽구님이 오셨다!"

그 말에 화답하듯 안에서 낄낄거리는 소리가 들려왔다.

치우비와 끽구는 고함을 지르며 동시에 뛰어나갔다. 치우비는 큰 도끼를 들고 있었고, 끽구는 양손에 커다란 구리추를 들고 있었다. 둘이 달려 나가자 치우천과 도깨비들도 재빨리 안으로 달려 들어갔고, 신도 울루와 열 명의 전사도 뒤를 따랐다. 그들이 얼음 방으로 들어서는 순간, 모두가 헉! 하고 외마디 소리를 지르며 자신도 모르게 멈칫거렸다.

방 역시 얼음으로 이루어져 있었는데, 좁은 통로와는 달리 상당히 크고 넓었으며 천장도 높았다. 방의 중앙에 무라가 설명했던 괴물이 서 있었다. 괴물은 덩치가 커서 끽구만 했으며, 얼굴과 온몸이 온통 기다란 털로 뒤덮여 있어서 마치 성성이(오랑우탄) 같아 보였다. 그러나 몸의 비례는 사람과 똑같아서 기이하기 짝이 없는 모습이었다. 온몸이 털로 덮여 있으니 생김새도 알아볼 수 없었지만 덥수룩한 털 사이로 시뻘건 눈빛이 마치 불을 뿜는 것처럼 빛나고 있었다. 괴물의 몸은 이미 어느 정도 흐릿해진 상태였으니 누가 오는 낌새를 채고 주술을 부린 것 같았다.

사람들을 놀라게 한 것은 괴물의 모습 때문만은 아니었다. 방 안에는 괴물 혼자가 아니었다. 수많은 사람들이 함께 서 있었다. 쉰 명이 넘는 사람들의 반 이상은 여자들, 그것도 카린의 여전사인 듯했다. 그들은 얼굴이 새파랗게 질린데다가 눈이 흐릿하고 초점이 없어서 얼어 죽은 사람처럼 보였다. 무장을 하고 꼿꼿이 서 있었으며 무기가 없는 사람은 기다란 고드름을 들고 있었다.

누루마이가 놀라서 외쳤다.

"수냐! 자이냐! 그리다! 너희는 죽었는데!"

뒤따라 들어오던 신도 울루가 격노해서 소리를 질렀다.

"죽은 게 맞소. 저놈이……! 죽은 사람을 조종하는 거요!"

괴물의 웃음소리가 울려 퍼지자 동시에 치우 일행이 들어왔던 동굴 입구가 무너지기 시작했다. 동굴 입구 위쪽에 커다란 얼음덩어리들을 얹어 놓았다가 떨어뜨린 것이다.

"피해!"

치우비가 외치자 리미, 마냥, 싱카는 치우천을 몸으로 보호하며 구석으로 비켜섰다. 치우비와 끽구, 누루마이는 안으로 들어서 있었고 다른 사람들도 될 수 있는 대로 빠르게 몸을 피했지만 맨 뒤쪽에 있던 지나족 전사 두 명이 얼음덩어리에 깔리고 다섯 명은 안으로 들어오지 못했다. 지나 전사 세 명만 간신히 들어올 수 있었다. 괴물은 함정을 파고 기다리고 있었다.

미친 듯이 웃던 괴물이 귀청이 째지도록 고함을 지르자 얼어붙은 시체들은 느릿느릿 움직이며 사람들을 향해 무기를 휘두르며 달려들기 시작했다.

끽구가 어이없다는 듯이 외쳤다.

"제길! 혼자가 아니잖아!"

사태를 파악한 치우천이 다급하게 외쳤다.

"비야! 다른 자들은 놔두고 괴물에게 붙어!"

괴물을 물리치는 것이 급선무였기에 치우비는 몸을 날려 괴물에게 달려들었다. 그러나 몇 명의 얼음 시체들이 고드름을 휘두르며 앞을 막아섰다.

치우비가 도끼를 휘둘러 한 명의 얼음 시체를 옆으로 후려쳤는데 느낌이 이상했다. 살아 있는 사람의 몸을 친 것이 아니라 단단한 돌이나 얼음덩어리를 내려친 것처럼, 도끼날이 박히긴 했어도 날은 더 이상 들어가지 않았다.

치우비가 놀라 멈칫하는 사이 끽구가 요란한 고함과 함께 커다란 구리추를 내려치자 시체의 머리가 얼음덩어리 깨지는 소리를 내며 산산이 박살 났다. 살인지 피인지 모를 붉은색 얼음 조각들이 사방으로 날렸다. 피가 튀는 것보다 오히려 그 모습이 더 놀랍고 오싹했다.

끽구가 다급하게 외쳤다.

"전부 얼음덩어리들이다! 베지 말고 쳐서 부숴!"

치우비가 달려드는 한 명의 얼음 여전사를 발길질로 힘껏 내지르자 허리가 우지끈 하고 부러졌다. 끔찍한 광경이었지만 목숨을 걸고 싸우는 중이라 인정사정 봐줄 수 없었다.

치우비는 도끼를 돌려 쥐고 날로 찍는 대신 날등으로 후려갈기는 방법으로 몰려드는 얼음 시체들을 때려 부수기 시작했다. 끽구도 양손에 든 커다란 구리추를 휘두르며 앞으로 나아갔다. 끽구 뒤에 선 치우비 역시 끽구의 뒤를 보호하면서 나아갔다.

죽어서 조종받는 사람들 중 몇몇은 누루마이도 잘 알고 있던 여전사였다. 그들은 생전 기억이 전혀 없는 듯 인정사정없이 무기를 휘둘러 댔다. 그들이 싸우는 모습과 산산조각으로 부서지는 모습을 보자 누루마이는 극도로 분노가 치밀었다.

누루마이는 부들부들 몸을 떨다가 미친 듯이 고함을 질렀다.

"너희를 편히 쉬게 해 주마! 쑤앙마이시여! 힘을 주소서!"

누루마이는 함성을 지르면서 칼을 뽑아 들고 뛰어나갔다. 그녀가 지닌 칼은 치우천이 그녀에게 주었던 귀한 구리칼이었다. 세 명의 지나 전사도 있는 힘을 다해 싸웠다.

신도와 울루가 눈을 감고 자리에 주저앉으며 동시에 외쳤다.

"죽은 놈들은 우리, 귀신들을 부리는 자, 신도 울루가 맡는다! 잠시만 시간을 벌어 달라!"

치우비와 끽구는 벌써 예닐곱의 얼음 시체를 때려 부수며 괴물 쪽으로 다가가고 있었고, 다른 스무 명 남짓한 얼음 시체들이 옆으로 돌아서 신도 울루를 향해 다가왔다. 세 명의 지나 전사들이 신도 울루를 지키려고 막아섰으나 전사들이 지닌 무기는 아쉽게도 칼과 활뿐이었다. 꽁꽁 얼어 버린 얼음 시체들에게는 칼이나 화살이 먹히지 않아 그들은 이내 위험에 빠졌다.

치우비와 끽구의 뒤를 따르던 누루마이가 그것을 보고 허공을 몇 바퀴 돌며 날아가 지나 전사들을 구했다. 카린 여전사답게 누루마이의 움직임도 날렵하기 그지없었다. 누루마이의 구리칼은 예리하기 짝이 없었지만 얼음 시체들의 몸을 베기는 힘들었다.

안 되겠다 싶어 치우천이 외쳤다.

"리미! 마냥! 싱카! 저들을 도와라!"

치우천의 명령이 떨어지자마자 리미는 왼손으로 작은 도끼를 꺼내 힘껏 던졌다. 작은 도끼가 빙글빙글 돌며 매섭게 날아가 누루마이를 위협하던 얼음 시체의 머리를 단번에 박살 냈다. 마냥은 매서운 눈빛이 되어 양손으로 긴 창을 연달아 휙휙휙 던졌다. 마냥이 던진 창은 기막히게도 얼음 시체들의 다리나 발을 꿰뚫고 땅에 박혀 그들을 움직이지 못하게 만들었다.

지나족이나 주신 사람들은 창을 찌르거나 휘두르는 데 썼지, 던지면서 싸우지는 않았다. 멀리 떨어진 적과 싸울 때 활을 쏘는 것이 보통이었으나 마냥은 창을 휘두르기도 잘할뿐더러 그렇게 휘두르던 창을 던지는 재주도 놀라웠다. 리미의 도끼 던지는 재주도 흔한 솜씨가 아니었다.

앞선 자들 몇몇의 발이 붙들리자 얼음 시체들의 전진이 느려졌고, 그 틈에 지나 전사와 누루마이는 뒤로 물러서서 겨우 위기를 모면했다. 리미는 난폭하게 웃으며 자기 나라 말인 듯한 기이한 소리로 외치면서 도끼를 던져 댔다.

마냥이 붙들어 둔 자들의 머리는 리미가 던진 도끼에 맞아 속속 부서져 나갔지만, 그들의 발이 땅에 붙들려 있어 쓰러지지도 못하고 계속 길을 막았다. 얼음 시체들은 죽어 있는 터라 생각을 할 수 없는지 되돌아가지도 못하고 계속 그들의 뒤에서 웅성거렸다.

싱카가 활을 들고는 엄숙한 목소리로 크게 외쳤다.

"물러서십시오!"

싱카는 소리를 지르자마자 화살을 손에 들었다. 카린족이 사용하는 보통 활과 화살인지라 치우천은 의아해서 소리쳤다.

"화살은 소용없다! 싱카!"

싱카는 눈을 반쯤 감은 채 대꾸했다.

"주인님, 도깨비 싱카가 아그니의 아스트라*를 씁니다. 산 자들에게는 쓰면 안 되지만 사악한 힘으로 움직이는 얼음 시체이니 괜찮겠지요."

말하자마자 싱카는 화살을 겨눈 채 중얼중얼 기이한 주문을 외웠다. 화살 끝에서 붉은빛이 이글거리며 뿜어 나왔다. 싱카가 힘껏 활을 당겼다 놓자 화살은 불덩어리처럼 빛나며 몰려 있던 죽은 자들 가운데로 쏜살같이 날아갔다.

그 광경에 리미와 마냥, 누루마이는 물론이고 치우천마저도 놀라움을 감추지 못하고 입을 딱 벌렸다. 화살이 명중하면서 무서운 열기와 함께 폭발하며 스무 명이나 되던 얼음 시체들이 삽시간에 불길 같은 환한 빛과 함께 산산조각이 나 버렸다.

앞쪽에 있던 누루마이와 지나 전사들은 밝은 빛과 열기에 눈을 뜨지

* Astra. 고대 인도에서 사용되었다는 전투용 주문. 주로 신들의 이름을 따고 있으며 대개 화살에 신의 힘을 깃들여서 적을 공격했다고 한다. 불의 신 아그니의 힘을 빌린 아스트라는 아그니스트라, 가루다의 힘을 빌리면 가루다스트라, 죽음의 신 야마의 힘을 빌리면 야마스트라가 된다.

못하고 자신도 모르게 얼굴을 가렸다. 눈을 떠 보니 열두 명의 얼음 시체들이 부서지고 녹아서 흉한 모습이 되어 쓰러져 있었다. 리미와 마냥이 네 명의 얼음 시체를 박살 냈기에 남은 자는 넷밖에 되지 않았다. 누루마이와 지나족 전사들은 용기를 내어 그들을 하나씩 맡아서 열심히 싸우기 시작했다.

치우천은 싱카의 재주가 놀라워서 격려하려 했지만 싱카는 아스트라를 쓴 다음 힘이 빠졌는지 몸을 부들부들 떨며 서 있기조차 힘들어했다. 활은 무서운 기운을 이기지 못해 박살이 났으며 싱카의 손에도 화상을 입혔다. 싱카는 자신이 믿는 불의 신, 아그니를 불러내는 아스트라를 썼는데 힘이 너무 강해서 부작용을 일으킨 것이다.

얼음 시체들이 많이 부서졌지만 여전히 많은 자들이 다가오고 있었다. 리미는 마지막 남은 손도끼 두 개를 던져서 두 명의 죽은 자들을 박살 냈다. 마냥의 창도 두 자루밖에 남지 않았다. 마냥은 싱카를 치우천에게 맡기고 두 자루의 창을 양손으로 무섭게 빙빙 돌렸다. 리미와 마냥은 고함을 지르면서 다가오는 얼음 시체들을 향해 뛰어들었다. 리미는 자신이 믿는 오딘* 신을 찾았고, 마냥은 먼 조상신인 우니베케르를 찾았다. 둘 다 전투의 가호를 비는 마음만은 똑같았다.

치우천도 죽은 자가 쓰던 고드름을 주워 들고 힘껏 휘둘러 싱카를 지켜 주었다.

그 틈에 치우비와 끽구는 맹렬한 기세로 괴물을 향해 똑바로 전진했다. 두 사람의 힘은 엄청나 그들의 손에만도 벌써 열한 명의 얼음 시체가 산산이 부서져 버렸다.

---

* Odin. 북유럽 신화의 주신. 북부 게르만족과 아이슬란드, 노르웨이 등에서 믿었던 신으로 게르만 신화에서는 보탄(Wotan)으로도 불린다. 외눈에 창을 든 용감한 전사로 세상 최후의 전쟁(라그나뢰크)을 대비하여 용감하게 싸우다 죽은 전사들의 영혼을 발할라에 모은다고 한다.

괴물은 끽구와 치우비의 힘이 대단하며, 또 기이하게 생긴 도깨비들의 재주도 남다른 것을 보고 화난 소리를 지르면서 털북숭이 손을 맞잡고 중얼중얼 주문을 외웠다.

먼저 다가간 끽구가 무서운 기세로 오른손의 구리추를 휘둘렀다. 끽구의 구리추가 괴물의 머리를 정확하게 맞혔는데도 맞은 감이 없었다. 맞혀도 소용없다는 것을 들어서 알고 있었지만 실제로 자신의 공격이 그렇게 허망하게 빗나가자 끽구는 화가 치밀었다.

괴물이 팔을 휘둘러 끽구를 후려쳤다. 끽구는 반사적으로 왼손의 구리추로 괴물의 팔을 막으려 했으나, 괴물의 손이 구리추를 통과하여 어깨를 후려갈기는 것 아닌가! 괴물의 손은 안개처럼 흐릿했는데도 끽구는 돌덩이라도 맞은 듯 고통을 느끼며 비명을 질렀다.

그 소리에 놀라 치우비가 달려들면서 도끼를 휘둘렀다. 그러나 괴물의 어깨를 내려찍은 도끼 역시 허무하게 허공을 스쳤을 뿐이다. 치우비도 이 정도로 느낌이 없을 줄은 몰랐던지라 당황했지만 즉시 자세를 틀어서 끽구의 뒤를 노리고 달려들던 얼음 시체 하나를 옆으로 후려쳐 부수며 외쳤다.

"끽구님! 조심!"

"제길! 우라지게 아프군! 정말 괴물이다!"

끽구는 어깨를 맞고 조금 뒤로 물러섰지만 전혀 기세가 꺾이지 않고 오히려 화를 내며 얼음 시체들을 때려 부쉈다. 괴물은 괴성을 지르면서 끽구를 덮치려 했다. 그 순간 치우비와 끽구가 눈짓을 주고받았다.

괴물이 양손을 내리뻗어 치우비와 끽구를 동시에 내려치자, 치우비와 끽구는 뒤로 물러서서 피할 수 있는데도 "얍!" 하며 소리를 내지르고는 온몸에 힘을 넣어 괴물의 손을 그대로 받았다. 괴물은 자신의 공격을 그들이 몸으로 그냥 받아 내리라고는 생각지 못했던 터라 의아한 표정을 지었다. 그때였다. 끽구의 부푼 털옷이 젖혀지며 무엇인가 뛰쳐나와 괴물의 아랫도리를 공격했다. 무라였다.

끽구는 보통 사람의 세 곱절은 됨 직한 체구를 지닌 거한이었다. 그래서 치우천은 끽구의 등 뒤에 무라가 숨어 있도록 했던 것이다. 그런 까닭에 끽구는 아주 큰 털옷을 입었으며, 동굴에 들어서면서 무라는 괴물의 눈을 피해 끽구의 등에 매달려 있었다. 무라만이 괴물에게 타격을 줄 수 있었기에, 숨어서 괴물의 허를 노려 일격에 급소를 치려고 했던 것이다.

그런 이유로 끽구와 치우비는 괴물의 공격을 그대로 몸으로 받았고, 그 순간을 기다려 무라는 특유의 나는 듯한 몸놀림으로 끽구의 등에서 내려 끽구의 가랑이 사이를 미끄러지듯 지나 괴물을 공격한 것이다. 그리 보기 좋은 공격이 아닌지라 계획할 때부터 무라나 다른 사람도 쑥스럽게 여겼지만 치우천은 이런저런 방법을 따질 때가 아니라고 주장하며 작전을 밀어붙였다.

치우비와 끽구는 괴물의 공격을 받아 견디기가 힘들었으나 그 틈에 무라의 주먹은 괴물의 아랫도리 급소를 정통으로 후려쳤다. 찢어지는 듯한 비명을 지르는 괴물은 일순 힘이 빠지는 것 같았다. 무라는 틈을 놓치지 않고 보이지 않을 정도로 빠르게 움직이며 괴물의 얼굴을 주먹으로 네 대나 후려갈기고 세 번이나 발길질을 했다.

치우비와 끽구는 괴물에게 맞아 아프긴 해도 무라가 괴물을 칠 때마다 퍽퍽 소리가 들리면서 제대로 주먹과 발길질이 먹혀 들어가자 통쾌했다. 괴물이 고통스러운 비명을 지르면서 무라를 향해 번개같이 팔을 내뻗었지만 끽구가 기합을 넣으며 사이에 끼어들었다. 끽구는 괴물의 일격을 무라 대신 자기 팔로 막아 내면서 비명을 질렀으나 무라는 덕분에 공격을 피해 괴물의 뒤통수에 멋진 발길질을 날렸다. 괴물은 화가 나

무라를 향해 달려들었다. 끽구가 또다시 괴물을 막으려 했지만 괴물은 획 하고 끽구의 몸을 통과해 버렸다.

치우비가 다급하게 외쳤다. 치우천은 한 번의 공격으로 괴물이 쓰러지리라 생각하지 않았기에 다음 단계 작전도 구상해 두었는데, 치우비는 그에 맞춰 다음 단계로 이행하려던 참이었다.

"끽구님! 괴물의 눈을 가리세요!"

그러면서 곧바로 도끼를 휘둘러서 괴물의 얼굴을 집중적으로 공격했다. 괴물의 얼굴을 맞히려는 것이 아니라 괴물의 눈앞을 가려서 앞을 보지 못하게 하려는 것이었다. 끽구도 양손으로 구리추를 번갈아 휘두르며 괴물의 눈을 가리는 데 전력을 다했다. 제아무리 날고뛰는 괴물이라도 눈앞이 가려져 있는데 어떻게 앞을 볼 수 있겠는가. 그러니 도저히 무라를 쫓아 맞힐 수 없었다.

괴물 또한 날래서 미친 듯 방해하는 치우비와 끽구를 공격하려 했다. 그러나 치우비와 끽구는 보통 사람과는 차원이 다른 뛰어난 싸움 기술을 지니고 있었다. 둘은 세 개의 무기로 교묘하게 번갈아 가며 피하고 또는 서로를 도와 괴물의 얼굴만을 집중적으로 가렸다. 예사로 구경하기 어려운 기이한 싸움이었다.

그사이 무라는 맹렬한 기세로 몸을 움직이며 괴물의 몸을 여기저기 후려갈겼다. 괴물은 끈질겼다. 무라에게 수십 대를 얻어맞았는데도 고통에 찬 비명만 지를 뿐 쓰러질 기미는 보이지 않을뿐더러 오히려 몸놀림이 빨라졌다. 치우비와 끽구는 괴물의 눈을 가리는 힘겨운 싸움을 하면서 괴물에게 계속 얻어맞을 수밖에 없었다. 치우비와 끽구, 무라 셋은 있는 힘을 다 짜내고 있는 터라 이대로는 지쳐서 오래 버틸 수 없을 것 같았다. 치우비와 끽구가 쓰러진다면 무라 혼자서는 절대 괴물을 감당할 수 없었다. 괴물이 먼저 쓰러지느냐, 치우비와 끽구가 먼저 쓰러지느냐의 지구전이면서 한순간의 실수도 용납되지 않는 피 말리는 싸움이었다.

그때 신도 울루가 가슴을 탕탕 치면서 입술을 깨물어 피를 내고 마지막 주문을 외웠다. 그러자 주변에서 연기가 일어나듯 부옇게 몇몇 희미한 모습들이 나타나기 시작했다. 귀신과 같은 흐릿한 형체들이었는데, 희끄무레하고도 푸르스름한 빛을 띠고 있어 하나같이 음산하고 섬뜩해 보였다.

그 무렵 지나 전사 중 두 명은 벌써 얼음 시체들에게 맞아 쓰러지고 누루마이와 한 명의 지나 전사, 그리고 리미와 마냥만이 버티고 있었다. 치우천은 버티기 힘들어지자 싱카를 끌고 신도 울루의 곁으로 가 있었으며 싸우는 네 사람은 신도 울루의 주위를 지키며 보호하고 있었는데 한 사람이 네다섯의 얼음 시체를 상대해야 했기에 급박한 상황이었다.

신도 울루가 불러낸 희미한 형체들이 끼악끼악 하는 비명을 지르면서 얼음 시체들의 몸을 에워싸는가 싶더니 빨려 들어가듯 얼음 시체의 몸속으로 들어갔다. 그러자 얼음 시체들이 갑자기 동작을 멈추고 몸을 핑그르르 돌리면서 쓰러져 갔다.

신도 울루가 대뜸 외쳤다.

"제길! 저놈의 주술이 만만치 않구나! 얼음 시체를 조종하려 했는데, 잘 안 되는군!"

신도 울루가 불러낸 것은 악귀들로, 죽어서 방황하는 영혼이었다. 그런 악귀들을 얼음 시체들의 몸에 넣어 역으로 조종하려 한 것인데, 악귀의 힘과 괴물의 조종하는 주술의 힘이 비슷하여 아무도 그들을 조종할 수 없게 되자 쓰러져 버린 것이다.

그런 내막을 짐작할 수는 없었지만 신도 울루를 격려하듯이 치우천이 소리쳤다.

"얼음 시체를 못 움직이게 하는 것만도 대단합니다! 더 불러내십시오!"

신도 울루는 혀를 깨물어 피를 내고는 들고 있던 복숭아나무 몽둥이에 발라 땅을 향해 가리키며 주문을 외웠다. 그러자 더 많은 숫자의 악귀들이 땅에서 솟아나오기 시작했다.

누루마이가 째지는 비명을 질렀다. 치우천이 놀라서 바라보니 무라가 나가떨어지는 참이었다. 치우비와 끽구가 힘이 빠져 몸이 둔해지자, 괴물이 마침내 무라에게 혼신의 일격을 가했던 것이다. 어마어마한 일격을 받은 무라는 한참이나 뒤로 미끄러져 나가다가 쓰러져 정신을 잃었다.

치우비와 끽구는 당황하여 뒤로 물러섰다. 무라가 쓰러졌으니 괴물을 칠 방법이 없었기 때문이다. 치우비가 재빨리 움직여서 무라를 들어 옆구리에 끼웠고 끽구는 괴물을 향해 위협하듯 구리추를 휘두르며 물러섰다. 괴물은 무라에게 수십 대를 얻어맞은 터라 화가 머리끝까지 나 있었다. 치우비는 무라를 끼고 형의 옆으로 가고, 리미와 마냥도 양옆에 섰다. 끽구도 쓰러진 지나 전사를 잠시 살폈으나 그 둘은 이미 참혹하게 죽어 있었다.

남아 있던 십여 명의 얼음 시체들이 주위를 포위하듯 에워쌌다. 신도 울루는 다시 십여 마리의 악귀를 불러내었고, 악귀들과 얼음 시체들이 서로 대치하고 있었다. 돌연 괴물이 주문인지 괴성인지 모를 소리를 미친 듯 질렀다. 얼음벽 여기저기에 쩍쩍 금이 가고 갈라지면서 새로운 얼음 시체들이 벽을 부수고 나타나기 시작했다. 괴물이 죽인 자들을 얼음벽에 숨겨 두었던 것이다.

신도 울루가 얼음 시체들을 대부분 쓰러뜨리자 괴물은 남아 있던 얼음 시체들을 전부 불러낸 것인데, 그 수가 아까보다 훨씬 많았다. 도대체 괴물이 그동안 얼마나 많은 사람을 죽여 부려 왔는지 가늠할 수도 없었다. 이제 무라가 힘을 잃어 괴물을 상대하기 어려워졌는데, 그토록 많은 얼음 시체들이 또 나타나자 사태는 절망적으로 보였다.

괴물이 손가락을 들어 치우 일행을 가리키며 서툰 지나 말로 말했다. 괴물이 입을 열어 말하자 섬뜩한 기운이 맴돌았다.

"지나 놈들, 감히 내 일에 끼어들어? 지나 화산족 놈이 여기까지 왜 온 거냐?"

끽구 대신 신도 울루가 외쳤다.

"너 같은 더러운 괴물 놈은 어디까지든 쫓아가 없애 버릴 것이다!"

괴물이 음산하게 웃었다.

"괴물? 괴물? 나보고 괴물이라?"

그러다가 괴물은 갑자기 멍한 표정으로 말을 이었다.

"그래, 난 괴물이다. 괴물이 되어 버렸다. 이대로…… 이대로 괴물로는 살 수 없어!"

무라의 숨소리가 가쁘고 몸도 차가워졌다. 치우비는 무라가 괴물에게 당해 죽게 되었다고 생각하니 화가 치밀어 올랐다. 치우비가 주신 말로 외쳤다.

"그럼 죽어 버렷!"

괴물은 그 말을 듣고 의아한 듯 말했다.

"너는 주신 놈이구나. 허, 나를 상대하려고 온 세상 영웅들이 모인 건가? 하하, 그래도 나를 당하지 못한다. 지금이라도 늦지 않았으니 무라라는 계집을 내게 넘겨라. 아니면 다 죽여 버리겠다."

치우천도 화가 나서 쩌렁쩌렁한 목소리로 외쳤다.

"헛소리 마라! 무라는 우리 벗이다! 너 같은 괴물에게 넘겨줄 수 없다!"

누루마이는 눈물을 흘리며 독한 목소리로 외쳤다.

"너 같은 괴물에게 넘겨주느니 내 손으로 죽이겠다!"

그러면서 칼로 무라의 목을 겨누자 괴물이 다급하게 외쳤다.

"안 된다!"

치우천은 재빨리 생각을 굴렸다.

'저 괴물에게는 약점이 없다. 무라가 쓰러진 지금에는 방법이 없어. 저 괴물은 살아 있는 무라가 필요한 것이 분명하다. 그것을 약점으로 잡는 수밖에 없다!'

마음을 다잡은 치우천이 말했다.

"우리는 어차피 네 손에 죽을 테니, 다 같이 죽겠다. 너처럼 사악한 괴물에게 득이 되는 일은 하지 않겠다."

"그런 소리 마라! 나라고 괴물이 되고 싶어 된 줄 아느냐?"

"무슨 소리냐?"

괴물이 다가오려 하자 치우천은 재빨리 누루마이에게 눈짓을 했다.

누루마이는 무라의 목을 찌를 듯 칼을 들이댔다. 그러자 괴물이 멈칫하며 말했다.

"제길! 나는 선인이었다. 세상을 위해 악한 괴물을 없애려다가 놈에게 당해 되레 괴물이 된 것이다."

"네놈이 악한 괴물이지, 누가 악한 괴물이라는 거냐?"

어이가 없다는 듯이 괴물이 킥킥거리며 웃었다.

"너희는 내가 누군지 아느냐? 흐흐, 모르겠지. 너희도 대단한 놈들이지만, 나는 너희보다 훨씬 더 대단한 영웅이었다. 도를 닦은 선인이었다. 나는 괴물을 물리치려 여기 왔고 괴물을 죽였지만 괴물의 피를 뒤집어써서 똑같은 괴물이 되어 버렸다……."

치우천은 적이 놀랐다.

'그래서 선인이었던 저놈이 타락하여 괴물이 된 것이구나.'

끽구가 으르렁거리며 외쳤다.

"지금 네 모습을 한 괴물을 네가 죽였단 말이냐? 네가 무슨 수로 괴물을 죽일 수 있었지? 난 믿지 못하겠다!"

"하하, 얄팍한 수를 부리는 거냐? 원래 괴물은 나만큼 강하지 못했다. 나는 달라. 나는 선인이었기 때문에 많은 주술을 알고 있다. 지금의 주술도 그중 하나일 뿐이야. 괴물을 죽일 때 썼지. 그러니 너희는 죽어도 나를 당할 수 없다!"

사람들이 아연해지자 괴물이 다시 말했다.

"지금이라도 늦지 않았다. 나는 원래 달의 정기를 받고 태어난 사람이었기에 같은 달의 정기를 받은 여자의 기를 모으면 괴물의 더러운 기운을 이겨내고 도로 사람이 될 수 있다. 괴물의 모습을 벗을 수 있단 말이다! 그러니 여자를 내놓아라. 그러면 목숨만은 살려 주겠다."

치우천이 냉랭하게 코웃음 치며 외쳤다.

"헛소리!"

"거짓말이 아니다!"

"네가 달의 정기를 받으면 괴물의 모습에서 벗어날 수 있다고? 네가 사람의 모습으로 돌아온다 해도 똑같은 괴물이다. 아니, 더 흉악한 괴물이 될 것이다. 절대 그렇게는 못한다!"

치우천은 외치면서 끽구의 옷자락을 괴물이 보지 못하게 슬쩍 잡아당겼다. 끽구의 눈이 치우천을 향하자 치우천은 손가락으로 얼음 굴의 막힌 곳을 가리키며 밀어내는 시늉을 했다. 굴의 막힌 곳을 뚫어 보라는 의미였다. 그러면서도 치우천은 계속 괴물에게 소리쳤다.

"모습이 괴물이어서 괴물이라 부르는 것이 아니다! 네 마음이 괴물이다! 네 말을 들어 보니 아직 정신은 멀쩡하지 않느냐?"

"멀쩡하다고? 멀쩡하다고? 네가 내 모습이 되어 보아라! 멀쩡한 정신으로 있을 수 있겠느냐, 응?"

"너는 수많은 사람들을 죽이지 않았느냐?"

"그들이 먼저 덤볐다."

"무라를 빼앗으려 하지 않았어도 사람들이 너에게 덤볐겠느냐? 너는 사람들을 해쳐서 무라를 협박했고, 그렇게 무라를 얻으려 했다. 더구나 죽인 사람들을 너는 사악한 힘을 써서 저렇게 걸어 다니는 얼음 시체로 만들기까지 했어! 네가 한 짓은 절대 용서받을 수 없다!"

치우천이 외치며 손짓으로 끽구를 불렀다. 그러고는 신도 울루에게 고개를 돌렸다.

"신도 울루님은 귀신을 다스릴 수 있는 선인 아닙니까? 저놈의 한 짓이 용서받을 수 있다고 생각합니까?"

신도 울루가 단호하게 외쳤다.

"절대 용서할 수 없다! 사람은 죽으면 흙으로 돌아가야 하는 법! 너는 선인이라면서 자연의 뜻을 어겼다!"

누루마이도 눈물을 흘리며 이를 갈았다.

"죽은 사람들을 우리 손에 다시 죽게 만들다니! 네놈을 용서할 수 없어!"

모두가 몰아붙이자 괴물이 절규했다.

"나는…… 괴물로 죽고 싶지 않았어! 선인으로 돌아가고 싶다! 얼음 시체를 만들고 싶지는 않았지만 무라는 부족장이고 따르는 자가 수도 없으니 나를 지키기 위해서는 어쩔 수 없었어!"

신도 울루가 계속 몰아붙였다.

"아무리 급하다 하지만 할 짓과 못할 짓이 있는 법! 그런 짓을 하게 되었으니 죽음으로 갚을 수밖에 없다!"

그 사이를 틈타 치우천은 끽구에게 속삭였다.

"끽구님, 제가 발을 구르면 얼음 굴을 무너뜨리십시오. 두 번째 작전을 씁시다."

끽구는 고개를 끄덕였다. 말을 마치자마자 치우천은 치우비에게 속삭였다. 신도 울루가 우렁차게 소리 지르는 틈을 탄 것이다.

"네가 괴물을 맡아라. 급하니 무라님의 몸을 써라!"

치우비는 곧 의아한 표정이 되었다. 괴물은 선인이었을 때 알던 주술을 써서 무적의 몸이 되었다지만, 달의 정기를 받고 태어난 사람이어서 똑같이 달의 정기를 받고 태어난 무라의 몸이라면 정상적으로 타격을 줄 수 있었다. 바꿔 말해 무라의 몸을 사용하면 괴물에게 타격을 줄 수 있는 것이다. 하지만 무라는 죽지도 않았을뿐더러, 사람의 몸을 어떻게 무기로 이용한단 말인가? 설마하니 무라의 몸을 휘둘러 괴물을 치란 얘기는 아니겠지? 치우비의 의아해하는 표정을 보고 치우천이 말했다.

"무라님의 팔만 써서 목을 졸라 봐라! 네가 괴물을 어떻게든 막지 못하면 빠져나갈 수가 없다!"

치우비는 그제야 고개를 끄덕였다. 무라의 몸을 무기로 사용할 수는 없지만 팔만 쓰는 것은 해 볼 만했다. 치우천은 치우비가 고개를 끄덕이자마자 발을 구르며 외쳤다.

"리미! 마냥! 공격해라!"

치우천의 말이 떨어지자 리미와 마냥은 도끼와 창을 휘두르며 얼음 시체들을 공격하기 시작했다. 신도 울루가 불러낸 악귀들이 한 무더기의 얼음 시체들을 쓰러뜨렸으며, 신도 울루는 또다시 악귀를 불러내기 시작했다. 누루마이와 홀로 남은 지나 전사도 죽을힘을 다해 싸웠다. 그 사이 끽구는 출구를 막아 버린 거대한 얼음덩어리를 밀어붙이기 시작했다.

사람들이 빠져나가려 하자 괴물은 화를 내며 몸을 흐릿하게 만들어 달려왔다. 치우비가 무라의 몸을 안고 뛰쳐나가 무라에게서 배운 몸놀림으로 괴물의 뒤로 번개같이 돌아가려 했다. 그러나 괴물은 몸을 번득이며 치우비에게 등을 보이지 않았다.

그때였다. 치우천이 고함을 지르며 칼을 쥐고 달려들었다. 치우천의 칼은 괴물을 칠 수 없었지만 고함 소리가 너무도 커서 괴물은 자신도 모르게 흠칫하며 몸을 굳혔다. 치우비는 그 틈을 타서 괴물의 뒤로 돌아갔지만 괴물은 치우천을 후려치려고 했다.

"형!"

치우비는 급한 나머지 무라의 팔을 쥔 채 괴물의 등줄기를 후려쳤다. 정신을 잃고 있기는 했어도 무라의 몸이 정말 괴물에게 타격을 주었는지 괴물은 헉, 하며 앞으로 움찔 밀려 나갔다. 그러나 오히려 괴물을 치우천에게 몰아붙인 셈이 되어 괴물의 손이 금방이라도 치우천에게 닿을 것 같았다. 그것을 본 마냥이 마지막으로 손에 들고 있던 창을 휙 던졌다. 창은 정확히 괴물과 치우천 사이에 꽂혔고 놀란 괴물은 일순 치우천을 내려치지 못하고 주춤거렸다.

그 순간 지쳐 쓰러져 있던 싱카가 마지막 남은 힘을 모아서 허리의 칼을 풀어 놓으며 주문을 외우자 네 자루의 칼이 허공에 떠 올랐다. 그러나 기운이 부족한 듯 두 자루는 다시 땅에 떨어져 내렸고, 남은 두 자루의 칼만 허공을 날아서 괴물의 머리 위를 춤추듯 노렸다. 비록 칼에 힘이 하나도 없어서 위협이 될 수는 없었지만 괴물은 칼이 저 혼자 날아 자신의 얼굴을 노리자 반사적으로 신경을 그리 쏟았다. 치우천은 재빨리 물러섰다. 괴물의 정신이 혼란해지자 치우비는 고함을 지르면서 무라의 팔을 들어 재빨리 괴물의 목을 감은 뒤 자신의 팔로 무라의 팔을 눌러 조였다.

"허억!"

괴물은 목이 졸리자 고통스러운 듯 비명을 질렀다. 치우비는 팔에 느낌이 오자 더욱 힘을 가했다. 괴물은 고통스러워 몸부림을 쳤다. 괴물의 키는 치우비보다 약간 큰 편으로 끽구와 비슷했고, 괴물이 이리저리 몸을 휘두르자 치우비와 무라의 몸은 거기에 휘둘려 이리저리 깃발처럼 펄럭이듯 흔들렸다.

괴물의 힘은 대단했다. 치우비는 더 힘을 주어 괴물의 목을 꺾어 버리려 했지만, 무라의 팔에서 심상치 않는 느낌이 왔다. 이 이상 힘을 주면 무라의 팔이 부러지거나 으스러질지도 몰랐다. 더구나 괴물이 잠시도 가만히 있지 않고 날뛰는지라 매달려 있기조차 어려운 판국이었다.

치우천이 소리 높이 외쳤다.

"비야! 조금만 더! 끽구님! 서둘러요."

끽구는 온몸의 핏줄이 곤두선 무서운 형상이 되어 죽을힘을 다해 얼음덩어리를 밀어냈다. 우직우직 소리가 날 뿐 얼음덩어리는 움직이지 않았지만, 신도 울루가 가세하자 굴 입구를 막고 있던 얼음덩어리가 조금씩 움직이기 시작했다.

싱카가 더는 버티지 못하고 엎어져 헐떡였다. 두 자루의 칼이 힘을 잃고 땅에 떨어졌다. 누루마이와 리미, 마냥은 죽을힘을 다해 얼음 시체들과 싸우고 있었는데 온몸에 크고 작은 상처를 입고 있었다.

괴물은 치우비를 떼어 내기 위해 풍차처럼 몸을 휘둘러 돌다가 급기야는 동굴 벽에 치우비의 등을 거세게 부딪쳐 갔다.

"어이쿠!"

치우비는 얼음 동굴 벽에 부딪히자 눈에서 불이 번쩍 튀었다. 괴물은 방향을 바꾸어 이번에는 뾰족하게 튀어나온 바위가 있는 곳으로 등을 부딪쳐 가는 것이 아닌가? 손을 풀지 않으면 자신과 무라는 바위에 찔려 죽을 것 같았다. 치우비는 손을 풀어 무라의 몸을 안은 채 땅을 몇 바퀴 굴러 괴물에게서 떨어져 나갔다. 두어 명의 얼음 시체가 앞을 막아서자 치우비는 왼팔과 다리를 휘둘러서 둘을 동시에 부숴 버렸다.

치우천은 치우비가 더 버티지 못하는 것을 보고는 소리쳤다.

"비야, 이쪽으로!"

끽구와 신도 울루에 의해 얼음덩어리는 서서히 밀려나 출구에 틈이 보이기 시작했다. 그러나 서로 들러붙는 얼음의 성질 때문에 더 이상은 아무리 힘을 주어도 열리지 않았다. 치우비는 에에잇! 소리를 지르면서 무라의 몸을 왼편에 끼우고 있는 힘을 다해 오른쪽 어깨로 얼음 시체들을 밀어붙였다. 과거 유망의 막사 안에서 형천이 썼던 기술을 흉내 낸 것이다. 세 명이나 되는 얼음 시체들은 치우비의 어깨에 맞아 박살이 나면서 길이 뚫렸다.

치우비는 출구를 막았던 얼음덩어리가 움직이자 얼음 시체를 박살 낸 기세를 몰아 달려갔다. 치우비는 달려가면서 무라의 몸을 치우천에게 던졌다. 치우천은 힘겹게 무라의 몸을 받아 안았다. 그리고 치우비는 고함 소리와 함께 얼음덩어리를 그대로 어깨로 밀어붙였다.

쾅! 소리가 나며 거대했던 얼음덩어리에 금이 가면서 반 바퀴 굴렀다. 아까 얼음덩어리에 깔렸던 지나족 전사들의 참혹한 시체가 보였지만 돌아볼 경황조차 없었다. 출구가 열리자 치우천이 소리쳤다.

"빠져나갑시다!"

출구 저편에는 아까 막혀 들어오지 못했던 다섯 명과 중간에서 기다리다가 소리를 듣고 달려온 열 명까지 열다섯 명의 전사들이 남아 있었다. 그들은 입구가 열리자 용감하게 안으로 뛰어들었다.

일행을 마구잡이로 쳐 죽이려는 듯 달려들고 있는 괴물을 보자 새로 들어온 전사들은 놀라면서 괴물을 공격하기 시작했다. 괴물은 출구가 열리자 놀라기도 하고 화도 나 엄청난 힘으로 새로 들어온 두 전사의 얼굴을 단숨에 후려쳐 목을 부러뜨렸고, 다른 한 전사의 허리를 꺾어 버렸다.

허나 그들이 잠시 앞을 막는 사이, 치우천과 무라, 누루마이 등은 동굴에서 빠져나갈 수 있었다. 신도 울루와 도깨비들이 다음으로 나갔고 마지막으로 끾구와 치우비가 나머지 전사들이 안전하게 빠져나갈 수 있도록 뒤를 막아 시간을 벌어 주었다.

괴물은 다급했는지 땅에 떨어진 구리몽둥이 한 자루를 집어 들고 휘두르기 시작했다. 아무리 괴물의 힘이 강해도 맨손으로는 힘이 센 끾구나 치우비를 단숨에 때려 죽일 수 없었기에 무기를 쓰려고 한 것이다.

치우비가 호기 있게 외쳤다.

"좋다! 해보자!"

괴물이 무기를 휘두르자 치우비는 도끼로 일일이 괴물의 공격을 막아 냈다. 괴물의 몸은 안개 같아서 막을 수 없었으나 무기는 막을 수 있었다. 괴물의 솜씨도 상당했지만 괴물이 익힌 것은 몽둥이 쓰는 법이 아니라 칼 쓰는 법에 가까워 치우비는 오히려 상대하기가 쉬웠다.

치우비는 궁금증이 일었다.

'이 녀석은 칼 쓰는 법에 익숙한 것 같은데 왜 몽둥이를 집었을까? 칼도 많이 떨어져 있는데?'

괴물은 이래서는 안 되겠다는 듯 몇 수 겨루다 몽둥이를 내던졌다. 잠시 동안이지만 그 틈에 다른 사람들은 동굴을 한참이나 빠져나갈 수 있었다. 치우비는 괴물이 몽둥이를 버리자 몸을 돌려 달아나기 시작했는데 이번에는 끾구가 앞을 막아서며 괴물의 공격을 몸으로 받아냈다. 괴물의 공격은 지독하여 보통 사람은 한 방만 정통으로 맞아도 죽을 만큼 위력이 강했지만 끾구는 죽을 각오로 몸에 힘을 주면서 버텼다.

끽구가 윽, 하고 비명을 지르자 치우비가 외쳤다.

"괜찮습니까?"

"버틸 만하니 어서 가!"

동굴의 통로가 좁아서 끽구와 치우비가 나란히 갈 수 없었다. 결국 뒤에 남은 끽구가 괴물의 공격을 고스란히 받으며 물러설 수밖에 없었다. 동굴을 빠져나올 때까지 끽구는 괴물의 타격을 네 번이나 받고 다리를 휘청거렸다.

치우비와 끽구가 마침내 동굴을 빠져나오자 치우천이 외쳤다.

"빨리 물러서라!"

끽구와 치우비가 물러서는 순간, 수많은 화살이 소나기처럼 동굴 입구를 향해 날아들었다. 치베와 형요 자매가 대신 지휘하는 무라족의 여전사들이 화살을 퍼부었다. 그러나 괴물은 아랑곳하지 않고 동굴 밖으로 뛰쳐나왔다. 화살은 하나도 괴물을 맞히지 못했을 뿐만 아니라 적의 수가 불어난 것 따위는 신경도 쓰지 않았다.

비휴가 때맞춰 신호를 하자, 동굴 양옆에 있던 수십 명의 전사들이 긴 밧줄을 잡아당겼다. 그러자 괴물이 서 있던 곳의 땅이 열리면서 괴물은 구덩이 안으로 빠지고 말았다.

비휴는 구덩이를 파놓고 위를 나무판자로 덮은 다음, 덮개에 끈을 달아 양쪽에서 잡아당기면 땅이 열리게 하는 장치를 해 두었던 것이다. 위에 눈을 뿌려 보이지 않게 했으니 괴물도 전혀 눈치채지 못했다.

괴물이 구덩이 안에 빠지자 화살에 불을 붙여 두고 있던 치베가 재빠르게 불화살을 구덩이로 쏘아 날렸다. 구덩이 안에 뿌려 놓았던 수십 동이의 기름에 불이 붙었고 거대한 불길이 폭발하듯 일어나 사방을 붉게 물들였다. 불구덩이의 열기는 대단해서 가까이 있던 치우비와 끽구는 손으로 얼굴을 가려야만 했다. 여전사들과 지나 전사들은 괴물을 잡는데 성공한 줄 알고 활을 내던지며 환호성을 질렀다.

그것을 보고 치우천이 외쳤다.

"아직 괴물이 죽었는지 모르니 무기를 버리지 말……."

치우천의 말이 채 끝나기도 전에 구덩이 속에서 활활 타오르는 불덩이 하나가 훌쩍 뛰어올랐다. 불덩이는 가까이에 있던 끽구를 덮쳤다. 끽구는 깜짝 놀라 구리추를 휘둘러 불덩이를 막으려 했지만 구리추는 불덩이를 허무하게 통과해 버렸다. 괴물이었다.

괴물은 불이 붙은 채로 끽구의 몸을 얼싸안았고 끽구는 몸에 불이 붙자 비명을 질렀다. 그것을 보고 곁에 있던 치우비가 급히 주위에 있던 커다란 눈 뭉치를 들어 끽구에게 던졌다. 눈 뭉치가 부서지자 끽구의 몸에 붙은 불은 금세 꺼졌지만 덩달아 괴물의 몸에 붙었던 불도 꺼지고 말았다.

괴물은 치우비에게 달려들었다. 치우비는 어떻게 상대해야 하는지 알 수 없어 급히 뒤로 물러섰다. 끽구도 비틀거리며 일어나 재빨리 치우비의 반대편으로 몸을 피했다. 끽구는 이미 괴물에게 많이 맞은데다 불에 데기까지 하여 더는 싸울 수 있을 것 같지 않았다.

여전사들이 다시 화살을 쏘려 했지만 치베가 외쳤다.

"쏘지 마라! 비 안다가 맞는다!"

비휴도 소리쳐 지나 전사들을 제지했다.

"소용없다! 쏘지 마라!"

그 사이 괴물은 구덩이의 덮개를 당겼던 지나 전사들을 쳐 죽이고 있었다. 전사들은 무장도 하지 않아 어지러이 도망치려 했지만 대여섯 명이나 순식간에 괴물에게 맞아 죽었다. 치우비는 안타까워 발을 굴렸지만 어쩔 도리가 없었다. 그때 무라가 비틀거리면서 달려오는 모습이 보였다. 무라는 바깥의 찬바람을 쐬자 정신을 차렸고, 고통이 심한데도 안간힘을 써서 일어났다. 그와 더불어 여전사들도 용감하게 돌진해 왔다.

"이 괴물! 무라가 여기 있다! 우리 같이 죽자!"

괴물은 무라가 나타나자 전사들을 쳐 죽이던 손을 멈추고 무라를 잡으려고 했다. 그러나 무라는 괴물의 손을 아슬아슬하게 피하면서 괴물에게 주먹을 날렸다. 그러나 무라는 아무래도 아까만큼 동작이 날렵하지 못했고 힘도 빠져 있었다. 죽을 각오를 하고 싸울 뿐이었다.

여전사들은 무라를 돕기는커녕 거치적거려 방해만 되었다. 무라는 빠른 몸놀림으로 괴물을 상대해야 하는데, 여기저기 여전사가 끼어들자 오히려 싸우기가 불편했다. 치우비는 무라를 돕기 위해 괴물에게 달려들었고 형요 자매 여섯도 일제히 달려 나갔다.

형요 자매들이 걱정된 치우비는 외쳤다.

"형요! 오지 마! 괴물의 몸을 맞힐 방법이 없다!"

허나 형요 자매 여섯은 말을 듣지 않고 달려와서 괴물에게 칼을 휘둘렀다. 그러다가 미요가 갑자기 품 안에서 흰 가루를 꺼내 괴물에게 뿌렸다. 가루가 휘날리며 안개처럼 괴물 주위에 퍼졌다. 괴물은 막 무라를 잡으려는 찰나였는데 미요가 뿌린 가루로 앞이 보이지 않게 되자 헛손질을 했다.

첫째 형요와 둘째 형요가 무라를 안고 재빨리 바깥으로 몸을 피했다. 화가 난 괴물은 안개 속에서 나와 치우비에게 달려들었다. 미요가 또다시 가루를 뿌렸지만 이번에는 괴물이 피했다. 그때 리미와 마냥도 무기를 새로 얻어 괴물에게 달려들었고 치베와 비휴도 다른 수많은 전사들과 함께 달려오기 시작했다.

괴물은 상대가 많다고 생각했는지 동굴 쪽을 보고 길게 휘파람을 불었다. 휘파람 소리가 메아리치자 잠시 후 동굴 입구에서 쿵쿵거리는 소리가 들려왔다. 신도 울루가 소리쳤다.

"얼음 시체들이 나온다!"

신도 울루의 말이 채 끝나기도 전에 얼음 시체들이 쏟아져 나오기 시작했다. 비휴와 치베는 놀라서 지나 전사들과 함께 얼음 시체들과 싸우기 시작했다. 얼음 시체들은 끝도 없이 몰려나왔다. 괴물이 직접 죽인 사람들만이 아니라 병이나 사고로 죽었던 사람들까지도 얼음 시체가 되어 몰려나오고 있었다.

원래 카린족은 죽은 사람의 시체를 산등성이에 늘어놓고 짐승의 먹이가 되게 하는 풍장(風葬)의 관습이 있었는데, 괴물은 그 시체를 훔쳐 자신의 부하로 만들었다. 그 짓을 얼마나 많이 했는지 얼음 시체의 수가 점점 늘어나서 이백도 넘었으며 얼마나 더 나올지 헤아릴 수 없을 만큼 계속 쏟아져 나왔다.

순식간에 동굴 부근은 전쟁터를 방불케 하는 수라장이 되었다. 이제는 괴물을 상대하거나 혼란시킬 틈조차 없었다. 좁은 곳에서 수백 명의 지나 전사, 여전사 들과 수백 구의 얼음 시체들이 몰려 싸우기 시작하자 아무도 정신을 차릴 수 없었다. 괴물은 사람들을 마구 죽이며 무라의 뒤를 쫓았다. 첫째 형요와 둘째 형요도 얼음 시체를 상대하느라 정신이 없었던 터라 무라는 혼자 있다가 괴물이 따라오자 절뚝거리며 달아났다.

치우비는 무라를 도우라고 외치며 괴물에게 달려가려 했지만 사람들과 얼음 시체에 가로막혀 쉽지가 않았다. 혼전중이라 누루마이나 끽구조차도 무라를 돌아볼 틈이 없었다. 치우비는 정신없이 얼음 시체들을 부수는 와중에 결국 괴물에게 무라가 잡히는 모습을 보고는 안타까워 소리를 질렀다.

치우천이 네 명의 도깨비들과 함께 칼을 빼들고 달려왔다. 치우비는 형이 걱정되어 오지 말라고 소리쳤지만 치우천은 듣지 않고 달려들면서 칼로 자신의 팔을 그었다. 곧이어 개르, 포리, 주루, 코타 네 명의 도깨비도 치우천처럼 자신의 팔을 그었다. 다섯 명은 날뛰는 괴물을 향해 달려들었다.

"형! 뭐 하는……."

치우비의 외침이 채 끝나기도 전에 치우천과 네 명의 도깨비는 괴물을 향해 무기를 휘두른 것이 아니라 팔에서 뿜어져 나오는 선혈을 괴물에게 뿌렸다. 괴물은 화살이 날아오거나 칼이 내려쳐도 신경 쓰지 않았었지만, 피를 보고는 깜짝 놀라며 몸을 피했다. 다섯 명 중 세 사람의 피는 빗나갔으나 두 사람의 피는 괴물에게 맞았다.

괴물의 몸은 모든 것이 그대로 통과했지만, 피는 통과하지 않고 괴물의 몸에 묻는 것이 아닌가? 많은 양의 피는 아니었지만 손바닥만 한 크기의 피 얼룩이 괴물의 등에 남았다. 그 틈에 무라는 치우천 뒤쪽으로 몸을 피한 뒤 기진맥진하여 쓰러져 버렸다.

치우천은 무라의 몸을 자신의 몸으로 막아서며 외쳤다.

"비야! 피 묻은 곳을 쳐라! 어서!"

치우천이 외치는 와중에도 괴물은 팔을 휘둘러서 도깨비 코타의 아랫배를 올려쳤다. 코타는 비명을 지르며 머리 위로 높이 떠올랐다가 땅에 거꾸로 저박혀 버렸다. 주부와 개르가 지우전의 앞을 막아섰지만 괴물은 신경도 쓰지 않고 두 사람을 차례로 후려갈겨 쓰러뜨렸다. 포리는 침착하게 무기를 휘두르는 대신 팔을 휘둘러 피를 뿌렸다. 괴물은 놀라며 피를 피했다.

어디선가 나타난 요요가 괴물의 등을 향해 반달 모양의 돌칼을 날렸다. 그 돌칼은 무기도 아니었고, 단지 주머니칼로 가지고 다니는 작은 도구였지만 정확하게 괴물의 등에 난 핏자국을 맞혔다. 돌칼은 약간이지만 괴물의 등에 푹 하고 박히는 것이 아닌가? 괴물은 비명을 올렸지만 더더욱 난폭하게 달려들었다. 피하면 무라가 위험한지라 치우천은 피하지 않고 눈을 질끈 감아 버렸다.

그러나 괴물은 치우천의 머리를 내려치지 못하고 갑자기 옆으로 비틀거리며 휘청거렸다. 그 뒤로 입을 굳게 다문 치우비의 모습이 보였다. 치우비는 있는 힘을 다해 앞을 막는 얼음 시체를 쳐부수고 달려와 괴물의 등에 주먹으로 일격을 가했던 것이다. 치우비의 주먹은 보통이 아니라서 괴물은 크게 울부짖으며 휘청거렸다.

치우천은 이를 악물고 팔의 피를 괴물에게 뿌렸다. 괴물은 치우비에게 얻어맞아 비틀거리던 참이라 치우천이 뿌린 피를 피하지 못하고 얼굴에 맞았다. 치우비는 주먹으로 형의 피로 물든 괴물의 얼굴을 후려갈겼다.

"죽어라! 괴물!"

무서운 힘으로 얻어맞은 괴물의 목이 반 바퀴나 돌아가면서 동시에 몸도 핑그르르 돌았다. 그러나 괴물은 쓰러지지 않았다. 포리가 소리를 지르며 땅에 쓰러져 있는 시체 한 구를 들어 괴물에게 던졌다. 그 시체는 여러 곳을 찔러서 처참하게 죽은 지나 전사였는데, 온몸이 선혈로 물들어 있었다. 그 시체가 몸을 덮치자 괴물의 몸은 피범벅이 되었다. 괴물의 주술은 없어진 것이나 마찬가지였다.

다급해진 괴물이 도망가려 했으나 괴물의 다리에 퍽 소리가 나며 화살이 박혔다. 치베가 멀리서 날린 화살이었다. 괴물이 비명을 지르면서 땅에 뒹굴자 지나 전사들이 달려와서 괴물의 몸에 마구 칼과 창을 찔러 댔다. 괴물은 발악적으로 팔을 휘둘러 두 명의 지나 전사를 더 해쳤다.

괴물의 몸은 온통 피에 젖어 더 이상 보호받지 못했다. 사람들이 흘린 피와 자신의 피가 뒤섞였다. 전사들은 급히 괴물에게서 물러섰으나 괴물은 확연히 보일 정도로 휘청거리고 있었다.

치베가 다시 화살 세 발을 연달아 쏘아 양어깨와 오른팔을 꿰뚫었고,

치우비가 도끼로 양다리를 찍어 베어 버렸다. 괴물의 잘린 발이 하얀 눈 위를 피로 물들이며 뒹구는 가운데, 괴물은 마침내 커다란 비명을 지르면서 쓰러졌다. 치우비는 최후의 일격으로 괴물의 등짝을 도끼로 내려찍었다. 도끼가 등을 푹 파고들자 치우비는 박힌 도끼를 뽑지 않고 기쁨에 겨워 두 팔을 쳐들며 크게 외쳤다.

"잡았다!"

치우천과 괴물과 싸웠던 사람들도 환성을 질렀다. 괴물이 힘을 잃고 쓰러지자 얼음 시체도 움직임을 멈추고 땅에 픽픽 쓰러져 버렸다. 그대로 서 있는 얼음 시체도 있었지만 더 이상 움직이지는 않았다. 괴물의 주술이 풀리자 원래의 시체로 돌아간 것이다.

"지독한 놈이었다."

화상을 입고 온몸이 멍투성이가 된 끽구는 괴물의 지독함을 돌이키며 도리머리를 쳤다. 괴물을 잡기 위해 지나족이 치른 대가는 만만치 않았다. 열네 명의 지나 전사가 괴물 또는 얼음 시체에게 죽음을 당했고 열아홉 명이 크게 다쳤다.

무라의 부하 전사들의 피해는 더 커서 열아홉 명이 죽고 스물일곱 명이 다쳤다. 무라도 많이 다쳤다. 목숨은 위험하지 않지만 오랫동안 상처를 치료해야 할 것 같았다. 누루마이도 작은 상처를 곳곳에 입었지만 그래도 멀쩡했고 부하들은 크게 다친 자가 없었다.

치우 일행도 피해를 입었다. 치우천 치우비의 상태는 괜찮은 편이었지만 넷째 형요가 얼음 시체와의 혼전중에 큰 부상을 입었고 도깨비들 중 정통으로 괴물에게 당한 코타는 금방이라도 숨이 끊어질 것 같았다. 다른 도깨비들도 여기저기 크고 작은 상처를 입었다. 싱카는 탈진했지만 상처가 없어서 쉬면 회복될 것 같았다. 모두 합해 서른세 명이 희생된 대혈전이었다.

카린족 여전사들은 기쁨을 감추지 못했다. 도저히 상대할 수 없었던 괴물을 물리쳤으니 희생자가 다소 있다 해도 기쁘지 않을 수 없었다. 누루마이도 기뻤지만 큰 희생을 치른 지나족에게 감사를 표하는 것을 잊지 않았다.

"카린의 누루마이가 말합니다. 지나족의 영웅들과 전사들이 흘린 피 덕분에 우리의 큰 적을 물리쳤습니다. 감사드립니다. 카린산의 부족은 이 일을 영원히 잊지 않을 것입니다."

무라도 상태가 좋지 않았으나 정신을 차려서 입을 열었다.

"카린의 무라가 말합니다. 정말 감사합니다."

끽구가 고개를 끄덕이며 정중하게 답했다.

"지나, 화산족 끽구가 말합니다. 괴물을 잡게 되어 다행입니다. 도움이 되었으니 기쁘군요. 허나 우리는 치우 형제를 도운 것이며, 헌원님의 명령을 따랐을 뿐입니다."

"헌원님께도 깊은 감사를 드립니다. 나중에 꼭 전해 주십시오. 헌원님의 일이라면 무엇이든 아끼지 않고 도와드리겠다고요."

누루마이와 무라는 치우 형제에게도 깊은 감사의 뜻을 표했다. 치우천은 정중히 고개를 숙이며 말했다.

"우선 다치거나 죽은 사람들을 보살피는 것이 중요합니다."

치우비도 걱정스레 한마디 했다.

"넷째 형요와 코타가 많이 다쳤습니다. 죽게 해서는 안 됩니다."

원래 무라는 말수가 적었으나 지금만큼은 아주 기쁜 듯 평소와 다르게 말을 많이 했다.

"최선을 다해 보살필 테니 염려 마세요."

치우비는 멋쩍은 듯 얼마 전에 배운 서툰 지나 말로 무라에게 물었다.

"팔은 괜찮으십니까?"

아까 치우비가 괴물의 목을 조르느라 짓눌렀던 무라의 팔이 퉁퉁 부어 있었다. 무라가 웃으며 대답했다.

"괴물과 싸우느라 그런 것인데 어떻습니까? 팔이 망가져도 좋으니 괴물의 목을 꺾어 버리시지 그랬나요?"

겸연쩍은 표정으로 치우비가 머리를 긁적였다.

"괴물이 세서 그럴 수 없었습니다."

무라는 웃으며 평소에는 결코 하지 않던 농담까지 했다.

"아예 팔을 하나 잘라 휘둘러 싸우시지 그랬나요? 그래도 전혀 원망하지 않았을 겁니다."

치우비가 어떻게 그러느냐는 듯 정색을 하자 치우천이 웃으며 대신 되받았다.

"무라마이를 도우러 온 것인데 어떻게 그럴 수 있겠습니까? 그렇다면 진작 하나 내어 주시지 그랬어요?"

치우천이 농담을 하자 무라도 웃으며 말했다.

"그렇게 내 팔을 자르고 싶었나요? 미리 잘라 주지 않아서 원망스럽습니까?"

"천만의 말씀입니다. 우스갯소리입니다. 부라마이도 웃으시니 보기 좋군요."

누루마이와 무라는 환하게 웃으며 치우 형제와 가벼운 농담을 주고받았다. 지나족에게는 정중하게 예의를 표했지만 치우 일행과는 아주 친근하게 이야기를 나누며 웃었다. 지나족도 고마웠지만 내심 치우 형제가 더 고마웠다. 그들이 아니었으면 지나족이 따라 왔을 이유도 없지 않은가?

비휴와 신도 울루는 다치고 죽은 사람들을 수습하느라 정신없었으나 끽구는 치우 형제들 사이에 끼어 웃음을 터뜨리곤 했다. 사실 단순하고 강직한 끽구는 호탕하여 치우비와도 마음이 잘 맞는 편이었다.

끽구가 고개를 갸웃거리며 물었다.

"그런데 나는 아직도 모르겠네. 어떻게 피를 뿌릴 생각을 했는가?"

"그래, 정말 어떻게 알았나?"

누루마이도 묻자 치우천이 대답했다.

"제 머리가 좋지 않아 그 말을 듣고도 그때는 몰랐다가 나중에야 그런 생각을 했습니다. 진작 떠올렸다면 사람들이 많이 다치지 않았을지도 모르는데……."

"그 말을 들었다니?"

치우천이 씩 웃으며 말했다.

"괴물이 직접 가르쳐 주었습니다."

그 말에 사람들은 깜짝 놀랐다.

"괴물이? 괴물이 언제 가르쳐 주었나?"

치우천은 또다시 씩 웃으며 코를 만지고는 말했다.

"괴물이 동굴 안에서 그랬지요. 자신이 주술을 써서 이전 괴물을 쉽게 죽였지만, 괴물의 피를 뒤집어써서 자기도 괴물이 되었다고요."

사람들은 그제야 고개를 끄덕였다. 치우천이 계속 말했다.

"그때는 저도 눈치채지 못했습니다. 나중에 괴물이 설치는 것을 보니 사람들이 뒤엉켜 싸우는 곳을 피하는 것 같았습니다. 주술 덕분에 아무것도 그를 해치지 못하니 사람들이 무서울 리 없는데 왜 피해 다닐까, 한참 생각했죠. 가만 보니 전사들이 싸우면서 흘리는 피를 두려워하는 것 같았습니다. 동굴 안에서도 괴물은 신도 울루님에게는 가까이 가려 하지 않았습니다. 신도 울루님이 피를 뿜어 주술을 썼기 때문에 두려웠을 테죠. 괴물이 무기를 쓰지 않는 이유도 바로 피 때문이라는 생각이 들더군요. 칼이나 도끼로 베었다가 피가 뿜어져 나오면 큰일 아니겠습니까?"

치우비가 아하! 하며 무릎을 쳤다.

"그랬구나! 아까 괴물이 잠시 무기를 든 적이 있어. 괴물은 칼 쓰는 법에 익숙해 보였는데 하필 몽둥이를 들기에 이상하다고 생각했지."

끽구는 치우천의 얼굴을 경탄의 눈빛으로 바라보았다. 치우천은 약간 쑥스러워 얼버무리듯 말했다.

"늦게 생각해 내서 많은 사람들이 죽었으니 죄가 크군요."

무라와 누루마이가 정색을 했다.

"별말씀을! 치우천님이 아니었으면 아무도 그런 생각을 못했을 겁니다. 정말 고맙습니다."

그러고는 무라가 한마디 더 했다.

"지난번 태산 회의 때 치우천님은 우리를 벗으로 여긴다 하셨지요?"

"그렇습니다."

"저, 무라는 쑤앙마이의 이름으로 맹세합니다. 저는 앞으로 두 분의 영원한 벗이 될 것이며, 두 분을 돕기 위해서라면 목숨을 아끼지 않을 것입니다."

치우 형제는 무라가 맹세까지 하자 놀라서 말리려 했으나 이미 말을 끝낸 다음이었다. 무라는 살짝 미소를 지었다가 평상시의 냉랭한 표정으로 되돌아갔다.

치우천이 머리를 긁적이며 뭔가 말하려 하는데 한 명의 여전사가 달려오며 말했다.

"무라마이! 누루마이! 괴물이 아직 죽지 않았습니다. 무슨 말을 하려는 것 같습니다!"

"아직도 죽지 않았나? 질긴 녀석이구나!"

치우 형제는 무라, 누루마이 및 끽구와 함께 괴물이 쓰러진 곳으로 달려갔다. 괴물의 주위를 치베와 미요, 요요가 많은 여전사들과 함께 둥그렇게 에워싸고 있었다. 괴물은 죽어 가고 있었지만 아직도 꿈틀거리면서 중얼거리자 두려워서 감히 다가서지는 못하는 듯했다.

치우천의 얼굴을 보자 괴물은 안간힘을 써서 맥 풀린 소리로 뭐라고 중얼거렸다. 그러나 카린 말 같아서 알아들을 수가 없었다. 치우비가 괴물과 치우천을 번갈아 쳐다보다가 물었다.

"뭐라고 하는 거지?"

"들을 필요 없다! 죽여 버리자!"

끽구가 단호하게 말하자 누루마이가 설명해 주었다.

"저 녀석은 사람을 찾고 있네. 자기에게 피를 뿌린 사람, 즉 치우천 자네를 찾고 있다네."

"왜 그럴까요?"

치우천도 의아하여 묻자 치우비가 막아섰다.

"형, 가까이 가지 마. 저런 놈에게 들을 말이 무엇이 있어?"

누루마이도 고개를 끄덕였다.

"나도 그러는 편이 좋을 것 같네."

"괴물이 뭐라고 합니까?"

"자네에게 묻고 싶은 것이 있다고 하네. 가지 말게. 곧 죽을 놈에게 물을 것이 무엇 있겠는가?"

치우천도 괴물에게 다가가고 싶은 마음은 없었다. 치우천이 돌아서려 할 때 괴물이 소리를 질렀는데, 말 중에 '발귀리'라는 단어가 귀에 들어왔다.

치우천은 깜짝 놀라 우뚝 멈췄다.

'설마하니 이 괴물이 발귀리 선인에 대해 뭔가 안다는 뜻인가?'

궁금해진 치우천은 다른 사람이 말리는데도 괴물에게 다가가 말했다.

"이봐, 나는 주신 사람이다. 카린 말은 모르니, 하고 싶은 말이 있으면 지나 말이나 주신 말로 말해 봐라."

괴물은 금방이라도 숨이 넘어갈 것 같았으나 치우천이 말을 걸자 힘겹게 중얼거렸다. 서툰 주신 말이었다.

"너는…… 너는 어떻게 알았는가?"

"무엇을 말이냐? 피를 뿌리는 방법 말이냐?"

"이대로면 나는 죽는다. 나를 살려 달라."

괴물이 애원하자 치우천은 냉랭하게 코웃음 쳤다.

"너는 졌으니 추하게 버둥거리지 말고 죽어라."

"나에게는 보물이 있다. 무엇과도 바꿀 수 없는 귀한 보물이다. 나를…… 나를 살려 주면 너에게 그것을 주겠다. 내 몸값으로 보물을 주겠다."

상대를 잡았을 때 몸값을 대신 받고 적을 놓아주는 일은 당시로서는 흔했다. 누루마이는 흥미가 이는지 살짝 미소를 지었다. 치우천은 고개를 저었다.

"너는 악독한 짓을 저질러 왔다. 어떤 몸값을 치른다 해도 놓아줄 수는 없다."

"그 보물은…… 신수들과 이야기를…… 이야기를 할 수 있게 해 주는 보물이다! 도력이 얕은 자도 신수와…… 신수와 이야기할 수 있는 귀한……."

치우천은 더는 듣지도 않고 딱 잘라 말했다.

"어떤 보물이라도 소용없어. 너는 내가 죽이는 것이 아니다. 네 모습이 괴물처럼 변했다 해도 사람들을 돕고 좋은 일을 했으면 지금처럼 죽지 않았을 것이며, 너 정도의 재주라면 사람들이 신처럼 섬겼을지도 모른다. 그러나 너는 모습에만 집착해서 나쁜 짓을 서슴지 않았어. 너를 죽이는 것은 내가 아니라, 네가 저지른 악행이다. 아무도 너를 구할 수 없다!"

치우천이 냉엄하게 말하자 괴물은 탄식하듯 중얼거렸다.

"내가…… 정말 죽는 것인가?"

"그렇다. 죽기 전에 저지른 죄나 뉘우치도록 해라."

괴물은 믿을 수 없다는 듯 힘겹게 말했다.

"네가…… 네가 설마 하늘이란 말이냐?"

치우천은 의아했다. 괴물의 목소리가 잦아들었기 때문에 치우천은 무의식중에 괴물에게 가까이 귀를 들이밀 수밖에 없었다. 다른 사람에게는 괴물의 중얼거림이 들리지도 않았다.

"무슨 소리냐?"

괴물은 아주 작게, 들릴 듯 말 듯한 소리로 중얼거렸다.

"발귀리 선인이…… 옛날에…… 옛날 내가 선인일 때 나에게 말했다. 하늘의 이름을 가진 자가 아니면 나를 죽일 수 없다고……. 네 이름…… 네 이름이 정말 하늘이냐?"

그것은 사람들에게 알려져서는 안 되는지라 치우천은 딱 잘라 말했다.

"무슨 소리냐? 내 이름은 천이다."

괴물은 집요하게 말했다.

"그럴 리 없다. 하늘이 아니면 나를 죽일 수 없다. 나는 죽지 않는다. 죽지 않을 것이다!"

괴물이 외치면서 치우천의 얼굴을 향해 누런 입김을 내뿜었다. 치우천은 비틀거리면서 뒤로 물러섰다. 정신이 혼미해져 왔다. 치우비와 끽구 등이 깜짝 놀라 괴물에게 덤벼들었다. 누루마이와 무라가 칼을 휘둘러서 괴물의 양팔을 찍고, 끽구가 발로 괴물의 등을 짓밟자 뼈 부러지는 소리가 들렸다. 괴물은 단말마의 비명을 지르면서도 외쳤다.

"나는 죽지 않는다! 나는……!"

치우비가 괴물의 등에 박혔던 도끼를 빼내어 목을 베어 버렸다. 괴물의 목소리가 메아리치며 여운이 가시지 않는 가운데, 흉악한 형상의 머리가 데굴데굴 얼음 바닥에 굴렀다.

치우천은 비틀거리다가 풀썩 쓰러졌다. 치우비가 놀라 살펴보니 치우천은 얼굴빛이 녹색으로 변해 의식을 잃고 있었다.

"형!"

치우비가 울부짖자 누루마이가 외쳤다.

"괴물의 저주다! 저놈은……! 저놈은 죽으면서까지 악독하구나!"

치베와 형요 자매는 화가 나서 무기를 들어 괴물의 시체를 난도질했다. 그러나 그런다고 치우천이 정신을 차리는 것은 아니었다.

치우천은 금방이라도 숨이 넘어갈 것처럼 상태가 좋지 않았다.

치우비는 통곡을 했다.

무라가 치를 떨며 외쳤다.

"이 괴물의 저주는 지독합니다! 쑤앙마이 말고는 풀 수 없을 것 같습니다!"

누루마이도 외쳤다.

"급하다! 쑤앙마이께 서둘러 가야 한다! 하루도 버티기 힘들 것 같다!"

끽구가 안절부절못하며 누라마이에게 물었다.

"쑤앙마이가 계신 곳까지는 얼마나 걸립니까?"

"걸어서 가면 사흘도 더 걸립니다!"

치베가 초조한 듯 두 손을 불끈 쥐며 물었다.

"말을 타면?"

누루마이는 안타까워 발을 굴렀다.

"길이 험해서 말을 탈 수 없소!"

치우비가 울면서 외쳤다.

"내가 가겠소. 내가 형을 업고 달려가겠소!"

누루마이는 고개를 저었다.

"길이 복잡하고 험해서 길을 잘 아는 사람이 아니면……."

"내가 가겠습니다! 카와 슈가 길을 잘 압니다!"

무라가 묘안을 내놓았는지 누루마이는 손뼉을 쳤다.

"그렇다! 카와 슈라면 하루 만에 달려갈 수도 있겠다!"

"그게 누구죠?"

미요와 요요가 걱정스러운 듯 묻자 누루마이가 대답했다.

"무라가 기르는 개명수요. 개명수 중에서도 가장 크고 영리한 녀석들이오. 태산 회의 때 보지 못했나?"

치우비는 그제야 카와 슈가 사람이 아니라 커다란 흰호랑이인 개명수였다는 것을 기억해 냈다. 괴물과 싸울 때에는 도움이 되지 않을 것 같아 데리고 오지 않았지만, 그 개명수들이라면 아무리 험한 길이라도 사람을 업고 달려갈 수 있었다.

누루마이는 치우비를 쳐다보며 말했다.

"자네 형은 상태가 안 좋으니, 개명수에 태워 쑤앙마이께 서둘러 보내야 한다네. 우리는 따로 뒤를 따라가세. 그 수밖에 없네."

치우비는 무라를 쳐다보았다.

"무라님! 몸은 괜찮겠어요?"

무라도 심한 부상을 당한 상태여서 서 있기도 힘들었다. 하지만 굳게 마음을 먹고는 아픈 티를 내지 않고 씩씩하게 외쳤다.

"염려 마세요!"

곧이어 손가락을 입에 넣고는 길게 휘파람을 불었다. 휘파람 소리가 만년설이 쌓인 카린산 사이를 이리저리 메아리치며 떠도는 사이, 무라는 치우천을 싸맬 털 담요와 가죽끈을 준비하게 했다. 얼마 되지 않아 우렁찬 포효 소리가 들리면서 두 마리의 흰개명수가 눈을 뚫고 달려왔다.

지나 전사들은 흰호랑이가 나타나자 놀라고 겁을 먹기도 했으나 개명수들은 곧장 무라에게 달려와서 무라의 발 앞에 엎드렸다. 개명수들은 말만큼 빨리 달릴 수 있었을 뿐 아니라 유연한 몸놀림이나 힘은 말에 비할 바가 아니었다. 무라는 치우천의 축 늘어진 몸을 수컷인 카의 등에 묶게 하고 자신은 암컷 슈의 등에 올라탔다.

치우비는 눈물을 흘리며 외쳤다.

"형님! 천 형님! 죽어서는 안 돼! 꼭 살아야 해!"

모두를 안심시키려고 무라가 씩씩하게 외쳤다.

"걱정 마세요! 가자 카! 슈!"

무라는 개명수를 말처럼 몰아서 눈 쌓인 카린의 산맥을 달려가기 시작했다. 의식을 잃은 치우천의 몸은 카의 등 위에서 흔들리며 눈물로 가득 찬 치우비의 시야에서 멀어져 갔다.

천의 얼굴, 쑤앙마이(西王母)

서왕모는 본래 표범의 꼬리에 호랑이의 이빨을 갖고 있었으며
봉두난발에 옥비녀를 꽂았다.
휘파람을 잘 불었으며 전염병과 형벌을 관장하는 괴신이었다.
─『산해경』, 「서차삼경(西次三經)」의 기술

사람들은 비록 괴물을 잡았지만, 울적한 기분으로 마을로 돌아갔다. 치우비는 당장이라도 형의 뒤를 따라 쑤앙마이에게 달려가고 싶었지만 다친 사람들과 죽은 사람들을 처리해야 하니 그럴 수도 없었다. 누루마이는 부하들을 남겨 얼음 시체로 변했던 죽은 자들을 치우고 기분 나쁜 괴물의 동굴을 송두리째 무너뜨려 얼음에 파묻으라고 명령했다.

무라의 마을은 괴물이 죽었다는 소식이 전해지자 축제 분위기였다. 누루마이는 울적한 표정의 치우비를 보고 사람들이 떠들지 못하게 하려 했다.

"그러실 것까지는 없습니다. 형이 어떻게 된 것도 아니구요."

그러나 그 말을 하는 치우비의 얼굴은 울상이었다. 누루마이는 하는 수 없이 마을에서 떨어진 무라의 거처로 치우비와 일행을 옮겼다. 소녀와 공손발, 상망도 달려 나와 싸움 이야기를 묻고는 치우천이 다쳤다는 소리에 놀라며 걱정했다. 특히 소녀는 눈물까지 흘리면서 자신도 쑤앙마이에게 가야겠다고 했다.

치우비는 허탈하여 공손발의 위로도 귀에 들어오지 않았다. 지나족은 신도 울루가 죽은 자들을 위해 불을 피우고 주문을 외워 제사를 드렸는데, 끽구나 상망 등도 죽은 자들을 애통해했다. 카린 마을 사람들은 자신들을 위해 싸우다 죽은 지나 전사들을 위해 정중히 예의를 표했다.

그런데 치우비의 마음을 더 울적하게 만드는 일이 또 생겼으니, 도깨비들 중 괴물에게 정통으로 맞았던 코타가 끝내 숨을 거둔 것이다. 코타가 숨을 거둘 때 도깨비들과 치우비가 곁을 지켰는데, 코타는 숨을 거두면서 마지막으로 치우비의 손을 잡고는 서툰 주신 말로 중얼거렸다.

"도깨비…… 도깨비 코타가 먼저 갑니다……. 주인님께 도움도 되지 못하고…… 용서…… 용서……."

치우비는 도깨비들과 깊이 정이 들었던 터라 슬픔으로 가슴이 메어졌다. 코타는 그리 신기한 재주도 없었고 도깨비들 중에서도 두각을 나타내는 존재는 아니었지만 슬프기는 매한가지였다.

"아니다! 네가 우리 형님을 구했어. 너는 도깨비가 아니다. 훌륭한 용사다. 죽지 마라! 기운을 내!"

치우비가 코타의 손을 굳게 잡으며 말하자 코타는 힘겹게 웃어 보였다.

"도깨비 취급을 받다…… 사람…… 사람으로 죽을 수 있어서 다행…… 주인님 덕에…… 이제…… 이제야 주신 말도 하게 되었는데……."

말을 끝내 다하지 못하고 코타는 스르르 숨을 거두었다. 사막에서 다른 도깨비들을 잃었을 때도 슬프기는 했다. 허나 이제 말까지 통하게 되어서 친해진 코타가 죽자 더욱 슬펐고, 불쌍했던 코타의 일생을 생각하니 흐르는 눈물을 막을 수가 없었다.

치우비가 멍하니 눈물만 흘리며 코타의 손을 놓지 않자 리미가 다가와 말했다.

"도깨비 리미가 말합니다. 주인님, 코타는 용감하게 싸우다 죽었습니다. 누구나 죽는 것이니 너무 슬퍼하지 마십시오."

개르도 한마디 거들었다.

"코타는 용감했습니다. 전사들이 사는 발할라*로 갔을 것입니다."

상처가 심한 넷째 형요가 회복되어 가고 있으며 죽을 것 같지는 않다는 것이 그나마 다행이었다. 형요 자매는 정이 깊은지라 다친 자매의 곁을 떠나지 않았다. 싱카도 탈진한 것뿐이라 이내 의식을 회복했다.

결국 그런저런 일들 때문에 날이 어두워져 그날은 쑤앙마이에게 출발할 수 없었다. 그날 밤, 치우비는 괴로워서 가죽 주머니째 술을 마시면서 혼자 밖에 나와 달빛을 보고 있었다. 그러자 발이 상망과 함께 슬며시 다가와 입을 열었다.

"비야. 바깥이 추운데, 감기 들어."

치우비는 쓸쓸하게 웃으며 가죽 주머니를 움켜쥐며 말했다.

"춥지 않아."

"자꾸 술만 마시면 어떻게 해?"

치우비는 쓸쓸히 대답했다.

"오늘은 취하지도 않는걸."

"형이 많이 걱정돼?"

발이 묻자 치우비는 고개를 끄덕였다. 그러다가 가죽 주머니를 든 손을 떨구거니 어깨를 축 늘어뜨렸다.

"형님이…… 형님에게 무슨 일이 생기면 나는…… 나는 어쩌지? 응?"

---

* 북유럽 신화의 주신 오딘이 세상 최후의 전쟁 라그나뢰크를 대비하여 만든 요새. 용감하게 싸우다 죽은 전사들의 영혼을 발할라로 모아 마지막 전쟁에 대비하도록 한다. 영혼들을 데리고 오는 역할을 맡은 아홉 명의 전쟁의 여신들이 바로 발퀴리이다. 리미와 개르는 둘 다 이 지역에서 자란 사람들이라 오딘 신앙을 지니고 있는 것으로 설정되어 있다. 조금 더 정확하게 말하면 리미는 노르웨이 연안 지방 출신이고, 개르는 북부 독일 지방의 게르만족이다.

치우비가 슬퍼하는 모습을 보자 발의 눈에도 눈물이 고였다. 그러나 마음과는 달리 발은 딱 잘라 말했다.

"그 마음은 알지만, 사내자식이 왜 그러는 거야? 만날 형님! 형님! 너는 대용사잖아. 계속 멍청이처럼 굴 거야?"

치우비의 표정은 풀리지 않았다. 그 모습에 발은 측은해져서 다독거리듯 말했다.

"네 마음 알아. 하지만 비야, 넌 강하잖아. 형은 괜찮을 거야. 네가 마음을 굳게 먹어야 할 거 아냐? 지금 네가 이렇게 축 처져 있으면 형이 좋아할까, 응?"

치우비는 묵묵히 생각에 잠기다가 어깨를 힘들여 폈다.

그러고는 발에게 말했다.

"고마워. 하지만…… 형이 어떻게 되면…… 나는 어떻게 하지, 응?"

상망이 끼어들었다.

"나도 술 한 모금 주게나."

치우비가 자신이 마시던 술 주머니를 내밀자 상망은 그것을 받아 호기롭게 벌컥벌컥 마신 다음 "커" 하는 소리를 내며 주머니를 내려놓았다. 상망은 옷소매로 입가를 쓱 닦고 난 다음 말했다.

"자네 마음은 나도 알겠네. 그러나 어쩌겠는가? 나는 자네 형이 이렇게 헛되이 갈 사람이 아니라 생각한다네. 걱정 말게나."

치우비가 술 주머니를 다시 받아 한 모금을 들이켜자 상망이 말을 이었다.

"자네에게 한 가지 고백할 것이 있다네."

"뭡니까?"

"아가씨는 잠시만……."

"왜?"

"잠시만요."

상망이 눈치를 주자 발은 기분이 상했지만 분위기를 깨닫고 선선히 물러섰다.

"나는 지금 괴롭다네. 자네는 아는가?"

"죽은 사람들 때문에 그렇습니까?"

"그것도 있지만, 자네에게 죄를 지을지도 몰라 그렇다네."

"무슨 말씀입니까?"

상망이 한숨을 쉬며 말했다.

"자네 형은 카린에 도달하면 대답을 하겠다고 했네. 헌원님을 따를 것인지 말 것인지 말야. 그런데 보아 하니 자네 형이 선선히 응해 줄 것 같지 않은 눈치란 말씀이야."

치우비는 놀랐지만 내색하지 않았다.

"무슨 말씀입니까? 형님은 천천히 생각해 보겠다고만……."

상망은 고개를 절레절레 저었다.

"그렇지 않네. 그동안 두 달이 넘도록 여행을 했는데도 생각할 시간이 부족했겠는가? 응낙하기로 마음먹었다면 그동안 우리를 좀 더 가깝게 대하고 이야기도 나눴을 것 아닌가? 허나 항상 우리를 슬슬 피하더란 말이지. 그것만 보아도 알 수 있네. 자네들은 그냥 떠나고 싶은 게지?"

치우비는 한숨을 쉬었다.

"저도 모르겠습니다. 형님의 생각을 따를 수밖에요."

상망은 술 주머니를 들어 마시면서 말했다.

"이 늙은이, 평생 헛산 것은 아니네. 그만한 눈치는 있다네. 그래서 괴롭다네. 내 솔직히 말할 게 있다 했지?"

"네."

"헌원님은 나에게 엄하게 명령을 내리셨네. 자네 형제가 우리를 따르지 않겠다면 잡아서라도 끌고 오라고 말일세."

치우비도 짐작했던 일인지라 한숨을 쉬었다.

"짐작하고 있습니다."

"우리가 이렇게 우르르 몰려왔는데 짐작 못하면 바보겠지, 헤헤. 이 보게. 나는 자네들이 좋지만 헌원님의 명령을 따르지 않을 수 없어서 괴로우이. 그러니 제발 생각을 돌려 주었으면 좋겠네. 이 늙은이의 솔직한 바람이라네."

치우비는 상망이 터놓고 나오자 마음이 흔들렸다. 상망은 치우비의 눈치를 살피지도 않고 계속 말했다.

"솔직히 왜 고집을 부리는지 모르겠다네. 자네들은 주신에서 쫓겨난 몸이네. 더구나 자네는 발 아가씨와 가깝잖은가? 내가 모시는 분이라서가 아니라, 그만한 아가씨가 어디 있는가?"

"발은 만날 나를 구박하는걸요?"

상망이 허허 웃었다.

"발 아가씨가 아무나 구박하는 줄 아는가?"

치우비가 멋쩍게 웃자 상망이 계속 말했다.

"헌원님은 자네들을 지극히 높게 보아 주셔서 무슨 일이든 노움을 아끼시지 않잖은가? 태산 회의 때도 헌원님은 지나족이 지는 것을 감수하면서까지 자네 형이 끽구와 붙는 것을 말리셨고, 이번만 해도 헌원님은 아무 상관없는 일인데 우리와 수많은 전사들을 보내 돕기까지 하셨잖은가?"

헌원의 이야기가 나오자 치우비는 불쾌해졌다. 상망이야말로 유망의 막사에서 있었던 일을 주신의 치우가람 형제에게 알리지 않았냐고 따지고 싶었다. 허나 아직은 때가 아니라는 생각에 치우비는 애써 참았다.

"헌원님께는 감사하고 있습니다. 은혜는 꼭 갚겠습니다. 허나 우리가 가는 길을 핍박하여 거두시려 한다면 가만있을 수 없습니다. 어찌 되었든 저는 형님의 뜻을 따를 것입니다. 상망님이 앞을 막으신다면…… 저로서도 어쩔 수 없습니다."

치우비로서는 최대한 자제하여 말했지만 불편한 심사가 그대로 드러났다. 상망은 불쾌하게 여기지 않고 대답했다.

"하긴, 남자라면 그래야 하는 법일세. 지금 자네와 함께 술을 마시기는 하지만 싸우게 되면 힘을 다해 맞서야 할 것일세."

치우비는 상망의 시원시원함이 마음에 들어 고개를 끄덕여 보였다.

"상망님도 봐주시면 안 됩니다."

상망은 서글픈 듯 낄낄 웃었다.

"끽구라면 모를까, 나 같은 영감태기가 무슨 힘이 있겠는가? 자네 손가락 하나도 못 당할 것인데."

그러다가 상망이 목소리를 바꿔 조심스레 말을 이었다.

"너무 고깝게 듣지는 말게. 만약 말일세…… 자네 형이 잘못되면 그때는 어찌하겠는가? 안 좋은 일이 생기기를 바라는 건 아니네만, 그냥 묻고 싶은 걸세."

치우비는 형 이야기가 나오자 단번에 울적해졌다.

"그런 생각은 해 본 적도 없습니다. 그러나…… 그러나……."

치우비는 형의 얼굴을 떠올리며 늠름한 투로 말을 바꿨다.

"형님이 없다 해도, 형님의 뜻을 내 목숨이 붙어 있는 한 끝까지 잇겠습니다. 제 둔한 머리로는 힘들지 모르지만, 하는 데까지는 해 보겠습니다. 그래야 죽어 안파견 한님 곁으로 갔을 때에도 형님을 만나 떳떳하지 않겠습니까?"

상망은 탄식하며 되받았다.

"정말 자네가 마음에 드네. 하지만 나는 괴롭네. 생각조차 하기 싫지만, 만약 우리끼리 싸움이 벌어진다면 자네는 이길 자신이 있는가? 자네와 몽골 청년, 과보족 여섯 자매와 도깨비들 몇으로 우리 다섯 기인과 수백 명의 전사를 이길 수 있겠는가?"

치우비는 솔직하게 고개를 저었다.

"자신 없습니다. 조금도 자신 없습니다."

"무라나 누루마이는 자네들에게 큰 은혜를 입었지만 우리 공도 적다고는 할 수 없다네. 그들은 어느 편도 들지 못할 것일세."

치우비는 그런 도움에 기댈 생각은 해 보지 않았지만, 그 말을 듣자 새삼 헌원의 지모가 무섭다고 여겼다. 만약 지나족이 이렇게 많은 사람을 파견하여 돕지 않았다면 지나족과 치우 형제 사이에 싸움이 벌어졌을 때 카린족이 치우 형제를 도울 수도 있었다. 허나 헌원은 거기까지 이미 내다보고 많은 전사를 파견한 것 같았다.

치우비 역시 탄식하듯 짧게 말했다.

"알고 있습니다."

"그런데도 그래야만 하겠다는 겐가?"

"형님이 말한 게 있습니다. 아무리 보잘것없고 힘들어도 옳은 것은 옳으니 해야만 하고, 아무리 큰 이유가 있어도 그른 것은 그르니 하지 말아야 한다고요."

"우리가 그르고 자네들만 옳다는 겐가?"

"그런 것은 아닙니다. 누구나 자신에게 옳은 일과 그른 일이 있겠지요. 우리가 헌원님을 따르는 것은 헌원님으로서나 상망님에게는 그른 일이 아니지만, 우리에게는 그른 일입니다. 태어난 곳이 다르고, 살아온 길이 다르니 괴로울 뿐입니다."

"태어난 곳, 살아온 길이 다른 것이 그렇게 문제인가? 지나족 중에는 주신 사람이 없고, 주신 사람 중에는 지나족의 피가 섞인 사람이 하나도 없다고 생각하는가?"

상망이 묻자 치우비는 고개를 저었다.

"그것이 아닙니다. 어느 부족 사람이건 간에 그것은 문제되지 않습니다. 다 같은 사람인데 그런 것을 마음에 두겠습니까? 저희는 도깨비조차 사람이라 생각하고 친하게 지내는데, 하물며 주신과 지나를 굳이 나누겠습니까?"

"그렇다면 무엇인가?"

"뜻이…… 뜻이 다릅니다. 저는 형님만큼 완전히 이해하지 못하고 있습니다. 그래서 설명을 드릴 수 없습니다만…… 그 뜻의 차이가 문제입니다."

상망은 한숨을 쉬며 말했다.

"아무래도 우리는 계속 사이좋게 지내지는 못할 것 같구먼. 슬프네. 평생 이렇게 슬픈 일은 없었다네."

치우비도 탄식하며 고개를 끄덕였다.

"저도 마찬가지입니다."

"발 아가씨도 슬퍼하실 걸세. 나는 발 아가씨를 도맡아 키우다시피 했다네. 그래서 아가씨가 남이라고 생각해 본 적이 없다네. 내 손녀딸보다 더 아끼고 있는데…… 아아, 하필 자네와……."

치우비는 괴로워서 대답하지 못했다. 상망은 남은 술을 마저 비우고는 말했다.

"제길! 어쨌거나 자네 형의 이야기는 들어 보아야겠네. 말을 들을 것 같지는 않지만, 되도록이면 싸우고 싶지 않으니까."

"저도 마찬가지입니다."

상망이 치우비에게 손을 내밀자 치우비는 상망의 작고 앙상한 손을 굳게 잡았다.

"싸우게 되더라도 우린 마음이 통한 친구였네. 그것을 잊지 마세나. 하지만 싸움에서는 봐주는 것 없기일세. 알겠나?"

치우비는 비록 상망이 유망 막사에서 일어난 일을 고자질한 장본인 이라고는 생각했으나, 상망의 사람됨을 보았을 때 일부러 그런 것은 아니리라 여겼다. 명령을 받았을 뿐이라 여기고 진지하게 대답했다.

"알겠습니다."

"그럼 가 보겠네. 죽은 도깨비 일은 안되었네. 다친 과보족 아가씨에 게는 잘 듣는 약을 보내 줌세. 내일 길을 또 가야 하니, 이만 들어가 쉬게나."

"예, 상망님도 편히 쉬십시오."

상망은 술에 취한 척 일부러 흥얼거리며 자리를 떠났다. 홀로 남은 치우비는 달을 보며 탄식했다.

"아아, 괴롭구나, 괴로워. 안파견 한님! 형님! 저는 어떻게 해야 합니까?"

다음 날 아침 일찍 치우비는 다른 사람들과 함께 쑤앙마이가 있다는 카린산 깊은 곳을 향해 출발했다. 넷째 형요가 아직 아팠지만 지나족과의 일이 어떻게 될지 모르니 두고 갈 수도 없었다. 누루마이도 카린 여전사 서른 명을 거느리고 동행했으며 소녀도 함께 길을 떠났다.

지나족은 다치거나 아픈 사람들과 그들을 돌봐 줄 사람을 합쳐 백 명 남짓한 전사들만 빼고는 다섯 기인을 따라나섰다. 지나 전사의 숫자는 아직도 삼백 명이 넘었다. 길을 가는 내내 치우비는 침울한 표정을 지은 채 말이 없었다. 치베나 형요, 울라트도 치우비의 근심을 아는지라 말을 걸지 않았다. 지대가 높아지는지 날씨도 점점 싸늘해졌다.

사흘 정도 험한 산길을 가자 높은 산들 가운데에서도 가장 웅장하게 우뚝 솟은 산 하나가 옅은 구름 사이로 거대한 모습을 보이기 시작했다. 누루마이는 쑤앙마이가 있는 카린산이라고 말해 주었다. 길도 험한데 날씨까지 좋지 않았던 듯 며칠 전 새로 눈이 내린 흔적이 역력했다. 치우비가 새로 쌓인 눈을 보고 걱정스런 표정을 짓자 누루마이는 치우비를 안심시켜 주었다.

"카와 슈는 날쌔고 영리하니 잘 도착했을 걸세. 염려 말게나."

그날 저녁 치우비는 쑤앙마이가 있다는 카린산 중턱의 동굴에 도착했다. 주위는 산 중턱답지 않게 상당히 넓었고 집들도 여러 채 있었다. 동굴은 커다랗고 눈과 얼음이 쌓인 여느 동굴과 같았지만 주위에 카린족이 바친 갖가지 화려한 장식물로 뒤덮여 있었다. 동굴 앞에는 작은 초소가 있고 몇 명의 아주 화려한 복장의 여전사들이 흰표범 몇 마리와 개명수를 데리고 있었다.

누루마이는 기뻐하며 말했다.

"카와 슈가 있네! 무라가 잘 도착한 거야."

흰호랑이들은 다 비슷비슷하게 생겨서 치우비나 다른 사람은 알아볼 수 없었으나 누루마이는 알아볼 수 있었다. 치우비는 비로소 근심을 좀 덜었다.

누루마이는 동굴 입구를 지키는 여전사들에게 다가가서 뭐라고 한참 이야기를 했다. 누루마이도 큰부족장이었으며 나이도 많았지만 그 여전사들에게는 상당히 정중한 태도를 취했다. 여전사들 중 대장으로 보이는 여자가 다가오더니 서툴고도 건방진 주신 말로 물었다.

"치우비라는 자가 왔는가?"

그 여전사는 네 자루의 기다란 창을 등에 꽂고 긴 공작 깃털을 머리에 늘어뜨렸으며, 양쪽에 각각 한 자루씩 칼을 차고 그 앞에 색깔이 다른 돌 단검을 열 자루 넘게 꽂아, 수많은 무기로 화려하게 무장하고 있었다. 눈꼬리를 올린 표정이 사나워 보였다. 여전사의 말투가 마음에 들지 않아 치베와 형요는 눈살을 찌푸렸으나 부탁하는 입장인지라 꾹 눌러 참았다. 치우비는 형이 걱정될 뿐이라 급히 나서며 대답했다.

"주신 사울아비 치우비가 예 있습니다."

"쑤앙마이께서 기다리고 계시니 치우비는 들어와라."

"다른 사람은……?"

치우비가 되묻자 여전사는 벌컥 성질을 냈다.

"쑤앙마이가 계신 곳에 아무나 들여놓으라는 거냐? 무라마이의 부탁이 아니었다면 너도 들여놓지 않았다!"

치베와 형요 등은 화난 표정을 지었는데 치우비는 뒤를 돌아보고 고개를 저어 그들을 제지했다. 여전사는 코웃음을 치며 말했다.

"저기 빈집이 있으니 알아서들 들어가 기다려라."

그때 상망이 나섰다.

"나는 지나 화산족의 상망이오. 우리도 헌원님의 명을 받고 쑤앙마이를 같이 뵈려고 하오."

여전사는 태도를 고쳐 다소 정중하게 말했다.

"그러십니까? 그러나 지금은 쑤앙마이께서 바쁘시니 잠시만 기다렸다 뵙도록 하십시오."

상망은 치우비 혼자 들여보내고 싶지 않았으나, 치베와 다른 사람이 남아 있으니 치우비 혼자 어찌겠는가 싶어서 고개를 끄덕였다.

"뭐 그렇게 하죠."

치베나 형요, 울라트는 여전사가 지나족에게만 정중히 대하고 치우비를 뭐 보듯 대하자 화가 치밀어 속으로 욕을 해 댔다. 그때 소녀가 앞으로 나오더니 웃으며 여전사에게 뭐라고 말을 건넸다. 여전사는 소녀를 보자 깜짝 놀라며 반가워했다. 두 사람은 한참이나 재잘거리며 이야기를 나누었다.

이윽고 한참을 기다리던 치우비를 쳐다보며 소녀가 살짝 웃었다.

"미안합니다. 오랜만에 봐서 하도 반가워서 그만."

"아는 분입니까?"

"저와 같이 자랐던 자매 중 하나예요 이름은 비냐라고 하죠. 비냐가 무례하게 군 것을 용서하세요. 원래 성격이 그렇기는 한데, 지금은 화가 나서 더 그렇답니다."

치우비로서는 비냐가 성격이 좋고 나쁘고는 알 바 아니었으므로 무조건 고개를 끄덕이며 짧게 말했다.

"어서 갑시다."

치우비는 치베에게 화내지 말고 조용히 기다리고 있으라 당부하고 소녀와 누루마이, 그리고 비냐와 함께 굴 안으로 들어섰다. 동굴 속은 천장에서 바닥까지 기괴한 종유석들로 가득 차 있었다. 동굴 벽에는 횃불이 걸려 있었는데 몇천, 몇만 년을 두고 생긴 종유석의 괴이하고도 아름다운 모습이 횃불에 일렁거리자 말로는 표현할 수 없는 분위기를 자아냈다.

동굴 안에는 비냐와 비슷한 여전사들이 많이 지키고 있었으나 비냐가 앞장서자 아무도 그들을 건드리지 않았다. 누루마이는 말이 없었지만 소녀는 비냐와 계속 이야기를 나누면서 이따금씩 치우비에게 말을 건넸다.

"무라는 사흘 전에 도착했다고 합니다. 무리한 탓에 앓아누워 있다는군요."

치우비는 고맙고도 안쓰러운 생각이 들어서 말했다.

"무라님이 무리를 해 주셨군요. 정말 죄송한 일입니다……."

"무라는 성격이 곧아서 뭐든 한다고 하면 해요. 비님과 천님이 무라에게 베푼 은혜가 더 크니 그런 생각은 하지 마세요."

"형님은……?"

"치우천님은 지금 쑤앙마이께서 직접 돌보고 계신답니다. 벌써 이틀째라는군요. 그런데 쑤앙마이에서 몹시 힘들어하시는 듯하여 비냐가 저렇게 화가 난 거예요. 비냐는 원래 남자들을 싫어하는데다 쑤앙마이를 진정으로 존경하거든요."

치우비는 쑤앙마이조차 형을 고치는 데 애를 먹고 있다는 말에 표정이 어두워졌다. 동굴 안이 넓어지면서 밝은 빛이 비쳤다. 공기도 훈훈해지고 향기로운 냄새가 났다. 졸졸 물 흐르는 소리도 들렸다. 나가 보니 꽃과 풀, 나무가 우거져 있었고 이름 모를 새와 동물까지도 놀고 있었다. 어두운 동굴이 이렇게 기이하고 아름다운 곳과 연결되어 있을 줄은 미처 생각 못한 터라 치우비는 입을 딱 벌렸다.

시냇물이 흐르고 나비가 날아다녔다. 화사한 빛깔의 동물과 새 들도 사람을 두려워하지 않고 그들이 들어오는 것을 멀쩡하게 지켜보고만 있었다. 저편으로 화려하게 장식된 커다란 집이 보였다. 온갖 보석과 금, 가죽과 깃털로 장식하여 보기만 해도 눈이 아찔할 정도의 화려한 집이었다.

소녀가 생긋 웃으며 말을 건넸다.

"저기가 쑤앙마이께서 계신 곳입니다. 신기하죠?"

치우비는 감탄하며 고개를 끄덕였다.

"아름다운 곳이군요. 쑤앙마이께서 계실 만한 곳입니다."

그때 뒤쪽에서 여섯 명의 여자들이 급한 발걸음으로 나타났다. 머리부터 발끝까지 흰옷과 모자와 망토를 두른 여자들이었는데, 소녀나 치우비는 돌아보지도 않고 지나쳐 집 안으로 들어섰다.

소녀와 누루마이는 안색이 변했다.

"저들은 누굽니까? 왜 놀라죠?"

치우비가 묻자 소녀가 말했다.

"여섯 무녀까지 올 정도라면 정말 심각하군요."

"저 사람들이 여섯 무녀입니까?"

누루마이가 고개를 끄덕였다.

"쑤앙마이의 여섯 무녀라네. 이름은 마이펑, 마이차, 마이양, 마이리, 마이빈, 마이상이고, 사람을 고치고 죽은 사람도 살리는 재주가 있다고들 한다네."

소녀도 걱정스럽게 한마디 끼웠다.

"물론 쑤앙마이의 재주가 더 뛰어나시지만……. 저들까지 불러들이셨다면 치우천님이 정말 좋지 않다는 이야기인데……."

치우비의 눈앞이 캄캄해졌다. 비틀거리는 걸음으로 치우비가 화려한 집 앞까지 가자 두 명의 키 큰 여전사가 걸어 나왔다. 두 사람은 흰호랑이 가죽을 몸에 두르고 머리를 길게 늘어뜨렸으며, 극락조의 깃털로 온몸을 장식하고 활과 큰 칼을 멘 여전사였다. 그들은 소녀를 보자 반가워하며 뭐라고 이야기를 했다. 그러다가 그들 중 하나가 아주 서툰 지나 말로 물었다.

"네가 주신에서 온 치우비냐?"

"그렇습니다."

"어서 들어와라. 쑤앙마이께서 찾으신다."

누루마이와 소녀가 함께 들어가려 하자 여전사는 미안한 듯 뭐라고 하며, 들어갈 수 없다는 태도를 보였다.

누루마이는 하는 수 없다는 듯이 말했다.

"자네만 들어오라시니 가 보게."

소녀는 들어가고 싶어 하는 기색이었지만 여전사는 고개를 저었다.

치우비는 마음이 급하여 얼른 안으로 들어섰다.

집 안에는 다시 여러 문이 있었고 각각 여전사들이 지키고 있었다. 문을 지날 때마다 약초 냄새가 진하게 풍겨 왔다. 뿐만 아니라 뭔지 알 수 없는 기이하고 독특한 냄새가 풍겼는데, 독하고 코를 찌르면서도 정신이 맑아지는 냄새였다.

세 군데의 문을 지나자 어둡고 침침한 굴이 나타났다. 여전사를 따라 다시 그 굴을 지나자 푸른빛으로 가득한 신비스러운 공간이 나타났다. 벽과 천장까지 사방이 온통 푸른 수정으로 차 있었다.

양쪽으로는 신기하게도 부글부글 끓어오르는 더운물로 가득 찬 연못이 있었다. 중앙에는 돌을 깎아 세운 단이 있었는데, 방금 들어간 여섯 무녀는 그 밑에 있었고 단 위에 한 사람의 여자가 서 있었다. 치우비와 함께 들어간 여전사는 단 위의 여자에게 깊숙이 허리를 굽혀 절하며 뭐라고 말했다. 치우비를 데려왔다고 고하는 것 같았다. 치우비는 생각했다.

'저 여자가 쑤앙마이인 모양이구나.'

쑤앙마이는 기이한 모습의 여자였다. 검은 머리는 길게 늘어져서 땅에 끌릴 정도였는데 머릿결 사이에 붉은 머리칼과 흰 머리칼이 간간이 무늬를 이루듯 섞여 있었다. 몸에는 어떤 동물의 것인지 추측할 수도 없는 희고 고운 가죽옷을 입고 있었는데 무릎 위로 한참 올라올 만큼 짧았다. 타는 듯 붉은 가죽신을 신고 깃털로 짠 오색 망토를 길게 늘어뜨렸으며 금관을 머리에 쓰고 있었다. 그 외에도 화려하고 귀한 보석으로 몸을 덮다시피 하여 움직일 때마다 보석들이 뿜어내는 빛에 눈이 아플 지경이었다.

키는 꽤 컸고 피부는 약간 검은 편이었는데, 눈초리가 번갯불을 내쏘는 듯 빛나서 사람을 압도했다. 어찌 보면 무서운 노인 같았고, 어찌 보면 온화한 처녀 같았다. 잠깐 바라보는 동안에도 얼굴이 계속해서 변하고 있는 것 같았다. 화려하다고만 말할 수 있을 뿐 그 밖에는 어떻다고 꼭 짚어 말하기 힘든 기이한 모습이었다.

치우비는 쑤앙마이에게서 곧 눈을 돌릴 수밖에 없었다. 쑤앙마이 아래로 형 치우천이 침대에 누워 있었기 때문이다. 여섯 무녀들이 치우천을 둘러싸고 무엇인가 한창 토론을 하는 중인데, 표정들이 심각했다. 건너편에는 무라가 호랑이 가죽 위에 앉아 있었다. 몸이 불편하여 누워 있다가 치우비가 오자 몸을 일으킨 듯했다. 무라는 치우비에게 살짝 고개를 끄덕여 보였고 치우비도 눈인사를 했다.

쑤앙마이는 치우비를 잠시 바라보다가 같이 온 여전사에게 물러가라는 듯 손짓을 했다. 여전사가 물러가자 쑤앙마이는 무라를 보며 뭔가 물어보았다. 무라가 대답하자 쑤앙마이는 고개를 끄덕이며 치우비에게 주신 말로 또렷하게 말했다.

"건방지구나, 치우비. 뻣뻣이 서서 인사도 올리지 않는 것이냐?"

쑤앙마이의 얼굴은 늙은 모습이 아니었는데 목소리만은 백 살 먹은 할멈처럼 늙은 티가 역력했다. 그러나 서슬 퍼런 목소리에는 위엄이 가득하여 감히 범접하기 어려웠다.

치우비는 얼결에 멍한 표정으로 되받았다.

"쑤앙마이이십니까?"

"아니면 내가 누구겠느냐?"

치우비는 고개를 숙여 정중히 인사를 한 뒤 말했다.

"주신 사울아비 치우비가 쑤앙마이께 인사드립니다. 어떻게 인사를 드려야 하는지를 몰라서……."

쑤앙마이가 웃으며 말했다.

"보아하니 멍청이구나. 멍청이로 태어나지는 않았는데 멍청이가 되었군그래."

치우비는 뭐라 대꾸하지 않았다. 쑤앙마이가 말했다.

"너, 쿠라쟌을 먹은 일이 있느냐?"

"그게 무엇입니까?"

"그렇군. 주신 말로는…… 그래, 뭐라던가. 신수 곁에서 자라는 풀 말이다. 아홉 개의 잎사귀가 달린……."

"아홉구비 말입니까?"

"아, 주신에서는 그렇게 부르느냐?"

쑤앙마이는 기분이 좋아진 듯 웃으면서 빠른 걸음걸이로 단을 내려 와 치우비의 주위를 빙빙 돌며 몸 여기저기를 살펴보았다. 쑤앙마이의 행동은 노인 같지 않게 정정했으며 야성미가 넘쳤다. 쑤앙마이의 얼굴 은 어떤 순간에는 추악해졌다가, 어떤 순간에는 요염해졌다를 반복했 다. 치우비는 자기 눈이 이상해진 게 아닌가 싶을 정도였다.

"네가 아수타란을 죽였다면서?"

"아수타란이 무엇입니까?"

"무라를 괴롭히던 예티 같은 구루…… 아니, 주신 말로…… 선인 말 이다."

"그 괴물 말입니까?"

"그렇다. 그 녀석은 원래 괴물이 아니었지. 아수타란이라는 구루였 다. 그러나 자기 재주로 세상을 뒤엎어 볼 생각으로 보물을 얻으러 갔다 가 괴물이 되어 버렸지."

쑤앙마이는 장난스러운 아이 같은 얼굴이 되어 킥킥 웃었다.

"죽어 싼 녀석이다. 감히 내 딸이나 다름없는 무라를 괴롭혔으니. 안 그래도 내가 손을 쓸 수 없어 골치 아팠는데 잘 죽었다, 잘 죽였어. 내 고맙다고 하지."

"제가 죽인 것이 아닙니다. 형이 방법을 생각해 냈고 지나족 영웅들도 도와주었습니다."

쑤앙마이는 웃으며 치우천을 코끝으로 가리켰다.

"그래, 알아. 다 들었다. 그렇지 않으면 이런 골치 아픈 산송장을 내가 고쳐 주려 했겠느냐?"

치우비는 침울한 표정으로 물었다.

"제 형이 많이 안 좋습니까?"

별안간 쑤앙마이는 푸르스름한 표정의, 아픈 병자의 얼굴이 되어서는 대답했다.

"터놓고 이야기하자. 나는 솔직히 자신이 없다!"

치우비는 벼락을 맞은 것처럼 몸을 휘청거렸다. 쑤앙마이는 미안하다는 듯 말을 이었다.

"네 형이 아수타란의 저주에만 썰 것이라면 쉽게 고칠 수 있다. 하지만 그것만이 아니더군. 네 형은 다리를 질질 끌었지?"

치우비는 간신히 대답했다.

"그…… 그렇습니다."

"몸이 정상이 아니라서 그런 것이지? 헌원과 같이 있었다니 적송자를 만난 적 있겠지?"

"그렇습니다."

"적송자는 그래서…… 음, 그 뭐냐, 그래. 몸의 길(혈도)이 막힌 병이라 말해 주었을 테고, 그래서 쿠라쟌을 얻은 것이겠지?"

"아홉구비 말입니까?"

"그래, 아홉구비. 그것은 신수가 지키고 있을 텐데 어떻게 얻었지?"

치우비는 눈물을 글썽이며 어머니 미리내가 아홉구비를 얻어다 준 사정을 간단히 이야기했다.

쑤앙마이는 눈을 빛내며 물었다.

"네 형은 왜 그것을 너에게 먹였지?"

"그것은……."

치우비가 머뭇거리자 쑤앙마이는 다그치듯 물었다.

"왜 그랬지?"

치우비는 대답하지 못했다. 쑤앙마이는 다 안다는 듯 말했다.

"그랬구나, 그랬어. 네 형은 어렸는데도 욕심이 참으로 크기도 했구나. 그래, 그럴 수도 있지. 그러나 그 때문에 네 형은 이제 죽게 생겼다."

치우비는 왈칵 눈물을 쏟을 뻔했다. 쑤앙마이는 그런 치우비를 못 본 척 계속 말했다. 이때 쑤앙마이의 얼굴은 돌처럼 딱딱하고 아무 표정이 없었다. 무라보다도 백배는 더 무심해 보였다.

"네 형은 그동안 몹시 아프지 않았느냐? 매일같이 길길이 날뛰고 데굴데굴 구르면서 울며 비명을 질렀을 텐데?"

치우비는 고개를 저었다.

"그런 적 없습니다."

"뭐? 그럼 아프지 않았단 말이냐?"

"아프다고 들었습니다. 그러나 형은…… 한 번도 아프나는 내색을 한 적 없습니다. 우리가 어렸을 적에는 몇 번 그랬지만, 어느 날 더 이상 울지 않겠다고 저와 약속을 했습니다. 그리고 형은…… 형은…… 우는 대신…… 노래를 불렀습니다……."

치우비의 눈에서 눈물이 솟구쳐 하염없이 흘러내리기 시작했다. 항상 빈정거리는 것 같던 쑤앙마이는 처음으로 놀라는 빛을 보였다.

"믿을 수 없다. 정말이냐? 그건 사람이 버틸 수 있는 아픔이 아닌데."

"사…… 사실입니다."

"그뿐만이 아냐! 아수타란의 저주 말고도 다른 주술까지 걸려 있구나! 몸을 해치는 저주는 아니지만, 그 때문에 복잡해서 고치기가 어려 워졌단 말이다."

"주술요?"

치우비도 모르던 일인지라 눈을 크게 떴다. 쑤앙마이는 더 따지지 않 고 말했다.

"그것만이라면 그래도 낫다. 내가 힘을 다하면 어떻게든 해 볼 수 있다. 그런데 누가 맥을 풀어 주다가 말았다. 풀려면 풀고 아니면 말 것이지 풀다가 말아 더 나쁘게 되었구나. 그동안 고통이 더 심해졌을 것이다."

치우비는 유망이 형을 고치다가 도중에 기분이 틀어져 그만둔 일을 기억하고 외쳤다.

"유망입니다! 염제 신농 유망이…… 형을 고치다가 말았습니다!"

쑤앙마이는 화난 듯 목소리를 높였다.

"뭐 그런 놈이 다 있느냐? 고치려면 고치고 말려면 말 것이지 하다 말아서 더욱더 나빠졌다. 하지만 좋다고 치자! 내 힘에 여섯 무녀의 힘 을 더하면 그것도 어떻게 할 수 있다. 그런데 네 형은 그런 와중에도 몸 을 쉬지 않고 험하게 굴렸더구나! 타는 듯 뜨거운 열기도 쐬고 괴이한 것들과도 어울려 기이한 정기까지 몸에 배었다. 아프면 드러눕기라도 해야지 어째서 억지로 참으며 사방을 돌아다니느냐? 여기에 왔으니 카 린산의 시린 냉기를 쐰 것은 어찌할 수 없다 해도 왜 이리 몸을 험하게 굴린 것이냐?"

"맞습니다! 형은 사막에서 헤매며 고생을 했고…… 도깨비 왕 비올 걸에게 잡혀가서 그와 함께 여기저기 여행을 했습니다! 그리고 카린산 으로 달려왔습니다!"

쑤앙마이는 한숨을 쉬었다. 삽시간에 쑤앙마이의 얼굴은 지치고 늙 은 초로의 여인으로 변해 있었다.

"도대체 너는 사람의 몸이 왜 아픈 것인지 아느냐? 망가졌으니 얼른 고치라고 신호를 보내는 것이다. 그게 아픔이고, 고통이야. 그런데 그런 고통을 겪으며 그렇게 몸을 굴리니, 덧난 것이 더욱 덧나고, 탈이 나도 크게 나는 것이다. 내 여러 백 년을 살아오며 많은 사람을 보아 왔지만 이렇게 만신창이가 된 놈은 처음이다! 그러면서도 멀쩡하게 걸어 다니고 아수타란과 싸움까지 했다고? 원 세상에!"

치우비는 가슴에 비수가 꽂히는 것 같았다. 쑤앙마이의 한마디 한마디에, 형의 고통이 얼마나 컸는지 새삼 느낄 수 있었다. 마음이 아파서 몸을 가눌 수조차 없어 치우비는 주저앉으며 통곡했다.

쑤앙마이는 찌르듯 한마디를 더 했다.

"너는 아우라면서 형이 이 꼴이 되게 놔두었단 말이냐?"

치우비는 대성통곡을 하다가 그 말을 듣자마자 정신이 아득해지고, 후회가 물밀듯 밀려온 탓에 까무러쳐서는 뒤로 벌렁 넘어져 버리고 말았다. 무라가 깜짝 놀라 일어서려 하는데 그보다 앞서 여섯 무녀 중 한 사람이 치우비에게 다가가 상태를 살피고는 무슨 약을 꺼내 코에 들이밀었다. 치우비는 이내 정신을 차렸다. 그러나 정신이 들고 나서도 치우비는 고통스러워서 땅을 치며 울었다.

"그렇게……! 그렇게 심한 아픔이었던 것입니까? 나는 그런 줄도 모르고…… 그런 줄도 모르고……!"

치우비는 목 놓아 울다가 다시 까무러쳐 이번에는 앞으로 푹 쓰러져 버렸다. 치우비의 애통해하는 모습을 보고는 냉정한 무라나, 치우비를 처음 보는 여섯 무녀조차 눈물을 글썽였다. 쑤앙마이도 표정의 변화는 없었으나 치우비를 안쓰러운 듯 한참이나 가만히 바라보았다. 무녀가 다시 치우비의 정신을 차리게 만들자 치우비는 울면서 쑤앙마이에게 무릎을 꿇고 고개를 조아리며 외쳤다.

"형을 구해 주십시오! 쑤앙마이! 형을 구해 주십시오!"

쑤앙마이는 치우비가 간절하게 매달리자 귀찮다는 표정을 지었다. 그러나 표정과는 달리, 얼굴은 점점 흐뭇하고 따뜻하며 정이 넘치는 듯한 아름다운 부인의 모습으로 조금씩 변해 갔다.

"사내자식이 무슨 꼴이냐! 태산 회의의 대용사라는 녀석이 남에게 함부로 무릎을 꿇어?"

그러나 치우비는 계속 외쳤다.

"대용사 따위 필요 없습니다. 사내자식이 아니어도 좋습니다. 형님을 구해 주십시오. 형님을 그런 고통 속에 빠뜨렸던 제 죄가 무겁습니다. 저를 죽여도 좋고, 저를 갈가리 찢어서 형에게 먹여도 좋습니다. 제발 형을 고쳐 주십시오!"

쑤앙마이가 버럭 화를 냈다. 쑤앙마이는 화가 머리끝까지 난 것처럼 독기 오르고 신경질적인 얼굴로 바뀌어 있었다.

"에잇! 귀찮아!"

그러고는 치우비를 발로 차 버렸다. 치우비는 쑤앙마이에게 엎드리며 계속 간청했다. 쑤앙마이는 성질이 나는 듯 카린 말로 욕을 하며 마구 때렸는데도 치우비는 꿈쩍도 하지 않았다.

그 모습을 본 무라의 얼굴이 밝아졌다. 쑤앙마이는 성격이 괴팍하여, 그녀가 화를 내고 귀찮다고 한 것은 싫다는 의미가 아니었다. 오히려 좋게 말하고 웃는다면 그것이 거절의 의미였다. 쑤앙마이가 치우비에게 화를 내고 때리는 것은 그녀가 모든 힘을 다해 치우천을 구할 생각이라는 의미였다. 그러려면 고생을 해야 하므로 미리 화풀이를 하는 셈이었다.

쑤앙마이의 기이한 성격을 쑤앙마이 밑에서 자란 무라가 모를 리 없었다. 카린산의 부족은 무엇을 청할 때, 쑤앙마이가 화를 내면 낼수록 좋아했다. 만약 쑤앙마이가 부탁하는 사람을 두들겨 팬다면, 그 사람은 맞으면서도 입이 찢어지게 웃으며 기뻐하곤 했고, 집에 가서 잔치를 베풀기까지 했다. 그만큼 쑤앙마이가 전력을 다한다는 의미였기 때문이다.

그럼에도 무라는 쑤앙마이에게 말 한마디 하지 못했다. 쑤앙마이 성격에 만약 남이 옆에서 끼어들면 하려던 일도 그만두곤 했기 때문이다.

마침내 쑤앙마이가 치우비에게 말했다.

"알았다, 알았어. 내가 졌다. 멍청이 같은 놈이 하도 끈질기니 하는 수 없구나. 그러니 그쳐라. 시끄러워 못살겠다."

"예, 예……. 감사합니다, 쑤앙마이."

그러나 치우비가 금방 울음을 그치지 않자 쑤앙마이는 버럭 소리를 질렀다.

"썩 그치지 않으면 생각을 바꾸겠다."

눈이 퉁퉁 부은 치우비는 간신히 울음을 멈추었다. 쑤앙마이는 뒷짐을 진 채 깊은 생각에 잠겨 왔다 갔다 하더니 이윽고 치우비에게 말했다. 쑤앙마이의 얼굴은 심각하고 깊은 생각에 잠긴 표정이었다.

"완전히 낫게는 할 수 없을지도 모른다. 적어도 두 가지는 내가 손댈 수 없다."

"그게 무엇인지요?"

"하나는 아수타란 것이 아닌 다른 주술이다. 그건 몸을 해치지는 않으니 그냥 두어도 상관은 없다만."

"그래도 주술이 걸려 있으면……."

쑤앙마이가 호통을 치며 치우비의 입을 막아 버렸다.

"내가 상관없다고 하면 상관없는 거야!"

"예, 예. 쑤앙마이."

치우비가 공손해지자 쑤앙마이는 계속 말했다.

"두 번째! 유망 놈이 건드리다 만 것은 그 녀석이 끝내야 한다. 그놈이 쓴 방법은 옛날 신농이 만든 방법이라 나도 모른다. 그러니 다 낫게는 못한다. 네 형은 잘되면 옛날처럼 아프지는 않을 것이지만, 다리는 여전히 절지도 모른다. 다리를 고치는 것은 유망 놈 말고는 할 사람이 없다. 그래도 되겠느냐?"

'유망과는 이제 원수가 되었는데 어떻게 다리를 고쳐 달라고 한다는 말인가? 허나 할 수 없지. 형이 아프지 않게 되는 것만도 어디냐!'

치우비는 생각을 접고 급히 말했다.

"그게 어딥니까? 그저 감사할 따름입니다."

쑤앙마이가 고개를 끄덕이며 말했다.

"네 힘이 필요하다."

"무엇이든 하겠습니다."

"정말이냐?"

"물론입니다!"

쑤앙마이는 눈을 빛내며 곰곰이 생각하다가 입을 열었다.

"너는 원래 기운이 센 타고난 용사다. 그러나 지금같이 강해진 것은 쿠라쟌을 먹은 덕이겠지?"

"그렇습니다."

"그것은 오래전에 먹어 사라져 버렸지만, 기운만은 네 몸속에 아직 남아 있다. 그래서 네 힘이 그리 강해진 것이다. 그렇지?"

"그렇습니다."

"그 기운을 버릴 수 있느냐? 네 형을 위해서 기운을 버릴 수 있느냐 말이다."

치우비는 서슴없이 대답했다.

"물론입니다!"

치우비가 너무 간단히 대답하자 쑤앙마이는 웃었다. 쑤앙마이는 날카롭고 빛나는 눈을 한, 기이하고도 무서운 얼굴로 변해 있었다.

"그렇게 간단한 문제가 아니다. 네 형은 그 기운을 가져도 전혀 강해지지 않는다. 아픈 것이 나을 뿐이지. 자기 아픔을 돌보지 않고 네게 그걸 준 것은, 너를 세상 제일의 용사로 만들기 위함이었다는 것을 내가 안다. 기운이 없어져도 어느 정도 힘은 남겠지만, 네 형이 그걸 바랄지 아닐지 모르잖느냐?"

"하지만……."

치우비가 말끝을 흐리자 쑤앙마이는 웃으며 뒷짐을 지고 치우비의 주위를 빙빙 돌았다.

"그것만이 아니다. 너는 이제 유명해져서 네 형뿐 아니라 많은 사람들이 기대를 걸고 있다. 네가 하루아침에 약해진다면, 앞으로 험난한 길을 어떻게 갈 생각이지? 듣자 하니 너는 형천, 끽구와 맞먹었다는데 그러면 그들의 상대가 되지 못할 거야. 네 형은 누가 지키지? 네 형의 뜻은 몹시 큰 것 같던데, 그걸 누가 이루지?"

치우비는 고개를 저었다.

"형이 없으면 저도 없습니다. 제가 지금보다 열 배, 백 배 상해신들 형을 잃으면 무슨 소용이겠습니까? 제가 노력하겠습니다. 제가 애쓰겠습니다. 힘이 없으면 기술을 닦으면 됩니다. 저는 힘만 믿고 노력을 게을리했습니다. 죽을 각오로 노력하겠습니다. 더 애쓰겠습니다."

"후회하지 않겠나?"

"죽어도 후회하지 않습니다!"

치우비가 단호하게 외치자 쑤앙마이는 간드러지게 호호 웃더니 곧 무섭게 눈을 빛내며 외쳤다.

"눈을 감아라!"

치우비가 눈을 감는 순간, 갑자기 저 높은 낭떠러지에서 한없이 떨어지는 기분을 느끼며 정신을 잃었다.

무라는 두근거리는 마음으로 쑤앙마이가 하는 일을 지켜보았다. 쑤앙마이는 치우비가 정신을 잃자 여섯 무녀들을 시켜 치우비의 몸을 치우천의 옆으로 옮기라고 했다. 그리고 치우천과 치우비의 몸을 마주 보게 앉힌 다음 치우비의 오른손을 치우천의 왼손에 갖다 대게 하고 치우비의 왼손을 치우천의 오른손에 갖다 대게 했다. 두 사람은 의식이 없었으므로 무녀들이 대신 손을 받쳐 들고 있어야 했다.

쑤앙마이는 꼼꼼하게 두 사람의 자세를 여기저기 바로잡더니 눈을 감고 주문을 외웠다. 주술이 걸리자 두 사람의 몸은 돌처럼 빳빳하게 굳어져 옆에서 잡지 않아도 자세를 유지할 수 있었다. 쑤앙마이는 여섯 명의 무녀를 불러 자신의 등에 손을 갖다 대게 하고는 무라에게 말했다.

"너는 잘 지켜보고 있다가 만약 내 얼굴에 붉은 기운이 없어지고 푸른 기운이 돌면, 일이 잘못된 것이니 자매들을 불러 힘을 보태게 해라. 그래도 붉은 기운이 돌지 않는다면 나를 밀어서 저들과 떼어 내라. 너는 절대 힘을 쓰지 마라. 다쳤으니 잘못 힘을 쓰면 큰일 난다."

무라는 고개를 끄덕여 보였다. 쑤앙마이가 치우비의 등에 손을 대고 힘을 가하기 시작하자 무라는 초조한 눈빛으로 그 광경을 지켜보았다.

새 우주의 탄생

우주는 8계(八界)라네.
8계이며 9계이고 또 무한계라네.
모든 것은 돌고 돌아 처음이 끝이 되고,
시작이 마지막이 되는 법이라네.
—『왜란종결자』,「우주 8계의 노래」중에서

아무것도 보이지 않고 들리지 않는, 둥둥 뜬 것 같은 침묵이 얼마나 계속되었는지 몰랐다. 그러다가 갑자기 찌르는 듯한 아픔이 전신을 뚫고 지나가는 바람에 치우천은 정신을 차렸다. 허나 정신이 들었다뿐이지 눈도 뜰 수 없고 소리도 들을 수 없었다. 찌르는 듯 아프고, 근질근질한 기운이 몸속을 맴돌면서 곳곳을 훑고 지나갔다. 온몸이 저릿저릿할 뿐 움직일 수조차 없었다. 그러다가 갑자기 몸 안에서 뭔가가 폭발하는 느낌에 치우천은 놀라 비명을 지르면서 뒤로 넘어지며 눈을 번쩍 떴다.

눈을 뜬 치우천은 헐떡이면서 일단 숨을 골랐다. 정신이 들자 치우천은 천장을 보고 낯선 광경에 의아해했다. 자신은 푸른 수정들이 영롱하게 빛나는 동굴 속에 와 있었다. 치우천은 의아해했다.

'나는 괴물과 싸우다가 정신을 잃었는데 왜 이런 곳에 있는 것일까? 무라마이나 누루마이가 옮겨 놓은 것일까?'

치우천은 몸을 일으켜 세우다가 깜짝 놀랐다. 치우비가 자신의 앞에 죽은 듯 쓰러져 있는 것 아닌가?

"아우야! 아우야!"

치우천은 놀라서 치우비의 몸을 흔들었다. 숨은 붙어 있었지만 마치 기절한 것처럼 정신을 차리지 못했고 얼굴색도 파리하고 초췌했다.

그때 뒤에서 아주 늙은 여인의 목소리가 들려왔다.

"정신을 차렸군, 치우천."

치우천은 돌아보고 흠칫거렸다. 자신의 등 뒤에는 기이하게 생긴 여인이 숨을 헐떡이며 앉아 있었고, 그 뒤에 여섯 명의 흰옷을 입은 여자들이 여기저기 쓰러져 있었다. 더불어 다섯 명의 카린산 여전사들도 쓰러져 있었으며 맨 끝에는 무라까지 쓰러져 있었다.

치우천은 사람들이 왜 가지런히 줄을 이어 쓰러져 있는지 짐작조차 할 수 없었다. 그러나 분위기를 보고, 자신의 뒤에 있는 여인의 분위기가 세상에서 찾아볼 수 없을 정도로 독특하다는 것을 깨닫고는 눈치 빠르게 물었다.

"쑤앙마이이십니까?"

쑤앙마이가 웃었다.

"그래."

"주신 사울아비 치우천이 쑤앙마이께 인사드립니다. 이렇게 만나 뵈니 영광입니다."

놀랐을 텐데도 침착하고 정중하게 인사를 하는 치우천을 보고는 쑤앙마이가 웃으며 농담을 했다.

"나에게 온 지 벌써 사흘이 지났는데 인사가 늦군!"

"이게 무슨 일입니까? 제 아우는 왜 이렇고, 무라님은 왜 쓰러져 있습니까? 저 사람들은 또 누구지요?"

쑤앙마이는 대답하지 않고 치우천을 흥미로운 눈길로 바라보았다.

"몸은 좀 어떠냐?"

치우천은 그 말을 듣고 깜짝 놀랐다. 항상 느껴지던 고통이 온데간데 없었기 때문이다. 고통을 달고 살던 치우천이라 이제는 아프지 않은 것이 어떤 느낌인지조차 잊어버릴 지경이었는데, 지금은 정신까지도 씻은 듯 상쾌했다. 몸이 날아갈 듯 가벼워 다시 태어난 기분이었다.

치우천이 놀라서 말을 더듬거렸다.

"아…… 아프지 않습니다. 이…… 이…… 이건……."

말재주 좋은 치우천이 자신도 모르게 말까지 더듬자 쑤앙마이는 피식 웃었다.

"다리는 아직 불편할 거야. 유망이 섣불리 건드려 놔서 그래. 그자만이 고칠 수 있다."

그러나 치우천은 기뻤다. 다리가 불편한 것은 어찌할 수 없더라도 전신을 쥐어짜던 고통이 사라진 것이 기쁘지 않을 수 없었다. 치우천이 거듭 감사의 뜻을 표하자 쑤앙마이는 조롱하는 듯 웃기만 했다.

치우천이 물었다.

"헌데 왜 다들 쓰러져 있습니까?"

"너 때문에 그렇지. 너는 대체 어떻게 생겨 먹은 놈이기에 몸을 그리 함부로 굴리느냐? 그래서 고생깨나 했단 말이다."

쑤앙마이는 일어서서 무라에게 다가가 무라의 맥을 짚어 보고는 한숨을 쉬며 중얼거렸다.

"바보 같은 것."

치우천은 아우의 안위도 궁금했지만 큰 은혜를 입은 것을 잊지 않은지라 무라가 걱정되어 물었다.

"무라님은 괜찮습니까? 어찌 된 일인지 알 수 없군요."

쑤앙마이는 대답하지 않고 무라의 이마에 손을 갖다 대었다. 잠시 시간이 지나자 무라는 신음을 흘리며 눈을 떴다. 무라가 눈을 뜨자마자 쑤앙마이는 화를 냈다.

"이 바보야! 아무리 급해도 너는 다쳤으니 안 된다고, 끼어들지 말라고 했는데 왜 끼어든 것이냐? 죽을 뻔하지 않았느냐?"

치우천도 미처 깨닫지 못했으나 쑤앙마이는 일부러 치우천이 들으라는 듯 지나 말로 말했다. 무라는 얼굴을 조금 붉히며 고개를 푹 숙였다. 그것을 보고 쑤앙마이는 놀라며 무라를 흘겨보았다.

"이 바보야. 바보 멍청아! 네 것이 될 수 없단 말이다. 그런데도 그러고 싶으냐?"

무라는 마음먹은 듯 조그맣게 대답했다. 무라는 치우천이 알아듣지 못하도록 카린 말로 대답했다.

"저는 저들을 위해 은혜를 갚겠다고 맹세했습니다. 친구로 생각할 뿐입니다."

"흥!"

쑤앙마이는 믿지 못하겠다는 듯 안타까운 눈길로 무라를 째려보았다. 무라는 다시 고개를 푹 숙였는데 대리석 같던 무라의 흰 얼굴이 붉어져 있었다. 쑤앙마이는 답답한 듯 가슴까지 치며 카린 말로 다그쳤다.

"큰 놈이건 작은 놈이건 이미 짝이 정해져 있어! 대체 어느 놈이야? 더구나 우리 카린족은 주신 사람과는 인연이 닿지 않는단 말이다! 생각을 바꿀 수 없는 게냐?"

무라는 고개를 더 숙이다가 마침내 고개를 돌려 버렸을 뿐 대답하지 않았다. 무라의 얼굴은 더욱 붉어져 있었다. 치우천은 카린 말로 두 사람이 말하는 것을 알아들을 수 없어 어리둥절해하다가 나름대로 생각했다.

'무라가 다친 몸인데도 나를 구하기 위해 무리하게 애를 써서 위험해졌나 보다. 그래서 쑤앙마이가 화를 내는 것 같구나.'

치우천은 정중히 말했다.

"주신 사울아비 치우천이 말합니다. 무라마이께서 저를 구하느라 애써 주신 것, 정말 감사합니다."

무라는 고개만 끄덕했는데 쑤앙마이는 역정을 냈다.

"뭐가 무라마이냐! 내 앞에서 누구에게 마이 자를 붙이겠다는 거냐? 내 앞에선 무라라고 불러!"

"알겠습니다. 죄송합니다, 쑤앙마이."

"너와 네 동생이 무라를 도와 아수타란을 죽여 준 것은 고맙게 생각한다. 그러나 그 은혜는 무라가 죽어 가는 너를 자기 몸을 돌보지 않고 카와 슈를 타고 달려와 나에게 데려다 주어서 갚은 셈이야! 그런데도 또 너를 구하려고 지친 몸으로 무리하게 기운을 써서 죽을 뻔했으니 너는 그것을 잊으면 안 된다!"

치우천은 쑤앙마이가 생색을 내는데도 불쾌한 기색을 보이지 않고 더욱 정중히 말했다. 치우천은 치우비보다 눈치가 빨라서 자기들이 죽인 괴물의 이름이 아수타란임을 눈치채고 있었다.

"절대 잊지 않습니다. 쑤앙마이, 무라님. 저기 쓰러져 계신 분들도 저 때문에 애를 쓰셨군요. 제 힘이 닿는 한 반드시 보답하겠습니다."

쑤앙마이는 코웃음을 치며 물었다.

"보답? 정말이냐?"

"물론입니다."

"네까짓 게 무슨 보답을 한단 말이냐? 정말 보답할 생각이 있는 거냐?"

"물론입니다. 무엇이든 말씀만 하십시오."

쑤앙마이의 눈이 갑자기 빛났다.

"내가 당장 네 목숨을 달라고 하면 어쩔 거냐?"

치우천은 놀랐으나 곧 웃으며 말했다.

"그러실 생각이라면 거둬 가십시오."

"무섭지 않으냐? 내가 너를 살렸다고 죽이지 못한단 생각 마라. 나 쑤앙마이는 평생 제멋대로 살아온 사람이라 나도 바로 다음 순간 내가 무슨 짓을 할지 모른단 말이다."

쑤앙마이가 겁을 주는데도 치우천은 조용히 말했다.

"저는 보잘것없고 나이도 적지만, 항상 안파견 한님의 뜻을 받들어 옳은 길만 걸으려 애썼습니다. 여기서 죽게 된다면 애석하지만 그것도 안파견 한님의 뜻이겠지요."

치우천이 동요하지 않고 차분하게 말하자 쑤앙마이는 기분이 좋아졌는지 미소를 지었다.

"알았다. 내 너를 죽이지 않으마. 솔직히 죽이고 싶었지만 참는 것이다. 대신 네가 보답할 길이 하나 있다."

"무슨 일인지요?"

"만약 나나 카린족이 너에게 죄를 지어도, 오늘 일을 생각하여 그들을 원망하거나 해치지 마라. 한 번만 그래 주면 되느니라. 그럴 수 있겠느냐?"

치우천은 어리둥절했지만 생각을 가다듬었다.

'쑤앙마이는 선인 중에서도 큰선인이다. 당장은 이해할 수 없어도 분명 큰 이유가 있으니 토를 달 수 없다.'

치우천은 진정 그러겠다고 말했다. 쑤앙마이가 기분 좋게 웃었다.

"다르긴 다른 놈이로구나. 아무렇게나 말하지 않고 어떤 일이건 두 번 생각한 다음에야 대답하는 것을 보니."

쑤앙마이가 치우천의 속마음을 들여다본 듯 이야기하자 치우천은 흠칫 놀랐다. 쑤앙마이는 개의치 않고 연달아 말했다.

"약속한 것이다?"

"주신 사울아비 치우천이 말합니다. 분명히 약속했습니다."

쑤앙마이는 기분이 좋아진 듯 호호 웃었다. 여전히 늙은 목소리였지만 몹시 간드러진 느낌이어서 기분이 묘했다. 치우천이 쑤앙마이에게 물었다.

"그런데 제 아우는…… 어찌 된 일입니까?"

"너는 저 녀석에게 고마워해야 한다. 죽자 살자 나를 붙들고 애걸하지 않았으면 너를 구하지 않았을 테니까. 네 아우도 큰 희생을 했다."

치우천은 치우비가 희생을 했다고 하자 갑자기 슬프고 놀라는 표정이 되었다. 쑤앙마이는 치우천의 얼굴을 빤히 바라보며 말했다.

"염려 마라. 별일은 없다. 다만 전에 네가 녀석에게 먹인 쿠라쟌……아니, 아홉구비의 기운을 전부 너에게 되돌린 것뿐이니까. 이제 네 아우는 예전만큼 힘센 장사가 아니다."

치우천은 길게 한숨을 쉬고는 쓰러져 있는 아우의 얼굴을 바라보며 눈물을 지었다. 치우천은 아우의 뺨을 쓸어 주며 중얼거렸다.

"아우야, 아우야. 바보 같은 녀석아. 앞으로 어찌하려고 그랬느냐?"

"실망했느냐? 네 아우에게 화났느냐?"

쑤앙마이가 묻자 치우천은 고개를 저었다.

"제 아우가 무슨 짓을 해도 저는 화내지 않습니다."

"말을 듣지 않아도?"

치우천은 미소를 지은 채 아우의 얼굴에서 눈을 떼지 않고 대답했다.

"그럴 만한 이유가 있으니 듣지 않았겠지요."

"네 아우가 못된 짓을 해도?"

치우천은 멋쩍게 웃었다.

"내 아우라서가 아니라, 이놈만큼 순진하고 착한 녀석은 세상에 없습니다. 차라리 내가 못된 짓을 하면 했지, 아우는 절대 그러지 않습니다."

"그럼 왜 그러느냐?"

치우천은 슬픈 듯 묘한 미소를 지어 보였다.

"이 녀석은 대용사로 소문이 났습니다. 겨루자고 하는 놈, 노리는 녀석들이 줄을 이을 것이고 험한 일이 수도 없이 기다릴 겁니다. 하지만 힘이 없어졌다고 피할 녀석은 아니죠. 그것이 안쓰러워서 그렇습니다. 그것뿐입니다."

"네가 지켜 주면 되잖느냐?"

"물론 그럴 것입니다. 그러나 이 녀석은 자신의 몸은 돌보지 않고 나를 지키려고만 합니다. 그것만은 제 말을 듣지 않는답니다. 그러니 안쓰러울밖에요."

쑤앙마이는 처음으로 만족한 듯 웃으며 고개를 끄덕였다.

"보기 좋군!"

쑤앙마이는 무라를 보며 말했다.

"무라! 아이들을 불러서 쓰러진 애들을 내보내라."

시간이 흐른 터라 쓰러져 있던 여자들 중 몇몇은 정신을 차리거나 일어나 있었는데 비냐와 쑤앙마이의 집 앞을 지키던 긴 머리의 여전사 중 한 명, 여섯 무녀 중 세 명이 일어나 있었다. 무라가 대답하고 사람을 불러 쓰러진 사람들을 업고 지친 사람들을 부축하여 나가게 했다. 치우비는 그냥 놔두었다. 무라가 나가려고 하자 쑤앙마이가 불러 세웠다.

"나가거든 누루를 불러라."

누루마이도 역시 존칭이 붙은 말인지라 쑤앙마이는 그냥 누루라고 불렀다. 무라가 대답하고 나가자 동굴 안은 조용해졌다.

쑤앙마이가 치우천에게 물었다.

"네 이름은 무슨 뜻이지?"

치우천이 말하지 않자 쑤앙마이는 웃으며 다시 물었다.

"하늘이란 뜻이 아니냐?"

치우천은 숨기지 못하고 고개를 끄덕였다. 쑤앙마이가 고개를 끄덕였다. 쑤앙마이의 얼굴은 치우천의 눈에도 시시각각 변하는 것 같아서 신기하기 이를 데 없었다.

"그럴 줄 알았다. 아수타란은 도를 깊이 닦은 선인이었다. 그는 축복을 받아서, 하늘의 이름을 가진 자만이 죽일 수 있는 운명을 받았으니까."

그 말에 치우천은 놀랐다.

"괴물도 죽기 전에 마지막으로 그런 소리를 했습니다. 혹시 그를 아셨습니까?"

"그래. 그러나 염려할 것은 없다. 나도 그놈은 잘 죽었다고 생각한다. 아수타란은 자기가 배운 재주로 사람들을 지배하여 지배자가 되겠다는 욕심 때문에 몸을 망쳤다. 너는 그놈이 남긴 보물을 얻었느냐?"

"괴물이 자기를 살려 주면 보물을 주겠다고 하더군요. 그러나 듣지 않았습니다."

"너는 욕심이 없으니 되레 보물을 가질 만하다. 내 그 보물이 여기 와 있는 것을 안다."

"저는 가진 적이 없습니다."

"누가 네가 가졌다고 했느냐? 누루! 들어와라!"

쑤앙마이가 돌아보지도 않고 말하는데 누루마이가 들어와 쑤앙마이에게 절을 했다. 쑤앙마이는 보지도 않고 물었다.

"괴물이 남긴 보물은 네가 가지고 있지?"

누루마이는 크게 놀라며 대답했다.

"그렇습니다. 제 부하가 얼음 동굴을 무너뜨리면서 얻었습니다."

"네가 가질 셈이냐? 그게 뭔지나 아느냐?"

누루마이는 정색을 했다.

"제가 가질 것은 아니었습니다. 도와준 사람들이 고마워서 그들에게 주기 위해 가지고 있던 것입니다. 보물은 두 개의 구슬이었는데, 하나는 지나족의 상망에게 선물로 주었습니다."

쑤앙마이는 한숨을 쉬었다.

"구슬이 두 개였느냐? 허, 이것도 하늘의 뜻인가? 지나족에게 하나를 이미 주었다고……."

쑤앙마이는 다시 한번 한숨을 쉬고는 물었다.

"나머지 하나는 누구에게 줄 것이냐?"

"쑤앙마이께서 원하는 대로 하소서."

쑤앙마이의 얼굴이 비웃는 표정으로 변했다.

"너는 그렇게 나이가 먹을 때까지 나를 섬기고도 아직 이 쑤앙마이를 모르느냐? 네가 얻은 것을 내가 왜 달라겠느냐? 누구에게 줄 생각이었냐고 묻잖느냐?"

"하나는 치우 형제에게 주려고 했습니다."

"줘라."

쑤앙마이가 간단하게 말하자 누루마이는 살짝 몸을 떨며 품에서 달걀보다 조금 작은, 타는 듯 붉은빛이 감도는 구슬을 꺼내 치우천에게 주었다. 치우천은 얼결에 공손히 받았다.

누루마이가 구슬을 내주자 쑤앙마이는 말했다.

"잘했다. 나가 봐라."

누루마이가 인사하고 나가자 쑤앙마이가 치우천을 바라보았다.

"그것이 무엇인지 아느냐?"

치우천이 대답했다.

"괴물 아수타란이 말했습니다. 신수와 이야기할 수 있게 해 주는 물건이라구요."

"그래, 맞다. 네 이야기는 네 아우에게 들었다만, 너희 어머니가 쿠라 쟌을 구하기 위해 신수에게 돌아가셨다고 했지?"

치우천은 그 말에 번개범이 문득 떠올라 눈에서 분노의 빛을 뿜어냈다.

"그렇습니다. 그뿐만 아니라 그 녀석은 주신의 한웅님을 해치려고 했습니다."

쑤앙마이의 얼굴은 차분하게 바뀌어져 있었다.

"그 구슬이 네게 꼭 필요할 것이다. 그놈과 이야기라도 해 보려면 말야."

"감사히 받겠습니다."

"주인이 되었으니 보물의 이름은 알아야겠지. 그 구슬은 '우린'이라고 부른다. 오래전 발귀리 선인께서 만드셨지."

발귀리 선인의 이름이 나오자 치우천은 놀랐다.

"발귀리 선인께서요?"

쑤앙마이는 치우천이 놀랄 것이라 짐작한 듯 여유 있게 웃으며 말했다. 쑤앙마이의 얼굴은 빛을 발하는 것처럼 눈부신 광채에 휩싸였다.

"너는 발귀리 선인을 만난 적 있지? 난 그분을 직접 뵌 적은 없다만."

"그…… 그렇습니다."

"발귀리 선인은 말〔言〕의 어머니이시다. 발귀리 선인께서는 아득할 정도로 옛날에 도를 얻으신 분이지. 나보다도 헤아릴 수도 없이 더 빠르셨다. 너는 주신 사람이니 대선인인 자부님을 알겠지만, 도력 높은 자부 선인도 발귀리 선인의 후손이라더라. 우린 구슬은 발귀리 선인이 말을 만들어 인간에게 가르치시기 전, 여러 산 것들과 마음을 통하기 위해 만드신 물건이다."

치우천은 신비한 이야기를 들으며 멍하니 고개만 끄덕이다가 이내 말했다.

"발귀리 선인께서는 저와 또 만날 것이라고 말씀하셨습니다."

쑤앙마이는 그 말에는 대답하지 않고 웃으며 물었다.

"그런데 이상한 것이 있다. 너는 왜 여자들을 멀리하지?"

치우천은 안색을 굳혔다.

"그건 저도…… 저도 이해가 가지 않습니다. 다만 누루마…… 아니, 누루님께서 주술 때문이라 말씀하셨습니다."

"그래. 그런데 누가 그런 엄청난 주술을 걸었을까? 더구나 그것은 사람을 해치지도 않는 퍽 기묘한 것이다. 그것은 나도 풀 재주가 없어."

치우천은 애써 그 생각을 하지 않으려 했다.

"어떻게든 되겠지요."

쑤앙마이는 피곤하고도 애처로워 보이는 울상으로 변하더니 코웃음을 쳤다.

"뭐가 어떻게든 된다는 거냐? 소녀도 내가 키운 귀한 아이다. 그 아이가 너를 좋다고 하여, 내 말까지 듣지 않고 울고불고 별짓을 다했단다. 여기 들어와서 너를 보고 싶다고 말이다."

치우천은 당황스럽기도 하고 감격하기도 해서 말했다.

"소녀님은 정말 저에게 잘해 주십니다."

"그 애만 잘해 주면 뭐 해? 너도 잘해 줘야지. 설령 그 애가 너에게 시집을 가도 허구한 날 뜬눈으로 밤을 지새우란 말이냐?"

카린족은 개방적이라 남녀 간의 일도 서슴없이 이야기했다. 치우천은 겸연쩍고 부끄러워 얼굴이 붉어졌다. 쑤앙마이는 화가 치미는 듯이 말했다. 쑤앙마이의 얼굴이 악귀나 도깨비처럼 무섭게 변해 있었다.

"뭐, 그건 네 잘못은 아니니 탓할 수 없지. 소녀는 어릴 때부터 지나족 유망에게 보내기 위해 길러졌다. 유망만이 아니라 어떤 남자의 마음도 쏙 빼놓을 수 있게 말야. 그것 때문에 그 애는 다른 자매들보다 훨씬 힘들게 자랐고 나도 그 애가 불쌍하다. 그런데 유망이나 사와라 한웅이나 늙어 빠진 머저리들이야! 그런 귀한 아이를 여기저기 굴리다니! 내이 앙갚음을 하지 않으면 쑤앙마이가 아니다!"

화를 내며 떠들어 대다가 쑤앙마이는 숨을 몇 번 쉬며 마음을 가라앉히고는 웃어 보였다. 어느새 쑤앙마이의 얼굴은 자애로운 어머니처럼 조용하고 편안하게 변해 있었다. 시시각각으로 변하는 표정에 치우천은 정신이 없을 지경이었다.

"그 애에게 잘해 주어라. 그 애는 겉으로는 순하지만 마음은 무척 강해서, 네가 잘못하면 편히 잠들 날이 없을 거다."

치우천은 고개만 끄덕였다. 쑤앙마이는 한탄하듯이 계속 말했다.

"나는 천 년을 넘게 살아왔다. 그것은 이 동굴의 덕이야. 나는 이 동굴을 찾아내어 이곳의 기운을 쐰 덕에 오래 살며 주술을 닦아 왔다. 하지만 그 때문에 밖으로는 함부로 나갈 수 없게 되었어. 동굴 밖으로 나가면 힘을 잃고 주술을 사용하지 못한다. 그래서 아수타란이 행패를 부려도 손도 쓰지 못했고, 지나족 유망 놈이 더러운 요구를 해도 꾹 참고 들어줄 수밖에 없다. 참으로 안타까워. 동굴 안으로 끌고 올 수 있다면 어떤 녀석이든 상대가 되지 않을 텐데 말이다."

치우천은 쑤앙마이의 힘이 그토록 강대하고 주술이 대단하다고 들었는데도 왜 아수타란 같은 괴물을 못 잡았을까 궁금하던 것이 비로소 풀렸다. 아울러 쑤앙마이 같은 대단한 지도자가 있는데도 왜 지나족의 눈치를 보고 있을까 하는 의문도 풀린 셈이었다. 이때 쑤앙마이의 얼굴은 수심으로 가득 차 영락없이 백 살 먹은 할머니처럼 보였다.

"나는 오랜 세월 살았고 주술력도 많이 쌓았지만 선인이 되지는 못했다. 절반 선인이라고나 할까? 도를 더 닦아 선인이 되어 세상을 버리고 싶지만 부족 때문에 그러기도 힘들다. 카린 부족은 내가 세웠다. 옛날에 처음 사람이 생길 때 남자와 여자는 똑같이 태어났다. 허나 아이를 낳는 고통을 치르기에 여자들은 위대한 존재, 남자보다 우월한 존재라 칭해졌고, 남편과 자식들이 여자를 받들며 살았다. 그러나 세월이 흐를수록 세상의 여자들은 남자들의 물건처럼 되고, 남자 눈치를 살피며 자질구레한 일이나 해야 했어. 그것이 싫어서 나는 여자들을 위해 카린 부족을 세웠다. 카린족은 여자들의 자존심인 거야……."

치우천은 한숨을 쉬며 고개를 끄덕였다. 쑤앙마이는 멋쩍었는지 헛기침을 몇 번 했다.

"너와 같이 있으니 이상하게 말이 많아지는구나. 나는 우리 부족을 사랑한다. 부족 사람들에게 무슨 일이 닥친다면 견딜 수 없어. 하지만 수도 적고 여자들이 밖으로 다니기 때문에 그나마 잘 늘어나지도 않아. 더구나 우리는 지나족과 가까이 있다.

훈족이나 창족*은 아직 약하지만, 지나족은 수가 많아서 겁이 난다. 그래서 우리는 지나족의 눈치를 볼 수밖에 없어. 그것은 이해할 수 있겠지?"

치우천은 고개를 끄덕였다.

"이해할 수 있습니다."

"지나족이 나에게 부탁을 하면 웬만해서는 거절하지 못한다. 내가 살아서는 그래도 괜찮지만, 내가 죽으면 카린 부족도 위험할 거야. 지나족은 우리와 정반대라 여자는 남자의 소유물이나 다름없다. 카린 부족이 그들의 손에 떨어지면…… 그것은 견딜 수 없는 일이야. 그러니 그들이

* 쿤룬 산맥 밑, 지금의 티베트 지방에 사는 종족의 이름. 중국인은 티베트 지방을 서장이라 불렀으며 이들은 장족, 서장족이라고 불렸다. 당시는 다른 이름으로 불렸을 테지만, 옛 이름을 고증할 길이 없어서 혼돈을 피하기 위해 근래 통용되는 이름을 썼다.

싫어도 친하게 지낼 수밖에 없는 거야. 알겠느냐?"

치우천은 쑤앙마이의 고심을 알 것 같았다.

"충분히 이해할 수 있습니다. 그러니 쑤앙마이께서는 오래오래 사셔서 부디 카린 부족을 지켜 주십시오. 주신과 카린은 서로 멀어 많이 오가진 않지만, 저는 카린 부족을 영원히 친구로 생각할 것입니다. 쑤앙마이나 무라님이 도와주신 것을 제가 어찌 잊겠습니까? 안파견 한님의 이름으로 맹세할 수 있습니다."

쑤앙마이의 얼굴에 기뻐하는 기색이 완연했다. 쑤앙마이가 기뻐하자 어린 소녀처럼 밝고도 화사한 얼굴이 되었다. 목소리와는 어울리지 않았지만 눈부실 정도로 예쁜 얼굴이었다.

"그래, 잊지 않으면 된다. 이 쑤앙마이가 오랜만에 많이 입을 놀렸구나. 속마음을 다 털어놓았으니 말야. 네가 괜찮은 놈이라 여겨 그랬으니 좋게 생각해라. 발귀리 선인께서도 마음에 들어 한 놈이니, 너에게 카린 족의 일도 부탁하고 싶구나."

쑤앙마이는 기분이 좋은 듯했다.

"네 아우는 비록 힘은 떨어졌지만, 이제부터는 덜 멍청해질 것이다."

"무슨 말씀인지요? 제 아우는 멍청하지 않습니다. 착하고 순진할 뿐이죠."

"그건 그렇지만, 네 아우는 가끔씩 둔하고 멍한 표정을 짓지 않더냐? 그건 착한 게 아니라 일시적으로 머리가 굳어서 그러는 것이다. 쿠라쟌의 힘이 너무 강하기 때문에 그런 것이야. 네 아우는 원래 힘이 셌는데, 거기에 쿠라쟌의 힘이 기세를 북돋우니 오히려 몸길이 가끔씩 막혀 머리가 잘 돌다가 멈추곤 했다. 이제는 그러지 않을 테니 전보다는 훨씬 눈치 빠른 녀석이 될 것 같구나. 뭐, 그래서 더 착하게 자랐을지도 모르지만."

치우천은 놀라면서 다시 한번 아우의 얼굴을 바라보았다. 치우천이 아우의 몸을 추스르느라 힘을 쓰자 무엇이 땅에 툭 떨어졌다. 쑤앙마이는 그것을 가리키며 물었다.

"그건 뭐지?"

치우천은 얼결에 물건을 집어 들었다. 그것은 태산 회의 때 자고 일어나니 갑자기 생겨 있던 이상한 목걸이였다. 그다지 정교하거나 귀한 것도 아니었지만, 이상하게도 가지고만 있으면 마음이 따뜻해지고 귀하게 여겨져서 항상 목에 걸고 다녔다. 그것이 왜 치우천의 손에 쥐여 있었는지는 아무리 애써도 기억이 나지 않았다. 그런데 갑자기 머릿속이 어지러워지면서 뭔가 생각이 날 것 같았다.

"뭐가…… 생각날 것 같습니다만…… 대체……."

쑤앙마이는 치우천의 묘한 표정을 보며 웃으면서 말했다.

"너는 이제 온몸의 길이 트였으니, 막힌 기억도 돌아올 것이다. 어떤 선인인지 장난을 쳐 두셨더군. 언젠가 풀릴 기억이지만 하필 지금 떠오르는구나, 하하."

그 말을 듣는 순간, 갑자기 잊고 있었던 기억들이 머릿속으로 해일처럼 밀어닥쳤다.

태산 회의 때 맥을 만나고 신비하기 짝이 없는 작은 여자아이를 만났던 일, 뒤이어 자부 선인을 만나 말싸움을 했던 일, 그리고 그 아이의 이름을 지어 주었던 일……. 치우천은 기억이 떠오르자 자신도 모르게 놀라 부르짖었다.

"맥달! 맥달! 아니, 그 맥달이 바로……!"

쑤앙마이가 웃으며 물었다.

"그렇게 놀랄 일이었느냐?"

치우천은 충격을 받아 자리에 털썩 주저앉았다. 맥의 머리 위에 올라

타고 있던, 자신에게 살갑게 굴던, 말도 못하던 더러운 아이, 그 아이의 얼굴이 똑똑히 기억에 떠올랐다. 그때는 어렸고 얼굴도 지저분했으며 행동거지도 점잖지 않았지만 크고 지혜로운 눈과 곱고 청수한 이목구비는 나중에 나타난 맥달의 얼굴 그대로였다.

유망의 막사에서 소녀의 유혹을 받을 때나 견디기 어려울 만큼 마음 아픈 일이 있을 때 항상 보일 듯 말 듯 떠올라서 마음을 가라앉히고 차분하게 만들어 주었던 얼굴. 그러나 안개처럼 아롱거려 잡힐 듯하면서 확실하게는 떠오르지 않던 얼굴. 바로 맥달의 얼굴이었다.

'아냐!'

치우천은 자신도 모르게 속으로 부르짖었다.

'말도 안 된다! 그 아이는 태산 회의 때 아이에 지나지 않았는데 며칠 사이 어떻게 그렇게 클 수 있단 말인가? 아니야. 맥달은 이미 맥 같은 신수를 타고 다닐 수 있었고, 자부 선인과 함께 살았으니 모습을 바꿀 수 있었을지도 모른다.'

그러나 생각할수록 모르는 일투성이였다.

'그런데 맥달은 왜 나를 찾아왔단 말인가? 왜 이 목걸이를 나에게 주었는가? 왜 나에게 이름을 지어 달라고 했단 말인가?'

치우천의 머리에 번개같이 스치는 생각이 있었다.

'저주, 그렇다. 내 몸에는 여자를 가까이 할 수 없게 만드는 주술이 걸려 있다고 했다! 그것을 건 사람이 혹시…… 맥달이 아닐까? 쑤앙마 이조차 풀 수 없는 주술이라니 아무나 걸었을 리는 없지. 맥달의 재주는 대단하니 그런 주술을 충분히 걸 수 있었을 것이다. 하지만 왜 그랬을까? 그렇구나! 맥달이 처음부터…… 나를 좋아하여 점찍어 두고 있었던 것은 아닐까? 안 그러면 어찌 맥을 시켜 나를 찾아왔단 말인가? 아이처럼 모습을 바꾸어 나를 찾아온 것도 어쩌면……'

치우천은 왠지 모르게 기분이 언짢아졌고 맥달의 존재를 부정하고 싶어졌다. 맥달을 처음 보았을 때의 순수하고 기쁜 마음이 퇴색해 버렸다. 치우천은 생각했다.

'내가 좋더라도 있는 그대로의 나를 좋아해야지, 주술을 걸어 꼼짝 못하게 만들려 했다면 맥달은 나를 너무 우습게 본 것이다.'

물론 맥달은 우아하고 아름다웠다. 재주도 많고 대단한 능력을 가지고 있어서 치우천은 왠지 모르게 자격지심이 들었다. 치우천은 자부심이 대단했지만 이제껏 딱 두 사람에게만은 자신의 왜소함을 느낄 수 있었는데, 바로 헌원과 맥달이었다. 헌원의 경우는 그렇게 밉지도 않고 오히려 당당하게 감탄할 수도 있었는데, 맥달의 경우에는 왜 이리 편협해지고 속이 좁아만 지는지 불쾌했다. 자신이 이리 속이 좁았나 의아할 정도였다. 언짢은 기분은 머릿속으로 생각한다고 풀어지는 것이 아니었다.

"왜 그러나?"

쑤앙마이가 묻자 치우천은 얼버무렸다.

"아…… 아닙니다. 갑자기 자부 선인님을 만났던 기억이 나서……."

"그래? 그럼 그게 자부 선인이 해 두신 장난이었구나. 너는 자부 선인도 만난 적이 있느냐?"

쑤앙마이는 치우천이 무슨 생각을 하는지 상관없이 기분이 좋은 듯, 감히 바라보기 어려울 정도의 어여쁜 얼굴로 발귀리 선인이나 자부 선인에 대해 몇 가지를 더 물었다.

치우천은 쑤앙마이와 이야기하면서 불쾌한 기분을 잊을 수 있었다. 쑤앙마이가 자신은 선인이 못 된다 말했지만, 거의 선인이나 다를 바 없는 존재인지라 치우천은 처음으로 숨김없이 모든 것을 이야기했다. 쑤앙마이는 이야기를 들으며 즐거운 듯 말했다. 쑤앙마이의 얼굴은 오싹

할 만큼 색기 넘치는 중년의 여인처럼 변해 있었다.

"너는 아주 특이한 녀석이구나. 복도 많다. 자부 선인만 해도 몇백 년을 기다려도 한 번 만나기 어려운데 그분에게 대들기까지 하다니! 네가 자부 선인을 깨우쳐 준 셈이 아니겠느냐? 더구나 발귀리 선인은 이제는 아무도 만날 수 없게 된 분이다. 나도 직접 뵌 적은 없지. 너는 아마 아주 특이한, 아주 큰일을 하게 운명 지어졌을 것이다."

"저 같은 것이 무슨 큰일을 하겠습니까?"

"그렇지 않다. 자부 선인이나 발귀리 선인이 어떤 분인데 보통 사람이 만날 수 있었겠느냐? 하물며 나, 쑤앙마이도 아무나 만나는 사람은 아니다. 그런데 내가 목숨을 걸다시피 해 너를 살리기까지 했잖느냐?"

치우천은 믿어지지 않는 표정이었다. 쑤앙마이는 은근한 목소리로 물었다.

"너는 혹시, 혼돈 선인이라는 이름을 들어 본 적이 있느냐?"

"처음 듣습니다."

쑤앙마이는 의미심장하게 웃으며 고개를 끄덕였다. 선인들의 이야기를 하자 쑤앙마이의 얼굴은 눈부신 빛을 발하기 시작했다.

"세상에는 원래 열두 명의 대선인이 있었나. 사람 선인은 자부 신인이 제일 먼저였지만, 다른 선인은 그전부터 있었다는구나. 애초에는 세 사람의 대선인이 있었는데, 실은 넷이고, 다섯이었다지. 그분들 중 이름이 정해진 것은 혼돈뿐이며, 다른 셋 혹은 넷의 대선은 이름이 없거나, 필요도 없는 분들이라 한다."

"발귀리 선인도 십이대선이십니까?"

"발귀리 선인은…… 설명하기 어렵지만 논할 수가 없구나. 그분은 대선인이시지만 십이대선과는 다른 분이니 더 생각하지 말거라. 십이대선 중에는 자연의 기가 모인 선인도 있고, 동물이나 식물 선인도 있느니라. 혼돈은 그중 으뜸으로, 얼마나 오래전 선인인지 아무도 짐작하는 이 없을 정도의 선인이니라. 허나 기의 힘은 나이만으로 가늠 지어지는 것이 아니지. 자부 선인과 힘이 비슷하다 하더라. 아무튼 자부 선인과 혼돈 선인은 성격이 정반대지만 둘이 친하다고 알려져 있다."

치우천은 신기한 이야기에 놀라워하며 고개만 끄덕일 수밖에 없었다.

"놀라울 뿐입니다."

쑤앙마이가 계속 말을 이었다.

"당연한 일이다. 대선인은 못 되어도 적어도 늙어 죽지 않을 정도로 도를 닦은 선인쯤은 되어야 이름이나마 들어 볼 수 있으니까. 재미있는 이야기를 해 주마. 너는 자부 선인을 만났었지? 내가 듣기로 헌원은 혼돈 선인의 가르침을 이었다고 하더라."

"그렇습니까?"

"그래. 더구나 헌원을 따르고 있는 적송자나 광성자는 홍균에게서 가르침을 얻은 선인들이다. 아직 꼬마들이지만 말야. 홍균은 바로 혼돈이 가르침을 주어 기른 선인이란다. 재미있지 않으냐? 혼돈 선인과 자부 선인은 둘 다 큰선인이며 친하지만 아웅다웅하며 다투기도 한단다. 자부가 너를 택하고 혼돈이 헌원을 택한 것이라면…… 하하, 재미있을 것이다."

치우천은 고개를 저었다.

"저는 자부 선인의 뜻을 따를 재주가 없습니다. 눈이 어두워서 선인을 몰라보고 가르침받을 기회를 차 버렸습니다."

쑤앙마이는 재미있고 익살맞은 형상으로 변하며 의미심장하게 웃었다.

"그럴지도 모르지. 그러나 과연 그럴까?"

치우천은 화제를 돌리며 말했다.

"신기한 이야기이니 더 들려주십시오."

쑤앙마이는 선선히, 그러면서도 아름답게 웃었다. 그러다가 얼굴에 다시 빛을 발했다.

"그러마. 원래 이 세상에 산 것이 나오기 시작하면서 도(道)라는 것이 생겨났다. 그냥 꿈틀거리며 살아가다가 죽는 것들이 도를 닦아서 우주에 가득한 기(氣)를 모아들여 힘을 얻기 시작한 것이다."

치우천은 우주라는 말을 이해하지 못하여 물었다.

"우주가 무엇입니까?"

"세상 모든 것을 담은 곳이다. 하늘도 땅도 별도 바다도. 이 모든 것을 합하여 우주라고 한다. 나아가서는 산 것과 죽은 것, 움직이고 생각하는 모든 것으로 이루어진 것을 우주라고도 한다. 공간이기도 하고 생각이기도 하다."

치우천은 알 듯 말 듯하여 말꼬리를 흐렸다.

"잘…… 모르겠습니다만……."

쑤앙마이가 깔깔 웃으며 말했다.

"그것을 안다면 너도 선인이게? 듣기나 해라. 그렇게 힘을 얻은 생명들이 자라나면서 처음에는 그 힘으로 세상을 좀 더 풍요로워지게 하려 했다. 세상이 뒤바뀐 것은 한두 번이 아니지. 우주는 땅이나 하늘처럼 눈에 보이고 손에 잡히는 것이라 생각하기 쉽지만 사실은 그렇지 않다. 생각이 있고 뜻이 있어야 물체도 생겨나고 변하는 법이다. 산 것들이 태어나서 자라고 변하면서 세상은 지금의 모습을 갖추었다. 그 가운데 하늘의 섭리가 작용하여 도를 닦은 존재들이 나온 것이다. 지금 이전의 세상이 어떠했는지는 나도 모르지만, 우리가 상상도 할 수 없는 아득한 옛적부터 세상은 여러 가지 모습으로 바뀌어 가면서 지금에 이르렀다고 한다. 사람이 나온 것은 그리 오래된 일이 아니다."

"얼마나 오래된 일이기에 그렇습니까?"

"기껏해야 천의 천의 몇 열곱 해 전이다. 더 되었는지도 모르지만 얼마 되지 않지."

치우천이 그때까지 헤아리는 숫자 중 가장 큰 것이 천이었다. 열천, 백천 정도로 천을 넘겨 세는 것도 상당히 생각이 깊고 똑똑한 축에 속하는 사람만이 할 수 있었다. 보통 사람은 백 단위밖에 세지 못했다. 그런데 천의 천을 다시 넘는 숫자라니! 치우천은 감도 잡히지 않았다.

"그렇게 오래전에 사람이 생겼습니까?"

"그렇다고 한다. 사람이 나온 것은 하늘의 이치가 극도로 통했기 때문이다. 하늘의 이치는 신으로부터 나오는데, 신의 모습은 아무도 본 적이 없고 만난 적조차 없다. 부족들은 각자 신을 섬기고 동물을 섬기고 조상을 섬기지만, 신은 모든 것에 다 계신다고 한다. 너에게는 힘든 이야기겠으니 그냥 넘기거라. 대선인들만이 신의 뜻을 알고 그에 따라 세상을 바꾸도록 노력했다고 한다. 아까 말한 열두 대선인이 가장 큰 존재들이고, 그들에게서 비롯된 수많은 작은 선인들이나 이상한 존재들이 세상에 널려 있지."

"주신, 지나가 아는 곳 말고도 세상은 끝없이 넓은 것 같습니다. 도깨비들만 봐도 알 수 있습니다."

"그렇다. 그런데 요즘 들어 특이한 일이 벌어지고 있단다. 보통 사람들은 잘 모르겠지만, 우리 같은 선인들에게는 아주 중요한 일이지, 하하. 요즘이라고 해 봐야 몇백 년은 넘었지만."

몇백 년이라는 과거가 '요즘'으로 치부된다는 것 하나만으로도 치우천에게는 놀라웠다. 치우천은 머리가 아팠지만 정중한 목소리로 물었다.

"무슨 일입니까?"

"대선인들이 세상을 떠나기 시작했다. 들기로는 혼돈 선인이나 홍균도 세상을 떠나갔고, 자부 선인만이 인간 세상에 남아 있다고 들었다. 물론 대선인들은 인간이 살아가는 데 거의 간섭하지 않는다만."

"왜 떠났습니까?"

"그냥 떠난 것이 아니라, 무엇인가 큰일을 하기 위해 떠났다고 한다. 듣기로는 우주를 다시 세운다고 하더라만."

치우천은 놀랐다.

"우주를 다시 세운다고요? 아까 우주에는 우리가 사는 이 세상도 포함된다고 하지 않으셨습니까?"

"그랬지."

"그런 일이 어떻게…… 어떻게 가능합니까?"

"너는 아직 대선인들을 잘 모르는구나. 사람들은 대선인들을 말할 때 단숨에 산을 부수고 강을 말리는 힘을 지녔다고들 떠들지. 그러면서도 그게 부풀린 것이라 생각한다."

"저도 그렇게 생각합니다. 주술이 강하다 해도 어찌 그런 일이 가능하겠습니까?"

쑤앙마이는 하하 웃었다.

"부풀린 것이 아니라 대선인들을 너무 작게 본 것이다. 대선인이 마음만 먹으면 산 하나가 아니라, 우리가 사는 세상 전부를 쓸어버려서 먼지 하나 남지 않게 만들 수도 있단다. 열두 대선인 중에 그러지 못할 존재는 하나도 없다고 들었다. 대선인의 힘이란 우주 자체의 힘이고 아무것도 없지만 모든 것이 가득한 힘이기 때문에 모든 것이 가능하단다."

치우천은 경악하여 말끝이 떨렸다.

"그…… 그게 어떻게…… 그렇다면 왜 대선인들은……."

"그런 힘을 왜 쓰지 않느냐고? 왜 그런 힘을 쓰겠느냐? 대선인들이 미치광이인 줄 아느냐? 자기 힘을 다스리지 못하는 자들은 그런 경지에 오를 수도 없단다. 대선인의 힘은 끝이 없지만, 그들은 힘을 내보이지 않고 아무리 작은 것이라도 소중히 여기며 힘없는 것들의 삶과 뜻도 존중해 준단다. 너는 힘자랑을 하는 작은선인밖에 못 보았나 보구나."

"그들도 작지는 않습니다."

치우천이 말하자 쑤앙마이는 고개를 저었다.

"그런 자들은 그만그만한 경지에서 도를 닦지 못하고 결국 기가 끊어지게 되어 있다. 도는 사는 것 자체에서 얻어지는 것이지, 힘을 얻으려 고생한다고 생기는 것이 아냐. 산에 들어가서 누가 도를 닦아 기를 얻었다고, 무작정 산에 들어가서 이상한 짓을 한다고 선인이 될 줄 아느냐? 흥! 무슨 구체적인 힘으로 도나 기를 풀이하는 것은 멍청이 짓일 뿐이다. 힘을 뽐내거나 남에게 권하거나 자랑하는 엉터리 같은 것들은 결코 진정한 경지에 오를 수 없어! 도나 기나 선인이 되는 길은 스스로 깨닫는 것이지, 가르치거나 풀이하거나 배울 수 있는 것도 아니며 남에게 권할 일도 아니란 말야. 그런 자들은 대부분 아수타란처럼 스스로 망하고 말뿐더러 혹 사람을 놀라게 할 잔재주는 몇 가지 배울 수 있어도 세상을 흔들 재주는 결코 얻지 못한다. 도리어 사람을 속이고 못쓰게 만들기 십상이지."

"하지만 대선인들께서 선인들께 가르침을 주었다고 하지 않으셨습니까?"

"이 녀석아. 스스로 우주를 깨닫기 시작하여 선인이 된 이후에야 도나 기에 대한 가르침을 받을 수 있는 거야. 처음부터 멍청한 녀석에게 가르칠 수 있는 것이라면, 세상에는 선인밖에 없게? 더구나 선인이 되는 것은 누구에게 권함을 받아서 되는 것이 절대 아냐! 너는 자부 선인이 누구를 이끌어 선인으로 만드셨다는 이야기를 들은 적이 있느냐?"

"그런 이야기는 들은 적 없습니다. 자부 선인께서 안파견 한님을 도우셨다는 이야기는 있지만, 안파견 한님을 선인으로 만드신 것은 아니지요."

"바로 그거야. 자부 선인은 하실 일을 하신 것뿐, 누구를 선인으로 만드는 일은 하지 않아. 도를 가르칠 수 있다면 무한하지 않고 작을 뿐이니 이미 도가 아니게? 도는 과정일 뿐이야. 기를 얻는 과정. 도가 목적은 아닌 거야. 도를 닦아 기를 얻고, 기를 얻어 자신을 돌아본다. 결코 자신을 버리거나 자신에게 주어진 운명을 버리면서 도를 닦지는 못한단 말야. 모두 헛지랄을 할 뿐이지! 잘된다고 쳐 봐야 조그마한 잔재주나 생기는 것을! 만약 네가 도를 닦아 강을 메울 수 있는 힘을 지녔다고 치자. 그게 뭔 쓸모가 있겠니?"

치우천은 잠시 생각해 보다가 대답했다.

"강을 메울 수 있는 힘이라면 대단하겠죠. 그러나 그런 정도로 힘을 얻으려면 몇십 년, 몇백 년은 걸려야 할 것 같군요. 맞습니까?"

"그럴 테지."

"그렇다면 저는 그냥 흙을 퍼다 조금씩조금씩 강을 막겠습니다. 그러면 오히려 몇 년이면 되지 않을까요? 그냥 강을 막는다면 갑자기 변하는 깃을 견디지 못해 고기도 죽고, 물길도 넘치고 사람들도 놀랄 것입니다."

"그렇지! 그래서 쓸모없는 일이야."

"하지만 그런 힘을 남에게 뽐내고 자랑하면, 사람들에게 떠받들어지고 사람들을 마음대로 부릴 수도 있겠지요. 남보다 강해지고, 남이 할 수 없는 것을 하니 기분 좋다 여길 자들도 있겠죠."

쑤앙마이가 웃으며 되받았다.

"도의 힘을 그런 데 쓴다면 높은 선인이나 대선인이 놔두시지 않지. 어떤 목적을 위해 도를 쓰는 것은 못된 짓이야. 도의 길을 틀어지게 만든 것이니 도의 힘으로 벌을 받아 마땅하지. 지금은 아직 어수선하지만 앞으로는 그런 힘은 없어질 거야. 단 하나, 그런 힘을 얻어 함부로 쓰는 자들을 막기 위한 힘 정도는 남아 있을 수 있다만."

"도의 힘은 쓸 데가 없군요. 스스로를 위한 것일 뿐이잖습니까."

"도의 힘은 원래가 그런 거야. 힘을 얻기 위한 게 아니라, 중간에 싫어도 거치게 되는 과정일 뿐이지. 하지만 그것도 모르기에, 도라는 이름은 오히려 사람들을 무수히 해칠 거야. 불을 향해 날아드는 불나방들처럼 도를 얻고 싶네, 도력을 이루고 싶네, 너도 도의 길을 걸어 보라는 둥 나는 이렇게 얻었다는 둥 세상을 속이고 스스로를 속이는 부류들이 망치는 사람의 수는 아마 싸움으로 사람을 죽이고 망치는 수만큼이나 많을걸? 그러니 태초부터 그렇게 많은 존재들이 살고 죽어 갔으며 죽지 않고 오래 사는 존재들도 많이 나왔지만, 대선인은 열둘밖에 나오지 않았던 거야. 좌우간 대선인들은 우리가 사는 세상을 건드리는 것이 아니라 새 세상을 만든다고 들었다. 오히려 우리가 사는 세상을 인간 손에 맡겨 주려고 그러시는 거란다."

"우리가 사는 세상을요?"

"그렇다. 너만 해도 신수를 만나 보았다니 말이 쉽겠구나. 지금 세상에는 기를 얻기가 쉽다. 많은 신수들이 도를 닦아 기를 얻은 존재들이다. 그러나 그들은 대선인이 되지 않고, 그냥 영원히 그렇게 사는 것으로 만족한단다. 그런 자들을 선인은 고립자라고 부른다. 아무와도 연관을 맺지 않고 외따로 떨어져 존재한다는 뜻이지. 주로 동물 선인 중에서 그런 고립자가 많이 나왔고, 지금도 세상에 많이 남아 있다. 보통 사람들이 신수라 부르며 두려워하고, 또한 섬기기도 하는 존재다. 그들은 사람들이 보기에는 아주 강한 존재지. 너도 보았겠지만 거의 상대할 수 없을 정도란다."

치우천은 번개범과 맞닥뜨렸을 때의 일을 생각하며 몸서리를 쳤다.

천 명의 사울아비가 있었음에도 번개범에게 변변한 상처 하나 내지 못하고 전멸할 뻔하지 않았던가? 같은 신수인 맥과 때마침 알에서 깨어난 붕이 물리쳐 주지 않았다면 당할 수 없었을 터였다.

"그렇습니다. 신수는 너무도 강합니다."

"그렇지. 고립자는 사람보다 나은 힘을 지니고 있다. 사람보다 훨씬 오래되었거든. 그럼에도 그들은 더 이상 변하거나 생각하려 들지도 않는다. 아마도 이전까지 세상은 도를 닦아 얻어지는 힘을 위주로 삼았는데, 대선인은 그걸 바꾸고 싶어 하는 것 같단다. 힘이 강해져서 죽지 않고 사는 자들도 많아졌고, 삶과 죽음이 모호해지니 도대체 세상에 달라질 것이 없어진 셈이야. 이대로라면 결국은 강한 고립자만이 남아 세상을 메워 갈 것이고, 그렇게 된다면 세상은 정지되어 죽은 것이나 다름없어질 거야. 산 것이 죽는다는 것은 당연한 이치이다. 그래야 죽은 자 대신 새로운 산 것이 태어나고, 모든 것이 달라지고 변하여 우주 전체가 살아 움직이게 되는 것이다."

치우천은 이해가 될 듯 말 듯했지만 마음속으로는 그 말이 옳다고 여겨 고개를 끄덕였다.

"그렇습니다. 저도 언젠가는 세월이 흐르면 죽을 것입니다. 물론 그것이 두렵고, 죽지 않으려 애쓰기는 할 것입니다. 허나 영원히 죽지 않고 살려고 발버둥치는 것은 세상 전체를 두고 볼 때 좋지 않을 것입니다. 대신 아들딸을 낳아 자신의 뒤를 잇는 것이 사람의 길 아니겠습니까?"

"바로 그래. 이해하기 어려웠을 텐데 잘 말해 주었어. 그래서 대선인들은 세상을 인간 손에 넘겨주고 그렇게 세상이 흘러 변하게 하려고 우주를 새로 창조하는 것이지. 대선인들이 각각 하나의 우주로 변한다고 하네. 뭐, 나로서도 짐작이 가지 않을 정도의 일이지만 그렇게 들었단다."

"엄청나군요. 한 사람이 어떻게 우주가 되는 것입니까? 도대체……."

"이해하기 편하게 대선인이라 부르지만 꼭 사람만은 아니라 했잖아. 더구나 대선인처럼 진정한 도의 경지에 달하면 모든 것이 마음의 크기와 같아져. 산이 크고 무거워도 마음속에 산을 담을 수 있으면 산을 없애거나 만들 수도 있고, 땅이 넓고 깊어도 마음속에 땅을 담을 수 있다면 땅도 없애거나 만들 수 있는 거야."

"우주의 크기가 얼마나 되기에……."

"우주의 크기는 끝이 없지."

"새로 만들어진다는 우주가 다 그렇습니까?"

"그렇지."

"어떻게 끝이 없을 수 있습니까? 아무리 커도 가고 가고 또 가면 끝이 있을 것 아닙니까?"

쑤앙마이가 가볍게 웃으며 되받았다.

"그렇게 생각한다면, 우주는 두 발짝밖에 안 될걸? 네가 한 발을 내딛고 다음 발걸음이 있으면 너는 영원히 그렇게 나가야 하겠지? 아까 말했듯 우주는 생각까지도 담은 곳이야. 크기로 잴 수 없으며, 크기로는 끝이 없어. 끝이 있는 것은 우주라 할 수 없어. 아, 너는 아직 생각할 수 없을 거야. 대선인들의 마음이 우주만큼 크다면, 아니 끝이 없다면 우주로 변하는 것도 안 될 일은 아니야. 더구나 대선인들은 그렇게 떠나면서, 각각 새로 생길 세상에 맞을 힘을 지닌 존재들을 그곳으로 옮겨 살게 했지. 물론 사람과 비슷한 동물이나 풀, 나무, 그런 산 것들은 모두 그냥 두었다. 이 세상에는 산 것도 죽은 것도 아닌 기이한 존재들이 네가 아는 것보다 훨씬 더 많단다. 각각의 존재들을 그곳의 주인으로 만든 거야. 뭐, 도의 힘으로 어지러워진 세상을 아주 큰 도의 힘으로 정리한 셈이지. 도의 힘으로 세상이 잘못되는 일을 바라지 않았기 때문이고, 사람들이 이 세상의 진정한 주인이 되게 준비한 것이지."

치우천은 엄청난 이야기에 몸까지 떨렸다. 규모를 생각조차 할 수 없을 정도였다. 치우천이 떨리는 목소리로 물었다.

"그러나 아직 세상에는 신수나 선인, 도깨비와 귀신 같은 것이 많이 남아 있지 않습니까?"

"생각해 봐. 만약 네가 집을 옮긴다 해 보자구. 선인이 주술로 네 집을 허공에 날려서 그냥 옮겨 버리면 너는 당황하겠어, 안 하겠어?"

"그야 물론……."

"그래. 그런 것과 마찬가지야. 집을 옮긴다면 네가 짐도 싸야 하고, 새로 살 곳도 미리 둘러봐야 하고, 네 힘으로 갖추고 다듬어야 정말로 마음 붙이고 살 수 있겠지? 세상도 그래. 하루아침에 모든 것이 바뀌면 문제가 많을 것 아니냐? 더구나 모든 존재들이 대선인의 뜻에 따른 것은 아냐. 뜻을 깨우치지 못한 것들도 있고, 변하지 않고 웅크리고 그냥 살기를 바라는 고립자 같은 것들도 있어. 그래서 그들이 남아 있는 거야."

"대선인들은 왜 그들을 옮기지 않았을까요?"

"이봐, 인간만 중요하고 다른 것은 모두 마음대로 해도 된다는 거야? 그들도 생각해 줘야지. 인간 세상으로 만들기로 했다고 그들을 다 죽이거나 억지로 옮긴다면 대선인은 대선인이 아니게? 그들은 인간이 스스로 처리해야 하는 거야. 그것도 못한다면 인간은 세상의 주인 노릇을 할 자격이 없지. 하하, 나도 사람으로 나기는 했지만 별수 없잖아?"

쑤앙마이는 잠시 동안 웃다가 표정을 고쳤다.

"이봐, 치우천. 잘 들어. 너는 아직 별것 아닌 그냥 사람이지만, 발귀리 선인이나 자부 선인이 너를 특별히 본 데에는 이유가 있을 거야. 뭐, 선인이 될 인연은 없어 보여. 그러나 하늘이 너를 태어나게 한 이유가 있고, 너는 그것을 행하면 되는 거야. 억지로 만들거나 하지 않아도 네 운

명이 그렇게 지워질 거야. 그러니 혼자 끙끙대며 고민할 필요가 없어."

치우천은 깊이 생각하다가 입을 열었다.

"도의 힘이나 주술은 신기하고 강하지만 이 세상이 정말 사람들의 세상이 되려면 그런 것들은 필요하지 않을 것 같습니다. 대선인의 뜻이 그렇고 하늘 뜻이 그렇다면, 이 세상은 사람들의 힘으로 땀 흘려 다듬고 세워야 하지, 그런 힘으로 바꾸고 지배할 것은 아닌 듯하군요."

쑤앙마이가 호쾌하게 웃으며 고개를 끄덕였다.

"바로 봤어! 실제로 이 세상은 결코 도의 힘으로 지배되지 않는 세상이 될 거야! 앞으로 세상에는 그런 힘이나 주술을 점점 쓰기 어려워지거나 찾기 힘들어지게 될 것 같거든. 나만 해도 그런 것을 느끼고 있어. 새 우주가 생기면서 도의 힘은 그리로 향하게 된 것 같아. 이렇게 된 이상 신수처럼 상대하기 어려운 존재도, 인간이 버티기만 하면 기가 끊기고 힘이 말라서 스스로 망해 버릴 거야. 그전에 깨닫고 대선인들이 세운 다른 세계로 가면 몰라도 말야.

대선인들은 힘 있는 존재들에게 충분히 경고한 바가 있으니, 아직 세상에 남아 있다가 일을 당하는 건 그들 책임이지. 그때까지는 몇백 년은 더 걸릴 테고 인간들은 아직 그들에게 많은 고통을 당해야 할 테지만. 나도 그중 하나지. 하지만 나는 우리 부족을 버릴 수가 없어……. 힘이 마르고 주술력이 사라지는 세상이 되면 주술력으로 살아가고 있는 나도 이 세상과는 이별일 테지."

쑤앙마이가 쓸쓸하게 말하자 치우천은 가슴이 뭉클해졌다. 쑤앙마이가 왠지 모르게 가엾어졌다.

그 표정을 본 쑤앙마이는 웃으며 말했다.

"요 녀석아! 아무리 그래도 나는 너보다는 훨씬 오래 살 거야. 그런 주제에 불쌍하다는 눈길로 보지 말라구."

치우천은 꾸밈없이 하하 웃었다. 하긴 아무리 그래도 쑤앙마이는 도력이 사라질 때까지 몇백 년은 더 존재할 것이고, 치우천은 절대 그렇게 오래 살지는 못할 것이다. 그것을 깨닫자 마음이 가벼워졌다.

"저도 늙어 죽을 때가 되면 더 살고 싶어질 겁니다. 하지만 사람의 운명이 그렇다면 받아들여야겠죠. 오히려 그때가 되면 쑤앙마이께서 늙어 죽는 저를 불쌍히 여기실지도 모르겠군요."

쑤앙마이는 치우천을 보고 친구를 대하듯 격의 없이 웃었다.

"늙어 죽으면 다행이게? 내 보기에 너는 운명이 복잡하여 참 험한 길을 걸어야 할 것 같아. 남에게 맞아 죽지나 않게 조심하거라."

"알겠습니다. 정말 엄청난 이야기였습니다. 이런 가르침을 들은 사람은 별로 없을 것입니다. 쑤앙마이께 다시 한번 진정으로 감사드립니다."

치우천은 아까 들은 복잡하고도 엄청난 말들은 완전히 이해가 되지 않아 기억에 새겨 두기도 힘들었다. 다만 고립자라 알려진 신수나 그런 존재들은 인간의 손으로 처리해야 한다는 생각을 하게 되었다. 할 수만 있다면 어머니의 원수인 번개범을 꼭 잡고 싶었기 때문이다. 쑤앙마이가 온화한 얼굴이 되어서는 말했다.

"됐어. 난 선인도 되고 싶지 않고, 영원히 카린족의 부족장으로 남고 싶을 뿐이야. 나도 고립자인 셈이지. 내가 한 말, 이해가 잘 가지 않을 테니 잘 생각해 보고, 나중에 발귀리 선인을 다시 만나면 더 물어보든지 해. 나는 무엇보다도 카린의 부족장이라는 걸 잊지 마. 아까 한 약속도 잊지 말고."

"알겠습니다, 쑤앙마이."

"이제 나가 봐. 피곤하다. 네 동생은 이틀 정도 지나면 정신 차릴 거야."

"알겠습니다."

"이제 우리는 다시 보기 어려울 거야. 하지만 재미있었다. 치우천, 잘 살아라. 꼭 큰사람이 되거라."

쑤앙마이는 말을 끝내고 빙그레 미소를 지었는데, 마지막 얼굴은 실로 성스럽고 고귀한 여신의 얼굴로 변해 있었다.

치우천은 마음속으로부터 깊이 인사하고 치우비의 몸을 부축하여 밖으로 나갔다. 아우의 몸은 무거웠지만 치우천은 이제 몸이 아프지 않고 기운이 솟아서 혼자서도 짊어지고 갈 수 있었다. 아까 들은 엄청난 이야기들은 정말일까? 치우천은 생각했다.

'어차피 대선인이니 우주니 하는 이야기는 내가 신경 쓸 것 없다. 내가 할 일은 그런 상상조차 되지 않는 곳의 일이 아니니까. 우주에 비하면 내가 사는 땅은 좁고 한 토막밖에 되지 않겠지만, 그 안에서도 할 일은 많다. 작은 땅이라도 중요한 것 아니겠는가? 그래. 나는 내 할 일, 사람이 할 일에만 정성을 쏟으면 된다.'

그런 생각을 하며 가벼운 마음으로 쑤앙마이의 집 밖으로 나온 치우천은 조금 놀랐다. 언제부터 기다렸는지 상망과 끽구, 비휴와 신도 울루의 다섯 기인이 긴장한 듯 서서 자신을 바라보고 있었는데, 눈치가 결코 곱지는 않았던 것이다. 상망은 치우천을 보자마자 말없이 앞으로 걸어 나왔는데, 길을 갈 때나 힘을 합해 아수타란을 같이 잡을 때와는 분위기부터 달랐다. 치우천은 속으로 생각했다.

'이거, 내가 정신이 들자마자 헌원을 따르겠느냐고 다그칠 모양이구나. 정신을 잃는 바람에 계획이 틀어지고 말았는데 어떻게 하지? 더구나 아우가 이 모양인데다 힘까지 잃었으니 힘들게 되었구나!'

아니나 다를까 상망이 다가와서 치우천에게 대뜸 말했다.

"이봐, 천. 이제 나은 것 같구먼그래. 이렇게 졸라서 미안하지만 이젠 슬슬 딱 부러지게 말해 줘야 하지 않을까? 헌원님을 따를 거야, 말 거야?"

그러리라 짐작은 했지만 꼼짝할 수 없는 상황에서 상망이 정곡을 찔러 물어보았다. 머리가 잘 돌아가는 치우천이라도, 지금의 상황에서 둘러댈 말이 생각나지 않았다. 치우천의 등에 식은땀이 솟았다.

대추격전

상망(象罔)은 덜렁거리기로 소문난 천신이었으나,
황제가 잃어버려 아무도 찾지 못한 검은 구슬을 쉽게 찾아오는 공을 세웠다.
그러나 역시 그 성격 때문에 운으로 찾아낸 구슬을 쉽게 잃어버리고 만다.
―『장자(莊子)』,「천지(天地)」편 중에서

치우천이 당황해하며 대답을 하지 못하자 상망은 다그쳤다.

"우리는 오래 기다렸네. 더 생각해야 한다는 핑계는 더 이상 대지 말게나. 좋아, 내 솔직히 말하지. 자네가 헌원님을 따르겠다고 맹세한다면 물론 좋지. 우리와 같이 화산으로 돌아가면 된다네."

"만약 안 된다 한다면요?"

치우천이 태연한 척 웃으며 묻자 상망은 쏘듯이 대꾸했다.

"그래도 화산으로는 가야 한다네. 꽁꽁 묶여 가야겠지만."

"왜 그러시는 겁니까?"

상망은 약간 서글프게 웃어 보였지만 단호하게 말했다.

"나도 그러고 싶지는 않네만, 헌원님의 명령이라 하는 수 없다네."

"지금 저는 대강 나았지만, 아우가 이 모양인데도요?"

치우비를 슬쩍 쳐다보며 상망이 씩 웃었다.

"죽을 것은 아니잖은가? 오히려 잘되었네. 자네 아우는 힘이 세서 마음을 놓을 수 없지."

"애당초부터 그럴 생각이셨습니까?"

"그렇다네."

"나 따위가 뭐 그리 중요하다고 그러시는지 모르겠습니다."

상망은 그 말에는 대답하지 않았다. 다만 끽구와 비휴에게 손짓을 했을 뿐이다. 거기에 신도 울루까지 합세하여 치우천을 완전히 에워쌌기 때문에 치우천은 옴짝달싹도 할 수 없었다. 더구나 치우천은 치우비의 무거운 몸까지 짊어지고 있었기에 빠져나갈 수도 없었다. 치우천은 그 와중에도 피식 웃어 보였다.

"도망칠 수도 없겠군요."

"그런 말을 하는 걸 보니, 헌원님을 따를 수 없다고 하는 게로군. 그렇지?"

치우천은 당당하게 되받았다.

"당연히 그렇습니다."

"그렇다면, 자네를 묶어 가도 우릴 탓하지 말게나."

그때 뒤에서 외치는 소리가 들렸다.

"그러지 않는 게 좋을 거요."

치우천이 어깨 너머로 바라보니 치베였다. 주위에는 형요와 요요가 있었다. 활과 무기로 무장한 채였다. 상망은 그다지 놀라지도 않고 조용히 뒤를 돌아보며 물었다.

"너희가 뭘 어쩌겠다는 거냐?"

"누구 마음대로 사람을 잡아가겠다는 거야? 천 안다는 주신 사람이며 헌원은 지나족이오. 헌원이 주신 사람을 마음대로 잡아갈 수 있다고 생각하는 거요?"

치베의 말이 떨어지기가 무섭게 끽구가 앞으로 나서며 말했다.

"그럴 수 있다."

"뭘 믿고 그러오?"

끽구는 양손에 든 구리추를 휘둘러 보였다.

"이걸 믿으면 안 될까?"

"우리는 같이 싸우고 피를 흘렸소. 그런데도 싸워야겠다는 거요?"

치베가 외치자 끽구도 괴로운 듯 목소리를 높였다.

"할 수 없다. 누구나 하고 싶은 일만 하며 살 수는 없다. 헌원님의 명이니, 설령 내 목을 바치라 해도 드려야 한다."

"그럼 더 이상 할 말은 없구려."

끽구는 사람됨이 올곧아서 떳떳하게 말했다.

"그래, 할 수 없다. 싸우더라도 서로를 원망하지는 말자."

치베는 고개를 한 번 숙여 보이고는 눈부시게 빠른 동작으로 화살을 한 움큼 뽑아 들었다. 치베는 동시에 다섯 대의 화살을 활에 재며 물었다.

"끽구, 당신은 이 화살을 막을 자신이 있나?"

끽구는 조금도 물러서지 않고 되받았다.

"날 맞히지는 못할 것이다."

"만약 이 화살이 당신에게 날아가지 않는다면? 모두를 노리고 퍼져 나간다면?"

치베의 말에 상망과 신도 울루, 비휴도 긴장한 눈빛이었다.

"당신들과 맞붙어 싸운다면 누구나 쉽게 나를 이길 수 있을 거요. 하지만 내가 죽을 때면 당신들 중 많아야 셋밖에 남지 않을 거요. 보돈차르족의 명예를 걸고 말할 수 있소."

요요가 외쳤다.

"우리 두 자매면 당신들 중 하나는 감당할 수 있지!"

치우천이 만류하려는 듯이 나섰다.

"상망님, 끽구님, 비휴님, 신도 울루님. 꼭 이렇게 서로 피를 봐야 합니까?"

"할 수 없는 일이다."

상망이 한숨을 쉬고 짧게 대답하자 치우천이 말했다.

"나는 헌원님께 큰 은혜를 입었습니다. 은혜는 반드시 갚을 것이지만, 억지로 헌원님을 따르라는 것은 안 될 말입니다. 지금 싸움이 붙는다면 우리를 다 죽인다 해도 당신들도 여럿 다칠 텐데 꼭 그래야만 합니까?"

무시무시한 눈빛을 한 비휴가 조용히 앞으로 나섰다. 비휴는 아주 간단하게 말했다.

"해 봐라."

비휴는 잘 나서지 않는 사람이었으나 한번 나서자 분위기가 무섭게 바뀌었다. 치베는 조금 불안해졌다. 그때 뒤에서 형요가 쑥 나서면서 웃으며 외쳤다.

"당신들, 실수했어. 큰 실수했어."

상망이 코웃음을 치며 대꾸했다.

"무슨 실수냐?"

"당신들 다섯 모두 몰려오는 게 아니었어. 당신들은 치우비님만 무섭게 보고 우리 자매를 우습게 봤지? 나머지 자매는 무엇을 하고 있을까? 호호."

상망의 안색이 대번 변했다.

"설마……"

"헌원의 귀하신 따님은 지금 어디서 누구와 무엇을 하고 있을까요? 호호홋!"

형요는 사악하게 웃었다. 그러자 상망뿐만 아니라 끽구의 안색도 변했다. 신도 울루가 동시에 외쳤다.

"헛소리! 발님은 많은 전사들이 지키고 있다!"

"그건 맞아. 하지만 누구누구가 발님에게 같이 놀자고 불러냈거든? 호호호……."

상망은 이를 갈며 발을 굴렀다.

"발님의 몸에 손끝 하나라도 대면, 내 산 채로 너희 껍질을 벗겨 버리겠다!"

형요는 눈 한번 깜빡거리지 않고 외쳤다.

"좋은 방법을 가르쳐 줘서 고마워. 치우천 치우비님을 놓아주지 않으면 누구 껍데기가 벗겨질까, 응?"

비휴는 눈 깜짝할 사이에 치우천의 멱살을 잡았다.

"이놈이 벗겨지겠지."

치베는 움찔했지만 형요는 동요하는 기색 없이 외쳤다.

"좋다구, 좋아. 맘대로 해 봐. 다만 그 누구더라…… 귀하신 분도 성할 수 없어. 우리가 여기서 무사히 나가지 않으면 그분도 좋은 꼴은 못볼 거야. 그렇게 약속되어 있으니 맘대로 해 봐. 치우천 치우비님에게 손끝 하나라도 대면 우리는 목숨을 걸고 싸울 거다. 너희가 이겨도 그분은 볼 만한 모습이 될걸?"

"너희도 전사들이면서 어찌 그런 짓을."

끽구가 발을 구르며 화를 내자 요요는 두려워하는 기색 없이 당당하게 말했다.

"우린 전사가 아냐. 그냥 도둑이었거든?"

형요가 맞받았다.

"그럼. 그것도 아주 못된 도둑이었지. 우리 손에 걸려 살아난 자가 없었어. 타타르족이나 몽골족은 우리가 무서워서 가까운 산길을 두고도 다니지 못했지, 아마?"

요요가 고개를 끄덕이며 맞장구를 쳤다.

"우리가 원수를 잡으면 어떻게 했더라?"

"산 채로 솥에다 넣고 조금씩 불을 땠지, 아마? 눈, 코, 귀, 손가락을 차례차례 잘라 내면서 말야. 호호……."

"그건 재미없었어. 셋째 언니와 미요가 귀한 분을 데리고 있으니 그런 재미없는 방법은 안 쓸 거야. 아무래도 껍질을 벗기면서 소금을 계속 뿌리지 않을까?"

"미요는 요리를 잘하니까, 불에 넣고 구울 수도 있어."

"맞아. 전에 어떤 놈에겐 우리가 그놈의 팔을 자르지도 않고 불에 구워 자기 팔을 뜯어먹게 했지? 그렇게 할 것 같은데?"

"그다음은 다리를 구워서 먹였지."

"재미있었어. 셋째 언니와 미요는 참 재미있겠네. 부럽군그래."

형요와 요요가 끔찍하기 이를 데 없는 소리를 태연하게 해 대자 상망의 얼굴이 파랗게 질리기 시작했다. 비휴는 상망이 포기할까 싶어 애써 상망을 막아섰다.

"헛소리다. 거짓말이다."

그러나 상망은 아무래도 마음이 흔들렸다. 그때 사방에서 우렁찬 고함 소리가 들려왔다.

"이게 무슨 짓들이냐! 감히 쑤앙마이의 집 앞에서 칼부림을 하려 들어?"

소리를 지르며 나타난 사람은 비냐였다. 비냐는 서슬이 퍼런 얼굴로 무섭게 따졌다.

"용서하지 않겠다!"

비냐가 손짓을 하자 순식간에 평화롭던 정원 여기저기에서 카린 여전사들이 땅에서 솟아나듯 나타났다. 큰 활을 들고 창을 메고 있었다. 다섯 기인과 치베, 형요 자매는 대치하던 중이라 손을 써 볼 사이도 없이 꼼짝없이 포위되고 말았다.

상망이 나섰다.

"우리는 쑤앙마이께 죄를 지으려는 것이 아니오. 해결할 문제가 있을 뿐이지."

비냐는 손을 휘휘 저으며 소리쳤다.

"듣기 싫다! 할 말이 있으면 밖에서 해라. 카린산을 내려가면 싸우든 죽이든 간섭하지 않겠지만 여기서 싸우는 꼴은 못 본다!"

밖으로 나가게 되면 수많은 전사들이 있는 상망 측이 유리한 것은 당연했다. 상망은 웃으며 말했다.

"좋소이다, 좋소이다. 그럼 이대로 나가도록 하겠습니다."

상망이 웃으며 나가려고 하자 형요가 악을 썼다.

"누구 마음대로? 치우천님을 놔줘! 안 그러면 못 나간다!"

"뭐 하는 수작이냐! 빨리 나가지 못해!"

비냐가 또다시 호통을 치자 상망이 형요를 쳐다보았다.

"발님이 무사한지 확인하기 전에는 치우천도 풀어 줄 수 없다."

"좋아! 그럼 여기서 다 죽자구!"

형요가 고집을 부리며 그 자리에 주저앉자 상망은 질린 표정을 지었다.

"이 무식한 계집아. 뭐 하는 짓이냐?"

"제기랄 뭐 어때? 죽기밖에 더 하겠어?"

비냐가 발을 동동 구르며 다시 한번 호통을 쳤다.

"너희가 무라의 부족을 도와줬다기에 봐주고 있는 거다. 원래대로라면 그냥 다 쳐 죽여도 돼!"

으르렁거리는 비냐를 보며 상망이 다급하게 말했다.

"이봐, 이봐. 우린 말을 따르려 했는데 어째서 우리까지……."

"듣기 싫다! 다섯만 세겠다. 그사이에 나가지 않으면 고슴도치로 만들어 버리겠다! 하나!"

비냐는 실로 성질이 대단하여, 정말 한다고 하면 뒷일은 어찌 되든 그냥 저지를 사람 같았다.

상망은 한숨을 쉬더니 치우천에게 말했다.

"네 이놈, 널 놓아주마. 발님은 건드리지 마라. 약속하겠느냐?"

치우천이 웃으며 고개를 끄덕였다.

"좋습니다. 상망님도 그럼 날 다시 잡지 않으시겠습니까?"

"헛소리 마라. 지금 널 놓아준다 해도 금방 쫓아가서 잡을 것이다."

"잡힐지 안 잡힐지는 두고 봐야 알겠지요. 그렇다면 나도 발님을 다시 잡을 수 있으면 잡겠습니다."

"너는 참 헛소리도 잘하는구나. 네가 도망칠 수 있을 것 같으냐?"

비냐가 눈을 부라리며 외쳤다.

"둘! 다 센 다음에는 뭐라 떠들어도 전부 죽인다. 다섯을 셀 때까지 여기서 꺼져라!"

상망의 얼굴에 초조한 기색이 역력했다.

"네 이놈, 좋다. 발님을 놓아주면 너를 풀어 주마."

"저를 풀어 주면, 반드시 발님을 보내 드리겠습니다."

"이놈아, 그런 게 어디 있어?"

"셋! 전사들아. 이제부터는 내 명령을 더 들을 필요 없다. 내가 쏘지 말라고 해도 다 센 다음에는 무조건 쏘아라!"

비냐가 다시 수를 헤아리자 카린 여전사들은 대답하며 활시위를 바짝 당기기 시작했다.

여전사들을 흘낏 보며 상망이 서둘러 말했다.

"좋다! 네놈, 약속은 지키겠지?"

"저를 모르십니까? 내 목에 칼이 들어와도 헛소리는 하지 않습니다."

"좋다! 믿겠다. 저 여자의 하는 꼴이 흉악하니 여기서 나가고 보자!"

상망은 치우천과 치우비를 떠밀었다. 치베와 형요 자매는 재빨리 치우천과 비를 받아들고는 먼저 문 밖으로 사라졌다. 상망은 헛기침을 한 다음 마치 비냐의 약을 올리려는 듯이 늑장을 부리다가 아슬아슬하게 다섯을 세기 직전에야 문에서 나섰다.

끽구가 상망 옆으로 다가와 다그쳤다.

"상망! 서둘러야 저들을 잡지!"

"서두를 것 없다. 어차피 우리는 전사들을 모아 쫓아가야 하고, 발님이 돌아오는 것을 보고 가도 늦지 않는다네. 더구나 쑤앙마이의 집 앞에서 싸움을 벌이는 것도 좋지 않잖은가?"

"괜찮을까? 저들이 재빨리 도망친다면?"

걱정스런 표정으로 신도 울루가 묻자 상망은 씩 웃었다.

"저들은 결코 도망치지 못하네. 발님 주변을 전사들에게만 맡긴 건 내가 소홀했지만 저들을 놓치지는 않을 거야. 그렇지, 비휴?"

비휴는 무표정한 얼굴로 고개를 끄덕여 보였다.

"저들은 말을 잘 타니 산을 내려가게 두어서는 안 된다."

끽구의 말에 상망은 여유 있게 고개를 저었다.

"어찌 되었건 저놈들은 도망칠 수 없다네."

치우천과 치우비를 업은 치베, 형요 자매가 구르듯 산비탈을 내려오자 어느새 그곳에는 나머지 형요 자매와 울라트, 도깨비들이 말을 끌고 기다리고 있었다. 놀랍게도 소녀도 있었는데 발의 모습은 보이지 않았다. 소녀는 치우천이 멀쩡해져서 내려오자 기뻐서 눈시울을 붉혔다.

치우천은 놀랍기도 하고 기쁘기도 해서 목소리를 높였다.

"소녀님! 소녀님도 와 계셨습니까?"

"저는…… 저는 같이 갈 겁니다. 마다하지만 않으신다면 어디든 따라가겠습니다."

치우천은 감격하여 고개를 끄덕였다.

"마다할 리가 있겠습니까?"

그때 형요가 나섰다.

"소녀님이 일이 심상치 않다고 알려 주셨어. 다섯 명이 우르르 몰려서 기다리고 있다고 말이야. 안 그러면 우리가 어찌 알았겠어?"

요요도 한마디 덧붙였다.

"소녀님이 우리를 안으로 같이 데리고 가지 않았으면 우리가 쑤앙마이의 집 안으로 어떻게 들어갈 수 있었겠어요?"

"천 안다, 전에 말하지 않았나? 천 안다는 절대 헌원을 따르지 않을 거라고. 일이 틀어지겠다 싶어 우리도 미리 준비하고 있었는데 소녀님이 알려 주어서 급히 달려온 거다. 나와 두 자매가 일단 자네를 구하고 나머지는 짐을 챙기고 말을 끌고 밑에서 기다리기로 했지."

치베의 말에 이어 울라트도 말했다.

"도깨비들이 잘해 주었어요. 시치미를 뚝 떼고 말을 끌고 오는데 지나족은 겁나는지 막아서지도 않더라구요."

치우천은 감동 어린 눈빛으로 모두를 둘러보았다.

"소녀님이 우리 형제를 구하셨군요. 자네들도. 정말 고맙다, 고마워."

소녀는 얼굴만 붉히며 빙그레 웃었고 치베와 형요, 울라트는 허물없이 크게 웃었다. 형요가 웃으며 말했다.

"벗 사이에는 고맙다고 할 필요가 없어. 내가 잡히면 안 구해 줄 거야?"

형요 자매 중 요요와 미요는 치우 형제에게 깍듯하게 존대했지만 네 명의 형요 자매는 스스럼없이 대했다. 주신 말을 할 줄 아는 것은 첫째 형요뿐이었으나 다른 형요들도 쌍둥이가 아니랄까 봐, 하는 태도도 똑같았다.

"헌원이 우리를 도와주고 잘 대해 준 것은 알지만, 그렇다고 너와 네 아우를 잡아가려는 건 너무한 일이야. 속셈이 있는 것 같은데."

형요를 쳐다보며 치우천이 말했다.

"헌원은 우리가 자신을 따를 줄 알았나 봐. 그러지 않으면 우릴 없애려 하겠지."

"왜 그러는지 잘 모르겠어."

"헌원은 나에게 속내를 다 보였기 때문에 그러는 거야."

형요와 치베나 울라트는 치우천의 말을 잘 이해할 수 없었다. 자세한 설명을 듣고 있을 겨를이 없어 치베는 어서 가자고 재촉했다.

그러다가 문득 이상하다는 표정으로 형요에게 물었다.

"그런데 발은 어디 있나?"

형요 대신 치우천이 웃으며 되받았다.

"발을 잡은 것 같지는 않던데?"

요요가 깔깔거리며 웃었다.

"천님은 아셨군요. 우리가 언제 발을 잡을 틈이 있었겠어요? 지나 전사들을 속여 말을 끌고 넷째 언니를 데리고 오기도 힘들었는데! 지나족 영감탱이만 보기 좋게 속아 넘어갔지요!"

치우천이 허허 웃으며 말했다.

"상망도 속지 않았다. 상망은 다만 백의 하나, 천의 하나라도 위험한 일을 하지 않으려 한 것뿐이야."

"어쨌든 이렇게 잘되었잖아."

형요가 의기양양해하자 치베는 화난 듯이 외쳤다.

"마음에 들지 않는다! 마음에 들지 않아!"

"무엇이 마음에 들지 않아?"

형요는 샐쭉해져서 툭 쏘아붙였다.

"아무리 급해도 당당한 전사는 거짓말을 하지 않는다. 더구나 힘없는 여자를 인질로 잡아 목숨을 구하는 치사한 짓은 남자가 할 짓이 못 돼!"

형요는 당장 토라져 소리를 질렀다.

"치사한 치베가 날보고 치사하다네? 야 인마, 내가 아니었으면 치우천이 무사했을 것 같아? 그리고 내가 전사냐? 남자냐? 난 도둑이야, 여자 도둑! 못할 짓이 없단 말야!"

형요가 마구잡이로 우겨 대자 치베는 말문이 막혀 버렸다. 그 모습에 치우천이 웃으며 끼어들었다.

"너희는 한동안 조용하더니, 왜 또 아웅다웅하냐? 치베, 부득이하게 쓴 속임수는 어쩔 수 없다."

"천 안다, 너는 용사인데 그런 비겁한 방법도 좋다는 말이냐?"

치베가 의아하다는 듯이 묻자 치우천은 맑게 웃었다.

"글쎄. 나는 그런 방법은 못 쓸지도 모르지. 그러나 기왕 형요가 애써 주었는데 나무라는 것도 옳은 건 아니라 생각한다."

"맞아! 누군 좋아서 거짓말한 줄 알아?"

형요가 기세를 올리자 치우천이 웃으며 말했다.

"그래도 자주 하지는 않았으면 싶구나, 형요. 이제 너는 도둑이 아니 잖아."

"히히히."

형요는 일부러 귀신처럼 웃었다. 그러면서도 그들은 쉴 새 없이 말을 달렸다. 카린산의 비탈은 얼음에 덮여 미끄러웠기에 말을 달리기 좋은 곳은 아니었으나 조금 더 내려가자 흙길이 나와 속력을 낼 수 있었다.

"비는 어떻게 된 거야? 아픈 것 같지는 않은데?"

형요가 묻자 치우천은 쓸쓸하게 대꾸했다.

"힘을 반쯤 잃게 되었다."

치베와 형요 등은 깜짝 놀랐다. 치우천은 설명하려다가 상황을 보고 치베에게 물었다.

"가만! 우리가 지금 어디로 가는 거지?"

"저쪽으로 가야지! 그래야 돌아가지 않겠는가?"

그러자 치우천은 다급하게 말했다.

"아니! 안 된다! 동쪽으로 가자!"

"뭐? 어째서?"

"지나족은 수가 많다. 우리가 도망쳤는데 급히 뒤쫓지 않는 것을 보면 그들도 무슨 준비를 해 둔 것 같다. 서쪽으로 바로 가면 술수에 넘어간다. 조금 더 걸리더라도 동쪽으로 돌아서 가자!"

"어디로 가는데?"

"누루마이의 마을 부근으로 가자! 그러면 살 길이 생긴다!"

치우천의 말을 듣고 치베와 형요 등은 고개를 끄덕이며 방향을 바꾸었다. 살 길이 어떻게 생기는지는 몰랐지만 치우천을 무조건 믿었다. 그렇다고 온 길로 되짚어갈 수는 없었기 때문에 남쪽으로 빙 돌아서 길을 잡았다. 일행은 급히 달리고 싶었지만, 치우비가 여전히 의식을 잃고 있었고 넷째 형요도 아직 아픈데다가 마냥이 말을 잘 못 타기 때문에 그리 속력을 낼 수 없었다.

치우천은 안타까운 듯이 입을 열었다.

"더 빨리 가야 한다. 안 그러면 늦을지도 몰라."

"뭐가 늦는단 건가?"

치베가 묻자 치우천은 그 말에는 대답하지 않고 지시를 내렸다.

"치베! 네 말 말고, 비의 말로 갈아타고 비를 태워라. 마냥! 너는 내 말을 같이 타자! 형요! 너희 자매도 넷째를 번갈아 안아 태우고 달려야 한다. 늦으면 지나족에게 잡힌다!"

치우천이 말의 힘과 무게에 따라 사람을 바꿔 앉혀 대열을 정비하자 일행은 속력을 더 낼 수 있었다. 한참을 정신없이 달리자 말들이 지쳤기 때문에 조금 천천히 말을 걷게 하며 쉬게 해야 했다. 그 틈을 타서 일행은 물을 마시고 약간의 음식을 먹었다.

그사이 치우천은 치우비가 자신을 위해 전에 먹은 아홉구비의 기운을 다 써 버려서, 이제는 힘이 예전만 못할 것이라 일행에게 일러 주었다. 이야기를 들은 사람들은 안쓰러워했지만 형을 구하기 위해 그런 것이니 어찌할 수 없다고 생각했다. 말린 고기를 씹으며 이야기를 듣던 치베가 의아한 듯이 저만치를 보며 고개를 갸웃거렸다.

"카린산에도 늑대가 있나? 웬 늑대가 서성이지?"

사람들은 눈을 크게 뜨고 살펴보았지만 아무도 늑대의 모습을 볼 수 없었다. 치베는 눈이 밝아 아주 멀리 떨어져 있는 것도 볼 수 있었다.[*]

"멀리 있어 보이지 않을 거야. 하지만 나는 보여. 이상하게 아까부터 우리를 슬슬 따라오는 것 같았는데."

치베의 말에 소녀는 고개를 저었다.

"다른 곳은 몰라도 카린산 부근에는 쑤앙마이께서 개명수를 많이 키우시기 때문에 늑대가 없어요. 죽거나 도망쳤죠. 잘못 본 것 아닌가요?"

"아닌데 ……."

갑자기 치우천이 깜짝 놀라며 소리쳤다.

"이크! 큰일이다!"

---

[*] 몽골 사람들의 시력은 대단히 좋아서, 현재도 보통 시력표 기준으로 6~7이 넘는 사람들이 흔하다고 한다.

"왜 그래? 늑대 한두 마리 가지고 뭘?"

형요가 묻자 치우천은 재빨리 대답했다.

"비휴다! 비휴가 푼 늑대야! 얼른 도망쳐야 한다!"

비휴는 늑대를 마음대로 부리기 때문에 늑대를 시켜 치우천 일행을 뒤쫓게 했을지도 몰랐다. 그렇게 생각한 일행은 치베가 늑대를 본 반대편으로 달아나기 시작했다. 치베는 말을 달리면서도 걱정이 되어서 계속 사방을 둘러보았다. 달리다 보니 늑대가 또 나왔다.

"저쪽에도 있다!"

"반대쪽으로 가자!"

일행은 방향을 틀었다. 그러나 얼마 정도 달렸을 때 치베가 부르짖었다.

"제길! 또 있다!"

일행은 자꾸 여기저기 몰려다니자 금세 피곤해졌다. 말도 금방 지친 듯했다. 형요가 가쁜 숨을 몰아쉬며 말했다.

"다시 피해야 한다. 우리를 따라잡지 못하게 길을 돌려야 해!"

"젠장! 잡힐 것 같다!"

치베가 안절부절못하면서 투덜거렸다. 치우천은 뭔가 곰곰이 생각에 잠겨 있다가 이내 무릎을 탁 쳤다.

"잠깐! 그럴 필요 없다!"

"무슨 소리인가?"

"늑대는 수도 없이 많은 것 같다. 피할 수 없을 것 같다."

낙심한 치베의 얼굴빛이 하얗게 변했다.

"그러면 어떻게 하지? 싸우자는 건가?"

"늑대는 피할 수 없으니 내버려 두고 지나족만 피하면 된다."

"어떻게?"

"우리가 한곳에 머물면 지나족이 금세 뒤쫓아 올 것이다. 그 지나족만 따돌리면 그만이야. 형요! 치베! 울라트! 우리는 여기서 쉰다!"

"쉰다고?"

다들 놀라서 부르짖자 치우천이 웃었다.

"이대로 쫓겨만 다니면 누루마이의 마을까지 갈 수도 없다. 지나족이 쫓아오려면 시간이 걸릴 것이니 그때까지 푹 쉬어 두자. 지나족이 어디 있는지 알아야 우리도 피할 것 아닌가?"

치우천의 대담한 말에 모두 놀랐다.

"지나족이 따라오면 어떻게 하는가? 쉬는 건 너무하지 않은가?"

치베가 볼멘소리를 하자 치우천이 웃었다.

"쉬어야 도망갈 수 있어. 지나족은 말을 우리만큼 잘 타지 못한다. 지나족은 우리를 잡으려고 죽을 둥 살 둥 달려올 테니 올 때쯤에는 지칠 것이다. 우리는 편히 쉬었고 말도 더 잘 타는데 왜 지나족을 겁내야 하지? 지나족이 다가올 때 달아나면 그만이다."

"포위될 수도 있다."

치베가 신중하게 말하자 치우천은 미소를 지으며 치베의 어깨를 두드렸다.

"일단 달려와야 포위도 하지. 오지 않은 자들이 어떻게 포위를 한다는 거냐? 걱정할 필요 없다. 형요, 너희 자매가 높은 곳에 올라가 살피다가 지나족이 보이면 알려 줘. 그때 떠나면 된다. 그때까지 푹 쉬자."

치베와 형요 등은 그제야 씩 웃으며 편하게 몸을 눕히고 물도 마시고 음식을 먹었다. 험한 곳이었지만 드문드문 풀이 나 있어 말들도 풀을 뜯게 했다. 그렇게 쉬고 있을 때 도깨비 싱카가 다가와서 말했다.

"주인님, 도깨비 싱카가 말합니다. 주인님의 꾀는 아주 좋습니다. 그러나 주인님은 이 근처의 땅과 산을 잘 아십니까?"

"알 리가 없지."

치우천이 가볍게 되받자 싱카는 걱정스러운 듯 말했다.

"처음에는 물론 지나족이 모여 따라올 것입니다. 그러나 나중에 우리가 도망칠 때 길을 잘 아는 자가 지나족을 몇 갈래로 나누어 우리를 에워싸고 앞길을 막으면 위험할 수도 있습니다."

치우천은 싱카의 말을 듣고 고개를 끄덕였다.

"네 생각이 깊구나, 싱카. 하지만 나에게도 생각이 있어……."

"그렇습니까?"

치우천이 소곤거리며 싱카에게 뭐라 말하자 싱카는 감탄의 눈으로 치우천을 바라보았다.

"그렇다면 제가 해 보겠습니다."

"싱카, 할 수 있겠어?"

"물론입니다. 도깨비 싱카, 할 수 있습니다. 저는 요기입니다."

싱카가 웃으며 혼자 말을 달려갔다. 옆에 있던 치베와 울라트가 의아하여 묻자 치우천이 웃으며 대답했다.

"싱카는 누굴 찾으러 갔을 뿐이야……."

"누굴?"

"비울걸."

치우천이 답하자 치베와 울라트는 놀라 서로를 바라보았다.

울라트는 아직도 무서운 듯이 조심스럽게 물었다.

"비울걸이 이 근처에 있단 말인가요?"

"틀림없을걸? 그도 우리를 찾고 있을 거야. 싱카는 비울걸을 찾을 방법이 있댔어. 꼭 찾아올 거야."

"그 할아범은 오라버니를 잡아먹겠다고 했잖아요? 바로 지난번에도요."

"그 말을 믿니? 비울걸은 지나족 앞이라서 장난으로 그런 것뿐이야. 사실 비울걸은 전에 내 부탁을 받고……."

치우천이 설명하려는데 갑자기 마냥이 달려와 말했다.

"주인님! 도깨비 마냥이 말해요. 멀리서 소리가 들려요."

형요의 휘파람 소리가 들려왔다. 어느새 지나족이 따라온 것이 분명했다. 치베와 울라트는 놀라서 치우천이 말하기도 전에 움찔하며 말부터 찾았다. 치우천도 설명을 하려다가 말고 말에 올라탔다.

잠시 후 형요가 헐떡이며 달려 내려왔다.

"천, 지나족이 따라와! 벌써 북쪽 산굽이에 들어섰어!"

"수는?"

"삼사백 명. 모조리 몰려오는 것 같아."

그 말에 치우천은 가볍게 웃었다.

"생각대로다. 반대로 달아나자."

"싱카는?"

울라트가 묻자 치우천이 대답했다.

"싱카가 비울걸을 찾으면 비울걸이 데리고 올 거야. 어서 가자!"

치우 일행은 말을 달려 도망치기 시작했다. 치우천은 함께 말을 타고 있던 마냥에게 물었다.

"마냥, 너는 지나족이 따라오는 소리가 들리니?"

마냥도 이제는 주신 말을 약간 했지만, 다른 도깨비들과 달리 울라트가 하는 말투를 고스란히 배워서 마치 아이처럼 말했다.

"그래요, 들려요."

"귀가 밝구나."

치우천의 칭찬에 마냥은 새까만 얼굴에 흰 이빨을 드러내고 입이 찢어지도록 순진하게 웃었다.

"무우, 쵸오피, 카라마를 잡으러 다녀서 잘 알아요."

"그게 뭐냐?"

"으음…… 무우는 그러니까…… 그래, 소예요. 소머리가 크고 잘 달려요. 여기 소랑은 달라요. 쵸오피는 으음…… 음…… 그러니까 긴 뿔이 나고…… 아주 날씬하고 풀을 먹는 것……."

"사슴?"

"맞아요, 사슴. 사슴 비슷해요. 하지만 뿔이 아주 날카롭고, 아주 멀리 뛰어요. 한번 뛰면 저만큼. 아주 빨라요. 그리고 카라마는…… 음, 말…… 말인데 줄이 그어진 말. 까맣고 하얗고…… 줄이 잔뜩 그려진 말. 마냥은 그것들을 잡았어요. 마냥, 좋은 사냥꾼. 그래서 잘 들어요. 그것들이 몰려다니는 소리를 잘 들을 줄 알았어요. 마냥 살던 곳에서는 사냥꾼은 다 잘 들어요."

마냥은 단순하고도 순박하게 이야기했다.

"그래, 지나족이 가까와지는 것 같아?"

치우천이 웃으며 묻자 마냥은 고개를 저었다.

"아니에요. 가까이 오지 않아요. 지나족이 느려요. 우리가 빨라."

마냥의 말을 듣고 치베와 형요 등은 조금 안심했다.

그들은 한동안 쉰 다음인데다 기마술이 월등하여 지나족은 쉽게 따라잡지 못했다. 한동안 달아나자 마냥은 도리어 지나족이 멀어진다고 했다.

"잘되었다, 마냥. 그들이 가까이 오는지 잘 들어라. 우리는 말을 쉬면서 천천히 가자. 그들을 아주 떼어 놔도 좋을 것은 없다."

소녀가 입을 열었다.

"이쪽으로 계속 가면 안 돼요. 길이 좋아 보이지만 막다른 골짜기로 들어가게 됩니다. 다음 갈래에서 북쪽이나 남쪽으로 빠져야 합니다."

치우천이 고개를 끄덕였다.

"소녀님이 같이 계셔서 다행이군요. 길을 잘 아시니."

"카린 산맥은 복잡하여 다는 모릅니다. 하지만 이 근처는 대강 알죠."

"누루마이의 마을 근처까지 가는 길도 찾을 수 있겠습니까? 여기저기 도망 다니느라 방향을 잃지 않을지……."

"알 수 있을 것 같아요. 제가 살던 곳인데요."

소녀의 말에 치우천은 크게 기운이 났다. 치우천은 만약을 대비하여 치베나 형요에게도 길을 알려 주라고 부탁했다. 소녀는 열심히 설명을 해 주었다. 그러다가 지나족이 다가온다는 마냥의 말에 치우천은 다시 말을 달리게 했다.

상망과 끽구, 비휴 일행은 지나 전사들을 몰고 계속 추적하고 있었으나 치우천을 잡을 수 없자 안달이 나고 화도 치밀었다.

끽구가 우렁우렁하게 외쳤다.

"비휴! 정말 이쪽이 맞는 거냐? 아무리 달려도 안 보이잖아."

비휴는 여전히 무뚝뚝하게 짧게 말했다.

"앞에 있다."

"그 소리를 들은 지가 언제인데 그래? 아무리 쫓아도 보이지 않잖아."

끽구가 소리치자 비휴는 내뱉듯 짧게 말했다.

"그들이 우리보다 빨라서 그렇다."

"우리 말들이 지쳐서 이대로는 따라가기 힘들 것 같네. 아무래도 그 놈들 말이 우리보다 좋은 것 같아."

상망의 말에 신도 울루가 답답한 듯 쏘아붙였다.

"그럼 저들을 놓칠 것 아닌가?"

끽구도 화를 내며 뒤를 돌아보았다.

"그놈들은 감히 이 끽구님을 속였어! 발님이 잡혔다고? 홍!"

발은 지나 전사들의 끄트머리에서 말을 달려 따라오고 있었는데 발은 치우 형제가 달아났다는 말을 듣고 얼굴색이 변했을 뿐, 그때부터 가타부타 한마디 말도 하지 않았다. 화가 난 듯했다. 상망은 일부러 형요가 발을 사로잡았다고 속였다는 사실을 더욱 부풀려 이야기했다. 어차피 치우비와는 멀어지게 된 셈이니 차라리 원망이라도 하라는 마음에서 그런 것이다. 발은 아무런 대꾸도 하지 않았다.

상망은 치우 일행을 따라잡지 못하자 비휴와 신도 울루에게 말했다.

"이봐, 비휴, 신도 울루. 이대로는 안 되겠어. 자네들이 힘을 써야겠네."

비휴와 신도 울루는 기다렸다는 듯 고개를 끄덕여 보였다.

쫓기는 와중에도 치베는 틈날 때마다 주위를 살피는 것을 잊지 않았다. 어느 틈에 자신들의 주변 산등성이와 언덕배기에 늑대들이 점점 많아졌다. 아까는 정찰하듯 한두 마리씩 보였지만 이제는 다섯 마리, 열 마리씩 늑대들이 모여드는 것 같았다.

치베가 걱정스런 목소리로 말했다.

"천 안다, 늑대들이 많아지고 있다."

치우천은 그 말을 듣고 쯧 하며 혀를 찼다.

"비휴가 늑대들을 시켜 앞길을 막을 작정인가 봐. 준비를 해 두자……."

"설마 그때처럼 수많은 늑대가 따라온 것은 아니겠지?"

치베는 한웅의 가마를 습격당할 때를 생각하자 걱정이 되는 것 같았다.

"그렇게 많이 끌고 오지는 못했을 거다. 우리가 떠나올 때 늑대들을 많이 보지 못했잖아."

그러는 사이에도 그들의 주변에 늑대는 계속 늘어나 이제는 세기도 힘들 정도가 되었다.

"늑대가 많아졌다. 백 마리는 넘는 것 같다!"

치베가 놀라움을 이기지 못해 부르짖자 치우천은 눈을 빛냈다.

"늑대들이 덤벼도 일일이 상대할 것 없다. 달려드는 놈들만 잡아 죽이면서 무조건 달려야 한다. 소녀님, 어느 쪽인가요?"

"북서쪽으로 가는 것이 좋아요."

"좋아. 북서쪽으로 간다."

치우천이 외치는 대로 나아가는 사이, 급기야 눈 덮인 언덕배기에서 늑대들이 줄줄이 쏟아져 나오기 시작했다.

치우천은 각오를 단단히 하고 외쳤다.

"빠져나가는 것이 우선이다. 말을 몰면서 무기를 쓰기 힘든 사람은 달리기만 해라, 치베! 비를 태우고도 활을 쏠 수 있겠느냐?"

"문제없다!"

치베와 형요 자매, 그리고 도깨비들 중 포리만이 말을 타면서 동시에 무기를 휘두를 줄 알았다. 리미도 가능했지만 리미는 울라트를 안고 있었기 때문에 싸울 수는 없었다.

"마냥, 너는 창끝에 불을 붙여서 늑대들을 쫓아라. 치베! 활을 쏘아 달라붙는 놈들을 없애고 형요는 뒤를 막아라! 자! 가자!"

치우천의 지시로 싸울 준비를 하는 사이 늑대들은 드디어 마주 달려오며 앞을 막아서기 시작했다. 치우천은 용감하게 가장 먼저 앞장섰고 마냥은 덜덜 떨면서 불붙인 창을 휘둘러 길을 텄다. 늑대가 무서워서 떠는 게 아니라 말을 타면서 한 손을 놓는 것이 무서운 듯했다.

늑대들은 백 마리도 넘었지만 치우천이 돌입하고 마냥이 불을 휘두르고 치베가 기막힌 활 솜씨로 몇 마리를 쏴 죽이자 저절로 무리가 갈라졌다. 포리도 활을 쏘았는데 치베만큼 백발백중은 아니어도 의외로 실력이 좋아 몇 마리의 늑대를 쏴 죽였다. 치우천의 뒤를 따라 치베와 리미, 다른 도깨비들이 쏜살같이 지나갈 때쯤 늑대 무리가 방향을 바꾸며 달려들었지만, 뒤를 막은 형요 자매가 칼을 휘둘러서 늑대들을 막아 냈다. 늑대가 몇 사람을 할퀴기는 했지만 크게 다친 사람은 없었다.

앞을 막아선 늑대들을 뚫고 지나가는 데 성공하자 치베는 휘파람을 불었고 형요 자매와 도깨비들도 기뻐서 환성을 질렀다. 그러나 치우천은 긴장을 늦추지 않았다.

"방심해선 안 된다! 늑대들이 뒤를 쫓지 않는 것을 보니, 분명 산을 가로질러 또 나타날 거야! 화살을 가진 사람은 치베와 포리에게 주어라!"

그러는 와중에 어느새 날이 어두워졌다. 그러나 지나족이 추격을 늦추지 않아 치우 일행도 쉴 수 없었다. 다행히 주변이 눈 덮인 산이라 달빛이 환하게 비추어서 밤이라 해도 그리 어둡지 않았다. 그런데 이번에는 눈앞이 뿌옇게 변하면서 안개가 끼는 것 같더니 말들이 놀라 걸음을 멈추고 앞으로 달려가지 않으려 했다.

안개는 순식간에 짙어지며 기분 나쁜 느낌을 풍겼다. 주변이 추워지면서 이유 없이 몸에 소름이 돋았다. 치우천도 왜 갑자기 이런 기분 나쁜 안개가 끼는지 알 수 없었다.

두려움을 모르는 치베도 섬뜩한지 목소리를 낮춰 물었다.

"천 안다, 이게 뭐냐? 어쩐지 겁이 난다."

"어쩌겠어? 무조건 뚫고 가야 한다. 서로 떨어지지 않게 조심해."

치우천은 높은뫼를 살살 달래다가 단번에 안개로 뛰어들었다. 치우천이 앞장을 서자 다른 겁먹은 말들도 그럭저럭 달래 뒤를 따르게 할 수 있었다. 한참을 안개 속을 헤집듯이 달리는데 갑자기 치베가 물었다.

"천 안다, 방금 네가 소리를 질렀나?"

"아니?"

치우천은 의아하여 대답하자 치베는 떨리는 목소리로 말했다.

"이상하다. 방금 누가 날 부르는 것 같았는데……."

그때 느닷없이 요요의 비명 소리가 들려왔다.

치우천과 치베는 깜짝 놀라 뒤를 보았는데 요요가 미친 듯 말을 몰고 앞으로 튀어나가려 했다. 기마술에 능한 치베가 놀라서 요요를 따라잡아 외쳤다.

"요요! 뭐냐?"

요요는 얼굴이 새파랗게 질려서 눈물까지 흘리면서 외쳤다.

"뭐가 있어요! 안개 속에 뭐가 있어!"

"뭐가 있단 말이냐? 아무것도 없다!"

이번에는 소녀의 비명 소리가 들려왔다. 소녀는 비명을 지르면서 외쳤다.

"누구야! 누가……!"

"소녀님! 무슨 일입니까?"

치우천이 소리치자 소녀는 떨리는 음성으로 외쳤다.

"누가……! 누가 내 목덜미를 만졌어요. 차가운 손으로……!"

"나뭇가지일 겁니다!"

치우천은 애써 말했지만 근처에는 나무 한 그루 없었다. 첫째 형요는 여자였지만 담력이 대단한지라 염려 말라는 듯이 소리쳤다.

"요요! 미요! 소녀님! 정신들 차려요! 있긴 뭐가 있다고……."

치우천은 형요가 믿음직하여 같이 뭐라고 말하려던 참인데 이번에는 형요의 비명 소리가 들리면서 말이 크게 울부짖는 소리가 들려왔다. 그러고는 쿵, 하고 말에서 떨어지는 소리가 들렸다. 그러나 안개가 짙어 형요가 어디 있는지 볼 수가 없었다.

"형요! 모두 멈춰라! 형요가 밟힌다!"

치우천이 소리 지르자 과보족의 말로 미요의 목소리가 들렸다. 언니인 형요를 찾는 것 같았다.

형요가 대답하며 외쳤다.

"아무것도 아냐! 그냥 실수했어! 천! 치베! 어서…… 어서 가자!"

무서움을 모를 것 같던 형요의 목소리는 겁에 질려 있었다. 치우천마저도 등골이 서늘해졌다. 억지로 참고 말하지는 않았지만 형요도 이상한 일을 겪은 것이 틀림없었다. 치베도 몸을 떨며 활을 놓고 칼을 뽑아 들었다.

"천 안다, 이 안개는 정말 이상하다. 제길, 적이라면 아무도 두렵지 않지만…… 이건…… 이건……."

치베는 두려움을 모르는 용사였지만 몸을 떨고 두려워하는 빛을 보이자 치우천도 맥이 풀렸다.

"치베! 겁먹지 마라! 내가 앞장서겠다!"

"아니다! 천 안다! 제기랄, 내가 앞장선다!"

치베는 오기를 부리는 듯, 하! 소리를 내며 구름을 몰아 몇 발짝 달려가다가 갑자기 비명을 지르고는 미친 듯 칼을 휘두르며 앞으로 돌진해 갔다. 치우천이 깜짝 놀라서 외쳤다.

"치베! 치베! 왜 그러느냐?"

치베는 어느덧 안개 속으로 사라져서 보이지 않았다. 목소리도 들리지 않았다. 치우비가 정신을 잃은 지금 치베는 일행에서 가장 잘 싸우는 대들보 같은 존재였다. 그런 치베가 소리도 없이 사라지자 일행은 더 나아가지도 못하고 두려움에 떨었다. 치우천은 몇 번이나 치베에게 돌아오라고 소리쳤으나 돌아오지 않았다.

그때 요요가 울면서 외쳤다.

"어떻게 해! 이게 뭐야!"

치우천은 치베가 대답이 없자 이번에는 손가락을 입에 넣어 휘파람을 불었다. 치베가 타고 갔던 말, 구름을 부른 것이다. 구름과 높은뫼는 둘 다 길이 잘 들어서 휘파람 소리만 들으면 달려오곤 했으니까.

잠시 후 말발굽 소리가 들리자 치우천은 반색했다. 그러나 돌아온 것은 치우비의 몸을 등에 얹은 구름뿐이었다. 치베는 어디로 갔는지 보이지 않았다. 치베의 모습이 사라지고 치우비의 몸만 얹은 구름이 나타나자 소녀와 울라트, 요요가 비명을 질렀다.

형요도 떨리는 목소리로 간신히 입을 열었다.

"도대체 저 앞에 무엇이 있기에 치베가…… 치베가……."

소녀가 몸을 떨며 물었다.

"치베는 대체 무엇을 본 것일까요?"

치우천은 입술을 질근 깨물며 말했다.

"마냥, 내려라. 내가 나가 보겠다."

마냥도 부들부들 떨고 있었지만 죽어라 고개를 저었다.

"주인님! 그럴 순 없어요! 혼자 가시면 안 돼요!"

그때 리미와 개르가 나란히 말을 달려 왔다. 리미는 울라트를 포리에게 맡겨 둔 채였다.

"우리가 가 보겠습니다! 우리는 겁나지 않습니다!"

"아니다, 리미! 나도 가 봐야겠다. 같이 가자!"

그러자 소녀가 높은 목소리로 끼어들었다.

"떨어지면 안 돼요! 나도 가겠습니다! 같이 갑시다! 뭉쳐 있는 게 흩어지는 것보다 낫습니다!"

연약해 보이던 소녀가 용기 있게 외치자 다른 사람들도 용기를 북돋우려는 듯 소리를 지르며 말을 몰았다.

"함께 치베를 부르자. 치베! 치베!"

치우천이 목소리를 높였다.

리미와 개르는 치우천의 양옆, 치우천보다 조금 앞서서 말을 몰며 용감하게 나아갔다. 안개는 점점 깊어졌으나 어디에도 치베는 보이지 않았다. 순간 대열의 뒤쪽에서 요요의 비명 소리가 들렸다.

"아아악!"

리미와 개르는 곧 뒤로 말을 돌리려 했으나 치우천은 그들을 막으며 외쳤다.

"뭐냐! 요요?"

"봤어! 누가…… 누가 날 보고 있어!"

"무슨 소리야?"

형요가 요요를 나무라는 듯 외치자 요요는 과보족의 말로 정신없이 뭐라고 떠들어 댔다. 그때 리미가 외쳤다.

"제길! 이게!"

리미는 갑자기 오른손에 쥔 도끼로 허공을 크게 휘둘렀다. 치우천은 깜짝 놀라 물었다.

"왜 그러나? 리미?"

그러나 리미가 대답하기도 전에 안개가 꾸물꾸물 움직이더니 퀭한 눈을 한 사람의 얼굴이 수십 개나 물결이 일듯이 나타나기 시작했다. 그것도 허공에 얼굴만 나타났으며 하나같이 흉악하고 처절한 표정을 짓고 있었다. 끔찍스러운 모습이 나타나자 울라트는 기절하고 요요와 형요마저도 비명을 질렀다.

"귀신! 귀신이다!"

리미와 개르도 비명을 질렀지만 그들은 미친 듯 도끼와 칼을 휘둘러 무시무시한 얼굴들을 베려고 했다. 그러나 그 얼굴들은 안개 같아서 벨 수 없었다. 마치 아수타란과 싸울 때 같았다. 이윽고 얼굴만이 아니라 흉악하고 허연 손들이 수백 개나 나타나서 일행에게로 뻗쳐 왔다.

치우천에게는 아무것도 보이지 않았다. 안개뿐인데 왜 일행들이 겁을 먹는지 알 수 없었다. 치우천은 침착하라고 소리쳤다. 그러나 다들 제정신을 잃고 계속 나타나는 얼굴들과 뻗쳐오는 허연 손들에 맞서 미친 듯 무기를 휘둘러 댔다.

이제는 수백 수천 명의 사람들이 음산하게 중얼거리는 소리까지 들려오기 시작했다. 처음에는 나지막이 중얼거리다가 급기야 귀가 떨어져 나갈 정도로 크게 울려서 아무 소리도 들을 수 없었다. 저주, 원망, 비명이 뒤섞인 속에서 사람들은 제각각 공포에 질려서 허둥대기 시작했다.

그러나 치우천에게는 이상한 소리는 들리지 않았고, 이상한 것도 보이지 않았다. 일행이 날뛰는 모습을 통해 그들이 헛것을 보고 있다는 사실만 짐작할 뿐이었다. 마냥마저도 허우적거리며 비명을 지르고 있었다. 치우천은 마냥의 어깨를 잡아 흔들어 정신을 차리게 하려 했으나 마냥은 치우천의 손이 닿자마자 비명을 지르면서 날뛰는 바람에 도리어 밀려서 땅으로 떨어졌다. 치우천은 급히 털고 일어났지만 마냥은 소리를 지르면서 팔을 휘젓다가 높은뫼와 함께 안개 속으로 사라져 버렸다. 치우천이 몇 번 휘파람을 불었지만 이번에는 돌아오지 않았다.

치우천은 몸이 덜덜 떨렸지만 이를 악물고 생각했다.

'도대체 이건 뭐냐? 침착…… 침착하자. 치우천! 침착해라!'

치우천은 눈을 감고 숨을 몇 번 깊이 쉬어 마음을 가라앉혔다. 그때 번개같이 스치는 생각이 있었다.

'이건 귀신의 장난이 분명하다. 가만. 귀신? 귀신? 그래! 신도 울루! 틀림없다!'

신도 울루는 귀신을 부릴 줄 아는 선인이니 이런 짓을 벌일 만했다.

'그런데 왜 나에게는 보이거나 들리지 않지? 모두 정신을 잃고 날뛰는데 나 혼자 무슨 수로 이것을 막는담! 이제 아우를 보호할 사람마저 없으니…….'

치우천이 이것저것 두서없이 생각하며 멍하니 서 있는데 갑자기 저쪽에서 높은 노랫소리가 들려왔다. 치우천은 의아해서 고개를 갸웃거렸다.

'나에게도 슬슬 헛것이 들리나?'

그러나 노랫소리는 헛것이 내는 소리 같지는 않고 몹시 고운 것이 소녀의 목소리 같았다. 치우천은 안개를 헤치며 그쪽으로 달려갔다. 치우천은 아직 다리를 약간 끌었으나 몸의 고통이 없어졌으므로 심하게 절름거리지는 않았다. 조금 달려가자 소녀가 말에서 내려 눈을 감고 노래를 부르는 모습이 보였다. 치우천은 소녀에게 다가가 외쳤다.

"소녀님! 소녀님!"

소녀는 눈을 꼭 감고 못들은 척 계속 노래만 했다. 치우천이 소녀의 어깨를 잡으려 하자 소녀는 갑자기 비명을 지르면서 치우천의 손을 뿌리치려 했다. 치우천은 놓치지 않고 소녀를 잡아 안아 주며 말했다.

"소녀님, 납니다. 치우천입니다."

소녀는 흑, 하고 흐느끼면서 눈을 떴다.

"치우천님? 정말 치우천님인가요?"

"틀림없습니다."

"무서웠어요. 귀신들이 나타나서……!"

소녀는 애처롭게 몸을 떨며 치우천을 꽉 안았다. 치우천은 소녀를 달랬다.

"신도 울루의 수작입니다. 그들이 우리를 잡으려 귀신을 부른 것이 틀림없어요. 겁내지 마십시오."

소녀는 그 말을 듣고 고개를 끄덕였다.

"그런데 왜 노래를 불렀죠?"

"쑤앙마이께서 말씀하신 적 있어요. 놀라거나 마음이 흔들릴 때 노래를 부르면 마음이 가라앉는다고요. 그래서 노래를 부르니 헛것도 보이지 않는 것 같았어요. 그래서……."

치우천은 그 말에 깨달은 게 있어 주변을 뒤져 풀잎 몇 개를 따 들었다. 그리고 소리 높이 풀피리를 불기 시작했다. 치우천의 풀피리 솜씨는 따를 자가 없을 정도여서 아무렇게나 딴 잎사귀 몇 개만으로도 큰 울림이 되어 퍼져 나갔다. 가락은 정확하지 않더라도 치우천은 되도록 크게 부는 데에만 힘을 썼다. 소녀가 놀라며 소리쳤다.

"안개가 옅어지고 있어요."

치우천도 그것을 알아차리고는 소녀에게 말했다.

"소녀님도 물건 소리를 내세요!"

소녀는 고개를 끄덕이며 말에 있던 자신의 악기를 꺼내 뜯기 시작했다. 소녀는 마음을 가다듬고 치우천과 달리 악기를 연주하며 함께 노래를 부르기 시작했다. 치우천도 몇 번 들어 본 노래여서 치우천은 재주껏 소녀의 노래와 연주에 맞추어 풀피리를 불었다. 듣기 좋은 가락이 울려 퍼지기 시작하자, 노래가 안개를 밀어내듯 두 사람의 주위로부터 안개가 눈에 보일 정도로 빠르게 옅어지기 시작하면서 사라지기 시작했다. 치우천과 소녀는 기뻐서 더욱 힘을 다해 연주를 계속했다.

이윽고 두 사람의 형요가 안개 속에서 말을 달려 나타났다. 둘째와 셋째 형요였는데 둘은 누구와 싸웠는지 온몸에 크고 작은 상처를 입고 있었다. 조금 있다가 미요가 높은뫼를 탄 마냥과 함께 나타났는데 마냥은 말 등에 기절해 있었다. 그러면서도 말에서 떨어지지 않으려는 듯 높은뫼의 목을 꽉 끌어안고 있었다.

미요가 오자마자 외쳤다.

"신기해요. 노랫소리가 들리자 귀신들이 없어지기 시작했어요. 노랫소리가 들려서 정신이 든 것 같아요!"

치우천과 소녀는 빙긋 웃어 보이고 계속 연주를 했다. 이제 그들의 주위에는 안개가 거의 사라져 있었다. 곧이어 포리가 울라트를 안고 나타났고 주루와 개르도 나타났다. 첫째 형요 역시 기절해 축 늘어진 요요를 안고 와서 말했다.

"이제 살았어! 노랫소리가 이렇게 듣기 좋다니! 귀신들도 물러간 것 같아!"

미요는 둘째 형요와 셋째 형요의 이야기를 듣고 말했다.

"두 언니는 귀신에 홀려서 서로 못 알아보고 싸웠대요. 서로 죽이지 않아 다행이에요."

다들 놀란 가슴을 쓸어내리면서 떠들었다. 치우천과 소녀는 안개가 가시고도 한참을 더 연주했지만 리미는 돌아오지 않았으며 치베도 보이지 않았다. 이윽고 마냥과 요요, 울라트가 정신을 차렸다. 그들은 겁먹은 상태였지만 치우천과 소녀의 연주를 듣자 마음이 가라앉는 듯했다. 그때까지도 리미와 치베, 그리고 치우비를 실은 구름은 어디론가 사라진 채 돌아오지 않았다.

"그들은 왜 돌아오지 않지? 무슨 일이 생긴 걸까?"

형요가 걱정했고 울라트도 걱정이 되어 눈물을 흘렸다. 치우천도 마음이 무거워 이윽고 연주를 마쳤는데 그때 마냥이 수선을 떨며 외쳤다.

"아이쿠! 지나족이다! 바싹 다가왔다! 소리를 듣고 따라오나 보다!"

그러고 보니 많은 말들이 달려오는 울림이 치우천에게도 느껴졌다. 치우천은 일단 모두 말에 타라고 했다. 그때 저만치 앞에서 누가 무서운 기세로 달려왔다. 놀라서 보니 리미였다. 리미는 상처투성이였고 몸이 피에 물들어 있었는데 치우천을 보고 똑바로 달려와서 외쳤다.

"길이 막혔습니다! 치베님이 잡혀 있어요! 그리고 주인님도!"

"뭐냐? 리미? 지나족은 뒤에 있는데, 누가 그들을 잡았지?"

치우천이 묻자 리미가 헐떡이며 말했다.

"앞에도…… 앞에도 있습니다! 신도 울루가…… 주인님을 데려오려 했지만 너무 수가 많아서……."

단숨에 말하다가 리미는 숨이 막혀 더 버티지 못하고 말에서 떨어져 버렸다. 개르와 주루가 놀라서 리미를 다시 말에 얹었다. 다급한 상황이라 상처를 살필 겨를조차 없었다. 형요는 새파랗게 얼굴이 질려서 물었다.

"지나족은 뒤에 있는데 어떻게 그럴 수 있지?"

치우천은 침통하게 대답했다.

"너무 지체했다. 신도 울루가 전사들을 뽑아 다른 길로 돌아와서 귀신들을 부려 우릴 세운 다음 앞길을 막은 것이 분명해!"

"그러고 보니 이 근처에는 샛길이 있었어요! 아이 참! 그런데 그런 길을 지나족이 어떻게 알았지?"

소녀가 놀라며 말하자 치우천은 더 듣지 않고 외쳤다.

"아우와 치베가 잡혀 있다니 무슨 수를 써서라도 구해야 한다! 가자!"

치우천은 대답도 듣지 않고 말을 몰아 달려갔다. 다른 사람들도 조금 켕겼으나 즉시 치우천의 뒤를 따랐다. 형요는 자매들에게 타이르듯 말했다.

"신도 울루는 따로 돌아왔으니 수는 몇 안 될 거야! 쉰 명도 안 될 거다! 자매들아, 까짓 지나 전사 쉰 명은 우리만으로도 충분하다! 그렇지 않니?"

형요 자매들은 그렇다고 용기 있게 소리를 질렀다. 방금 전 귀신에 놀라 부끄러운 마음도 있기에 더 화가 나고 기세도 충천했다. 도깨비들도 사기를 돋우며 용기 있게 달렸다. 리미는 말을 달리던 중에 정신을 차렸는데, 깨어나자마자 억지로 소리를 질렀다. 전부 쓰던 말이 달라서 도깨비들끼리도 주신 말로 이야기를 했다.

"지나 전사들은 일흔 명밖에 안 된다! 개르, 나와 함께 그들을 쳐 죽이고 주인님과 치베님을 구하자!"

험악한 개르도 금발을 휘날리며 호탕하게 웃었다.

"좋다!"

"나도 있다!"

"내 몫도 남겨라!"

포리와 주루도 지지 않고 외쳤다.

"쉰 명이면 몰라도…… 일흔 명이면 많지 않나?"

미요가 불안한 표정으로 중얼거렸다. 미요는 자매 중에 제일 온순하고 착해서 겁도 많은 편이었다. 그러나 형요가 무섭게 눈을 흘기자 목을 움츠리며 입을 다물었다. 조금 달리자 저만치에 지나족 무리가 보였다. 지나족이 보이자 치우천이 명령을 내릴 틈도 없이 리미가 무섭게 고함을 지르며 도끼를 휘두르며 달려 나갔다.

"지나족 놈들아! 다시 싸워 보자!"

지나족은 리미가 달려오자 당황한 모습이 역력했다. 치우천은 그 모습을 보고 생각했다.

'리미는 용감하구나! 혼자서 저 많은 수를 상대로 싸웠는데, 지나족은 리미에게 얼마나 혼이 났기에 저렇게 흔들리는 걸까? 정말 용감하다!'

곧이어 개르와 주루, 포리가 역시 높이 소리를 지르며 달려 나가고, 형요 다섯 자매도 찢어질 듯 소리를 지르며 돌진했다. 꼬마인 울라트마저도 전혀 겁먹지 않고 포리 앞에 앉아 앙칼지게 소리를 질렀다. 그러자 지나족 중에서 누가 외쳤다.

"아이구! 도깨비들이다! 저 도깨비가 다시 살아났다!"

"뭐냐! 어느 놈이 떠드냐!"

신도 울루가 야단치며 부하들을 독려했지만, 그 목소리가 다시 부르 짖었다.

"도깨비들은 칼을 부려서 사람을 죽인다더라!"

지나족은 그 비명 소리에 우르르 대열이 무너지면서 도망치기 시작 했다. 신도 울루는 선인이었고 재주가 대단했지만 전사들을 다스리는 데에는 뛰어나지 못해서 지나족 무리는 헝클어져 갔다. 겁에 질린 목소 리가 준 영향이 아주 컸다. 치우천은 그 목소리가 왠지 귀에 익숙했다. 이윽고 치우천은 간신히 웃음을 참으며 쿡쿡거렸다.

'전에 내가 놀라게 한 지나 전사들이 저 안에 끼어 있나 보다! 참, 일 이 공교롭게 되었구나.'

지나족도 용감했지만 도깨비를 두려워했다. 그 때문에 치우 일행과 같이 오면서도, 지나족은 도깨비 근처에는 가지도 않았다. 그런데 도깨 비들이 저렇듯 살기등등하게 나오자 더욱 겁을 먹었다. 더구나 지나 전 사 중에는 지난번 치우천이 도깨비들을 구하느라 겁을 주었던 자가 섞 여 있는 듯했다. 그들은 도깨비들이 칼을 날려 사람을 죽이는 광경을 보 았기 때문에 더 두려워하게 된 것 같았다.

치우천은 조금 의아해졌다.

'가만, 지난번 내가 겁주었던 자들은 유망의 부하 아닌가? 그런데 헌 원의 부하들 속에 어떻게 끼어 있는 거지?'

허나 그런 생각을 깊이 할 겨를도 없었다. 도깨비들은 치우비를 구하 려고 무섭게 돌진하고 있어서 이대로라면 그들과 헤어질 것 같았다. 치 우천은 소녀가 떨어지지 않게 배려하면서 곧 뒤를 따라 달려갔다. 치우천은 높이 휘파람을 불었다. 그 소리를 듣고 구름이 달려오기를 바랐지만 구름의 모습은 보이지 않았다.

처절한 싸움

신도(神荼)와 울루(鬱壘) 형제는 동해 도도산 위에 살았는데,
거기에는 삼천 리나 되는 땅을 뒤덮은 큰 복숭아나무가 있었다.
그들은 복숭아나무 북동쪽 가지 위에 있는 귀문(鬼門) 아래에 위풍당당 서서
인간 세계에서 놀다 돌아오는 각양각색의 크고 작은 귀신들을 조사하여 엄하게 다스렸다.
후대 사람들은 해마다 섣달 그믐날 저녁이 되면 복숭아나무에 두 신의 모습을 조각해
문의 양쪽에 두고 문설주에 커다란 호랑이를 그려 붙여
사악한 귀신의 접근을 막으려 했다.
―『형초세시기(荊楚歲時記)』와『논형(論衡)』「정귀(訂鬼)」편의 기술*

    열 명 정도밖에 되지 않는 치우 일행이 일흔 명의 지나족을 뒤쫓는 진풍경은 산굽이를 돌면서 멈추었다. 신도 울루가 도망치는 전사들을 추슬렀다. 신도 울루는 귀신의 힘으로 거저줍다시피 치우비와 치베를 잡게 되자 그들을 인질로 삼으려 했다. 그런데 리미가 뛰어들어 날뛰는 바람에 그럴 겨를도 없이 싸움에 휘말리게 된 터라 화가 나 있었다.

    "너희가 정말 전사냐? 화산족과 헌원님의 이름을 더럽힐 작정이냐? 얼마 되지 않는 자들에게 쫓겨 달아나다니! 저들이 도깨비들을 부린다지만 우리 신도 울루는 귀신들의 지배자다. 뭘 두려워하는 거냐?"

    지나 전사들은 신도 울루의 노한 목소리에 비로소 정신을 차렸다. 전사들은 함성을 지르면서 다시 싸울 준비를 갖추었다. 그사이 무섭게 말을 달린 리미와 도깨비들은 지나족을 바싹 추격해 왔다. 신도 울루는 다급해져서 외쳤다.

---

*『산해경』에서 발췌했다고 하지만 현재 전해지는 『산해경』에는 이 내용이 없다.

"활을 쏴라! 돌을 던져라!"

그러나 지나족은 말을 다루는 데 능하지 못해서 대열을 갖추느라 허둥지둥했다. 지나 전사들이 화살을 채 쏘기도 전에 먼저 달려든 리미와 개르가 벼락같이 지나족 안으로 파고들었다. 리미와 개르는 어찌나 맹렬하게 달려왔는지 멈출 수조차 없었다. 와장창 소리가 나며 서너 명의 지나 전사가 리미와 개르와 부딪혀 넘어졌다. 리미와 개르의 말도 지나족의 말과 함께 넘어지면서 근처는 수라장이 되었다.

리미와 개르는 말에서 떨어졌지만 금방 벌떡 일어나 무섭게 소리 지르며 흉악하게 무기를 휘둘러 댔다. 리미나 개르는 상대의 무기를 피하거나 막을 마음은 없는 듯, 무조건 도끼와 칼을 휘둘러 순식간에 서너 명이나 되는 지나족을 베어 넘겼다. 가까이에서 리미와 개르의 모습을 본 전사들은 무서워서 손이 얼어붙어 버렸다. 두 사람이 뛰어든 것만으로 지나족의 대열은 또다시 엉망이 되었다.

신도 울루는 전사들을 어떻게든 수습하려 했지만 평소 전사들을 거느려 버릇하지 않았던지라 통제하기 어려웠다. 리미와 개르가 단번에 지나족을 혼란에 빠뜨리고 포리와 주루는 말을 달리면서 대열을 어지럽혔다. 포리는 울라트를 안고 있어서 직접 싸울 수 없었고 주루도 싸움 재주는 그리 특별하지 않았지만, 두 사람이 말을 몰고 지나족 부근으로 지나가는 것만으로도 지나족은 놀라 서로 부딪혀 좌충우돌했다.

그때 형요 자매 다섯이 앙칼진 소리를 지르면서 뛰어들었다. 몇몇이 그들에게 활을 쏘아 셋째 형요의 어깨에 화살에 스쳤지만 형요 자매는 신경도 쓰지 않았다.

"자매들아, 가자!"

다섯 자매는 넓게 퍼져 일렬로 달려오다가 지나족과 부딪힐 만한 거리가 되자 일제히 말 등에서 뛰어올라 허공에서 돌면서 지나족 사이로 뛰어내렸다. 달려오던 속도를 줄이지 못하고 무리 속으로 돌진하는 말들을 피하느라 지나 전사들은 정신이 없었다. 거기에 형요 자매들이 하늘에서 떨어지면서 눈부시게 칼을 휘두르자 삽시간에 다섯 명이 피를 뿌리며 쓰러졌다.

형요는 약삭빠르게도, 방금 리미와 개르가 무작스럽게 말을 타고 뛰어든 전술이 효과를 보이자 곧장 그 방법을 따르하여 큰 성공을 거두었던 것이다. 뛰어든 사람은 일곱뿐이고 지나 전사는 일흔 명이었으니 십대 일의 싸움이었지만 허를 찔린 지나족은 혼란에 빠졌다.

지나족은 활이나 창 같은 원거리 무기로 주로 무장하여 말을 타고 있었다. 그렇기에 말을 타고는 싸우기 힘들어 말에서 내려서야 했는데, 말들이 엉켜서 자기들끼리 밀리고 부딪히는 판에 무슨 싸움이 되겠는가? 게다가 일곱 명은 하나같이 도깨비 같고 무섭게 생긴 자들이라 가까이에서 보기만 해도 몸이 얼어붙어 손발이 말을 듣지 않았다.

리미와 개르가 무기를 휘두르자 지나 전사들은 뒤로 물러설 수밖에 없었고, 형요 자매들은 몸놀림이 빠르고 생각지도 못한 곳에서 칼을 그어 대는 통에 많은 희생이 따랐다. 보다 못한 신도 울루가 외쳤다.

"바보들아! 비켜! 비켰!"

신도 울루는 우왕좌왕하며 앞을 막는 지나 전사들의 덜미를 잡아 내던지고, 통나무만큼 커다란 복숭아나무 몽둥이를 든 채 달려왔다. 전사들을 수습할 수 없자 직접 상대하려고 나선 것이다.

리미와 개르는 많은 지나 전사들을 찍어 넘겼지만 리미는 부상이 심했고 개르도 몸에 많은 상처를 입고 있었다. 그들은 그러나 신도 울루를 보자마자 눈썹을 곤추세우며 무섭게 달려들려 했다. 그때 어느 틈엔가 달려와 포리와 주루와 함께 지나족을 상대하면서 치우천이 소리쳤다. 치우천의 목소리는 크고 우렁차 아수라장 속에서도 또렷이 들렸다.

"형요 자매! 신도 울루를 맡아라! 리미, 개르는 치베를 구해라!"

리미와 개르도 용사지만 신도 울루는 덩치가 크고 힘이 강해서, 똑같이 힘으로 맞서면 좋지 않다고 판단한 것이다. 오히려 저런 거한들은 몸놀림이 잽싸고 빠른 형요 자매가 나을 것 같았다. 지난번 치우비조차도 형요 자매들의 빠른 몸놀림에 고전했다는 데 생각이 미쳤다.

치우천이 몸을 사리지 않고 같이 싸우며 외치자 리미와 개르는 기뻐서 마치 야수처럼 고함을 지르면서 신도 울루에서 벗어나 치우비와 치베 쪽으로 향했다. 치베는 온몸이 묶인 채 말 등에 앉혀 있었고, 치우비는 의식을 잃고 구름의 등에 앉혀 있었는데 열 명도 넘는 전사들이 에워싸고 있었다.

첫째 형요가 지나 전사 하나의 목을 그으며 외쳤다.

"신도 울루는 우리에게 맡겨라! 자매들아! 가자."

그러면서 첫째 형요가 몸을 날려 빙빙 돌면서 신도 울루의 바로 앞에 떨어져 내렸다. 신도가 놀라면서 거대한 몽둥이를 휘둘렀으나 형요는 재빨리 왼쪽 옆으로 재주를 넘어 피하면서 울루를 칼로 그었다. 오른팔에서 선혈이 튀자 울루는 급히 몽둥이를 내려치려 했으나 뒤에서 요요가 등을 칼로 베었다. 울루는 등이 선뜻해지자 몸을 돌렸다.

신도는 울루를 구하려 했지만 두 명의 형요가 앞뒤로 동시에 떨어져 내리며 한꺼번에 칼을 찔러 갔다. 앞의 형요나 뒤의 형요를 공격하다가는 어느 다른 쪽의 칼에 찔리고 말 판이라 신도는 헉! 하는 소리를 내며 옆으로 몸을 굴렸다. 그런데 미요가 다시 날아오면서 그 힘을 빌려 신도의 허리를 발로 걷어차고 도망쳤다.

신도 울루가 다섯 자매에게 쩔쩔 매는 사이, 치우천은 칼을 휘두르며 포리, 주루, 마냥과 함께 신도 울루 주변으로 달려가는 지나 전사들을 맞아 싸웠다. 넷 모두 말에서 내린 상태였다. 소녀도 몸을 사리지 않고 달려와서 말들을 챙기고 울라트를 받아 안아서는 뒤로 물러섰다.

　대장이 공격당하자 전사들은 놀라며 신도 울루를 구하려 했지만 치우천과 세 도깨비들에게 막혀 다가갈 수가 없었다. 치우천은 실로 오랜만에 칼을 휘둘러 싸웠는데 솜씨가 상당해서 자기 몫을 했다. 몸의 고통이 사라지자 힘을 낼 수 있었기 때문이다. 치우천도 사울아비로서 고된 훈련을 받았기 때문에 지나 전사들 몇 정도는 상대할 수 있었다.

　포리나 주루의 칼 솜씨는 대단하지 않았으나 치우천이 두 사람의 중간에서 재빠르게 번갈아 도와주었기 때문에 셋이 합하자 원래 실력 이상의 힘을 발휘할 수 있었다. 특히 마냥은 창밖에 다룰 줄 몰랐지만 창을 빙빙 돌리면서 치우천의 등 뒤를 지키다 지나 전사가 죽거나 하여 땅에 떨어진 창이 있으면 주워 들어 던지곤 했다. 마냥의 창 던지는 솜씨는 치베의 활 솜씨 못지않게 대단하여 마냥이 창을 던질 때마다 지나 전사는 하나씩 꼬치가 되어 쓰러져 갔다.*

　리미와 개르는 실로 영웅적인 투혼을 발휘하여 수많은 지나 전사를 밀어붙이면서 치베와 치우비가 잡혀 있는 쪽으로 한 발짝씩 밀고 들어갔다. 리미는 지나 전사들과 싸우다가 널찍한 방패를 하나 주워서 왼손에 늘고 공격을 막으며 전진했다. 보봉 방패는 상대의 공격을 방어하는 데 쓰였지만, 리미의 방패 쓰는 법은 독특하여 오른손으로는 도끼를 휘두르고 왼손에 든 방패로는 적의 공격을 막거나 무기처럼 적을 밀어붙이다가 모서리로 내려치기도 했다.

　얼마나 치열하게 싸웠는지, 리미의 오른손 도끼는 날이 빠지고 부서져서 반 토막밖에 남아 있지 않았다. 개르도 처음 들었던 칼은 부러져

---

* 마냥은 아프리카 전사여서 창 던지기에 능하다. 지금도 아프리카의 마사이족은 긴 창을 던지는 기술이 대단히 뛰어나, 수십 미터 떨어진 곳에서도 오 센티미터가 안 되는 작은 목표물을 쉽게 맞힐 수 있다고 한다.

버린 뒤라 닥치는 대로 지나족의 무기를 주워서 싸우고 있었는데, 몽둥이건 창이건 활이건 가리지 않고 양손에 쥐고 긴 칼처럼 휘둘렀다.

치우천은 악전고투하는 두 사람을 보고 포리와 주루에게 외쳤다.

"포리! 주루! 형요를 도와라! 마냥! 우리는 저리로 간다! 리미! 조금만 더 버텨라!"

치우천은 기합성을 내지르며 칼을 휘둘러 창을 들고 덤비던 지나 전사를 베었고, 마냥은 창을 빼앗아 때마침 칼이 부러져서 위기에 빠진 개르에게 덤벼들던 지나 전사에게 던졌다. 창은 지나 전사의 가슴을 꿰뚫고 땅에 박혔다. 개르는 그 전사의 방패를 빼앗아 들고 마구 휘둘러서 두 명의 지나 전사를 후려쳐 넘어뜨렸다.

많은 지나 전사들이 죽었지만 아직도 그 수는 훨씬 많았고, 차차 혼란에서 벗어나 집요하게 덤벼들었기 때문에 싸움은 점점 어려워져 갔다.

신도 울루는 리미와 개르, 거기에다 치우천과 마냥까지 치베와 치우비를 향해 달려드는 것을 보고 외쳤다.

"빼앗기면 안 된다! 전사들아! 저들을 지켜라!"

신도 울루는 여기저기를 다쳐 피투성이가 되자 분노했지만 흥분하지는 않았다. 겉보기와는 달리 차분하여 냉정을 잃지 않고 있었다. 형요 자매는 그들에게 잔 상처는 주었을지언정 치명적인 타격을 가할 수는 없었다. 당할 만큼 당한 신도 울루는 등을 맞대고 몽둥이를 휘둘렀다. 둘이 앞뒤를 지켜 주자 형요 자매는 신도 울루에게 다가가기 어려워졌다.

형요는 휘파람을 불었다. 다섯 자매는 하나로 모여서 신도와 울루 주위를 빠르게 맴돌았다. 신도 울루는 움직이지 않고 조용히 기회만을 엿보았다. 다섯 자매가 갑자기 신도 앞에 멈추어 서서는 한꺼번에 다섯 개의 칼을 찔러 왔다. 칼이 얼굴, 가슴, 배, 두 팔을 동시에 노리자 신도는 놀랐으나 번개같이 몽둥이를 빙빙 돌려서 막았다. 신도의 힘은 대단하여 미요와 둘째 형요의 칼이 신도의 양어깨를 스쳤을 뿐, 세 자루의 칼은 몽둥이에 밀려나고 말았다. 요요는 신도의 힘에 밀려 칼을 놓치고 말았고, 첫째 형요도 손아귀가 아릿해지면서 칼을 놓칠 뻔했다.

신도의 어깨 너머로 벼락같이 휘두른 울루의 몽둥이에 맞아 셋째 형요가 저만치 나가 떨어졌다. 첫째 형요가 있는 힘을 다해 신도의 몽둥이를 몸으로 쥐고 매달리자 칼을 놓친 요요가 뛰어오르며 급한 나머지 신도의 얼굴을 손톱으로 할퀴었다.

"아이쿠!"

눈을 찔렸는지 신도가 휘청하자 요요는 몸을 날려 셋째 언니를 구하러 갔다. 미요와 둘째 형요가 동시에 신도의 목을 베려 했지만 울루가 다시 몽둥이를 휘둘렀다. 첫째 형요가 날렵하게 울루의 턱을 발로 찼는데, 울루는 얼굴이 돌아갔는데도 쓰러지지 않고 손을 뻗어 첫째 형요의 발목을 잡아 버렸다.

미요와 둘째 형요가 놀라며 울루를 칼로 찌르려 했지만 울루는 무지막지한 힘으로 형요의 몸을 휘둘렀다. 그러자 미요와 둘째 형요는 언니를 해칠까 봐 칼을 썰러 들어갈 수 없었다. 울루는 신도를 힐끔 내려다보다가 얼굴을 감싸 쥔 신도의 손가락 사이로 피가 흘러내리자 화가 머리끝까지 치밀어 으르렁거렸다.

"감히 신도를 해치다니! 이년을 찢어 죽이겠다!"

미요와 둘째 형요는 얼굴빛이 파랗게 변했지만 지나 전사들이 뒤에서 공격해 오자 피할 수밖에 없었다. 울루가 형요의 두 팔을 옮겨 잡고 힘을 주자 형요는 고통스러운 비명을 질렀다. 그것을 본 치우천이 몸을 돌보지 않고 서둘러 달려갔다.

"으아아아!"

비명을 지르며 달리는 치우천에게 몇 명의 전사들이 칼을 휘둘렀지만 치우천은 칼이 몸을 스쳐도 아랑곳하지 않고 무서운 기세로 몸을 날렸다.

"어이쿠!"

치우천이 등에 부딪히자 울루가 비틀하다가 형요를 놓쳤다. 간신히 빠져나와 몸을 굴린 형요를 미요와 둘째 형요가 부축해 일으켜 세웠다. 치우천은 울루의 덩치에 밀려 튕겨 나가며 땅에 쓰러졌다. 그와 동시에 몇 명의 지나 전사가 치우천을 향해 창과 칼을 내리꽂았다. 치우천은 이젠 죽는구나 싶었는데 갑자기 누가 달려들어 치우천의 몸을 덮었다.

칼과 창은 그 사람의 몸에 꽂혔다. 치우천이 놀라서 보니 도깨비 주루였다. 주루는 소리 한번 지르지 못하고 이를 악문 채 곧바로 숨이 끊어졌다. 칼과 창을 내리꽂은 지나 전사들도 잠시 어리둥절해했다.

치우천은 머리끝까지 분노가 치밀어 올라서 무서운 기세로 주루의 몸을 밀어내며 칼을 집어 들고 닥치는 대로 사방을 후려갈겼다. 평소의 차분하던 치우천이 아니라 짐승과 같았다. 치우천은 몸을 돌보지 않고 두 명의 지나 전사를 쳐 죽였고 그때 돌로 만든 칼이 부러졌다.

한 지나 전사가 몽둥이를 들어 등을 내려치자 치우천은 쓰러질 듯 비틀거렸다. 또 한 명의 전사가 치우천의 목을 찌르려 했는데 때마침 날아온 창이 되레 전사의 목을 꿰뚫자 피를 토하며 벌렁 넘어져 버렸다. 마냥이 던진 창이었다. 치우천은 얻어맞은 것에도 아랑곳하지 않고 도끼를 주워서 몽둥이로 자기를 내려쳤던 지나 전사의 머리를 반으로 쪼개 버린 다음 치베와 치우비를 향해 달려갔다.

상황이 좋지 않았다. 형요 자매는 첫째와 셋째가 다쳐서 요요가 부축하여 물러섰고, 미요가 그들을 쫓으려는 지나 전사들을 막아서서 둘째 형요 혼자 울루와 싸우고 있었다. 남은 지나 전사들은 대부분 치베와 치우비를 빼앗기지 않으려는 듯 그 주위로 몰려들었다. 몇 발짝만 더 가면 치베와 치우비를 구할 수 있겠지만 계속 달려드는 지나 전사들 때문에 몇 발짝이 천 리 길보다 멀었다.

주루는 치우천 대신 죽었고, 개르는 더 이상 버티지 못하고 쓰러져 있었으며, 리미와 포리와 마냥 셋만 싸우고 있었는데, 겹겹으로 에워싸여 있었다. 치우천이 느닷없이 몸을 굴려 도리어 리미의 반대쪽으로 갔다. 지나 전사들은 리미와 마냥, 포리에게만 신경 쓰던 참이라 뒤편에는 사람 수가 오히려 적었다.

치우천은 악귀처럼 무서운 표정으로 달려들어 도끼로 한 지나 전사의 팔을 후려쳐 반쯤 꺾어 버린 다음 기세등등하게 고함을 질렀다. 치우천의 고함 소리에 질린 듯 지나 전사들 몇이 자신도 모르게 주춤거리며 물러서자 치우천은 달려서 치베가 얹힌 말의 엉덩이께를 도끼로 쳤다. 아프고 놀란 말이 앞으로 달려가기 시작했다. 상처를 입어 놀랐기 때문에 몇몇 지나 전사가 막아도 말은 기를 쓰고 무조건 달리기만 했다. 전사들은 놀라고 화가 나서 치우천에게 덤벼들었다.

그때 치우천이 휘파람을 불자 높은뫼는 주인이 부르는 소리를 알아듣고 크게 앞발을 치켜들며 울었다. 지나 전사 하나가 높은뫼의 갈기를 붙잡고 말을 진정시키려 했지만 높은뫼는 몹시 화난 듯, 그 전사를 말발굽으로 짓밟아 버리고 성큼 뛰어서 치우천에게 달려왔다. 치우천은 오른발을 굴러 높은뫼의 등에 올라탔다. 치베의 말이 풀려나고 치우비를 빼앗기자 울루는 고함을 질렀다.

"놓치면 안 된다! 저놈을 잡아라!"

지나 전사들은 와! 하고 치우천에게 몰려들었다. 리미와 포리, 마냥은 기운이 빠져서 곧 맞아죽을 판이었는데 치우천이 지나 전사들의 눈을 돌리자 기뻐하며 뒤로 물러섰다. 두어 명의 전사가 남아 저항했으나 리미가 한 명을 발로 차고 마냥이 창 자루로 한 명의 머리를 후려갈기자 덤비는 자가 없었다.

포리가 개르를 들쳐 업고 달아나기 시작했다. 지나족이 버린 말들이 여기저기 있었으므로 곧바로 말을 주워 타고 달아날 수 있었다. 울루가 한눈을 팔자 둘째 형요도 재빨리 뺑소니를 쳤다.

치우천은 많은 상처를 입어 눈앞이 캄캄하고 어지러웠지만 억지로 참으며 죽어라 말을 달렸다. 치우천은 속으로 외쳤다.

'치우천! 참아라! 이깟 고통은 옛날에 겪은 아픔에 비하면 아무것도 아니다!'

울루는 치우천이 달아나자 급히 외쳤다.

"화살을 쏴라! 화살을 쏴!"

지나 전사들은 난전중에 서른 명 이상이 죽었지만 아직 마흔 명 이상 남아 있었다. 싸움에 사용된 무기 대부분이 무딘 돌로 만든 것이라 급소를 맞거나 치명적인 상처를 입지 않은 자들은 잠시 쓰러졌다가도 다시 일어날 수 있었기 때문이다. 지나족이 활을 겨누기 시작했지만 치우천은 화살의 사정거리에서 벗어나지 못했다. 치우천은 이제 죽기 아니면 살기라고 생각해 눈을 질끈 감으며 최대한 아우의 몸을 감쌌다.

그때 화살 소리가 핑핑 들렸는데 이상하게 화살은 뒤에서 날아오는 것이 아니라 앞에서 뒤로 날아가는 것 같았다. 치우천이 의아하여 눈을 떠보니 저만치에서 치베가 말을 타고 달려오는 것이 아닌가? 말이 미친 듯 달리자 치베는 몸을 움직여 말에서 떨어져 내렸고, 소녀가 달려와 치베를 묶은 줄을 풀어 준 것이다.

"천 안다! 이번엔 치베가 천 안다를 구하겠다!"

치베는 외치면서도 쉴 새 없이 화살을 쏘았다. 치우천에게 화살을 겨누는 지나 전사만을 노려 한 번에 하나씩 쓰러뜨렸다. 순식간에 네 사람이 쓰러지자 울루가 노하여 소리쳤다.

"방패를 가져와 막아라! 막아."

지나족이 치베의 화살을 겁내 방패로 앞을 막느라 허둥지둥하는 사이, 치우천은 어느새 화살이 미치는 거리에서 벗어날 수 있었다. 치베의 화살은 백 발짝도 넘게 날아갔지만, 지나족의 활은 그보다 훨씬 못하기 때문에 서른 발짝만 떨어져도 사람을 해치기 힘들었다.

치베는 호탕하게 웃으며 약을 올리듯 계속 울루에게 화살을 쏘아 댔고 울루는 정신을 똑바로 차리고 몽둥이로 화살을 두어 개 막았지만 마침내는 견디지 못하고 방패 뒤로 숨고 말았다.

치베는 껄껄 웃으며 여유 있게 말을 돌려 치우천의 뒤를 따랐다. 소녀의 말을 같이 타고 있던 울라트는 치우천을 맞이하러 나왔다. 치우천이 마침내 치우비마저 구해 돌아오자 형요 자매와 도깨비들은 환성을 질렀다.

비록 주루가 죽고, 셋째 형요와 개르가 다쳐 의식을 잃었으며, 리미와 포리, 마냥도 만신창이가 되어 있었지만 열 배도 넘는 전사들을 상대로 완전한 승리를 거둔 셈이니 기쁘지 않을 수 없었다.

멀리서 울루가 소리를 질렀다.

"도망칠 수 있을 것 같으냐?"

그와 때를 맞추어 뒤쪽에서 우두두 하며 수를 헤아릴 수 없는 말발굽 소리가 들려오기 시작했다. 그 소리를 듣고는 사람들의 안색이 변했다.

"아차! 뒤를 쫓던 지나족이 왔구나! 포위되고 말았다!"

양옆은 높은 벼랑이라 도망칠 곳조차 없었다. 치우 일행이 당황해하자 정신을 차린 신도가 외쳤다. 신도는 눈 부근을 요요에게 긁혀 피투성이였고 긴 상처가 났지만 눈을 다치지는 않은 듯했다.

"너희는 용감하게 싸웠다. 하지만 이제는 도망칠 곳이 없어!"

치베와 형요 등은 이를 갈았지만 다른 방법이 없었다. 도망칠 곳도 없었다. 곧이어 그들의 뒤에 수백 명의 지나 전사들이 나타났다. 무리 앞에는 상망과 끽구, 비휴가 말머리를 나란히 하고 있었다. 그들은 백 보 정도 떨어진 곳에서 말을 멈추고 가지런히 대열을 정비했다. 그것만 보아도 상망과 끽구는 전사들을 부리는 데 신도 울루보다는 한 수 위였으며 맞싸우기 힘든 상대였다. 특히나 대역사 끽구는 치우비가 아니면 아무도 감당할 수 없었다.

반대쪽은 신도 울루가 거느린 전사들이 길을 완전히 막고 있었다. 그들은 아직도 마흔 명가량이 남아 있었으며 그들만도 상대하기 버거웠다. 그런데 수백 명의 새로 나타난 전사들을 어떻게 상대할 것인가?

치베와 형요의 눈이 자연히 치우천을 향했다. 치우천은 심각하긴 해도 태연한 표정이었다.

치우천은 조용히, 말을 천천히 몰아 상망과 비휴 쪽을 향했다.

"자네들은 이제 방법이 없다네. 지금이라도 무기를 버리고 나를 따르게나."

상망의 말에 치우천은 고개를 들어 맑은 눈으로 상망을 바라보았다. 피투성이와 먼지투성이가 된 치우천이었지만 그 눈이 빛나는 것을 상망은 분명히 볼 수 있었다. 상망은 눈빛을 피하며 타이르듯 말했다.

"싸움은 충분하네. 자네들은 부끄러워할 필요 없어. 자네들은 우리 전사를 많이 죽였지만, 나는 이해하네. 오히려 자네들이 존경스러워. 그 적은 수로 비휴의 늑대, 신도 울루의 귀신들도 뚫었고, 열 배나 되는 전사들과도 싸워 이겼네. 하지만 사람의 힘에는 한계가 있지."

상망이 낮은 목소리로 엄숙하게 말했다. 그의 말에는 평소의 까불대던 영감의 모습이 아니라 태산 같은 무게가 있었다.

"나는 자네들을 결코 해치거나 탓하지 않겠네. 지금이라도 마음을 돌려서 헌원님을 따른다면 말이야. 내 마음도 괴로우이. 누가 뭐래도 나는 자네들을 벗이라 여기고 있었다네. 그런데 이렇게 싸워야만 하는가?"

치우천은 여전히 말없이 상망을 바라볼 뿐 대답하지 않았다. 상망이 말을 이었다.

"자네들이 이렇게 몰린 것도 다 하늘의 뜻이라 생각하게. 지금 자네들만으로는 우리를 이길 수 없어."

치우천은 서글프게 웃으며 밝게 말했다.

"이길 수 없어도, 안 되는 것은 안 되는 것입니다."

상망이 놀랄 정도로 크고 위엄 있게 버럭 소리를 질렀다.

"정말 죽고 싶단 말인가! 하늘의 뜻을 어길 참인가!"

치우천은 눈썹 하나 까딱하지 않고 대답했다.

"헌원님은 하늘이 아닙니다."

상망은 화가 치미는 듯 떨리는 목소리로 말했다.

"좋다! 그럼 죽어라!"

상망이 명령을 내리려는 순간, 시커먼 것이 획 하고 나타나 상망과 지나족의 옆을 쏜살같이 스쳐 지나갔다. 너무 빨라 보이지도 않았다. 상망과 끽구는 물론이고 어지간해서는 놀라지 않는 비휴마저도 놀란 표정을 지었다. 시커먼 그림자는 쏜살같이 치우천의 옆으로 가더니 빙글 한 바퀴 돌고는 똑바로 버티고 서며 외쳤다.

"누가 누굴 죽여? 제길! 이놈은 나 말고는 아무도 죽일 수 없지!"

갑자기 나타난 사람을 보고는 사람들은 깜짝 놀랐다. 치우천만이 그 사람을 보자마자 얼굴에 기쁜 미소를 띠었다.

"비울걸!"

감격스러운 만남

리매(魑魅) 망량(魍魎)은 귀신이라기보다는 괴신이다.
이들은 치우의 편을 들어 탁록에서 황제와 싸웠다.
―『통전(通典)』, 『악전(樂典)』과 『노사(路史)』, 『후기사(後紀四)』 중에서

비울걸이 귀신처럼 나타나자 상망 등은 놀랄 수밖에 없었다. 치베나 형요, 울라트, 소녀도 싱카가 비울걸을 찾으러 갔다는 이야기는 들었지만 이렇게 지나족의 포위망을 뚫고 나타날 줄은 생각도 하지 못했다. 그들은 속으로 생각했다.

'비울걸이 도깨비 왕이라고는 하지만, 혼자서 무슨 도움이 된단 말인가? 설마 도깨비들을 불러내 지나족을 물리친다는 건 아니겠지?'

비울걸은 치우천을 보자마자 무시무시한 얼굴에 흉악해 보이는 미소를 지으며 욕지거리를 해 댔다.

"이놈아, 너는 약속을 해 놓고 엄한 곳에서 헤매느냐? 하마터면 이 도깨비 왕께서 그동안 헛고생을 한 게 될 뻔했잖느냐?"

치우천은 기분 좋게 웃으며 말했다.

"미안합니다. 일이 생각대로 되지 않고 꼬여서 그리되었습니다."

"제기랄. 네가 여기서 맞아 죽거나 지나족에게 잡혀가면 이 어르신께서 네 고기 맛을 어떻게 본단 말이냐? 덕분에 죽을 고생을 해서 여기를

찾아왔느니라."

"싱카를 만나셨습니까?"

"그래. 그 가짜 도깨비 놈이 용케도 나를 찾아왔어. 하지만 둘 다 몹시 헤맸지. 네놈들이 말을 타고 미친년처럼 여기저기 날뛰는데 어찌 찾아가겠느냐? 그런데 네놈의 피리 소리가 들리는 바람에 비로소 찾아올 수 있었다. 헤헤, 하마터면 늦을 뻔했지?"

치우천과 비울걸이 자기들을 완전히 무시한 채 떠들어 대자 끽구가 참지 못하고 외쳤다.

"도대체 무슨 수작을 하는 거야! 비울걸! 너는 어느 편이냐?"

비울걸이 외쳤다.

"저 자식은 몇 살 먹지도 않은 놈이 어디서 반말이냐? 이 자식아! 덩치만 크면 다냐?"

끽구가 노해서 발을 구르자 상망이 그를 제지하며 나섰다.

"이보시오, 비울걸. 우리는 지금 치우천과 싸우려던 참이오. 당신은 치우천 편을 들겠다는 거요?"

"제기랄! 이 늙은 영감아. 안 그러면 이 비울걸 어르신이 네 편을 들어 주랴? 헤헤, 너는 내 아버님이니 네 편을 들어야 할지도 모르겠네?"

상망은 비울걸이 지난번 자기를 개라 빗대어 욕한 것을 끄집어내자 성질을 부렸다.

"저 개자식은 입이 옆으로 달렸나. 사람이 정중히 말해도 들어 먹을 줄 모르는구나! 나이는 헛처먹었느냐?"

"나이 나이 하지 마라. 내 아버지인 주제에 나에게 나이를 따지는 거냐?"

비울걸이 낄낄 웃으며 계속 놀리자 상망은 얼굴이 시뻘게졌다. 상망은 비울걸과 무슨 천적 관계인 팔자를 타고난 듯 다른 사람 말은 능글능

글하게 넘어가는데도 비울걸의 말에는 화를 참지 못했다. 상망이 으르렁거리며 소리쳤다.

"이 도깨비 같지도 않고 사람 같지도 않은 놈아! 네놈이 도깨비 왕이랍시고, 이 많은 지나 전사를 이길 수 있을 것 같으냐? 잘난 도깨비들을 불러 볼 거냐?"

"허허, 내 귀여운 도깨비들에게 너희 더러운 놈들의 피를 묻힐 필요가 있겠느냐? 안 그래도 충분하다!"

"뭘 믿고 그렇게 까부는지 두고 보겠다."

상망이 씩씩거리며 손을 올리려 하자 비울걸은 허공에 손짓을 했다. 그러자 전에 치우 형제가 사막에서 보았던 눈알 괴물 몇 마리가 깡충거리며 허공에 나타났다. 끽구가 낄낄 웃었다.

"이게 그 잘난 도깨비냐? 이게 다냐?"

비울걸이 크게 외쳤다.

"뭘 믿고 까부는지 보여 달란다! 얘들아!"

비울걸의 목소리는 눈도 없는 눈알 괴물들에 의해 크게 울려 퍼지는 것 같았다. 사막에서 들었던 엄청난 소리와 같았다. 커다란 소리가 산골짜기로 구석구석 울려 퍼지자 한쪽 벼랑에서 와! 하는 함성이 울려 퍼졌다.

상망과 신도 울루가 이끄는 지나족 전사들은 깜짝 놀라 그쪽을 바라보았다. 치베와 형요, 소녀와 울라트도 놀라서 바라보았는데 치우천만은 기쁨이 넘치는 얼굴로 중얼거렸다.

"와 주었구나!"

그와 동시에 걸걸하고 호탕한 웃음소리가 골짜기에서 울려 퍼졌다.

"하하핫! 지나족 개새끼들아! 그동안 잘 지냈느냐? 감히 내 친구를 건드리다니, 나 키탄 울크리족의 야율쿠리가 용서하지 않는다!"

"야율쿠리!"

치베가 부르짖으며 환호성을 올렸다. 형요나 소녀는 야율쿠리를 잘 몰랐지만 울라트는 기뻐 펑펑 눈물을 쏟으며 외쳤다.

"야율쿠리님이 와 주셨어요!"

치우천도 기뻐서 고개를 끄덕이며 외쳤다.

"야율쿠리! 고맙다! 와 주었구나!"

그때 반대편 산등성이에서 다른 목소리가 들렸다.

"하핫. 이봐, 지나족의 쓰레기들아. 모든 벌레들의 어머니, 미아우의 초초룬님도 오셨다!"

"초초룬!"

치우천이 기쁨을 금치 못해 소리쳤다. 치베나 울라트 역시 뛸 듯이 기뻐했다. 초초룬이 다시 외쳤다.

"치우천! 비! 치베! 무사하냐? 지나 쓰레기들은 내가 치워 주마. 너희를 건드렸다면, 모조리 썩어 문드러진 핏물로 변하게 해 주겠다!"

그와 더불어 다른 목소리도 들려왔다.

"희네! 나래! 자네들 무사한가? 나도 왔네! 툰툰일세!"

"툰툰까지!"

치우천은 기뻐서 자신도 모르게 가슴이 벅차올라 눈물을 흘리기 시작했다. 초초룬이 툰툰을 데리고 온 듯, 툰툰에게 핀잔을 주는 소리가 작게 들렸다.

"이봐! 툰툰! 치우천으로 부르라고 했잖아! 제길, 몇 데리고 오지도 않았으면서 생색내기는……."

상망과 비휴 등은 크게 당혹한 빛을 띠었다. 자신들은 치우천을 포위했지만, 어느새 야율쿠리나 초초룬 등이 자신들을 포위한 것이다. 분명 치우천 일행을 추적하며 계속 자신들이 지켜보았는데, 언제 밖에 연락하여 여기 모였는지 알 도리가 없었다. 지나족이 기절할 정도로 놀랄 목소리가 다시 들렸다. 그 소리는 지나족의 뒤편에서 들려왔다.

"천 안다! 비 안다! 무사한가! 치베도 잘 있느냐?"

누구보다도 치베가 될 듯이 기뻐했다.

"보돈차르님! 보돈차르님이다! 치베가 여기 있습니다!"

치우 일행은 이제 완전히 안심하여 환호하며 기뻐서 난리를 쳤다. 이 목소리에는 치우천조차 뜻밖인 듯 몹시 놀라는 표정을 지었다.

"보돈차르님께서 직접?"

비울걸은 싱글싱글 웃으며 고개를 끄덕여 보였다. 장난기 많고 기이한 언행만 일삼는 비울걸도 만족스러운 모양이었다.

"놀랄 일이 더 있어."

비울걸이 말하자 이번에는 신도 울루의 뒤편에서 외치는 소리가 가느다랗게 들려왔다.

"울라트! 울라트 잘 있느냐? 무사하냐?"

그와 더불어 다른 목소리도 들렸다.

"치우천님! 치우비님! 우리도 있소, 구르와 키타야요! 앗수라트와 앙가마이는 언제나 당신들과 함께요!"

"아버지! 아버지!"

울라트는 기쁨을 이기지 못해 펄쩍 뛰어오르며 펑펑 울었다. 치우천은 감격에 겨워 말문이 막혔다. 마지막으로, 정말로 뜻하지 않은 목소리가 들려왔다.

"희네야! 나래야! 나도 왔다! 이 자식들아! 나다! 나!"

"양역 네가 어떻게!"

치우천은 이번에야말로 정신이 아득할 정도로 놀랐고, 높은뫼까지도 말머리를 치켜들며 높이 몸을 솟구쳐 올렸다.

"이 자식들아! 살아 있었구나! 정말 살아 있었구나!"

양역은 기쁜지 목소리에 울음이 섞여 있었다. 치우천도 울면서 외쳤다.

"모두 다…… 모두 다 고맙다. 나, 치우천…… 내 평생 이렇게 기쁜 날은 처음이다!"

그때 야율쿠리의 걸걸한 목소리가 들려왔다.

"하핫! 당연한 일이다! 제길! 그나저나 지나 놈들이나 쳐 죽이고 이야기하자! 손이 근질근질하다! 끽구는 내 거다! 아무도 건드리지 마라!"

그와 동시에 와! 하는 함성이 일어나며 수많은 사람들이 벼랑 위에 모습을 드러냈다. 야율쿠리가 데리고 온 키탄족 전사들인 것 같았다. 얼핏 보기에도 수가 이백 명은 족히 넘어 보였으며 높은 곳을 차지하고 있어서 유리했다. 반대편에서 초초룬도 외쳤다.

"미아우의 전사들이여! 저 쓰레기 같은 지나족 유망 놈이 먼저 우리 종족을 치기 시작했다. 한 놈도 살려 둘 수 없다!"

동시에 그쪽에서 '와와, 우우' 하는 주문 같기도 하고 노래 같기도 한 함성이 울리면서 백 명도 넘는 사람들이 나타났다. 미아우족 전사들이 분명했다.

지나족의 뒤편에서도 말을 탄 한 무리의 전사늘이 나타났는데 석어도 이백 명은 되어 보였다. 그런데 이백 명의 말달리는 소리가 가지런하고 조금도 흐트러지지 않아 말 타는 사람들의 기마술이 하나같이 대단함을 알 수 있었다. 몽골족 말고 그렇게 말을 탈 수 있는 사람은 없었으니 그들은 보돈차르가 이끄는 전사들이 분명했다.

이어서 우 하는 소리와 함께 신도 울루의 뒤편에서 오백 명은 되어 보이는 사람들이 나타났다. 앗수라트와 앙가마이의 연합 부족 전사들이었다. 마지막으로 몇몇 사람이 말을 타고 산비탈을 미끄러져 내려왔다. 양역과 마파람, 쇠돌이, 부루벼락 네 사람의 사울아비였다.

양역은 내려오자마자 말에서 내려 달려왔고 치우천도 기쁨을 감추지 못해 말에서 내려와 두 사람은 부둥켜안았다.

"양역! 네가 어떻게 왔느냐? 나는 주신의 죄인인데……."

치우천이 감격에 겨워 말끝을 흐리자 양역은 씩 웃었다.

"제길, 이제 나도 죄인이 되었다. 마침 이 친구들과 미아우족에 일이 있어 가게 되었는데, 네 이야기를 듣고 만사 제치고 달려왔다!"

부루벼락도 낄낄 웃으며 끼어들었다.

"히히, 이젠 나도 명령을 어기고 이리 왔으니 죄인이 되었다. 치우천, 자네가 책임져, 알았어?"

쇠돌이는 덩치에 어울리지 않게 걱정스레 물었다.

"비 형은 어디 있수? 왜 안 보이지?"

"염려 마라. 지쳐 쓰러져 있지만 다치지는 않았다."

마파람은 싱긋 웃을 뿐 말이 없었다.

사울아비들의 뒤를 따라 한 무리의 키탄족 전사들과 초초룬의 미아우족 전사들이 벼랑을 미끄러져 내려왔다. 치우 형제 일행을 보호하기 위해 야율쿠리와 초초룬이 내려 보낸 것 같았다. 삽시간에 백여 명의 사람들이 내려와 치우 일행을 에워싸며 보호하자 지나족의 얼굴이 파랗게 질렸다.

대강 따져 보아도 치우천을 구하려고 달려온 각 부족의 사람들의 수는 천 명은 되어 지나 전사의 두 배도 넘었다. 그들은 지나족을 포위하고 있었다. 상망이나 끽구조차 얼굴이 파랗게 질려서 믿어지지 않는다는 듯 중얼거렸다.

"이럴 수가 없다. 어떻게…… 어떻게 이럴 수가 있단 말이냐?"

믿어지지 않는 것은 치베나 형요, 울라트도 마찬가지였다.

그들은 궁금했지만 치우천은 양역 등과 이야기를 나누느라 정신이 없었다. 그러자 비울걸이 낄낄 웃으면서 입을 열었다.

"너희는 나에게 감사해야 해. 이 도깨비 왕이 애쓴 덕분이니라."

사람들은 기뻐서 비울걸의 흉하고 무서운 모습도 멋져 보일 지경이었다. 비울걸은 낄낄 웃으며 이야기를 들려주었다.

"치우천 녀석은 확실히 대단해. 저 녀석은 너희가 헌원에게 가기 전부터 나와 함께 사방을 다니며 이 생각 저 생각 하더군. 그러면서 저 친구들을 만나고 다녔던 거야. 헌원이 분명 수작을 부릴 테니 대비하고, 무슨 일이 생기면 나를 보내 연락할 테니 도와달라고 말야. 저들은 천, 비 두 녀석의 좋은 친구들이라 그런다고 하더군. 그다음에 우리는 헌원에게 갔지. 역시 저 녀석의 생각대로 헌원 놈이 속을 드러내 보이더군. 그래서 내가 그 참에 부리나케 돌아다니며 알렸지."

형요가 이상하다는 듯이 고개를 갸웃거리며 물었다.

"하지만 당신은…… 헌원의 얘기를 듣기 전에 사라져 버렸잖아요?"

비울걸이 낄낄 웃으며 대답했다.

"그건 내가 아니야. 내 부하 도깨비였어."

모두는 깜짝 놀랐다. 아무래도 사라지는 재주가 몹시 궁금했던지 요요가 눈을 빛내며 바라보자 비울걸은 킬킬 웃었다.

"이거 내 밑천을 털어놓는 것 같지만…… 요 계집아이는 나를 흉하다 타박하지 않고 기분 좋게 박수까지 쳐 주었으니 특별히 이야기해 주지."

비울걸은 지난번 카린족의 잔치에 나타나 장난을 쳤는데, 그때 다른 여자들은 눈살을 찌푸렸지만 요요 혼자 좋아하며 기쁘게 웃은 것을 기억하고 있었다. 지나족은 비울걸이 힐끗 바라보자 기가 꺾여서 찍소리도 못하고 있었다.

비울걸은 안심한 듯 계속 이야기했다.

"헌원의 집에 갔을 때, 처음에 천 녀석과 같이 간 것은 물론 나야. 하지만 내가 먼저 헌원의 방 안에 혼자 들어갔지?"

"그랬죠."

"나 혼자 무조건 방으로 들어갔으니 다들 날 무례하다고 욕했겠지만 까닭이 있었지. 난 들어가자마자 주술로 몸을 감추고 도깨비 한 마리를 내 모습으로 변하게 하여 놔두었거든? 그러니 사라지게 하는 것은 일도 아니지. 도깨비니까."

요요는 무릎을 쳤다.

"나는 거기서 계속 몸을 숨긴 채 기다렸어. 히히, 그래서 나도 헌원의 말을 다 들었지. 제길, 나중에 보니 적송자란 선인 놈이 있어서 놀라 도 망쳤지만. 그놈은 재주가 대단해서 그때 같이 나왔으면 들켰을 테지만 그때는 끼지 않고 뒤편에서 듣기만 하더군. 다행이지 뭐야."

"그 이야기만 듣고 벗들에게 도움을 청할 수 있었나요?"

"히히, 그것만 가지고 내가 어떻게? 너희는 모르겠지만 너희가 카린 산으로 향할 때 나도 따라갔어. 그리고 천 녀석과 한두 번 이야기를 나 누었지. 아무래도 지나족 놈들이 우르르 따라가는 것이 심상치 않아 나 도 보이지 않게 뒤를 따라갔지. 저 키탄이나 미아우 녀석들에게는 내 모 습으로 변한 도깨비들을 보냈고 말야."

치우천이 비울걸과 함께 여행하며 만난 사람은 보돈차르와 야율쿠리, 초초룬, 앗수라트와 앙가마이 부족의 키타야, 구르까지 네 부족이었다. 치우천은 헌원이 어떻게 나올지 모르니 급해지면 도와 달라 하겠지만 그때까지는 의심을 살 필요는 없으니 내색은 말라고 당부했다. 그래서 키타야 등에 사람을 보낼 때에도 치우비 등에게는 굳이 말하지 않았다.

나중에 치우천의 부탁을 받은 비울걸이 네 부족 친구들에게 자기 모 습을 한 도깨비들을 보내어 전갈을 하고, 그들이 근방에 온 것을 확인한 다음에야 치우천에게 나타났다. 치우천이 누루마이의 마을에 도착했을 때 각 부족 친구들은 이미 며칠 내로 카린까지 올 수 있는 거리에 와 있었다.

누루마이의 잔치에서 벌인 비울걸의 괴이한 짓도, 지나족에게 눈치를 보이지 않고 치우천에게 소식을 전하기 위한 행동이었다. 그때 비울걸은 새고기 세 마리를 손톱으로 꿰어 들었는데, 그것이야말로 네 방면 사람들 중 세 방면 사람들이 와 있다는 신호였다. 상망은 비울걸에게 뭔가 있다고 여겨 캐내려 했지만 아무리 상망이라도 그런 것까지 예측할 수는 없었다.

"우리는 원래 누루마이인가 하는 늙은 여편네의 마을 근처에서 모인 뒤, 단숨에 기습을 하여 지나족을 에워싸고 그 누구냐, 헌원의 딸까지 잡아서 빠져나갈 생각이었지. 그다음에 쑤앙마이를 만나러 간다고 천 녀석이 그랬어. 그런데 뭐가 어떻게 되었는지 천 녀석이 갑자기 없어져버리지 않았겠어? 그때는 이미 보돈차르, 야율쿠리, 앗수라트 앙가마이 세 갈래의 전사들이 카린 부근에 도착해 숨어 있었고, 안 올 줄 알았던 미아우 처녀도 왔어. 그 괄괄한 처녀는 뭐라더냐, 툰툰인가 하는 작은 부족장과 주신 사울아비들을 만나게 되어 그들과 함께 오느라 늦었다고 하더군. 좌우간 네 갈래의 전사들이 다 모였는데 정작 천 녀석이 없어졌으니 황당하지 않겠어? 이 비울걸이 그야말로 수천 리 길을 오가면서 애썼는데 말야. 그래서 이번에 보면 잡아먹어 버리겠다고 생각했지."

다른 부족 전사들은 경솔히 카린 부족의 마을로 다가갈 수 없는지라 비울걸만 카린족 마을에 들어갔다가 몸이 아파 남아 있는 지나 전사들을 발견했다. 비울걸은 그중 하나를 쥐도 새도 모르게 잡아다가 족쳐서, 치우 일행이 쑤앙마이를 만나러 카린산의 가장 높은 산으로 갔다는 것을 알아냈다. 비울걸이 그리로 갔으나 도착했을 때는 치우천이 도망치기 시작한 다음이었다.

초조해진 비울걸은 산을 헤매다가 싱카를 만났다. 싱카는 주술의 힘을 닦았던 사람이라 도깨비들을 물리치는 방법을 알고 있었다. 치우천은 싱카에게 속내를 털어놓다가 비울걸을 만나기 어렵다고 말하자 싱카는 자기가 비울걸을 부를 수 있다고 말했는데, 둘이 소곤거리며 주고받은 이야기가 그것이었다.

싱카가 도깨비를 물리치는 주술을 쓰자 멀리 떨어져 있던 비울걸은 그 기운을 대번에 알아챌 수 있었다. 비울걸은 오랜 시간 도깨비들의 기운을 쐬어 사막에서 말 피 냄새를 맡고 따라왔을 정도였던 만큼 반쯤은 도깨비나 마찬가지였다. 그래서 도깨비들과 관련된 주술에는 민감하여 넓은 카린산에서도 싱카를 찾아낼 수 있었다.

비울걸이 싱카를 보자마자 족치려고 했으나 싱카는 웃으며 침착하게 치우천이 시켜서 왔다고 말했다. 비울걸은 기뻐하며 싱카와 도깨비들을 보내 각 부족의 전사들에게 연락을 해 급히 모이게 하고 치우천을 찾아 나섰다. 때마침 신도 울루의 귀신진을 뚫느라 풀피리를 연주하자 비울걸은 치우천이 있는 곳을 알 수 있었다.

치우천이 전투를 벌이자 비울걸은 초조했지만 다른 부족 전사들이 그때까지 당도하지 않아 발만 구를 수밖에 없었다. 도깨비들을 시켜 싸움을 도울 수도 있지만 그건 비울걸에게도 대단히 힘든 일이었다. 미리 도깨비들을 달래고 많은 준비를 해야 하는데, 갑자기 끌어내 무작정 싸우라고는 할 수 없었다.

다행히 치우천 일행이 일차 승리했고, 곧 상망이 이끄는 지나족의 본대가 당도했으나 그때는 치우천 편의 부족 전사들도 소리 없이 다가온 다음이었다. 그래서 비울걸은 당당히 앞으로 나섰던 것이다.

비울걸이 이야기하는 사이에 치우천은 조용히 상망 앞으로 나섰다.

상망은 풀이 죽어 있었다. 치우천이 입을 열었다.

"저는 헌원님께 많은 은혜를 입었습니다. 저는 헌원님을 따르지 않겠다는 것뿐 여러분이 미운 것은 아닙니다. 저를 끌고 가려 했기에 할 수 없이 저항했을 뿐입니다."

상망 등은 듣고만 있었다. 치우천이 웃으며 말했다.

"이제 제 편이 더 많으며 여러분을 완전히 에워쌌는데, 싸워 보시겠습니까?"

상망은 고개를 저었다. 전사의 수도 수지만 자신들은 포위당한 상태였다. 더구나 저쪽은 비울걸이나 초초룬처럼 색다른 재주를 지닌 사람들이 많았고 야율쿠리처럼 태산 회의 때 이름을 날린 용사들도 끼어 있으니 상대가 될 수 없었다.

"저도 싸우기는 싫습니다. 아까와는 반대로 이제 상망님이 이길 수 없는 상황이 되었습니다. 이쯤에서 물러가시면 저도 뒤를 쫓지 않겠습니다. 다른 부족 사람들을 탓할 것도 없습니다. 저 때문에 벌어진 일이니 원망하려면 저를 원망하시기 바랍니다. 그동안 헌원님이나 여러 기인님들이 보여 주신 호의에 조금이나마 보답하는 의미라 여기시고, 이럴 수밖에 없는 제 저지를 어여삐 여겨 주시기 바랍니다."

조금도 위협하거나 거들먹거리지 않고 차분히 이야기하자 상망 일행은 풀이 죽어 고개만 끄덕였다. 그때 야율쿠리와 초초룬이 벼랑을 타고 내려와 있었고 보돈차르나 키타야, 구르 등도 목소리가 들릴 만큼 가까이 와 있었다.

치우천이 목소리를 높여 크게 외쳤다.

"지나족이 싸우지 않고 물러나겠다니 돌려보내 드리지요."

치우천이 말하자 야율쿠리만이 불만스런 표정을 지었다. 초초룬도 약간 화가 난 듯했으나 별말은 없었다. 다른 부족들도 굳이 지나족과 전쟁을 벌여야 할 이유는 없었다. 치우 형제를 구하는 것이 목적이었을 뿐이다.

지나족과 미아우족이 전쟁중이었기 때문에 지나족을 향한 초초룬의 증오는 다른 사람보다 강했지만, 따지고 보면 전쟁을 벌이는 상대는 유망의 부족이지 헌원의 부족은 아니었으므로 싸우자고 하지는 않았다.

마침내 상망과 끽구, 비휴, 신도 울루의 다섯 기인은 풀 죽은 모습으로 남은 전사들을 수습하여 떠나갔다. 발이 먼발치에서 치우천에게 모습을 드러내며 물었다.

"비는 어떤가요? 정신을 잃었다고 들었는데."

치우천은 발이 태연한 척 외치지만, 떨리는 목소리에 고통이 잔뜩 배어 있음을 느낄 수 있었다. 치우천은 이해할 수 있었다. 자신이 좋아하던 남자가 이제는 적이 되었으니 그 비통함을 어떻게 감당한단 말인가? 치우천은 정중히 말했다.

"아직 깨어나지 못했지만, 별일은 없을 것입니다."

발은 입술을 깨물며 뭔가 말하려 했으나 말을 잇지 못했다.

"나는…… 나는……."

그러다가 발은 끝내 말을 하지 못하고 뒤로 돌아 날듯이 말을 달려 사라져 버렸다. 그것을 보고 치우천은 지나족을 협박이라도 해서 발을 빼낼까 하는 생각을 지워 버렸다. 발은 치우비를 좋아했지만 부족까지 버릴 것 같지는 않았기 때문이다. 치우천은 오히려 아우가 걱정되어 한숨을 지었다.

'차라리 비가 정신을 잃고 있어 다행이다. 지금 깨어 있었다면 얼마나 괴로웠을까? 아우를 어떻게 설득해야 하나?'

지나족이 꼬리를 내리고 사라지자 야율쿠리와 초초룬, 보돈차르, 키타야, 구르가 한꺼번에 달려왔다. 작은 부족장이었지만 툰툰도 아들 중

세 명과 함께 몇 명 안 되는 전사들을 모아 달려왔다. 치우천은 그들의 모습을 보자 새삼 감격하여 눈물이 솟아 일일이 감사의 인사를 전하며 속으로 부르짖었다.

'다른 부족인데도 수천 리 길을 마다 않고 부하들을 데리고 달려와 주는 벗들이 있으니 나는 정말 행복한 사람이다! 아우야 너도 그렇다! 우리는 이들을 잊으면 안 된다. 절대 잊으면 안 된다!'

치베와 형요는 이런 준비를 해 두었는데도 자신들에게는 전혀 이야기하지 않았다고 투덜댔으나 치우천은 웃으며 그들을 달랬다.

"지나족이 정말 우리를 죽여서라도 데려갈지 어떨지 몰랐어. 만약 그렇지 않고 순순히 보내 준다면 굳이 너희 부족까지 휘말리게 하고 싶지 않았거든. 도망치면서는 이야기할까도 했는데 급해서 그럴 겨를도 없었고, 또 내가 괴물의 저주에 걸리는 바람에 비울걸과 약속이 틀어져서 일이 잘될지 안 될지도 알 수 없었지. 그래서 말하지 않았어. 미안하다, 미안해."

야율쿠리와 초초룬은 비록 지나족과 전투를 하지 않았어도 자신들의 위세에 지나족이 꼬리를 말고 도망치자 썩 흐뭇해했다. 보돈차르는 과묵하게 웃으며 있었으며 키타야는 자기 딸이 용감한 여걸이 되었다며 좋아했다.

싱카는 야율쿠리와 함께 왔는데, 조용한 성격이라 말도 하지 않고 빙그레 웃으며 있었다. 소녀도 기뻐하고 형요 자매도 말로만 듣던 치우천의 훌륭한 벗들을 직접 만나게 되자 기뻐했다.

형요가 치베에게 물었다.

"이봐, 쩨쩨한 치베야. 너는 용사라고 하는데 어떻게 신도 울루에게 그리 쉽게 잡혔지?"

"제길! 신도 울루 따위가 날 어떻게 잡느냔 말이다. 난 그들에게 잡힌

게 아니라…… 그게 아니라…… 기절했었다……."

치베는 무서울 게 없는 용사였으나 귀신만은 몹시 두려워해서, 마구 칼을 휘두르다가 그만 정신을 잃은 것이다. 치베는 부끄러워 얼굴이 새빨갛게 되었지만 거짓말은 할 줄 몰랐다. 형요는 깔깔 웃으며 치베를 보고 "용사라고 우쭐대더니만 귀신에 쫓겨 기절했다"며 놀려 댔다.

모두 오랜만에 만나 할 이야기가 끝도 없었지만 그 와중에도 치우천은 자신을 위해 대신 죽은 주루를 잊지 않고 정중히 묻은 뒤 눈물을 흘렸다. 오랫동안 정이 들은 도깨비들도 코타에 이어 주루까지 죽자 참지 못하고 눈물을 흘렸다. 울라트 또한 서럽게 울었다.

야율쿠리나 초초룬은 도깨비들을 썩 달가워하지 않았으나 키타야, 구르와 보돈차르는 도깨비 주루가 칼과 창을 몸으로 막아 치우천 대신 죽었다는 이야기를 듣고는 크게 감동했다. 보돈차르는 부족장인데도 도깨비에 지나지 않은 주루의 무덤에 몽골식으로 깊은 예를 올렸다.

뒷수습이 끝나자 울라트는 치우천과 다른 벗들이 모인 자리에서 당돌한 목소리로 말문을 열었다.

"제가 여러분들께 말씀드릴 게 있답니다. 어린애의 말이라 여기지 말고 들어 주세요."

울라트가 똘똘하게 말하자 사람들은 웃으며 울라트를 바라보았다. 울라트는 쟁쟁한 부족장과 영웅 앞에서도 주눅 들지 않고 말을 이었다.

"저는 도깨비들과 같이 있어 보았지만, 저들은 진짜 도깨비가 아니라 사람이라고 해요. 나도 처음엔 무서웠지만, 그들도 착한 사람이고 용감한 전사들이에요. 생긴 게 다르니 무서워서 피하는 것뿐이에요."

사람들이 고개를 끄덕이자 울라트는 말끝에 힘을 주며 말했다.

"그러니 여러분, 만약 팔려 오거나 잡혀 온 도깨비들을 보면, 제 부탁을 잊지 말고 그들을 구박하거나 못되게 굴지 말아 주세요. 정 안 되면 그냥 우리 아버지나 천 오라버니께 보내 주세요. 저는 그들을 꽤 겪어 봐서 무섭지도 않고 말을 가르칠 수도 있어요. 천 오라버니, 비 오라버니를 지키려고 죽은 주루나 코타, 다른 불쌍한 도깨비들을 보아서라도 꼭 그래 주세요. 그러면 죽은 도깨비들도 편히 눈을 감을 수 있을 거예요."

울라트가 차분하고 또랑또랑하게 말하자 치우천은 눈물이 핑 돌아 울라트를 번쩍 안아들었다.

"훌륭하다! 울라트! 죽은 주루나 코타도 네 이야기를 듣고 편히 쉴 것이다."

뒤에 서 있던 리미나 정신을 겨우 차린 개르, 포리, 마냥, 싱카도 울라트의 마음에 감동하여 눈물을 지었다. 부족장들 역시 고개를 끄덕였는데, 보돈차르가 힘차게 고개를 끄덕이며 가장 먼저 말했다.

"꼬마 아가씨가 생각이 깊군! 내 반드시 그렇게 하마. 보돈차르의 이름을 걸고 눈에 띄는 도깨비들은 전부 구해 주마. 도깨비들을 가르칠 자신은 없으니 천 안다에게 보내 아가씨에게 맡기겠다. 그러면 되겠지?"

이어서 다른 사람들도, 심지어 도깨비라면 떨떠름했던 야율쿠리마저도 허허 웃으며 약속하자 울라트는 좋아서 큰 눈을 더 크게 뜨며 기뻐했다. 과보족인 형요 자매 역시 생김새가 달라 여느 부족 사람들에게 구박을 받았던 터라 울라트의 말이 마음에 쏙 들어 울라트를 안고 빙빙 돌렸다.

보돈차르가 껄껄 웃으며 키타야를 쳐다보았다.

"키타야 족장은 좋으시겠습니다. 저렇게 훌륭한 딸을 두셔서. 웬만한 아들보다 낫습니다!"

키타야는 크게 웃으며 고개를 끄덕였다.

"저 녀석은 원래 겁쟁이에다 누가 와도 말 한마디 못했는데, 불과 한

두 해 사이에 저렇게 변하다니! 나도 믿을 수 없습니다! 치우천 치우비 형제분이 잘 가르쳐 준 덕분이니 그들께 감사해야 할 것 같습니다."

몽골족과 타타르족은 원래 사이가 상당히 좋지 않아 보통은 서로 개니 양이니 하고 욕하는 것이 다반사였는데, 이렇게 공통의 목적을 지니고 만나 보니 의외로 통하는 면도 있고 마음에 들기도 하는지라 그 자리에서 다투지 말자는 약속을 했다. 그러자 야율쿠리나 초초문 역시, 자신들은 부족장이 아니지만 다른 부족 사람들도 좋은 사람들이니 서로 믿고 살자고 말했다.

치우천은 그런 모습을 보면서 가슴 뿌듯해했다. 그러면서도 한편으로는 깊이 깨닫는 것이 있었다.

'그렇다. 이러면 되는 것이다. 자기 부족만 잘났다고 우기며 잘산다고 되는 것이 아니다. 서로 믿고 의지하며 더불어 산다면 얼마나 좋겠는가? 이것이야말로 정말 옳은, 헌원의 뜻보다 옳은, 진정한 하늘의 뜻이 아니겠는가?'

그날 밤은 늦었으므로 그곳에 자리를 잡고 불을 피워, 부족들이 뒤섞여 큰 잔치를 벌였다. 천 명 가까이 모인 부족 전사들은 처음에는 데면데면했으나, 술과 음식을 들게 되자 잘 통하지 않는 말로 이야기를 나누기도 하고, 급기야는 술에 취해 돌아가며 노래를 부르고 춤을 추며 재주를 보이기도 했다. 말도 통하지 않고 풍습도 달랐지만 그렇기 때문에 더 크고 즐겁게 웃고 왁자지껄 즐거운 분위기가 되었다.

보통 때는 여간해서 보기 힘든, 몽골족과 타타르족이 어깨동무를 하거나 키탄족과 미아우족이 함께 술내기를 하는 모습이 자연스레 보였다. 치우천도 몸이 그럭저럭 괜찮아졌으며 걱정거리도 없는 터라 벗들과 부족장들과 함께 즐겁게 술을 마시고 흠뻑 취했다. 아파서 누운 형요 자매와 개르조차 끙끙 앓으면서도 웃고 떠들며 누운 채로 술을 퍼마셨다.

치우비만이 죽은 듯이 쿨쿨 잠들어 깨어나지 않았으나 안색이 평온하고 아픈 기운도 없어서 큰 걱정은 없었다. 사람들은 새벽녘이 되어서야 하나둘 쓰러져 기분 좋게 곯아떨어졌다. 비울걸은 사람들이 잠들자 어느 사이엔가 사라져 모습을 감추었다.

두 영웅의 첫 대결 1

유사의 동쪽, 흑수의 서쪽에 조운국과 사제국이 있다.
황제의 아내 뇌조(누조)가 창의를 낳았는데,
창의는 약수에 내려와 살며 한류를 낳았다.
한류는 길쭉한 머리에 작은 귀, 사람 얼굴에 돼지주둥이,
비늘 돋은 몸에 통뼈로 된 다리와 돼지발을 하고 있었는데
촉산씨의 자손인 아녀를 아내로 맞아 전욱을 낳았다.
―『산해경(山海經)』,「해내경(海內經)」 중에서

치우천은 기분 좋게 취해서 세상모르고 잠들어 있다가 누가 깨우는
바람에 눈을 떴다. 치우천이 놀라 눈을 뜨니 요요가 보였다. 요요가 작
은 목소리로 치우천에게 속삭였다.

"이상한 일이에요. 일어나세요."

"무슨 일이냐, 요요?"

"마냥이 수많은 말발굽 소리가 들린대요. 언니들이 알아보러 나갔는
데 아무래도 이상해서요."

치우천은 의아하여 급히 몸을 일으켰다. 머리가 아팠지만 참고 주변
을 둘러보았다. 저만치 마냥이 땅에 귀를 대고 있는 모습이 보였다. 치
우천이 다가가자 마냥은 걱정스런 표정으로 말했다.

"주인님. 마냥에게 들려요, 들려요. 아주 많은 말. 이쪽으로 와요. 아
주 많아요."

"아주 많다구?"

"그래요. 우리보다 몇 배나 많아요. 마냥은 헤아릴 수가 없어요."

치우천은 고개를 갸우뚱했다. 앗수라트 앙가마이의 전사가 오백 명, 보돈차르의 기마병이 이백 명, 야율쿠리의 키탄 군대가 이백 명, 초초룬의 미아우 전사들이 백오십 명 정도이니 합치면 모여 있는 전사의 수는 천 명이 넘었다. 그런데 몇 배나 되는 말발굽이라니? 도무지 믿어지지 않는 일이었다.

치우천은 다른 사람들이 일어났는지 둘러보았다. 야율쿠리와 초초룬 등은 자고 있었으나 멀찍이 보돈차르가 일어나 서 있는 것이 보였다. 치우천은 그리로 가서 말을 건넸다.

"이상한 일이 있습니다."

"무슨 일인가, 천 안다?"

치우천이 마냥이 들은 것을 이야기해 주자 보돈차르도 의아해하는 표정이 되었다.

"지나가는 사람들이 아닐까?"

"우리 쪽으로 오고 있다고 합니다."

"지나족은 어제 당해서 물러갔는데, 또 누가 있단 말인가? 어디서 그런 많은 사람들이 나타났단 말인가?"

"그러게 말입니다."

보돈차르는 잠시 생각하더니, 조심해서 나쁠 것 없다고 말하고 사람들을 깨우게 했다. 사람들이 일어나자 보돈차르는 사태가 이상하니 미리 대비하자고 말했다. 야율쿠리나 키타야 같은 사람들은 설마 하는 표정이었지만 툰툰이 한마디 끼웠다.

"미아우 툰툰 부족의 툰툰이 말합니다. 준비해서 나쁠 일은 없습니다. 보돈차르 부족장과 치우천님의 말을 따릅시다."

툰툰은 작은 부족장이었지만 가장 나이가 많아서 그 말에 사람들이 고개를 끄덕였다. 사람들을 깨우고 말을 끌어 세우는데 미요가 날 듯이 말을 달려 왔다.

미요는 어지간히 급한 듯 치우천의 앞까지 말을 달려 왔고, 치우천은 얼굴이 굳어졌다. 심각한 일이 생긴 것 같았다.

미요는 치우천의 바로 앞까지 말을 달려오다가 휙 뛰어내려서 치우천에게 급히 말했다.

"큰일이에요! 군대가…… 전사들이……! 헤아릴 수도 없이 많이……!"

"아니, 어디 군대가?"

구르가 놀라서 묻자 미요는 외치듯 대답했다.

"지나족 같아요!"

"지나족? 지나족은 얼마 되지도 않고, 더구나 어제 쫓겨서 도망간 놈들 아닌가? 그놈들이 어떻게?"

야율쿠리가 믿어지지 않는다는 듯 소리 높여 되받자 보돈차르가 침착하게 말했다.

"내가 나가 보겠다. 천 안다! 같이 가자! 나머지 부족장들께서는 사람들을 세우고 무기를 들라 이르십시오."

보돈차르와 치우천은 말을 타고 달려 나갔다. 시키지 않아도 치베가 뒤를 따랐다. 한참 달려가니 약간 높은 언덕배기가 나타났는데, 보돈차르는 그리로 말을 달려 올라갔다. 치우천도 그 뒤를 따랐다. 언덕배기가 가까워지자 넋을 잃고 서 있는 보돈차르의 모습이 보였다. 치우천은 마음이 급해져 서둘러 올라갔다. 꼭대기에 도달하여 건너편에 펼쳐진 광경을 보는 순간 치우천도 입을 딱 벌리며 할 말을 잃었다.

어디서 나타난 것일까? 수많은 사람과 말들이 빽빽이 대형을 이루고 천천히 진군하고 있었다. 헤아릴 수조차 없을 만큼 많은 수였다. 할 말을 잃은 치우천에게 보돈차르가 입술을 깨물며 말했다.

"사람 수가 다섯천이 넘는다. 여섯천이 될지도 모르겠다."

치우천도 기가 막혔다. 허나 멀리 뭉쳐 있는 사람들이 어떤 부족인지 알아볼 수 없었다. 보돈차르가 치우천의 얼굴을 힐끗 보며 말을 이었다.

"지나족이다."

치우천은 눈앞이 캄캄해졌다. 분명 지나족은 합해서 오백 명도 안 되었고, 그나마 어젯밤에 몰아내지 않았던가? 그런데 갑자기 어디서 오천, 육천에 이르는 지나 전사들이 생겨났단 말인가? 보돈차르도 긴장되는 듯 몇 번 심호흡을 하더니 치베를 불렀다.

"치베! 네가 눈이 밝으니, 자세히 보아라."

치베도 얼굴빛이 변하여 손을 눈썹에 대며 자세히 보더니, 이윽고 씹어뱉듯이 말했다.

"지나족입니다. 끽구가…… 끽구가 맨 앞에 섰습니다."

치우천과 보돈차르의 얼굴빛이 둘 다 변했다. 치베가 갑자기 소리쳤다.

"가만! 지나족만이 아닙니다. 양옆에는…… 그렇군! 카린족 여전사들이 있습니다! 그들만도 천 명이 넘어 보입니다."

치우천은 놀라며 외쳤다.

"카린족이?"

"믿어지지 않는군. 천 안다가 그들을 도와주었는데, 카린족이 자네들을 잡으러 온단 말인가? 그들은 은혜도 모르는가?"

보돈차르가 분노의 기색을 띠며 목소리를 높이자 치우천은 고개를 숙인 채 말했다.

"카린족은 저만 도운 것이 아닙니다. 지나족도 도왔습니다."

"그렇다면 어느 편도 들지 말아야지! 왜 지나족 편에 붙는단 말인가? 저런 몹쓸 것들! 나중에 몽골 전사들을 몰고 와서 씨를 말려 버리겠다!"

보돈차르는 평소 조용했지만 불같은 성격이라서 한번 화를 내자 대단히 무서웠다.

치우천이 고개를 저으며 한숨을 내쉬었다.

"저는 알 것 같습니다. 저들을 탓하지 마십시오."

"무엇을 말인가?"

"카린족도 어쩔 수 없는 겁니다. 지나족이 수가 많고 위세가 강하니 돕지 않을 수 없는 거죠. 쑤앙마이가 저에게 몇 번이고 당부하셨습니다. 자신의 은혜를 안다면, 만약 카린족이 저에게 죄를 짓더라도 적어도 한 번은 봐달라고 말입니다. 그게…… 그게 이런 뜻이었나 봅니다."

치우천은 속으로 당황하고 있었다. 쑤앙마이는 자신은 부족장이라 카린 부족을 생각하지 않을 수 없다고 치우천에게 몇 번이나 말했다. 그리고 무라를 잊지 말라며, 카린족이 자신에게 실수하더라도 봐달라고 했다. 불과 하루 전의 일이다.

쑤앙마이는 벌써 이렇게 될 것을 알았단 말인가? 저 정도의 전사들을 내보내려면 미리 준비를 하지 않고는 힘든 일이다. 쑤앙마이는 그때 이미 지나족의 편을 들기로 했단 말인가? 그러나 그렇다면 자신을 고쳐 주지 않거나 정신을 잃은 틈에 지나족에게 넘겨도 될 것 아니었겠는가? 보돈차르에게는 알 것 같다고 말했지만, 지금은 쑤앙마이의 속을 가늠할 수가 없었다. 그때 치베가 외치는 바람에 치우천은 놀라서 쑤앙마이의 생각을 떨쳐 버렸다.

"이럴 수가! 헌원입니다! 헌원이 직접……! 직접 왔습니다!"

보돈차르도 믿을 수 없다는 듯 외쳤다.

"공손헌원이 직접 왔단 말인가?"

"틀림없습니다! 제게는 보입니다! 헌원……! 틀림없습니다!"

치우천은 하늘을 우러르며 탄식했다.

"이럴 수가! 헌원이 직접 오다니! 헌원은 이렇게 될 것을 알았단 말인가?"

보돈차르가 탄식을 늘어놓았다.

"천 안다, 뛰는 놈 위에 나는 놈이 있다. 내 생각에 헌원은 우리 부근에 사람들을 풀어 두었던 것 같다. 우리가 움직이자 헌원도 일이 이렇게 되리라 짐작하고 많은 전사들을 보낸 것이다……."

"도대체……! 도대체 왜 이토록 나를 노리는 것일까요. 아무 힘도 없는데……!"

보돈차르는 대답하지 않았으나 이내 용기를 낸 듯 하늘을 보고 길게 소리를 쳤다. 그러고 나서 이내 씩씩하게 말했다.

"아무튼 어쩔 겐가? 저들에게 무릎을 꿇을 텐가? 아니면 싸울 텐가?"

치우천은 얼굴을 굳혔다.

"싸우게 되면 저 많은 수를 당할 수 없을지도 모릅니다. 저 때문에 많은 벗들이 다칠지도 모릅니다. 그러나……."

보돈차르는 눈을 빛내며 되물었다.

"그러나?"

치우천은 이를 악물었다.

"벗들에게는 정말 미안합니다. 그러나 저는 죽어도 헌원에게 무릎을 꿇을 수 없습니다. 저들이 힘으로 누르려 하는 이상, 제가 죽어도, 벗들이 죽고 다치더라도 저는 무릎을 꿇을 수 없습니다!"

보돈차르는 크게 웃으며 외쳤다.

"그래! 그래야 남자다! 그래야 보돈차르의 안다이고, 우리가 피를 흘려 지킬 만한 영웅인 거야!"

치베도 용기를 북돋우려는 듯 크게 소리쳤다.

"제아무리 수가 많다 해도 어쩔 건가? 지나족 따위는 두렵지 않다!"

치우천도 용기를 내어 힘껏 말했다.

"저들은 우리의 다섯 배, 여섯 배입니다. 한 사람이 다섯을 이기기는 어렵지만, 천 사람으로 오천 사람을 이기는 것은 불가능하지만도 않습니다. 머리로 싸우면 됩니다."

"우리는 여러 부족이 섞여 있어서 지휘가 힘들 걸세. 자신 있나?"

보돈차르가 묻자 치우천은 솔직하게 대답했다.

"저는 아직 많은 전사를 거느려 본 적이 없습니다. 더구나 상대가 헌원이라면 솔직히 모르겠습니다. 있는 힘을 다할 뿐입니다."

보돈차르는 길게 휘파람을 불며 외쳤다.

"좋다! 자네에게 맡기겠다. 다른 부족들도 모두 자네가 지휘해라. 자네를 위해 모였으니, 자네가 아니면 안 된다! 그럼 가자! 싸워야 한다!"

"좋습니다!"

치우천은 용기를 내며 보돈차르와 함께 언덕을 내달렸다. 치우천은 가슴이 두근거렸지만 곧 입술을 피가 나도록 깨물면서 속으로 외쳤다.

'헌원! 헌원! 지지 않는다. 이 치우천은 지지 않는다! 당신은 나를 무릎 꿇리려 하지만, 나는 지지 않는다! 벗들을 위해서도, 나의 뜻을 위해서도……!'

그사이에도 헌원이 이끄는 육천 대군은 치우천과 벗들이 있는 골짜기로 해일처럼 세찬 기세로 거침없이 다가오고 있었다.

3권에 계속

❀ 주신족 ❀

치우천(蚩尤天, 희네)

이야기의 주인공. 성인이 되기 전의 이름은 희네인데 얼굴이 희고 여자보다 잘생긴 용모를 지녔기에 그런 이름을 얻었다. 치우비의 쌍둥이 형이지만 이란성 쌍둥이라 닮지는 않았다. 주신의 사울아비로 이야기의 장을 여는 인물이다. 힘은 세지 않으며 절맥(絶脈)으로 인해 다리를 절어서 말조차 잘 타지 못하는, 사울아비로서는 크나큰 단점을 지녔지만 뛰어난 지략과 올곧은 마음, 큰 그릇을 가진 청년이다. 후에 주신 14대 자오지 한웅으로 등극하는 치우천왕이 바로 그이다.

치우비(蚩尤飛, 나래)

치우천의 동생이며 치우천과 함께 이야기의 주인공. 비길 데 없는 힘과 침착함과 성실함을 타고난 장사이며 대용사이다. 치우천의 쌍둥이 동생이며 언뜻 둔해 보이지만 실은 그렇지 않다. 형 치우천을 숭배하여 형의 말이라면 무엇이든 따르며, 형을 누구보다 좋아하고 형을 가장 잘 알고 감탄하는 사람이기도 하다. 따를 자가 없을 정도의 힘과 용맹을 지녀 대영웅으로 알려지지만 의외로 수줍고 아이들을 좋아하는 따뜻한 성격이다.

▩ 지나족 ▩

공손헌원(公孫軒轅)

후에 황제(黃帝)로 알려지게 되는 지나족의 대족장, 우두머리. 핏줄로는 주신족 갈래였던 소전(小典)의 아들이지만 스스로는 지나족이라 굳게 생각하고 있다. 역시 비길 데 없이 큰 그릇과 지략, 큰 뜻을 품은 영웅으로 흩어져 있는 지나족을 모아 하나로 뭉치게 하고 결국에는 주신을 정복하여 모든 부족을 통일하려는 야망을 지닌 인물이다. 중국(지나인)의 시조로 받들어지는 인물이기도 하다.

공손발(公孫魃)

헌원의 막내딸로 버릇없이 자라 망나니처럼 보이는 유쾌한 아가씨이다. 치우비와 만난 것 때문에 인생이 바뀌게 되고 후일 엄청난 비극의 주인공이 된다. 천하를 통일하려는 생각뿐인 아버지를 따르기 싫어하고 반항하여 성격마저 제멋대로인 말썽꾼처럼 보이지만, 속마음은 곱고 따뜻하다. 뛰어난 용모이지만 제멋대로인 성격 때문에 남자들은 그녀를 슬슬 피한다.

풍후

헌원이 총애하는 신하로 말수가 적고 조용하며 항상 깊은 생각에 골똘히 빠져 있는 인물. 헌원과는 어려서부터 같이 지낸 친구이자 발명가 기질을 지닌 사람으로 후에 지남차를 발명한다.

상백

풍후와 함께 헌원이 총애하는 신하로 키가 크고 행동거지가 기이한 괴짜. 별다른 능력은 없지만 역시 어려서부터 헌원과 같이 자라 가장 가까운 인물이기도 하다.

창힐

중국 최초로 문자를 발명한 사람으로 알려져 있으나 실제로는 주신의 신시 문자를 빌려 지나족에게 가르치기 시작한 사람으로 설정되어 있다. 사서에는 사황(史皇), 즉 그림을 발명한 사람이라고도 적힌 책이 있으나 사황과 창힐이 동일인은 아니라고 보인다. 원래 유망의 부하로 대부족장이었으며, 유망의 새 도읍 공상을 건설하는 등 공을 세우지만 평화를 사랑하며 조용한 사람이다.

광성자

적송자와 함께 중국 최초의 선인으로 받들어지는 인물로 헌원의 십육기인 중 한 명이다. 그러나 세상일에는 그리 관여하지 않았으며 헌원을 적극적으로 돕지도 않는다.

⊗ 카린족 ⊗

소녀(素女)

카린(곤륜)산 쑤앙마이(서왕모)에게 키워져 유망에게, 다시 사와라 한웅에게, 치우천에게, 마지막으로 헌원에게 보내지는 여자로, 모든 남자의 넋을 잃게 할 만큼 요기에 가까운 매력을 지닌 여인. 치우천을 마음속으로 흠모하나 이루어지지 않자 복수에 불타기도 한다. 겉으로는 단지 매력적인 여인 같지만 속으로는 매서운 강단과 독한 마음도 품고 있는 여자다. 지금까지 전해지는 방중술의 표본인 책『소녀경』을 낳게 되는 주인공이기도 하다.

여섯 무녀(마이핑, 마이차, 마이양, 마이리, 마이빈, 마이샹)

후에 카린산의 여섯 무녀는, 헌원의 부탁을 받아 알유를 도와 불사약을 사용했다는 전설로 유명해지며, 이후 헌원을 도와 최초의 의학서라 전해지는 『황제내문경』을 해독하는 데 도움을 준다. 그들의 이름은 전설로 내려오다가 『산해경』에 중국의 글자로 무팽(巫彭), 무저(巫抵), 무양(巫陽), 무리(巫履), 무범(巫凡), 무상(巫相)으로 기록된다.

⊞ 타타르족 ⊞

벵구시

앗수라트족의 원로 의사이며, 약초에 대해 많은 것을 알고 있다.

츄이

키타야의 부인이자 울라트의 어머니로, 매우 똑똑하고 활기찬 여자라서 주신 말과 지나 말, 몽골 말 등 대여섯 가지 부족의 말을 할 줄 안다. 치우비와 소녀의 대화를 통역해 준다.

⊞ 과보족 ⊞

형요(形妖)

과보족의 한 갈래이며 여섯 자매 중 네쌍둥이. 네쌍둥이 모두가 이름도 같고 생긴 것도 같기 때문에 서로를 구별하기 위해 첫째 형요, 둘째 형요, 셋째 형요, 넷째 형요로 불린다. 도둑 출신으로 몸이 날렵하며 숨기를 잘하며 사람의 눈을 속이는 기이한 재주를 지니고 있다. 후에 과보족과의 연합에 큰 공을 세운다.

미요

형요 자매 중 다섯째로, 자매들 중 가장 온순하고 조용하며 차분하여 궂은 일을 마다하지 않는 착한 아가씨이다.

요요

형요 자매 중 막내로, 아주 쾌활하고 장난기 많은 발랄한 아가씨.

❈ 기타 종족 ❈

리미(리매魑魅)

치우비를 따르는 붉은 머리의 도깨비. 오른손이 없어 도끼를 손 대신 휘두르는 무서운 싸움꾼이다. 다들 도깨비라고 부르지만 진짜 정체는 북유럽 지방의 거친 전사였으며, 전투에 지고 노예가 된 후 각지에서 팔려 다니다가 여기까지 흘러오게 되었다. 그의 이름이 레이미였기 때문에 사람들이 '리미'라고 부르게 되었고, 그 후 전장에서의 활약 덕분에 '리매' 라는 도깨비의 이름이 되어 버린다.

마냥(망량魍魎)

아프리카에서 온 흑인 도깨비이다. 이집트 남쪽의 누비아 근처 지방 출신인데 이집트를 거쳐 다시 그리스-시리아-인디아를 거쳐 여기까지 온 특이한 존재이다. 대단한 씨름꾼이며 개미에서 이름을 딴 '마냥' 이라는 그의 이름 때문에 도깨비들의 대명사에 '망량'이라는 이름이 붙게 된다.

싱카 (요기, 신괴 神魁)

인도에서 잡혀 온 도깨비. 본디 이름은 싱카이지만 요기(수행자)였기 때문에 자신을 요기라고 이른 까닭으로 나중에는 보통 요기, 적에게는 신괴라고 불린다. 인도의 원시 크샤트리아(무사, 지배 계급)였고 주술을 배워 대단한 능력을 간직하고 있다. 그는 원래 신수를 얻으러 머나먼 동방으로 모험을 떠났다가 붙잡혀 도깨비 취급을 받게 되었다. 툰툰이 치우천에게 준 신수의 알을 처음 얻었던 자는 그와 함께 떠난 다른 요기였음이 후일 밝혀진다. 그의 이름 싱카에서 파생된 '신괴'라는 이름은 도깨비를 가리키는 말이 된다.

비울걸

도깨비들의 왕. 주신 비씨 집안의 사람이었으나 괴기한 용모와 도깨비들을 마음대로 불러내는 능력을 타고난 탓에 집에서 쫓겨나, 사람들과의 인연을 끊고 도깨비들을 벗 삼아 지내는 괴짜 중의 괴짜이다. 후에 치우천과의 내기에서 져서 치우천을 따르는데, 항상 치우천을 죽인다고 말하지만 사실은 절친한 사이다. 부하도 없이 언제나 혼자 다니지만 한 번 호령에 수많은 도깨비들을 아무 데서나 불러낼 수 있기 때문에 일인군단(一人軍團)이라고도 불리며, 후일 전투에서도 막강한 위력을 발휘한다. 도깨비 왕이라는 특성 탓에 신도 울루와는 앙숙이 된다.

❊ 선인 ❊

맥달

선인 발귀리의 자손이며 미래를 손바닥처럼 내다볼 수 있는 능력을 지닌
천하의 재녀. 미래를 보는 무서운 능력 때문에 아기일 때 버림받고 자부 선
인에게 구원받아 신수인 맥에 의해 키워졌다. 그 때문에 치우천에게 맥달이
라는 이름을 받는다. 미래를 내다보는 힘에 대해 끝없는 부담을 느끼지만 치
우천에 대한 애정 때문에 모든 것을 견디어 낸다. 후에 우사의 지위에 오르
며 『해동감결』을 쓰게 되는, 최고의 대예언가이다.

홍균

혼돈이 가르침을 주어 길러 낸 선인으로 헌원의 밑에 있는 적송자와 광성
자는 바로 이 홍균에게 가르침을 받았다.

아수타란

원래는 선인이었으나 자기가 배운 재주로 사람들을 지배하여 큰 지배자가
되겠다는 욕심으로 발귀리가 남긴 우린 구슬을 손에 넣기 위해 괴물과 싸우
던 도중, 피를 뒤집어 쓰고 괴물이 된다. 달의 정기를 받고 태어나서 같은 달
의 정기를 받은 여자의 기를 모으면 괴물의 더러운 기운을 이겨내고 도로 사
람이 될 수 있다 하여 무라를 제물로 요구한다. 하늘의 이름을 가진 자에게
만 죽음을 당할 수 있는 운명을 가지고 있다.

치우천왕기 2 : 두 영웅의 첫 대결

1판 1쇄 2011년 5월 7일 | 1판 10쇄 2023년 2월 6일

지은이 이우혁

책임편집 임지호 | 편집 지혜림 | 디자인 윤종윤 이원경 | 저작권 박지영 형소진 이영은 김하림
마케팅 정민호 이숙재 박치우 한민아 이민경 안남영 왕지경 김수현 정경주 김혜원
브랜딩 함유지 함근아 김희숙 고보미 박민재 박진희 정승민
제작 강신은 김동욱 임현식 | 제작처 영신사

펴낸곳 (주)문학동네 | 펴낸이 김소영
출판등록 1993년 10월 22일 제2003-000045호

주소 10881 경기도 파주시 회동길 210
문의 031) 955-8892(편집) 031) 955-3578(마케팅) 031) 955-8855(팩스)
전자우편 editor@elmys.co.kr
홈페이지 www.elmys.co.kr

ISBN 978-89-546-1458-0 04810
      978-89-546-1456-6 (세트)

* 이 도서의 국립중앙도서관 출판예정도서목록(CIP)은
  서지정보유통지원시스템 홈페이지(http://seoji.nl.go.kr)와
  국가자료종합목록 구축시스템(http://kolis-net.nl.go.kr)에서 이용하실 수 있습니다.
  (CIP제어번호: CIP2011001565)